ein Ullstein Buch

ÜBER DAS BUCH:

Elisabeth Castonier, am 6. März 1894 in Dresden als Tochter des Malers Felix Borchardt geboren, wuchs als verwöhntes und behütetes Mädchen auf. Eine Großmutter war Engländerin, die andere Französin, der Großvater mütterlicherseits war Hofarchitekt des russischen Zaren. Gesellschaftlichen Glanz und die Bekanntschaft mit vielen Größen der Zeit vor dem Ersten Weltkrieg schildert die Autorin in ihren Lebenserinnerungen ebenso erregend wie die Boheme der zwanziger Jahre, ihre eigenen literarischen Anfänge und Erfolge, ihre Ehe mit einem Sänger und die Jahre der Emigration, die sie über Wien und Italien nach England führten. Nach dem Krieg kehrte Elisabeth Castonier nach Deutschland zurück. Sie starb am 24. September 1975 in München.

Elisabeth Castonier

Stürmisch bis heiter

Memoiren einer Außenseiterin

ein Ullstein Buch

ein Ullstein Buch
Nr. 20907
im Verlag Ullstein GmbH,
Frankfurt/M – Berlin

Ungekürzte Ausgabe

Umschlagentwurf:
Hansbernd Lindemann
Illustration
Gisela Aulfes-Daeschler

Taschenbuchausgabe
mit Genehmigung der Nymphenburger
Verlagshandlung, München

Printed in Germany 1991
Druck und Verarbeitung:
Ebner Ulm
ISBN 3 548 20907 6

3. Auflage August 1991

Von derselben Autorin
in der Reihe der
Ullstein Bücher:

Mill Farm (20848)
Noella (20945)
Dreimal Liebe (22037)
Unwahrscheinliche
Wahrheiten (22092)

Die Deutsche Bibliothek –
CIP-Einheitsaufnahme

Castonier, Elisabeth:
Stürmisch bis heiter: Memoiren einer
Außenseiterin / Elisabeth Castonier. –
Ungekürzte Ausg., 3. Aufl. – Frankfurt/M;
Berlin: Ullstein, 1991
(Ullstein-Buch; Nr. 20907)
ISBN 3-548-20907-6
NE: GT

Inhalt

Meine dreisprachigen Vorfahren

Meine englische Großmutter, Elizabeth, hatte gerade ihren fünfzehnten Geburtstag gefeiert, als mein russischer Großvater, Alexander de Bosse, aus St. Petersburg bei Nachbarn in Sussex einen kurzen Urlaub verbrachte. Sie lernten sich auf einer Tea-Party kennen, bei der nach englischer Sitte Tische und Stühle im Garten auf einen Teppich gestellt wurden, um die Gäste vor dem feuchten Rasen zu schützen.

Bald darauf hielt er um ihre Hand an. Die Hochzeit fand kurze Zeit danach statt, da er, Architekt am Zarenhof, nach Rußland zurückkehren mußte.

Alexander war sechzehn Jahre älter, ein korpulenter, breitschultriger Mann mit dem damals bewunderten blonden Vollbart, hellblauen Augen, breiten Backenknochen und schönen, ringbedeckten Händen.

Sie war eine auffallende Schönheit, groß, überschlank, mit dunklem Haar, dunkelblauen Augen und griechisch strengem Profil.

Vielleicht war Elizabeth in Alexander verliebt. Vielleicht glaubte sie, ihn zu lieben. Vielleicht war es nur die ephemere Schwärmerei einer Halbwüchsigen für den soviel älteren, berühmten Mann, den kennenzulernen keine Zeit blieb. Sie ahnte nicht, wie schwer das Leben für sie in einem fremden Land sein würde, in einem palastähnlichen Riesenhaus, umgeben von diensteifriger, primitiv-bäuerlicher Dienerschaft, die ihr bei jeder Gelegenheit die Hand zu küssen versuchte und zu der sie nicht sprechen konnte. Echt englisch, machte sie keinen Versuch, russisch zu lernen, sondern begnügte sich damit, zu erklären, es wäre eine unmögliche Sprache.

Der einzige Mensch, mit dem sie sich durch Gesten verständigte, war Alexanders alte Kinderfrau, Nana, die sie demütig umsorgte. Bis zu ihrem Tod war sie von einem niemals völlig verlöschenden Heimweh nach England erfüllt, das sie nicht wiedersah.

Ihr erstes Kind, meine Mutter, Elizabeth, kam ein Jahr später zur Welt. Der Zar schenkte meinem Großvater zu diesem Ereignis einen Birkenholzkasten mit goldenen Ecken und schwerem Goldschloß. In ihn legte er, als erstes Geschenk für die junge Mutter, eine goldumrandete Kristallbrosche, in die der berühmte Juwelier Fabergé eine von elfenbeinernen Sternen umgebene Krone gezaubert hatte. Und er versprach, den Kasten allmählich bis zum Rand mit Schmuck zu füllen. Er hielt dies Versprechen. Als ihr Sohn, Harry, geboren wurde, kam zu der Brosche ein Collier aus Diamanten und Smaragden. Bei jedem Kind schenkte er ein anderes Schmuckstück, für jeden Palastentwurf kam eine Kostbarkeit dazu, bis der Schmuckkasten bis zum Rand gefüllt war.

Meine Großmutter brachte außer Harry noch ein Zwillingspaar, Alexandra, Nina genannt, und Emily, Mila, zur Welt und zuletzt die winzig kleine zarte Maruschka, die so schwach war, daß man sie wochenlang in Watteschichten betten mußte, um sie am Leben zu erhalten. Aber auch die Kinder halfen nicht viel, um ihre Vereinsamung erträglich zu gestalten. In späteren Jahren soll sie noch oft der langen stillen Wintermonate gedacht haben, der verschneiten Straßen, auf denen nichts zu hören war als hin und wieder der silberne Klang der Glöckchen, wenn eine Troika mit unkenntlich vermummten Gestalten vorüberfuhr.

Meine Mutter war etwa zehn Jahre alt, als Großvater Alexander erkrankte. Zuerst klagte er nur über Kopfschmerzen. Etwas später beklagte er sich über störendes Licht – und mit einem Male behauptete er, Stimmen und Schritte von Menschen zu hören, die ihm etwas antun wollten. Immer häufiger verbrachte er seine Tage tatenlos, im verdunkelten Arbeitszimmer, das er verriegelte und verbarrikadierte, wenn er imaginäre Verfolger zu hören vermeinte. Und eines Tages versuchte er, die alte Nana zu erwürgen, weil er glaubte, daß sie ihn vergiften wollte.

Der Arzt wurde gerufen und verordnete die Heilmittel jener Zeit: Aderlaß, Bettruhe, Stirnumschläge, Baldriantropfen, Klistiere und Brom, während Nana ihm allerlei Kräutergetränke einflößte, die er ihr oft ins Gesicht schleuderte.

Seine Erregungszustände verschlimmerten sich. Er behauptete, jemand hielte sich im Haus verborgen, der ihn töten wolle, behauptete sogar, seinen Mörder gesehen zu haben. Zuweilen erkannte er weder Frau noch Kinder, die sich vor ihm fürchteten, um dann wieder aufmerksam und liebevoll wie stets zu sein und neue Entwürfe für geplante Bauten zu zeichnen.

Aber seine Erregungszustände wiederholten sich. Die normalen Perioden wurden kürzer. Der Arzt wußte schließlich keinen Rat, und meine Großmutter fürchtete für die Kinder.

Zu jener Zeit wurden Geisteskranke im abergläubischen Rußland als von bösen Geistern besessen angesehen. Man glaubte, sie wären verhext, man fürchtete, daß die bösen Geister auf andere überspringen könnten – und schaffte sie aus dem Weg, indem man sie im Gefängnis ankettete. Dort wurden sie dem Volk überlassen, das freien Zutritt zu den Hilflosen hatte, sie necken und mit Unrat bewerfen konnte. Selbst bemittelte Menschen fanden keine Krankenpfleger, denn niemand wollte in Berührung mit »Verhexten« kommen.

Der Hausarzt riet schließlich meiner Großmutter, ihren Mann in eine deutsche Heilanstalt bei Dresden zu bringen, wo der dortige Arzt gute Erfolge mit einer neuen Behandlungsmethode erzielt hatte. Aber er warnte sie, daß die Kur nicht nur langwierig, sondern auch teuer sein würde. Sie nahm jedoch keine Notiz von seiner Warnung, denn sie hatte bisher sorglos gelebt. Alexanders Einkommen durch seine Arbeit hatte jeden Luxus erlaubt. Sparen oder Sicheinschränkenmüssen war niemals notwendig gewesen. Und so entschloß sie sich, ohne lange zu überlegen, nach Deutschland zu reisen.

Bald darauf segelte sie mit ihrem Mann und ihren fünf Kindern von St. Petersburg nach Stettin, Alexander de Bosses jüngste Schwester übernahm den Haushalt, bis die Familie wieder zurückkehrte. Da dies nicht geschah, übersiedelte Großtante Anna nach Dresden, um in der Nähe ihres Bruders zu sein.

Die alte Nana hatte sich geweigert, ihr Pflegekind, »meinen armen kleinen Alexej«, zu verlassen. In ihrem Sonntagsstaat, dem weiten, halblangen Bauernrock und hohen Lederstiefeln, folgte sie der Familie in das fremde Land, von dem sie nur als »dem anderen Land, das Germanje heißt« sprach. Als einziges Gepäck nahm sie ihren Rosenkranz, ein handgeschriebenes Traumbuch und ein kleines Ikonenbildnis mit. Außerdem trug sie den Birkenholzkasten mit dem Schmuck und den silbernen Samowar, ohne den weder sie noch meine Großmutter leben konnten und der das einzige Bindeglied zwischen ihnen war.

Während der Überfahrt wurde mein Großvater unruhig und mußte von Matrosen überwältigt und in eine abseits gelegene Kabine gebracht werden. Den Kindern erklärte man, ihr Vater wäre seekrank. Sie sahen ihn nicht wieder. Man schaffte ihn in einem Sonderabteil von Stettin nach Kreischa.

Wieder war meine Großmutter in einem Land, dessen Sprache sie nicht verstehen konnte und nur mühselig und unvollkommen lernte, während die Kinder sich rasch einlebten. Die alte Nana, ebenso heimwehkrank nach Rußland, wie meine Großmutter nach England, wurde nur von der Hoffnung am Leben erhalten, mit ihrem Alexej in die Heimat zurückzukehren.

Im provinziellen Dresden jener Zeit war die Ankunft der schönen Frau des russischen Architekten eine Sensation. Man umgab sie mit Neugierde, die unter heuchlerischer Teilnahme verborgen wurde, denn Alexanders Aufenthalt in einer Anstalt hatte sich nicht verheimlichen lassen.

Da meine Großmutter ein Schreiben des englischen Gesandten in St. Petersburg und ein Schreiben des Zaren an den sächsischen König mitbrachte, wurde sie bald bei Hof vorgestellt.

Der kleine sächsische Hofstaat versuchte damals noch, den höfischen Glanz des preußischen Hofes nachzuahmen. Man hielt sich an ein Zeremoniell, von Spanien über Österreich eingeführt und streng befolgt, obwohl der Ursprung einiger Rituale im Lauf der Jahrhunderte vergessen war.

Als Kind hörte ich besonders gern meine Mutter eine Defilierkur beschreiben, bei der die verschiedenen Mitglieder der königlichen Familie, an kleinen Tischen sitzend, Kartenspiel mimten, während die Gäste dienernd und knicksend vorüberzogen. Jeder Knicks, jede Verbeugung wurde mit gnädigem Kopfneigen beantwortet. Erst wenn alle Geladenen vorüber defiliert waren und das Büfett erreicht hatten, fingen sie ernstlich an, Karten zu spielen und nicht nur ihre Kartenfächer in den Händen zu halten. Diese »sitzende Defilierkur« war angeblich von einem spanischen Monarchen eingeführt worden, der langes Stehen nicht vertragen konnte.

Ein anderer Empfang, von dem mir meine Mutter immer wieder erzählen mußte, war das Vorüberdefilieren an der Wiege des neugeborenen zukünftigen Kronprinzen, dem Sohn des späteren Königs Friedrich August III und seiner Frau, der Prinzessin Luise von Österreich.

»Die Wiege war natürlich meistens leer, weil das Kind schrie oder gestillt oder frisch gewickelt werden mußte – aber die Gäste konnten das nicht sehen, weil die Königsfamilie und die Wiege auf einem Podium standen«, berichtete sie.

Die bigotte, dicke Prinzessin Mathilde von Sachsen und der Beichtvater der Königsfamilie überwachten alles und alle. Prinzessin Mathildes Intoleranz, ihre Schikanen sollen die Ursache gewesen sein, daß die lebenslustige Luise, zukünftige Königin von Sachsen, schließlich mit einem Geliebten entfloh. Sie soll auch eine Versöhnung des Kronprinzenpaares verhindert haben, als Luise eines Tages nach Dresden kam, um ihre Kinder zu sehen. Das Volk, bei dem sie wegen ihrer Heiterkeit sehr beliebt war, spannte ihr die Pferde aus und zog die Hofkarosse zum Palast. Aber Mathilde sorgte für ihre Vertreibung, und Luise beendete ihr Leben in Einsamkeit und Armut.

Der Zustand meines Großvaters besserte sich nicht mit der Zeit. Ob er überhaupt behandelt oder sich selbst überlassen wurde, weiß ich nicht. Er verdämmerte im verdunkelten Zimmer, auf dem Sofa liegend, neben sich Zeichenstifte und Papier, auf das er wirre Linien kritzelte. Wenn meine Großmutter ihn besuchte, erhob er sich schweigend, küßte ihr feierlich-gemessen die Hand und kehrte schweigend zu seinem Lager zurück. Wenn sie zu ihm sprach, starrte er sie an, ohne zu antworten. An manchen Tagen durfte sie ihn nicht sehen. Sie wußte dann, daß er wieder einen seiner Tobsuchtsanfälle hatte. Vier Jahre lang fuhr sie zweimal in der Woche von Dresden nach Kreischa, ohne ihre Kinder, die den Vater allmählich vergaßen.

Im fünften Jahr fragte sie den behandelnden Arzt, ob eine Besserung zu erwarten wäre. Er erwiderte, eine Prognose für solche Fälle wäre nicht günstig, und erkundigte sich vorsichtig, ob die Kosten für Alexanders Aufenthalt eine finanzielle Belastung für die Familie bedeuteten. Sie soll darauf erwidert haben, daß dies nicht der Fall wäre. Dies stimmte nicht, die Familie mußte sich einschränken, da Alexanders Gehalt vom Zaren ausfiel und beide nur ein bescheidenes Privateinkommen besaßen.

Das Haus an der Bürgerwiese war zu groß. Sie hatte zu Beginn zuviel Dienstboten angestellt, weil sie dies von England und Rußland her so gewöhnt war – und hatte sie allmählich entlassen müssen. Sie war keine Hausfrau, da sie als Kind geheiratet hatte. Sie verstand nicht, zu sparen, und überließ schließlich alles der heimwehkranken alten Nana und einer Köchin. Die Kosten für die Erziehung meiner Mutter im Luisenstift, Schulgelder für die jüngeren Kinder, das Gehalt für eine französische Gouvernante und unvorhergesehene Ausgaben überwältigten sie. Sie geriet in Schulden. Die unbezahlten Rechnungen im silbernen Becher auf ihrem Schreibtisch wucherten wie Unkraut. Lieferanten drängten auf Zahlung. Hin und wieder mußte sie ein Schmuckstück aus dem Birkenholzkasten verkaufen. Sie tat dies stets selbst und stets tief verschleiert, um auf diesem Gang von niemandem gesehen und vom Juwelier nicht erkannt zu werden. Unerfahren und zu stolz, ihrer Familie in England ihre Schwierigkeiten zu verraten, willigte sie in jede Summe ein, die Juweliere boten. Sie war eine Lady – und eine Lady feilschte damals nicht.

Wenige Wochen nach ihrer Unterredung mit dem Arzt wurde Alexander de Bosse nebst einigen anderen unheilbaren Patienten vergiftet in seinem Bett gefunden. Der Arzt gab seine Tat unumwunden zu und erklärte, er hätte die Angehörigen der Kranken von seelischer Belastung und vergeblichen Opfern befreien wollen. Er erhielt eine Zuchthausstrafe und gründete nach seiner Entlassung eine Privat-Nervenklinik in Paris. Weder meine Großmutter noch die Verwandten der anderen Vergifteten erhoben Privatklage wegen Mordes.

Den fünf Bosse-Kindern wurde gesagt, ihr Vater wäre bei der Rettung eines Patienten aus dem brennenden Flügel des Krankenhauses von einem Balken getötet worden. Die Schwestern meiner Mutter und auch eine Zeitlang ihr Bruder Harry hielten an dieser heroischen Todesart fest, selbst in späteren Jahren, als sie die Wahrheit erfahren hatten.

Meine Mutter erfuhr zufällig die wahre Todesursache. Sie las in den ›Dresdner Neuesten Nachrichten‹ einen Bericht über das Begräbnis ihres Vaters. Ich fand den altersgelben Zeitungsausschnitt in ihrem Nachlaß, im Birkenholzkasten, der nur noch die kleine Fabergé-Brosche enthielt: »Der so tragisch um sein Leben gekommene berühmte russische Hofarchitekt, Alexander de Bosse, wurde heute nach griechisch-orthodoxem Ritus beerdigt. Ihre Königliche Hoheit, Prinzessin Mathilde, wohnte dem Begräbnis in Vertretung Seiner Majestät des Königs bei. Der russische Gesandte legte im Namen Seiner Majestät des Zaren von Rußland einen Kranz weißer Rosen auf das Grab. Der verbrecherische Arzt, der dem Kranken das tödliche Gift verabreichte, ist bereits verhaftet worden.«

Meine Großmutter hätte jetzt nach England zurückkehren können. Aber sie blieb in Dresden, selbst als ihre treueste Hilfe, die alte Nana, gestorben war. Sie hatte sich in einen Dichter verliebt und hatte sich naturalisieren lassen, um ihrem Sohn den Eintritt in eine Kadettenanstalt zu ermöglichen. Da der Dichter verheiratet und eine Scheidung in damaliger Zeit undenkbar war, weil es den totalen Gesellschaftsboykott im katholisch regierten Sachsen bedeutet hätte, mußte sich das Liebespaar heimlich treffen. Dies geschah unter den traditionellen Vorsichtsmaßnahmen, die jedoch besonders auffielen, gerade weil sie diskret und unauffällig sein sollten. Ganz Dresden wußte um diese Liebesaffäre. Aber es kam zu keinem öffentlichen Skandal, weil alles im üblichen Rahmen geschah: sie erschien, tief verschleiert, dunkel gekleidet, und ließ die Pferdedroschke in einer Seitenstraße halten, um dann hastig in einem Haus der Cranachstraße zu verschwinden. Er ließ seine Equipage ebenfalls in einer Seitenstraße stehen und trug an diesen Rendezvous-Tagen den weiten Pelerinenmantel seines Kutschers und einen tief in das Gesicht gezogenen Zylinder. Eine alte Dame erzählte mir Jahrzehnte später, wie nicht nur sie, sondern auch andere Bewohner in der stillen Cranachstraße das regelmäßige Kommen und Gehen der Liebenden beobachtet hatten: »Eines Tages kamen sie nicht mehr, und es hieß, sie wäre schwer krank.«

Elizabeth de Bosse war dreiundvierzig Jahre alt, als sie nach schwerer Krankheit starb, noch immer schön, noch immer heimwehkrank nach England, noch immer verliebt in den Dichter, der sich nicht mehr um sie kümmerte. Ich weiß nicht, wer die drei Worte auf ihrem Grabstein einmeißeln ließ, die ich, als Halbwüchsige, auf einem Pensionatsausflug entzifferte:

GELIEBT GELITTEN GESÜHNT

Die Familie meines Vaters war in Berlin ansässig und bewohnte ein großes Haus in der Französischen Straße, hinter der St. Hedwigskirche. Mein Großvater, Siegfried Borchardt, war Berliner, Inhaber einer Privatbank, meine Großmutter Hélène Französin. Sie besaß sogenannte künstlerische Interessen, die darin bestanden, junge Musiker zu unterstützen.

Immer wieder protegierte sie einen Jüngling, von dem sie schwärmerisch behauptete, daß »un grand artiste« in ihm steckte. Für diese unentdeckten Genies veranstaltete sie »Soirees Musicales«, auf denen sich mein unmusikalischer Großvater tödlich langweilte.

Er soll öfters erklärt haben, daß er es satt hätte, von seiner Frau um Extra-Taschengeld gebeten zu werden, weil sie wieder einmal eine Violine kaufen wollte. Abgesehen von Violinisten liebte sie schöne Toiletten, Schmuck, liebte es vor allem, beachtet zu werden. Vielleicht nahm mein Großvater ihretwegen das mysteriöse Amt eines Ministerresidenten von Costa Rica an, worauf sie sich sofort, zu seinem Ärger, Exzellenz nennen ließ. Kutscher und Diener bekamen eine hellblaue, silberverschnürte Livree und hellblaue Zylinder, ähnlich wie Zirkusdirektoren. Ihre Equipage wurde mit hellblauer Seide ausgeschlagen, die Decke, die über ihre Knie gebreitet wurde, war hellblau, auch der kleine Fußschemel, auf dem sie bei Spazierfahrten im Tiergarten ihre außerordentlich schönen Füße mit dem hochgewölbten Spann zeigte. Da die Gehwerkzeuge der Damen damals unsichtbar sein mußten, wenn sie einer »wirklichen Dame« gehörten, fand man dies unpassend – da sie jedoch keine Deutsche war, entschuldigte man sie damit, daß sie eben »nach französischer Sitte« lebte.

Großmutter Hélène war eine kleine, rundliche, unendlich temperamentvolle und leicht erregbare Frau. Sie soll eine geistreiche Frau gewesen sein und außergewöhnliche Beobachtungsgabe besessen haben. Ihre musikalischen Abende, ihre Gesellschaften, ihre Diners, bei denen von Altberliner Porzellan gegessen wurde, waren berühmt bei dem Kreis, der sich tout Berlin nannte.

Sie starb lange nach dem Tod meines Großvaters. Als sie im Sterben lag, völlig klar darüber, daß ihr Leben sich dem Ende näherte, erkundigte sie sich bei ihrem Arzt, wie lange diese dumme Angelegenheit noch dauern würde. Als er darauf ausweichend antwortete, bemerkte sie: »Nicht einmal *das* wißt ihr Ärzte. Wozu studiert ihr eigentlich?«

Vor unserer Übersiedlung nach Paris reisten meine Eltern mit mir nach Berlin, um Abschied von ihr zu nehmen. Sie lag im Bett, umsorgt von zwei Krankenschwestern und ihrer alten Zofe, einer uralten, weißhaarigen Frau mit großen, dunklen Augen unter der spitzenbedeckten Nachthaube.

Sie betrachtete mich aufmerksam und erkundigte sich schließlich, wieviel Flöhe mein Pudel Muck hätte. Als ich erwiderte, daß ich es nicht wüßte, sagte sie, es wäre höchste Zeit, sie einmal zu zählen. Tatsächlich begann ich nach unserer Rückkehr in Dresden eifrig, im schwarzen Krausfell des Hundes nach Flöhen zu suchen, bis es mir verboten wurde.

Mein Vater und seine drei Brüder erbten nach ihrem Tode jeder eine Million Mark. Da sich keiner für das Bankgeschäft interessiert hatte, war es schon zu Lebzeiten meiner Großmutter aufgelöst worden. Nur mein Vater behielt seine Million, in Staatspapieren angelegt, bis zur Inflation nach dem Ersten Weltkrieg, denn er war weder so exzentrisch noch so verschwenderisch wie seine Brüder, sondern sparsam, zuweilen sogar geizig.

Er lernte meine Mutter auf einem Wohltätigkeitsfest kennen, bei dem »Lebende Bilder« gestellt wurden, die er arrangieren mußte. Eines der Bilder hieß »Cleopatras Letzte Stunde«. Meine Großmutter, in bunte Tücher gewickelt, war die ägyptische Königin. Meine Mutter, ebenfalls drapiert, mit aufgelöstem

Haar, mußte Cleopatra den verhängnisvollen Blumenkorb mit der papiernen Giftschlange überreichen. Ihre drei jüngeren Schwestern waren die anderen Sklavinnen. Mein Vater, als Eunuch verkleidet, hielt einen Besenstiel, an dem ein Pleureusenbündel den Palmwedel darstellen sollte.

Meine Mutter war dreiundzwanzig Jahre alt, für die Begriffe jener Zeit nicht mehr jung, denn es war üblich, junge Mädchen zwischen sechzehn und zwanzig Jahren zu verheiraten. Fünfundzwanzigjährige galten bereits als alte Jungfern, wurden nicht mehr zu Bällen eingeladen und verbrachten ihr Dasein traditionsgemäß verbittert und einsam, pflegten ihre Eltern bis zum Tod und beaufsichtigten Kinder von Geschwistern und Altersgenossinnen.

Der Heiratsantrag des reichen Felix Borchardt wurde deshalb freudig angenommen, denn meine Mutter war froh, endlich aus der verschämten Armut herauszukommen, in der die Familie schon so lange leben mußte.

Sie war ein schönes Mädchen, etwas zu üppig, mit dem rundlichen Gesicht eines Barockengels, den blauen Augen ihres Vaters, dessen slawischen Backenknochen, einem kleinen, aufgeworfenen Mund und zartrosa Teint. Sie besaß eine faszinierende Altstimme, war ungewöhnlich musikalisch, sprach Russisch, Französisch, Italienisch und Englisch, war gesellschaftlich gewandt und verstand es, zu empfangen und zu bewirten. Ihre Geschwister hatten ihr den Spitznamen »Die Großfürstin« gegeben – wegen ihrer majestätischen Allüren und ihrer durch nichts zu erschütternden gelassenen Haltung. Dieser Spitzname war darauf zurückzuführen, daß eine bäuerliche russische Urahnin ein Verhältnis mit einem Zaren gehabt hatte und später einen gewissen Sergej de Bosse heiratete, der das Zarenkind adoptierte. Onkel Harry erwähnte zuweilen ironisch, daß man »als Romanoff« dies oder jenes nicht tun könnte. Erst später erfuhr ich, daß es eine Anspielung auf die Affäre vom Bauernmädchen und dem Zaren war.

Ob meine Mutter zu dieser Ehe von ihrer Mutter überredet wurde, ob sie wirklich in meinen Vater verliebt war oder nur aus den beschränkten Verhältnissen herauskommen wollte, weiß ich nicht. In späteren Jahren erzählte sie mir oft von ihrer spartanischen Jugend, vom Abendessen aus Tee und Butterbrot und wie ein Schmuckstück nach dem anderen aus dem Birkenholzkasten verschwand, denn ihr Bruder Harry, zuerst Kadett, dann Leutnant bei den 14er Husaren in Kassel, machte Schulden, die meine Großmutter bezahlen mußte, und die vier Töchter brauchten Hoftoiletten, als sie vorgestellt wurden. Eine Näherin war ständig in der Lingerie mit Änderungen, Auffrischungen und Reparaturen beschäftigt. Spitzen, Rüschen, Bisenschnecken mußten abgetragene Stellen verdecken. Die kleine Maruschka trug die abgelegten Kleider ihrer älteren Schwestern. Nur zum Begräbnis ihres Vaters erhielt sie zum erstenmal ein neues Kleid vom Bruder meiner Großmutter, der aus England gekommen war. Sie soll sich bei dieser Gelegenheit erkundigt haben, wann wieder jemand sterben würde, weil sie sich ein hellblaues Kleid wünschte.

Die Heirat meiner Eltern fand im Mai 1893 in Dresden statt.

Kindheit in Dresden

Das Haus, in dem ich geboren wurde, war ein häßlicher, roter Backsteinbau mit Erkern, Türmchen, Bogenfenstern und einem angebauten Riesenatelier, in dem auch unsere Gesellschaften abgehalten wurden. Ein Garten umgab das Haus an der Canalettostraße im damals ländlich geruhsamen Dresden.

Während meine Mutter in den Wehen wimmerte, saß meine Tante Alexandra, Nina genannt, im Wohnzimmer, hielt sich die Ohren zu und roch an der kleinen, dunkelgrünen Flasche mit englischem Lavendelsalz, um nicht in Ohnmacht zu fallen. Eine Geburt war damals etwas Peinliches, denn sie betraf Vorgänge und Körperteile, die man weder offiziell erwähnen durfte, noch offiziell besaß. Und Tante Nina war ein junges Mädchen, das von dergleichen nichts wissen durfte. Warum Großmutter Elizabeth, die ebenfalls das Riechfläschchen inhalierte, wenn sie hin und wieder aus dem Wochenzimmer kam, sie überhaupt mitgenommen hatte, weiß ich nicht.

Der Arzt behauptete, er müßte die Zange zu Hilfe nehmen. Aber die Hebamme erklärte, nachdem er gegangen war, daß ich auch ohne seine »dämliche Murkserei« zur Welt gekommen wäre. Er hätte bloß mehr Geld verdienen wollen, weil mein Vater ein reicher Mann war.

Meine erste Erinnerung ist meine ungeheuerlich dicke Amme Bertha, die stets Spreewäldertracht tragen mußte, obwohl sie Sächsin war: den halblangen Faltenrock, ein Mieder mit Vorderverschluß, um das Stillen zu erleichtern, eine schwarzseidene Bänderhaube, weiße Strümpfe und breite Schnallenschuhe.

Meine nächste Erinnerung ist eine englische Kinderfrau, die meine Großmutter aus ihrer Heimat für mich kommen ließ. Ich mußte sie, englischer Sitte gemäß, Nanny nennen. Sie sollte den Übergang vom Säugling zum Kleinkind vollziehen, als Bertha eines Tages aus meinem kleinen Leben entschwand.

Ich mochte Nanny nicht. Sie war schweigsam, sehr streng und erzählte niemals endlose Geschichten wie Bertha, Geschichten, die ich wohl kaum verstand, die aber zum Essen anregten, während sie mir Speisen einlöffelte, die gesundheitsfördernd sein sollten: Fleisch- und Kartoffelpüree, zweimal täglich Apfelmus und morgens Porridge.

Von Nanny lernte ich die herrlichen englischen nurseryrhymes, von Humpty-Dumpty, der von der Mauer fiel, zerbrach und selbst von allen Königsmannen nicht wieder zusammengesetzt werden konnte. Und von der Maus, die unablässig in der Standuhr auf und ab rannte.

Sobald ich ein paar Worte sprechen konnte, wurde ich von Nanny in den Salon gebracht, wenn meine Mutter ihren Teenachmittag abhielt. Ich mußte jeden Gast mit einem Knicks begrüßen und wurde dann in die Nursery zurückgeführt. Es war eine gute Erziehungsmethode zur Überwindung von Schüchternheit. Zuweilen hatte ich keine Lust, bewundert und von Unbekannten geküßt zu werden. Und da ich einmal, kaum in den Salon geführt, »A-A-!« brüllte und rasch wieder fortgebracht worden war, brüllte ich manchmal diese zwei Buchstaben, die mich von gesellschaftlichen Pflichten befreiten.

Ich sah wenig von meinen Eltern. Kinder gehörten in die Kinderstube, zu Nanny. Und so wurde ich meist nur zur Teestunde, frisch gebadet, vor dem Zubettgehen, heruntergebracht, um Gutenacht zu sagen.

Morgens durfte ich im Boudoir meiner Mutter sein, während sie sich frisieren ließ. Diese Arbeit nahm viel Zeit in Anspruch und faszinierte mich. Ihr etwas spärliches blondes Haar wurde mit allerlei Ersatzteilen zur modischen Alexandrafrisur aufgebaut. Stirnlöckchen aus ihrem eigenen Haar, an Drahtstielen befestigt, wurden unter die blondwollene Unterlage geschoben und mit goldenen Haarnadeln festgehalten. Über diese Grundlage wurde dann das Haar, mit der Brennschere gelockt, sorgfältig gebürstet. Abends ruhten Stirnlöckchen und Wollunterlage, an Sicherheitsnadeln verankert, auf dem Nadelkissen.

Während meine Mutter und ihre dürre Zofe Liddy sich um die Frisur bemühten, durfte ich mit den Gegenständen auf dem Toilettentisch spielen, an der Kristallflasche mit ›Hégémonienne‹ riechen, die wie abertausend Blumen duftete, mit Haarnadeln und Kämmen spielen, die blaue Spiritusflamme beobachten, auf der die Brenneisen zuerst erhitzt, dann an Seidenpapier auf die richtige Temperatur geprüft wurden. Liddy trug meiner Mutter allen Küchenklatsch zu. Hin und wieder sagte sie zu dieser ewig intrigierenden Eminenz im schwarzen Kleid, weißen Bänderhäubchen und knisternder Schürze: »Wirklich, das ist ja unerhört!«

Wenn die Frisur beendet und nach langer Beratung beschlossen worden war, welches Kleid sie heute anziehen sollte, und sie die weitärmelige weiße Spitzenmatinée ablegte, mußte ich das Zimmer verlassen, denn beim Anziehen durfte ich nicht dabei sein. Zuweilen sah ich sie erst wieder, wenn ich im Bett lag und sie Gutenacht sagen kam, tief dekolletiert, mit ihrem schönen russischen Schmuck, den sie von einer Schwester ihres Vaters geerbt hatte. Eine Zeitlang trug sie auch eine arme kleine Miniaturschildkröte an einer Goldkette auf ihrer Schulter. Das kleine Geschöpf, das ich Shippy nannte, starb bald. Mir wurde gesagt, es wäre verreist, denn der Tod durfte Kindern gegenüber nicht erwähnt werden.

Meine Mutter wurde bewundert, beschenkt und angedichtet. Einer ihrer Verehrer, Baron Reininghaus, ein langer, schlanker Österreicher, kam besonders oft. Als er sie einmal besuchte, glitt er auf dem Parkett aus und fiel der Länge nach hin. Am anderen Morgen erhielt sie einen Blumenstrauß mit einem Gedicht, dessen erste Strophe begann: »Daß ich so oft bei Ihnen ausgeglitten –«

Ein anderer Österreicher, intimer Freund meines Vaters, war der Grazer Dichter Königsbrun-Schaup, dessen zarte Verse längst vergessen sind. Nur eines wird noch hin und wieder im Kabarett vorgetragen:

»Schenkst du mir ein wenig Huld
Sag nicht warte, sag: Geduld.
Sag nicht dieses messerscharfe, kalte, harte, warte, warte.
Sag nicht warte. Sag: Geduld.«

Er war ein Mann von unendlichem Charme und altväterischer Grazie. Mit seinem rötlichen Spitzbart, den scharfen grauen Augen ähnelte er Mephisto in Zivil. Er gehörte zu den ständigen

Gästen am Weihnachtsabend, zusammen mit Großmutter Elizabeth, den drei unverheirateten Schwestern meiner Mutter und einer Kusine meines Vaters, Evchen, die nicht nur die typische arme Verwandte, sondern auch die typische alte Jungfer ihrer Zeit war. Als Fünfundzwanzigjährige war sie schon, als »zu alt« und unverheiratbar, ad acta gelegt worden. Und so bestand ihre einzige Existenzmöglichkeit, vielleicht auch ihr Lebensinhalt nach dem Tod ihrer Eltern darin, reihum bei Verwandten eingeladen zu werden. Sie erwähnte gern, wie oft sie »helfend eingreifen« mußte, und absolvierte ihre Besuche nach streng eingehaltener Ordnung, die sie in einem Kalenderbuch eintrug. Zum Entsetzen meiner Eltern nannte ich sie einmal »Tante Nichtzuhause«, weil ich gehört hatte, wie dem Diener eingeschärft worden war, zu sagen, sie wären nicht zu Hause, falls Fräulein Evchen unaufgefordert erscheinen sollte. Dies geschah hin und wieder, wenn sie irgendwo ausgeladen wurde und die Lücke bei uns ausfüllen wollte.

Tante Nichtzuhause wurde nur ausgenützt: sie mußte das Haus hüten, wenn Verwandte verreisten, mußte Kinder beaufsichtigen, wenn eine Erzieherin entlassen war, mußte Kranke pflegen helfen. Sie kam gern, immer freundlich, stets hilfsbereit, immer dunkelgrau gekleidet, mit einem weißen Spitzenkragen, einer großen Achatbrosche, weißen Manschetten und enormem Appetit. Ich überraschte sie einmal, als sie die Reste aus meiner Wärmschüssel gierig zusammenkratzte.

Am Weihnachtsabend durfte ich länger aufbleiben und mit den Gästen essen, als ich etwa vier Jahre alt war. Der Baum stand im Atelier, die weiß verdeckten Tische mit den Geschenken waren um ihn gruppiert. Die Tische für die Dienstboten standen abseits, um den sozialen Abstand zu betonen.

Zuerst wurden die Dienstboten beschert. Sie mußten vor der Ateliertür warten, bis die Kerzen entzündet waren und meine Mutter ›Stille Nacht‹ auf dem kleinen Harmonium zu spielen begann. Wenn sie alle Verse mitgesungen hatten, erhielten sie ihre Geschenke: einen Monatslohn, das goldene Zwanzigmarkstück, einen Dresdner Stollen, Pfeffernüsse, etwas »Nützliches« und eine Flasche Wein.

Sobald sie das Atelier verlassen hatten, dankbar, feierlich gerührt, in ihren Sonntagskleidern, wurden die Tücher von unseren Tischen genommen, und Großtante Anna erzählte jedesmal überlaut, weil sie schwerhörig war, von Weihnachtsfesten in St. Petersburg, als sie und mein Großvater Kinder waren.

Großmutter Elizabeth hob ihr Weinglas und sagte: »They are not long, the days of wine and roses.« Nanny saß neben mir und ermahnte: »Fingerspitzen auf den Tisch legen, wenn du fertig gegessen hast, my dear. Löffel nicht so voll nehmen, my dear«, und, wenn ich meinen Latz beschmutzte: »Don't eat the piggish way, my dear«, mit gedämpfter Stimme.

Nach dem Putenbraten, auf dem Großmutter bestand, wurden die Lampen gelöscht und der von bläulicher Rumflamme umflackerte Weihnachtspudding feierlich in den verdunkelten Raum gebracht. Tante Nichtzuhause brach dabei stets in Tränen aus.

Sie weinte auch beim Bleigießen in der Silvesternacht, wenn die Bleiklümpchen zischend in das Wasser fielen, die Gebilde »gedeutet« und die in den Figürchen enthaltenen Verse gelesen wurden. Ich weiß nicht, was aus ihr wurde.

Sie entschwand aus dem Scheinwerfer der Erinnerung, der weiterglitt und stärkere Erlebnisse erhellte, zu denen das überraschende Erscheinen von Onkel Harry gehörte, dem einzigen Bruder meiner Mutter. Er war das schwarze Schaf der Familie, ein schöner, großer, blonder Mann, der typische Engländer, heiter-sorglos, gelassen, voller Charme, geliebt und verwöhnt von Mutter und Schwestern. Sein einziges Interesse galt Rennpferden, Roulette, Musik und jungen Leuten. Ich liebte ihn zärtlich, denn er war ein wunderbarer Spielgefährte für ein einsames kleines Mädchen. Vor allem aber spielte er streng verbotene Spiele mit mir. Eins von ihnen nannten wir: Ganz Große Überschwemmung. Es bestand darin, die Badewanne überlaufen zu lassen, bis der Fußboden naß war. Dann rief er: »Jetzt müssen wir uns auf die Insel Irgendwo retten!«

Die Insel Irgendwo war der Badezimmerhocker. Dann schrien wir um Hilfe. Wenn Nanny erschien, sagte sie bloß: »Oh, Sir –«, denn sie war in ihn verliebt, und zu mir: »You are a naughty little girl, dear.«

Wir mußten Schuhe und Strümpfe wechseln, heiße Milch trinken, und Onkel Harrys glänzende Reitstiefel wurden frisch poliert.

Ich hatte ihn bisher nur in der blauen, silberverschnürten Husarenuniform gesehen, in den hohen Lackstiefeln, an denen die Sporen bei jedem Schritt wie silberne Glöckchen klirrten, aber eines Tages erschien er in Zivil und übergab meiner Mutter ein Paket: »Motte das Zeugs gut ein. Vielleicht trägt es mal irgend jemand, später, wenn es keine Husaren mehr gibt, auf einem Maskenball.«

Erst viele Jahre später erfuhr ich, was vorgefallen war. Er hatte sich, auf Zureden meiner Mutter und Großmutter, mit einem der schönsten Mädchen der Dresdner Gesellschaft verlobt. Die Familie hoffte, daß er durch diese Heirat ein »normaler Mann« werden würde. Ein Zwischenfall in seinem Regiment brachte ihn vor das Ehrengericht. Es wurde ihm nahegelegt, seinen Abschied einzureichen, um den Skandal des »schlichten Abschieds« zu vermeiden. Vielleicht hatte seine Braut etwas von all dem erfahren, denn sie nahm sich auf dramatische Weise das Leben. Man fand sie vergiftet, auf ihrem Bett liegend, im Brautkleid, von Rosen umgeben.

Dresden soll wie ein aufgestöberter Ameisenhaufen von allerlei Gerüchten geschwirrt haben. Um das Geflüster hinter vorgehaltenen Fächern und in Herrenclubs zum Schweigen zu bringen, wurde er als Gesandtschaftsattaché nach Teheran geschickt.

Meine Mutter sagte bloß zu mir: »Onkel Harry ist verreist und läßt dich grüßen.« Nanny behauptete, er wäre Botschafter geworden. Wir bekamen jetzt zuweilen Pakete aus Persien: grellbunte Tücher, Tischdecken und gestickte Lederpantoffeln, die niemandem paßten. Und Onkel Harry schrieb lange Briefe, aus denen meine Mutter vorlas. Ich besinne mich auf einen Satz: »Wenn ich besonders großes Heimweh habe, spiele ich auf einem Klavier, das so verstimmt ist, daß man es hören muß, um es zu glauben.«

Er blieb nicht lange in Teheran. Die kleinen Perserjungen waren wohl zu verlockend, und so benützte man die Gelegenheit, ihn nach Deutschland zurückzuschicken, als der dortige Gesandte starb. Er wurde beauftragt, den Sarg zum Schiff nach Batum zu bringen. Eines Tages erschien Onkel Harry wieder einmal unerwartet und brachte mir das schönste Geschenk meines Lebens mit: einen riesigen jungen Perser namens Ali Akber, einen schönen Burschen in Nationaltracht.

»Jetzt hast du einen Leibdiener, wie eine Märchenprinzessin«, sagte er und verschwand – unter Hinterlassung von Ali. Ich war selig, meine Eltern verärgert. Endlich hatte ich einen ständigen Spielgefährten, der mir zu Nannys Ärger auf Schritt und Tritt folgte und verbotene Spiele spielte, sobald Nanny den Rücken kehrte: Steinwerfen nach Flaschen und den Scheiben vom Gewächshaus, den Vorübergehenden die Zunge herausstrecken und die zwei Bernhardiner necken.

Ali wurde, so gut es ging, in den Haushalt eingeordnet, der schon aus zwei Hausmädchen, der Zofe Liddy, Diener Johann, der Köchin und einem Küchenmädchen bestand. Er mußte bei Gesellschaften die Haustür öffnen, Garderobe abnehmen, beim Servieren helfen. Aber man konnte ihm nicht abgewöhnen, mit kummervoller Miene jeden Gast beim Fortgehen aufdringlich um Bakshish anzubetteln.

Er stickte Lederpantoffeln für mich und meine Puppen, lehrte mich persische Wörter mit verschmitztem Lächeln, bis man es ihm untersagte – und lehrte sie weiter, wenn niemand in Hörweite war. Eines Morgens erschien er nicht zur gewohnten Spielstunde. Nanny murmelte etwas von »bad boy«, meine Mutter erklärte, er wäre zu seinen Eltern gereist, mein Vater, der mich nie belog, sagte nichts. Das Zimmermädchen Trude, meine Vertraute, die Ali nur ihren »süßen kleinen Schokoladerich« nannte, hatte gerötete Augen.

Ich heulte und schrie, sein Verschwinden war der erste große Schmerz in meinem Leben. Nanny befahl mir, mich wie eine Lady zu benehmen und meine Gefühle nicht zur Schau zu tragen, und sagte, was ich oft von meiner Großmutter hörte: »Don't show your feelings, dear.«

Ich wollte keine Lady sein, sondern wollte Ali wiederhaben. Eines Tages verriet mir Trude, unter dem Siegel der Verschwiegenheit, daß ihr armer kleiner süßer Schokoladerich bei Freunden meiner Eltern »etwas stibitzt« hätte und im Gefängnis säße. Sie hätte ihn dort besucht, er ließe mich grüßen. Ich bat Trude, mich das nächste Mal mitzunehmen. Trude bekam Angst und drohte mir mit einem überdimensionalen Schornsteinfeger, der mich fortschleppen und schwarz anmalen würde, wenn ich nicht meinen Mund hielte. Ich war damals etwa fünf Jahre alt – aber niemand erfuhr, daß ich die Wahrheit wußte.

Als Onkel Harry wieder einmal erschien, bat ich ihn, mir Ali wiederzubringen, ohne zu verraten, daß ich wußte, wo er war. Er erklärte, Ali wäre nach Persien zurückgeschickt worden, weil er ein bad boy sei. Er würde mir von seiner nächsten Reise etwas viel Schöneres mitbringen. Und dann spielten wir Ganz Große Überschwemmung und Notlandung auf der Insel Irgendwo.

Es gab mit einem Male lange Gespräche zwischen meinen Eltern, meiner Großmutter und Großtante Anna. Schließlich wurde ein Familienrat einberufen, zu dem auch Onkel Johnny aus England kam. Meine drei Tanten waren nicht dabei, weil sie »junge Mädchen« waren, die nicht erfahren durften, was besprochen wurde. Endergebnis dieser Beratungen war der Beschluß, Onkel Harry nach Amerika zu schicken, in das traditionelle Exil für schwarze Schafe. Nur fehlte das Geld für dies Unternehmen. Aber meine Mutter überredete meinen Vater, das Geld zu Reise und Ansiedlung »vorzustrecken«. Ich hörte jetzt oft etwas von »Gras über alles wachsen lassen« und beobachtete unseren Gärtner, den alten Friedrich, wenn er unseren Rasen pflegte.

Warum die Familie beschlossen hatte, einen leichtsinnigen jungen Husarenoffizier, der nur Pferde, Blumen, Roulette und junge Leute liebte, in einen kalifornischen Obstfarmer zu verwandeln, konnte mir auch später nicht erklärt werden. Meine Großmutter soll die einzige gewesen sein, die dagegen war, ihren Sohn in die neue Welt zu schicken.

Onkel Harry war begeistert von dem Plan. Immer wieder erzählte er mir von seiner Farm, als ob er sie schon jahrzehntelang bewirtschaftet hätte: »Morgens und mittags und abends esse ich meine eigenen Aprikosen und trinke Sekt dazu. Wenn ich Millionär geworden bin, bringe ich dir einen echten Cowboy mit, vielleicht sogar Buffalo Bill mit seinem Lasso und seinem Schimmel.«

Er hatte mir ein Bilderbuch über den sagenhaften amerikanischen Indianermörder Colonel William Cody geschenkt, der sich Buffalo Bill nannte. Ich sah diesen Buffalo Bill wenige Jahre später, als er in Paris mit einer eigenen Truppe und etlichen armseligen Indianern unter dem Jubel der Zuschauer seinen feigen Kampf gegen diese Wehrlosen in Szenen vorführte, bei denen er sie aus brennenden Zelten unter viel Schießerei verjagte und etliche als »Leichen« liegen bleiben mußten.

Weder meine Großmutter noch meine Mutter noch ihre drei Schwestern weinten beim Abschied von Onkel Harry, obwohl es sich damals gehörte, beim Abschiednehmen ein Taschentuch in der Hand zu halten. Nur Tante Nichtzuhause, die gerade bei uns war, weinte laut, weil sie, als Deutsche, ihre Gefühle zeigen durfte.

Das Leben meiner Eltern verlief, wie es damals üblich war. Sie wurden eingeladen, gaben Gesellschaften und machten Ausflüge auf den Weißen Hirsch. Die Damen sorgten sich um ihre Hausschneiderinnen, neue Kleider, neue Hüte, litten an Migräne und fielen in Ohnmacht. Die Herren hatten Affären mit Balletteusen oder Choristinnen. In der fin-de-siècle-Epoche wurde heiter-unbeschwert gelebt, als gäbe es keine Not. Armut war ein Grund für Wohltätigkeitsbazare und Bälle, um den »armen Leuten etwas zu helfen«.

Man trieb Sport, Federball, Tennis, vor allem aber Croquet. Es gab Croquet-Nachmittage, bei denen unsere Gäste die Holzkugeln gemächlich auf dem dichten, kurzen Rasenteppich durch kleine Metalltore trieben. Erschöpft erholten sie sich nach dieser »gesundheitsfördernden« Anstrengung bei Tee und Kuchen. Aus einem großen, grünen Glasbehälter schöpfte Johann eisgekühlte Erdbeerbowle oder eisgekühlte Limonade in bauchige grüne Gläser.

Mein temperamentvoller Vater wurde tolerant als »Künstler« bezeichnet, dem manches verziehen werden mußte, was sich eigentlich nicht gehörte. Eine von der Canalettostraße aus unternommene Eskapade erregte jedoch Entrüstung. Man bezeichnete sie nicht mehr als »Künstlerlaune«, sondern als »direkt unpassend«. Sie war die Folge eines Maibowlenabends mit Lampionbeleuchtung in unserem Garten. Von den Gästen waren nur noch Reininghaus und Königsbrun übrig geblieben. Reininghaus, weil er sich nicht von meiner Mutter trennen konnte, Königsbrun, weil er an chronischer Schlaflosigkeit litt. Alle vier hatten zuviel Bowle getrunken, da Königsbrun behauptete, Bowle dürfe nicht aufgehoben werden, weil sie dann schädlich wäre. Außerdem behauptete er, man müßte jetzt endlich einmal Großstadtluft atmen. Reininghaus stimmte zu, meine Eltern fanden die Idee verlockend. Man war sich einig, daß diese Großstadtluft nur in Berlin geatmet werden könnte, und beschloß, den Frühzug dorthin zu nehmen. Von der Maibowle in euphorische Stimmung versetzt, vergaßen sie, sich umzuziehen. Meine Mutter trug eine tiefdekolletierte Abendtoilette und eine Federboa um ihre bloßen Schultern. Die Herren waren in Frack und Zylinder.

Mein Vater erzählte mir später, sie hätten sich nicht einmal die Zeit genommen, das nächtliche Moos von ihren Gesichtern zu rasieren. Erst als sie im Zug saßen, kam ihnen zu Bewußtsein, daß sie nicht im Reisekostüm waren. Und dann standen sie, fröstelnd, übernächtig, auf dem Anhalter Bahnhof, bestaunt von Arbeitern, Beamten und Reisenden und mißtrauisch verfolgt von einem Polizisten.

Königsbrun war schlechter Laune. Reininghaus befürchtete eine Lungenentzündung. Mein Vater war schlechter Laune, meine Mutter fror in ihrem dünnen Kleid. Meine Eltern wagten jedoch nicht, in diesem Aufzug zu meiner Großmutter Hélène in die Französische Straße zu fahren, denn Großmutter Hélène, die früher so lebenslustig gewesen, war im Alter sittenstreng und intolerant geworden und litt an chronischer Entrüstung.

Schließlich einigte man sich nach langer Beratung, zu frühstücken und mit dem nächsten Zug zurückzureisen. Aber im Bahnhofsrestaurant weigerte man sich, der seltsamen Gesellschaft etwas zu servieren. Hungrig und fröstelnd mußten sie auf dem Bahnsteig warten, bewacht vom Polizisten. Über ihrer Reise hatten sie alle den wahren Zweck des Unternehmens, die Großstadtluft, völlig vergessen.

Ich spielte im Garten mit Lampions und Papierschlangen vom vorigen Abend, als meine Eltern in einer Droschke vorfuhren und hastig ins Haus eilten, ohne meinen Morgengruß zu erwidern, ohne mich anzusehen. Nanny versuchte, meine Aufmerksamkeit von dem ungewohnten Anblick abzulenken – meine Mutter im violetten Brokatkleid, mein Vater in Frack und Zylinder. Vielleicht weil sie dies versuchte, blieb mir das Bild in Erinnerung.

Eines Tages sagte Nanny: »Be a good girl«, und entschwand, wie Bertha verschwunden war. Ihre Stelle wurde von Klara Jakoby eingenommen, einem zeitlosen, bescheidenen Wesen mit sanften grauen Augen, einem unendlich frommen Geschöpf, Mitglied jener »Brüdergemeine«, die einstmals aus Böhmen wegen ihres Glaubens vertrieben worden war.

Dunchen, wie ich sie bald nannte, lehrte mich mein erstes Gebet. Sie machte abends ein feierliches Gesicht, legte ihre Hände um meine Hände, und wenn ich etwas sagen oder fragen wollte, erklärte sie, der gute Herr Jesus würde böse sein, wenn ich nicht andächtig zu ihm betete. Wer dieser Herr war, erfuhr ich nicht. Da er unsichtbar blieb, obwohl sie behauptete, er wäre überall, erschien mir der ebenfalls als Drohmittel erwähnte Schornsteinfeger viel unheimlicher, denn er kam regelmäßig, und dann wurde mir gesagt: Siehst du, da ist er, wenn du nicht folgsam bist, nimmt er dich mit.

Dunchen wußte für jede Gelegenheit fromme Sprüche, Kirchenlieder oder Stoßgebete. War ich tagsüber unfolgsam gewesen, betete sie abends zusätzlich: »Herr, vergib mir meine Sünden, laß den rechten Weg mich finden.«

Wenn ich krank war, deklamierte sie mit ihrer leisen, ein wenig brüchigen Spieluhrstimme:

»Das Kind ist krank, sein Köpfchen glüht, da schleichen in der Stille sich zwei herein: Frau Lindenblüt und Jungfräulein Kamille.«

Außer Kamillen- und Lindenblütentee, der bei der geringsten gesundheitlichen Störung verabreicht wurde, gab es noch die verhaßten kalten Bauchwickel, Umschläge auf die Stirn und ein bitteres braunes »Brustpulver«. Aber Dunchen behandelte mich noch insgeheim mit ihren zwei Heilmitteln: Melissengeist und kleinen, grünen Pillen, die laut Etikett unzählige Krankheiten kurieren sollten.

Zweimal täglich wurde ich im Großen Garten spazieren geführt. Dunchen hielt nichts von Spaziergängen. Frische Luft konnte gefährlich, zum mindesten aber schädlich sein. Aber meine Mutter, nach englischer Sitte erzogen, bestand auf diesem Spaziergang bei jedem Wetter. Da ich an der Hand geführt und ermahnt wurde, »ruhig zu gehen«, mich niemals austoben konnte und selten mit anderen Kindern zusammenkam, weil man Ansteckungsgefahr befürchtete, war ich abends nicht richtig müde und lag oft lange Zeit wach. Wahrscheinlich entwikkelte sich daraus allmählich die Schlaflosigkeit meiner späteren Jahre.

Eines Tages sagte mir meine Mutter, daß wir von Dresden fort und nach Paris ziehen würden. Mein Vater versprach sich mehr Anregung und vor allem mehr Anerkennung für seine Malerei. Und behielt recht, er wurde dort bald bekannt, seine Bilder wurden nicht nur von Privatsammlern gekauft, sondern auch vom Staat für das Luxembourg-Museum erworben, er selbst mit der Légion d'Honneur ausgezeichnet.

Große Unruhe entstand mit einem Mal in unserem Haus. Kisten wurden gepackt und zugehämmert. Die leeren Zimmer echoten unheimlich hohl. Die teppichlose Treppe knarrte, und weil mir das Knarren Spaß machte, stampfte ich besonders laut herum und wurde in einem fort ermahnt, mich still zu verhalten.

Der große Salon verlor seine schweren, grünseidenen Vorhänge und die über den Türen drapierten Portieren. Die Etageren wurden ihrer unzähligen Nippes beraubt. Der Steinwegflügel wanderte schwerfällig auf vier Männerbeinen durch den Garten. Der Meißner Kronleuchter, ein buntes Ungeheuer mit Blumen, Vögeln und Schleifen, wurde sanft in Holzwolle gebettet. Die Causeuse aus dem kleinen Teesalon verlor eine ihrer zierlichen Löwentatzen. Der lebensgroße, holzgeschnitzte Teufel im roten Frack, der ein Tablett hielt, auf das abgegebene Visitenkarten gelegt wurden, kam in eine sargähnliche Polsterkiste. Die Regale, die die Bibliothekwände säumten, leerten sich. Der schwere Eichenschreibtisch aus dem Herrenzimmer blieb in der Haustür stecken, bis die stämmigen Herkulesgestalten in blauen Schürzen ihn endlich mit rauhen Zurufen durchzwängten. Ich stand überall im Weg, wurde beiseite geschoben und ermahnt, ruhig auf dem Stuhl zu sitzen, bis auch dieser Stuhl fortgeschafft wurde.

Dunchen, sehr besorgt, sehr blaß, sang: »So nimm denn meine Hände und führe mich –«, und murmelte immer wieder: »Herr, in fremdes Land verschlagen, bewahre uns vor Seelenschaden.«

Ich heulte, als man mein Kinderzimmer auszuräumen begann, mein gelbes Gitterbett forttrug, die bauchige Petroleumlampe, den Tisch, auf dem die von Großtante Anna mit schwarzen Drachen auf goldenem Grund in Kreuzstich verzierte Decke lag, meinen kleinen, schwarz lackierten Nachtstuhl, der »Ach, wie ist's möglich dann, daß ich dich lassen kann« spielte, wenn man den Deckel aufklappte, und auf den ich meine Puppen mit denselben ermunternden Worten setzte, wie man es früher mit mir getan hatte.

»So unser Herr Jesus es will, siehst du alles wieder, armes Kind«, tröstete Dunchen. Meine Mutter ruhte inmitten von Durcheinander und Lärm auf ihrer grünsamtenen Chaiselongue mit dem Wasserrosenmuster und erklärte, sie spüre ihr Herz, roch am Lavendelsalz und verhielt sich passiv, während mein Vater erregt das Verpacken von Bildern und Staffeleien überwachte.

Unsere Dienstboten kamen mit nach Paris. Ich weiß nicht, ob sie mitkommen wollten, denn damals fragte man Angestellte nicht nach ihren Wünschen, sondern verfügte über sie und befahl ihnen, ihre Sachen zu packen. Und so packten Diener Johann, Köchin Resi, die Zimmermädchen Trude und Marie und Liddy weinend ihre Reisekörbe mit Eisenstange und Vorlegeschloß, die ihre Habseligkeiten schützen sollten, und zogen ihre Sonntagskleider für die Reise an.

Als ihre Chaiselongue bereits auf der Canalettostraße vor dem Möbelwagen stand, sagte meine Mutter: »Sag unserem lieben Haus adieu, wir reisen ab.«

Ich wanderte folgsam durch die leeren, fremd gewordenen Räume mit ihren vorhanglosen Fensterstangen und den vielen hellen Flecken an den Wänden, knickste in jedem Zimmer und sagte: »Adieu, liebes Haus.«

Dann kam Dunchen, wie stets schwarz gekleidet, und führte mich zur Droschke »erster Güte«, in der meine Eltern saßen, während die Dienstboten mit ihrem Gepäck in zwei Droschken »zweiter Güte« folgten.

Mein Vater sah ernst aus. Meine Mutter betupfte ihre Augen und erwähnte ihr Herz, während wir durch die Prager Straße fuhren. Großmutter Elizabeth und Großtante Anna erwarteten uns auf dem Bahnsteig. Königsbrun und Reininghaus waren ebenfalls erschienen, schwarz gekleidet, mit Zylinderhüten.

Meine Großmutter schenkte mir eine kleine weiße Handtasche und sagte: »Don't forget your Granny, little Kuky.«

Großtante Anna gab mir eine Bonbonniere.

Königsbrun und Reininghaus überreichten meiner Mutter in weiße Papierspitzen gehüllte, Seidenband-umschlungene Blumen. Reininghaus küßte meiner Mutter immer wieder die Hand und gab ihr schließlich eine mit breitem Seidenband verzierte Pergamentrolle, die ein Gedicht enthielt: ›Abschied vom Paradies‹. Es lag jahrzehntelang vergilbt und morsch mit ihrem Schmuck im Birkenholzkasten mit den Goldecken.

Dunchen breitete ein weißes Leinentuch auf meinen Sitz und legte mir die kleine Mohrenpuppe in den Arm, für die Ali Akber winzige gestickte Lederpantoffeln angefertigt hatte.

Großtante Anna weinte vorschriftsmäßig, die beiden Herren sahen ernst aus. Großmutter Elizabeth, in einem zartblauen Samtkleid, mit einer kleinen Samt-Toque, auf der ein bunter Vogel zwischen Rüschen und Bändern hockte, blickte tränenlos, mit unbeweglichem Gesicht zu mir auf, als der Zug anfuhr und wiederholte nur: »Don't forget your Granny, little Kuky, please.«

»Kuky« war ein Kosename, der aus einem phonetischen Mißverständnis zwischen ihr und Amme Bertha entstanden war, als sie meine dunklen Augen »Guggerln« genannt hatte. Meine Großmutter anglizierte dies zuerst in »Cooky«, woraus sich später für Eltern und Freunde Kuky entwickelte.

Es war ein feierlicher Augenblick. Er bedrückte mich, weil meine Mutter aus dem Fenster der immer kleiner werdenden Menschengruppe zuwinkte und dazwischen ihr Taschentuch an die Augen drückte, während mein Vater sich fortwährend räusperte. Ich spürte den Ernst des Augenblicks in Dunchens Stimme, als sie feierlich murmelte: »In Gottes Namen, Amen, Amen«, die Hände um ihre Bibel gefaltet, den Kopf gesenkt.

Als die letzten Häuser hinter den Fenstern vorübergezogen waren, rief ich plötzlich: »Adieu, mein liebes Dresden!« worauf meine Mutter zu weinen begann und erklärte, sie spüre ihr Herz zu sehr. Mein Vater und Dunchen bemühten sich um sie. Schließlich mußte Liddy vom Schaffner aus der dritten Klasse gerufen werden, um ihre Korsettschnüre diskret zu lockern, während mein Vater mich auf den Gang führte.

Wir verließen Dresden in den letzten Monaten des 19. Jahrhunderts, nach meinem fünften Geburtstag.

Leben in Paris

Wir zogen in ein großes, dreistöckiges Haus im 16. Bezirk, nahe dem Bois de Boulogne. Die Straße hieß jetzt zu Unrecht Rue des Belles-Feuilles, denn außer zwei alten Kastanienbäumen in unserem Hof war kein Baum in der schmalen Straße mit dem holprigen Holzpflaster zu sehen. Nur ein paar niedrige Häuser zeugten davon, daß hier einmal Felder, Wiesen, Bauernhöfe, vielleicht eine Allee gewesen waren. Das Haus war im Erdgeschoß durch die Einfahrt in zwei Hälften geteilt: rechts von der Einfahrt war eine breite Glastür, die zur teppichbelegten »Herrschaftstreppe« führte. Die Dienstboten durften sie nur zum Putzen betreten. Links führte eine Holztür zu Küche, Wasch- und Bügelstube und der schmalen »Dienstboten und Lieferanten«-Treppe.

Das große Einfahrtstor wurde nur bei Gesellschaften geöffnet, damit die Wagen an der Glastür vorfahren konnten. Die in das Tor eingelassene kleine Pforte wurde von unserer Concierge, Madame Demontrand, von ihrer Loge aus bedient, indem sie an einem breiten blumenbestickten Strang zog. Die lebhafte Frau, deren Mann Polizist war, wurde meine beste Freundin. Ihre Loge bestand aus einem großen Raum, der durch einen Vorhang in Wohn- und Schlafzimmer eingeteilt war. Die Schlafzimmerseite enthielt den Kochherd, auf dem sie den ganzen Tag kochte oder buk. Wenn ich Dunchen entwischen konnte, lief ich zu ihr und mußte von ihren Gerichten kosten:

»Tiens, goûte-moi çela, ma petite. Hein, que c'est bon?« Und wenn ich die Kostproben gierig verschlang, bemerkte sie mitleidig: »Regarde-moi çela, elle a faim, la pauvre petite riche fille.«

Die Kostproben führten zu Appetitlosigkeit und machten meiner Mutter und Dunchen Sorge. Um meinen Appetit anzuregen, flößte man mir eine weiße Substanz ein, der magische Eigenschaften zugeschrieben wurden, die aber Übelkeit verursachte. Und Dunchen verabreichte Melissengeist und ihre grünen Pillen, obwohl sie es nicht tun sollte.

Mein Zimmer lag im dritten Stock. Drei Fenstertüren führten auf einen schmalen Balkon, von dem man über Dächer und Baumwipfel des Bois de Boulogne hinweg zum Mont Valérien sehen konnte, auf dem vier Jahrzehnte später französische Patrioten, die ihr Land gegen die Barbaren verteidigen wollten, nach der Besetzung von Paris ermordet wurden. Von der Weltausstellung weiß ich nur noch, daß ich beim Anblick der verzweifelt heulenden Hunde mitzuheulen begann und mich vor einem Zwinger auf die Erde setzte. Dunchen mußte mich nach Hause bringen.

Als ich etwa sieben Jahre alt war, bekam ich eine Gouvernante, denn Dunchens Elementarunterricht hatte mir nur Lesen und Schreiben beigebracht. Mademoiselle Delange kam morgens, ich mußte an einem kleinen Pult sitzen, während sie diktierte und prüfte. Der Unterricht wurde auf französisch gegeben. In der Pause servierte Johann Vermouth in einer Kristallflasche und kleine bunte Huntley & Pamers-Bisquits. Ich mußte ein halbes Glas Vermouth mit Pepsintropfen trinken, und Mademoiselle durfte sich soviel einschenken, wie sie wollte. Sie trank stets mehrere Gläser und aß Unmengen Bisquits. Daß Gouvernanten arme, schlecht bezahlte, stets hungrige Geschöpfe waren, die sich vor ihrer Entlassung fürchteten, ahnte ich nicht. Nach dem Mittagessen sollte ich schlafen, da ich aber nie müde war, spielte ich im Bett bis zum Spaziergang im Bois. Mademoiselle führte mich an den sogenannten eleganten Tagen in die Avenue des Acacias, wo die Prominenten sich zeigten. Die Damen trugen ihre neuesten Toiletten und Hutmodelle, machten ein paar Schritte, gefolgt von ihren Equipagen. Sarah Bernhardt kutschierte ihr Mauleselgespann. Die Halbweltdame Rita del Erido lenkte ihren dunkelblauen Phaeton, hielt hin und wieder an, damit die Herren sie bewundern konnten. Und Iza de Comminges, die als erste im Herrensitz ritt, galoppierte den Reitweg entlang, sehr schlank, mit einem scharf geschnittenen Raubvogelprofil. Réjane trug Riesengebilde aus Pleureusen, Rüschen und Bändern auf dem Kopf. Und hin und wieder fuhr Gaby Delys, die Geliebte von Manuel von Portugal, die Avenue entlang – mit ihrer Perlenkette, die so lang war, daß sie ihren Namen damit legen konnte. Und da war auch eine geheimnisvolle, stets in tiefe Trauerschleier drapierte Frau, nach der sich die Menschen umdrehten – aber wer sie war, weiß ich nicht.

Dunchen war unglücklich darüber, daß ich einer Fremden anvertraut wurde. Wenn ich vom Spaziergang zurückkehrte, betrachtete sie mich besorgt, um zu sehen, ob ich wirklich heil und ganz zurückgekommen war.

Auf unseren Spaziergängen zum See traf sich Mademoiselle oft mit einem Herrn, den sie mit Ausrufen der Überraschung begrüßte. Ich wurde dann aufgefordert, die armen, hungrigen Schwäne zu füttern, während sie sich mit dem Unbekannten, eng umschlungen, auf eine Bank setzte. Wenn ich mich näherte, wurde ich zu den Schwänen zurückgeschickt, und auf dem Heimweg kaufte sie mir eine grellfarbene Stange sucre d'orge, die von einem alten Mann aus einer roten Blechtrommel verkauft wurde, und die ich eigentlich nicht essen durfte. Als ich Mademoiselles Freund einmal zu Hause erwähnte, wurde sie zu meiner Mutter gerufen. Am nächsten Morgen kam sie nicht zum Unterricht, mir wurde gesagt, sie wäre zu ihrer Mutter gereist. Sie waren wirklich arme Geschöpfe, diese Gouvernanten, Zwitterwesen, die nicht zur Herrschaft, nicht zu den Dienstboten gehörten, jeden Augenblick fristlos entlassen werden konnten und stets dankbar abgelegte Kleider empfingen.

Ich hatte rasch französisch gelernt, nicht so sehr im Unterricht, als durch Madame Demontrand. Meine nächste Gouvernante war Miß Morris, die ich nicht mochte, weil sie mich vor dem Unterricht turnen ließ. Außerdem überredete sie meine Mutter dazu, mir einen Geradehalter zu kaufen, ein Marterinstrument, das die Schultern zurückzog.

Die Rue des Belles-Feuilles verwandelte sich in den frühen Morgenstunden in einen Miniaturmarkt. Handkarren mit Obst, Gemüse, Geflügel und grell gefärbten, auf Draht gezogenen Blumen erschienen. Warum man die schönen Rosen, vor allem Nelken röter färbte, als sie in Wirklichkeit waren, verstand ich nicht. Die Verkäufer schworen jedoch immer, daß sie nicht gefärbt wären, und hoben Hände mit den Farbspuren zum Himmel empor. Köchinnen kamen mit ihren Einkaufstaschen aus den Häusern. Es wurde gefeilscht, gelacht, sehr viel geflucht, vor allem wurde gelärmt.

Eine besonders dicke Gemüsehändlerin stellte ihren Karren vor unserem Haus auf und wachte darüber, daß Köchin Resi nur bei ihr kaufte. Wenn sich die kleine Pforte öffnete und Resi mit dem Einkaufszettel erschien, riß sie ihn ihr aus der Hand und begann auf die Sprachunkundige einzureden. Diese Frau stritt sich oft mit ihrem kleinen, kümmerlichen Mann. Einmal warf sie ihn im Streit um, setzte sich rittlings auf ihn und hieb mit einem Karottenbündel auf ihn ein, bis er regungslos, blutüberströmt, liegenblieb. Wildes Durcheinander entstand, Neugierige umdrängten den Liegenden, ein Polizist erschien, die dicke Frau heulte und raufte sich die Haare. Ihr Opfer wurde von einer Ambulanz fortgebracht, während sie hysterisch: »Ah, mon chéri!« rief. Ich hatte die Szene von Madame Demontrands Loge aus beobachtet, bis Dunchen mich fortholte, denn dies war das wirkliche Leben, von dem ich nichts wissen durfte.

Von Madame Demontrand erfuhr ich, daß es ein anderes Leben gab als regelmäßige Mahlzeiten, Baden, Haarwaschen und abendliches Lockenwickeln, Märchenbücher, Ausfahrten, Picknicks im Pré-Catelan mit frischgebackenen, heißen Riesenwaffeln und frisch gemolkener Milch, Seinefahrten auf asthmatisch keuchenden Dampfern oder eine Fahrt im Ziegenwagen in den Champs Elysées. Von ihr erfuhr ich, daß es hungrige Kinder gab, weil die Eltern arm waren. In ihrer Loge, in der es nach gebratenen Zwiebeln und Knoblauch roch und aus der heiße Kochschwaden beim Öffnen der Tür in die Einfahrt drangen, lernte ich Worte, deren Sinn ich zwar nicht verstand, die ich mir aber merkte: »Maîtresse«, »Amant« und hin und wieder: »Ah, cette garce, ça lui apprendra à coucher avec un autre« und: »Ce salaud, il l'a trompée, alors, naturellement, elle l'a empoisonné –«

Wenn Monsieur Demontrand zu Hause war, zeigte er mir Bilder von Verhaftungen und erwähnte mit geheimnisvoller Stimme Madame la Guillotine, die irgend jemand »einen Kopf kürzer gemacht hatte«. Zuweilen legte er mir Handschellen an, aus denen meine Kinderhände herausschlüpfen konnten.

Eines Tages bekam ich einen Einblick in Armut und Hunger, Worte, die ich immer nur gehört hatte, mir jedoch kein Begriff waren. Nach dem allmonatlichen jour fixe meiner Mutter war ich in die Küche geschlichen, während Dunchen ihre Bibel las. Dort half eine sehr alte Frau beim Geschirrwaschen. Ich sah, wie sie jeden Teller abkratzte und Sandwich- und Kuchenreste sorgfältig in eine Zeitung wickelte und in ihre Tasche schob. Ich fragte, ob sie einen Hund hätte. Die alte Frau brach in Tränen aus und erwiderte, sie wäre »une pauvre malheureuse, qui a faim«.

Hunger war mir ebenso wenig ein Begriff wie Armut, wohl aber Appetitlosigkeit, gegen die ich so oft Pepsin nehmen mußte.

Ich ging in die Speisekammer, holte ein Stück Braten heraus, wickelte es ein und überreichte es der fassungslosen Alten, die mir unter Tränen die Hände küßte.

Resi sagte vorwurfsvoll: »Warte bloß, wenn die Oben das erfahren.« Die Oben waren meine Eltern, und wenn ich in der Küche war, nannte ich sie auch nur die Oben.

Hin und wieder fuhr mein Vater mit mir spazieren. Ich durfte dann am Droschkenstand in der Avenue Victor Hugo das Pferd aussuchen, das mir am besten gefiel. Eines Tages nahm er mich in den Jardin des Tuileries mit. Dort spielten Kinder, die sich freier als ich bewegen und austoben durften, mit Reifen und Bällen.

Als wir zu unserer Droschke zurückkehrten, trat mein Vater mit einem Mal zur Seite, zog seinen Hut, verbeugte sich tief und befahl mir: »Mach einen besonders tiefen Knicks vor der letzten Kaiserin der Franzosen.«

Gehorsam berührte ich den Kies mit meinem Knie. Die schwarzgekleidete, von Trauerschleiern umwallte alte Dame, vor der zwei Invaliden auf Holzbeinstümpfen stramm salutierten, neigte dankend den Kopf, blieb stehen und blickte auf die Zeugen vergangener Zeiten. Dann wandte sich Kaiserin Eugenie um und schritt langsam zu ihrer Equipage zurück.

Meine Mutter ging niemals aus, sondern fuhr im Bois spazieren oder zum Nachmittagstee in den English Tea-room nahe der Place Vendôme, in der weißgekleidete Inder lautlos, in Sandalen, Tee, muffins, cones und die kleinen, klebrigen, mit Rosinen gespickten buns servierten, die sie an ihre Mutter und ihre Jugend erinnerten. Die Morgenstunden verbrachte sie im Boudoir, besprach neue Hüte mit der Modistin oder Änderungen an ihren Kleidern mit Liddy.

Wenn sie abends ausging oder Gesellschaft bei uns war, kam Monsieur Boulestaix, der berühmte Friseur, um ihr Haar besonders schön zu gestalten. Es waren lange Sitzungen, bei denen er sie mit Lockenschere, Ersatzteilen, Haarnadeln umtanzte, zurücktrat, sein Werk aus der Entfernung beurteilte, um sich erregt an einer Stelle zu betätigen, an der noch eine künstliche Locke oder eine Wollunterlage fehlte. Im hellblauen Handkoffer, auf dem mit Goldbuchstaben Boulestaix stand, waren Pomaden, falsches Haar und Parfüms, die er mit zärtlicher Stimme eindringlich anbot. Wenn die Frisur beendet und Boulestaix gegangen war, ruhte sich meine Mutter aus, und niemand durfte sie stören, bis es Zeit zum Ankleiden war.

Mein Vater arbeitete morgens in seinem Atelier im Hof, das früher Pferdestall gewesen war. Wenn Aktmodelle posierten, wurden die vorderen Atelierfenster verhängt, die Tür jedoch nicht verschlossen. Manchmal kam ich herein. Die üppigen Modelle lächelten mir zu, und die eine, Madeleine, erklärte, ich sähe ihrer kleinen Tochter ähnlich. Der Anblick nackter Körper war nichts Außergewöhnliches für mich. Ich sah sie im Atelier meines Vaters und auf Ausstellungen, zu denen er mich mitnahm. Was mich aber stets faszinierte, waren die massiven Busen der Frauen. Als ich einmal gefragt wurde, was ich mir zum Geburtstag wünsche, antwortete ich: »Eine dicke Brust wie Madeleine, bitte.«

Von Onkel Harry hörten wir selten, und sein Name wurde von meiner Mutter stets mit besorgter Miene erwähnt. In einem Brief schrieb er, daß die dummen Aprikosenbäume nur einmal im Jahr Früchte trügen. Außerdem litten sie an sonderbaren Krankheiten. Dann hörten wir, die Ernte wäre diesmal nicht so gut ausgefallen, aber er hätte sich ein paar junge, vielversprechende Pferde gekauft, die er, zusammen mit einem Freund, für Rennen trainieren wollte.

»Ich habe es mir gedacht, er kann es nicht lassen. Ich werde mein Geld nicht wiedersehen«, bemerkte mein Vater. Und weil er plötzlich sehr erregt schrie, er hätte es satt, dem Kerl immer wieder aus der Tinte zu helfen, wurde ich aus dem Zimmer geschickt. Ich war enttäuscht, daß Onkel Harry nicht reich wurde, denn er hatte mir doch einen lebendigen Cowboy versprochen, und ich las gierig die grellbunten Hefte über Buffalo Bill, die die Ausrottung der Indianer beschrieben.

Unser Haus wurde bald Treffpunkt für Maler, Musiker und Journalisten. Zum intimen Kreis gehörte Paolo Tosti, der den Schmachtfetzen ›Vorrei morire‹ komponiert hatte, und der italienische Maler Enrico Brancaccio. Diese beiden hatten sich eine Glanznummer ausgedacht: sie spielten vierhändig klassische Musik, um dann plötzlich, mit den grandiosen Gesten von Klaviervirtuosen, die fürchterlichsten Dissonanzen zu produzieren. Diese Nummer war besonders beliebt, um Gesellschaften anzuregen.

Als Albert Langen und seine schöne rothaarige Frau, Björnsons Tochter, nach Paris flüchteten, um einem Verfahren wegen Majestätsbeleidigung zu entgehen, weil der ›Simplizissimus‹ eine Karikatur des Kaisers als Kreuzritter veröffentlicht hatte, erschienen beide zum jour fixe meiner Mutter. Auch Grand-Carteret, der Verfasser eines zuerst in Deutschland verbotenen Buches, ›Lui‹, über den Kaiser, kam oft.

Der später als Kunsthistoriker berühmte Julius Meier-Graefe besaß einen Antiquitätenladen in der Nähe der Oper. Als ich einmal mit meinen Eltern bei ihm war, war gerade ein dunkelhaariger Mann mit einer jungen, blonden, hübschen Frau da – Änne und Theodor Wolff, Pariser Korrespondent für das ›Berliner Tageblatt‹, dessen gefürchteter und bewunderter Chefredakteur er später wurde.

Louis Vauxcelles war Kunstkritiker am ›Figaro‹ und wurde bald ein intimer Freund meines Vaters. Er war ein dürrer, langer Mann, der meinen Vater zuweilen anpumpte: »Prête-moi mille balles, mon vieux«, hörte ich einmal. Vauxcelles war es, der den Saal mit den ersten Expressionisten »La Salle des Fauves« nannte.

Von den vielen deutschen Freunden meines Vaters waren mir Meier-Graefe und Theodor Wolff die liebsten, weil sie mich stets wie eine Erwachsene behandelten. Nach dem ersten Weltkrieg sandte mir Meier-Graefe sein Buch ›Der Tscheinik‹, seine Kriegserlebnisse an der russischen Front, mit einer Widmung: »Der groß gewordenen Elisabeth Borchardt, vom alt gewordenen Meier-Graefe.«

Die russische Malerin Olga Merson war ein ständiger Gast in diesen Jahren. Man erzählte sich, daß sie mit einigen Anarchisten die Ermordung des Zaren plante. Meine Mutter hatte sie besonders gern, weil sie mit ihr russisch sprechen konnte. Nur bemerkte sie hin und wieder, sie hoffe, daß Olga ihre Bomben nicht versuchsweise in ihrem Salon ausprobieren würde. Aber Olga war eine harmlose Frau. Später heiratete sie einen Schwager von Thomas Mann, den Musikkritiker Heinz Pringsheim.

Ein anderer Freund war ein Maler-Priester, der Abbé van Hollebaeke, der bezaubernde Bilder aus dem Leben in seinem Pfarrdorf im Salon d'Automne ausstellte. Er wohnte stets bei uns, ein eleganter, geistreicher, heiterer Mann, der abends eine besonders schöne, seidenglänzende Soutane anzog, wenn er ausging. Wenn ich Gutenacht sagen kam, zeichnete er mir ein Kreuz auf die Stirn und sagte: »Une toute petite Croix ne te fera que du bien.«

Meine Mutter trug an ihren jours fixes stets ein tea-gown – ein weites, loses Gewand mit kleiner Schleppe aus blaßgrüner Seide, mit halblangen, spitzenbesetzten Ärmeln und einer kleinen Schleppe.

Es gab zum Tee Berge von Sandwiches mit Petersilien- und Sardellenbutter, Berge von bunten petits fours und später, gegen Abend, ein kaltes Büfett für die Gäste, die länger blieben – was die meisten taten.

Auch der Philosoph Max Nordau kam, der eine Abhandlung über Oscar Wilde geschrieben und den Begriff »Die konventionelle Lüge« geprägt hatte.

Ich mußte helfen, Kuchen anzubieten und leere Teetassen zum Samowar bringen, um sie von meiner Mutter nachfüllen zu lassen. Es war dieselbe Methode, mit der sie mich als Kleinkind an Menschen gewöhnen wollte. Nur daß ich an diesen Empfangstagen dabei bleiben durfte. Ich muß ungefähr acht oder neun Jahre alt gewesen sein, als ich mit einem Mal unfolgsam, widerspenstig und weinerlich wurde. Unser Arzt wurde gerufen und erklärte, ich wäre völlig normal. Was ich brauchte, wäre mehr Kontakt mit anderen Kindern, physische Ermüdung, nicht dieses ungesunde inaktive Prinzessinnendasein. Er riet meiner Mutter, mich in die Schule zu schicken. Sie wehrte sich zuerst, aber Doktor Calvé blieb fest und erklärte, selbst wenn ich Kopfläuse bekommen sollte, was unwahrscheinlich wäre, würden die Vorteile des Schulbesuchs selbst »les petites bêtes dont vous avez peur« überwiegen.

Ich verdanke diesem Mann sehr viel. Er erlöste mich vom allzuvielen Alleinsein, von Dunchens Gesellschaft, von der jeweiligen Gouvernante. Nach Ostern kam ich in den Cours Fénelon, eine exklusive Privatschule, in der Unterricht morgens von neun bis halb eins erteilt wurde. Um halb elf schwang eine verarmte Adlige, Mademoiselle de la Tourasse, die Handglocke zur Pause, und wir konnten uns dann frisch gebackenes Weißbrot und Schokoladenrippchen kaufen, die von einer Frau aus einem weiß verdeckten Korb angeboten wurden.

Mit diesem Schulbesuch begann eine glückliche Zeit. Es war das Nachholen einer Kindheit, die fast ausschließlich mit Erwachsenen verbracht worden war. Besonderer Wert wurde auf Literatur, Geschichte und gut geschriebene Aufsätze gelegt. Einmal in der Woche mußten wir blaugraue Barchentkleider für arme Kinder nähen, die wie Sträflingshemden aussahen.

In der Literaturstunde lernten wir nicht nur Gedichte, sondern auch Aussprüche berühmter Dichter und Schriftsteller, auch daß J. J. Rousseau von seiner Nouvelle Héloise gesagt hatte, »la jeune fille qui lira ce livre est une jeune fille perdue«. Der alte Monsieur Delalain, bei dem wir unsere Schiefertafeln und Federhalter einkauften, wußte, daß wir alle gern Verlorene Mädchen sein wollten, und hatte stets eine billige Ausgabe der Héloise für uns unter dem Ladentisch.

Jeden Sonnabend wurden wir im Hauptgebäude über das in der Woche Gelernte geprüft. Die Vorsteherin, die wir den Stöpsel nannten, weil sie kurz und dick wie ein Pfropfen aussah, thronte am Kopfende der Konferenztafel. Für jedes fehlerlos deklamierte Gedicht, für jede richtige Antwort erhielten wir einen roten Jeton. Wer alle Fragen richtig beantwortete, bekam ein buntes Epernay-Bildchen, auf dessen Rückseite historische Ereignisse geschildert wurden. Auf diese Weise erfuhr ich vom deutsch-französischen Krieg, daß die Franzosen von den Deutschen heimtückisch überfallen wurden: »Ils avaient préparés la guerre depuis longtemps, tandis que nous n'étions pas prêts.«

Wir lernten fast ausschließlich, was in Frankreich geschehen war, dazu kam im vierten Schuljahr viel über Ägyptische Geschichte und Kultur, und Mademoiselle Foucard seufzte jedesmal wehmütig dem ancien monde nach.

Religionsunterricht wurde nicht erteilt, da Kirche und Staat getrennt waren. Eine Privatlehrerin und der Pfarrer von St. Honoré gaben ihn auf Wunsch der Eltern in einem abseits gelegenen Zimmer. Man vergaß, mir protestantischen Unterricht geben zu lassen, und so kannte ich nur, was Dunchen mich gelehrt hatte, das Vaterunser, fromme Verse und Lieder.

Wenn wir an der Kirche St. Honoré auf der Place Victor Hugo vorüberkamen und ein Brautpaar die Stufen herabschritt, sagte Dunchen salbungsvoll: »Der Herr Jesus hat ihren Bund gesegnet.« Hielt ein Leichenwagen vor der Kirche, hieß es: »Jetzt geht ein armes Menschenkind in die ewige Heimat ein.« Als ich einmal in die Kirche gehen wollte, sagte sie entrüstet: »Was fällt dir bloß ein, die ist doch katholisch.«

Alles, was Geburt, Leben und vor allem Tod und Sterben betraf, wurde mir verheimlicht und dadurch zu etwas Besonderem, dem ich nachspürte, weil alle Antworten ausweichend und unsicher waren. Wenn ich aber auf einer Antwort beharrte, wurde ich zum Schweigen ermahnt oder auf später vertröstet. Nun lag aber im Boudoir meiner Mutter, unter der Tischdecke, die ein Bücherbrett verbarg, ein dickes illustriertes Buch, ›Die Frau als Hausärztin‹, das ich nicht anrühren durfte. Aus diesem Buch lernte ich, daß es eine »Schnürleber« und eine »Trinkerleber« gab und manches andere, das niemals laut erwähnt wurde. Als ich ›Die Frau als Hausärztin‹ heimlich genau studiert und die bunten Bilder von Steißgeburten und Fötussen betrachtet hatte, stellte ich keine Fragen mehr. Was ich gesehen und gelesen hatte, war die Wahrheit. Warum aber belogen mich Eltern und Dunchen?

Ein seltsames Erlebnis, über das ich lange nachdachte, geschah in einer Winternacht. Eltern, Dunchen, die Dienstboten, die in Mansarden unter dem Dach schliefen, und sogar die Demontrands wurden durch lautes Klopfen geweckt, das im ganzen Haus ertönte. Die Eltern erschienen in Schlafröcken, Dunchen in ihrem Flanellhemd mit Umschlagtuch, die Dienstboten in hastig übergeworfenen Kleidern. Madame Demontrand in Lockenwickeln und Monsieur Demontrand in Unterhosen, Uniformjacke und Zipfelmütze. Das Klopfen hörte bald auf, alle hatten es gehört, wie lange es dauerte, weiß ich nicht mehr. Am nächsten Tag kam ein Telegramm, daß Großtante Anna in Dresden um diese Stunde gestorben war, da wir das Klopfen gehört hatten.

In der Küche sagte man mir, daß Sterbende sich bei Menschen, die sie besonders lieben, in ihrer Sterbestunde abmelden. Warum sich Großtante Anna aber bei den ihr unbekannten Demontrands abmeldete, vermochte niemand in der Küche zu erklären. Als ich Dunchen fragte, ob Großtante Anna sich »abgeklopft« hätte, erwiderte sie bloß in ihrer kryptischen Art: »Des Herrn Wege sind wunderbar. Deine liebe Tante ist in den Himmel geflogen, und alles andere ist Teufelsglaube.«

Das genügte mir nicht. Wie stets, wenn ich etwas wissen wollte, fragte ich meinen Vater, der nur selten ausweichend antwortete.

»Ich werde dir zeigen, was ich selbst weiß. Es ist sehr wenig«, und er führte mich auf den Père Lachaise, zu einem Grab, dessen schwere Marmorplatte in der Mitte geborsten war. Aus dem Spalt wuchs eine junge Silberbirke. »Siehst du – aus einem Menschen, der vielleicht krank oder müde und sehr alt war, ist ein schöner Baum geworden.«

Ich wollte aber wissen, ob der Tote vielleicht durch den Spalt in den Himmel geflogen wäre. »Millionen Menschen haben darüber nachgedacht. Niemand weiß etwas Genaues. Aber das macht nichts. Man braucht nicht alles zu wissen. So ein Geheimnis ist doch schön«, und dann fragte er mich, in was für einen Baum oder Strauch ich einmal verwandelt werden wollte. Ich erwiderte: »In einen Erdbeerstrauch.«

Als ich Dunchen von der Silberbirke berichtete, sagte sie leise:

»Armes, irregeführtes Kind. Ein Toter wird ein Engel mit goldenen Flügeln, wenn er ein guter Mensch gewesen ist – und fliegt in den Himmel. Wenn er aber ein schlechter Mensch war, trägt er schwarze Gewänder und muß in die Hölle, ins ewige Feuer.«

Der Gedanke, in einen Erdbeerstrauch verwandelt zu werden, war mir lieber.

Eine meiner Schulgefährtinnen war Colette, ein zartes, kleines Geschöpf mit seltsam kalkweißem Gesicht und einem breiten roten Mund. Sie hatte herrliches hellblondes Haar, das sorgfältig in Locken gedreht und von einem Seidenband gehalten war. Sie wurde nicht von einer Gouvernante abgeholt, sondern von einer alten Dame, die sie Grand'Mère nannte, einer Frau mit grell geschminktem Gesicht, rot gefärbtem Haar, einem großen Pleureusenhut und Glitzerschmuck an Hals und Händen. Wenn wir Colette nach ihren Eltern fragten, sah sie uns bloß verstört an und begann zu weinen. Aber sie beantwortete nie unsere grausamen Fragen, die wir immer wieder stellten. Eines Tages wurden wir zu der Vorsteherin gerufen und ermahnt, Colette nicht mehr mit Fragen zu quälen. Ihre Eltern wären gestorben, alles wäre sehr traurig, »terriblement tragique«.

Bald darauf erschien Colette nicht mehr zum Unterricht, und die Lehrerin teilte uns mit, sie wäre in eine andere Stadt gezogen. Viel später erfuhr ich, daß diese »Grand'Mère« ein Luxusbordell leitete. Colette war nicht ihre Enkelin, sondern das uneheliche Kind einer ihrer »Damen«, das sie übernommen hatte. Ich sah Colette wieder, als sie etwa fünfzehn oder sechzehn Jahre alt war. Sie fuhr am eleganten Donnerstag die Avenue des Acacias entlang in einer schönen Equipage, Kutscher und Diener auf dem Bock. Neben ihr saß ein älterer Herr, ihnen gegenüber hockte Grand'Mère. Sie sah mich, winkte mir zu, der alte Herr lüpfte den Zylinder.

Colette war die »Gigi« ihrer Zeit, die von der alten Kupplerin zur Kokotte trainiert wurde, um später von einem reichen Mann ausgehalten zu werden. Ein Jahr später sah ich sie in einer Loge der großen Oper, tief dekolletiert, den Mund grellrot nachgezogen, ihre schönen, großen, hellgrauen Augen dunkel umrandet, das blonde Haar gelb gefärbt. Sie sah sehr erwachsen aus und war doch nur wenige Jahre älter als ich. Neben ihr saß ein Herr im Frack und im Hintergrund Grand'Mère. Ich wollte sie begrüßen gehen, aber meine Mutter erklärte, die Pause wäre zu kurz.

Dieser Abend in der Oper ist mir deutlich in Erinnerung geblieben, weil Nijinsky und die Pawlowa ›Le Spectre de la Rose‹

tanzten. Die Zuschauer klatschten ekstatisch Beifall. Sogar meine sonst so gelassen-überlegene Mutter tat, was andere Damen taten. Sie riß sich die Blumen von der Brust, um sie auf die Bühne zu werfen. Sie fielen einem Herrn im Parkett auf den Kahlkopf, und als ich lachte, wurde ich zurechtgewiesen.

Ich träumte vom Geist der Rose, der durch das offene Fenster in das Zimmer des schlafenden Mädchens gesprungen war, um mit ihr, in ihrem Traum, zu tanzen. Am nächsten Tag kaufte ich mir eine besonders schöne Rose auf unserem kleinen Straßenmarkt, öffnete das Fenster in meinem Zimmer, setzte mich, entspannt, lässig, die Blume in der Hand, auf meinen Korbstuhl und erwartete mit geschlossenen Augen die Menschwerdung des Rosengeistes. Statt dessen erschien Dunchen und fragte mich besorgt, ob mir schlecht wäre.

An einem Spätnachmittag, im Oktober, trabten die camelots, die armseligen Zeitungsverkäufer, durch unsere Straße und riefen eine Extra-Ausgabe aus: »La mort de Zola, la mort de Zola!«

Ich war gerade bei Madame Demontrand zu Besuch. Sie lief heraus, kaufte das Blatt und begann zu weinen: »Ah, quel malheur, ce grand homme, ce brave homme!«

Ich fragte meinen Vater, wer Zola wäre.

»Einer der mutigsten Schriftsteller. Er hat seine Existenz aufs Spiel gesetzt, um den unschuldig verurteilten Dreyfus von der Teufelsinsel zu retten.«

Zola war an den Folgen einer Kohlengasvergiftung gestorben. Seine Frau blieb am Leben.

Meine Eltern stritten sich wieder einmal, wie dies öfters vorkam, ob ich zu seinem Begräbnis gehen sollte. Mein Vater war dafür, weil es ein unvergeßliches Erlebnis für mich sein würde. Meine Mutter dagegen, weil Kinder nicht auf Kirchhöfe gehörten. Ausnahmsweise setzte mein Vater seinen Willen durch. Dunchen band mir mit tiefen Seufzern eine schwarze Seidenschärpe um mein hellblaues Wollkleid. Mein Hut wurde mit schwarzem Band umwunden.

Tausende gaben Zola das Geleit. Das Volk nahm Anteil an seinem Tod, wie stets, wenn es sich um das geistige Leben der Nation handelte. Als der blumenbedeckte Leichenwagen mit den schwarzen Pferden, den schwarzen, silberbestickten Schabracken und schwarzen Federbüschen auf den Köpfen, vorfuhr, nahm mein Vater seinen Zylinder ab und sagte: »Mach einen besonders schönen Knicks, um einen großen Mann zu ehren.«

Ich knickste tief und überlegte, was mit dem toten Zola geschehen würde: ob er auf goldenen Flügeln, als Engel, in den Himmel fliegen würde, wie Dunchen dies allen guten Menschen verhieß – oder sich in einen Baum verwandeln würde, wie mein Vater mir gesagt hatte. Vor allem sorgte ich mich darum, wie der Tote aus dem schweren Sarg herauskommen könnte, sei es, um zu fliegen, sei es, um Wurzeln zu schlagen.

Anatole France hielt die Grabrede, die mit einem Satz schloß, der jedem Schriftsteller als Leitmotiv dienen sollte: »Pour un moment, il était la conscience du monde.«

Als unsere Droschke später in die Rue des Belles-Feuilles einbog, sahen wir Madame Demontrand, tief verschleiert, in der Haustür verschwinden. Meine Mutter beklagte sich, daß unsere Concierge es gewagt hätte, zu Zolas Begräbnis zu gehen, ohne um Erlaubnis zu bitten. »Was weiß diese Person überhaupt von Zola?«

Sie ahnte nicht, daß Zolas gesammelte Werke bei Demontrands auf dem Bücherregal standen. Seinen Aufruf ›J'accuse‹, der ein ganzes Volk aufgerüttelt und die Wiederaufnahme des Verfahrens gegen den unschuldig Verurteilten schließlich erzwungen hatte, war von Madame Demontrand aus der ›Aurore‹ ausgeschnitten und aufbewahrt worden.

Als ich an einem Morgen mit Dunchen den Weg zum Cours Fénelon antreten wollte, hielt eine Droschke vor unserem Haus. In ihr saßen mein Vater, Louis Vauxcelles und der Grafiker Naudin. Sie redeten und lachten durcheinander, und als meine Mutter am Fenster erschien, schwenkten sie große Spargelbündel wie Blumenbuketts zu ihr empor.

»Ils ont fait la bombe, petite dame«, rief die dicke Gemüsehändlerin, und Dunchen zerrte mich hastig fort, als ich meinen Vater begrüßen wollte, dessen Zylinder etwas schief saß. Die drei hatten die Nacht durchbummelt und waren schließlich im Keller unter die Hallen gegangen, um dort, im Morgengrauen, die berühmte Zwiebelsuppe zu essen, während oben Gemüse und Fleisch für den Großmarkt ausgeladen wurden. Es gehörte zum mondänen Nachtleben, Schulter an Schulter mit Gemüsehändlern, Trägern, Bettlern ,Vagabunden zu sitzen. Man nannte es »La tournée des Grand-Ducs«, weil es der beliebte Abschluß einer durchbummelten Nacht für die damals noch zahlreichen russischen Großfürsten war.

Die Spargel waren als Versöhnungsgabe gedacht, aber meine Mutter hatte sich die ganze Nacht hindurch gefürchtet, hatte Visionen von der Ermordung meines Vaters oder einem Unglücksfall gehabt und reagierte nicht auf das Geschenk. Tagelang aßen wir Spargel, und ich schenkte Madame Demontrand heimlich ein Bündel, denn mein Vater hatte in seinem Rausch ein Dutzend gekauft.

Zuweilen durfte ich mitkommen, wenn er seine Bilder aufhing. An einem dieser Tage wanderten wir später durch andere Säle, in denen Maler und Bildhauer noch mit Hängen und Aufstellen beschäftigt waren. Plötzlich blieb er stehen und sagte zu mir: »Mach einen Knicks vor Maître Rodin.« Dann fragte er einen Mann: »Was stellen Sie aus, Maître?«

Der Mann, an dem mir die kräftigen Schnürstiefel neben den glänzenden Lackstiefeln meines Vaters auffielen, erwiderte lässig: »Rien qu'une main.«

Am Eröffnungstag sah ich diese Hand. Es war die gigantische Marmorhand Gottes, in der Adam und Eva schlafend zusammengerollt ruhten.

Nach zwei Weltkriegen sah ich die Hand wieder, auf einer Rodin-Ausstellung in Basel, und Rodins Antwort, die mich damals verblüfft hatte, erklang wieder in meiner Erinnerung, als der Kreislauf meines Lebens sich bereits der Vollendung näherte.

»Malen Sie ihn nur recht hübsch!«

Im Sommer 1905 mietete mein Vater ein Landhaus in der Nähe von Saint-Clair-sur-Epte im Oise-Tal, dessen große Kirche in keinem Verhältnis zur Bewohnerzahl des Ortes stand.

Das Haus gehörte der verarmten Aristokratenfamilie Chenoux, die vom Vermieten lebte, und wurde von den Bewohnern Château Héloy genannt, obwohl es nur ein mittelgroßes Gebäude in einem großen Park war, das ein Minister von Napoleon I. für seine Geliebte gebaut hatte. Die Zimmer waren überfüllt mit schweren Möbeln, Damastdraperien, leeren Nippesschränken. Die Regale der Bibliothek waren ebenfalls leer, und in der halbdunklen, fliesenbedeckten Eintrittshalle stand eine Ritterrüstung ohne Helm. Die Hauskapelle war feucht, aber sie enthielt ein gutes Harmonium, auf dem meine Mutter abends bei Kerzenlicht russische Lieder und die nursery-rhymes aus ihrer Kindheit mit ihrer schönen Altstimme sang. Dunchen saß dann immer im Chorgestühl, den Kopf über die gefalteten Hände gesenkt, und wartete auf den erbetenen Choral – aber meine Mutter spielte ungern fromme Lieder.

Es war ein verwahrlostes Gebäude mit morschen Parkettböden, zerschlissenen Tapeten und lose in ihren Angeln knarrenden Fenstern und Türen. Ein Eimer mußte stets im oberen Zimmer stehen, weil das Dach schadhaft war. Es gab zwar ein Badezimmer mit massiver Marmorwanne, jedoch ohne Wasserhähne und ohne Ablauf, was mein Vater beim Mieten nicht gesehen hatte und erst von meiner Mutter entdeckt wurde. Wenn jemand baden wollte, mußte das heiße Wasser in großen Eimern heraufgeschleppt und nach dem Bad wieder heruntergetragen werden. Es gab keine Wasserleitung, und der Brunnen war versiegt. Wenn die Regentonne neben der Küchentür leer war, mußte das Wasser aus Saint-Clair heraufgebracht werden. Mir gefiel die Wasserknappheit, weil ich mich ungern wusch.

Héloy war von einem verwilderten Park umgeben, mit verfallenen Pavillons, zerbröckelten Statuen, geborstenen Marmorvasen und einem smaragdgrünen Tümpel, an dem nachts die Frösche den Gesang der Grillen begleiteten. Eines Tages entdeckte ich mit den Bauernkindern der nahe gelegenen Farm den verwachsenen Dornröschenteil des Parks, der auf einer vergilbten Karte aus dem Jahr 1820 aufgezeichnet war. Wir krochen unter dichtem Gestrüpp hindurch und fanden eine halb in die Erde versunkene Marmorbank. Eine Brunnenfigur stand im unkrautgefüllten Wasserbecken, ein lachender Faun, aus dessen geöffnetem Mund ein Mooszapfen hing.

Dunchen war gegen diese wilden Spiele, von denen ich verschmutzt, mit zerrissenen Kleidern zurückkehrte. Sie war gegen meine Freundschaft mit den Kindern aus dem nahe gelegenen Farmhaus und versicherte meiner Mutter, ich würde Ungeziefer bekommen. Aber meine Mutter erklärte entgegen ihrer sonstigen Ansteckungsfurcht, in der frischen Luft wäre ich nicht so gefährdet. Und so begnügte sich Dunchen, beim abendlichen Lockenwickeln meine Kopfhaut sorgfältig zu untersuchen und fromme Sprüche zu murmeln: »Bleib stets rein, o Kind, und froh, dein Herr Jesus will es so.«

Die Bevölkerung von Saint-Clair lebte noch im Mittelalter. Sie war abergläubisch, trunksüchtig und deutschfeindlich. Wenn wir Besorgungen machten, rief man uns Schimpfworte nach und warf Steine aus dem Hinterhalt. Der 70er Krieg war hier noch weniger vergessen als in Paris, wo die Statuen von Elsaß-Lothringen auf der Place de la Concorde bis zum Ersten Weltkrieg Kreppschleier trugen. Sie liebten halb heidnische, halb religiöse Feste, auf denen sie noch mehr als sonst trinken konnten, »pour faire la fête«. Eines dieser Feste war die Prozession am Todestag des Heiligen Saint-Clair, den man geköpft hatte. Der Legende nach war ein wundertätiger Quell der Blutlache entsprungen, der sich aber im Lauf der Jahrhunderte in einen schleimig-grünen Froschtümpel verwandelt hatte.

Die Fackel-Prozession fand abends statt, wenn die frommen Pilger schon den ganzen Tag trinkend gefeiert hatten. Vom Curé, Chorknaben, Totengräber und Mesner geleitet, umwanderten sie den Tümpel, daumiersche Gestalten, lallend und singend. Da war eine grauhaarige Frau, eine unvergeßliche Megäre, wie eine zum Leben erwachte Chimäre von Notre-Dame, die in der einen Hand die Cidreflasche, in der anderen ihren Rosenkranz schwang. Schließlich fiel sie um und wurde von den anderen am Tümpelrand liegen gelassen. Mein Vater skizzierte abseits, und aus diesen flüchtigen Bleistiftstrichen wurde später ein Gemälde ›Une Procession‹, das ein amerikanischer Sammler kaufte.

Die Sommerabende waren warm und vom Duft der Rosen erfüllt, die das alte Gemäuer von Héloy umklammerten. Zuweilen spielten wir Croquet vor dem Haus, dies geruhsame Spiel aus einer anderen, noch stilleren Zeit. Nur das schläfrige Singen der Vögel war zu hören, der Anschlag des Hammers auf der Holzkugel, Tierstimmen von der nahe gelegenen Kuhweide.

Aus Dunchens Zimmer ertönte gedämpftes Beten, dann der abendliche Choral, den sie mit ihrer dünnen, zittrigen Spieluhrstimme sang. Zuweilen befahl ihr meine Mutter, ihre Abendandacht leiser zu verrichten, weil Choräle sie an Tod und Begräbnis erinnerten, aber das sonst so demütig-gefügige Dunchen, das niemals widersprach, erwiderte jedesmal, der Mensch müsse an seinen Tod denken, müsse sich auf das ewige Leben vorbereiten, und sie endete jedesmal ihre Opposition mit: »Wir haben keine bleibende Statt hier, sondern die ewige suchen wir«, was meine Mutter nicht gern hörte.

Einmal besuchten wir Claude Monet, der nicht weit entfernt, an der Eisenbahnstrecke Gisors-Paris wohnte. Sein Landhaus war von einer leuchtenden Symphonie des Hochsommers umgeben. Rosen in allen Regenbogenfarben wuchsen überall, Kletterrosen rankten sich über der Haustür, und er führte uns zuerst zu seinen Blumenbeeten.

Claude Monet war ein breitschultriger, kräftiger Mann mit dichtem weißem Bart. In den damals neumodischen plus-fours sah er wie ein Weihnachtsmann in Zivil aus.

Um den anderen Teil seines Gartens zu besichtigen, mußten wir über die Bahngleise klettern. Meiner korpulenten Mutter im langen, weißen Sommerkleid, dünnen Schuhen und dem weißen Sonnenschirm fiel es schwer – außerdem fürchtete sie, daß der Zug kommen könnte, ehe sie die andere Seite erreicht hatte, obwohl der Zug nur in großen Zwischenräumen vorüberkeuchte. Madame Renoir, die mit ihrem Mann an dem Tag zu Besuch gekommen war und noch dicker war, keuchte atemlos hinter ihr her. Ich besinne mich deutlich auf ihr rotes Sommerkleid und den großen roten Hut. Renoir war wohl schon damals zu behindert, um mitzukommen, denn seine Frau bat ihn, ruhig sitzen zu bleiben. Der andere Garten war noch schöner. Wasserrosen blühten wie ein dichter Teppich auf dem kleinen Teich. An verschiedenen Stellen waren Staffeleien in den Erdboden eingelassen, damit Monet je nach Tageszeit und Licht malen konnte. Überall standen Sonnenblumen, die ihre schwarzgoldenen Gesichter zu mir herabneigten.

Ich hatte gerade in einem Märchenbuch gelesen, wie Sonnenblumen sich über lästige Hummeln unterhielten, die aus ihnen ihre Nahrung sogen: »– ce qu'ils me chatouillent, ma chère –«

Und eine andere bemerkte: »Vous devriez voir le bonhomme qui me suce au lever du soleil –«

Wir frühstückten im durchsichtigen Schatten einer Pergola am Haus. Dunchen mußte in der Küche essen, denn eine »bonne d'enfant« gehörte nicht an den Herrschaftstisch.

Im Atelier hing ein Riesengemälde von Wasserrosen – aber all das langweilte mich. Ich hatte so viele Ateliers, so viele Bilder gesehen, so oft Maler debattieren hören. In seinem Erinnerungsbuch ›Im Siebenmeilenschritt‹ berichtet mein Vater, wie ihm Monet in einem Raum aufgestapelte Bilder aus früherer Zeit zeigte, als man Monet und Manet noch verwechselte: »Wer sie jetzt kaufen will, müßte einen hohen Preis zahlen – an meiner eigenen Bewertung ändert das nichts.« Und mein Vater fügt hinzu: »Niemand außer Monet vermochte mit so feinem Auge und Gefühl und solch phänomenaler Technik Erde, Wolken und Meer in solche leuchtenden Lichtquellen aufzulösen. Jeder nur einigermaßen geübte Kenner würde einen Sisley von einem Monet oder Pissarro unterscheiden können.«

Ich besinne mich nicht auf die Gespräche, dafür aber auf einen

Rückenakt von Cézanne, den Monet mit ekstatischer Begeisterung zeigte: »Lui, c'est le plus grand de nous tous.«

Mein Vater war im Frühjahr dieses Jahres vom ›Figaro Illustré‹ beauftragt worden, Kaiser Wilhelm für eine Sondernummer ›Europäische Monarchen‹ zu zeichnen. Es war kein günstiger Augenblick für das Unternehmen. Der Kaiser hatte sich im Ausland unbeliebt gemacht, besonders bei den Engländern durch seine Einmischung in den Burenkrieg. Und bei seinem Onkel, Edward VII., durch eine taktlose, säbelrasselnde Begrüßungsrede auf der Kieler Flottenparade, die von Edward geschickt mit einer Rede über das friedliche englische Landleben abgefertigt wurde. Die Franzosen hatte er durch die Entsendung des Kanonenbootes ›Panther‹ nach Agadir verärgert, die Russen durch Warnungen vor der Gefahr aus dem Osten beunruhigt. Mein Vater bemerkte zuweilen: »Wenn der Mann weiter solchen Unsinn redet, gibt es womöglich noch Krieg.«

Aber man konnte ihn nicht ausschließen, da alle damals noch reichlich vorhandenen Monarchen in dieser Nummer abgebildet werden sollten. Die Korrespondenz mit dem Hofmarschallamt war in Saint-Clair bekannt geworden. Eines Tages rotteten sich die Bewohner vor Héloy zusammen, ballten Fäuste und protestierten gegen die Anwesenheit des deutschen Spions. Der Pfarrer, der meinen Vater vergeblich um eine Spende für seine Kirche angebettelt hatte, sowie der Bürgermeister, ein Invalide aus dem 70er Krieg, sollen die Empörung geschürt haben.

Mein Vater wandte sich an den ihm befreundeten Polizeichef Lépine in Paris um Hilfe, und dieser befahl, daß der Trommler verkünden mußte, Monsieur Felix Borchardt wäre nicht nur kein Spion, sondern Träger der Légion d'Honneur. Bis zu dieser Verkündigung wagte sich meine Mutter nicht mehr aus dem Haus, sondern lag mit Herzklopfen in ihrem Zimmer.

Als schließlich ein Telegramm vom Hofmarschallamt aus Potsdam kam, daß die Sitzungen gewährt würden, reisten wir nach Potsdam ab. Dunchen und Liddy kamen mit uns, die anderen Leute wurden mit den Bernhardinern nach Paris zurückgeschickt.

Auf der Fahrt zum Bahnhof bewarfen die Bewohner den Wagen mit Steinen und schrien »à bas les espions, à bas les sales boches«. Ich bemerkte, unsere Fahrt gliche der Flucht Ludwigs XVI. nach Varennes, denn das hatten wir gerade vor

Schulschluß gelernt, worauf meine Mutter Baldriantropfen nehmen mußte.

Potsdam war ein herrliches Erlebnis, ganz anders als in Paris, alles drehte sich um die Kaiserfamilie im Neuen Palais. Das Glockenspiel, das zu Treu und Redlichkeit mahnte, faszinierte mich. Hofequipagen dröhnten wie apokalyptische Gefährte auf dem holprigen Pflaster durch die Straßen. In den Läden hingen Bilder vom Kaiser: in Admiralsuniform, in Gardeuniform, die Hand am Säbel, den Schnurrbart hochgewichst, sehr martialisch, aber keine Bilder von ihm in Zivil.

Wenn die hübsche, slawisch aussehende Kronprinzessin vorüberkutschierte oder der Kronprinz an unserem Hotel vorbeiritt, machte meine korpulente Mutter einen mühseligen Hofknicks am Fenster. Die Beknicksten konnten die Anstrengung nicht bemerken, denn unsere Zimmer lagen im zweiten Stock – und die Hoheiten blickten auch niemals empor, sondern geradeaus und grüßten mechanisch in regelmäßigen Abständen mit der Peitsche. Wenn ich mit Dunchen ausging, ahmte ich begeistert die Potsdamer Untertanen nach, die beim Anblick einer Hofkutsche Front machten, dienerten und knicksten. Zuweilen wurden geschlossene leere Kutschen gegrüßt, was erst bemerkt wurde, wenn sie vorbeigefahren waren.

Tägliche Sensation war die Hofkutsche, die meinen Vater abholte. Der Hotelbesitzer und seine Angestellten versammelten sich dann am Eingang, um die Abfahrt mit devoten Bücklingen zu begleiten und etwas mehr Hofluft zu atmen, die einzige Luft, die es in Potsdam gab.

Man hatte meinem Vater zuerst einen Ballsaal im Neuen Palais zur Verfügung gestellt, den er ablehnte, weil das Licht schlecht war. Dann erklärte er, zum Entsetzen der Hofbeamten, daß er nach der Zeichnung für den Figaro ein großes Freilichtporträt des Kaisers für den Herbstsalon malen wollte, und zwar nicht, wie üblich, als Gardekürassier oder im Hermelinmantel, sondern weniger formell, menschlicher, was große Bestürzung erregte. Man erwiderte ihm, dies wäre unmöglich. Der Antrag auf Sitzungen wäre nur für eine Zeichnung gestellt worden, nicht für ein lebensgroßes Ölbild. Außerdem würde Seine Majestät niemals im Freien eine Sitzung gewähren.

Als mein Vater dem Kaiser von seinem Plan während der nächsten Sitzung erzählte, war er sofort einverstanden. Auch damit, daß ein Podium auf der Dachterrasse des Schlosses errichtet werden sollte, um einen Wolkenhintergrund zu bekommen. Auch die Idee, ihn in Jagduniform zu malen, inmitten von Heidekraut, gefiel ihm, und er gab Befehl, sofort eine Ladung Heidekraut zu beschaffen. Er bestand jedoch darauf, daß, wenn er als Jäger porträtiert werden sollte, der Hubertusorden deutlich zu sehen sein müßte und deutlich lesbar die Inschrift. »Die Inschrift ›Vive le Rois et ses Chasseurs‹ wird den Franzosen sicher Spaß machen«, fügte er hinzu.

Mein Vater bemerkte später, daß die Franzosen noch viel zu verbittert wären, um solchen Unsinn zu beachten.

Ein Jugendfreund meines Vaters, Hans von Oelschläger, fungierte als stand-in in der Jägeruniform, wenn der Kaiser nicht selbst Modell stand. Er hatte dieselbe gedrungene Figur, denselben hochgebürsteten Es-ist-erreicht-Schnurrbart und konnte die Pose des Kaisers mit dem verkümmerten linken Arm täuschend nachahmen – so täuschend, daß einmal die Wachablösung in Parademarsch fiel, weil sie glaubte, ihr oberster Kriegsherr stünde auf dem Dach.

Ein lebensgroßes Porträt von Hans wurde wenige Jahre später vom französischen Staat für das Luxembourg-Museum angekauft.

Mein Vater kam gut mit dem Kaiser aus, der vielleicht zum erstenmal mit einem ungezwungenen Menschen in Berührung kam. Er ließ sich Witze erzählen, fragte ihn nach Paris aus und erwähnte mit leisem Bedauern, wie gut sich sein Onkel Edward dort amüsieren konnte – was ihm versagt war. Zuweilen las ein Adjutant Abschnitte aus Zeitungen vor. Niemals etwas Negatives, niemals etwas, das den verpönten Sozialismus oder Pazifismus erwähnte.

»Er wäre eigentlich ein ganz vernünftiger Mann, wenn man ihn nicht von der Außenwelt isolieren und in Unkenntnis über das lassen würde, was man in anderen Ländern von seinen Reden hält«, bemerkte mein Vater in späteren Jahren, als die besorgte Außenwelt sich gegen ihn verbündete.

Einmal erschien Kaiserin Auguste Viktoria, besah sich ratlos das für damalige Begriffe höchst unkonventionelle Gemälde und bemerkte schließlich unsicher: »Bitte, malen Sie ihn nur recht hübsch.«

Diese Bemerkung wurde zum Familienwitz, wenn mein Vater einen Porträtauftrag erhielt.

Einmal durfte ich mit in das Neue Palais kommen, um Hans in der Jägeruniform zu sehen. Schon die Fahrt in der Hofkutsche war ein Erlebnis. Als wir nach einer endlosen Wanderung durch Korridore und über Treppen, an ernsten Lakaien vorüber, die Dachterrasse erreichten, wurde mir befohlen, still auf meinem Stuhl zu sitzen und in den Park zu sehen.

Nach einiger Zeit ertönte Hundegekläff, Stimmen, Tritte näherten sich, die Terrassentür wurde aufgerissen und eine Stimme schrie erregt, als ob Feuer ausgebrochen wäre: »Seine Majestät!«

Mein Vater murmelte Unverständliches, spie den Pinsel aus, den er gewohnheitsmäßig im Mund hielt, bis er ihn wieder brauchte, und befahl mir wieder einmal, einen besonders schönen Knicks zu machen. Ich versuchte, den Hofknicks meiner Mutter nachzuahmen, sehr tiefe Kniebeuge, leicht vornüber geneigt. Aber die kaiserlichen Dackel fuhren mir mit ihren kalten Schnauzen in die Waden, ich verlor mein Gleichgewicht und fiel kichernd um.

Man hob mich auf, der Kaiser fragte, wie alt ich wäre, und in meiner Verwirrung antwortete ich französisch. Er sagte ein paar Worte zu meinem Vater, winkte Hans zu, der in der grünen Uniform salutierte, und entschwand, von Hunden umbellt, in einer Atmosphäre untertäniger Aufregung.

Die Zeichnung gelang. Das Ölporträt war eine Mißgeburt. Die Pose war steif, das Bild farblich nicht gelungen, bis auf den schönen herbstlichen Wolkenhintergrund. Mein Vater war kein Hofmaler, kein Uniformmaler. Er konnte nur unter bestimmten Bedingungen, in vertrauter Umgebung, vor allem nur völlig ungestört arbeiten. Die grasgrüne Uniform, der detaillierte Hubertusorden, all dies hatte ihn verstimmt, obwohl der Kaiser selbst von dem Porträt entzückt war.

Mein Vater bemerkte: »Der arme Mann hat keine Ahnung, sein Geschmack beschränkt sich auf kolorierte Fotografien und Buntdrucke. Und doch hat er bei der Jahrhundertausstellung, vielleicht aus Versehen, den unbekannten Maler Ferdinand de Raisky entdeckt –«

Als wir nach Paris zurückkehrten, erwartete uns eine Überraschung: Madame Demontrand meldete, daß »Monsieur le Baron« angekommen wäre und schon einige Tage im Haus wohnte. Sie hätte ihn zuerst nicht hereinlassen wollen, aber nachdem die Dienstboten ihn einstimmig als Madames Bruder identifizierten, hätte sie nicht gewagt, ihn abzuweisen. »Ah qu'il est gentil, un vrai Monsieur«, fügte sie hinzu.

»Da haben wir ihn also wieder. Er hat natürlich was angestellt«, sagte mein Vater, der schlechter Laune über das mißratene Kaiserbild war.

Das schwarze Schaf der Familie saß heiter-geruhsam rauchend im Herrenzimmer. Die weißen Schutzhüllen mit den Kampfersäckchen lagen noch auf den Möbeln. Die Fenster waren noch vorhanglos. Er begrüßte meinen Vater ironisch mit Hofmaler und überreichte mir eine kleine, längliche Holzkiste: »Einen Cowboy habe ich dir diesmal leider nicht mitbringen können, weil er zu teuer war und ich momentan ganz arm bin. Aber dies hier wird dir auch Spaß machen. Mach vorsichtig auf, es könnte explodieren.«

Als ich die Kiste öffnete, flog ein erbost kreischender Papagei auf den Schreibtisch und machte dort einen Klecks.

»Coco ist ein besonderer Vogel. Er soll drei Sprachen sprechen, muß sich aber erst eingewöhnen. Es kann natürlich sein, daß der süße kleine Matrose, dem er gehörte, mich beschwindelt hat.«

Vom Schreibtisch her ertönte eine rauhe Stimme: »Merde de toi, crotte de putain –« und andere Aussprüche, die ich offiziell nicht verstehen sollte, die mir jedoch von der dicken Gemüsehändlerin auf der Straße her vertraut waren und die ich zu Madame Demontrands Entzücken zuweilen in ihrer Loge gebrauchte.

»Er wird sicher bald feine Hofsitten von euch lernen«, tröstete der geliebte Onkel.

Er war völlig mittellos aus Amerika zurückgekommen. Was in Kalifornien geschehen war, erfuhren wir nie so recht. Hin und wieder wurde schlechte Obsternte, Baumpest und ein vielversprechendes Rennpferd erwähnt, das sich kurz vor dem Rennen das Bein gebrochen hatte.

Wieder einmal war meine Mutter besorgt, mein Vater verärgert. Nur Onkel Harry war unbekümmert wie immer. Er hatte einen Plan, mit dessen Hilfe er unfehlbar reich werden würde. Es handelte sich um ein selbst erfundenes »System«, das die Bank in Monte Carlo sprengen würde. Um die Unfehlbarkeit des Systems zu beweisen, spielte er stundenlang mit meiner Mutter Karten. Sie verlor Berge von sous, die er in Zigaretten anlegte. Jedesmal, wenn er gewonnen hatte, sagte er: »Na, siehst du«, und meine Mutter war begeistert.

Mein Vater war gegen den Plan und erklärte, daß er diesen Unsinn nicht unterstützen würde. Die Monte Carlo-Reise wurde daher von meiner Mutter und ihren drei Schwestern finanziert.

Wir brachten ihn auf die Bahn. Aus Monte Carlo kamen grellbunte Karten mit Palmen, dem Kasino, dem Café de Paris und dem Vermerk, was er an diesem Tag mit seinem System gewonnen hatte. Es waren beträchtliche Summen, und meine Mutter war stolz auf ihren Bruder.

Nach einiger Zeit hörten die Erfolgsmeldungen auf. Dann kam ein Telegramm, das große Bestürzung auslöste – so groß, daß man es auf dem Tisch liegen ließ, wo ich es erwischte: »Muß sofort abreisen sonst unabsehbare Folgen erbitte telegrafisch Reisegeld.«

Meine Mutter sandte das Geld. Aber Onkel Harry kam nicht zu uns nach Paris, sondern fuhr zu seinen Schwestern nach Tegernsee. Sein System hatte versagt, er hatte die gewonnenen Unsummen auf einmal verloren und war von der Behörde daraufhin ausgewiesen worden, weil Spieler sich öfters aus Verzweiflung im Kasino oder auf der Terrasse erschossen hatten. Daß Onkel Harry das Leben viel zu sehr liebte, ahnten die Behörden nicht.

Sein neuer Plan war jetzt, Jura zu studieren. Da mein Vater sich weigerte, das Geld für dieses Studium vorzustrecken (»ich habe ja nicht mal das Geld für die Farm in Amerika wiedergesehen«), sprangen die Geschwister ein. Zum Erstaunen bestand der nicht mehr ganz junge Student seinen Doktor juris cum laude.

Aber Onkel Harry und alles, was ihn betraf, rückte in den Hintergrund, weil ungeheuerliche Aufregung in Berlin und auf der deutschen Botschaft um das Kaiserbild im Salon d'Automne entstand. Warum mein Vater dies mißlungene Bild überhaupt ausstellen wollte, weiß ich nicht. Wie er später behauptete, war es Opposition, weil die deutschen Behörden es verhindern wollten. Ein Gesandtschaftsattaché erschien und erklärte, er müßte erst einmal eine Fotografie des Bildes vorlegen, ehe er es ausstellen dürfte. Der Attaché benahm sich arrogant und verärgerte meinen Vater, der Einmischung nicht leiden konnte.

Als er die Fotografie trotz aller Mahnungen nicht vorlegte und erklärte, wenn jemand das Bild sehen wollte, könnte es in seinem Atelier besichtigt werden, erinnerte man ihn, daß im vorigen Jahr, im Salon, das Bild eines unbeliebten Generals mit einem Regenschirm beschädigt worden war. Die Folgen, wenn das Kaiserporträt beschädigt würde, wären nicht abzusehen.

Mein Vater erklärte bloß, dann wäre es das erstemal, daß ein Krieg durch ein Bild verursacht worden sei, die Leute in Berlin und arrogante Attachés sollten sich nicht in seine Angelegenheiten mischen. Vielleicht hätte er das Bild, von dem er selbst nichts hielt, nicht ausgestellt. Jetzt war er entschlossen, es in den Salon zu schicken.

Er stand sich gut mit dem deutschen Botschafter, Fürst Radolin. Wie er in seinem Erinnerungsbuch ›Im Siebenmeilenschritt‹ vermerkte, war er »ein übervorsichtiger, um sein Mittagsschläfchen besorgter Mann« und schien ernstlich politische Komplikationen zu fürchten. Und so verzichtete er auf seine mittägliche Siesta und erschien eines Tages zur Mittagsstunde in der Rue des Belles-Feuilles, um das Bild zu besichtigen und meinen Vater persönlich zu beschwören, es nicht auszustellen.

Unser Einfahrtstor wurde geöffnet, damit die Equipage am Treppenaufgang halten könnte. Madame Demontrand war am vorhergehenden Tag befohlen worden, weder Zwiebeln noch Knoblauch zu braten, um die Luft in der Einfahrt frei von Kochdunst zu halten. Sie war über diesen Befehl empört. Sie hatte gerade für diesen Tag »un bon petit pot-au-feu« geplant, bei dem Zwiebeln, wie stets in ihren Gerichten, unerläßliche Zutaten waren. Sie dachte nicht daran, sich und ihren Mann um den Genuß zu bringen. »Cela ne lui fera pas de mal, de sentir quelque chose de bon, à cet Allemand-là«, erklärte sie wegwerfend. Sie hatte nichts gegen meine Eltern, aber sehr viel gegen alle anderen Deutschen, die ihr Elsaß-Lothringen gestohlen und Paris belagert hatten.

Als nun die Botschaftsequipage vorfuhr, erschien sie in ihrer Tür, um sich den Vertreter des deutschen Reiches zu besehen, wie stets umwogt vom vertrauten Geruch von heißem Fett, Zwiebeln und Knoblauch.

Ich mußte der Fürstin mit einem meiner besonderen Knickse ein Blumenbukett überreichen. Sie legte mir huldvoll die Hand auf die sorgfältig gedrehten Korkzieherlocken, fragte, wie alt ich wäre, und schritt weiter, ohne meine Antwort abzuwarten.

Radolin besah sich das Kaiserbild kommentarlos und erklärte noch einmal, man fürchte in Berlin eine Beschädigung und unabsehbare politische Folgen, gerade jetzt, wo die Spannungen zwischen den beiden Ländern sich verschärft hätten. Mein Vater erwiderte, wenn ein Krieg ausbräche, wäre er längst gewollt und längst geplant. Sein Bild würde keinen Einfluß auf die bestehende Spannung haben.

Radolin war verärgert, die Fürstin erstarrte. Der Abschied war kühl-formell.

Als das Botschafterpaar fortgefahren war, sagte meine Mutter: »Und wenn das Bild wirklich durchbohrt oder angeschossen wird?«

»Das wäre nur eine gute Reklame für den Schinken –«

Aber mein Vater besprach doch mit dem Polizeipräsidenten Lépine, das Bild unauffällig bewachen zu lassen. Und so standen zwei Detektive in Zivil während der Dauer der Ausstellung vor dem breiten Blumenarrangement zu Füßen des Porträts – so unauffällig-auffällig, wie nur Detektive in Zivil sein können: in schwarzen Anzügen, steifen Hüten, scheinbar in die Lektüre ihrer Zeitung vertieft.

Niemand unternahm ein Attentat. Das Bild wurde abfällig von den Kritikern beurteilt. Einer nannte es »Kaktus in Himbeersauce«. Ein anderer »Germanische Jägertracht«, und »LUI se déguise en honni soit qui mal y pense«. Nur Freund Louis Vauxcelles, der wußte, warum dies Bild überhaupt ausgestellt wurde, schrieb milde, es wäre nicht die beste Arbeit des hervorragenden Porträtisten.

Mich interessierte dies alles nicht, weil Coco krank war. Er tanzte nicht mehr auf seiner Stange, schrie nicht, wenn mein Vater das Zimmer betrat, weil er Männer mit Schnurrbärten nicht leiden konnte, und hockte still, aufgeplustert, auf dem Boden seines Käfigs oder neben dem Kamin, wenn ich ihn herausließ. Ich schrieb an Onkel Harry und bat ihn um Rat. Er erwiderte: »Gib ihm in Rotwein getauchten Bisquit.«

Coco weigerte sich, diese Medizin einzunehmen, dann schluckte er einige Brocken. Vielleicht war er betrunken, vielleicht hatte er Fieber, vielleicht dachte er, das Kaminfeuer wäre die wärmende Sonne seiner verlorenen afrikanischen Heimat, denn er flatterte in die Flammen und verbrannte, ehe man ihn retten konnte.

Ich legte die verkohlten Überreste in eine kreppumwundene Bonbonniere, daneben ein paar Futterkörner. Am liebsten hätte ich, französischer Tradition gemäß, unsere Haustür schwarz drapiert und Kerzen um einen Katafalk in der Einfahrt entzündet, damit Vorübergehende wissen sollten, daß ein Toter im Hause war. Aber ich wußte, daß man es mir nicht erlauben würde, und so begrub ich ihn im Hof, unter einem Kastanienbaum.

Als ich Dunchen fragte, ob er in den Himmel fliegen würde, erwiderte sie entrüstet, es wäre Sünde, so etwas zu fragen. Sie wäre froh, daß das Vieh endlich tot wäre, denn aus seinen schlechten Worten hätte ein böser Geist gesprochen.

Mein Vater hatte meine Trauer bei Cocos Begräbnis und das Errichten eines kleinen Holzstäbchens als Grabmal vom Atelierfenster aus beobachtet. Wie so oft ahnte er, der mich am besten verstand, weil ich ihm ähnlich war, daß ich mir Gedanken über den Tod machte. Er rief mich zu sich herein, sprach über Coco und zitierte schließlich einen Vers, den er auf dem Hundefriedhof gelesen hatte:

»Moi je sais, que dans le peut-être,
Dans l'au delà, que nous espérons,
Les bons chiens attendent leur maître
Et que nous nous reverrons.«

»Und das gilt auch für Coco«, fügte er hinzu. Am nächsten Tag fand ich ein kleines Holzbrett auf dem Grab und ein Paar goldene Flügel auf blauem Grund über Cocos Namen gemalt. Madame Demontrand tröstete mich und erklärte, Coco wäre jetzt bei dem guten Heiligen Saint-François d'Assise – dies beruhigte mich etwas.

Zeit spielt für ein Kind keine Rolle. Nur gewisse Zeitabschnitte und besondere Ereignisse. Ich ging in den Cours Fénelon und wurde regelmäßig versetzt. Die Ferien wurden wie stets abwechselnd in Frankreich oder Bayern verbracht. Kurz vor Ferienbeginn wurden Bücherprämien an besonders gute Schüler verteilt.

Meine Zeugnisse trugen fast immer den Vermerk »trop dissipée«, Rechnen war »schlecht«, meine Nähkünste »sehr schlecht«. Für Geschichte und Geographie, für Deklamation und Aufsatz erhielt ich jedoch immer »sehr gut«. Und im Lauf der Jahre sammelten sich die roten goldschnittverzierten Bände der Bibliothèque Rose mit den Werken der Madame de Ségur an, ›Les petites Filles Modèles‹ und viele Fortsetzungsbände.

Zu Weihnachten bekam ich ein goldenes 20 Francsstück und alles, was ich mir wünschte. Zu meinem 12. Geburtstag ein Reitpony nebst dunkelblauem Reitkleid, steifem Hut und Reitgerte mit Silbergriff. »Poussette« stand in einer Reitschule, und ich ritt mehrmals in der Woche, zuerst in der Manege, später, neben dem Reitlehrer, an einer Longe, ins Bois de Boulogne.

Zum Leben geruhsam-sorgloser Pariser gehörte die alljährliche Furcht vor den Mai-Demonstrationen der Arbeiter. Sie wurden stets wie eine bevorstehende Revolution, wie eine Wiederholung der Bartholomäus-Nacht gefürchtet, und meine Mutter stellte lange Proviantlisten zusammen, weil sie eine Belagerung von Paris und Plünderung fürchtete.

Niemand durfte am 1. Mai unser Haus verlassen, weil er von »den Leuten« ermordet werden könnte. Madame Demontrand mußte den schweren Riegel vom großen Portal vorschieben und die kleine Pforte mit Kette und Vorlegeschloß sichern. Unsere Leute ängstigten sich, weil »Die Oben« sich fürchteten und Liddy Greuelberichte aus der Französischen Revolution vom Boudoir in die Küche trug.

Meine Mutter »fühlte ihr Herz«, nahm Baldriantropfen, sprach von Marie Antoinette und dem Sturm auf die Bastille, als bestünde die Gefahr, daß die stille Rue des Belles-Feuilles belagert werden könnte.

Am nächsten Tag stand in der Zeitung, daß die Arbeiter singend durch die Straßen gezogen wären. Wir selbst hatten nur aus weiter Ferne die Marseillaise gehört, wenn ein Trupp durch die nahe gelegene Avenue Victor Hugo marschierte.

Nach dem 1. Mai mußten die vielen Vorräte so rasch als möglich aufgegessen werden, ehe sie schlecht wurden, die Riesenschinken, Würste, Pasteten. Vor allem aber die Schinken in jeder Gestalt, bis zum »Schinkenbegräbnis«, wenn die letzten Reste endlich, gratiniert, serviert wurden.

Ein Sommer in Bayern, oberhalb von Gmund, war besonders schön. Der Bauernhof, dessen ersten Stock wir gemietet hatten, gehörte dem Liedschreiber-Sepp und seinen zwei jungen Schwestern, deren Eltern früh gestorben waren. Ich durfte beim Heumachen mithelfen. Da die beiden Mägde und die Liedschreiber-Schwestern zu der heißen Arbeit keine Hosen anhatten, zog ich meine Hosen heimlich in der Scheune aus – und wie die anderen wieder an, wenn Heu aufgeladen wurde, weil Nanny und Kati mir erklärten, dies müsse man tun, »weil die Mannsbilder sonst etwas sehen, was sie gern sehen möchten, aber nicht sehen dürften«.

Und dann hielt ich in der Liedschreiber-Küche Brotzeit, im Herrgottswinkel, unter dessen Kruzifix schwarz gerahmt, mit einem kleinen Immortellenkranz geschmückt, die kolorierte Fotografie von Ludwig II. mit dem Spruch hing:

»Dem Bayernland starbst Du zu früh,
Dein treues Volk vergißt Dich nie.«

Wir aßen Einbrennsuppe aus der Gemeinschaftsschüssel, etwas, das es niemals bei uns gab und mir besser schmeckte als die vielen Gerichte, die unsere Resi zubereitete.

Wir bekamen in Gmund stets viel Besuch, teils aus München, teils aus Frankreich.

Ernst Schwenninger, Bismarcks Leibarzt, ein lauter, robuster, bäuerlicher Mann, behandelte meine Mutter, um sie zu entfetten. Wenn er sie bei seinen häufigen Besuchen brutal massierte, hörte man seine Stimme durch das ganze Haus: »Fort muaß der Bauch, fort muaß der Hintern.« Tatsächlich nahm meine Mutter eine Zeitlang ab. Ich hörte besonders gern, wenn er von Bismarcks letzten Lebensjahren erzählte, von »meinem Fürschten«, der an Gallenkolik litt und wie ein unfolgsamer kleiner Junge heimlich die streng verbotenen Speisen in der Speisekammer naschte, worauf er sofort einen Anfall bekam. Kleinlaut ließ er sich tadeln, wenn Schwenninger drohte, ihn zu verlassen, und bat ihn flehentlich, zu bleiben.

Von Schwenninger hörte ich, wie Bismarck sich um den Rückversicherungsvertrag mit Rußland gesorgt hatte, den der Kaiser in seiner Selbstherrlichkeit nicht erneuert hatte. Und da war die Geschichte von Bismarcks Tod, und wie er den weinend um das Sterbebett Versammelten befohlen hatte: »So, jetzt ist genug geheult worden, jetzt hören wir damit auf«, worauf die Weinenden betroffen ihre Tränen getrocknet hatten.

Georg Hirth, Herausgeber der »Münchner Neuesten Nachrichten« und der ›Jugend‹, kam manchmal zu Pferd herüber, seine zahlreiche Familie folgte im Wagen, zu einem High Tea, der meistens in ein opulentes Abendessen überging.

Königsbrun besuchte uns nie in Paris, kam aber stets wochenlang nach Gmund. Als Dunchen mir zum Geburtstag ein Stammbuch schenkte, trug er sich als erster ein: »Es gibt ebenso wenig unsterbliche Dichter, wie es unsterbliche Nachtigallen gibt. Nur die Liebe ist unsterblich und die Poesie.«

Schwenninger vermerkte: »Friß nicht zuviel, bleib gesund.«

Georg Hirth besah sich die Eintragungen, überlegte, blickte mich nachdenklich an und schrieb dann etwas in das grüne Saffianleder-Buch, das ich damals nicht verstand: »Wenn man Dir vorzureden versucht, die Frau sei nicht dazu berufen, eine Persönlichkeit zu sein, so wirst Du den Leuten beweisen, daß sie sich irren.«

Eines Tages besannen sich meine Eltern darauf, daß ich konfirmiert werden müßte, »weil es sich gehört«. Ein Pastor kam zweimal in der Woche aus Tegernsee und erteilte Religionsunterricht. Ich protestierte entschieden, denn ich wollte nicht protestantisch konfirmiert, sondern katholisch werden. Wie man das anfing, wußte ich nicht, ich wußte nur, daß ich katholisch werden wollte. Aber meine Eltern erklärten, ich wäre ein hysterischer Backfisch. Und so wurde ich trotz meines Protests in der evangelischen Kirche in Tegernsee konfirmiert. Dunchen weinte bitterlich, mein Vater war aus mir unverständlichen Gründen gerührt, meine drei Tanten vergnügt und meine Mutter, wie stets, gelassen-undurchdringlich.

Sie hatte als besondere Überraschung die Matrosenkapelle der kaiserlichen Jacht ›Hohenzollern‹ kommen lassen – wie sie das zustande brachte, blieb ihr Geheimnis. Und die spielte »Wir treten zum Beten«, während die Suppe serviert wurde, und später Militärmärsche.

Eine lange Tafel war vor dem Haus aufgestellt worden, weil das Eßzimmer zu klein war. Wie stets, gab es übermäßig viel zu essen, dazu viel Sekt. Das Festessen dehnte sich aus und wurde von der Liedschreiber-Familie, den Mägden und dem Knecht, die sich hinter Gardinen und Geranienstöcken verborgen hatten, beobachtet. »Soviel Fleisch grad am Freitag«, bemerkte Sepp später. Als Kaffee, Likör und die kleinen, bunten petits fours gereicht wurden und Herren und Damen sich erschöpft nach Fraß und Völlerei zurücklehnten wie die reichen Leute in ›Jedermann‹, erschien, anstelle vom Tod, die Verkörperung einer anderen Welt, die mir verboten war und mich anzog – ein Bettelmönch in der braunen Kutte der Franziskaner, mit bloßen, staubbedeckten Füßen in offenen Sandalen. Er trug eine kleine Holzschüssel, näherte sich lächelnd und fragte bescheiden, ob etwas übrig wäre. Meine Mutter trug mir auf, ihn in die Küche zu bringen und ihm Essen geben zu lassen.

Er löffelte seine Schale hastig nach einem unverständlichen, gemurmelten Segen aus und lehnte ein dickes Stück Roastbeef dankend ab: »Heut ist Freitag –«

Ich stand unschlüssig neben ihm. Hier war der Mann, hier war eine Verbindung, die ich tastend suchte. Und so fragte ich ihn, was man tun müsse, um katholisch zu werden.

Er lächelte, sagte ruhig: »Weiter nichts als glauben und beten –«

Ich erzählte ihm, daß ich heute evangelisch eingesegnet worden sei.

»Was einem Menschen gegen seinen Willen aufgezwungen wird, ist ungültig.«

Er schenkte mir ein kleines Heiligenbild und sagte denselben Satz, den mir Kardinal Faulhaber Jahrzehnte später, 1933, schrieb: »Ich werde Deinen Weg zum Licht mit meinem Gebet begleiten«, zeichnete ein Kreuz auf meine Stirn und wanderte weiter.

Meine Eltern erfuhren nichts von diesem Gespräch. Als Dunchen das Heiligenbild erblickte, sagte sie entsetzt: »Aber Kind, so etwas nimmt man doch nicht an –«

Eines Tages mußte ich mein schönstes Sommerkleid anziehen, um mit meiner Mutter nach Tegernsee in die Villa Bosse zu fahren, die später einmal das »Courths-Mahler-Haus« werden würde. Ich sollte der berühmten Schauspielerin Eleonora Duse einen Blumenstrauß überreichen, wenn sie mit ihrer Tochter Giuliana zum Tee kam.

Um jedes Wort der berühmten Frau aufzufangen, hatten meine drei Tanten ihre unförmigen Hörapparate, die wie Kodakkästen aussahen, mit frischen Batterien geladen und auf der Treppe zur Veranda Blumenstöcke aufgestellt.

Eleonora Duse nahm meinen Strauß mit einer Geste entgegen, als wäre es das erste Blumenbukett ihres Lebens. Sie trank Tee mit abgemessenen Gesten, als wäre es ein Opfertrank. Ihr herrlich ausdrucksvolles Gesicht mit den unvergeßlichen großen dunklen Augen war ungeschminkt, ungepudert und auffallend blaß.

Dann ließ sie sich mit meinen Tanten und meiner Mutter fotografieren, ihre Hand in die Hand meiner Tante Mila gelegt, der schönsten der vier Schwestern. Ich verstand nicht, was gesprochen wurde, denn die Unterhaltung wurde auf italienisch geführt, das alle Bosse-Schwestern fließend sprachen.

Schließlich stieg sie melancholisch lächelnd in die mit sonnverblaßtem rotem Plüsch ausgeschlagene Droschke vom alten Lippert, und winkte mit großer Geste addio, addio, als führe sie in den Tod und nicht nur zweihundert Meter weiter zum Haus von Freunden, bei denen sie wohnte.

In diesem Sommer, nach meiner Einsegnung, erwähnte meine Mutter öfters, daß sie in meinem Alter längst im Luisenstift »den letzten Schliff« bekommen hätte. Ich reagierte nicht auf diese Anspielungen, schwamm mit meinen kleinen Vettern im See, ritt auf Georg Hirths Pferd, wenn er zu Besuch kam, half zu Dunchens Entsetzen im Kuhstall mit und sah, was mir streng verboten war, heimlich zu, wenn Kühe gestiert wurden.

Eines Tages sagte mir meine Mutter, daß sie mich in einem

Dresdner Pensionat angemeldet hätte. Sie würde mich selbst im Auto nach Dresden bringen. Der weinrote Mercedes war ihre neueste Leidenschaft. Zuweilen lenkte sie ihn selbst, mit Schutzbrille, Staubmantel und umschleiertem Hut, sehr ängstlich, im Schneckentempo, auf der stillen Landstraße zwischen Kaltenbrunn und dem kleinen Dörfchen Wiessee, von dem behauptet wurde, dort wäre eine heilsame Quelle gegen Rheumatismus.

Ich wehrte mich gegen die Verbannung nach Dresden. Wie jeden Herbst freute ich mich, wieder nach Paris zu kommen, auf die Freundinnen, auf mein Reitpferd. Aber meine Mutter blieb unerbittlich: alles wäre arrangiert, ich müßte endlich regelmäßigen Klavierunterricht bekommen, denn was Dunchen lehrte, wäre nur Klimperei, sie könnte Mendelssohns Frühlingslied nicht mehr mit anhören, außerdem wäre es höchste Zeit für mich, deutsche Literatur und Geschichte zu lernen.

Dunchen versuchte nicht, ihre Verzweiflung zu unterdrükken, betete mehr als sonst und flüsterte immer wieder »armes Kind«, während sie meinen Namen auf die vorgeschriebene Anzahl von Handtüchern stickte, auf die Unterröcke aus Leinen, auf die Anstandsröcke aus weißem Flanell, auf die schwarzen Wollstrümpfe, in das Alltags- und Sonntagskleid aus dunkelblauem Tuch mit steifem, weißem Kragen.

Am Abend vor unserer Abfahrt kam mein Vater in mein Zimmer und sagte: »Vergiß nicht, daß ich dein bester Freund bin. Wenn es dir nicht gefällt, hole ich dich ab, das verspreche ich dir.«

Kein Glück mit Pensionaten

Das Pensionat Vogel von Falckenstein an der Bürgerwiese war das typische Emporium für junge Mädchen, mit streng eingeteilter Tagesordnung, strengen Hausregeln, Unterrichtsstunden, regelmäßigen Spaziergängen in Krokodilordnung, angeführt und beschlossen von einer Lehrerin, und endlosen Sonntagen.

Es gefiel mir nicht. Ich hatte Heimweh nach Paris, nach der Heiterkeit unseres dortigen Lebens, nach der ausführlichen Teestunde, den Spaziergängen mit meinem Vater – vielleicht sogar auch nach Dunchen. Wir lernten deutsche Geschichte und Literatur. Im Geschichtsunterricht handelte es sich nicht mehr um die verschiedenen Louis und um Napoleon wie in Paris, sondern um Friedrich den Großen. Der deutsche Überfall auf Frankreich wurde hier als Abwehr des bedrohten deutschen Reiches geschildert. Klavierstunde gab eine alte Dame, die schlecht roch, im Badezimmer, wo das Klavier stand. Literatur und Musikgeschichte wurde von einem Mann gelehrt, dem ein Seehundsbart über den Mund hing und der etwas stotterte. Zweimal in der Woche gab es Tanz- und Anstandsunterricht bei Madame Leroux, die perfekt sächselte, vermischt mit französischen Brocken. Wir lernten Walzer, Menuett, Quadrille und Polka tanzen. Wir durften den Walzer nur rechts herum tanzen – links herum wäre nicht comme il faut, erklärte Madame. Nach der Tanzstunde gab es eine halbe Stunde etwas, das wir »Benimm-Dich« nannten: mit einem Buch auf dem Kopf ein paar Stufen auf und ab gehen, ohne auf unsere Füße zu sehen, ohne das Buch zu verlieren. Wir mußten vor Madame knicksen und uns mit nebeneinander gestellten Füßen setzen, mußten, »leicht und graziös, Mesdemoiselles«, aufstehen, lernten, wie man die Hand reicht, »nur mit ganz leichtem Druck, Mesdemoiselles, oh mon Dieu, nicht schütteln«.

Wer Erlaubnis hatte, durfte Reitunterricht nehmen und im Großen Garten reiten.

Eine schwarz gekleidete Italienerin gab italienischen Sprachunterricht, ein Mann mit ungeheuerlich großen weißen Händen, den wir Herr Professor nennen mußten, lehrte ausländische Literatur. Er ist schuld daran, daß ich Macaulays Essays in späteren Jahren nie mehr las – denn in der Zeit, in der ich in Dresden war, mußten wir stets Macaulay wörtlich übersetzen.

Jede Woche wurden wir in die Oper oder in ein klassisches Stück geführt. Kienzls ›Evangelimann‹ erlebte damals in der Dresdner Oper die Uraufführung. Seine schönste, balladeske Oper ›Don Quixote‹ wurde erst zur Feier seines 80. Geburtstages, in der Wiener Staatsoper, kurz vor dem Überfall der Deutschen auf Österreich, 1938 inszeniert.

Ich teilte mein Zimmer mit Alice Schuster, die ebenfalls in Frankreich erzogen worden und älter war als ich. Wir standen beide abseits des Kreises verzückter Backfische. Zwei Bulgarinnen und eine Österreicherin schwärmten am intensivsten für Schauspieler, Leutnants und Sänger. Wir seufzten nicht »wie süß«, wenn irgendein Leutnant am Pensionat vorüberritt und uns zuzwinkerte. Wir schwärmten nicht für den berühmten Wagnertenor Alfred von Bary, der eine herrliche Stimme besaß, einen untersetzten, verfetteten Mann, denn damals glaubte man, Sänger müßten dick sein, um die Strapazen ihres Berufs auszuhalten, und so wimmelte es auf Opernbühnen von gemästeten Gestalten, und die Kehrseite des Fidelio war enorm.

Wir durften den ›Ring‹ hören, weil es zum Bildungsprogramm gehörte, aber das Textbuch war uns verboten. Trotzdem wanderte es abends von Bett zu Bett.

Zum Erziehungsprogramm gehörte »ein Blick hinter die Kulissen des Opernhauses«. Wir durften in die mächtigen Holzschwänze der Rheingoldtöchter klettern, die an Eisenkabeln aus den Soffitten hingen. Vor Barys Loge befahl Fräulein Metzner: »Nur einen Blick hineinwerfen, meine Damen, nur von der Schwelle aus!«

Aber die Pensionärinnen gerieten in Ekstase und stürmten in den kleinen Raum, knieten vor den rosa Trikothosen, dem schwarzen cache-sexe von beträchtlicher Weite nieder, küßten es, betasteten es mit kleinen Lustschreien und tauchten verzückt die Hände in stehengelassenes Seifenwasser. Die Bulgarin Vessy bekam einen Weinkrampf und wurde halb ohnmächtig in den Korridor getragen. Die Österreicherin Martha benützte den Tumult, um mit ihrer Taschenschere ein Stück aus dem rosa Trikot zu schneiden, und trug diese viel beneidete Reliquie auf der Brust an einer Goldkette.

Da weder Alice noch ich diesen Unfug mitmachten, wurden wir von den anderen Mädchen als dumm bezeichnet und ständig geneckt. Und so beschlossen wir, eine imaginäre, unkontrollierbare Schwärmerei für einen auswärtigen Operettentenor vorzutäuschen. Und zwar für Rudolf Seibold, den ich im Gärtnerplatz-Theater in München im ›Walzertraum‹ und ›Süßen Mädel‹ gehört hatte. Wir schrieben heimlich an ihn, baten um Bild und Autogramm und erhielten eine Postkarte von ihm in der Phantasieuniform des Danilo, nebst Unterschrift. Wenn die anderen Mädchen sehnsüchtig nach Alfred von Bary oder irgendeinem Schauspieler seufzten, flüsterten wir: »Ach, wenn Rudi bloß hier wäre« – und wurden dadurch wieder in die Gemeinschaft aufgenommen.

Fräulein Metzner war das Urbild einer Pensionatsvorsteherin: lang, dürr, streng, mit schmalen Lippen, fahlen Augen und grauem Haarknoten. Sie war einmal kurze Zeit in England gewesen, was sie gern erwähnte, und sagte deshalb nach jeder

Mahlzeit: »Und jetzt wollen wir ›grace‹ sagen«, indem sie, englischer Sitte gemäß, die Augen schloß.

Alice und ich blieben nicht die vorgeschriebene Zeit in Dresden. Unser Aufenthalt im Internat, für uns eine Internierung, wurde nach wenigen Monaten beendet, nachdem wir uns bei Fräulein Metzner über Handgreiflichkeiten und Belästigungen des Reitlehrers beschwerten. Sie warf uns herausforderndes Benehmen vor. Wir erwiderten empört, der Kerl wäre ein ekelhaftes Schwein, was Fräulein Metzner empörte. Wir erklärten, daß wir in eine andere Reitschule gehen wollten. Dies lehnte sie ab. Daraufhin drohten wir, uns bei den Eltern zu beschweren, worauf sie erklärte, wir müßten das Pensionat verlassen, da unser Benehmen ein schlechtes Beispiel für ihre jungen Damen wäre. Zu ihrem Erstaunen brachen wir nicht in Tränen aus und baten nicht um Entschuldigung oder bleiben zu dürfen, sondern sagten einstimmig: »Gott sei Dank!«

Alice reiste allein nach Metz zurück. Ich wurde von meinem Vater abgeholt. Als wir zur Bahn in einer vorsintflutlichen »Erster Klasse«-Droschke fuhren, bemerkte er bloß, der Reitlehrer wäre für sein schlechtes Benehmen bekannt, und sprach nie mehr von dieser Episode.

Ich war froh, wieder in Paris zu sein, obwohl meine Mutter andeutete, daß ich unbedingt in eine andere finishing school kommen müßte. Nach Weihnachten sagte meine Mutter, daß sie mich in einem Pensionat in Düsseldorf angemeldet hätte. Ich könnte dann hin und wieder zu ihrer jüngsten Schwester, Maruschka von Hausen, zum Wochenende fahren, die in Krefeld verheiratet war.

Das englische Pensionat wurde von zwei alten Jungfern, den Misses Doreen und Margret Cox geleitet. Englische Mädchen lernten dort Deutsch und deutsche Mädchen Englisch. Außer mir war nur noch ein deutsches Mädchen da. Miß Doreen selbst sprach deutsch mit stark englischem Akzent, wie ein Zirkusclown, ihre Schwester Margret nur ein paar Brocken, obwohl beide seit langen Jahren in Düsseldorf lebten.

Wir liebten Margret, die selten sichtbar war, meist im Bett lag und nie ihr Zimmer verließ. Uns wurde gesagt, sie wäre ein chronischer Invalide. In Wirklichkeit war sie eine heiter-liebenswürdige Gewohnheitstrinkerin. Dies erfuhren wir von der Köchin, die uns heimlich Wurst und Kuchen zusteckte, denn das Essen war hier genau so schlecht und knapp wie in Dresden.

Wieder mußte ich mich einer strengen Hausordnung einfügen. Der Tag begann mit einer von Doreen Cox abgehaltenen Andacht vor dem Frühstück. Das Gesicht in den Händen verborgen, mußten wir vor unseren Stühlen knien, den Rücken dem Eßtisch zugekehrt, an dem Doreen Cox aus der Bibel vorlas und mit einem Psalm endete.

Dann erst gab es Tee, Toast mit Marmelade und zwei Scheiben gebratenen Speck. An Sonntagnachmittagen erhielten wir eine sorgfältig eingeteilte Miniaturrolle Butter, durften dann aber keine Marmelade nehmen. Besucher an Sonntagen durften Butter und Marmelade essen.

Abends wurde dieselbe Andacht abgehalten, aber vor dem Knien mußte jede von uns einen Vers aus dem Psalmbuch lesen. Die englischen Mädchen lernten nur mühselig Deutsch und stammelten, so gut es ging, durch ihre Zeilen.

Zweimal täglich wurde ein Spaziergang in raschem Tempo absolviert, angeführt von einer kümmerlichen französischen Gouvernante und beschlossen von einer deutschen Lehrerin am Schwanzende der Krokodilschlange. Die Straßenjungen riefen uns nach: »Engelländer, Hosenbänder, Geldverschwender –«

Einmal in der Woche erschien ein ehemaliger Feldwebel und gab Turnunterricht. Doreen turnte in weiten blauen Pumphosen mit. Von der Köchin erfuhren wir, daß sie mit dem Feldwebel hinterher Bier trank. Und sie fügte blinzelnd hinzu: »Sie hat ihm mehr als jern.«

Bei den Misses Cox lernte ich den sagenhaften englischen Sonntag der Victorianischen Epoche kennen, diese Mischung von Bigotterie und Hypokrisie, von dem mir meine Mutter oft erzählte, die all dies von ihrer Mutter gehört hatte. Der Sonntag begann mit der üblichen Morgenandacht. Dann wurden wir in die Kirche geführt. Der Spaziergang fiel aus. Vor dem Mittagessen durften wir uns gedämpft unterhalten.

Wenn jemand laut zu sprechen oder zu lachen wagte, wandte Doreen, die im Nebenzimmer ihre Bibel las, den Kopf und sagte bloß: »Oh, Children – it is Sunday, don't forget it.« Sonntags wurde englisch gesprochen.

Mittags gab es hauchdünn geschnittenes Roastbeef und eine große Portion Yorkshire Pudding zum Gemüse. Als Nachspeise erschien unweigerlich das rosa oder giftgrüne Gebilde aus Kartoffelmehl, Puddingpulver und Fruchtessenz, das »blanc-mange« hieß. Nachmittags durften wir »ein gutes Buch« lesen oder Briefe schreiben.

Der ›Scarlet Pimpernel‹ von Baroneß Orczy war gerade erschienen und das einzige wirklich lesenswerte Buch von Charme und Spannung, neben religiösen Schmökern wie ›The wide, wide World‹ oder ›Little Lord Fauntleroy‹, Dickens, Romanen der Marlitt und Heimburg, die als geeignete Lektüre galten.

Auch der Nachmittagsspaziergang fiel aus. Statt dessen wurden wir zur Abendandacht in die Kirche geführt. Die feierlich-gedämpfte Sonntagsstimmung wurde bis zur Abendandacht vor unseren Stühlen innegehalten. Dann folgte das schweigende Anstellen, um Miß Doreen den obligaten Gutenachtkuß auf die rot geäderte Wange zu geben.

Um neun Uhr wurde das Licht gelöscht. Wer in der Dunkelheit sprach, und wenn es nur ein Wort war, mußte es am nächsten Morgen »melden« und wurde gerügt. Wir zwei deutschen Mädchen fanden das alles lächerlich und meldeten öfters. Die englischen Mädchen nahmen die Andachten als selbstverständlich hin. Außerdem knieten sie dann noch in Gebeten vor ihren Betten.

Wenn wir sonntags etwas auf dem Herzen hatten, das wir nur Margret Cox anvertrauen wollten, mußten wir bis Montag abend warten. Doreen Cox sagte, ihre Schwester hielte an diesem Tag absolute Sabbatruhe, wie es sich gehörte. Die Köchin aber verriet uns, daß Margret sich einen extra starken Rausch leistete, weil dann ihre Schwester »mit der ewigen Beterei« beschäftigt war und sich nicht um sie kümmerte. Margret hatte es gern, wenn wir zu ihr kamen. Sie tröstete uns mit ihrem euphorischen Lächeln und sagte immer wieder, wir sollten das alles nicht so ernst nehmen. In etwa fünfzig Jahren wäre sowieso alles vorüber: »Don't worry, enjoy your life, life is very short.«

Auch in Düsseldorf wurden wir in Konzerte und in die Oper geführt und mußten »Sehenswürdigkeiten« besichtigen.

Vor dem Heine-Denkmal erklärte die deutsche Lehrerin, Heine hätte zwar die Lorelei und einige »ganz gute Gedichte« geschrieben, aber er wäre eben Jude. Mein Vater hatte mir Heines Grabdenkmal in Paris, auf dem Montmartre-Friedhof gezeigt. Deutsche Touristen legten dort nicht nur ihre Visitenkarten in eine Schale, sondern kritzelten auch Namen und Besuchsdatum auf die Büste. Die Bezeichnung Jude war nie in meinem Elternhaus gefallen, hier in Düsseldorf hörte ich sie öfters, auch im Haus von Bürgermeister Oehler, einem Neffen von Nietzsche, mit dessen Tochter ich mich befreundete.

Zweimal in der Woche bekam ich Klavierunterricht bei Mrs. Kerner, einer Engländerin, die mit einem Deutschen verheiratet und Clara Schumann-Schülerin gewesen war. Mrs. Kerner vertraute mir an, daß sie Männer nicht leiden könnte, sie wären brutale, übelriechende Tiere, »I prefer women«. Ihre raschen, verstohlenen Berührungen, ihre übertriebenen Zärtlichkeiten waren mir unangenehm. Aber sie war der einzige Mensch, mit dem ich über das Pensionat sprechen und mich beklagen konnte, die einzige, die mein Tagebuch lesen durfte.

Meine Krefelder Tante war indirekt daran schuld, daß ich Miß Cox' Pensionat lange vor den Ferien verlassen mußte. Sie hatte mir bei einem Wochenendbesuch den berühmten Roman ›Three Weeks‹ von Elynor Glyn zu lesen gegeben und ahnungslos erlaubt, ihn mit nach Düsseldorf zu nehmen. Der Held war ein schüchterner junger Engländer, der drei Wochen lang eine Affäre mit einer geheimnisvollen russischen Fürstin in einem Schweizer Hotel hatte. Die Dämonische empfing den Schüchternen nur im verdunkelten Zimmer, bei rot verhüllter Lampe, auf einem Tigerfell ruhend. Die mannstolle Fürstin verführte den Zögernden schließlich – auf dem Tigerfell. Die Verführung selbst wurde durch drei »points de suspension« angedeutet, mit dem das Kapitel endete. Später erfuhr der bestürzte Jüngling, daß er einen Sohn gezeugt hatte, der »einmal einen Thron besteigen würde« – welchen Thron, wurde nicht verraten. Diskret wurde aber angedeutet, daß es der Zarenthron war. Das Ganze war ein schwülstiger Kitschroman, damals jedoch eine Sensation, ein Bestseller, der als »sehr gewagt« galt, von Eltern gierig gelesen und den jungen Mädchen verboten wurde.

Ein Spottvers über ›Three Weeks‹ und das Tigerfell machte damals in England die Runde:

»Would you like to sin
On a tigerskin?
Or would you prefer
To err
On another fur?«

Ich gab das Buch meiner Freundin Meg, die es im Badezimmer verschlang und einem besonders frommen, prüden Mädchen lieh. Die las es und »bekannte« dann Miß Doreen, daß sie ein »schlechtes« Buch gelesen hätte, das nicht in der streng zensierten Pensionatsbibliothek enthalten war.

Ich wurde zu Miß Doreen gerufen, die wie ein Mitglied des

Jüngsten Gerichts hinter ihrem Schreibtisch saß, die Bibel zur Rechten, Korrekturhefte zur Linken. Sie fragte, woher ich das Buch hätte, und verlangte die sofortige Aushändigung. Außerdem müßte ich »bekennen«, woher ich es hatte. Ich antwortete wahrheitsgemäß, es wäre nicht im Haus, verriet aber nicht meine Tante. Ich sagte ihr auch nicht, daß es bei Mrs. Kerner war, die es nach Krefeld geschickt hatte. Doreen erklärte, ich müßte alles restlos und ohne Vorbehalt bekennen. Ich weigerte mich.

Sie verhängte daraufhin 24 Stunden Zimmerarrest und erklärte, die Strafe würde verlängert, wenn ich dann noch immer nicht bekannt hätte. Sie erwähnte die Vergiftung junger Seelen durch Sündenbücher, auch daß man in England auf Moral größeren Wert lege als in Deutschland, und daß sie vor Gott die Verantwortung für ihre young ladies trüge. Dann führte sie mich in eine Kammer neben dem Badezimmer, in der ein schmales, hartes Bett, ein Stuhl und ein Tisch standen, auf den sie eine Bibel legte. Sie verbot mir, die Kammer zu verlassen oder mit den anderen Mädchen zu sprechen. Ich durfte nur »den gewissen kleinen Raum« aufsuchen, wie sie diskret bemerkte.

Ich nahm das alles nicht ernst, bis auf die erste menschliche Enttäuschung, die ich erlebte: Meg, von der ich gedacht hatte, sie wäre meine Freundin, boykottierte mich wie die anderen Schülerinnen. Sie wagte nicht einmal, in einem unbewachten Augenblick an die Tür zu kommen oder einen Zettel durch den Türspalt zu schieben. Sie sandte mir keinen Gruß durch die Köchin, die mir Essen brachte. Der von Doreen über mich verhängte Boykott wurde von allen Mädchen befolgt. Sie gingen an meiner Tür vorüber, ich hörte das Gebetsmurmeln, hörte, wenn sie zu Bett gingen, dann wurde das Licht gelöscht.

Die Köchin versorgte mich reichlich mit Essen, und nach 24 Stunden wurde ich von Mademoiselle zu Doreen geholt. Sie fragte mich, ob ich bekennen wollte. Ich weigerte mich wieder. Doreen erklärte daraufhin, ich schiene den Umfang meines Vergehens nicht zu erfassen, worauf ich antwortete, daß es bei uns zu Hause keine verbotenen Bücher für mich gegeben hätte. Doreen Cox legte ihre Hände auf die Bibel und sagte, daß ich in Einzelhaft bleiben müßte, bis ich abgeholt würde. Sie könnte es nicht verantworten, ihre young ladies durch Kontakt mit mir zu gefährden. Sie würde noch heute an meine Eltern telegrafieren. Vielleicht wollte sie dadurch ein Geständnis erpressen, aber ich sagte bloß, ich wäre froh, endlich fortzukommen.

Sie stutzte, sagte betreten: »Well, that's that«, und fügte hinzu, meine Klavierstunden bei Mrs. Kerner würden selbstverständlich eingestellt. Sie ließ mich, wie eine Gefangene, von Mademoiselle in meine Kammer zurückführen. Auf dem Gang begegnete ich den Pensionärinnen. Sie wandten den Kopf ab oder blickten zu Boden, selbst Meg wagte nicht, mich anzusehen.

Die Köchin versorgte mich weiter reichlich mit Essen und Schauerromanen, die sie unter ihrer Schürze brachte, als verberge sie etwas Entsetzliches. Margret Cox besuchte mich, wenn sie wußte, daß ihre Schwester ausgegangen war, und sagte lächelnd: »Don't worry, – it's all over in fifty years.« Einmal erschien sie spät nachts, in rotem Schlafrock mit gelben Spitzenrüschen an Hals und Handgelenken und einem kühn geschlungenen roten Turban um ihr graues Haar. Sie sah im Flackerlicht der Kerze phantastisch aus und war selig betrunken. Wie stets riet sie mir, dies alles nicht ernst zu nehmen. Margret war leider so, weil sie nicht geheiratet hatte, was besser für sie gewesen wäre, »poor old girl«. Und dann erkundigte sie sich, ob ich das »terrible book« noch hätte, weil sie sich überzeugen wollte, ob es wirklich so terrible wäre.

Ich blieb nur vier Tage in der Kammer, denn meine Eltern reagierten rasch und telegrafierten, daß ich abgeholt würde.

Am letzten Sonntag, den ich in der Kammer verbrachte, erschien Margret am Spätnachmittag, als Doreen ihre young ladies zur Abendandacht geführt hatte. Alkoholschwaden drangen aus ihrem Mund, als sie mir im Flüsterton verriet, daß mein Vater am nächsten Tag kommen würde. Ich sollte sie nicht verraten, denn »poor old Doreen« wäre etwas seltsam. Sie verließ mich lächelnd, kehrte aber aus Versehen nicht in ihr Zimmer zurück, sondern wanderte singend treppabwärts, zur Haustür heraus in die Achenbachstraße.

Als Schwester Doreen ihre Herde aus der Kirche zurückgeleitete, wurde Margret gerade von Passanten und einem Polizisten widerstrebend ins Haus gezerrt. Laut und unbekümmert sang sie weiter ein Kirchenlied: ›Abide with me‹, und Doreen versuchte zu erklären, daß sie schwer krank wäre und hohes Fieber hätte. Aber Margret wiederholte nur, sie wäre kerngesund und very, very, very happy. Zum Schein wurde der Arzt gerufen, und die Köchin berichtete mir, daß alle Pensionärinnen genau wüßten, was Miß Margret fehlte: »Die braucht mindestens drei Tage, um ihren Mordsrausch auszuschlafen.«

Dann erschien mein Vater, heiter, verständnisvoll wie stets, und brachte mich nach Paris. Er machte mir keine Vorwürfe, sondern bemerkte nur, daß ich anscheinend kein Glück in Pensionaten hätte. Der Aufruhr über das alberne Buch wäre nicht der Rede wert. Außerdem versprach er mir, daß ich zu Hause bleiben dürfte. Meine Mutter erklärte, ich würde von jetzt ab Privatstunden bekommen. ›Three Weeks‹ lag neben der Pralinenschale auf der Chaiselongue.

Meine Eltern hatten inzwischen beschlossen, ein eigenes Haus in der Rue Octave Feuillet zu bauen, in dem das Atelier meines Vaters das ganze obere Stockwerk einnahm. Unsere Leute, die in der Rue des Belles-Feuilles in kümmerlichen Mansarden gewohnt hatten, bekamen jetzt ihre Zimmer und ein Wohnzimmer im Untergeschoß neben der Küche. Der Umzug bedeutete Abschied von Madame Demontrand, denn in der Rue Octave Feuillet gab es keine Portiersloge.

Für meine Mutter war es nun wichtig, die Einweihung, die Crémaillière, besonders originell zu gestalten. Ein kaltes Büfett, ein kleines Orchester, ein paar Vorträge genügten ihr nicht. Ein Teil des Programms stand schon fest: Rousselière hatte sich bereit erklärt, mit seiner Frau altfranzösische Balladen zu singen. Paolo Tosti und Brancaccio würden teils richtig, teils falsch vierhändig spielen. Der Kabarettist Dranem sollte Chansons vortragen. Aber all das hatte es bereits gegeben, und meine Mutter wollte durchaus etwas haben, das niemand bisher geboten hatte.

Mein Vater erbot sich, Yvette Guilbert für zwei Chansons zu engagieren, »obwohl das eine Stange Gold kostet«, aber auch das war meiner Mutter nicht recht. Außerdem waren Dranem und die Guilbert augenblicklich verfeindet. Nach langer Meditation auf der Chaiselongue erklärte sie schließlich, sie hätte etwas Besonderes ausgedacht. Und zwar wollte sie vier bayerische Bauernpaare aus Gmund kommen lassen, die ihre Tänze zu Zither- und Harmonika-Spiel vorführen sollten.

Mein Vater wehrte sich gegen den Plan. Es gab eine Szene. Meine Mutter wies auf ihr angegriffenes Herz hin, und mein Vater gab schließlich nach, denn die Idee verlockte ihn. Eine hektische Korrespondenz entspann sich zwischen Paris und Gmund. Eingeschriebene Briefe auf hauchdünnem blauem Papier, in der schön geschwungenen Handschrift meiner Mutter wurden fortgebracht, Telegramme, Expreßbriefe an Bauern, die wir von unserer Sommerfrische her kannten.

Die Gmunder reagierten negativ. Eine Reise von Gmund zum Münchner Oktoberfest war damals ein Unternehmen. Aber nach Paris – nein!

Das Angebot erregte Aufsehen im Dorf. Es gab ein Lager, das für Paris, ein Lager, das gegen den Plan war. Der Bürgermeister und seine Stammtischfreunde verhielten sich neutral. Der Dorfarzt, dessen Pudel von meiner Mutter überfahren worden war, warnte vor der französischen Lustseuche. Der Pfarrer warnte vor Seelenschaden, vor dem französischen Sodom und Gomorrha, und flehte seine Schafe an, im Lande zu bleiben. Der Bahnhofsvorstand, der einmal nach Nürnberg gereist war, erklärte, man könne allerlei durch Reisen lernen.

Schließlich lockte nicht nur die Fremde, sondern auch die reichliche Bezahlung, denn Bargeld war damals knapp bei den Bauern. Eines Morgens kamen die vier Tänzerpaare mit der Zither-Moidei und dem Ziehharmonika-Hansl übernächtig und verschüchtert in Paris an. Mein Vater, ein Konsulatsbeamter und ich empfingen sie auf dem Bahnsteig. Sie hatten ihre Sonntagstrachten angezogen: die Männer die kurzen Lederhosen mit den weißen Wadelstrümpfen, genagelte Haferlschuhe, Hüte mit dicken Gamsbärten, graue Joppen mit grünen Aufschlägen und Hirschhornknöpfen, silberne Uhrketten mit klirrenden Talern. Die Frauen trugen das eng anliegende silberkettenverschnürte Mieder, den weiten schwarzen Rock, weiße Wollstrümpfe, breite silberne Halsketten um ihre Kröpfe, den mit Goldborten besetzten schwarzen Hut mit der duftigen Flaumfeder. Unter dem eng gereihten Rock trugen sie den dicken, rotwollenen Anstandsrock mit breiten schwarzen Querstreifen, der den jungen Mädchen das Aussehen von Hochschwangeren gab, zu einer Zeit, da französische Frauen ein corset droit trugen, das die Bauchwölbung verdrängte und den Busen hochschnürte.

Die Gmunder Truppe wurde gleich auf dem Bahnsteig zur Sensation, weil die Frauen ihre Sonntagsröcke über Kopf und Schultern trugen, um die Hüte vor dem Regen zu schützen. Die genagelten Männerschuhe krachten wie Pferdehufe auf dem Asphalt.

Die Truppe, in unserer Nähe untergebracht, hatte drei Tage Zeit, um sich einzugewöhnen und Paris unter Führung eines Dolmetschers zu besichtigen. Am Tag, an dem sie abends tanzen sollten, war vormittags nur ein Besuch von Sacré Coeur geplant, danach sollten sie, wie immer, in unserem Haus essen, sich ausruhen und ihre Kleidung in Ordnung bringen.

An diesem Vormittag geschah jedoch etwas Unvorhergesehenes. Der beste Schuhplattler, Maxi, Bräutigam der Kati, verschwand während des Kathedralenbesuchs. Zuerst suchte man ihn in den Seitenkapellen und rief diskret seinen Namen, dann schrie man vor dem Portal ungehemmt nach ihm und juchzte – zum Erstaunen anderer Kirchenbesucher.

Schließlich erschien der bestürzte Trupp mit dem Führer, der immer wieder versicherte, daß ihm bisher nie ein Tourist abhanden gekommen wäre. Kati heulte und schrie und verwünschte Frankreich und meine Eltern. Dazwischen rief sie nach ihren Eltern und einer Tante Marie, die ihr von der Reise abgeraten hätte.

Meine Mutter zog sich in ihr Boudoir zurück, teils mit Herzklopfen, teils in Erwartung von Friseur Boulestaix. Mein Vater erklärte, er hätte geahnt, daß es nicht nur Ausgaben, sondern auch Scherereien geben würde, und benachrichtigte die Polizei. Es fiel den Polizisten nicht schwer, Maxi aufzuspüren. Niemand in Paris, in der Umgebung von Sacré Coeur, trug kurze Lederhosen und weiße Wadelstrümpfe, denn Bayern war noch nicht von den Franzosen entdeckt worden. Er wurde aufgegriffen, als er ein Haus zu Füßen der mächtigen Treppe verließ, die zur Kathedrale emporführte. Zwei verständnisvoll lächelnde Polizisten lieferten ihn bei uns ab.

Die Küche war angefüllt mit erregten Bayern, während Köchin Resi versuchte, die letzten Vorbereitungen für das kalte Büfett zu treffen. Maxi entschuldigte sich nicht, sondern war großartig-unverschämt und zitierte Götz von Berlichingen. Auf Vorwürfe seiner heulenden, hysterischen Braut befahl er bloß, sie möge ihr stinkates Maul halten.

Kati bemerkte, daß seine silberne Uhrkette mit den Talern, die Uhr und die zwei Goldstücke fehlten, die mein Vater jedem Gmunder zum Andenken geschenkt hatte und die für die Hochzeit gespart werden sollten, und schrie ihn an, wo all dies wäre.

Die anderen wollten wissen, was er angestellt hätte. Maxi zwinkerte bloß und gab keine Antwort. Das einzige, was er sich zu sagen bequemte, war, daß man auch in Gmund eine Kirche hätte und daß es in Paris anderes zu sehen gäbe.

Später erfuhr ich von Trude, daß ihm »ein soviel schönes Mädel« am Fuß der Treppe gewinkt und ihn in ein feines Haus geführt hätte. Er wäre mitgegangen, weil er erkunden wollte, wie so ein französisches Weiberleut »unterisch« beschaffen sei. Das Weiberleut hatte ihm was Besonderes gezeigt. Was dies Besondere war, verriet mir Trude trotz dringender Bitten nicht.

Die abendliche Tanzvorführung war gefährdet.

Kati hörte nicht auf, nach den Goldstücken, nach Uhr und Talern zu fragen, und wollte wissen, wo er gewesen sei. Der Harmonika-Hansl, der die Kati selbst gern gehabt hätte, spielte sich als ihren Beschützer auf und nannte Maxi eine säuische Drecksau, worauf Maxi ihm eine Ohrfeige gab. Mit einem Mal war eine echte Wirtshausrauferei im Gange. Die Männer hieben aufeinander ein, die Frauen schrien, Resi rettete sich mit der Mayon naise-Schüssel in die Speisekammer.

Mein Vater wurde gerufen und befahl mir, die Küche zu verlassen, war aber dann so mit der Besänftigung der Streitenden beschäftigt, daß er nicht bemerkte, daß ich fasziniert in der Tür stehen blieb.

Der Hausarzt wurde gerufen und gab der hemmungslos heulenden Kati ein Beruhigungsmittel, das sie sofort mit gräßlichen Lauten auf den Küchenboden spie. Die Zither-Moidei stand in einem Eck, hielt den Rosenkranz in Händen und rief den Heiligen Antonius um Hilfe an. Maxi bekam Umschläge auf seine geschwollene Backe, Hansl ein Pflaster auf seine Stirnwunde, Moidei barg den Rosenkranz wieder in ihrer Unterrocktasche, Ruhe trat ein.

Dann begann eifriges Haar-Ordnen und Bügeln. Liddy, die graue Eminenz, die wie ein Kurier Hiobsbotschaften ins Boudoir herauf und Beschwörungen um Friedensschluß vom Boudoir herunter getragen hatte, trank mit den Gmundern Kaffee am Küchentisch. Kati bekam von meinem Vater ein Glas Cognac und wurde überredet, ihr rotgeweintes Gesicht im Badezimmer zu waschen.

Vielleicht aus Verwirrung, vielleicht aus bravado, vielleicht angespornt vom Alkohol, nahm sie ein Bad, was allgemein bewundert wurde, denn Bauern badeten niemals, und Zither-Moidei berichtete, ihre Mutter, Gott hab sie selig, wäre einmal im Krankenhaus gebadet worden, worauf sie sofort gestorben sei.

Als ich das Boudoir meiner Mutter betrat, trug sie bereits die weiße Matinée, und Boulestaix umtanzte sie mit Brennscheren, Haarunterlagen und Stirnlöckchen. Als ich ihr den Friedensschluß in der Küche meldete, wehrte sie bloß erschöpft ab, und Boulestaix erhob, Schweigen gebietend, die Hand: »Silence absolu, Mademoiselle, je vous en prie«, und ich wurde aus dem Zimmer gewiesen.

Am Einweihungsabend durfte ich zum ersten Mal aufbleiben und mußte nicht, wie bisher, die Ankunft der Gäste vom Treppengeländer aus beobachten, ehe ich, wie stets, sehr früh zu Bett ging. Ich zog mein schönstes Kleid an, weiße Seide, mit kleinen rosa Schleifen und einem bescheidenen Halsausschnitt, dazu weiße Seidenschuhe.

Ein Versuch, mein dichtes, langes dunkles Haar zu einem Chignon aufzustecken und das Vorderhaar über eine aus dem Boudoir entwendete Unterlage zu bürsten, scheiterte. Das Gebilde zerfiel, haarnadelgespickt, die Unterlage rutschte in meine Stirn. Dunchen, die meine Anstrengung beobachtet hatte, überredete mich schließlich, mein Haar wie gewöhnlich über das Lockenholz bürsten zu lassen. Als ich erklärte, Boulestaix müßte mich frisieren, wenn ich endlich einmal so alt wie meine Mutter wäre, sagte sie bloß leise: »Armes Kind, das Alter kommt viel zu schnell.«

Es wurde ein besonderer Abend. Das Orchester spielte auf einer kleinen Estrade, während sich die Gäste versammelten und Sekt gereicht wurde. Onkel Harry erschien, wie stets unerwartet, und vertraute mir an, daß er leider bald ein alter, dickbäuchiger Ehemann sein würde, denn meine Mutter hatte ihn überredet, den »kleinen Bleistift« zu heiraten, die Tochter eines Bleistiftfabrikanten, die ihn seit Jahren liebte. Er sah jung und sehr elegant aus mit dem schönen blonden Haar und den blauen Augen. Auf seinem Frackaufschlag glitzerte ein brillantenbesetzter Orden, den ihm der Schah von Persien verliehen hatte.

Ein russischer Vetter meiner Mutter, Rolf von Hoerschelmann, ein zwergenhaftes, geistreiches Geschöpf, begabter Grafiker, war aus München gekommen.

Etwa vierzig Gäste waren eingeladen. Maler, Bildhauer, Journalisten. Theodor Wolff kam mit Änne, Louis Vauxcelles, Victor Auburtin und Carl Lahm. Auch der Doktor Calvé, unser Hausarzt, der noch immer in meine Mutter verliebt war, und ein sagenhaft reicher Amerikaner, der sie auch liebte und sie nach USA entführen wollte.

Der elegante Julius Meier-Graefe kam und Olga Merson in absonderlich-unordentlicher Toilette und Albert Langen mit seiner schönen rothaarigen Frau. Und der Abbé van Hollebaeke hatte sich von seinem weltfernen Dorf beurlaubt, um morgens, durch alle Räume schreitend, das Haus zu segnen, völlig unbekümmert darum, daß wir Protestanten waren: »Cela ne vous fera que du bien.«

Vauxcelles hatte zuviel Sekt getrunken und hielt eine zusammenhanglose Rede, die stürmisch beklatscht wurde. Nur Matisse klatschte nicht, weil Vauxcelles ihn in einer Kritik als »Chef des Fauves« kritisiert hatte.

Dranem sang Chansons, Rousselière sang Arien und Balladen mit seiner Frau, Tosti und Brancaccio spielten ihre Glanznummer, aber niemand rief bis, denn alle warteten auf die Sensation »Danses Bavaroises«, die mein Vater in besonders großen Buchstaben auf dem Programm angekündigt hatte.

Dann wurden die kleinen vergoldeten Mietstühle zurückgeschoben, um Platz für die Tänzer zu machen. Das Orchester spielte einen Tusch. Und dann erschienen die Zither-Moidei und der Harmonika-Hansl mit geröteten Gesichtern, stimmten ausführlich und begannen mit einem Marsch, zu dessen Klängen die Tänzer Hand in Hand einzogen, um die vorschriftsmäßige Runde zu machen, ehe der eigentliche Schuhplattlertanz begann.

Das neue Parkett zitterte unter den stampfenden Nagelschuhen, stürmischer Beifall brach aus, alles schrie bis-bis, und besonders Abbé van Hollebaeke, der neben Max Nordau saß, rief encore.

Dann wurde ein beliebter Tanz, ›A Madel vo der Stadt‹, vorgeführt, dessen seltsam girrende Zischlaute und unmißverständliche Gesten besonders beklatscht wurden. Beim dritten Tanz jedoch geschah, was meine Mutter weder geplant noch vorhergesehen hatte. Die Burschen, ermutigt vom Beifall, angefeuert von reichlichem Rotweingenuß in der Küche, wurden kühner. Sie warfen ihre Hüte in die Höhe, jauchzten und balzten, ließen ihr werbendes kss-kss ertönen und führten den Hosenlupfer aus, bei dem den Mädchen Rock und Unterrock mit einem Fußtritt in die Höhe geworfen wurden. Solide, bis zur Wadenmitte reichende, gespaltene Barchenthosen wurden für einen Augenblick sichtbar, aus denen der lange Hemdzipfel hing. Nur Kati zeigte weder Hose noch Hemdzipfel, sondern ein feistes, nacktes Gesäß. Sie hatte in ihrer Erregung über die Eifersuchtsszene, den Cognac und das ungewohnte Bad vergessen, ihre Hose anzuziehen.

Der Beifall der männlichen Gäste war ungeheuerlich. Auch der Abbé klatschte begeistert, und Nordau lachte Tränen, während der Grafiker Naudin eine Skizze nach der anderen machte.

Nur die Damen, eingeschnürt in ihre corsets droits, mit den üppigen, hochgeschnürten, aus dem Décolleté quellenden Busen, saßen regungslos, wie aufgespießte Seepferdchen, auf ihren fragilen Goldstühlen.

Kati hatte bemerkt, was sie vergessen hatte. Sie schlug die Schürze vor ihr Gesicht und rannte heulend aus dem Atelier, fort vom Beifall. Die Musikanten hörten auf zu spielen, die Tänzer blieben stehen, und Vauxcelles sagte zu meinem Vater: »Ça, alors, mon vieux, c'est vraiment formidable«, obwohl mein Vater ihm versicherte, daß dies nicht eine Tour in den Danses Bavaroises, sondern eine Vergeßlichkeit der Tänzerin wäre.

Meine Mutter, wie stets gelassen und durch nichts aus ihrer Ruhe zu bringen, ließ rasch Sekt servieren, während Tänzer und Musikanten hastig das Atelier verließen.

Der Höhepunkt des Abends, versehentlich sensationeller ausgefallen, als irgend jemand geahnt hatte, war überschritten. Die Gäste drängten die Treppe herunter, zum kalten Büfett.

Die fehlende Hose wurde von Vauxcelles in einem Artikel über die Crémaillière in unserem Haus beschrieben, der Zwischenfall als »coutume bucolique« besonders hervorgehoben. Eine Berichtigung des Konsulats wurde von der Zeitung ignoriert.

Ein Witzblatt brachte eine Karikatur der Tänzer, auf dem ein üppiges Hinterteil unter Mieder und Federhut quoll. Die Unterschrift verkündete: »Culture Allemande.«

Eine andere Zeitung bemerkte, dieser Tanz wäre weit origineller als der »Can-Can« im Moulin Rouge.

Meine Mutter war mit dem Erfolg der Einweihungsfeier zufrieden.

Der Abbé van Hollebaeke erteilte den Gmundern vor ihrer Abreise seinen Segen. Ein Agent bot ihnen ein Gastspiel in Paris, aber die Gmunder hatten genug von Paris und waren froh, wieder nach Hause zu reisen. Das Pariser Gastspiel war noch lange Gegenstand von Gesprächen am Stammtisch in Gmund. Maxis und Katis Erstgeborener wurde allgemein »Der Pariser« genannt, weil er angeblich in einer ausführlichen Versöhnung in Paris gezeugt worden war.

Berlin vor dem Ersten Weltkrieg

An einem Frühlingstag um 1912 klomm mein Vater mit mir die steile Treppe im Arc de Triomphe empor und wies auf die Dächer der Stadt im zarten blauen Dunst, auf die sternförmig ausstrahlenden Alleen, auf die Champs Elysées, die in sanfter Neigung zur Place de la Concorde führten und, von blühenden Bäumen umsäumt, wirklich Elyséeischen Feldern glichen.

»Sieh dir alles genau an – vergiß nichts. Vielleicht ist das alles bald nur eine schöne Erinnerung, und eines Tages zeigst du das, was ich dir jetzt zeige, deinem Mann auf eurer Hochzeitsreise.«

Erst Wochen später erfuhr ich, warum er mich mit einem Mal mehr als sonst mitnahm. Warum er Ausflüge auf den atemlos keuchenden kleinen Seinedampfern machte, um irgendwo in einem Ufer-bistro zu frühstücken. Warum er mich nach Sèvres mitnahm, wo man mir eine kleine weißgoldene Dose schenkte, die noch in meinem Besitz ist. Warum er im Frühling eine Woche lang mit mir die Loire-Schlösser besuchte, in einem Zweispänner, von einem Ort zum anderen, auf staubigen Straßen fahrend: er wollte mir Erinnerungen schenken, denn meine Eltern hatten beschlossen, nach Berlin überzusiedeln. Den Grund weiß ich nicht. Vielleicht spürte mein Vater, der zuweilen von einem drohenden Krieg sprach, daß es besser wäre, in seinem Geburtsland zu wohnen, denn die deutschfeindliche Stimmung machte sich bemerkbar.

Bei einem Bankett im deutsch-französischen Club hatte ihm ein Franzose ernsthaft gesagt: »Rendez-nous l'Alsace-Lorraine et tout sera bien«, und mein Vater hatte erwidert, er würde es gern tun, wenn es von ihm abhinge.

Diese Besuche, dies Abschiednehmen von Orten, die er selbst liebte, wurden tatsächlich zu unvergeßlichen Erinnerungen, denn er war ein wunderbarer Führer, erfüllt von unendlichem Wissen, von Anekdoten und eigenen Erlebnissen aus früheren Jahren. Im grauen Schloß Pierrefonds bemerkte er einmal: »Hier war ich mit meiner ersten Frau, sie war sehr schön –«

Auf dem Montmartre tranken wir Kaffee in einem Lokal, in dem er Oscar Wilde in seinem letzten Lebensjahr gesehen und gehört hatte, wie er den Kellner um Kredit bat – ein früh gealterter, aufgeschwemmter Mann: »Aber was für ein Dichter!« Und einmal zeigte er mir eine alte Blumenverkäuferin: »Das ist Lautrecs Goulue – Louise Weber.«

Vor dem Montmartre-Friedhof kaufte er mir einen Veilchenstrauß, den ich am Grab der Alphonsine Plessis niederlegen sollte, der »Kameliendame«, die so jung gestorben war und im Roman, vor allem im Theaterstück weiterlebte – die Glanzrolle der Sarah Bernhardt: »Liebespaare glauben, daß ihre Liebe dauern wird, wenn sie ihr Blumen bringen. Vielleicht schenkt sie dir wenigstens eine große Liebe.«

Nicht weit von ihrem Grab stand Alexander Dumas' Sarkophag, auf dem er im faltigen Totenhemd aus weißem Marmor ruht, die schmalen, nackten Füße so unverdorben von Schuhwerk wie die seiner Mulattenahnen.

Aber es war ein Besuch vom Père Lachaise und ein Monument, das mich am meisten beeindruckte: Bartholomés Denkmal ›Aux Morts‹. Am Tag unseres Besuchs hatte es geregnet. Vor der Frauengestalt am Marmornen Eingang zur Ewigkeit, der in den frühlingsgrünen Hügel führte, schimmerte eine Wasserlache, als hätten sich ihre Tränen dort angesammelt, während sie – abgewiesen oder wartend – kniete und ein junges Paar umschlungen durch die Pforte wanderte.

Sarah Bernhardt hatte sich schon hier ihre Gruft bauen lassen und ließ sie mit frischen Blumen schmücken, obwohl sie noch ein halbes Jahrhundert warten mußte, bis sie einziehen konnte. Und Oscar Wilde schlief unter dem von irdischer Schwere erlösten marmornen Genius von Epstein.

Meine Mutter ging nie gern aus, sondern führte ihr passives Dasein zwischen Boudoir, Romanlesen, Tee, Besorgungen und dem Tea-room an der Place Vendôme, Gesellschaften und Opernbesuchen. Als mein Vater eines Tages erklärte, daß er mich in die Folies Bergères mitnehmen wollte, damit ich die Modelle der Toulouse-Lautrec-Bilder sehen könnte, protestierte sie. Ich wäre doch ein halbes Kind.

Aber mein Vater nahm mich mit. Die Revue interessierte mich nicht sehr – es gab zu viele üppige Mädchen, die glitzernde Büstenhalter, glitzernde cache-sexes, riesige Federbüsche auf dem Kopf trugen, sangen und tanzten. Nackte vollbusige Aktmodelle hatte ich zur Genüge im Atelier meines Vaters gesehen.

Ein weißbärtiger russischer Großfürst, dessen Fotografie oft in Zeitungen erschien, saß in der Proszeniumsloge und haschte mit hageren Händen nach den vorübertanzenden Choristinnen. Eine von ihnen verließ ihre Reihe, schwang sich über die Logenbrüstung, setzte sich auf seinen Schoß, küßte seine Glatze, zupfte an seinem Bart und sprang wieder zurück auf die Bühne.

»Wer sich auf den Platz setzt, will belästigt werden«, bemerkte mein Vater.

Eine Szene gefiel mir. Als der Vorhang aufging, war die Bühne leer und die Musik spielte einen leisen Walzer. Nur eine breite, goldene Treppe führte, wenige Schritte vom Souffleurkasten entfernt, empor. Auf der obersten Stufe stand eine schlanke Frau im anliegenden Goldgewand und mächtigem Kopfputz aus Federn, Bändern, Rüschen und Glitzerschmuck. In der einen Hand hielt sie einen goldenen Stab, die andere Hand lag auf dem Arm eines etwas kleineren Mannes im Smoking mit schief sitzendem Strohhut. Es waren Mistinguett und Maurice Chevalier, die mit stürmischem Beifall begrüßt wurden, während sie langsam die Treppe herunterschritten. Auf der Bühne angelangt, machten sie ein paar bescheidene Tanzschritte, die durch ihr langes enges Kleid, die spitzige Schleppe, den Kopfputz beschränkt waren. Sie sangen ein kleines Lied: ›Le bonheur‹.

Mistinguett war damals schon berühmt, lächelte mit großen Augen, breitem Mund, großen Zähnen von Magazin-Umschlägen. Sie hatte den jüngeren Chevalier entdeckt, sich in ihn verliebt, ihn zum Partner genommen. Die stürmische Liebesaffäre endete damit, daß er sie verließ, einen Verlust, den sie niemals völlig überwinden konnte und den sie in späteren Jahren mit dem nostalgischen Chanson ›C'est mon homme‹ beklagte. Vor dem Zweiten Weltkrieg sang sie noch einmal in London ›Mon homme‹, eine uralte Frau. Ihre Stimme versagte, der Text entfiel ihr, sie setzte von neuem an, versagte wieder, setzte wieder an unter dem sportlich-stürmischen Applaus des Publikums. Ihr verzweifeltes Gesicht mit den erloschenen, einstmals so leuchtenden Augen, der schlaffe, grell geschminkte Mund muß vielen nicht mehr jungen Menschen ein Spiegelbild des eigenen Alters gewesen sein.

In der Pause gingen wir im promenoir auf und ab, in dem die Lautrecschen Vorbilder den ältesten Beruf der Welt ausübten, lächelnd, hüftknickend und mit diskreten Lockrufen. Als ein herrlich aufgetakeltes Geschöpf seidenrauschend vorüberging, sagte ich: »Ich möchte so gern eine ganz große Abendtoilette haben.«

Ich hatte mich in dem großen Spiegel gesehen: mager, blaß, mit dunklem Haar, dunklen Augen, in einem kindlichen, hellrosa Mullkleid.

»Ach, Kind, die Brokate, die Federn und all das Zeugs wirst du noch früh genug tragen, wenn du einmal eine hoffentlich nicht zu dicke ältere Frau bist, die sich wünscht, nur noch einmal wieder so herrlich jung zu sein, wie du jetzt, und nur noch einmal so ein Kleid tragen zu können.«

In einem der großen Spiegel sah ich, wie eine Lautrecsche Gestalt einen Augenblick einem vorübergehenden Herrn im Frack ihre nackte Brust zeigte. Mein Vater hatte bemerkt, daß ich es gesehen hatte, und sagte: »Vor einiger Zeit kam ich in einem Lokal mit einem sehr jungen Straßenmädchen ins Gespräch. Sie sagte ›notre vie n'est pas gaie, Monsieur‹. In ein paar Jahren, wenn sie alt geworden ist, schließt sie die Türen zu ›Herren‹ oder ›Damen‹ auf, wenn sie nicht so geschickt ist, wie die Paiva es war, und einen reichen Liebhaber findet.«

Von den vielen Theaterbesuchen aus der letzten Zeit unseres Lebens in Paris waren zwei Abende besonders interessant.

Der eine war die Premiere von Catulle Mendès' Schauspiel ›L'Impératrice‹ im Théâtre Réjane, das wie ein überdimensionales Boudoir ausgestattet war, mit zierlichen, als Zofen verkleideten Programmverkäuferinnen, die winzige taschentuchgroße Spitzenschürzen und Bänderhäubchen trugen und Fußbänkchen für die Damen brachten, wenn man ihnen ein Trinkgeld gab.

Catulle Mendès war kurze Zeit vor der Premiere auf seltsame Weise umgekommen. Man hatte ihn tot auf der Eisenbahnstrekke gefunden. Gerüchte behaupteten, er wäre ermordet worden. Es wurde nie aufgeklärt, ob jemand ihn hinausgestoßen oder ob er aus Versehen aus dem Abteil gestürzt war. Seine Witwe saß in der Loge neben uns, kunstvoll in Kreppschleier drapiert, das Gesicht kalkweiß geschminkt, die Augen blau untermalt. Neben ihr saß ihr Freund, der Maler Zuloaga, im weiten schwarzen Stierkämpfercape mit grellrotem Seidenfutter.

Réjane spielte Maria Walewska, die Geliebte Napoleons, de Max Napoleon. In einer Szene mußte sich die Walewska, die einen Sohn vom Kaiser zur Welt gebracht hatte, gegen die Vorwürfe polnischer Landsleute verteidigen, die ihr diese Liaison vorwarfen. Sie tat es mit einer unvergeßlich grandiosen Geste und mit dem Satz: »Je ne me suis dévétue que sur l'ordre de l'Empereur«, und man konnte sehen, wie sie damals ihre Kleider auf kaiserlichen Befehl abgelegt hatte.

Meine Mutter bemerkte bestürzt, es wäre kein Stück für junge Mädchen. Mein Vater antwortete, man sollte mich nicht in Watte wickeln.

Dieser Satz der Réjane blieb mir in Erinnerung, es war ein unbekanntes Gebiet, das Reich der Liebe – denn ich war trotz meines Alters noch unendlich kindlich.

Nach dem stürmischen Schlußbeifall trat de Max vor den Vorhang und verkündete mit routiniert schmerzversagender Stimme, daß dies Stück von dem unvergessenen Catulle Mendès verfaßt war, was jedermann wußte. Die Damen im Zuschauerraum betupften vorsichtig ihre umränderten Augen, die Herren räusperten sich, die Witwe brach graziös auf Zuloagas Schulter zusammen.

Sarah Bernhardt spielte damals nicht nur die Kameliendame, sondern auch Napoleons Sohn, den Herzog von Reichstadt, in Rostands ›Aiglon‹, der als Gefangener in Schönbrunn leben mußte, schwindsüchtig, heimwehkrank nach Frankreich.

James Agate, der Alfred Kerr unter den englischen Theaterkritikern, schrieb von ihr, daß ihre Stimme einen goldenen Klang gehabt hätte. Ich höre noch heute den Klang dieser unvergeßlich herrlichen Stimme im ›Aiglon‹ klagen: »J'ai envie de pleurer, j'ai besoin d'une épaule –«

Ich war so begeistert, daß ich mir den ›Aiglon‹ mehrmals ansah. Einmal kam ich etwas zu spät, die Eingangshalle war schon menschenleer, bis auf eine Gruppe erregter Männer, die den Kassierer in seinem Verschlag umdrängten und »Mais payeznous donc, voyons!« schrien. Es waren ihre Gläubiger, die versuchten, sich wenigstens etwas von ihren Einnahmen zu sichern, denn die Bernhardt war schwer verschuldet. Sie stand auf der Höhe ihres Ruhmes und lebte exzentrisch, weit über ihre Einkünfte. Ihr Haushalt war fürstlich aufgezogen. Sie besaß nicht nur das berühmte Mauleselgespann, sondern auch mehrere Equipagen und Pferde und kaufte sinnlos, auf Kredit. Wenn sie auf Tournee ging, reiste sie nur mit einem Gefolge von Garderobiere, Diener, Zofe und Friseur. Angeblich schlief sie stets in ihrem Sarg und ließ sich darin mit gefalteten Händen und geschlossenen Augen im Totengewand fotografieren, um sich »mit dem Tod vertraut zu machen«.

Der Tod ließ ihr lange Zeit zu dieser Vorbereitung. Sie wurde uralt. Ich sah sie Jahrzehnte später wieder, als dürre, alte Frau, mit einem verwüsteten, kühnen Raubvogelprofil. Sie vermochte sich nur mühsam mit ihrem Kunstbein zu bewegen – aber sie spielte weiter. Beim Aktschluß verneigte sie sich, von ihren Partnern aufrecht gehalten. Die goldene Stimme war unverändert geblieben in der zerbrechlichen Menschenhülle.

Den letzten Sommer vor der Übersiedlung verbrachten wir in Villers-sur-mer, einem kleinen Badeort, der nachts vom Leuchtturm von Le Havre in regelmäßigen Abständen betupft wurde.

Zum Baden aus dem Badekarren trug ich einen Anzug aus dunkelblauem Wollstoff mit Matrosenkragen, Beinkleider, die bis unter das Knie reichten, und eine Badehaube, die mit einem Wollband festgebunden wurde. Der baigneur mußte mich ins Meer führen, mehrmals untertauchen und dann wieder herausbringen. Im Badekarren war inzwischen ein Holzbecken mit heißem Wasser zum Fußbad aufgestellt worden, »um das Blut vom Kopf zu ziehen«. Hinterher mußte ich zur Kräftigung ein Glas heiße Milch trinken und croissants essen. Das vorschriftsmäßige dreimalige Ducken unter der Hand des strammen baigneurs gehörte zum Aufenthalt am Meer und wurde von Dunchen als gefährlich und ungesund bezeichnet.

Zuweilen radelte ich mit meinem Vater nach Trouville, in dunkelblauen wollenen Pumphosen, warmer Hemdbluse und Strohhut, trotz des Sommerwetters in wollener Unterkleidung, »denn nur Wolle saugt den Schweiß völlig auf und verhindert Lungenentzündung«.

Beim Abschiedsdiner vor unserer Übersiedlung erst kam mir zum Bewußtsein, daß es etwas Besonderes sein mußte, weil die Gäste reihum Reden hielten. Nur ein kleiner Kreis von Freunden war eingeladen worden: Vauxcelles kam mit seiner Frau, der Augenarzt Professor Liebreich, der unter von Gräfe zum ersten Mal den Augenspiegel angewandt hatte, ein herrliches Original, in dessen Haus keine Vorhänge wegen Staubgefahr angebracht werden durften und dessen Fensterscheiben weiß gestrichen waren. Er lebte ausschließlich von Hammelfleisch, weil es »blutbildend« sein sollte, und lieh sich zuweilen unsere zwei Bernhardiner zum Spaziergang, weil Tiere ihm lieber als Menschen waren.

Der Bildhauer Kautsch kam, der eine der schönsten Heineplaketten geschaffen hatte. Rousselière und seine Frau, das Ehepaar Brancaccio, Tosti, Theodor Wolff, Victor Auburtin, Maier-Graefe, Max Nordau, Fedor von Zobeltitz mit seiner statuesk blassen Frau Martha, die in späteren Jahren meine beste Freundin und Beraterin wurde. Mein Vater war ernst, der Abschied von Paris fiel ihm schwer, meine Mutter undurchdringlich-gelassen wie stets.

Wieder einmal wurde hektisch gepackt, wurden Möbel aus dem Haus geschleppt und standen auf dem Gehsteig, bis sie im Möbelwagen verschwanden. Wieder einmal betete Dunchen um glückliche Heimreise und sang »So nimm denn meine Hände und führe mich –« Wieder einmal lag meine Mutter auf der

Chaiselongue, bis sie fortgebracht wurde, nahm Baldriantropfen und »fühlte ihr Herz«.

Wir zogen in das Berliner Westend, in eine große Wohnung am Reichskanzlerplatz.

Die Alltagsroutine unseres Lebens, zuerst von Dresden nach Paris exportiert und dann nach Berlin gebracht, wurde in allen Einzelheiten innegehalten, als wären Familie und Angestellte eine Theatergruppe auf Tournee, die Kostüme, Kulissen, Schauspieler mit sich führt.

Die graue Eminenz, Liddy, hatte uns verlassen, ein Mädchen namens Toni ihr Amt übernommen. Wie in Dresden, wie in Paris, trugen die Mädchen auch in Berlin morgens blauweiß gestreifte Kleider zur Arbeit und wechselten Punkt zwölf in schwarze Kleider mit gestärkten weißen Schürzen und Bänderhäubchen um. Johann tauschte um Punkt zwölf seine gelbschwarz gestreifte Weste mit den schwarzen Ärmeln gegen das formelle schwarze Jackett – denn um diese Zeit konnten Besucher kommen.

Nach wie vor ertönte der Gong zum ersten Mal eine Viertelstunde vor Mittag- und Abendessen, aber niemals zur Teestunde, die nach englischer Sitte eine Mahlzeit für sich war: mit heißen crumpets oder scones in der Silberschüssel, bedeckt mit einer Damastserviette, mit dem schweren silbernen Samowar, den Großmutter Elizabeth aus Rußland mitgebracht hatte, mit Toast, Butter, Marmeladen und Bisquits.

Im dritten Stock unseres Hauses wohnte Richard Strauss. Seine Wohnung war schalldicht gesichert, er selbst nur selten sichtbar. Kein Ton vom ›Rosenkavalier‹, den er damals komponierte, drang in die Außenwelt. Aber Oscar Bie, Verfasser der ›Geschichte der Oper‹, spielte uns einmal den Rosenkavalier-Walzer vor, den er eben von Strauss selbst vorgespielt bekommen hatte. Von meinem Fenster aus sah ich einmal, wie Frau Strauss mit dem Hundefänger kämpfte, der ihren Pudel in der Schlinge hatte.

Mein Vater hatte viele Beziehungen aus seiner Jugendzeit in Berlin. Die Töchter seiner Freunde gingen auf Bälle, ich wurde von ihren Müttern mitgenommen, denn meine Mutter ging kaum mehr aus, sondern hielt sich am liebsten lesend in ihrem Boudoir auf. Ich hatte wohl zu lange in Frankreich gelebt, um die Leutnantsverehrung meiner Altersgenossinnen mitzumachen, denn ein Leutnant, besonders ein Garde- oder Kavallerie-Leutnant, spielte eine große Rolle auf allen Bällen. Man tanzte Walzer, Polka, Galopp. Der eben in Mode gekommene, Schieber genannte twostep war ebenso verpönt wie Tango. Man tanzte ihn nur im engen Kreis, fast schuldbewußt, als wäre es unpassend.

Bei Grete und Oscar Bie lernte ich Alfred Kerr kennen, damals der gefürchtetste Kritiker, der erbarmungslos alles angriff, was er als ephemeren Kitsch ansah. Zu den Autoren, die er verhöhnte, gehörte Hermann Sudermann, dessen Stücke großen Publikumserfolg hatten. Als Sudermann sich seinen dichten schwarzen Bart abnehmen ließ, dichtete Kerr: »Sudermann verlor sein bestes Stück.«

Zu den Regisseuren, die Kerr angriff, gehörte Max Reinhardt, dem er showmanship und »Verniedlichung« vorwarf, zu den Schauspielerinnen, die er lobte, die ganz Blonden, die herrliche Lucie Höflich und Käthe Haack.

Kerr war eine außergewöhnliche Erscheinung. Er trug stets einen schwarzen Anzug von besonderem, etwas altmodischem Schnitt, hochgeschlossen, mit einem schwarzen Plastron, wie Alfred de Musset. Sein blonder Bart war kurz gestutzt und verbarg einen kleinen, sensiblen Mund. Sein Kopf mit der schmalen, leicht gebogenen Nase erinnerte an Profile auf antiken Münzen.

An diesem ersten Abend bei Bies war ich das einzige junge Mädchen in einem Kreis Prominenter von Bühne und Oper. Kerr und Reinhardt waren zwar eingeladen, durften sich aber nicht begegnen, weil man einen Zusammenstoß der Feinde befürchtete. Andererseits hatten Bies nicht gewagt, nur einen allein einzuladen, weil sie mit beiden befreundet waren. Grete hatte das Problem diplomatisch gelöst: Kerr sollte im großen Salon bleiben, während sie Reinhardt und Helene Thimig, die Eysoldt, die ich noch im ›Sommernachtstraum‹ als Puck gesehen hatte, im kleinen Salon unterhielt. Alle Gäste hofften auf einen Zusammenstoß der beiden.

Grete Bie war eine unendlich liebenswerte Frau, unförmig dick, unbeschreiblich häßlich, sehr geistreich, durch ein geheimnisvolles Leiden fast unbeweglich, aber sie erschien lange vor Beginn jeder Premiere, am Arm ihres Mannes, im Zeitlupentempo vorwärtsschleifend, um ihren Sitzplatz rechtzeitig zu erreichen.

Alfred Kerr, der sehr neugierig war, entdeckte mein ihm unbekanntes Gesicht, setzte sich neben mich, fragte mich nach Paris aus, das er so herrlich beschrieben hat, erzählte mir von seinem Besuch bei Zola und hörte aufmerksam zu, als ich ihm von dessen Begräbnis berichtete. Von diesem ersten Abend an entspann sich eine Freundschaft, gemeinsame Theaterbesuche und ein unvergeßliches mitternächtliches Essen, nach der Premiere von Georg Hermanns dramatisiertem Roman ›Jettchen Gebert‹ im Theater unter den Linden.

Zu unserem Kreis gehörte bald der Schriftsteller Georg Hermann, ein Bruder des Archäologen Borchardt, der damals gerade für das Kaiser Friedrich-Museum Farbschalen und Töpfereien aus ägyptischen Königsgräbern zusammensetzte. Wir sahen diese herrlich leuchtenden Farbreste in seinem Arbeitsraum, ehe sie ausgestellt wurden.

Georg Hermann kam oft zu uns, und mein Vater malte eines seiner besten Männerporträts von ihm. Als Hermann Anfang 1933 aus Deutschland fliehen mußte, nahm er nicht nur seine berühmte Biedermeier-Sammlung an Möbeln und Porzellan, sondern auch dies Porträt mit, das er dem holländischen Staat gegen ein ihm zur Verfügung gestelltes Haus schenkte. Als die Deutschen Holland überfielen, mußte er sich bei Freunden versteckt halten. Aber man spürte ihn auf, verschleppte, vergaste ihn.

Er war ein kleiner, dicker, unansehnlicher Mann mit sehr kleinen, schwarzen Mausaugen, die alles zu sehen schienen. Wenn er uns besuchte, brachte er meistens ein junges Mädchen mit, in das er gerade verliebt war. Wohl um die einander rasch Folgenden nicht aus Versehen beim falschen Namen zu nennen, nannte er jede »Vögelchen«. Kurt Korff, Redakteur der schönen Zeitschrift ›Die Dame‹, behauptete, daß Hermann ihm bei jedem seiner Besuche im Ullsteinhaus eine andere Sekretärin entführte.

Georg Hermann beschrieb in seinen Romanen Alt-Berlin, das Berlin des Biedermeier, dem seine besondere Liebe galt. An der Spitze standen die zwei Jettchen Gebert-Romane und der Alt-Potsdamer-Roman ›Schön jr.‹, ein wunderbar zartes Buch über die Liebe einer Frau zu ihrem Stiefsohn, ›Die Nacht des Doktor Herzfeld‹, ›Schnee‹, in denen Güte, Verständnis, Menschenliebe betont wurden. In einem Aphorismus bemerkte er vor Ausbruch des Ersten Weltkrieges prophetisch: »Die Menschen, die den Weltkrieg wollen und an ihn glauben, sind nur wenige im Vergleich zu den vielen, die nicht an den Krieg glauben und keinen Krieg wollen. Warum sollten sich die Vielen ihre Meinung von den Wenigen imputieren lassen, statt die Wenigen einfach zu überstimmen?«

Die Dramatisierung von ›Jettchen Gebert‹, mit Alfred Abel als Onkel Jason, wurde im Kleinen Theater unter den Linden uraufgeführt. Sie wurde ein großer Erfolg. Um die Atmosphäre vom Alt-Berliner Biedermeier so eindringlich als möglich zu gestalten, stellte Hermann dem Theater Möbel und Porzellan aus seiner Sammlung zur Verfügung. Das Porzellan mußte nach jeder Vorstellung in verschlossenen Schränken aufbewahrt, die Möbel mit Schutzhüllen bedeckt werden.

Der Arzt Carl Ludwig Schleich, der im Ersten Weltkrieg die Lokalanästhesie nach langen Kämpfen gegen eine widerstrebende Ärzteschaft anwendete, war ein besonders beliebter Gast. Er hatte gerade eine Erfindung gemacht, die dem phantastischen Königsbrun besonders gefiel, eine »Marmorseife«, die die Haut angeblich zur Erneuerung anregen sollte. Es war eine rauhe, bimssteinartige Seife – ob sie wirklich pulverisierten Marmor enthielt, weiß ich nicht. Er war ein unendlich charmanter Mann, der unter der ständigen Eifersucht seiner kinderlosen Frau, vor allem aber unter der Kinderlosigkeit seiner Ehe litt. Zu meinen Lieblingsbüchern gehörte sein Buch ›Besonnte Vergangenheit‹.

Von allen Bällen gefiel mir am besten der Presseball, den junge Mädchen eigentlich nicht besuchen durften, weil er als »sehr frei« galt. Vielleicht ging es etwas lauter zu als auf Jung-Mädchen-Bällen, vielleicht wurde mehr Sekt getrunken, intensiver geflirtet. Mir gefiel er jedenfalls besser als das von den Anstandsdrachen überwachte Lämmerhüpfen.

Da mein Vater am Tag meines ersten Presseballes – dem letzten Presseball vor dem Krieg – Hexenschuß bekam und meine Mutter nie auf Bälle ging, erbot sich Königsbrun, mich zu chaperonieren. Er wirkte dekorativ, ein Mephisto im Frack, mit seinem rötlichen Spitzbart, dem über den Ohren emporgebürsteten roten Haar, das aussah, als wären dort die traditionellen Teufelshörner verborgen.

Wir saßen an Oscar Bies Tisch, mit Fedor von Zobeltitz und seiner Frau, Hermann Sudermann, Emil Orlik und Lovis Corinth, der mit Charlotte Berend-Corinth verheiratet war, einer Schwester meiner späteren Freundin Alice Berend. Hin und wieder tauchte der Komponist Reznicek auf, ein Freund von Königsbrun und Max von Schillings, der Jahre später den ›Fliegenden Holländer‹ dirigierte, in dem Castonier zum ersten Mal die kleine Partie des Seemanns sang.

Orlik skizzierte mit raschen Strichen die unzähligen Prominenten auf das Tischtuch, ohne die vorwurfsvollen Blicke des

Kellners zu beachten. Sudermann war beschwipst und flüsterte mir zu, ich wäre ein Mädchen mit Inderaugen: »Ich muß dich ansehen immerdar –« Als ich ihn auslachte, war er gekränkt.

Ein paar Tische weiter saß Alfred Kerr mit Paul Wegener, dem großen Strindberg-Darsteller. Wegener war schon mehrere Male verheiratet gewesen. Ein Spottvers über ihn machte damals die Runde in Berlin:

»Und dort sitzt der Wegener inmitten seiner Frauen,
Die ihn alle noch lieben und alle vertrauen –«

Tilla Durieux, schon von unserem Pariser Freund, dem Maler Eugen Spiro geschieden, erschien in einem meergrünen Kleid mit ihrem Mann, dem Kunsthändler Paul Cassirer. Oscar Bie hatte auf sie einen Vers gedichtet:

»Erst war sie die Spirieux, jetzt ist sie die Cassirieux,
Aber sie bleibt trotzdem immer DIE DURIEUX.«

Um Mitternacht wurde Hanns Heinz Ewers, der einen Sensationserfolg mit einem »gewagten« Roman ›Alraune‹ gehabt hatte, zum »schönsten Mann von Berlin« gewählt. Er mußte auf einen Tisch steigen, drehte sich unter dem Jubel der Frauen wie ein Pfau zwischen Sektflaschen und spielte lässig mit einem Sektquirl. Er war ein gut aussehender, eleganter Mann, blond, breitschultrig, mit blauen Augen, ein Mann, wie ihn die Heimburg und die Marlitt in ihren Familienromanen schilderten, die unsere Mütter verzückt gelesen hatten. Alfred Kerr erkundigte sich spöttisch bei mir, ob ich Ewers »mitgewählt« hätte, aber ich lachte nur.

Dunchen wartete stets auf mich, wenn ich abends ausging, weil sie nicht schlafen konnte, ehe ich nach Hause kam. Für sie, die puritanische Herrnhuterin, waren Bälle Gefahr, Versuchung, Sünde. Welche Gefahr, welche Versuchungen mir drohten, verriet sie nicht.

Unser Leben in Berlin verlief in üblichen Bahnen, unter demselben schützenden Glassturz von gesichertem Wohlstand. Armut wurde auch hier nur bedauernd erwähnt. Sie war, genau wie in Paris, Anlaß zu großen Wohltätigkeitsbazaren und Bällen, bei denen die Armen, Arbeits- und Obdachlosen, genauso demütig wie in Paris, die Wagenschläge ihrer Wohltäter aufrissen, um sich ein paar Groschen zu verdienen, während die Wohltäter, im Frack und großer Toilette, wetteiferten, ihre Mildtätigkeit durch übermäßiges Sekttrinken und den Einkauf von überflüssigen Gegenständen zu beweisen.

Auf einem dieser Bazare erstand Alfred Kerr in meiner Verkaufsbude eine holzgeschnitzte Puppenwiege und trug sie zärtlich in seine Grunewaldvilla, die angefüllt war mit ausgestopften Igeln, Fischen und einem Seehund, mit Bauernschränken aus Bayern und bayerischen Heiligenstatuen. Der sonderbare Einkauf des damals noch Unverheirateten war unbewußte Sehnsucht nach Kindern. Auf dem großen Bankett im Esplanade-Hotel, zu Arthur Schnitzlers fünfzigstem Geburtstag, sagte er in seiner Rede auf den Dichter, den er so leidenschaftlich bejahte: »Meine Werke sind nichts, mein Sohn ist alles –«

Er verlor seine erste Frau, die wunderschöne, blonde Inge Thormählen, die er sein »Friesenkind« genannt hatte, und ihr ungeborenes Kind an der Grippe, die 1918 fast ebensoviel Opfer forderte wie der Erste Weltkrieg.

Das Jahr 1914

Den Sommer 1914 verbrachten wir bei Gmund, auf dem Liedschreiber-Hof. Wie stets, kam viel Besuch aus Paris, aus Berlin, aus München.

Vauxcelles besuchte uns mit seiner Frau und Tochter, Freund Schwenninger erschien unerwartet, polterte, warf meiner Mutter ihre Fettleibigkeit vor, erklärte, ich würde einmal ebenso dick wie sie werden, »denn der Apfel fällt nicht weit vom Birnbaum«. Georg Hirth kam, und Königsbrun wohnte wochenlang bei uns.

Eines Tages erschien auch mein Großonkel Johnny, Bruder meiner Großmutter Elizabeth. Er war mit seiner Frau von Surrey im Auto gekommen, um meine Mutter noch einmal zu sehen, »denn es sieht nach Krieg aus«. Beide waren Urtypen englischer Karikaturen. Er, in einem zerdrückten Tweed-Anzug, sehr groß, sehr dürr. Sie, ebenso groß und dürr, in geblümtem Sommerkleid mit schleierumwundenem Hut. Ihr Auto war ein Gefährt, wie es Chaplin in seinen Filmen später benützte. Hochrädrig, wacklig, mit einer Leinenplane bedeckt – schwer anzuwerfen, blaue Schwaden ausstoßend und unendlich launenhaft.

Sie blieben einige Tage, Onkel Johnny trank viel vom mitgebrachten Whisky, und seine Frau sagte hin und wieder: »Please, Johnny, don't«, was er lächelnd überhörte.

Als er erkrankte, wurde der Dorfarzt aus Gmund gerufen und verordnete ihm eine Medizin, die er auf nüchternen Magen einnehmen sollte.

Onkel Johnny gab darauf die unvergeßliche Antwort: »Unmöglich, old man, ich bin *nie* nüchtern.«

Er soll beim Abschied zu meiner Mutter gesagt haben: »Vielleicht sehen wir uns nach dem Krieg wieder«, aber er und seine Frau starben im zweiten Kriegsjahr.

Am 28. Juni wurde das österreichische Thronfolgerpaar in Serajewo ermordet. Mein Vater las aus der Zeitung sehr langsam, sehr eindringlich vor: »Die unabsehbaren Folgen dieser ruchlosen Tat werden dereinst mit blutigem Griffel in das Buch der Weltgeschichte eingetragen werden.«

Königsbrun bemerkte dazu: »Es gibt Krieg. Der Osten rückt näher, die Asiaten sind an der Reihe.«

Das ziegelfarbene Scherlmagazin ›Die Woche‹ brachte eine schwarz umränderte Nummer mit Aufnahmen von Attentat und Attentäter, von Kaiser Franz Joseph und dem absichtlich bescheiden gehaltenen Begräbnis in Leutstätten. Der alte Kaiser, verärgert über die Ehe Franz Ferdinands mit einer Frau, die nicht aus »königlichem Geblüt« stammte, hatte die Beisetzung in der Kapuzinergruft untersagt, in der die Habsburger in herrlichen Sarkophagen beigesetzt waren.

In den folgenden Wochen, dieser kurzen Frist im Frieden, brachten die Zeitungen Schlagzeilen mit Ausrufungszeichen:

»Österreich fordert Genugtuung von der Serbischen Regierung.«

»Kaiser Wilhelm entrüstet über Meuchelmord.«

»Rußland solidarisch mit Serbien.«

»Deutschland solidarisch mit Österreich.«

Sepp Liedschreiber hatte die zweite Heu-Ernte eingefahren und meinte: »Es wird doch nix vor dem Oktoberfest geben«, denn das Oktoberfest war für ihn die alljährliche Zerstreuung, bei der er etwas von dem verdienten Geld für Vergnügungen ausgab. Wie er erzählte, war sein erster Gang zur »Dicksten Frau der Welt«, auf deren Busen die Burschen mit Hilfe einer kleinen Leiter gegen eine Besteigungsgebühr von 10 Pfennig klettern durften.

Meine drei tauben Tanten haßten die ihnen unbekannten Serben und bedauerten den armen Kaiser Franz Joseph, dem die Serben keine Genugtuung für den Mord geben wollten.

Mein Vater erklärte hin und wieder, wenn es wirklich Krieg geben sollte, würden wir alle verarmen, und meine Mutter spürte ihr Herz, während Dunchen für Frieden und Brüderlichkeit betete.

Für mich, zwanzigjährig, war dies alles weder interessant noch bedrohlich, denn unser Leben ging weiter wie bisher.

Es war ein selten schöner, warmer Sommer, als sollte der Menschheit noch einmal gezeigt werden, wie schön diese Welt wäre – ehe sie in Tod und Schrecken versank und mit ihr die alte, vertraute Welt. An einem dieser unvergeßlichen Tage saßen wir in der Dämmerung auf dem Balkon. Die umliegenden sanften Hügel, hinter denen die zwei Nachbarhöfe lagen, waren schon hinter violetten Schleiern verborgen. Die Grillen zirpten, und die Wiesen dufteten bittersüß nach dem zweiten Schnitt. Aus der Bauernküche drang gedämpfter Gesang zum Zitherspiel von Knecht Martl, und wenn er verstummte, ertönte aus Dunchens Zimmer ihr leises Abendgebet, das meine Kindheit begleitet hatte.

Mit einem Mal kam von irgendwoher der Klang einer Kuhglocke. Das war etwas Ungewöhnliches, denn alle Kühe waren auf der Alm, die wenigen zurückgebliebenen Tiere standen im Stall, und meine ängstliche Mutter sagte: »Der Stier wird sich doch nicht losgerissen haben?«

Die Kuhglocke ertönte lauter. Eine Männerstimme schrie Unverständliches aus der sanften Mulde, die zum Haus führte, ein Radler wurde sichtbar, der den schmalen Wiesenpfad empor hastete. Er schwang in einer Hand eine Kuhglocke an breitem Riemen, und vor der Haustür angelangt, schrie er: »Mobilmachung, Leuteln, auf geht's, Krieg gibt's!«

Der Gesang in der Küche und Dunchens Stimme verstummten, Dunchens kleine, schwarze Gestalt erschien in der Balkontür. Der Liedschreiber-Sepp, seine zwei jungen Schwestern und das Gesinde kamen aus der Küche, standen um den Boten. Wir beugten uns über die Balkonbrüstung, einen Augenblick war es still, bis auf das unbekümmerte Zirpen der Grillen. Dann sagte meine Mutter: »Das muß ein Irrtum sein.«

Der Kriegsbote schrie noch einmal: »Mobilmachung, auf geht's, Krieg gibt's, Leuteln«, bestieg sein Rad und hastete glockenschwingend weiter, zum nächsten Hof.

Sepp hob sein schönes, sonngebräuntes Gesicht zu uns empor, sagte: »Ich hab meinen Gestellungsbefehl, muß morgen einrücken.«

Meine Mutter begann mit einem Mal leise zu weinen – ich hatte sie noch nie weinen gesehen.

Der Sepp sagte von unten her: »Du, Herr Borchardt, bittschön, sei halt du Bauer, bis der Krieg vorüber ist. Dauert ja nicht lang, höchstens bis Weihnachten.«

Mein Vater erwiderte, er wäre nur ein Maler, verstünde nichts von Landwirtschaft.

Sepp schwieg, sagte dann: »Muß dann halt den Vetter bitten, nach meinem Sach zu schauen. Du wärst mir lieber gewesen, und die Frau hätt auf die Schwestern achtgeben können«, und fügte hinzu, er müsse jetzt packen.

Er packte die ganze Nacht, und als er am anderen Morgen, nach dem Frühmelken, schließlich zur Bahn wanderte, war alles, was er da gepackt hatte, um in den Krieg zu gehen, in einem zusammengeknoteten roten Tuch enthalten.

Er hatte für den Gang seinen Sonntagsstaat angelegt, die hirschledernen, reich bestickten Hosen, die schwere Silberkette mit den vielen Talern, die verriet, daß er ein wohlhabender Großbauer war, die graue Lodenjoppe mit den grünen Aufschlägen, seinen Sonntagshut mit dem dicken Gamsbart. So war er immer zur Messe nach Gmund gegangen. So gekleidet war er zum Oktoberfest nach München gefahren, um der dicksten Frau der Welt auf den Busen zu steigen.

In aller Eile wurde jetzt bei uns gepackt. Warum wußte niemand, aber meine Eltern hatten beschlossen, nach Tegernsee zu ziehen, damals noch ein Dorf, aus dem die Sommerfrischler in panischer Hast bereits geflohen waren.

Die Kriegserklärung, die Meldungen über die ersten Siege überstürzten sich. Meine Tanten wechselten aus dem Zustand chronischen Serbenhasses jetzt in den Zustand chronischer Kriegsbegeisterung über. Für sie waren die Russen »eine freche, gefährliche Bande«. Die Engländer waren ebenfalls frech, weil sie sich mit Frankreich verbündet hatten. Meine jüngste Tante, Maruschka von Hausen, bedauerte aus unerklärlichen Gründen »den armen Kaiser«. Alle drei hatten vergessen, daß sie halb Engländerinnen, halb Russinnen waren. Sie kauften eine große schwarzweißrote Fahne, die sie bei jeder Siegesmeldung vom Balkon der Villa Bosse aus aufzogen.

Einmal brachte ich ihnen mit meinen Vettern eine falsche

Siegesmeldung, damit sie wieder einmal die Fahne aushängen sollten, was stets von den gegenüberliegenden Häusern in Egern nachgeahmt wurde. Große Bestürzung entstand, als der Unfug aufgeklärt wurde.

Meine Mutter bedauerte Frankreich, das sie liebte. Sie war die einzige Bosse, die Deutschland nicht gern hatte und von den Deutschen sagte, sie wären Kellner und Friseure, stets devot, stets bemüht, einem Herrn zu dienen, der ihnen befahl.

Mein Vater, der den Krieg so gefürchtet hatte, meldete sich zum »Heimschutz«, der von einem alten Oberst a. D. organisiert wurde. Einige alte Männer, darunter Kutscher Lippert, der selten nüchtern war, ein paar Bauern, bewachten wochenlang die Weißach-Brücke, weil man befürchtete, daß ein geheimnisvolles Auto die österreichische Grenze auf diesem Weg erreichen wollte – mit Spionen oder mit Gold. Und dort standen sie, von ihrer Unentbehrlichkeit überzeugt, im Bewußtsein, das Vaterland zu schützen, mit uralten Gewehren, von denen eines einmal aus Versehen losging, weil mein Vater nicht damit umzugehen verstand, was Panik in Rottach verursachte.

Mein Vater bekam schließlich Hexenschuß in einer kalten Herbstnacht. Das geheimnisvolle Auto wurde nicht gesehen, und allmählich hörte die Brückenbewachung auf. Die Spionenfurcht herrschte weiter: eine harmlose Balkanprinzessin, die seit Jahren Sommer und Herbst in Tegernsee verbrachte, wurde von Gendarmen vorübergehend verhaftet.

Ich wurde auf der Straße von den Gendarmen, die mich seit Jahren kannten, angehalten, als ich mit einer Wassermelone im Lenkstangenkorb nach Hause radelte, weil sie vermuteten, daß es eine Bombe wäre, denn meine Tanten und meine Mutter waren als »Ausländerinnen« verdächtig.

Mein Vater hatte seinen Sportwagen der Heeresleitung zur Verfügung gestellt, meine Mutter ihren weinroten Mercedes nebst Chauffeur, unter der Bedingung, daß er ihn fahren dürfte, »damit er schonend behandelt würde«. Nur der Chauffeur kam aus dem Krieg zurück.

Ich besinne mich auf eine Meldung über die ersten Verwundeten an der Ostfront: »Sie befinden sich in bester Pflege.« In Todesanzeigen, die den ersten Siegesberichten folgten, wurde »in stolzer Trauer« der »Heldentod« Gefallener gemeldet.

An der Landungsstelle des kleinen Motorbootes ›Seegeist‹, das geruhsam keuchend zwischen Tegernsee und Rottach-Egern kreuzte, wurde zweimal täglich der Heeresbericht aufgehängt. Der alte Oberst a. D. wartete dann schon auf den gelben Zettel, las ihn mit kommandierender Stimme den Umstehenden vor, lüpfte sein Jägerhütchen und schrie dreimal Hurra, und die Umstehenden schrien mit. In den ersten Kriegswochen konnte er zweimal täglich Hurra schreien, denn die Siegesmeldungen überstürzten sich.

Ich nahm mit einigen anderen jungen Mädchen an einem Krankenpflegekurs teil, den Doktor Tausch für das Rote Kreuz abhielt.

Ein Schuljunge bekam 20 Pfennig für jede Unterrichtsstunde, in der er unsere Verbands- und Massageversuche und die Wiederbelebungsversuche über sich ergehen ließ. Als er eines Tages unter unseren kräftigen Händen, die imaginäres Wasser aus einem »Ertrunkenen« kneten sollten, sein Mittagessen ausspie, lief er schreiend davon.

Ende Oktober wußte man, daß der Krieg nicht zu Weihnachten beendet sein würde. Die Verwundeten- und Totenlisten wurden länger und schließlich überhaupt nicht mehr veröffentlicht.

Meine Eltern beschlossen, nach Berlin zurückzukehren. Kriegsbegeisterung herrschte dort: patriotische Gedichte, Reportagen über Heldentaten, Bilder von blumengeschmückten Soldaten neben lächelnden Mädchen füllten die Zeitungsspalten – und Todesanzeigen füllten mehrere Seiten.

Der Dichter Ernst Lissauer schrieb seinen berühmten ›Haßgesang‹ gegen England:

»Wir hassen vereint, wir lieben vereint.
Wir haben nur einen einzigen Feind:
England!«

Sogar Alfred Kerr dichtete patriotisch und nicht sehr geschmackvoll:

»Und nur ein leiser Hauch sagt still:
Churchill – Churchill.«

In den Theatern wurden feldgraue Revuen aufgeführt. In einer von ihnen sang der Chor:

»Unser Kaiser hat gesprochen,
Zu uns runter vom Balkon,
Freund, jetzt ist nichts mehr zu machen,
Und jetzt gibt's nicht mehr pardon.«

Eine Strophe lautete: »Und so ziehn wir froh und munter hinter unserm Kaiser her –«

Daß der Kaiser selbst nicht in den Krieg zog, sondern, genau wie seine Söhne, im Hinterland, im Hauptquartier residierte, schien niemand zu beanstanden.

Nach unserer Rückkehr in die Stadt tat ich Hilfsdienst in einem kleinen Hospital. Das Wichtigste war die »Schwesterntracht«, die der Tracht der approbierten Schwestern so ähnlich wie möglich sein sollte – und eine weiße Haube, mit vielen Haarnadeln auf der Wollunterlage befestigt.

Wie alle anderen jungen Mädchen hatte ich mir die Verwundetenpflege romantisch vorgestellt: Limonade reichen, Kissen richten, kühle Hände auf Fieberstirnen legen, Vorlesen, mit Genesenden spazieren gehen – und flirten. Beschützt, auf jedem Schritt außerhalb des Elternhauses chaperoniert, hatten wir von der Wirklichkeit entfernt gelebt. Der Übergang in diese Wirklichkeit war jäh: sie bedeutete Schweiß- und Uringeruch, bedeutete das hilflose Wimmern von Männern, die als Helden ausgezogen waren und jetzt nach ihrer Mutter, ihrer Frau riefen. Die Wirklichkeit war anders als alles, was wir bei dem alten Doktor in Tegernsee gelernt hatten. Sie bestand aus Bettschüsseln reichen und säubern, das Essen servieren und abspülen, aus Handlangerdiensten für die approbierten Schwestern, von denen ich einmal eine hörte, wie sie von meiner Freundin Lisa und mir verächtlich sagte: »Diese blöden Gesellschaftsgänse wollen sich bloß wichtig machen.«

Wenn ein Verwundeter gestorben war, sagte Oberschwester Emma, die aus gestärktem Leinen, Stahl und Zement zu bestehen schien, bloß: »Exitus fertig machen.« Dies bedeutete, daß wir den Toten mit einem Tuch bedecken und ins Leichenhaus rollen mußten, in dem andere Tote auf steinernen Schragen lagen, wenn der Mann, der dies sonst tat, nicht zur Hand war. Dann mußten wir das Bett für einen anderen Verwundeten beziehen, denn die vielen Siege in der ersten Zeit bedeuteten viele Verwundete.

Von der Straße her drang der Gesang der in den Krieg Ziehenden, die uns fröhlich zuwinkten, wenn wir aus dem Fenster sahen. Sie trugen Blumensträuße an Helm und Gewehr und sangen:

> »Siegreich wolln wir Frankreich schlagen,
> Sterben wie ein Held –«

Meine alte Furcht vor dem Tod überfiel mich wieder, als ich den ersten Verwundeten sterben sah. Ich fürchtete mich jedesmal, wenn Schwester Emma sagte: »Der dauert nicht mehr lang«, fürchtete mich vor diesem jähen Übergang vom Leben zum Tod, wenn ein Mann mit einem Mal, seltsam still, mit kalkweißem Gesicht dalag, die weit geöffneten Augen aufwärts gerichtet.

Wenn es ging, verkroch ich mich im Waschraum und wartete ab, bis der Tote abgeholt wurde. Zuweilen kam Lisa, die genau wußte, wo sie mich finden konnte, und rief: »Alles aus, komm raus!«

Eines Tages hieß es: Der Kaiser kommt! Ein Mann, der es wagte, kurz vor der kaiserlichen Ankunft noch rasch zu sterben, mußte schnell fortgebracht werden – und da der Mann, der dies Fortbringen meist besorgte, wieder nicht zu finden war, brachten wir ihn in das kleine Gebäude, in dem es nach Desinfektion roch. An dem Tag waren alle Schragen besetzt, wir mußten ihn auf den Steinboden legen.

Der Kaiser erschien in feldgrauer Uniform, sehr kriegerisch anzusehen, mit unzähligen Orden besteckt, die er sich selbst verliehen hatte. Um ihn klirrten und klingelten Sporen, Säbel, Orden. Hacken klappten, Schwestern knicksten devot. Wir, die Bettschüsselbrigade, durften nur im Hintergrund knicksen. Ich hätte den Kaiser gern gefragt, ob er sich an das kleine Mädchen im Neuen Palais erinnerte, das einen schönen Knicks machen wollte und umfiel.

Er schritt von Bett zu Bett, sprach ein paar Worte. In einer Ecke lag ein besonders tragischer Fall, ein Zwanzigjähriger ohne Arme und Beine, ein hilfloses Menschenbündel, ein Rumpf, der uns beim Füttern und Säubern anflehte: »Gebt mir was zum Sterben ein.« Als der Kaiser an seinem Bett stehen blieb und ihm das Eiserne Kreuz auf die Brust legte, fragte er ihn, ob er einen besonderen Wunsch hätte.

Der Rumpf zuckte, als wollte er salutieren, erwiderte sehr laut: »Jawoll, Majestät, wenn ich gehorsamst bitten darf, eine Kugel in den Kopp.«

Der Kaiser stutzte, wandte sich schweigend ab, marschierte aus dem Saal, gefolgt von seinen Begleitern, der devot lächelnden Oberin im Kräuselhäubchen, dem Satellitenschwanz der Schwestern.

Der Rumpf sagte: »Erst jagt er uns raus, dann läßt er uns liegen.«

Die Saalschwester verwies ihn: sie würde ihn dem Stabsarzt melden, wenn er noch einmal solche unpatriotische Bemerkung machte.

Ich weiß nicht, was aus ihm wurde, denn ich pflegte nur noch kurze Zeit. Ich konnte mich nicht an das Grauen gewöhnen, an die Schmerzensschreie. Ich weinte jedesmal, wenn ein Mann starb – es war die alte Kindheitsfurcht vor dem Tod, die ich nicht überwinden konnte, das Gefühl, nicht helfen zu können.

Als ich der Oberin zu erklären versuchte, warum ich nicht länger Hilfsdienst tun könnte, sah sie mich streng an: »Jeder Deutsche hat Pflichten in der Heimat zu erfüllen, während unsere Feldgrauen draußen für uns kämpfen.«

Ich glaube, meine Mutter war ebenso froh wie ich, als ich die blaue Phantasie-Uniform auszog.

Aber der Krieg, von dem wir nur erzählen hörten und in der Zeitung lasen, ohne direkt betroffen zu sein, rückte für mich in den Hintergrund, weil etwas Persönliches mich zutiefst traf: die Scheidung meiner Eltern. Meine Mutter hatte eines Tages erklärt, daß sie einen anderen Mann liebte und mit ihm leben wollte, sobald er aus dem Krieg zurückkam. Sie war fest davon überzeugt, daß er zurückkommen würde. Mein Vater versuchte, sie umzustimmen. Vergeblich trat ihre Familie mit seltener Übereinstimmung in Aktion. Ihre Schwestern erklärten, eine Scheidung wäre etwas »gesellschaftlich Unmögliches«. Es hätte noch niemals eine geschiedene Frau in der Familie gegeben. Sie drohten, sich von ihr »loszusagen«, falls sie ihren Entschluß durchführen sollte.

Onkel Harry, der seit ein paar Jahren mit dem kleinen Bleistift verheiratet war und ein Kriegsgefangenen-Lager beaufsichtigte, riet ihr, doch wenigstens bis zur silbernen Hochzeit zu warten. Aber meine Mutter hörte auf keinen Rat. Sie wollte keine silberne Hochzeit feiern, sie wollte fort. Auch daß mein Vater ihr erklärte, er würde die Schuld auf sich nehmen, eine »Kavaliersscheidung« arrangieren und ihr nur eine sehr kleine Rente auszahlen, schreckte sie nicht ab. Sie erwiderte bloß, sie erinnere sich an die Armut in ihrer Jugend, aber ihre Liebe wäre größer als alle Schwierigkeiten.

Und so verließ sie eines Tages unsere Wohnung am Reichskanzlerplatz, um sich in München anzusiedeln. Sie ging, würdevoll, gelassen, ihren kleinen Bulldog Crib an der Leine haltend. Dunchen begleitete sie. Wie sie es fertig gebracht hatte, das alte

Wesen zu überreden, nach München mitzukommen, erfuhr ich nicht. Zwischen uns wurde die Scheidung mit keinem Wort erwähnt, aber es war selbstverständlich, daß ich bei meinem Vater blieb.

Wieder einmal stand ein Möbelwagen vor dem Haus, und altvertraute Gegenstände wurden herausgetragen, standen auf dem Bürgersteig – die Chaiselongue, die kleine Statue der Venus von Milo, der Toilettentisch, Familienbilder, der große eichene Spiegelschrank.

Mein Vater und ich saßen jetzt zur Teestunde allein einander gegenüber. Der Stuhl zwischen uns war leer, das Tablett mit den Teetassen stand vor mir, ohne den Samowar, der nach München gereist war.

Es war mit einem Mal nicht mehr *die* Teestunde, das Zentrum fehlte, die imposante Gestalt im weißen Mullkleid, die tiefe Stimme. Es fehlten vertraute Gesten schöner, beringter Hände, das Funkeln von Brillanten, das leise Klirren goldener Armspangen, es fehlte der prüfende Blick aus blauen Augen, denen nichts entging.

Wie stark ihre Persönlichkeit gewesen war, erkannte ich erst jetzt, als die Lücke entstanden war.

Aufbruch nach München

Eine Scheidung galt als etwas, das man nicht tat, etwas, das sich nicht gehörte. Man ließ sich nicht scheiden, wenn man zur »Gesellschaft« gehörte, sondern lebte unglücklich, verquält, in einer Strindbergehe. Eine Scheidung war so etwas wie ein Schandfleck in der Familie. Betont wurde von »Kindern geschiedener Eltern« gesprochen.

Mein Vater hoffte bis zum letzten Augenblick, daß meine Mutter zurückkommen würde. Aber sie kam nicht zurück, und ihre Briefe aus München klangen gelassen und zufrieden.

Ich brauchte nicht lange Hausfrau zu spielen, denn mein Vater heiratete bald wieder. Es war eine überraschende Wahl: eine Kusine zweiten Grades, Marie von Schröter, Miesche genannt, Tochter des früheren sächsischen Kammerherrn. Miesche war etwas wie eine komische Figur gewesen, wenn sie uns in Dresden und später in Berlin besuchte. Ihr Sächseln, ihre provinziellen Kleider, die langen, staubaufwirbelnden Röcke, selbst zu einer Zeit, da die Damen kühn genug waren, den Rocksaum über dem Fußgelenk zu tragen, ihr altmodischer Adelsstolz hatten uns amüsiert. Vor allem ihre Bigotterie, die sprichwörtlich geworden war, seitdem sie einmal auf einem Postschein vermerkt hatte: »So Gott will, kommt die frisch gemachte Wurst gut an.« Miesche war klein, korpulent, stark geschnürt, stets etwas atemlos. Ihre Schönheit war herrliches goldblondes Haar und eine durchsichtige rosige Haut, was mein Vater liebte und gern malte. Ich hatte sie einmal wegen ihrer Untersetztheit den Tafelaufsatz genannt, was ihn amüsiert hatte – und jetzt heiratete er den Tafelaufsatz und war sogar verliebt.

Miesche paßte nicht in unser Leben. Ihre Welt war auf Romanen der Heimburg und Marlitt aufgebaut und auf der Lektüre der ›Gartenlaube‹. Sie war die typische deutsche Hausfrau, deren Hauptinteresse Großreinemachen, Kuchenbacken, Beten und hektisch betriebenes, fortwährendes Staubwischen waren. Unser Haushalt hatte sich unter der Führung meiner Mutter ohne Aufregung ruhig abgespielt. Jetzt war mit einem Mal alles fieberhafte Tätigkeit. Miesche, den Schlüsselbund am Schürzengürtel, jagte jedem Staubfädchen nach, hetzte die Mädchen herum. Entdeckte sie irgendwo Staub, rief sie: »Welches Schwein hat hier nicht sauber gemacht?«

Die Küche beanstandete den Neuling. Die Mädchen weinten, die Köchin bemerkte empört, niemand hätte ihr je ins Handwerk gepfuscht, weil sie »eine Perfekte« wäre. Das zweite Zimmermädchen, eine Berlinerin namens Lore, wagte sich kaum aus der Küche. Vor allem aber wurde beanstandet, daß Miesche ein Mädchen aus Schloß Bieberstein mitgebracht hatte, das unsere Mädchen lehren sollte, »wünsche untertänigste gute Nacht oder guten Morgen« mit einem Knicks zu sagen. Die Küche beanstandete vor allem, daß »die Neue« nach unseren Mahlzeiten alle Reste im Speiseschrank verschloß, nachdem sie ihnen ihr Teil vorgelegt hatte.

Auch mein Vater wurde von der völligen Umgestaltung des Lebens betroffen, er mußte jeden Morgen, vor dem Frühstück, die »Tageslosung« aus einem Kästchen ziehen, den Bibelspruch, das Geleitwort. Seine einzige Auflehnung bestand darin, Sprüche, die baldigen Tod oder Unheil verhießen, zu Mieschens Entsetzen umzutauschen. Er lachte längst nicht mehr über ihre Absonderlichkeiten und duldete, daß sie über den Ehebetten einen Spruch in Kreuzstich aufhing: »Mit Gott.« Deckchen, auch Waschlappen, trugen fromme Ermahnungen. Ein intimer Gegenstand trug eine Hülle, auf der »Mit Gott fang an« eingestickt war.

Sie dehnte ihre totalitäre Gewalt unaufhaltsam aus, zuerst im Haushalt, dann auf künstlerischem Gebiet. Als mein Vater einmal einen weiblichen Akt malte, erklärte sie, er müßte unbedingt »da vorne was hinmalen« – und der Akt wurde tatsächlich mit einem Schleier versehen.

Vor allem aber war alles darauf gerichtet, die Vergangenheit auszulöschen, Altgewohntes abzuschaffen. Nicht nur die Gongschläge vor den Mahlzeiten verstummten (»wir sind doch keine Chinesen«), sondern die Teestunde um fünf wurde durch Kaffeetrinken um vier abgelöst. Es gab weder crumpets noch scones in der mit der Damastserviette bedeckten Silberschüssel, sondern Butterbrote und sonntags einen soliden Napfkuchen, den sie feierlich anschnitt.

Auf dem Stuhl am Eßzimmertisch, den meine Mutter eingenommen hatte, saß jetzt die kleine, atemlose Gestalt. Aus der heiter-entspannten Stunde wurde ein hastig eingenommener Imbiß, bei dem es unverweigerlich hieß: »Na, und jetzt wieder schnell an die Gewehre«, womit eine neue Runde häuslicher Tätigkeit begann.

Mein Vater schien diese Änderungen nicht zu bemerken. Er war mir fremd geworden, ein eleganter, älterer, sehr verliebter Mann. Meine einzige Zerstreuung zu Haus war, zu schreiben. Ich schrieb sehr viel in dieser Zeit, Kurzgeschichten und Gedichte. Und versandte das Geschriebene, in eingeschriebenen Umschlägen, um sie postwendend zurück zu bekommen.

Einmal aber geschah ein Wunder: die ›Morgenpost‹ nahm eine Kurzgeschichte an. Sie hieß ›Mein Königreich‹ und war die seltsame Vorausahnung auf ein Leben, das ich Jahrzehnte später auf Froyle Mill Farm führen würde. Ich brachte den Abdruck zu Alfred Kerr, der ihn aufmerksam las und bemerkte, wie schwer es wäre, das zu schreiben, was man schreiben möchte. Er wäre gerade dabei, einen Roman zu schreiben – dieser Roman kam nie zustande.

Miesche fand die Portoausgaben für meine Manuskripte überflüssig. Sie hatte meine zweihundert Mark monatliches Taschengeld schon zu Beginn ihrer Ehe als Verschwendung bezeichnet und auf hundert Mark herabgesetzt. Jetzt riet sie mir, das Porto lieber für Feldpostpakete zu verwenden, für jene Soldaten, die im zweiten Kriegswinter nicht mehr von einem Sieg zum anderen »unaufhaltsam vorwärtsstürmten«, sondern laut Heeresberichten ihre »Stellungen behaupteten oder befestigten«.

Ich wußte, daß ich dies Leben nicht mehr lange aushalten würde und wollte es auch nicht aushalten. Der einzige Weg damals war, zu heiraten, um auf diese Weise fortzukommen.

Ich war bei meinen Tanten in Tegernsee, als ich den Entschluß zu heiraten faßte. Und so schrieb ich meine Einwilligung einem Bekannten, der mich schon zum dritten Mal gebeten hatte, ihn zu heiraten. Es war kein Liebesbrief, nur eine sachliche Antwort auf eine erneute Anfrage. Als ich den Brief an der Landestelle des Motorbootes in den Kasten geworfen hatte, erschrak ich, denn in diesem Augenblick rief der alte Oberst a. D. wieder einmal Hurra. Dies tat er auch, wenn nur zähe Kämpfe gemeldet oder eine Höhe gehalten wurde. Er erschien noch immer dort, ehe der Heeresbericht angeschlagen wurde, wartete und las zuerst für sich. Wenn die Nachrichten ungünstig waren, meinte er, taktische Rückzüge wären notwendig. Aber bei dem geringsten Hoffnungsschimmer auf »totalen Endsieg« ertönte sein scharfes dreimaliges »Hurra«.

Karl Wulff telegrafierte aus Kiel und schlug mir vor, daß wir uns bei meiner Mutter treffen sollten. Ich reiste nach München, ohne meinen Tanten etwas von der Verlobung zu sagen. Offiziell fuhr ich zu meinem Vater, der mit Miesche in der Sächsischen Schweiz war.

Die drei Tanten hatten sich tatsächlich von meiner Mutter »losgesagt«. Mein Onkel Harry nannte sie jetzt »Großfürstin im Exil«. Sie hatte sich in ihrer engen, düsteren Wohnung in der Prinzregentenstraße gelassen eingelebt und verbrachte ihre Zeit lesend, auf die Rückkehr des Freundes wartend, umsorgt von Dunchen und einer Haushälterin namens Rosa Unger. Auch hier trug sie, wie stets, ein weißes Kleid aus getupftem Mull, obwohl das Wohnzimmer nur spärlich erwärmt werden konnte, weil die Rationierung kaum zum Kochen und Heizen langte. Sie schien die Berliner Zentralheizung nicht zu vermissen, sondern bemerkte bloß, die Eisbahn in ihrem Wasserkrug morgens erinnere sie an die ungeheizten Schlafzimmer ihrer Jugend. Mit keinem Wort erwähnte sie ihre beschränkten Verhältnisse, sondern sprach von dem, was sie am meisten entbehrte: französische Pralinen, Kuchen, petits fours, vor allem die russischen Süßigkeiten, die vor dem Krieg regelmäßig in Holzkisten aus Petersburg kamen – zu einer Zeit, in der jede Brotscheibe eine sorgfältig auf der Briefwaage abgewogene Kostbarkeit war und

Rosa sich morgens um fünf für die karge Fleischration anstellen mußte, die sie zuweilen nicht bekam.

Das alte Dunchen erhielt jetzt ihr Gnadenbrot. Sie konnte nur wenig mit ihren gichtverkrümmten Händen tun, etwas Staubwischen, den Tisch decken, um gleich darauf erschöpft in einer Ecke zu sitzen.

Die Teestunde um fünf wurde genauso eingehalten, als ob es weder Krieg noch Umwälzungen gegeben hätte. Der silberne Samowar stand vor meiner Mutter auf dem Silbertablett, die Kristalldose mit dem Silberdeckel enthielt graue, harte Kriegsbisquits statt der kleinen, bunten Bisquits von Huntley & Pamers, aber sie stand da. Die Marmeladeschale war mit einer zähen, dunklen Masse gefüllt, der Tee eine Kräutermischung, die in den bayerischen Wäldern und nicht in Ceylon gewachsen war. Aber meine Mutter hantierte mit diesen Dingen, als wären sie die üblichen Ingredienzien früherer Teestunden.

Ich erschrak, als ich Karl Wulff wiedersah. Er war ein kleiner, unansehnlicher Mann von unbeschreiblicher Güte, sehr verliebt, sehr schüchtern, der versprach, mir jeden Wunsch zu erfüllen. Er war ein Mann, der mich stets gelangweilt hatte und von dem meine Mutter sachlich feststellte, daß er mich bestimmt nicht betrügen würde, was sehr viel wert wäre, außerdem wäre er unermeßlich reich.

Sie ließ eine Auswahl Ringe vom Juwelier bringen und wählte gierig eine Köstlichkeit aus Brillanten und einer grauen Perle. Als ich schüchtern erklärte, ein Reitpferd wäre mir lieber, gab sie mir einen Schweigen gebietenden Blick. Und Wulff sagte rasch, ich würde selbstverständlich auch ein Reitpferd bekommen. Während meine Mutter die Ringe an ihrer Hand prüfte, sah ich, daß ihr schönster Ring fehlte, und fragte Rosa Unger, die mir verriet, daß sie ihn zum Verkauf fortgebracht hätte: »Aber natürlich erst gegen Abend –«, fügte sie hinzu.

Onkel Harry nahm sich Urlaub von seinem Gefangenenlager und kam nach München, um die Verlobung in der Odeonsbar zu feiern. Zartblonde Epheben begrüßten ihn mit kleinen Jubelschreien und tranken wie selbstverständlich aus seinem Glas (»Du erlaubst doch, Harrychen«). Der solide, hamburgischgeruhsame Wulff besah sich erstaunt das Treiben und die durch den Kellner hin- und hergesandten Zettel.

Für mich war es keine Feier, ich war bedrückt und versuchte nur mühselig, vergnügt zu sein. Onkel Harry, der viel getrunken hatte, war in euphorischer Stimmung und wiederholte, wie schön es wäre, einmal Strohwitwer zu sein, denn der kleine Bleistift lebte für die Kriegsdauer bei Verwandten: »Ich habe sie irgendwo am Straßenrand ausgesetzt.«

Am nächsten Tag reiste Wulff nach Berlin zu meinem Vater. Ich blieb in München. Meine Mutter hatte bemerkt, daß ich mich in diese Ehe flüchten wollte, und erklärte, die glücklichsten Ehen wären oft Vernunftehen. Wulff wäre ein anständiger Mensch, ich sollte nicht zu sehr auf Äußerlichkeiten achten.

Alice Berend, dieser lächelnde weibliche Fontane, meinte, es wäre besser, wenigstens zu Beginn einer Heirat verliebt zu sein, denn der graue Alltag löschte sowieso rasch Glanz und Intensität menschlicher Beziehungen.

Als ich nach Berlin zurückkam, fand ich meinen Vater erstaunt über den unvorhergesehenen Entschluß, denn bisher hatte ich Wulff stets abgewiesen. Miesche war bereits in hektischer Erregung, um eine »wirklich vornehme Hochzeit« zu organisieren, mit sehr wenig Künstlern und vielen sächsischen Verwandten. Verlobungskarten wurden versandt, ein trousseau zusammengestellt.

Ich war jedesmal bedrückt, wenn Wulff kam, erleichtert, wenn er fortging, und froh über Miesches Anordnung: die Salontüren mußten bei seinen Besuchen offen stehen, »damit die Kinder sich nicht vergessen«, während sie emsig, in Hörweite, imaginären Pflichten nachging, die ebenso gut von den Hausangestellten hätten erledigt werden können. Die »Kinder« waren weit davon entfernt, sich zu vergessen, es wäre auch technisch unmöglich gewesen, denn wir saßen uns auf zierlichen weißgoldenen Stühlen im Salon unter dem Meißner Kronleuchter gegenüber und machten angestrengt Konversation. Ich langweilte mich mit Wulff, der immer verliebter wurde.

Als er endlich nach Hamburg zurückreiste, um das Haus instandsetzen zu lassen, war mir klar, daß ich ihn nicht heiraten könnte. Ich wollte es ihm eigentlich beim Abschied sagen, war aber zu feige. Und so schrieb ich ihm einen kurzen Brief, daß es mir unmöglich sei, etwas zu tun, wovon ich nicht überzeugt wäre, und sandte Verlobungsring, eine Armspange und eine Zigarettenspitze zurück, ohne meinem Vater davon zu sagen.

Er rief sofort meinen Vater an, ich wurde zur Rede gestellt. Miesche erklärte, meine Handlungsweise wäre nicht nur rücksichtslos, sondern unüberlegt und hysterisch. Man täte dergleichen nicht, ohne sich mit seinen Eltern zu beraten. Sie betonte, wie gut sie alles geplant hätte – das schöne trousseau, in dieser schweren Zeit, die zehntausend Mark Mitgift, die ich erhalten würde. Beide wiederholten erregt, eine Heirat würde mir durch diese Entlobung schwer gemacht werden, vielleicht sogar unmöglich (denn »etwas bleibt immer an der Entlobten hängen«). Miesche brachte ihr Lieblingsargument vor: meine Heirat mit einem wirklich vornehmen Mann wäre jetzt ausgeschlossen. Die Scheidung meiner Eltern wäre ohnehin ein schwerer gesellschaftlicher Schaden, und nur nach gründlicher Überlegung wäre es ihr möglich gewesen, einen geschiedenen Mann zu heiraten. Sie hätte gehofft, die Auswirkungen dieser Scheidung mit Gottes Hilfe allmählich zu überwinden. Und jetzt dieser Skandal. Ich erwiderte, ich hätte mich nur verlobt, um durch eine Heirat aus unserem Haus zu kommen, weil es kein Zuhause für mich wäre.

Die Atmosphäre war noch gespannter. Weihnachten wurde formell absolviert. Miesche las die Weihnachtsgeschichte aus der Bibel unter dem Baum vor, unsere Leute mußten stehend, an der Tür, zuhören und erhielten nicht, wie früher, ein Monatsgehalt, »weil ja Krieg ist«, sondern nur »etwas Praktisches«.

Neujahr wurde mit Punsch und zähen Kriegspfannkuchen um Mitternacht und traditionellem Bleigießen gefeiert, wobei sich Zobeltitzens und Königsbrun begeistert an der Deutung der Gebilde beteiligten, während zwei Kusinen von Miesche und ihr Vetter steif, gelangweilt auf ihren Stühlen saßen. Um Mitternacht ging ich mit Königsbrun auf den kleinen, vogelbadähnlichen Balkon, um das Einläuten des Neuen Jahres und die Stimmen Unsichtbarer zu hören, die Prost Neujahr auf der Straße riefen.

»Nächstes Neujahr bin ich nicht mehr hier«, sagte ich.

»Ich habe es kommen sehen, die Person ist gräßlich, ich verstehe Felix nicht.« Er könnte nicht verstehen, warum mein Vater sich »diese alberne Sächsin« ausgesucht hätte, wo es doch andere, nette Frauen gäbe.

Kurze Zeit darauf kam es zu einer Auseinandersetzung zwischen Miesche und mir. Und was ich längst sagen wollte, faßte ich schließlich in einem Satz zusammen: Wenn sie nicht *so* dick wäre, hätte ich sie längst aus dem Fenster geworfen, damit ich endlich wieder, wie früher, vergnügt mit meinem Vater leben könnte.

Sie starrte mich fassungslos an, brach in Tränen aus und verließ das Zimmer. Mein Vater kam und befahl mir, mich sofort bei seiner Frau zu entschuldigen. Ich weigerte mich, erklärte, lieber das Haus verlassen zu wollen.

Er stutzte. Ich weiß nicht, ob er es ernst meinte oder bloß im Ärger sagte, denn er erwiderte, es stünde mir frei, zu tun, was ich wollte. Aber er würde meine kindischen Launen in keiner Weise unterstützen.

Ich erwiderte, ich hätte längst fortgehen wollen. Dann ging ich auf die Post, gab ein Telegramm an meine Mutter auf, in dem ich meine Ankunft für den übernächsten Tag anmeldete, und bat das Mädchen, meine Sachen zu packen.

Um die Form zu wahren, als ob ich, wie jedes Jahr, zum Skilaufen führe, brachten mich Vater und Miesche auf die Bahn. Wir standen wortkarg auf dem Bahnsteig herum, und mein Vater betonte mehrmals, die Tür zum Vaterhaus stünde mir jederzeit offen – eine Phrase, die nach Miesche klang. Miesche ihrerseits wünschte mir, »mit Gott zu reisen«.

Ich hatte meine Schlafwagengefährtin gesehen, eine aufgeputzte, verschminkte, stark parfümierte Frau, und erwiderte formell, es würde eine Reise mit Alphonsine Plessis werden. Nur mein Vater verstand, was ich damit sagen wollte. Miesche erriet, daß es etwas Ungehöriges war, und bemerkte salbungsvoll, sie hoffe zu Gott, daß ich doch noch einmal ein wirklich vornehmes junges Mädchen werden würde.

Als der Zug anfuhr, nahm mein Vater den Hut ab, stand barhaupt da, die schönen, dunklen Augen auf mich gerichtet. Ich spürte nichts als Freude und Erleichterung.

Dunchen erwartete mich auf dem Münchner Hauptbahnhof. Sie sah blaß, verstört und greisenhaft aus. Mit zitternder Stimme flehte sie mich an, den nächsten Zug nach Berlin zu nehmen. Frau Mama bedauerten, mich nicht bei sich logieren zu können. Frau Mama hätten unerwartet Besuch aus dem Krieg bekommen. Und beschwörend hielt sie mir eine Fahrkarte nach Berlin entgegen: Frau Mama hätte sie beauftragt, sie für mich zu kaufen und dafür zu sorgen, daß ich zurückreise.

Inmitten eines Stromes von schwerbepackten Soldaten und fröstelnden Reisenden flehte sie mich an, den »richtigen Weg« zu gehen. Sie erwähnte den verlorenen Sohn, die Gefahren, die einem jungen Mädchen in der Großstadt drohten, sie erinnerte mich an Kindespflichten und zitierte Bibelsprüche.

Ich beauftragte den Gepäckträger, meine Koffer ins Hotel Schottenhamel zu bringen. Leise murmelnd, die Fahrkarte wie eine Beschwörungsformel emporhaltend, wanderte das alte Wesen neben mir über den Bahnhofsplatz.

Es war ein herrliches Gefühl, allein in einem Hotel abzusteigen. Es gehörte zu den Dingen, die sich nicht gehörten, und ich versuchte sehr selbstverständlich zu sprechen, als ich das billigste Zimmer verlangte. Man wies mir einen kleinen Raum im Hintergebäude an. Das Fenster ging auf einen Hof, in dem ein Zierbrunnen verloren zwischen grauen Mauern stand, mit einem altersmorschen Putto, der ein Füllhorn emporhob, aus dem ein glitzernder Eiszapfen hing.

Dunchen packte seufzend meine Toilettensachen aus, legte mein Nachthemd auf das Bett und beschwor mich eindringlich, die Rückreise nach Berlin anzutreten. Ich erwiderte bloß, mein Vater hätte eine andere Frau, meiner Mutter wäre ein anderer Mann lieber, deshalb wollte ich jetzt endlich mein eigenes Leben leben. Unter Tränen umarmte sie mich, legte die Fahrkarte mit zitternder Hand unter den Aschenbecher und verließ mich.

Ich rief Alice Berend an, die mir riet, in die Pension Romana zu ziehen, die gut, billig und vor allem voller junger Menschen wäre. Die Inhaberin der Romana war Franziska Klemm, Frau des Grafikers Professor Klemm. Sie kleidete sich, wie man sich damals in Schwabing trug, wenn man zum Künstlerkreis gehörte: bunte Gewänder, ein Samtband um den Hals, viel kunstgewerblichen Schmuck, eine übergroße Brosche auf der Brust, enorme Ringe. Sie wies mir ihr billigstes Zimmer an. Ich lernte bald, daß billig gleichbedeutend mit sehr klein und Aussicht auf Hof und Hintermauern bedeutete. Dies Zimmer war jedoch bezaubernd mit alten Möbeln eingerichtet, denn Franziska Klemm, geborene Riesenhuber, besaß Geschmack.

Ich war mit einem Mal nicht nur frei, sondern wieder in vertrauter Atmosphäre: da war der Maler Willy Geiger und seine schöne Frau Klara, der Schriftsteller Hübner, Hermann Kasack, der Maler Henselmann und andere Schwabinger Gestalten, die das Leben an sich studierten, sich verliebten und dazwischen auch arbeiteten.

Ich fand mich rasch in dies neue Leben und tat desgleichen. Der verliebte ältere Herr in Berlin, mein Vater mit seiner dritten Frau, meine Mutter rückten in den Hintergrund, wurden in der unbekümmerten Heiterkeit der Jugend fortgelacht und vergessen. Ich verliebte mich, zuerst glücklich, dann unglücklich – aber auch dies Erlebnis ging vorüber, obwohl ich eine Zeitlang an gebrochenem Herzen litt, das überraschend leicht heilte, um bald wieder gebrochen zu werden.

Wieder versandte ich Manuskripte an Münchner Zeitungen und Zeitschriften – und weil ich sie für wertvoll und bedeutend hielt, eingeschrieben und expreß, bis mir der freundliche Schalterbeamte klarmachte, daß sie schneller ihre Bestimmung erreichen würden, wenn ich sie selbst ablieferte.

Mein Vater hatte mir mein auf hundert Mark reduziertes Taschengeld mitgegeben und versprochen, daß er mir dies Geld jeden Monat schicken würde. Aber schon Mitte des Monats besaß ich nur noch fünfzig Mark, denn ich hatte keine Ahnung vom Sparen. Als meine erste Romana-Rechnung auf dem Tisch lag, besaß ich nur noch wenige Mark, und die Postanweisung aus Berlin war noch eine Woche entfernt. Ich mußte Frau Klemm um Kredit bitten. Das Ehepaar saß beim Kaffeetisch, der mit Eßwaren beladen war, einem Butterklumpen, Schinken, Speck und Würsten, lauter Dinge, die es längst nicht mehr gab. Außerdem roch es nach echtem Kaffee, zu einer Zeit, da man gebrannte Gerste trank, verwässerte Milch hineingoß und mit Sacharin süßte.

Franziska Klemm war verlegen, von einem Gast bei dieser Lukullus-Mahlzeit überrascht zu werden, bot mir eine Tasse Kaffee an und bemerkte entschuldigend, sie hätten gerade ein Paket vom Land für ihren leidenden Mann bekommen, der Extra-Nahrung brauchte. Der kleine, dicke Klemm würgte währenddessen an einem dick belegten Brot. Als ich nun um Zahlungsaufschub bat, erwiderte sie hastig, es wäre ihr schon recht, nur sollte ich sie nicht zu lange warten lassen, wie manche andere Gäste.

Später erfuhr ich, daß Klemms nur symbolisch an der gemeinsamen Tafel aßen, weil sie alle Lebensmittel im Schwarzhandel kauften. Henselmann behauptete, die Klemms fräßen auch unsere Rationen zum Teil mit, deshalb würden wir immer magerer und die zwei immer fetter. Albert Henselmann warf mir auch vor, daß ich Schinken und Würste hätte packen und davonlaufen sollen, damit wir endlich einmal wieder etwas Ordentliches essen könnten, denn wir waren immer hungrig. Eine Extrascheibe schwarzes, bitteres Kriegsbrot, von der Köchin zugesteckt, war eine Delikatesse.

Meine Tegernseer Tanten fanden, daß ich als junges Mädchen nicht allein in München leben dürfte. Daß sie selbst einmal gegen alle Anstandsregeln ihrer Zeit um die Jahrhundertwende von Rom nach München geradelt waren, hatten sie vergessen. Onkel Harry meinte jedoch, es wäre gut, daß ich den »Sachsenwald« endlich verlassen hätte – und zitierte, was seine Mutter zu Weihnachten gesagt hatte: »They are not long the days of wine and roses.« Und er fügte seine eigene Lebensweisheit hinzu: »Man bereut später nichts so sehr wie die Dummheiten, die man nicht gemacht hat.«

Endlich verkaufte ich eine Novelle an die ›Jugend‹ und fuhr am nächsten Tag nach Neuhaus am Schliersee zum Skilaufen. Der Grafiker Hegenbarth, Johnny Merck, seine Schwester und ein dickes Mädchen Lisl Weil waren ständige Gefährten, zu denen sich der »Benz« genannte Konrad Halbreiter gesellte. Unser Ziel war meistens die Bodenschneid oder die Firstalm, eine Hütte, die vom Ehepaar Kratzer bewirtschaftet wurde. Zuweilen übernachtete ich dort, in einer eiskalten Kammer, auf dem oberen Bett, während unten die Schwester der Kratzermutter schnarchte. Es war billig, das Gelände herrlich, nur sonntags kamen Skiläufer, sonst war es still.

In der Romana wurde mehr oder weniger lärmend geliebt und gestritten. Als ich einmal nachts aus dem Theater kam, rannte ein nackter Mann gerade aus der Haustür, und aus dem ersten Stock flogen ihm seine Kleider in den Schnee nach, die der erboste Ehemann ihm nachwarf, der seine Frau in flagranti ertappt hatte.

Ich befreundete mich mit Carola Josef, einer eleganten, sehr kultivierten Frau, die sich besonders für die Liebesaffären im Haus interessierte, denn sie war mit einem Homosexuellen verheiratet gewesen, der versucht hatte, durch eine Ehe ein »normaler Mann« zu werden. Der Versuch war mißlungen und endete in Scheidung.

Neben mir wohnte damals eine Generalstochter, die Tänzerin werden wollte und außerdem ein überlautes Liebesleben führte. Carola hörte gern, wenn die Generalstochter und ein langer dürrer Journalist das taten, was Franzosen faire l'amour nennen. Als dritte écouteuse kam zuweilen Gerda Mädler, von mir »Koffer« genannt, die Tochter des Leipziger Kofferfabrikanten – eine reizvolle Achtzehnjährige mit spitzigem Kinn, schrägen Chinesenaugen und stark sächsischem Akzent. Sie kam aus dem strengen Luisenstift, in dem meine Mutter erzogen worden war, in die totale Schwabinger Freiheit, um Bildhauerei zu studieren. Sie war außerordentlich begabt und hatte schon als Siebzehnjährige einen Preis für einen Brunnenentwurf gewonnen. Bald schwamm sie eifrig im Schwabinger Vergnügungsstrom mit, um wenige Jahre später Otto Falckenberg zu heiraten.

In der Romana wurde längst nicht mehr vorsichtig, sondern recht laut über die Unsinnigkeit des Krieges gesprochen und erklärt, er müßte endlich beendet werden.

Die Heeresberichte meldeten jetzt häufiger schwere Kämpfe und »gehaltene Stellungen«. Die schwarzweißroten Papierfähnchen auf den Landkarten, die zuerst so weit in fremde Länder gesteckt waren, näherten sich wieder den deutschen Grenzen. Als der Friede von Brest-Litowsk geschlossen wurde, sagte der Mann, von dem es hieß, er wäre ein Dichter, nur eben noch nicht entdeckt: »Es wird wieder Feste geben, Fasching –«

Aber der Krieg an der Westfront ging weiter. Es fehlte an allem, an Material für Kleidung, an Schuhwerk, vor allem an Lebensmitteln. Die Menschen waren blaß, müde, schäbig gekleidet. Der schwarze Markt blühte für Menschen, die genügend Geld hatten, um Wucherpreise zu zahlen. Man tauschte: ein Stück Toilettenseife gegen etwas Kakao, wollene Strümpfe gegen etwas Fett oder einen Wurstzipfel. Kaninchenwurst wurde verschlungen, eine graue, geschmacklose Masse. Ich radelte auf Ersatzreifen aus Stahlspiralen aufs Land, um bei Bauern zu hamstern. Aber die Bauern forderten mehr und mehr »Sachwerte«. Ein Großbauer zeigte mir zwei Klaviere, eine Sitzbadewanne, drei Silberbecher, ein häßliches Bild in breitem Goldrahmen, auf das er besonders stolz war. Mein Angebot, ein Pfund Butter für ein schon etwas schlaffes Kostüm zu geben, lehnte er hochmütig als »G'lump« ab.

Als ich einmal in die Kammerspiele ging, brach eine Frau lautlos auf der Straße zusammen und blieb regungslos liegen, ein fadenscheiniges Kleiderbündel, die dürren strumpflosen Beine staken in brüchigen Schuhen. Wir schafften die Federleichte in den nächsten Hausflur. Ein Polizist und ein Arzt kamen. Der Arzt sagte bloß: »Hungertod –«, und wir gingen in eine herrliche Strindberg-Inszenierung von Falckenberg, denn es ist das Privileg der Jugend, nur dem Augenblick zu leben und rasch zu vergessen.

Meine Mutter erwartete das Kriegsende mit besonderer Ungeduld und steckte die schwarzweißroten Fähnchen auf die Landkarte im Korridor: »Der deutsche Generalstab macht lauter Unsinn, die deutschen Truppen müßten links eingesetzt werden.«

Nach dem Friedensschluß von Brest-Litowsk stieg ihre Hoffnung, endlich wieder Süßigkeiten von russischen Verwandten zu erhalten. Aber die Verwandten konnten nichts mehr schicken. Einige von ihnen wurden zur Zeit des Zarenmordes mit anderen Aristokraten als Arbeiterfeinde erschossen, andere blieben verschollen. Meine Mutter sagte bloß: »Poor things«, wie stets bemüht, sich von allem, was unabänderlich oder peinlich war, so rasch wie möglich zu distanzieren. Darin lag ihre Stärke, der unabänderliche, unbeugsame Wille, zu erreichen, was sie sich vorgenommen hatte, und sich gegen alles zu verschließen, was sie hindern könnte oder nicht unmittelbar interessierte.

Meine drei Tanten, weltfremd, romantisch und durch ihre Taubheit von der Außenwelt abgeschlossen, unfähig, leise geäußerte Zweifel über den Kriegsausgang zu hören, glaubten weiter an das, was pensionierte Offiziere und fanatische Deutschnationale ihnen in die Ohren schrien – an »taktische Rückzüge« vor dem Endsieg, an die »Weisheit des Obersten Kriegsherrn« und seines Stabes, obwohl es jetzt längst keinen Anlaß mehr gab, die große schwarzweißrote Fahne zu hissen.

Onkel Harry hingegen entpuppte sich zum allgemeinen Entsetzen als Sozialist und erklärte, man müsse nur noch »linke Blätter« lesen. Der Krieg wäre verloren. Seine Husarenuniform, die mit meiner Mutter nach München gekommen war, wäre historisches Kostüm, Husaren würden nicht mehr gebraucht, sie wüßten es nur noch nicht. Trotzdem erschien der deutsche Kronprinz in dieser Operettenaufmachung, als er sich Hitler etliche Jahre später zur Verfügung stellte.

Ich schrieb weiter Gedichte und Geschichten, rauchte Zigaretten, die die Tanten aus irgendwelchen getrockneten Blättern rollten, um den Hunger zu stillen, an dem alle Menschen jetzt litten, verkaufte hin und wieder eine Arbeit und begann, Übersetzungen aus dem Französischen zu machen. Ich danke es Alice Berend, die mich immer wieder ermutigte, weiter geschrieben zu haben, ich verdanke ihr auch den Rat, niemals eine Arbeit umzuarbeiten, sondern lieber eine neue Arbeit zu beginnen. Einmal las sie in kleinem Kreis einige Essays und Theaterkritiken von mir vor, die ich für eine Rheinische Wochenzeitung schrieb, im Kerrstil, kleine Abschnitte, römisch beziffert, die Zeile zu zehn Pfennig. Unter den Zuhörern waren Bruno Frank, Wilhelm Hausenstein und Hertha von Lewinski, eine Nichte von Hindenburg. Hertha war eine unkonventionelle, sehr begabte Malerin und gehörte bald zu unserem Kreis.

In den Spätherbst 1917 fiel ein Ereignis, das mich schwer erschütterte und Kindheitsängste wachrief. Meine Mutter, die ich nur selten sah, rief mich eines Tages an und teilte mir mit, daß Dunchen erkrankt wäre. Ich radelte die ländlich stille Ludwigstraße auf meinen laut rasselnden Spiralreifen entlang, in die Prinzregentenstraße. Meine Mutter empfing mich ruhig, wie stets, aber sehr blaß. Rosa Unger flüsterte etwas zu laut: »Die macht nicht mehr lange mit.«

Dunchen hockte zusammengesunken auf einem Sessel im Wohnzimmer. Ihre Beine waren unförmig geschwollen, sie atmete schwer, versuchte zu sprechen, brachte aber nur dumpfe Laute hervor. Ihre fahlen Augen blickten mich flehend an. Ich fing an zu weinen, lief in die gegenüberliegende Arztwohnung und bat Doktor Zeller, der eben aus dem Lazarett zurückgekehrt war, um Rat. Er kam mit mir, warf einen Blick auf Dunchen, fühlte ihren Puls, sagte leise: »Schlaganfall, und noch irgend etwas –«

Meine Mutter erklärte, er müßte für sofortige Überführung in ein Krankenhaus sorgen. Er antwortete nicht gleich, sondern sah sie prüfend an. Jahre später erwähnte er, wie ihn die Bitte berührt hatte, die alte Frau aus dem Haus zu schaffen, die ihr so lange gedient hatte. Dann versprach er, einen Krankenwagen zu bestellen.

Dunchen, die nur Unverständliches gemurmelt hatte, begann mit einem Mal wieder langsam, undeutlich zu sprechen. Sie hätte gehört, was wir sagten, hätte aber nicht antworten können. Sie entschuldigte sich demütig, wie immer, soviel Unannehmlichkeiten zu verursachen. Als meine Mutter ihr sagte, sie würde sicher bald wieder gesund gepflegt werden und aus dem Krankenhaus zurückkommen, lächelte sie, sagte sehr leise: »Ich komme nur auf Flügeln wieder, gnädige Frau, denn ich gehe heim, zu meinem Herrn Jesus.«

Zwei magere, erschöpfte Krankenwärter kamen, packten sie auf die Tragbahre und schoben sie in den Wagen, in dem schon drei andere Bahren mit Kranken standen. Ehe sie aus dem Haus getragen wurde, wandte sie den Kopf: »Dein Schutzengel steht immer neben dir, vergiß das nicht.« Dann fuhr der Wagen fort.

Meine Mutter bat mich, sie jetzt allein zu lassen. Sie wäre angegriffen. Ich ließ sie nicht zu Ende sprechen und erklärte, sie würde einmal genauso vereinsamt sterben wie Dunchen, im Spital, unter fremden Menschen.

Ich hatte noch nie gewagt, so zu ihr zu sprechen. Sie sah mich einen Augenblick schweigend an. Keine Miene verriet, was sie dachte. Dann wiederholte sie bloß, ich solle sie allein lassen, jede Aufregung wäre schlecht für ihr Herz.

Rosa Unger begleitete mich zur Haustür, sagte in ihrem breiten Sächsisch: »Die is fertch, na ja, einmal müssen wir alle sterben.«

Ich war nicht fähig, am Abend den lärmenden Romana-Kreis aufzusuchen, der sich um Albert Henselmann und um Berta Eckstein versammelte, die unter dem Pseudonym Sir Galahad schrieb und Verfasserin von ›Die Kegelschnitte Gottes‹ war.

Und so nahm ich mir meinen ersten Übersetzungsauftrag für den Kurt Wolff Verlag vor, Mussets ›On ne badine pas avec l'amour‹. Ich arbeitete schlecht, zerstreut, hörte plötzlich auf und blickte zur Tür. Dunchen stand dort, wie ich sie alle Jahre gesehen hatte, klein, schwarzgewandet, mit dem plissierten weißen Bäffchen am Hals, und sah mich an, die Hand auf der Klinke, als wäre sie im Begriff, hinauszugehen. Nur einen Augenblick stand sie da. Dann war sie verschwunden.

Das Liebespaar im Nebenzimmer lärmte wieder einmal überlaut. Ich nahm mir nicht die Zeit, einen Mantel anzuziehen, rannte in den herbstlich-kalten Regen, zur Straßenbahn und fuhr in das Schwabinger Krankenhaus. Ich war so verstört, daß ich kaum zu antworten vermochte, als der Schaffner mich fragte, wohin ich fahren wollte.

Ich wußte nur, daß ich zu Dunchen mußte und nicht schnell genug zu ihr kommen konnte. Der Mann im Auskunftsbüro des Krankenhauses fuhr mich ärgerlich an. Was das heißen sollte, einem halbtote Leute auf den Hals zu laden, wo sie eh überfüllt wären, und wer für die Kosten aufkommen würde, und wo die Frau geboren sei und wann. Als ich Dunchens Geburtsdatum nicht angeben konnte, riet er mir, sie wieder mitzunehmen, sie läge auf Saal fünfzehn. »Am besten ist, Sie packens zsamm«, schrie er mir nach.

Ich hastete den langen, matterhellten Korridor entlang. Es roch nach Karbol. Hinter einer der vielen Türen wimmerte eine Frauenstimme.

Eine Barmherzige Schwester kam gerade aus Saal fünfzehn. Ich fragte sie nach Klara Jakoby. Sie überlegte müde, fragte, ob es sich um die Neu-Einlieferung handelte, und sagte dann in der tonlos-gleichmäßigen Stimme aller Klosterfrauen, die Frau in Bett elf wäre vor einer Stunde gestorben.

Ich fragte, ob sie etwas gesagt, etwas gewünscht hätte.

»Ja, gefragt hat sie, wann die Kuky käme.«

Ich fragte, ob ein Pastor sie besucht hätte, denn sie hatte schon in der Prinzregentenstraße darum gebeten, aber meine Mutter sah Pastoren nicht gern und hatte sie auf das Krankenhaus vertröstet.

Die Schwester senkte den Kopf: »Die protestantischen Herren kommen jetzt nur morgens –«

Ich fragte, ob ich Dunchen sehen könnte.

»Nein – die ist schon im Leichenhaus.«

Ich brach in haltloses Weinen aus. Ich weinte in der Straßenbahn, der Schaffner, der genau wußte, woher Weinende kamen, die am Krankenhaus einstiegen, meinte, die Toten hätten es jetzt besser als die Lebenden. Ich weinte die ganze Nacht hindurch.

Meine Mutter rief am nächsten Morgen an, die Aufregungen nähmen kein Ende. Sie wäre völlig erschöpft. Man hätte sie gefragt, ob Dunchen ein Armenbegräbnis bekommen sollte, ob man der Toten, wie üblich, ihre Sonntagskleider, ob man ihr Handschuhe anziehen sollte. Sie hätte ein Begräbnis zweiter Klasse bestellt, obwohl sie es sich nicht leisten könnte, aber schließlich wäre Dunchen ja eine lange Zeit bei ihr gewesen. Rosa Unger wäre schon mit den Kleidern zum Krankenhaus gefahren. Doktor Zeller hätte ihr Herz untersucht. Sie müßte endlich völlige Ruhe haben.

Ich hängte den Hörer ein, ohne zu antworten.

Ich konnte nur einen kleinen Fichtennadelkranz kaufen. Er sollte eigentlich mehr kosten, wäre aber ein Gelegenheitskauf, wie mir die Verkäuferin versicherte. Ich traf Rosa Unger am Friedhofseingang. Sie versuchte, eine Trauermiene zur Schau zu tragen, aber ihre hervorquellenden Augen strahlten: jetzt war sie endlich Alleinherrscherin, Alleinvertraute, und würde das Taschengeld erhalten, das Dunchen die letzten Jahre bekommen hatte und das ihr zugesichert worden war, wenn Dunchen einmal »nicht mehr da wäre«.

Die armen Toten lagen im Friedhofsgebäude öffentlich zur Schau, hinter großen Glasscheiben, in ihrem Sonntagsstaat, auf der einen Seite. Auf der anderen Seite lagen die Toten erster und zweiter Klasse, hinter dunklen Vorhängen, die nur zurückgezogen wurden, wenn die Angehörigen den sogenannten letzten Blick auf sie werfen wollten.

Als der Vorhang vor der uns angegebenen Glasscheibe zurückwich, brach ich wieder in haltloses Schluchzen aus. »Se liegt aber hibsch drin«, bemerkte Rosa.

Dunchens Gesicht auf dem Papierkissen mit den Papierspitzen hatte die Farbe von altem Elfenbein. Es war seltsam glatt, wie eine sorgfältig polierte Maske. Ihr kleiner Körper war noch mehr zusammengeschrumpft. Ihr Sonntagskleid mit den vielen verschnörkelten Biesen, deren Irrwegen ich so oft als Kind mit dem Finger gefolgt war, dies solide schwarze Tuchkleid schien nur noch ein Skelett zu bedecken. Wenn ihre mit weißen Baumwollhandschuhen bedeckten Hände nicht auf der Papierdecke geruht hätten, wäre dieses Antlitz, dieses letzte Gesicht, körperlos gewesen, als läge nur ihr Kopf auf dem Kissen.

Die Vorhänge glitten zusammen, eine Trauergruppe in Kreppschleiern, mit verweinten Gesichtern und bereit gehaltenen Taschentüchern versammelte sich vor der nebenan gelegenen Glasscheibe.

Eine andere Trauergruppe kam aus dem Friedhof. Dann folgten Rosa und ich dem hastig zum Grab geschobenen Sarg, unter dessen Deckel die weißen Papierspitzen hervorlugten.

Der Pastor murmelte ein paar Worte von letzter Reise, ewigem Frieden, Gotteshut, ein hastiges Vaterunser und eilte dann einem anderen Trauerzug entgegen, der aus dem Tor quoll. Wir warfen drei Handvoll Erde auf den Sarg. Der Totengräber stand abseits wartend, auf seine Schaufel gestützt. Ich hatte das Gefühl, daß Dunchen, die Wärme stets so gesucht hatte, die Kälte und Einsamkeit der Grube in ihrem elfenbeinfarbenen Ewigkeitsschlaf spüren mußte.

Als wir durch die Halle zum Ausgang gingen, verschwand eine Frau in dunkelblauer Überschürze in einer Nebentür. Sie trug ein Bündel auf dem Arm. Erst, als wir an der Haltestelle standen, kam mir zum Bewußtsein, daß es Dunchens Sonntagskleid mit dem weißen Bäffchen gewesen war, und daß ihr armer, kleiner Körper jetzt nackt unter der Papierdecke lag. Ich erfuhr später, warum die Leichenfrauen Wert darauf legten, die besten Kleider für »die liebe Verstorbene« zur »würdigen Aufbahrung« zu fordern, um sie besonders zu ehren, wie es im Bestattungsjargon hieß: Kleider und Stoffe waren zu kostbar, um sie den Toten mitzugeben. Die Lebenden brauchten Kleider, die Lebenden froren und hungerten.

Wie entsetzt würde das alte Dunchen gewesen sein, wenn man ihr gesagt hätte, daß sie nur mit einer Papierdecke bekleidet vor ihren Schöpfer treten müßte.

Mit Dunchens Tod erlosch das letzte Bindeglied an Gewesenes und Kinderzeit, statt dessen blieb, unverwischbar, die Erinnerung an einen Menschen, dessen selbstlose Hingabe und Liebe zu mir so stark gewesen war, daß ihr letzter Gedanke jene seltsame Erscheinung hervorgerufen hatte, die ich in ihrer Sterbestunde sah.

Mit ihrem Tod versank für mich auch eine Zeit, in der eine brüchige Stimme vor wenigen Jahren erklärt hatte, das Telefon wäre Teufelswerk, weil es Regionen berühre, die nicht ungestraft gestört werden dürften. Eine Zeit, in der ich, als Kind erwachend, eine kleine Gestalt am Tisch hantieren sah, die den Lampendocht vorsichtig hochschraubte oder am Ofen einen Apfel wärmte, damit mein Magen nicht »erschreckt« würde, die mir selbst an warmen Tagen ein »Jübchen« anzog, weil das Wetter umschlagen könnte, an eine Stimme, die für jedes Geschehnis und jede Befürchtung einen Spruch bereit hatte und für die Engel und gute Geister wirkliche Menschen waren, von denen, wie sie behauptete, stets einer im Zimmer anwesend war oder neben mir herging, um mich vor »dem Abgrund« zu bewahren. Sie gehörte in eine Epoche, die am Versinken war, ohne daß wir jungen Menschen es spürten, denn Jugend eilt stets ihrer Zeit voraus.

»Aus is, gar is« (1918)

In das herrliche bunte Durcheinander der Romana mit Eifersuchts- und Liebesszenen, unbezahlten Rechnungen und chronischer Geldknappheit drang mit einem Mal die Nachricht, daß Deutschland die Alliierten um Waffenstillstand bitten mußte. Wir fanden, dies hätte längst geschehen sollen, und freuten uns auf einen Fasching. Nur Frau Klemm fand, daß »unsere Feldgrauen« weiterkämpfen sollten – wofür, wußte sie wohl selbst nicht, während Professor Klemm bloß sagte, es wäre höchste Zeit einzusehen, daß der Krieg verloren wäre.

Das Stadtbild veränderte sich in den ersten Novembertagen. Unzählige Menschen zogen umher, ballten sich zusammen, und Unbekannte sprachen miteinander. Nicht nur schäbig gekleidete, unterernährte Bürger bevölkerten die Straßen und die breite, sonst so stille Ludwigstraße, sondern befremdliche Erscheinungen. Es schien, als läge München nicht mehr an der Isar, wie bisher, sondern wäre auf unerklärliche Weise ans Meer verlegt worden. Kieler Matrosen, die gemeutert hatten, tauchten in Rudeln auf, schmutzig, unrasiert, verwildert, feindselig-aggressiv, und mit ihnen die Giesinger Unterwelt, die später immer wieder erscheinen würde, wo randaliert, zerstört, gestohlen werden konnte, gleichgültig aus welcher Ursache.

Eines Morgens stand in der Zeitung, daß sich das werktätige Volk am nächsten Tag zu einer großen Kundgebung auf der Theresienwiese versammeln würde. Gerda Mädler wollte mitgehen. Carola Josef, zart, nervös, lehnte schaudernd ab.

Die Ludwigstraße war ungewöhnlich belebt. Alles zog in derselben Richtung, dem Odeonsplatz, dem Stachus zu. Am Hauptbahnhof wurden wir in einen dichten, aus den Seitenstraßen zusammenfließenden Menschenstrom gerissen und zur Theresienwiese geschwemmt, auf der Tausende dichtgedrängt in der Kälte standen. Dann hieß es mit einem Mal: »Der Eisner kommt!« Hochrufe ertönten.

Da wir nicht sofort einstimmten, wurden wir von einem Mann angefahren, wir sollten Hoch Eisner rufen – oder wären wir Purschoas, dann hätten wir hier nichts zu suchen. Erschrocken brüllten wir folgsam mit.

Zwei schwer betrunkene Matrosen mit umgehängten Gewehren hatten sich in alkoholischer Zärtlichkeit bei uns eingehakt. Eindringlich flüsternd erkundigten sie sich, wo es in der Nähe bayerisches Starkbier gäbe und ob die Fräuleins ihnen Gesellschaft leisten wollten. Wir erwiderten höflich, wir müßten uns doch hier versammeln, worauf beide nur *ein* Wort sagten.

Dann wurde es mit einem Mal still, und von irgendwoher ertönte eine Männerstimme, die Stimme Eisners. Was er sagte, konnten wir nicht verstehen, denn das Zeitalter der Lautsprecher war noch über ein Jahrzehnt entfernt – aber der Mann, der uns angefahren hatte, erklärte, wir müßten jetzt auf den Freistaat Bayern schwören, und folgsam hoben wir unsere Arme in den Wald von Händen und Ärmeln. Gerda erkundigte sich ängstlich, was eigentlich los wäre. Wieder wandte sich der erregte Mann mit dem grauen Seehundsbart um und schrie, ob wir Deppen wären oder Saupreußen, die sich zum Teufel scheren sollten. Die Monarchie wäre abgeschafft. Nieder mit Wittelsbach, hoch Ministerpräsident Eisner, hoch der Freistaat Bayern.

Die Matrosen, die ihr Gleichgewicht an uns aufrecht erhalten hatten, waren mit einem Mal verschwunden, denn wir hatten ihnen versichert, Starkbier gäbe es nur im Löwenbräukeller.

Daß wir an diesem kalten Novembertag einen Abschnitt Weltgeschichte miterlebten, der später einmal mit einigen Sätzen in Lehrbüchern erwähnt würde, ahnten wir nicht.

Der Menschenstrom floß jetzt wieder in die Stadt zurück, singend, »Hoch« und »Nieder« rufend, und wir brüllten mit. Ängstliche Gesichter starrten aus den Fenstern auf den Zug.

Am Stachus herrschte Chaos, der Strom wurde mit einem Mal zum Wirbel, die Verkaufsbuden waren aufgebrochen, die armseligen Ersatzwaren geplündert worden – nicht von Münchner Bürgern, wie es später hieß, sondern von befreiten Strafgefangenen. Aber selbst diese kümmerlichen Waren bedeuteten Schätze, denn alle Bekleidungsstücke waren streng rationiert und mit Bezugskarte ebenso schwer zu bekommen wie Lebensmittel.

Eine alte Frau hatte ein Männerhemd ergattert und trug es wie eine Fahne singend am Besenstiel. Ein Bursche entriß es ihr, zog es über seinen Kopf, es gab eine Balgerei vor dem geschlossenen Tor des Justizministeriums. Polizisten, die dort Wache standen, wurden durch Zurufe ermuntert: »Aus is, gar is, kommts mit, Genossen«, und mitgeschwemmt.

Wir wären gern in einer Seitenstraße untergetaucht, aber das war unmöglich, denn wir waren in einer dichten Menschenmenge eingezwängt, wurden vorwärtsgestoßen von hektischer Begeisterung. Kurz vor dem Odeonsplatz rief jemand aus Versehen oder zum Spaß »Hoch Wittelsbach«, und einige Leute stimmten ein. Wieder gab es eine Balgerei, die uns an das rettende Ufer der Feldherrnhalle schwemmte.

Von oben sahen wir mit nur wenigen anderen Menschen das Schlußkapitel der bayerischen Monarchie. Zwei Posten standen noch vor dem Schloßtor. Die Menge umdrängte sie, schrie: »Aus is, gar is, 's gibt ka Monarchie, alls gehört dem Volk.« Immer wieder wurde gebrüllt, das Schloß brauche nicht bewacht zu werden, es gehöre dem Volk.

»Man soll es nicht für möglich halten, genau wie die Französische Revolution«, bemerkte ein würdiger alter Herr.

Gerda erklärte plötzlich, sie wolle nach Hause gehen, und hastete die Ludwigstraße entlang. Ich dachte an meine Mutter, die sich immer vor Menschenansammlungen gefürchtet hatte, an ihre panischen Lebensmitteleinkäufe vor jedem Ersten-Mai-Feiertag in Paris.

»Mitkommen, Genossen«, brüllten die Demonstranten in der Residenzstraße. Die Posten sträubten sich nicht lang, dann wurden ihnen die Gewehre entrissen, unter Freudengeheul in die

Luft geschwenkt, sie entschwanden, tauchten unter in der Menge, die sich der Maximilianstraße zuwälzte.

Als die letzten Demonstranten vorübergezogen waren, lief ich durch den stillen Hofgarten zur Prinzregentenstraße. Eine alte Frau in übergroßen Filzschuhen schlich hinkend den Weg entlang. Aus der Ferne ertönte das Lärmen der Menge wie im Theater, wenn kochende Volksseele inszeniert wird.

Als ich in die Prinzregentenstraße einbog, sah ich etwas Unerwartetes.

Vor dem Haus meiner Mutter standen Soldaten mit umgehängten Gewehren, neben einer Stacheldrahtsperre. Durch einen schmalen Türspalt starrte das ängstliche Gesicht der alten Hausmeisterin. Als sie mich sah, hob sie für einen Augenblick warnend die Hand. Die Soldaten stellten sich mir in den Weg, als ich in das Haus wollte, und erklärten, niemand dürfe es betreten oder verlassen, weil hier Monarchisten versteckt wären.

Ich erwiderte, meine Mutter wäre herzleidend, ich müßte unbedingt zu ihr. Sie berieten sich. In diesem Augenblick erschien Doktor Zeller auf seinem Fahrrad mit der Rotkreuzfahne an der Lenkstange und erkundigte sich phlegmatisch, was los wäre.

Die Männer erwiderten, Vertrauensleute hätten gemeldet, daß Königstreue sich hier versteckt hielten – Gegenrevolutionäre, die den Freistaat gefährdeten. »Mit dem König haben wir Schluß gemacht und mit allen, die zu ihm halten«, wurde drohend hinzugefügt.

Zeller ließ sich nicht aus der Ruhe bringen, sondern erklärte, er kenne alle Hausbewohner. Etliche wären seine Patienten, und dort – er wies auf das Fenster, an dem meine Mutter stand: »Vor *der* da braucht ihr euch doch nicht zu fürchten, oder doch?«

»Furcht kennen wir nicht, die anderen fürchten sich vor uns«, kam die unklare Antwort.

»Dann ist ja alles in schönster Ordnung«, meinte Zeller.

Wir durften das Haus betreten. Die Hausmeisterin riegelte mit zitternden Händen hinter uns ab. Von ihr erfuhren wir, warum das Haus Nummer sechs bewacht wurde.

Ein Neffe, der bei ihr wohnte, hatte erfahren, daß der Freistaat Bayern ausgerufen würde, und hatte den ahnungslos im Englischen Garten promenierenden alten König gewarnt. »Majestät, hot er zun Kini gsogt, gengangs hoam, hot er gsogt, gengangs zur Frau, hot er gsogt, Sö san koa Kini mehr, hot er gsogt«, war ihre atemlose Version von dem historischen Ereignis.

Der Neffe war geflohen, aber jemand hatte ihn ins Haus laufen sehen und es gemeldet. Der König war in sein Schloß zurückgekehrt, um mit der kranken Königin aufs Land zu fliehen.

Meine Mutter machte ihrem Spitznamen »Die Großfürstin« Ehre. Sie empfing Zeller und mich gelassen und äußerlich ruhig. Aber sie wünschte, daß die »Kerle« verschwinden sollten, und befahl der ängstlichen Rosa, ihnen ein warmes Getränk zu bringen, das sie vertreiben würde. Rosa erklärte, die Männer könnten ihr was antun, sie hätte gehört, daß Revolutionäre sich »unanständch« benähmen und Frauen vergewaltigten.

Zeller beruhigte sie, ihr würde bestimmt nichts geschehen, und wenn sie sich wirklich etwas herausnehmen sollten, würde er ihr zu Hilfe kommen. Schließlich band sie sich ihre beste Schürze um und trug ein Tablett mit dampfendem Punschersatz auf die Straße. Die Belagerer prosteten meiner am Fenster stehenden Mutter zu und zogen mit dem Stacheldraht ab.

Es war das erste Mal seit Dunchens Tod, daß ich die Wohnung in der Prinzregentenstraße betrat. Zellers Anwesenheit überbrückte Befangenheit. Das Gespräch drehte sich um die Revolution und die Bulldogge Crib, die krank, in Decken gewickelt, auf dem Sofa lag. Der kleine, treue Hund, der stets um meine Mutter gewesen war, machte seinem Stammbaum-Namen »Cavalier Crib« Ehre. Als er wenige Tage später den Tod nahen spürte, schleppte er sich in das leere Fremdenzimmer, starb dort, abseits, still, ohne zu stören. Ein junger Tänzer, Gusti Schröder, schenkte meiner Mutter nach seinem Tod eine Zeichnung von Crib, eine Rose im Maul haltend.

Die folgenden Tage waren chaotisch. Demonstranten zogen ziellos durch die Straßen, taumelten betrunken herum und belästigten Bürger, die vielleicht zuerst begeistert mitgeschrien hatten, jetzt aber wieder ernüchtert durch Chaos und Plünderungen waren. Ein Bursche mit roter Armbinde stieg in das Parterrezimmer der Romana, das der Maler Albert Henselmann bewohnte, um dessen armselige Habseligkeiten zu plündern, und wurde von ihm wieder aus dem Fenster geworfen.

Die Flucht des Kaisers wurde debattiert. Man fand, daß es höchste Zeit für den »Obersten Kriegsherrn« gewesen war, einem anderen Regime Platz zu machen. Nur wenige Stimmen erklärten, da er doch von seinen Soldaten damals »Einsatz bis zum letzten Mann« gefordert hätte, wäre es seine Pflicht gewesen, das geschlagene Heer zurückzuführen oder auf dem Schlachtfeld zu fallen, auf dem er selbst nie gekämpft, aber andere Männer hatte kämpfen lassen. Ich konnte nicht begreifen, daß dieser scheinbar so kriegerisch auftretende Mann plötzlich davongelaufen war.

Meine drei Tanten schrieben betrübte Briefe über den »armen Kaiser«, der verraten worden wäre – von wem, schrieben sie nicht. Daß er den Krieg begonnen und verloren hatte, schienen sie nicht zu erkennen.

Wir jungen Menschen wollten leben. Es gab nur bescheidene Vergnügungsmöglichkeiten, und wir hofften auf einen richtigen Fasching und amüsierten uns, so gut es mit wenig Geld ging. Der herrliche Valentin und die Liesl Karlstadt traten in billigen Kabaretts auf, karikierten Münchner Bürger und die kleinen Schwierigkeiten des Lebens, Kurzschluß im trauten Heim, Umzug kleiner Leute per Schubkarren und Kanarienvogel.

Im Simplizissimus der Kathi Kobus hatten wir eine Zeitlang unseren Stammtisch. Dort sprach Joachim Ringelnatz seine trunkenen Verse. Unbekannte Dichter und Vortragskünstler bekamen einen Teller nahrhafte Suppe – oft die einzige Mahlzeit –, wenn sie zum Programm beitrugen. Kathi selbst, sehr dick, im engen schwarzen Kleid, deklamierte verstaubte Gedichte.

Willy Geiger mit seiner Frau, Gerda, der »Koffer«, mein Vetter Hoerschelmann, Carola Josef und Henselmann gehörten zu den Stammgästen. Zuweilen erschien ein geheimnisvoller Jesuitenpater namens Estebant, wenn dies sein wirklicher Name war, um vor Mitternacht zu verschwinden, weil er ja auf nüchternen Magen Frühmesse lesen und kommunizieren mußte. Wenn er uns verließ, war er nicht immer nüchtern. Vor Mitternacht flüsterte er den Damen die üblichen Dinge ins Ohr, kniff sie auch verstohlen, war ein brillanter Tänzer. Als ich ihn einmal fragte, wie es käme, daß er sich so unpriesterlich benehmen könnte, erwiderte er gelassen, ein Priester müsse zuerst alles einmal kennenlernen, um es zu beurteilen und nötigenfalls zu verurteilen.

Der Literatur-Papst Franz Blei ließ sich selten blicken. Wenn er erschien, war es ein wohlberechneter, feierlich-überlegener Auftritt mit scharfem Kennerblick auf die schönste, jüngste Frau. Er war priesterlicher als Estebant. Man flüsterte sich zu, daß er einem Orden angehöre und zu Hause, wie Balzac, Mönchskutte trüge. Als ich ihn einmal fragte, ob dies wahr sei, hob er bloß die wunderbar schöne, schmale Hand: »Mein Kind, glaube, was dir Freude macht.«

Die Vorgänge im Land selbst interessierten uns nur insofern, als sie unserer Vergnügungslust hinderlich waren. Der ersehnte Fasching wurde abgesagt, weil der bayerische Ministerpräsident Eisner auf dem Weg zum Landtag von Graf Arco ermordet worden war. Die Stelle, an der er verblutete, wurde mit Blumen geschmückt. Soldaten der nach diesem Mord ausgerufenen Räterepublik bewachten sie und achteten darauf, daß die Passanten den Gehsteig verließen und die Mordstelle umgingen, um den Toten zu ehren.

Wieder wälzte sich ein Strom Daumierscher Gestalten durch die Straßen, aber die Demonstranten waren jetzt aggressiver, belästigten Passanten, schrien ihnen Flüche nach. Geschäfte wurden geplündert, »weil alles dem Volk gehörte«, Wohnungen unter dem Vorwand durchsucht, versteckte Waffen von Monarchisten zu beschlagnahmen. Wolldecken und Matratzen wurden aus den Kasernen auf die Straße geworfen, Geiseln festgenommen, einige wurden erschossen. Lastwagen mit gestohlenen Gegenständen fuhren mit fahnenschwenkenden Männern und Frauen unbekanntem Ziel zu. Ein Klavier stand einige Tage auf dem Gehsteig in der Luisenstraße. Hin und wieder spielte jemand darauf, dann war es verschwunden.

Einige Romana-Gäste hatten sich zuerst, zu Frau Klemms Entsetzen, für den Freistaat Bayern erklärt. Jetzt entdeckten sie mit einem Mal ihr Spartakus-Herz und dienten der neuen Regierung in mysteriösen Ämtern. Zu ihnen gehörte ein bisher ungedruckter Dichter, ein eleganter, soignierter, etwas affektierter Mann, den wir nach Meyrinks Geschichte »Tschitrakarna, das vornehme Kamel« nannten. Nachdem er ausgezogen war, wurde er im Volksgenossen-Kostüm gesehen, mit offenem Kragen, roter Armbinde, Schirmmütze, er war Kultusminister geworden.

Die Zeitungen brachten »flammende Aufrufe« und Verordnungen der Soldatenräte nach radikalsozialistischem Muster von Liebknecht und Rosa Luxemburg. Als der Spartakus-Aufstand niedergeschlagen war, wurden Liebknecht und Rosa Luxemburg in Berlin von Reichswehroffizieren ermordet, die Leiche von Rosa Luxemburg in den Landwehrkanal geworfen, Liebknechts Leiche von den Mördern in das Leichenhaus als »unbekannter Toter« gebracht.

Ein junger Münchner, der als »Vertreter der bayerischen Räterepublik« nach Moskau gesandt worden war, wurde bei seiner Rückkehr als Landesverräter verhaftet, weil die Räterepublik nicht mehr existierte. Als Sohn angesehener Münchner Bürger wurde er als geisteskrank erklärt und pro forma für kurze Zeit in eine Nervenklinik gebracht, was er mir Jahre später erzählte.

München war kein angenehmer Aufenthalt. Ich konnte keine Arbeit verkaufen, da die Verlage vorläufig weder neue Aufträge erteilten, noch eingereichte Manuskripte prüfen wollten, weil sie nicht wußten, nach welchem Wind sie ihren Mantel hängen sollten.

In der Romana herrschte Bestürzung. Unsere Mahlzeiten wurden knapper, die aus einem roten Pulver zubereiteten »Müllers Familiensuppen« kamen immer häufiger auf den Tisch, und dazu mysteriöse Haschees. Nur aus dem schönen Biedermeier-Zimmer der Klemms drang wie bisher Kaffeeduft, und das Ehepaar sah wohlgenährt aus.

Der Postverkehr war eine Zeitlang eingestellt. Mein Geld aus Berlin blieb aus, eine Übersetzung, die ich vor der zweiten Revolution verkauft hatte, half weiter.

Das Chaos in der Stadt wurde immer toller. Rotgardisten galoppierten auf mageren Pferden durch die Straßen und schossen in die Luft. Es hieß, daß sie abends auch auf Menschen schossen, aber Genaueres erfuhr man nicht. Dann hieß es, die Reichswehr und die Freikorps, die überall dabei waren, wo es Chaos gab, seien auf dem Weg, um München zu befreien. Die Räte erklärten, die Stadt bis zum letzten Blutstropfen gegen alle Arbeiterfeinde verteidigen zu wollen.

Da ich an diesen Geschehnissen nichts ändern konnte, beschloß ich, mein Zimmer aufzugeben und nach Tegernsee zu fahren. Der Bahnhofsplatz war bereits zur Verteidigung gegen die Reichswehr mit Stacheldraht abgesperrt. Nur ein schmaler Durchgang zum Bahnhofsgebäude war offen, bewacht von schwerbewaffneten Rätetruppen. Man ließ mich passieren, denn in meinen Skistiefeln und schäbigen Kleidern, mit Rucksack und einem Hutkarton als einzigem Gepäck, sah ich wohl proletarisch genug aus. Nur ein Mann rief mir nach, ich gehöre auf die Barrikaden – und zufällig fiel mir ein, zu antworten, ich führe nach Holzkirchen, um dort zu kämpfen.

Ich erwischte den letzten Zug, der die schon von einer Seite belagerte, noch nicht umzingelte Stadt verlassen konnte. In letzter Minute kamen noch ein paar Bekannte, ebenfalls mit der Absicht, lieber im Märzenschnee Ski zu laufen, als im Münchner Chaos weiter zu leben.

Ich wurde von meinen Tanten wie eine verloren Geglaubte begrüßt. Sie waren genauso empört über die Räterepublik, wie sie über den Freistaat Bayern und »die furchtbar gefährliche Demokratie« empört gewesen waren. Und sie bedauerten noch immer den armen Kaiser, der sich im Exil um sein Land sorgen mußte. Als ich erwähnte, ich wäre froh, daß meine Mutter von München fort aufs Land gezogen wäre, um auf ihrem Bauernhof zu leben, erhielt ich keine Antwort. Der Boykott gegen die Schwester bestand, über sie zu sprechen, war noch immer tabu. Es galt die Parole, »für uns ist sie so gut wie gestorben«.

Der alte Oberst a. D. hatte seine Orden aus dem 70er Krieg vorsichtshalber abgelegt, weil Ordensträger »Volksfeinde« waren. In finsterem Schweigen las er die Verordnungen der Räte am selben Anschlagbrett neben der Motorboot-Landestelle, wo früher die Heeresberichte gehangen hatten. Er sah ratlos und verloren aus und murmelte etwas von Rotpest, Gesindel, nationaler Erhebung. Die Meuchelmorde an Eisner und Landauer, an Liebknecht und Rosa Luxemburg – genauso wie später die Morde an Erzberger, Professor Lessing, Rathenau – fanden seine Zustimmung.

Wir aber liefen Ski im Märzenschnee und waren froh, wenn wir auf diesen Touren eine Extrascheibe Kriegsbrot oder, die größte Seltenheit, etwas Speck erwischen konnten. Auf der Firstalm, oberhalb von Schliersee, gab es stets etwas für uns von den Kratzerleuten, die dort auf der Almhütte bescheidene Ersatzerfrischungen an Skiläufer verabreichten und meine besonderen Freunde waren.

Mit einem Mal hieß es, die Räterepublik wäre aufgelöst, die Ordnung wiederhergestellt worden. Meine Tanten glaubten zuerst an die Rückkehr des Kaisers und zogen die schwarzweißrote Fahne auf, bis man ihnen erklärte, die Reichsfarben wären schwarzrotgold. »Dann überhaupt nicht«, meinten sie und packten die alte Fahne wieder ein.

Der Oberst wanderte jetzt in strafferer Haltung umher und trug wieder seine Orden aus dem 70er Krieg. Er erklärte auch jedem, der ihm zuhören wollte, daß der Krieg nicht verloren wäre, man hätte die Armeen vom Hinterland aus verraten. Bald darauf erklärte der greise Hindenburg, die Armee wäre erdolcht worden, und diese Dolchstoßlegende hat sich Jahrzehnte erhalten.

München war wieder eine geruhsame, wenn auch hungrige und nach Starkbier dürstende Stadt, als ich zurückkehrte. Das vornehme Kamel erschien elegant wie früher in der Romana, mit Kragen und sorgfältig gebundener Krawatte, ohne die ominöse Schirmmütze, die er während der zweiten Revolution getragen hatte.

Und weil es inzwischen Frühling geworden war, stahlen wir, wie jedes Jahr, nachts Flieder von den gegenüberliegenden Anlagen um die Akademie, denn das Geld langte zwar für Kaffee und billigen Wein bei der Kobus, aber niemals für Blumen.

Die zweite bayerische Revolution war beendet, die Daumierschen Gestalten untergetaucht, der Simplizissimus war wieder geöffnet, Valentin und die Karlstadt trugen ihre Szenen vor, man saß in kleinen Lokalen und debattierte.

Statt der Postanweisung aus Berlin erhielt ich einen Brief von meinem Vater, in dem er mir mitteilte, die Zeiten wären ernst, er könnte mir nicht mehr mein Taschengeld senden. Und er riet mir, wie so oft, doch eine »standesgemäße Stellung« als Gesellschafterin anzunehmen.

Ich hatte fast ausschließlich von Übersetzungen für den Kurt Wolff Verlag gelebt, aber die Romana war jetzt zu teuer. Nach langem Suchen fand ich zwei sehr kleine, billige Zimmer in einem Hinterhaus der Isabellastraße, das sich Gartenhaus nannte, weil ein kümmerlicher Ahornbaum im engen, düsteren Hof zu leben versuchte. Seine zartgrünen Blätter kündeten mir in den folgenden Jahren den Frühling, Spatzen und Finken waren ständige Gäste auf meinem Fensterbrett. Es war das erste Mal, daß ich allein in einer Studentenbude wohnte. Die zwei anderen Zimmer im selben Stockwerk gehörten einem Mädchen namens Hanna Kiel, einer Kunsthistorikerin, bei der ich Hermann Kasack öfters traf, damals Urtyp des Dichters, schmal, blaß, ein wenig ängstlich.

Die Armseligkeit der Zimmer kam mir nicht zu Bewußtsein. Es war etwas Neues, es gefiel mir. Als die alte Gräfin Baudissin mich besuchte, brach sie in Tränen aus und sagte immer wieder: »Was ist aus dem reichen, verwöhnten Mädchen geworden.« Ich fand ihre Trauer lächerlich.

Franz Blei wußte, warum ich aus der Romana ausziehen mußte. Eines Tages erschien er in meiner Behausung und erklärte, er hätte eine Stellung für mich. In der Nähe, in der Elisabethstraße, im Georg Müller Verlag. Dort suche man eine Dame mit französischen Kenntnissen. Er würde mich morgen vorstellen. Am nächsten Tag wurde ich einem großen dicken und einem kleinen dicken Mann vorgestellt, beides Verlagsdirektoren. Der kleine Dicke, ein ehemaliger Altgummihändler, hatte sich nach Georg Müllers Tod irgendwie in die Direktion gedrängt und als erste Tat die schönen Klassikerausgaben des Verlages an Ullstein verschachert. Um zu verhindern, daß er noch mehr Dummheiten machte, hatte man ihm den großen Dicken vorgesetzt.

Man fragte mich, ob ich einem syrischen Fürsten bei der Niederschrift seiner überaus interessanten Memoiren behilflich sein wollte, denn der Fürst spräche nur französisch. Ich sollte die Memoiren ins Deutsche übertragen, die noch im selben Jahr veröffentlicht würden. Der Verlag würde mich für die Arbeit bezahlen, da der Fürst sich niemals mit Geldangelegenheiten abgäbe. Mein Amt war eine Art Sekretärin-Dolmetscherin für den hohen Herrn, von dem der kleine Dicke nur mit ehrfürchtig gedämpfter Stimme sprach. »Ein sehr interessanter Mann, der unerhört viel zu berichten hat«, fügte der große dicke Mann hinzu.

Ich nahm begeistert an. Der Fürst wohnte an der Peripherie von Schwabing, in einem schönen Haus, das einer verhärmten Hauptmannswitwe gehörte, die mir die Tür öffnete und mich mißtrauisch musterte. Sie flüsterte mir zu, ich solle mir nichts gefallen lassen, diese Orientalen wären so zudringlich, und wies mich in ein altmodisch möbliertes Wohnzimmer, vollgestopft mit schweren, grüngepolsterten Mahagonimöbeln.

Der Fürst saß mit übergeschlagenen Beinen in einem Ohrenstuhl, ein magerer, weißhaariger Mann, mit Raubvogelnase im sonngebräunten Gesicht.

Ohne zu grüßen, wies er mir einen Stuhl an und gab mir eine unwahrscheinlich dicke Zigarette. Dann begann er zu diktieren. Er sprach nur gebrochen französisch, das er seiner Aussprache nach in Marseille gelernt haben mußte.

Was er mit pompösen Gesten vorbrachte, war kindisches Durcheinander: seine Jugend, als »fils d'un grand Prince«, dessen Namen ich vergeblich phonetisch zu erfassen versuchte. Die Ermordung seines Großvaters. Seine Konversion zum Katholizismus: »Ah, la Sainte Eglise Catholique Romaine – ah, la Sainte Vierge m'a fait tant de grâces«, und dazwischen Berichte über landesübliche Attentate und Streitereien zwischen Häuptlingen verschiedener Stammesgruppen. Der Besuch eines scheinbar verhaßten Onkels, der ihm Wertgegenstände gestohlen hatte. Der Tod seiner Mutter, »Ah, çette Sainte Femme!«, dann wieder ein Mord an einem Vetter, dem Gott die ewige Ruhe schenken möge, wobei er sich ausführlich bekreuzigte, und immer wieder die Mahnung, alles genau zu notieren, weil es von größter Wichtigkeit wäre.

Vergeblich versuchte ich, etwas wirklich Interessantes von ihm zu erfahren, vor allem, warum er von Syrien nach München gekommen war. Unablässig rauchend, winkte er mit großer Geste ab: Gottes Wege wären »un grand mystère«, man solle nicht versuchen, sie zu erforschen. Ich kam nicht weiter, notierte Stichworte und versuchte abends den banalen Unsinn irgendwie sinnvoll zu ordnen.

Jeden Tag stand der Ohrenstuhl etwas näher an meinem Tisch. Als ich Blei über diese Sitzungen berichtete, erklärte er, der Fürst beabsichtige wahrscheinlich, mich nach Syrien mitzunehmen. Vielleicht wäre er auch nur ein Bordellbesitzer.

Nach zehn Tagen ging ich in den Verlag und erklärte, es wäre Zeitverlust, dem alten Mann zuzuhören, und legte Stichproben seines Geschwätzes vor. Der Altgummihändler fragte ärgerlich, ob der Kerl denn nicht irgendwelche Haremsgeheimnisse enthüllt hätte: »Wir wollen Erotik, Fräulein, keinen Familienkram, etwas Starkes, verstehen Sie?«

Ich bedauerte, der Fürst wiederholte immer dasselbe.

Der kleine Dicke war unzufrieden: »Na, dann reizen Sie ihn doch etwas, Fräulein, holen Sie was aus ihm raus, das sich gut verkauft.«

Der zweite Direktor vermittelte, vielleicht hätte der Mann wirklich nichts zu sagen, erklärte, ich brauchte nicht mehr zum »Fürsten« zu gehen und gab mir eine Anweisung auf Honorar. Wenige Tage später rief der Verlag mich wieder und gab mir Korrekturen zu lesen. Zugleich bekam ich den Auftrag, Mirabeaus ›Reden über den Staatsbankrott‹ zu übersetzen. Etwas später wurde mir die Stelle im Lektorat angeboten, von der Blei gesprochen hatte.

Im Lektorat arbeitete damals Dr. Hans Floerke, ein spröder, schulmeisterlicher Mann, und Doktor Mittenzwey, der stets von Geheimnis umgeben war, sowie Franz Blei, der sich seine Aufgaben sehr bequem machte. Er erschien nur sporadisch, las flüchtig die von mir vorgesichteten französischen und englischen Bücher und kopierte meine Referate.

Diese Stellung bedeutete eine völlige Wandlung in meinem bisherigen Leben. Ich war jetzt festangestellte Bürokraft und saß von acht bis fünf in einem winzigen Raum, verfaßte Inhaltsangaben, Referate, Waschzettel für das Börsenblatt deutscher Buchhändler und Briefe an Redaktionen. Wenn nur das ungewohnte Frühaufstehen nicht gewesen wäre, das Schrillen des Weckers um sieben, ein hastig auf kleiner Spiritusflamme zubereitetes Frühstück im ungeheizten Zimmer, weil die Zentralheizung wegen Kohlenknappheit nicht funktionierte. Ich war keine Frühaufsteherin, war morgens stets müde und brauchte längere Zeit, um wach zu werden. Zuweilen war ich so verschlafen, daß ich ohne Frühstück in den Verlag hastete.

Aber die Arbeit gefiel mir. Was war schöner, als zu lesen und dafür auch noch bezahlt zu werden und aller Geldsorgen enthoben zu sein. Das Gehalt reichte für Miete und Leben. Aber nicht für Kleidung.

Renner entwarf damals die Bucheinbände wichtiger Ausgaben. Frank Hellers und Hanns Heinz Ewers' Bücher waren die Bestseller. Ewers kam aus New York wie ein Wesen aus einer anderen Welt, herrlich gekleidet, wohlgenährt, eitel, etwas hochmütig. In der ersten Zeit seiner Rückkehr sprach er deutsch mit amerikanischem Akzent und spielte, wie einstmals, als er zum schönsten Mann von Berlin erklärt wurde, mit dem kleinen goldenen Sektquirl.

Berge von Manuskripten häuften sich in meiner Arbeitszelle mit der Aussicht auf eine graue Hauswand. Die seltsamsten Erscheinungen brachten oder sandten sorgfältig verpackte und verschnürte Manuskripte, wiesen eindringlich auf ihre Bedeutung hin, forderten sofortige Prüfung. Unter den vielen Einsendungen befand sich eine Arbeit ›Der Wanderer‹, dessen Verfasser in einem langen Schreiben die Symbolik seines Werkes erklärte. Sein Name war Josef Goebbels. Es wurde abgelehnt. Vierzehn Jahre später verbot und verbrannte Josef Goebbels die repräsentativen deutschen Schriftsteller und erfand das monströse Gebilde »Reichsschrifttumskammer«.

Ich weiß nicht, ob ich mein früheres Leben nur verdrängt oder wirklich vergessen hatte. Ich weiß nur, daß ich froh, sehr zufrieden, zuweilen glücklich, dann wieder unglücklich verliebt war. Im Winter fuhr ich zum Skilaufen mit dem Frühzug nach Neuhaus. Im Sommer schwamm ich im Tegernsee und, nachdem ich Gustav Meyrink kennengelernt hatte, im »Undosa-Bad« in Starnberg. Meyrink war ein wunderbarer Badegefährte, genauso skurril im Leben wie in seinen Büchern.

Von ihm hörte ich den Anfang einer seltsamen Geschichte, die so gut zu seinen geheimnisvollen Hexereigeräten, der Kristallkugel, einem Hexenbesenstiel und anderen Dingen gehörte.

Er erzählte mir, daß er Berta Eckstein, »Sir Galahad«, versprochen hatte, ihr nach seinem Tod zu erscheinen. Als ich darüber lachte, sagte er ernst: »Ich weiß nur noch nicht genau, in welcher Gestalt.«

Von Berta Eckstein hörte ich das Ende dieser Geschichte. Sie saß in ihrem Garten, als die Büsche mit einem Mal rauschten und ein weißer Hund erschien, der Meyrinks Züge trug. Sie schrie auf, rannte ins Haus, rief Starnberg an und erfuhr, daß Meyrink in dieser Stunde gestorben war.

In den Jahren, in denen ich im Verlag arbeitete, konnte ich nur eine Arbeit beenden, Mirabeaus ›Reden über den Staatsbankrott‹. Nur zweimal setzte ich mich für eingereichte Arbeiten Unbekannter ein. Für Ernst Lothars Henkersroman ›Macht über alle Menschen‹ und für ein bezauberndes Lustspiel von Max Mohr, ›Improvisationen im Juni‹, das mit großem Erfolg zuerst in München uraufgeführt, dann von vielen anderen Bühnen gespielt wurde. Mohr schrieb noch einige erfolgreiche Romane und siedelte sich am Tegernsee an. Bei Ausbruch des Dritten Reiches mußte er fliehen. Ich weiß nicht, was aus ihm wurde.

1933 verschwanden viele Schriftsteller, wurden vergast, flohen ins Exil oder nahmen sich das Leben. Meine Tanten, die fanatische Nazis geworden waren, erklärten, daß Mohr »ein ganz netter Mensch gewesen wäre, obwohl er Jude war«. Sie vergaßen, daß mein Vater, den sie besonders gern hatten, Halbjude gewesen war.

Bruno Frank gehörte noch zu den nur im engen Literatenkreis bekannten Schriftstellern. Als er einmal in einer Matinee in den Kammerspielen aus seinem neuesten Roman ›Die Fürstin‹ vorlas, erschien nur eine Handvoll Zuhörer, seine kleine Gemeinde. Er besah sich die leeren Reihen, bat schließlich, die »Auserlesenen« möchten sich auf die beiden ersten Reihen setzen, damit er die Illusion hätte, vor ausverkauftem Haus zu stehen. Er wohnte in einer Pension an der Kaulbachstraße, in der auch Hindenburgs Nichte Hertha von Lewinski wohnte. Dort spielte man gern Pfänderspiele, bei denen Bruno mit einem Kuß »ausgelöst« wurde. Er ließ sich gern auslösen – und die Damen lösten ihn gern aus.

Zuweilen vergaß ich, daß ich selbst einmal mit meinen Arbeiten hausieren gegangen war, wenn Schriftsteller mit ihren Bündeln erschienen und erklärten, sie müßten sofort geprüft werden. Ich erklärte dann, daß ich sie nach Einsicht weitergeben würde, denn die Dreifaltigkeit Floerke, Mittenzwey, Blei ließ sich nicht gern sprechen.

Blei war stets für andere Verlage tätig, teils mit Übersetzungen, teils mit Umarbeiten, wie im Fall seiner schönen ›Nachfolge Christi‹, die er neu übertrug und die gekürzt erschien, und mit galanten Geschichten aus dem 17. und 18. Jahrhundert. Wieviel von diesen Rokokogeschichten von ihm selbst verfaßt waren, weiß ich nicht. In sein Buch ›Die Puderquaste‹ schrieb er folgende Widmung:

»An Kuky, niemals Elisabeth soll sie genannt werden.
Lies, mein braunes Fräulein, wie sie's trieben
Andere Frauen, wenn sie glaubten, daß sie lieben.
Lies und nimm daraus die gute Lehr:
Setz Dich gegen Liebe nie zur Wehr
Tu sie, treib sie, nimm sie hin
Denn sie ist von Sinnen köstlich, ohne Sinn.«

Eines Tages wurde ich zum Personalchef gerufen, der erklärte, die Direktion hätte gewisse Personaleinschränkungen vorzunehmen. Mittenzwey war bereits ausgeschieden, Floerke konnte nicht entlassen werden, Blei stand wie stets abseits und jenseits von Wandlungen, ein Unantastbarer.

Ich erschrak, die Entlassung war ein Schock. Ich hatte bisher ohne wesentliche Geldsorgen gelebt, obgleich die schleichende Geldentwertung immer spürbarer wurde und die kleinen Gehaltserhöhungen immer zu spät kamen, um mit den Preisen Schritt zu halten. Dazu kam, daß mein Hausherr eine wesentliche Mieterhöhung angekündigt hatte, die ich ablehnte. Daraufhin lauerte er mir eines Abends auf, hielt mir die Faust vor das Gesicht und schrie: »Wenn du nicht zahlst, mußt du ausziehen, und wenn du nicht ausziehst, schieße ich dich wie einen tollen Hund über den Haufen.«

Mieterhöhungen waren damals nur mit Erlaubnis des Wohnungsamtes erlaubt, kein Mieter wagte jedoch, Mieterhöhungen abzulehnen. Dem Vermieter war Kündigung nur mit Erlaubnis des Wohnungsamtes erlaubt. Aber ein Vermieter konnte dem Mieter den Aufenthalt unmöglich machen. Ich fürchtete mich vor dem Mann, von dem seine Frau berichtet hatte, daß er schon einmal in einer Heilanstalt gewesen war und einen geladenen Revolver trüge. »Ziehen Sie aus, sonst geschieht noch was«, riet sie.

Ich suchte verzweifelt nach einem neuen billigen Zimmer und erfuhr endlich durch Zufall die Adresse einer Hauptmannswitwe, die ein Zimmer billig abgeben wollte, um der Beschlagnahme durch das Wohnungsamt und der Einweisung von irgendwelchen Unbekannten zu entgehen. Ich bekam das Zimmer und wohnte zum ersten Mal, seitdem ich Berlin verlassen hatte, in einem gut eingerichteten Raum, blickte nicht mehr auf Höfe oder Hauswände, sondern auf die Straße und eine Ecke des schönen Elisabethplatzes. Auf diesem Platz sah ich eines Tages einen gelben Anschlagzettel am Bretterzaun, der den Meuchelmord an Walther Rathenau meldete. Ich hatte ihn einmal in Berlin auf einer Gesellschaft flüchtig kennengelernt. Seine schönen Hände, sein scheues Wesen waren mir aufgefallen. Ich kannte sein Buch ›Von kommenden Dingen‹, besann mich auf seinen seltsam prophetischen Ausspruch: »Meine Koffer sind immer gepackt.«

Er war hinterrücks in seinem Auto erschossen worden, als er sich zur Arbeit begab. In Versen, die man immer öfter hörte, war die Aufforderung zum Mord enthalten: »Schlagt ihn tot, den Rathenau, die gottverdammte Judensau.« Und auch: »Wenns Judenblut vom Messer spritzt, gehts uns nochmal so gut.«

Ich sagte fassungslos zu den Umstehenden: »Das ist ja furchtbar, der Mann hat doch niemandem etwas getan.« Die Umstehenden schwiegen. Es war das Schweigen der Duldung, der Zustimmung, denn die Nazimentalität herrschte schon in München. Ich glaube, daß ich an diesem Junitag 1922 zum ersten Mal hellhörig wurde.

Dann erfolgten die milden Urteilssprüche der mit den Mördern sympathisierenden Richter. Meine Tanten erklärten, daß sie den Rathenau-Mördern Unterschlupf gegeben hätten, wenn sie nach Tegernsee geflohen wären.

Rathenaus Mutter schrieb damals an die Mutter des Mörders Ernst Techow: »In namenlosem Schmerz reiche ich Ihnen, Sie ärmste aller Frauen, die Hand. Sagen Sie Ihrem Sohn, daß ich, im Namen und Geist des Ermordeten, ihm verzeihe, wie Gott ihm verzeihen möge, wenn er vor der irdischen Gerechtigkeit sein volles, offenes Geständnis ablegt und vor der göttlichen bereut. Hätte er meinen Sohn gekannt, den edelsten Menschen, den die Erde trug, so hätte er eher die Mordwaffe auf sich selbst gerichtet als auf ihn. Mögen diese Worte Ihrer Seele Frieden geben. Mathilde Rathenau.«

Josef Goebbels, der sich bereits zum »Gauleiter von Berlin« ernannt hatte, schrieb Techow ins Gefängnis, daß er und seine Kameraden mit ihm wären und daß er nur bedauerte, sich nicht in aller Öffentlichkeit mit ihm solidarisch erklären zu können.

Ernst von Salomon, einer der mit Techow zu Gefängnis verurteilten Mitschuldigen, schrieb nach seiner Entlassung über jene Zeit, in der man Menschen »umlegte«, die der zukünftigen deutschen Regierung unerwünscht waren.

Kurt Eisner, der Katholik Erzberger, Professor Theodor Lessing, Karl Liebknecht, Rosa Luxemburg gehörten zu den ersten Ermordeten, denen später, auf Befehl der Regierung, über sechs Millionen folgten.

Schwabinger Inflation

Ein verlockendes Inserat erschien in den ›Münchner Neuesten Nachrichten‹, als ich verzweifelt nach irgendeinem Verdienst suchte: »Gut aussehende Herren und Damen als Filmstatisten gesucht, solche mit guter Garderobe werden bevorzugt.«

Ich meldete mich, da ich noch ein etwas müdes Abendkleid aus Berlin besaß, und wurde auf das Filmgelände in der Nähe des Schwabinger Friedhofs bestellt, eine große, verwilderte Wiese, auf der Gipssäulen, Stufen aus Talmi-Marmor, orientalische Tore und Häuserteile errichtet wurden.

Es war ein glühend heißer Morgen. Eine Wolke von Staub und Schweißgeruch schwebte über der geduldig wartenden Menschenschlange, die sich schrittweise vorwärtsschob, wenn jemand in der Bretterbude verschwand, über der ein Plakat »Direktion« hing. Neben dem Eingang stand ein alter Mann mit Seehundsbart und schrie hin und wieder: »Wartens halt, mir wolln koane Schieber!«

Ein Anschlag, überschrieben »Warnung«, verkündete: »Eintritt in das Direktionsgebäude nur nach vorheriger Anmeldung und Aufforderung unter Vorweis der Anmeldekarte gestattet. Nichtbefolgung hat sofortige Abweisung zur Folge.«

Schweißgeruch, Staub, Hitze wurden immer unerträglicher. Ich schwitzte erwartungsvoll mit. Statisten, die Arbeit bekommen hatten, kamen rasch aus der Bude, Abgelehnte zögernd, als hofften sie, zurückgerufen zu werden. Endlich wurde ich in das Direktionszimmer gelassen, einen kahlen Raum, in dem ein monströser goldener Schreibtisch stand, hinter dem ein dicker schwarzhaariger Mann saß.

Er erklärte mir, daß man zunächst einmal »Bettler und Bettlerinnen« suchte: »Der Film heißt ›Nathan der Weise‹, wird ganz groß aufgezogen.« Danach würde man ein »elegantes Salonstück« filmen. Ich glaube, es hieß ›Der letzte Ball der Gräfin Lora‹.

Der Dicke erklärte, wir würden Nesseltücher zum Drapieren und Sandalen bekommen. Die Sandalen und die Nesseltücher gehörten der Filmgesellschaft, für die wir morgens Einsatz zahlen müßten, den wir bei der »Entlohnung« wiederbekämen.

Auf dem Zettel stand, daß ich mich um sieben Uhr morgens auf dem Filmgelände einzufinden hätte. Tageslohn: tausend Mark. Es war wenig, denn die Mark hatte Schwindsucht.

Als ich aus der Direktionsbude kam, trat eine Frau auf mich zu, die wie eine alte Schauspielerin gekleidet war, stark geschminkt, aufgeputzt, mit funkelndem Schmuck an mageren Armen und dürrem Hals. »Ich gebe Ihnen ein Paar Strümpfe für den Zettel und ein Stück Seife«, sagte sie flehend und hielt mir ein kleines Paket hin.

Ich sagte, daß ich meine Zimmermiete noch nicht bezahlt hätte.

»Aber Sie sind jung, und in meinem Alter hat man nur selten Chancen.«

Später sah ich sie, sehr eindrucksvoll, als Bettlerin gewandet, neben einer Gipssäule hocken.

Ich war noch nie *so* früh aufgestanden. Die Straßen waren leer wie Dorfstraßen, als ich am nächsten Morgen auf das Gelände fuhr. Männer und Frauen mußten sich in Schuppen umziehen, wurden in Nesseltücher drapiert, die Burnusse darstellen sollten und mit Sicherheitsnadeln zusammen gehalten waren. Die Männer bekamen dicke schwarze Wollbärte umgehängt, Augenbrauen wurden nachgezogen, Augen blau umrandet, Gesichter mit weißem Puder bedeckt.

Dann standen wir in der glühenden Sonne und warteten auf das »Los, los, wir fangen an« des Regisseurs. Erde und spitzige Steine drangen in die offenen Sandalen. Schweiß mischte sich mit der dicken Puderschicht. Wir sahen wie verschmierte, müde Clowns aus.

Werner Kraus spielte den Nathan. Er trug einen herrlichen, weißen Burnus aus schwerer Seide, köstliche neue Sandalen und sah frisch und kühl aus, wenn er aus seinem Garderobenwagen gerufen wurde und, ohne die Statisten zu beachten, von Friseur und Garderobier begleitet, seinen Platz einnahm.

Ein paar armselige Kamele, die irgendwie den Krieg überlebt hatten, waren auf das Gelände gebracht worden. Hin und wieder stießen sie einen qualvollen Schrei aus, der wie ein Seufzer klang. Der Wärter war ein Mann mit grausamem Gesicht und kleinen, bösartigen Augen. Die Spuren seines eisenbeschlagenen Stockes waren deutlich auf den mottenzerfressenen Rükken der Tiere zu sehen. Dicke Fliegenklumpen waren in den Wunden tätig. Das Kamel, das Kraus besteigen sollte, ließ ihn nicht in die Nähe kommen, stieß feindliche Protestrufe aus, bleckte die Zähne, stand auf, wenn er aufsitzen wollte. Schließlich wurde das arme Geschöpf, nachdem es sich gesetzt hatte, von kräftigen Fäusten am Boden gehalten. Kraus näherte sich von hinten, raffte sein Gewand, setzte zum Sprung an, schwang sich in den Sattel. Er trug nur seinen Burnus auf dem bloßen Körper, und hungrige Statisten beklatschten ein feistes Prominentengesäß.

Ich hatte Werner Kraus auf einer Gesellschaft gesehen, in der die Hausfrau, Gattin eines Großindustriellen, Prominente eingeladen hatte, Reinhardt und die Thimig, den Bariton Schwarz, die Eysoldt, Paul Wegener, die häßlich-schöne Tilla Durieux. Ich sprach ihn auf den Abend hin an. Er besann sich erst darauf, als ich ihn an ein Detail erinnerte, das nur ein Teilnehmer wissen konnte. Man hatte, lange nach Mitternacht, einen Reichstagsabgeordneten und eine Schauspielerin eng umschlungen unter dem kalten Büfett-Tisch gefunden. Kraus lächelte huldvoll, verscheuchte den Regisseur, der die Belästigung des großen Mannes von einer armseligen Statistin verhindern wollte, zog mich in seinen komfortablen Wohnwagen, in dem eine Platte mit belegten Broten stand – Herrlichkeiten, die ich nur noch dem Namen nach kannte –, und schenkte mir Sekt ein.

Ich war um sechs Uhr aufgestanden, hatte nur hastig und wenig gefrühstückt. Der Sekt um die Mittagsstunde, auf nüchternen Magen, wirkte rasch. Die ganze Welt, das Leben war noch herrlicher als sonst.

Blei hatte mir versichert, daß ich eine Filmdiva werden würde, und schon einen gutklingenden Namen erfunden: Elena Muriny. Ich fing mit einem Mal an, selig und unaufhaltsam zu lachen. Kraus mißverstand es, flüsterte mir etwas von »Siesta« zu und wies mit großer Gebärde auf seinen Diwan, nachdem er den Garderobier fortgeschickt hatte.

Als er die Wagentür schließen wollte und sich nach mir umdrehte, war sein ausdrucksvolles Gesicht verwandelt. Es war das Gesicht des Spielmanns aus ›Jedermann‹. Ich war keine liebestolle Nonne, und als er erklärte, er wollte sehen, ob ich am ganzen Körper so braun wäre wie meine sonnengebräunten Füße, taumelte ich ins Freie, in glühende Sommerhitze. Dann wurde mir hinter einem Gipstor von Jerusalem schlecht. Eine andere Bettlerin fragte teilnehmend: »Im wievielten Monat bist denn?«

Als Statisten für eine »berittene Beduinentruppe« gesucht wurden, meldete ich mich zum Erstaunen des Regisseurs. Das bedeutete Extra-Verdienst, denn unsere täglich ausgezahlten Gagen langten gerade nur, um eine Mahlzeit am Abend in der Kantine zu kaufen. Ich bekam einen Turban auf, einen schwarzen Wollbart umgehängt und einen Schießprügel aus Holz. Mein Pferd, ein armer, müder Gaul, bockte, als man ihm einen Araberschweif an seinen Schwanzstummel band. Der Regisseur war erstaunt, daß ich nicht abgeworfen wurde. Als ich ihm sagte, ich wäre früher viel geritten, sagte er bloß: »Geh, hör mir schon auf, warst wohl beim Zirkus. Mir brauchst nix vorzulügen.«

Es war gut, wieder einmal auf einem Pferd zu sitzen, wenn auch nur auf der armseligen Rosinante, die beim Vorübergaloppieren an der Kamera ihren Araberschweif verlor. Jahre später sah ich den Film in einem obskuren Kino. Es war ein fürchterliches Machwerk. Nur für Sekunden war die Münchner Arabertruppe sichtbar und eine kleine Gestalt, in unordentlich drapiertem Burnus, das Gesicht von Bart und Turban fast verborgen – erkenntlich durch einen mageren, bockenden Gaul, der schweiflos vorüberhumpelte.

In der Kantine aß ich jetzt etwas teuerere Gerichte, bis das entwertete Geld wieder nur zu Suppe und Kartoffelgemüse langte. Eine Erbsensuppe mit viel Wasser und wenig Erbsen kostete später tausend Mark, als meine Tagesgage schon fünftausend Mark betrug.

Nachdem die Aufnahmen zu Nathan beendet waren, erklärte mir der Direktor, man beabsichtige nun den »vornehmen Gesellschaftsfilm« zu drehen. Falls ich vornehme Garderobe besäße, könnte ich in der ersten Reihe, nahe der Kamera, bei den Gesellschaftsszenen beschäftigt werden. Und fügte hinzu: »Gutaussehende Fräuleins haben überhaupt gute Aussichten«, wobei er mich bedeutungsvoll anstarrte.

Mit einem alten grünen Regenmantel über dem guten Kleid,

das durch Spitzenkragen und künstlichen Blumenstrauß etwas aufgefrischt war, fuhr ich jeden Morgen in das Filmgelände. Der Regisseur erklärte mir, daß ich »vornehmer« Gast auf dem gräflichen Ball wäre, der »heiter plaudert, wenn er nicht tanzt und sich mit ihrem Kavalier lebhaft unterhält«.

Der Ballsaal im Grafenschloß war ein weißgekalkter Schuppen, in dessen Mitte ein kümmerlicher Kristall-Leuchter von kahlen Balken hing. Ein buntes Durcheinander von Stühlen stand an den Wänden. Wir vornehmen »Extras« mußten auf Sofas sitzen. Ich bekam als Requisit meiner Vornehmheit eine unwahrscheinlich große Perlenkette um den Hals, eine Aigrette am Samtband und ein »Diadem« ins Haar gesteckt.

Es war gut, daß es ein Stummfilm war, denn die vornehmen Gäste plauderten im Giesinger Dialekt und murmelten »halts Maul, schiab net so«. Eine ältere Statistin, die eine Herzogin mimen sollte, zitierte Götz von Berlichingen, als ein »Nur-Gast« sie aus Versehen anstieß.

Ein kleines Orchester hockte auf dem drapierten Podium, die Bierkrüge diskret vor der Kamera verborgen. Mein Partner war ein breitschultriger Mann, den der geliehene Frack eng umspannte.

Der Regisseur belehrte uns, daß wir zusammen in den Saal eintreten, die hohe Gastgeberin begrüßen und uns dann in Sichtweite auf das Sofa für prominente Gäste setzen müßten, um dort angeregt zu plaudern. Die hohe Wirtin, der ich die feuchte Hand schütteln mußte, roch nach Zwiebeln und glitzerte juwelenbehängt wie ein Weihnachtsbaum.

Diese Szene mußte noch einmal gefilmt werden, weil mein gräflicher Partner mir nach der zeremoniellen Begrüßung die mächtige Pranke auf das Gesäß legte, um mich zu meinem Platz zu geleiten. Dazu sagte er: »Geh weida, geh ma, geh ma, Oiti.«

Der Regisseur brüllte: »Sö, dös tuat ma net.«

Mein Partner stieß einen Pfiff aus und schrie zurück: »Wos woaß scho a solchener wie du, du Stritzi.«

Zum Tanz legte er mir erst ein großes Taschentuch auf den Rücken mit der Bemerkung: »Weil i soviel'an die Händ schwitzen tua.«

Meine Tanten sagten bloß: »Auch das noch, wie kannst du bloß, du mußt sofort damit aufhören, es gehört sich nicht.« Mein Vater schrieb, sie hätten zu ihrer Betrübnis gehört, daß ich zum Film gegangen wäre. Dies bedeute einen neuen Skandal. Es gäbe doch andere Berufe für ein anständiges junges Mädchen.

Dieser neue Affront setze meinem Benehmen die Krone auf. Ich antwortete kurz, all dies wäre auf seine Heirat zurückzuführen. Ich verdiente mir meinen Unterhalt so gut es eben ging, seitdem er mir mein Taschengeld entzogen hatte. Der alte Herr in Berlin, die bigotte alte Dame mit ihrer chronischen Entrüstung waren Gestalten aus einem Buch geworden, das ich fortgelegt hatte.

Meine Arbeit bei der Filmgesellschaft war mit der Fertigstellung des Gesellschaftsfilms beendet, aber man versprach, mich wieder zu bestellen, wenn man mich brauchte. Ich hatte auf dem Filmgelände einen Journalisten getroffen, der mir erzählte, ein Freund beabsichtige, eine Filmzeitung zu gründen. Sie sollte auf deutsch, französisch und englisch erscheinen, da jetzt so viele ausländische Valutamillionäre nach München kämen, die nicht nur Filme, sondern auch allerlei andere Gegenstände kaufen wollten. Er sicherte mir ein gutes, der Geldentwertung laufend angepaßtes Gehalt zu. Ich nahm an.

Der Redakteur war ein Ungar serbischer Abstammung, sehr elegant, sehr parfümiert, sehr von sich eingenommen. Die Redaktion bestand aus zwei Zimmern in Schwabing. An der Eingangstür hing ein großes Schild: INTERNATIONALE FILMZEITUNG. Das Personal bestand aus einer Sekretärin und einem Hilfsmädchen, das blaß und verweint aussah.

Die erste Spalte, in deutscher Sprache, wurde vom Redakteur verfaßt. Ich mußte sie und die Inserate ins Englische und Französische übersetzen. Der Absatz war gering, obwohl wir die Zeitung ausländischen Filmleuten gratis ins Hotel lieferten. Die angeblichen Filmmagnaten – wenn sie überhaupt Filmleute waren und sich nicht nur dafür ausgaben – schienen wenig Interesse an deutschen Filmen zu haben. Um das Blatt in Schwung zu bringen, beschlossen Redakteur und Journalist, nach mysteriösen Beratungen im anderen Zimmer, außer Anzeigen für Filme, Antiquitäten und ›Verschiedenes‹ eine Rubrik für Anschluß-Suchende mit der Überschrift ›Einsame Herzen‹ zu bringen.

Ich weiß nicht, wie sich diese Rubrik auswirkte, da sie von den beiden Herren verwaltet wurde. Ich glaube nicht, daß man sie oft in Anspruch nahm, obwohl »entzückende Blondine, englisch sprechend« und »pikante Französin, erteilt Sonderunterricht« ihre Dienste anboten, denn die professionellen Valuten-Jägerinnen fingen die Valutenmillionäre schon am Bahnhof ab oder lauerten ihnen in den Hotels auf.

In der Redaktion erschienen zuweilen tragische Gestalten, die davon gehört hatten, daß Ausländer »Antiquitäten« kaufen wollten. Sie brachten häßliche kleine Andenken, von denen sie sich trennen mußten, aber auch schönes altes Silber und Schmuck. Ich mußte immer wieder erklären, daß wir Verkäufe nicht vermitteln könnten, sondern Anfragen und Angebote nur weiterleiten würden. Zuweilen wurden Inserate aufgegeben, in denen wertvolle Familienstücke zum Verkauf angeboten wurden. Einmal erschien ein angetrunkener Amerikaner und fragte, ob wir wirklich garantiert »altes Zeug« hätten, und als gerade eine verhärmt aussehende Frau mit einer sorgsam eingewickelten Vase erschien, reichte er ihr herablassend, wie ein Almosen, einen Dollar. Als er gegangen war, sagte sie leise: »Echt Meißen.«

Die erwarteten Geschäftsverbindungen zu ausländischen Filmgesellschaften kamen nicht zustande, obschon ich die Inhaltsangaben neuer deutscher Filme so verlockend wie möglich verfaßte. Die Qualität der Nachkriegsfilme blieb noch weit hinter französischen und amerikanischen Filmen zurück.

Es wurde immer schwieriger, irgendwie durchzukommen, als man mit zehn-, dann mit hunderttausend, schließlich mit Millionen rechnete, die doch nur den Wert einer Mark besaßen. Sogar Franz Blei, der sich stets geschickt in allen Lebenslagen behauptete, erschien eines Tages und fragte salbungsvoll, ob ich einen Käufer für einen französischen Stich wüßte. Da gerade wieder ein Ausländer unbestimmter Herkunft anwesend war, der »etwas Altes« suchte, zeigte ich ihm den Stich, er besah ihn, fragte, ob er wirklich »very old« wäre, und zahlte fünf Dollar an Blei, der hocherfreut erklärte, jetzt könnte er sich endlich neue Schuhe kaufen.

Die Sekretärin seufzte zuweilen und erklärte, sie sähe noch schwärzer als schwarz: »'s G'schäft geht net.« Ich spürte eine gewisse Zurückhaltung bei der Auszahlung meines Gehaltes, das jetzt wöchentlich erfolgte und trotz der nominellen Riesensummen auf den dünnen Geldzetteln kaum zum Nötigsten langte.

Blei hatte eines Tages in unserem Stammcafé erklärt, er würde mir am kommenden Montag eine Biedermeier-Tasse bringen, die ich dem nächsten besten Valutenmillionär verkaufen sollte. Aber als er am Montag mit der wie eine Reliquie verhüllten Tasse erschien, fand er außer mir, der Sekretärin, der Reinmachefrau und der kleinen Bürohilfe auch den erbosten Hauswirt vor einem Zettel an der Wohnungstür: »Die Internationale Filmzeitung wurde mit sofortiger Wirkung eingestellt. Die Direktion.«

Die Filmzeitung war gestorben. Weder der Journalist noch der Redakteur ließen sich wieder sehen. Blei bemerkte bloß in seiner überlegen-österreichischen Art: »Kinder, das muß mit der letzten Million begossen werden«, und führte uns mit dem Hauswirt zu einem Glas undefinierbarem Rotwein in ein Caféhaus.

Aber die Inflation war nicht deprimierend, sondern ein Abenteuer. Atelierfeste wurden wie eh und je abgehalten. Wenn der Gastgeber kein Geld hatte, wurde Bowle aus irgendwelchen Kräutern, Schnaps und Sodawasser als Sektersatz getrunken. Hatte der Gastgeber Geld, gab es Wein. Man tanzte nach heiseren Grammophonplatten. Doktor Zeller gab ein Kostümfest, bei dem ich Onkel Harrys Husarenuniform anzog. Eine in meterlange weiße Schleier gewickelte Frau erregte besonderes Aufsehen, weil sie jedesmal aufschrie, wenn der Architekt Otto Orlando Kurz sie auswickeln wollte. Es ging laut, lustig und sehr wild zu – und es gab viel zu trinken, denn Martin Zeller gehörte zu den »Reichen«.

In den frühen Morgenstunden gelang es schließlich Professor Kurz, einige Schleier der Verhüllten zu entfernen. Sie schrie wie am Spieß, gerade als die erste Patientin in die Sprechstunde geführt wurde. Zeller warf rasch sein Türkenkostüm ab, um dunkel gekleidet und würdevoll sein Sprechzimmer zu betreten – aber die Patientin, erschreckt durch Lärm, Schreien und Musik, hatte das Wartezimmer verlassen.

Nur ganz selten ging ich in den Frauenverein, deren Vorsitzende Gräfin Eva Baudissin war, die Mutter meines Jugendfreundes Wolf. Dort wurden hin und wieder »Dichterabende« gegeben. Die Mitglieder waren fast ausschließlich alte Damen, unter ihnen eine meiner Großtanten, Sascha von Hoerschelmann, die Mutter von Rolf. An einem dieser Abende las Hanns Johst pathetisch aus eigenen Werken. Als er geendet hatte, bekam er einen Schwächeanfall, was zum »ekstatischen Dichtertum« gehörte. Die alten Damen umringten ihn wie ein Bienenschwarm mit kleinen Mitleidsrufen, legten ihm Kompressen auf die Dichterstirn, tasteten mit zitternden Händen nach seinem Puls, ohne ihn zu finden, eine Dame zog aus ihrem jettbesetzten Pompadour ein Fläschchen Eau de Cologne, als wäre es eine Zauberphiole, und betupfte damit seine Schläfen. Johst erholte sich rasch. Wie Wolf spöttisch bemerkte, war er bloß überwältigt, endlich einmal einen so begeisterten Zuhörerkreis um sich zu haben. Vielleicht strengte ihn auch die unerwiderte Liebe zu Carola Josef an. Später, als begeisterter Nationalsozialist, entsann er sich nicht mehr, jemals eine Jüdin geliebt zu haben, und wurde zum antisemitischen Fanatiker ohne Schwächeanfälle. Wie so viele Schriftsteller, die sich zur Zeit literarischer Blüte in Deutschland nicht durchsetzen konnten, weil die Zahl der Hervorragenden so groß war, fand er erst bei den Nationalsozialisten Anerkennung, als die Mittelmäßigen an die Reihe kamen und Schriftsteller von internationalem Ruf verboten und ihre Bücher im Mai 1933 auf dem Scheiterhaufen verbrannt wurden.

Eine Fülle von Schriftstellern und Dichtern gab damals Vorlesungen. Thomas Mann sprach über Goethe und Tolstoi. Else Lasker-Schüler, diese herrliche Dichterin, las im Kurt Wolff Verlag unvergeßlich mit Singsang-Stimme ihre Dichtungen. ›Die Schule der Weisheit‹, vom baltischen Graf Keyserling gegründet, lockte Menschen nach Darmstadt, die an Weltanschauung litten, und in jenen Tagen entstand ein Spottvers auf den Pseudo-Philosophen:

»Als Gottes Atem leiser ging,
Schuf er den Grafen Keyserling.«

Einmal lud Keyserling den indischen Dichter Rabindranath Tagore in seine Philosophen-Schule. Und um dem großen Dichter einen würdigen, heimatlichen Rahmen zu geben, stellte er Palmen auf dem Podium auf.

Der Arzt Steinach mit seinen Verjüngungsexperimenten (durch die Übertragung von Affendrüsen auf Menschen) erregte großes Aufsehen. Auch er wurde mit einem vielzitierten Berliner Vers besungen:

»Fehlts dir wo? Das Herz? Die Nieren?
Geh zu Steinach ohne Scheu:
Steinach wird dich aufpolieren
Und du wirst so gut wie neu.«

Ein herrlicher Berliner Witz über ihn und seine Methode machte damals die Runde. Eine noch junge Frau hatte ihren impotenten Mann zu Steinach geschickt. Als der Gatte zurückkehrt, sagt die junge Frau erwartungsvoll: »Komm, Liebling, laß uns zu Bett gehen«, und der verjüngte Gatte erwidert, im Berliner Dialekt: »Ins Bett? Ruff auf den Baum!«

Atelierfeste wurden weiter gefeiert, während die Weltgeschichte irgendwo weit entfernt von Schwabing ihren Verlauf nahm. Da war ein besonderes Atelierfest, das speziell für sogenannte Zuagroaste aus Berlin organisiert wurde: für die geschiedene Frau eines Gardeoffiziers und ihre Tochter, die an den ihr befreundeten Blei geschrieben hatte, daß sie beide so gern »ein wirklich echtes Schwabinger Fest« mitmachen wollten, wenn möglich am Faschingsdienstag. Sie hätten so viel vom »lustigen Künstlervölkchen« gehört. Sie würde, selbstverständlich kostümiert und maskiert, mit ihrer Tochter erscheinen und bitte nur, ihr Inkognito zu achten, denn sie hätten Verwandte in Potsdam.

Wir berieten, wie man der Dame am besten ihren Wunsch erfüllen könnte. Blei meinte, es handle sich um zwei parallel laufende Probleme: den Damen *das* zu zeigen, was sie sich vorstellten, und »außerdem wollen wir eine Hetz haben«, fügte er salbungsvoll hinzu. Mit meinem Vetter Hoerschelmann verfaßte er einen würdevollen Brief, in dem man den Damen nicht nur echtes Künstlertreiben, sondern auch die Wahrung ihres Inkognito garantierte. Ganz allmählich sollte das Fest zu einer Orgie ausarten, wie sie sich die Baronin aus Potsdam vorstellte. Man war sich völlig einig, daß beide Berlinerinnen durch Verabreichung einer starken Bowle beim Erscheinen in die entsprechende Stimmung versetzt werden müßten. Da Kurz gerade einen größeren Bau-Auftrag erhalten hatte, erklärte er sich bereit, die Bowle zu stiften, in der kein Selterswasser, sondern nur echte Bowleningredienzien enthalten waren.

Ein junger Dichter erbot sich, zur Einführung, erotische Gedichte vorzutragen, um der Veranstaltung ein geistiges Gepräge zu geben. Sein Vorschlag wurde abgelehnt. Umstritten war das Angebot von Gusti, einem Tänzer, der Schönheitstänzerinnen wie die Duncan herrlich nachahmte, mit opalfarbenen Schleiern, künstlichem Hängebusen und an den eigenen Füßen befestigten Riesenfüßen. Er schlug vor, mit »einem wirklich süßen kleinen Jungen, der als Elfe verkleidet wird«, einen »Frühlingstanz« aufzuführen. Blei lehnte mit der Bemerkung ab, es wären arme preußische Frauen, die dergleichen erschrekken könnte.

Die Vorbereitungen waren einfach und traditionell. Das große Atelier war von wenigen rotverhüllten Lampen spärlich erhellt. Alle Sitzgelegenheiten waren entfernt und Matratzenlager an den Wänden aufgereiht worden, und lange vor dem eigentlichen Beginn mußten engumschlungene Paare auf ihnen ruhen. Im kleinen Vorraum wurde ein mit geheimnisvollen Zeichen bemalter Eimer aufgestellt, den mein zukünftiger Mann, als Bacchus verkleidet, mit einer Suppenkelle bediente. Er trug einen etwas verblaßten Traubenkranz, künstliche Traubenbündel hingen von dem bunten Gürtel, der die Drapierung über seinen kurzen Unterhosen verbarg, die braungefärbten Beine waren mit Bändern umwickelt, unter dem Knie hingen Miniaturtrauben, wie der Abschluß eines Strumpfbandes. Er hatte sich außerdem eine Säufernase aufgesetzt, und von seinen bloßen Armen hingen undefinierbare kleine fruchtähnliche Gebilde.

Kurz erschien als Mandarin mit langem Spitzbart und nahm sich der überschlanken Tochter an. Beide Damen waren solide als Türkinnen verkleidet und maskiert. Blei stellte sie den anderen Gästen als die Lieblingsfrauen des Maharadscha vor und sprach zu der Mutter, wie man in ihrer Jugend auf Maskenbällen gesprochen hatte: »Wer bist du, schöne Maske? Ich möchte dich demaskieren«, was die Potsdamer Baronin nur schwach ablehnte.

»Muß ich wirklich bis Mitternacht warten, schöne Maske? Muß ich eine Ewigkeit warten?« flüsterte Blei in seiner Rolle als leidenschaftlich Verliebter. Er war der einzige, der sich nicht verkleidet hatte, sondern als Blei kam, maskenlos, phantastischer als die Maskierten, mit seinem schönen, blassen Gesicht, im strengen schwarzen Rock von klerikalem Schnitt.

Hoerschelmann hatte sich als Hofnarr verkleidet, rotgewandet, mit vielen kleinen Schellen, einem Narrenstab und einer Breughelschen Maske. Doktor Mittenzwey war billig und eindrucksvoll als Marsmensch kostümiert: er hatte das Federbett seiner Wirtin zerschnitten, den ganzen Körper mit Leim bestrichen und sich dann solange in den Federn gewälzt, bis er völlig bedeckt war. Dazu trug er einen kleinen, grellroten cache-sexe, eine phrygische Mütze und eine Holzmaske mit riesigen Glotzaugen.

Die Potsdamer Baronin erschrak über diese Erscheinung, sagte dann aber etwas unsicher: »Wie originell!« Mittenzwey konnte nicht lange bleiben, denn der Leim wurde durch die Körperwärme klebrig und roch. Niemand wollte mit ihm tanzen, weil man kleben blieb, und schließlich verschwand er.

Hans Reisiger kam als Dichter, mit Lorbeerkranz und Leier aus Pappe. Zwischen ihm und dem Bacchus Castonier gab es eine Auseinandersetzung: Castonier wollte der einzige Bekränzte sein. Schließlich einigten sie sich, beide Kränze bei der mitternächtlichen Demaskierung abzulegen.

Wegen Stoffknappheit und Armut gab es viele orientalische Gewänder aus Bettüchern und Vorhängen, Schmuck aus Vorhangringen, was Vermieterinnen nicht gern sahen. Martin Zeller kam als Phosphor-Gespenst und hielt sich meistens im völlig verdunkelten Nebenraum auf.

Ich hatte nicht gewagt, die schönen Vorhänge meiner Wirtin zu benützen, und Onkel Harrys Husarenuniform angezogen. Meine Beine waren mit geschwärzter Pappe umwickelt, um Reitstiefel vorzutäuschen, und an den Füßen trug ich Sandalen mit versilberten Pappsporen. Es war ein Taktfehler, denn die Potsdamerin sagte wehmütig: »Ach, mein armer Kaiser, die schönen Paraden«, und versprach, mir echte Sporen zu schicken, weil es jetzt so viele gäbe.

Blei, Thole Kurz und Rolf von Hoerschelmann lenkten sie von der Vergangenheit ab, indem sie einen glänzend durchgeführten Streit um sie inszenierten, in dem jeder behauptete, der andere hätte ihm »seine Maske« gestohlen, und die Baronin vergaß Potsdam, Paraden und die Vergangenheit, denn Castonier hatte ihr gleich zu Beginn eine Doppelportion Punsch eingeschenkt. Thole Kurz schrie plötzlich: »Die Zeit raubt die Schönheit!« und schleppte die Tochter in das dunkle Nebenzimmer, brachte sie aber gleich wieder zurück, weil sie zu laut schrie, und überließ sie einem langen, hageren Mann in Rittertracht, den niemand kannte.

Unter den Nichtgeladenen, die später erschienen, war ein Franziskanermönch mit weißem Vollbart und schwarzer Maske, der wortlos, suchend, umherwanderte und schließlich verschwand. Erst später erfuhr ich, daß es unser alter Freund Hans von Oelschläger gewesen war, stand-in für den davongelaufenen Kaiser, der seine Frau suchte, die angeblich zu Verwandten gereist war.

Die Potsdamerinnen demaskierten sich willig um Mitternacht. Und als einige junge Tänzerinnen, von Castonier reichlich versorgt, ihre letzten Schleier abwarfen, um mit dem entfesselten Bacchus einen wilden Reigen zu tanzen, sagte die Mutter bloß in seliger Trunkenheit: »Wie süß, eine richtige Orgie –« Nur die Tochter nahm alles abweisend auf.

Münchner Bürger, die in den frühen Morgenstunden zur Ludwigskirche pilgerten, um sich das Aschenzeichen auf die Büßerstirnen zeichnen zu lassen, sahen eine offene Droschke der Feldherrnhalle zutraben. In ihr saßen, dichtgedrängt, zwei derangierte Haremsdamen, ein Narr in bunter Kleidung, der seinen schellenbesetzten Stab schwang, ein Chinese, der »Evoe!« rief, und auf dem Bock die Schönheitstänzerin Isadora Duncan, deren große Kunstfüße über den Pferdeschwanz herabhingen. Sie hatte den einen Gummibusen verloren, ihr Blumenkranz hing um den Hals, eine strohgelbe Lockenperücke umrahmte ihr frisches Burschengesicht, und auf ihrem Schoß hockte eine muskulöse Elfe – denn Gusti war doch zum Fest gekommen und hatte seinen Bubi mitgebracht, um seinen erfolgreichsten Tanz ›Frühling‹ vorzuführen.

In entgegengesetzter Richtung zog ein Bacchus im Wintermantel, Arm in Arm mit einem Husaren in Sandalen und Trenchcoat.

»Wer ist denn der Kerl?«

Meine Mutter hatte sich bald nach dem Krieg ein altes Bauernhaus bei Übersee am Chiemsee gekauft, in dem sie Landwirtschaft betreiben wollte. Die schöne Perlenkette mit dem Smaragdschloß hatte das Anwesen bezahlt. Ihr, die keine Ahnung von Landwirtschaft hatte, schwebte wohl ein Gut vor, von dem man Milch, Butter, Eier, Obst und Korn verkaufen und gut leben konnte. Die Wirklichkeit war anders. Die zwei im Kaufpreis einbegriffenen alten Kühe gaben nur wenig Milch. Der Zuchtstier, den sie Napoleon nannte, entpuppte sich als Zugochse, mit dem ich einmal eine Ewigkeitsreise im Leiterwagen nach Chiemsee unternahm, um dort Kirschen zu verkaufen, denn sie hatte mir geschrieben, sie wäre allein und ich möchte zu ihr kommen.

Die Wirklichkeit war anders, als sie gehofft hatte. Sie konnte nur knapp von ihren eigenen Erzeugnissen leben, die Rente, die ihr mein Vater zahlte, war in der Inflation entwertet. Die große Liebe war längst keine große Liebe mehr, denn sie war jetzt eine alte Frau in schäbigen Kleidern – und wurde oft allein gelassen. Ihre Hoffnungen auf ein idyllisches Zusammenleben hatten sich nicht erfüllt. Sie war jetzt tatsächlich die Großfürstin im Exil. Sie beklagte sich nicht, sagte nur, daß sie gern wieder in die Stadt zurückziehen und den Hof verkaufen wollte. »Ich kann Millionen für den Hof bekommen«, fügte sie hinzu. Es war zwecklos, ihr zu erklären, daß die Millionen wertloses bedrucktes Papier, eine Illusion wären, denn die Inflation war zur Lawine geworden. Aber sie ließ sich nicht belehren: »Auch wenn tausend Millionen nur noch fünfhundert Millionen wert sind, bleiben doch immer noch fünfhundert Millionen übrig.«

Sie konnte die Schwierigkeiten nicht bewältigen. Vom Freund so oft und immer länger allein gelassen, fürchtete sie sich, war ratlos, obwohl sie äußerlich ruhig erschien. Da war ein Stalldach zu reparieren, da gab es morsche Fußböden, einen schadhaften Schornstein – aber kein Geld für all diese Reparaturen.

Der Knecht und die Magd waren unverschämt. Eines Tages kündigte Rosa Unger, die Dunchens Stelle eingenommen hatte und ihre einzige zuverlässige Stütze war, denn Rosa mit dem großen Kropf und den Quellaugen hatte sich mit einem »besseren Herrn« verlobt. Als ich Rosa bat, ihre Hochzeit zu verschieben, erklärte sie, sie wäre schon über fünfzig Jahre alt, hätte lange genug auf etwas »Glick« gewartet und fügte den später im Freundeskreis oft zitierten Satz hinzu: »Aber duhn derf er mir nischt, grobsinnlich derf er mir nich kommen.« Als ich sie Jahre später besuchte, erzählte sie mir, ihr Mann hätte nur einmal »etwas versucht« und sich sofort entschuldigt.

Meine Mutter war also nicht nur vereinsamt, sondern auch arm und voller Sorgen. Ich konnte ihr nicht helfen, denn meine Übersetzungen, Korrekturlesen, Adressenschreiben brachten kaum genug zum Leben ein. Eines Tages schrieb sie mir, daß sie das Anwesen an einen Juwelenhändler verkauft hätte, weil sie keinen Ausweg aus ihren Schwierigkeiten sähe: »Außer dem Kaufpreis hat er mir noch zwei schöne Ringe versprochen, und ich möchte so gern wieder einmal Ringe tragen.«

Jetzt traf ein, was sie nicht geglaubt hatte, weil sie zu weltfremd war. Die riesenhafte Kaufsumme schmolz so rasch wie der Märzenschnee im Jahr 1923. Sie konnte weder eine Wohnung in der Stadt, noch eine vorläufige Unterkunft finden. Die versprochenen Ringe blieben aus. Ihr Freund, die große Liebe, war keine Hilfe, sondern machte Szenen.

Ich hatte vorübergehend eine Stelle beim englischen Konsul angenommen, während eine Sekretärin krank war. Zeller, den ich um Rat bat, erklärte, er hätte ihr angeboten, alle Reparaturen in Übersee zu bezahlen unter der einen Bedingung, daß sie mir das Anwesen testamentarisch vermachte. Sie hatte es mit der Bemerkung abgelehnt, daß ich sowieso später alles erben würde

– und das Haus verkauft. Meine Bitte, mit dem Verkauf zu warten, hatte sie nicht beachtet. Sie mußte ausziehen und wußte nicht wohin. Ihre Schwestern, von denen sie gehofft hatte, vorübergehend aufgenommen zu werden, hielten am Boykott fest, und Onkel Harry war damit beschäftigt, Antiquitäten zu verkaufen, denn jeder versuchte, so gut es ging, sich im turbulenten Strudel der Inflation irgendwie über Wasser zu halten.

Ich hatte in den ersten Märztagen eine Stellung als Hilfskellnerin bei den Kratzerleuten auf der Firstalm gegen freie Verpflegung angenommen, damit an Sonntagen jemand bedienen konnte, wenn Ausflügler kamen. In freien Stunden fuhr ich Ski. Es war ein schönes Leben, ich wurde immer satt, denn es gab dicke Einbrennsuppe oder Knödel, und Kratzers waren gute, zufriedene Menschen. Was ich tun würde, wenn die Osterfeiertage vorüber und der Ausflüglerschwarm versiegt war, wußte ich nicht. Aber irgend etwas würde sich finden.

Ich war keine geschickte Kellnerin, obwohl ich mich bemühte, so echt wie möglich zu sein – aber niemals erhielt ich ein Trinkgeld, was ich so gern bekommen hätte. Mit dem Proviant, der täglich heraufgebracht wurde, kam ein Brief meiner Mutter. Sie schrieb, sie wäre krank und der Käufer drängte sie, auszuziehen, da die Frist schon abgelaufen wäre. Sie könnte nirgends Unterkunft finden.

Ich schrieb an meine Tanten, bat sie, ihre Schwester für kurze Zeit aufzunehmen. Während ich noch auf Antwort wartete, erschien ein Skiläufer, den ich vor wenigen Tagen bedient hatte. Er bat mich, aus der Hütte zu kommen, und teilte mir mit, daß von Tegernsee aus auf das Bodenschneidhaus telefoniert worden wäre, um zu fragen, ob man mich verständigen könnte, daß meine Mutter schwer erkrankt wäre. Ich möchte sofort kommen.

Ich sagte: »Ich weiß, daß sie tot ist.«

Er erwiderte nichts auf diese Bemerkung, fragte mich, ob er mir mit Geld aushelfen könnte. Ich dankte, er stellte sich formell vor: von Breuning, und fuhr ab.

Die Kratzermutter erklärte, ich könnte gerade noch den Mittagszug mit Anschluß nach Rosenheim erreichen. Ich lieh mir das Reisegeld von ihr, unzählige Millionenzettel, und packte meinen Rucksack. Sie brachte einen schwarzen Samthut, den sie, wie sie sagte, beim Begräbnis ihrer Mutter selig getragen und oft ausgeliehen hatte, und gab mir etwas Proviant mit. Ich war noch nie so rasch abgefahren, erreichte aber den Anschluß nach Rosenheim, wo ich warten mußte.

Der Freund meiner Mutter, jetzt ein älterer Mann, erwartete mich am Bahnhof und sagte: »Sie ist gestern gestorben.«

Der neue Käufer hatte sie, die Kranke, schon vor einigen Tagen auf ihrer Chaiselongue in das Schneetreiben vor das Haus stellen lassen, in dem sie kein Wohnrecht mehr hatte. Ein Bauernehepaar in der Nähe der kleinen Kirche von Westerbuchberg hatte ihr ein Zimmer überlassen. Dort standen ihr Bett und ihre Chaiselongue, und man hatte sie, so gut es ging, auf dieser Chaiselongue aufgebahrt. Sie trug das vertraute Hauskleid aus weißem Mull und sah so jung aus wie auf einer Fotografie aus ihrer Brautzeit.

Das Begräbnis war für den nächsten Tag angesetzt. Aber es gab Schwierigkeiten: der Pfarrer in Übersee wollte sie nicht auf dem schönen kleinen Friedhof begraben lassen, weil sie Protestantin war. Der evangelische Pastor wollte nur kommen, wenn die Glocken läuteten. Ich erklärte dem Pfarrer, daß ich nach München zum Kardinal fahren würde, wenn er die Grabstätte verweigerte. Verblüfft stimmte er zu, erklärte aber, daß die Glocken keinesfalls für eine Andersgläubige läuten durften.

Ich vereinbarte mit einem Bauernburschen, daß er bei Ankunft des Sarges am Friedhof den Glockenstrang ziehen sollte. Etwa fünfzig Bauern und Bäuerinnen in ihrer Sonntagstracht versammelten sich vor der Haustür zur Aussegnung. Sie waren teils aus Neugierde, teils aus Dankbarkeit gekommen, denn meine Mutter hatte es durchgesetzt, daß die Überlandzentrale sie auf Westerbuchberg mit elektrischem Licht versorgte.

Sonnverbrannt, verwildert, in Windjacke, Skihose und Kratzermutters Sonntagshut stand ich am Grab. Der Pastor hielt eine Grabrede, die meiner Mutter sicher mißfallen hätte. Die Bauern wunderten sich, daß Protestanten ein Glaubensbekenntnis besäßen, und eine alte Bäuerin sagte mir verwundert: »I hob immer glaubt, ihr habts dös net, nur mir.«

Castonier hatte mir einmal gesagt, er würde mir jederzeit helfen, wenn ich Hilfe brauchen sollte, und so telegrafierte ich mit meinen letzten Millionenfetzen nach Berlin. Eine telefonische Nachricht, vom Bahnhofsvorstand abends in den Gasthof überbracht, kündete mir seine Ankunft für den übernächsten Tag an. Er kam, elegant, sehr heiter, wie stets, entsetzt über meinen seltsamen Aufzug – und tat das, was wir in München so oft mit Bruno Frank nur gespielt hatten: er »löste mich aus« und bezahlte die Schulden, Sarg, Pastor, das Grab, die Miete für die Kammer, in der sie gestorben war.

Nachbarsfrauen, die meine Mutter aufgebahrt hatten, erbaten sich mit heuchlerischer Trauermiene »zum Andenken an die soviel liebe Frau« Kleider, Wäsche und ließen noch etliche andere Andenken mitgehen. Eine andere Frau, die von meiner Mutter zwei Ziegen gekauft, aber nicht bezahlt hatte, behielt »das liebe Vieh« ebenfalls »zum Andenken«. Das Putenpaar Adam und Eva war verschwunden, niemand wollte wissen, wohin es gekommen war.

Auf der Rückreise nach München meinte Castonier, ich sähe so bräutlich aus, besonders der schöne Hut würde gut auf ein Standesamt passen – am besten wäre, zu heiraten, wenn sein Vertrag mit der Berliner Staatsoper abgelaufen war, denn Max von Schillings hatte ihm geraten, sein schlechtes Deutsch zu verbessern und als erster Tenor an ein Provinztheater zu gehen, da er mit seinem dänischen Pidgin-Deutsch in Berlin nicht weiterkommen könnte.

Ich weiß nicht mehr genau, ob es im Frühjahr war, als ich zufällig an die Peripherie historischer Ereignisse geriet. Castonier bummelte mit mir die Ludwigstraße gegen Abend entlang. Auf der anderen Seite sah ich eine Menschengruppe, die sich um etwas drängte. Ich lief hinüber, um zu sehen, was los war. Einige Burschen in Windjacken und Trenchcoats, in hohen Schnürstiefeln und Schirmmützen umringten einen Mann, der ebenfalls einen Trenchcoat trug und eine Reitpeitsche in der Hand hielt. Castonier holte mich ein, sagte ärgerlich: »Du benimmst dich wie eine neugierige Köchin, wer ist denn der Kerl?«

Ein junger Bursche wandte sich um, musterte ihn, sagte drohend: »Sö, dös is Adolf Hitler!«

»Mir unbekannt«, sagte Castonier.

Der Mann interessierte mich, weil er so gar nicht reitermäßig aussah und mit heiserer Stimme auf die jüdisch-bolschewistische Regierung in Berlin schimpfte, während er mit seiner Reitgerte in der Luft herumfuchtelte. Als er atemlos innehielt, schrie jemand: »Juda, verrecke!«

Wie weit die nationalsozialistischen Wühlmäuse sich vorgearbeitet hatten, ahnte niemand in unserem kleinen Kreis, der sich amüsieren, tanzen, verlieben wollte.

Daß Hitler einen Marsch auf Berlin plante, um die Regierung abzusetzen und selbst eine Regierung zu bilden, erfuhr ich zufällig, als ich Anfang November bei meiner Freundin war und deren Sohn um hartgekochte Eier und Brot bat, weil er morgen nach

Berlin marschieren müßte. Weder sie noch ich nahmen es ernst. Wir dachten, es handelte sich um einen Ski-Ausflug.

Am selben Abend erschien Hitler im Löwenbräukeller, in dem Ministerpräsident von Kahr eine Versammlung abhielt, feuerte im Wildwest-Stil einen Revolverschuß gegen die Decke und zwang von Kahr und die anwesenden Regierungsmitglieder, die er für abgesetzt erklärte, die Nationalsozialistische Deutsche Arbeiterpartei unter seiner Führung anzuerkennen. Hitlers Pistole im Rücken, umringt von drohenden Burschen, erklärte sich von Kahr einverstanden, um Zeit zu gewinnen, und alarmierte Landespolizei und Reichsregierung.

Wir ahnten nicht, was vorgefallen war, als wir am 9. November die Ludwigstraße heruntergingen und ungewöhnlich viele Menschen dem Odeonsplatz zuströmten. Irgend jemand rief: »Mir ham a neue Regierung!« Und: »Hitler marschiert auf Berlin!«

Sieg-Heil und Heil Hitler wurde gerufen und Castonier fragte erstaunt, ob das tatsächlich der Kerl von der Straßenecke wäre.

Vor dem Kriegsministerium standen einige junge Burschen und bewachten ein Maschinengewehr. Der Odeonsplatz war zur Hälfte abgesperrt, niemand wußte so recht, was los war, aber immer wieder hörten wir etwas von »neuer Regierung«. Und dann schrie eine Stimme: »Da kommens, Heil Hitler!«

Von einem Hauseingang aus sahen wir einen Männertrupp durch die enge Residenzstraße marschieren, hörten ein Kommando, gleich darauf fielen Schüsse. Die Menschenmenge flüchtete, der Odeonsplatz war mit einem Mal fast leer, zwischen Hofgartentor und Feldherrnhalle lagen regungslose Gestalten.

Castonier sagte fassungslos: »Das ist ja phantastisch, da sind ja tote Menschen –«

Ein Lastwagen erschien, die Toten wurden aufgeladen, der Arm des einen Erschossenen wippte wie abschiednehmend vom Leben unter der Plane, als sie fortgebracht wurden. Es war mit einem Mal sehr still, niemand rief Heil Hitler, niemand sang.

Ein kleiner Tank erschien von irgendwoher, und jemand rief dem jungen Offizier zu: »Saupreißen, was wollts ihr hier?«

Hitler und seine Kumpane flüchteten. Göring nach Innsbruck, Hitler in den Kleiderschrank eines Freundes, wo er verhaftet wurde.

Als wir die Ludwigstraße zurückgingen, standen die Burschen noch immer Wache vor dem Kriegsministerium. Sie sahen nicht mehr stolz aus, sondern waren wieder kaum dem Schulalter entwachsene Jungen. Der eine bat die Umstehenden, sie möchten doch dem Tank drüben sagen, nicht zu schießen, denn auf der anderen Straßenseite war ein zweiter Tank erschienen, die Rohrmündung auf das Ministerium gerichtet. Ich glaube, es war Ritter von Epp, der höflich zu den Burschen sagte: »Meine Herren, kommen Sie mit mir, es ist alles vorbei«, und die Burschen folgten ihm erleichtert und kleinlaut.

»Sonderbar geht es in Deutschland zu«, bemerkte Castonier, der aus dem friedlich-satten Dänemark kam und schon Unruhen in Berlin miterlebt hatte. Für mich war es die dritte bayerische Revolution – und die kürzeste. München versank wieder in Geruhsamkeit, oder wenigstens schien es so.

Die Wühlarbeit der Nazis ging insgeheim weiter, auch als Hitler zu einer kurzen Festungshaft verurteilt wurde, von der er sich, hin und wieder, angeblich zum Besuch seines Zahnarztes, nach München beurlauben ließ. Auf dem Prozeß gegen ihn hatte er erklärt, »Köpfe werden rollen«, wenn seine Partei zur Macht käme. Hitler im Löwenbräukeller, Hitler in Landsberg, Hitler, der während seiner Festungshaft die Nazi-Bibel ›Mein Kampf‹ schrieb, all dies ist längst Geschichte. Nur wenige Menschen erkannten die Zusammenhänge zwischen den verschiedenen Mordorganisationen »Consul«, »Schwarze Reichswehr«, »Freikorps«, die ihre Haßgesänge im Marschtempo brüllten:

»Hakenkreuz am Stahlhelm, schwarzweißrotes Band,
Die Brigade Erhardt werden wir genannt.«

Und etwas später das drohende:

»Die Straße frei den braunen Bataillonen!
Die Straße frei dem Sturmabteilungsmann!.«

Schauspieler und Sänger

Der Dollar war am 15. November 1923 noch eine Billion wert, am 16. November verwandelte sich die Billion in eine Mark, und Castonier, der eine Zeitlang Dollarmillionär gewesen war, besaß jetzt nur noch ein bescheidenes Privateinkommen.

Münchens Begeisterung für Hitlers Pläne erlosch anscheinend rasch. Aber in aller Stille wurde die nationalsozialistische Organisation am Leben erhalten und weiter ausgebaut. Die Anhänger, die Unzufriedenen, die Mordlustigen, Arbeitslose, ehemalige Offiziere glaubten weiter an Hitlers Verheißungen.

Eine fanatische »Sittenreinigungs«-Epidemie setzte mit einem Mal ein. Nicht nur die den Hauptbahnhof umwandelnden Straßenmädchen wurden kontrolliert, sondern auch Pensionen und Hotels. Die Polizei verhaftete angeblich »Unzuchttreibende«, wenn sie die Legalität ihres Zusammenseins im Bett nicht dokumentarisch nachweisen konnten, verfrachteten sie auf Lastwagen und hielten sie auf dem Polizeipräsidium fest, bis ihre Identität erwiesen war. Einmal wurden Willy Geiger, Henselmann, Carola, der »Koffer« und ich mit mehreren Bekannten auf einer harmlosen Tanzerei verhaftet und mitgenommen. Ich war erst zwei Tage mit Castonier verheiratet und zu ihm in die Romana gezogen, als es eines Nachts an die Tür klopfte und eine Stimme: »Aufmachen, Polizeikontrolle!« rief. Mein dänischer Paß war noch nicht ausgehändigt worden, und wir besaßen keinen Beweis dafür, daß wir verheiratet und kein unzuchttreibendes Liebespaar waren. Castonier warf meine Kleider unter das Bett, ich kroch unter Frau Klemms schönen Biedermeiertisch und hatte Angst. Castonier wies seinen Paß vor, die Polizisten salutierten, verschwanden, gingen den Korridor entlang zu dem Zimmer, in dem Ernst von Wolzogen mit seiner Freundin wohnte. Sie hatten den Lärm und die Rufe gehört, die Freundin legte sich rasch auf den Diwan im Nebenzimmer. Aber die Polizei nahm beide mit, weil sie »Personen beiderlei Geschlechts mit einer offenen Verbindungstür zwischen sich« waren.

Nach unserer Heirat reisten wir nach Berlin und zogen in Castoniers Atelierwohnung in der Nähe des Kurfürstendamms. Jeden Morgen wanderten wir durch den Tiergarten zu Theateragenten in der Friedrichstadt, um ein Engagement an einer Provinzbühne zu bekommen, die bereit war, einen Ausländer zu beschäftigen, der die deutsche Sprache nur mangelhaft beherrschte, aber eine außergewöhnlich schöne Stimme besaß. Der Rundgang zu den Agenten, das endlose Warten in engen Räumen inmitten anderer Engagementsuchender wurde zur täglichen Routine. Es war eine armselige Bande, die sich immer wieder traf und unfreundlich musterte, denn jeder war Konkurrent, jeder wollte für den Winter unterkommen.

Castonier in seiner eleganten Friedenskleidung fiel aus dem Rahmen, obwohl er auch zu den Engagementsuchenden gehörte. Er mußte Geld verdienen, da sein Dasein als Valutenmillionär beendet war. Wie meine Mutter hatte er während der Inflation geglaubt, eine Million wäre eine Million.

Er hatte eine schöne lyrische Tenorstimme, aber der Entschluß, die dänische Marine zu verlassen, um Sänger zu werden, war zu spät gefaßt worden. Er war ein Mann Ende der Dreißig, sein Haar etwas schütter, er sah älter aus – aber sein Temperament, seine unbezwingliche Heiterkeit waren die eines jungen Menschen. Ich glaube, es war Rudolf Bing, der mir einmal sagte: »Wenn er bloß mit dieser herrlichen Stimme früher zu uns gekommen wäre.«

Wir hatten gehofft, in Hamburg, Nürnberg oder München ein Engagement zu bekommen. Aber als der Sommer schon weit vorgeschritten war, ergab sich bloß ein Angebot nach Bamberg, für dreihundert Mark Gage.

Die guten Freunde, Theodor Wolff, Alfred Kerr, Oscar Bie und Martha von Zobeltitz waren über die Heirat erstaunt gewesen – und Martha nicht einverstanden. Bie erklärte: »Warum nicht, ist was ganz Neues, und du kannst wieder mal Klavier spielen, wenn du mit ihm paukst.« Alice Berend bemerkte bloß, Castonier klinge wie ein Pseudonym.

Wir nahmen das Engagement nach Bamberg an, weil es keine Wahl gab, und zogen zuerst in das »Ritz-Hotel« der kleinen Stadt, den Bamberger Hof, ein großes, düsteres Gebäude, das viel zu teuer für uns war. Die anderen Solisten waren ebenfalls dort abgestiegen, und da das Hotel für alle zu teuer war, suchten alle hektisch nach billiger Unterkunft. Die hochdramatische Grete Schulz, eine korpulente Blondine mit den Allüren einer Diva, erklärte, sie wäre nur vorübergehend hier, ehe sie auf eine Internationale Tournee ginge, Bamberg wäre nur ein Übergang zu »einer großen Sache«. Die Große Sache kam nicht zustande, wahrscheinlich, weil sie nur ein Requisit der Hoffnung war, die alle hatten – eine Illusion, denn ich hörte im Lauf des Winters noch oft von anderen Sängern Andeutungen, daß man nur auf einen Vertrag für die kommende Saison wartete und dann dies »elende Nest« verlassen würde.

Bamberg war eine zauberhafte Stadt. Wir fanden zwei kleine Zimmer in der Zinkenwörth, eine »Gute Stube« mit einem Büfett, das beladen war mit Andenken, Muscheln, Tassen, einem großen Tisch mit Plüschdecke und Plüschmöbeln. An der Wand hing in breitem Goldrahmen ein Buntdruck ›Des Jägers Heimkehr‹, das Castonier den kleinen Rembrandt nannte. Nebenan war eine Schlafkammer mit blechernem Waschtisch, Stuhl und schmalem Eisenbett.

Frau Träubel zeigte uns mit besonderem Stolz einen Holzverschlag auf dem Korridor, in dessen Tür eine herzförmige Öffnung war: »Und das ist der Abort mit Wasserspülung.«

Für mich wurde ein Bett unter ›Des Jägers Heimkehr‹ gestellt, Castonier zog in die Kammer. Ein Mietklavier wurde zwischen mein Bett und das Büfett geschoben. Auf einem Spirituskocher kochten wir Frühstück und auch Abendessen, wenn wir kein Geld hatten, um ins Restaurant Messerschmidt zu gehen.

Wenn Castonier morgens Probe hatte, saß ich an meiner auf Abzahlung gekauften Klein-Erika, einer altmodischen Maschine, die man zusammenklappen konnte. Nachmittags paukte ich mit ihm seine Opern. Seine Sprachschwierigkeiten bestanden darin, daß er Worte mit Sch wie S aussprach, so wurde aus Schlange Slange, aus Schwert Swert, und auf den Proben wurde er immer wieder ermahnt, richtig zu sprechen.

Die Kollegen von Castonier waren alle nett, alle arm, alle nach Bamberg gekommen, um nicht zu hungern. Sie trugen ihre Hoffnungen auf große Engagements und höhere Gagen mit ihren Perücken und Schminkkästen schon seit Jahren von einer Provinzstadt in die andere. Am Zahltag ging alles zu Messerschmidt, um sich einmal ordentlich satt zu essen, am Monatsende kaufte jedermann bescheiden Wurstzipfel und Käse im kleinen Laden, der Kredit gab.

Durch das fortwährende Pauken lernte ich mechanisch alle Operntexte mit, die ich auch in späteren Jahren nicht vergaß. Eines Tages gab mir unsere Wirtin mit bedeutungsvoller Miene eine Postkarte, auf der in Druckbuchstaben stand: »Du dürre Fuchtel, was glaubst du denn, was der Deinige treibt. Alle wissen drum.«

Ich zeigte sie Castonier. Er lachte und erklärte, ich sollte mich über den Unsinn nicht ärgern. Aber irgend etwas an seinem Tonfall fiel mir auf. Es gab eine Auseinandersetzung am Frühstückstisch, bei der er mir schließlich sein Ei an den Kopf warf. Es verfehlte sein Ziel, klatschte auf ›Des Jägers Heimkehr‹. Ich vergaß es dort fortzuwischen und hörte später Frau Träubel einer Nachbarin klagen, daß Künstler »bsunderne Leut« wären, die schöne Bilder mit Ei beschmieren.

Dann kam noch eine offene Postkarte, auf der bloß stand: »Dein Paul ist ein fescher Steiger.«

Ich zeigte sie Direktor Willkens, der vielsagend lächelte: »Der

Mann hat doch eine so schöne Frau, wenn ich so eine schöne Frau hätte –«, und kam mir mit seinem Faunsgesicht etwas zu nah. Ich verließ hastig das Direktionszimmer und erfuhr nie, wer die Postkarten gesandt hatte, aber ein leises Mißtrauen blieb zurück.

Wir befreundeten uns mit einem jungen musikbesessenen österreichischen Dirigenten namens Mery, der jede Note, jeden Text auswendig kannte und stets verzweifelt war, wenn der andere Dirigent am Pult stand. Wie ein verwöhntes Kind, das nicht weiß, was es mit sich anfangen soll, trieb er sich an solchen Abenden hinter der Bühne herum und ließ einmal den Vorhang mitten in der Großen Arie im ›Maskenball‹ herunter. Das Orchester verstummte, es wurde unheimlich still. Ich erschrak, weil ich dachte, Feuer wäre ausgebrochen. Dann ging der Vorhang wieder auf, Castonier stand neben der dicken Schulz, setzte wieder an: »Ich will dich sehn, Amelia, in deiner Schönheit Glanz –«

Das Übergewicht der Schulz bereitete oft Schwierigkeiten. Einmal brach das uralte Sofa, das im ›Tannhäuser‹, mit Tüchern drapiert, das Ruhelager der Venus vorstellen sollte, beim Szenenwechsel zusammen, als es rasch, zusammen mit der Schulz, herausgezogen wurde. Bei einer anderen Vorstellung fehlte die Wartburg, als der Vorhang aufging. Niemand im Zuschauerraum bemerkte, daß eine Hand sie hastig an den Hintergrund hakte.

In diesen Monaten schrieb ich Kurzgeschichten, die Kurt Korff für die ›Dame‹ annahm, Essays in der Vossischen, der ›Welt am Montag‹, und Bamberger Geschichten, die das Berliner Tageblatt brachte, in dem Hermann Sinzheimer Feuilletonredakteur war. Ein Theaterroman ›Bettina‹ wurde in der ›Morgenpost‹ veröffentlicht. Die Honorare waren sehr willkommene Zugaben, ich konnte endlich meine Garderobe wieder in Ordnung bringen, denn mein Vater hatte sich geweigert, mir ein Trousseau und meine Mitgift zu geben. Ich hörte nicht mehr von ihm, vergaß ihn wohl auch in dem neuen faszinierenden Leben.

Das alte Haus in der Zinkenwörth war leidlich zum Wohnen, bis auf den infernalischen Gestank im Parterre, der nach oben in unsere Zimmer drang. Wir wagten nicht, die Wirtin nach der Ursache zu fragen. Aber eines Tages entdeckten wir, woher er kam, als die schmale Holztür am Ende des unteren Hausflurs offen stand. Im kleinen Quadrat des Hofes, von feuchten Mauern umgeben, hockten Vögel, die wir zuerst für Schwäne hielten, aber Gänse waren, die eine uralte Frau dort »schoppte«, wie der landesübliche Ausdruck für Gänsemästen lautete. Die Tiere waren jetzt, vor Weihnachten, so dick, daß sie sich nicht mehr rühren konnten und nur mühselig atmend, regungslos den Tod erwarten mußten. Die Frau, deren Namen selbst die Wirtin nicht wußte, betrieb dort seit Jahren ihren Beruf. Es hieß, sie wäre keine Bambergerin, sondern eine »Zugereiste«, manche behaupteten, sie wäre eine Zigeunerin. Frau Träubel hätte ihr gern gekündigt. Aber sie wagte es nicht, denn Gerüchte behaupteten, daß sie Menschen verfluchte, die sie ärgerten. Und so duldete Frau Träubel lieber die Mästerei, diese durch die Freßsucht der Menschen geförderte Tierquälerei. Zweimal täglich packte die Alte eine Gans nach der anderen, klemmte sie zwischen ihre Knie und stopfte ihr, leise, unverständliche Worte murmelnd, den Brei in den Hals, stieß ihn mit einem Holzlöffel nach, massierte ihn herunter, setzte die Halberstickte auf den übelriechenden Boden, der fußhoch mit Dung bedeckt war, um dann in der Holzlege zu verschwinden, die ihr als Behausung diente. Am späten Abend sahen wir sie zuweilen durch die Gassen schleichen, einen Sack auf dem Rücken, Lumpen sammelnd, geheimnisvoll, unheimlich, wie eine echte Märchenhexe. Wir tauften sie »Lady Abrakadabra«.

Wir wären gern umgezogen, aber billige Zimmer waren während der Theatersaison nicht zu bekommen. Allmählich fanden wir uns auch mit Frau Träubels Zimmern ab, selbst ihrem Aborthäusel, aus dessen herzförmiger Öffnung morgens Castoniers Opernarien ertönten, mit dem einzigen Wasserhahn neben der Eingangstür, mit dem rauchenden Eisenofen, und daß wir in die Städtische Badeanstalt gehen mußten, was Frau Träubel mißbilligte, denn sie hätte »ihre besonderen Waschungen« zu Hause.

Die Kritiken über Castoniers Gesang waren ausgezeichnet. Ich überschätzte sie, denn der Kritiker einer Kleinstadt mußte zur Förderung des Theaterbesuchs alles loben. Um zu verhindern, daß wir wieder im Sommer in Berlin von Agentur zu Agentur ziehen mußten, fing ich an, Briefe an andere Theater zu schreiben, fügte Kritiken und Fotos bei und bat um einen Termin zum Vorsingen. Von Nürnberg kam abschlägige Antwort. Hamburg antwortete überhaupt nicht. Kleine Städte erwiderten, ihre Entscheidung würde erst später getroffen.

Schließlich schrieb ich an den allmächtigen Oscar Bie und bat ihn, ob er uns irgendwie behilflich sein könnte. Er antwortete, er hätte Castonier an Fritz Busch in Dresden empfohlen. Bald kam ein Brief, der ihn zum Vorsingen bestellte. Die Kollegen waren tief beeindruckt über diese Chance. Castonier erhielt drei Tage Urlaub, und wir reisten in meine Geburtsstadt, die ich als Halbwüchsige einmal Hals über Kopf verlassen hatte.

Ich war sehr müde bei der Ankunft und ging früh zu Bett. Castonier erklärte, daß er noch etwas durch die Straßen bummeln wollte, und versprach, bald wieder zu kommen. Um zwei Uhr morgens wurde ich von ihm geweckt. Er war sehr heiter, sehr angeregt und erklärte, er hätte einen Bekannten aus Berlin getroffen und mit ihm in einem Lokal gesessen. Seine Stimme war belegt, er hatte einen leichten Schwips. Am nächsten Morgen gingen wir zum Opernhaus. Der riesige Zuschauerraum lag in Dunkelheit. Ich wurde in eine der hinteren Reihen gewiesen. Ganz vorn saßen Busch, der Intendant und ein Regisseur. Castonier stand unendlich verloren, sehr klein und sehr korpulent auf der leeren, matt erhellten Bühne, neben dem Klavier.

Er sang die große Arie aus ›Carmen‹. Er war nicht nur heiser, sondern unsicher, der Text kaum zu verstehen, außerdem hatte er sich nicht eingesungen, weil er zu spät aufgestanden war, und versagte beim Schlußsatz: »Carmen, ich liebe dich ...«

Eine Stimme kam aus der ersten Reihe: »Um Himmelswillen, das ist ja fürchterlich!« Eine andere Stimme erwiderte: »Vorsicht, seine Frau sitzt hinter uns.«

Castonier hatte noch nie so erbärmlich gesungen. Vielleicht, weil Professor Bie, der von Dirigenten und Sängern gefürchtete Kritiker, sich persönlich für ihn eingesetzt hatte, vielleicht aus Mitleid schlug Busch ihm vor, ihm noch einmal in seinem Büro vorzusingen. Busch begleitete ihn. Er sang die Zauberflötenarie »Dies Bildnis ist bezaubernd schön«, die er so oft gepaukt und erst kürzlich so schön in Bamberg gesungen hatte, und sang sie genauso schlecht wie die Carmen-Arie.

Im grellen Tageslicht sah er alt, verfallen, verbummelt aus, mehr wie ein Lebemann als ein Sänger. Busch sagte höflich, er bedauere. Der Intendant schenkte uns zwei Karten für ›Die Josefslegende‹, wie man Kindern Schokolade schenkt.

Als wir auf der Straße standen, sagte Castonier: »Hätte ich bloß nicht«, und verstummte. Es war zwecklos, jetzt zu erwidern, ja, natürlich hättest du nicht bummeln sollen – und wo hast du dich überhaupt herumgetrieben? Ich erfuhr nie, wer der mysteriöse Bekannte war, den er angeblich getroffen hatte.

Die Aufführung der ›Josefslegende‹, das herrliche Orchester, das große festliche Haus bedrückten uns. Wir dachten beide dasselbe: die Chance war vertan. Welche Chance würde sich jetzt bieten?

Die Bamberger Kollegen waren neugierig zu erfahren, ob wir Glück gehabt hätten. Wir sagten, was alle Kollegen sagten, wenn sie enttäuscht waren: alles würde sich erst im Frühjahr entscheiden. Das Frühjahr war inzwischen schon ziemlich weit vorgeschritten, die Baumblüte längst vorüber, und die dicke, ältliche, sehr erfahrene Schulz bemerkte bloß: »Was nicht auf Anhieb wird, wird nicht.«

Wieder wurden Briefe an Agenten und Theater geschrieben. Die Agenten erwiderten bloß, Castonier müßte sich persönlich vorstellen. Und so beschlossen wir, falls wir nichts anderes bekämen, eine zweite Saison in Bamberg zu absolvieren, die Direktor Willkens Castonier vor einiger Zeit vorgeschlagen hatte.

Aber ein Ereignis ruinierte die Aussicht auf eine zweite Bamberger Saison. Und zwar geschah etwas im Theater selbst. Ich erfuhr nicht, was wirklich vorgefallen war. Castonier behauptete, man hätte ihm seinen schönen Leichner-Schminkkasten geplündert und außerdem seine Trikots gerade dort zerschnitten, wo er vorschriftsmäßig den schwarzen cache-sexe tragen mußte. Er hätte den Bariton verdächtigt, es wäre während der Proben zu Ohrfeigen gekommen, schließlich hätte er ihn gepackt und auf die Trommel ins Orchester geworfen. Eine Anzeige wegen Körperverletzung wäre erstattet worden.

Ich ging sofort zu Willkens, wurde aber nicht empfangen. Die Sekretärin starrte mich bloß feindselig an und sagte kühl: »Der Herr Direktor wird wohl kaum mehr für Sie zu sprechen sein.«

Am selben Abend, als wir gerade Fleisch auf dem Spirituskocher braten wollten, erschien Frau Träubel, gefolgt von einem Polizisten, der ihm eine Vorladung brachte. Frau Träubel rang die Hände, erklärte, sie hätte noch niemals Polizei im Haus gehabt, der Polizist erwiderte geruhsam, man müsse immer mal einen Anfang machen.

Castonier war fassungslos. Der Überfall auf den Bariton kostete eine Geldstrafe und nahm jede Hoffnung auf eine zweite Saison in Bamberg, mit der wir gerechnet hatten, um die unsichere Engagementsuche in Berlin zu vermeiden. Außerdem wurde Castonier von den Kollegen gemieden und die letzte Zeit nicht mehr beschäftigt.

Wir mußten also bei Saison-Ende wieder nach Berlin, und da wir unsere Wohnung aufgegeben, die Möbel verkauft hatten, um Perücken, Schminke, neue Kostüme zu kaufen, suchten wir wieder ein billiges Logis. Wir fanden ein Hofzimmer mit einem Bett und einem Diwan in der Zimmerstraße. Im Mietpreis inbegriffen war eine winzige Kammer mit einem Gasherd.

Während Castonier seine Runde bei den Agenten machte, schrieb ich einen Kriminalroman ›Der schwarze Schatten‹, der von Ullstein für dreitausend Mark gekauft wurde und später mit einem blutrünstigen Titelbild erschien. Das Honorar war so etwas wie das große Los, aber wir hatten Sparen gelernt. An Sonntagen radelten wir von der Zimmerstraße die Linden entlang, über den Reichskanzlerplatz, zum Teufelssee. Jahrzehnte schienen vergangen zu sein, seitdem ich im Haus am Reichskanzlerplatz gewohnt hatte. Mein Vater lebte noch dort. Einmal begegneten wir ihm und seiner Frau. Sie sahen an uns vorüber. Er gehörte jetzt zu meinen Kindheitserinnerungen.

Alice Berend war wieder von München nach Berlin übergesiedelt und lud mich oft in ihr schönes Haus in Zehlendorf. Sie hatte einen viel jüngeren Mann geheiratet, einen Maler, der sich im Dritten Reich von ihr scheiden ließ. Ein Kreis von dichtenden und malenden Menschen versammelte sich oft bei ihr: die schöne Ilse Langner, die später ein begabtes Stück über die zur Legende gewordene Mary Baker-Eddy schrieb, mein alter Freund, Rudi Kayser, der sogenannte Spinoza-Kayser, und Elisabeth Langgässer. Es gab Teenachmittage, die sich oft bis spät nachts hinzogen, bis zur letzten Trambahn, denn Autos besaßen damals nur die »Raffkes«, neureiche Großindustrielle und Filmstars.

Georg Hermann kletterte einmal die vier steilen Treppen zu unserem Zimmer empor, besah sich aufmerksam mit seinen kleinen, schwarzen Knopfaugen das Logis und sagte schließlich: »Vom Kaiserdamm zur Dachkemenate.«

Theodor Wolffs luden mich oft ein, stets ohne Castonier, den sie nicht mochten. Der Teetisch bei Wolffs war spartanisch: es gab kein Tischtuch, nur ein weißes Wachstuch, soliden Kuchen, Butterbrote. Immer ging es laut und lebendig zu, denn die zwei Söhne und die Töchter brachten ihre Freunde mit – und auf Abendgesellschaften traf sich das ganze geistige Berlin, der alte Elias, Meier-Graefe und Paul Cassirer, Reinhardt und Wegener, Ärzte, Gelehrte, Journalisten, Hermann Sinzheimer mit seiner schönen blonden Frau und Victor Auburtin, den ich zuletzt in Paris gesehen hatte.

Der Sommer verging, ohne daß wir ein Engagement bekamen, und Castonier wurde von Tag zu Tag mutloser. Dann erhielt er, völlig unerwartet, ein Angebot für die Wiener Volksoper, an der Leo Blech dirigieren sollte.

Als ich Theodor Wolff von dieser Chance berichtete, bemerkte er, das Unternehmen stünde auf wackligen Füßen. Wir sollten uns keine zu großen Hoffnungen machen.

Aber wir machten uns Hoffnungen. Castonier erklärte, die Wiener Volksoper wäre ein Sprung zur Staatsoper, und begann mehr einzukaufen als vernünftig war – neue Kostüme, neue Perücken, einen luxuriösen Schminkkasten, die die Schwindsucht meines Roman-Honorars beschleunigten, das wir in Hundertmarkscheinen in einem Handkoffer aufbewahrten.

Da Berlin sommerlich heiß, die Hitze in dem kleinen Zimmer unerträglich war, beschlossen wir, über Paris in irgendein kleines Dorf am Mittelmeer zu fahren und dort billig bis zum Saisonbeginn zu leben.

Wir reisten vom Bahnhof Friedrichstraße ab. Kurz vor der Ankunft am Bahnhof Zoologischer Garten erschien ein fassungsloser Schaffner und schrie nach einem Arzt, weil der Heizer ohne Kopf auf dem Kohlenwagen liege. Der Bahnsteig war geräumt, als der Zug hielt, eine verhüllte Gestalt wurde auf den Boden gelegt und daneben, in Zeitungspapier gewickelt, der Kopf, der dem Mann von einem Signal abgerissen worden war, als er auf dem hoch aufgefüllten Kohlenwagen stand. Unsere Heiterkeit war vergangen, wir waren bedrückt und konnten nicht schlafen.

Nach anderthalb Jahrzehnten war ich wieder in Paris und zeigte meinem Mann, was mir damals mein Vater gezeigt hatte – auch das altersgraue Haus in der Rue des Belles-Feuilles und das Einfahrtstor, auf dem er, als wir einzogen, meine Größe eingekerbt hatte, und darüber eine andere Kerbe, vom Auszug. Wir gingen die Rue de la Pompe entlang, die ich mit Dunchen so oft zum Cours Fénelon gegangen war. Die Tür zum Spielhof stand offen, im kleinen gläsernen Vorbau saß Mademoiselle de la Tourrasse, die Handglocke hing neben ihr, als wäre die Zeit hier stehen geblieben. Sie strickte noch immer an einem Gebilde aus schwarzer Wolle; sie erkannte mich, rief: »Elisabeth, ma petite fille«, führte uns in mein altes Klassenzimmer. Auch dort war alles unverändert. Der alte Schrank, in dem wir unsere Mappen ablegten, stand in derselben Ecke, neben dem Ständer, auf dem wir die vorschriftsmäßigen schwarzen Schulschürzen aufhingen. Die Tür zum kleinen Nebenraum, in dem wir zur Strafe sitzen und abschreiben mußten, hatte noch denselben Knarrton, als ich sie probeweise öffnete.

Neben dem Eingang zum Cours war noch der kleine, dunkle Laden des Monsieur Delalain, in dem wir ›La Nouvelle Héloise‹ kauften, vor deren Inhalt wir in der Literaturstunde gewarnt worden waren. Dieser Laden spielte im Zweiten Weltkrieg als Treffpunkt der Résistance und des britischen Intelligence Service eine wichtige Rolle und wurde nie entdeckt.

Ich führte Castonier in den Dôme des Invalides und auf die Friedhöfe, in den Louvre – aber er wollte lieber in die Folies Bergères gehen. Maurice Chevaliers Stern war schon in Hollywood aufgegangen, die Mistinguett trat mit einem anderen Partner auf und schritt nicht mehr so elastisch die Treppe hinunter, die vollbusigen, breithüftigen Choristinnen waren jetzt elfenschlank, das Programm an sich unverändert: lebende Bilder, Les Statues, mit dem etwas fahlen Parkhintergrund, viel Tanzerei und mehr Frauen als Männer. Der schönste Mann war ein herrlicher Neger. Im promenoir wandelte eine andere Mädchengeneration. Der Spiegel, in dem sich eine kaum Siebzehnjährige gesehen hatte, warf das Bild einer Erwachsenen im Seidenkleid zurück, und ich dachte an das weiße Mullkleid mit den rosa Schleifen.

Wir blieben nur kurz in einem winzigen Hotel, das sich großartig Hotel d'Egypte et de Deaunou nannte, dann reisten wir weiter nach Süden. In unserem Abteil saß ein älterer Franzose. Er wies auf eine Bahnüberführung, sagte: »Von dort aus habe ich 1917 einen deutschen Soldaten erschossen, weil Krieg war. Warum müssen diese Boches immer Krieg gegen uns führen?«

Dieser Mann erzählte uns von einem Fischerdorf in der Nähe von Perpignan, »un petit trou pas cher«. Wir sollten uns die Kathedrale ansehen, die eine Sehenswürdigkeit wäre, das Kirchenschiff stünde im Meer, wäre zwischen einem ehemaligen Arabischen Leuchtturm und dem Strand erbaut.

Es klang verlockend, wir fuhren von Perpignan weiter nach Collioure und fanden, was wir gesucht hatten: ein Fischerdorf mit engen holprigen Gassen, eine placette, umsäumt von uralten Platanen, auf der Sonntag abends zum Dudelsack getanzt wurde, eine andere placette mit einem Ziehbrunnen für Trinkwasser, denn es gab weder Kanalisation noch Wasserleitung. Man trug sein Trinkwasser abends in tönernen Krügen nach Hause.

Wir fanden auch etwas, das sich stolz Appartement nannte, beim Tonnenmacher Desclaux und seiner Frau Angèle. Nur eines der zwei Zimmer besaß ein Fenster mit einem weiten Ausblick auf den kleinen Hafen, das Meer und die schöne Kathedrale, in deren Turm die erleuchtete Uhr nachts wie ein goldener Mond schwebte. Der andere Raum war dunkel, fensterlos, stikkig. Ein schmaler Schlitz zum meterbreiten Hofschacht trug Essensdunst aus anderen Fensterschlitzen. Die sanitären Verhältnisse waren primitiv. Es gab keine Wasserleitung, daher auch keine Wasserspülung, und als wir nach »les cabinets« fragten, erklärte Desclaux, es gäbe nur den »seau hygiénique«. Dieser Seau war ein Eimer mit buntem Deckel und stand auf dem schmalen Gang zwischen Treppe und Zimmer.

Abends kam eine alte Frau, die »La Maraine« genannt wurde, und trug das Irdischste der Menschen zum Strand, schleuderte es mit geübtem Wurf nach uralter Tradition zwischen den am Ufer ruhenden Segelbooten ins Meer, und aus anderen Häusern kamen andere Maraines und taten desgleichen.

Wir gewöhnten uns rasch an unseren Seau, an das Holzkohlenfeuer, auf dem wir kochten, sogar an die Strandflöhe. Es war ein schöner, heißer Sommer, mit Schwimmen vom steinigen Strand, der stolz La Plage genannt wurde, langen Abenden mit einem Holländer und seiner Frau und Max Pechstein. Da war eine alte Engländerin, die in ihrer Trunkenheit Shakespeares Verse sprach und dann in das einzige Hotel taumelte, in dem auch Pechsteins wohnten, Hotel Quintana, in dessen kleinem Speiseraum Bilder bekannter Maler hingen, die damit ihre Rechnungen bezahlt hatten, als sie noch nicht bekannt waren. Madame Quintana, eine hysterische, exzentrische Person, die herrlich kochte, hatte sie gern in Zahlung genommen, »parçeque moi, j'aime les beaux arts«.

In Vollmondnächten erschien ein hexenartiges Wesen am Strand, das »la Caisse de Puces« genannt wurde, und hantierte geheimnisvoll, sobald die Boote zum Fischfang ausgefahren waren. Sie holte Kochgeräte aus einer kleinen Kiste, in der sie ihre irdischen Habseligkeiten mit sich schleppte, zog geheimnisvoll murmelnd einen magischen Kreis und entzündete ein Feuer, auf dem sie irgend etwas kochte. Niemand wagte es, den Kreis zu überschreiten, weil die Dorfbewohner behaupteten, wer es täte, würde auf der Stelle sterben. Castonier und Pechstein lachten über die vermeintliche Hexe, aber keiner der beiden Männer wagte es, den magischen Zirkel zu betreten. Man wußte, daß sie in Friedhöfen übernachtete, und erzählte sich schaudernd, daß sie Tote aus ihren Gräbern zauberte und sich mit ihnen unterhielt. Wir sahen sie einmal nachts in den Colliourer Friedhof schleichen und sich auf ein frisches Grab legen.

Collioure war damals etwas wie ein sehr bescheidenes Capri. Menschliches Strandgut wurde angeschwemmt, tauchte zwischen braven Sommerfrischlern aus Perpignan auf, entschwand wieder, einmal erschien ein seltsam gekleideter Amerikaner, der schweigend am Strand hockte und aufs Meer starrte. Seine Frau war ihm vor Jahren mit einem Fischer durchgegangen, und er wartete jeden Sommer auf ihre Rückkehr. Es hieß, er wäre ein Millionär. Eines Tages fand man ihn tot in einem Weinberg. Da er weder Geld, noch Wertsachen, noch Ausweispapiere besaß und der Hitze wegen rasch begraben werden mußte, wurde unter den wenigen Sommerfrischlern für sein Begräbnis gesammelt. Auch die Bewohner folgten dem Sarg des »pauvre cocu« komplett mit den naturalistisch schluchzenden Klageweibern, wie ihre arabischen Vorfahren es getan hatten, und Castonier sang das Requiem bei der Totenmesse.

Eines Tages verkündeten Plakate das eintägige Gastspiel einer Operntruppe der Opéra-Comique aus Paris: »Prunkvolle Kostüme von noch nie gesehener Pracht. Großes Orchester unter persönlicher Leitung von Monsieur le Directeur, erstklassige Sänger werden dem verehrten Publikum die berühmte Oper ›Tosca‹ vorführen.«

Die Colliourer hatten noch nie eine Oper gesehen. Da in der vorhergehenden Woche der Todestag vom heiligen Saint-Vincent mit der sogenannten »Rigolade« gefeiert worden war, einem unblutigen »Stier-Kampf«, bei dem Kühe, deren Hörner man mit Gummikappen versehen hatte, geneckt wurden, überließ man der Truppe die kleine Arena mit der hölzernen Tribüne. Am Vorabend erschienen vier von mageren Pferden gezogene Wohnwagen. Ein Podium wurde in der Mitte der Arena errichtet, verblaßte Kulissen aufgehängt, ein zerschlissener Samtvorhang am Strick befestigt. Da die Bühne nach hinten offen war, konnte man die Vorbereitungen beobachten – und ganz Collioure drängte sich auf dem Hang, der zur Festung emporführte, um einen Blick hinter diese armen Kulissen zu tun.

Der Bäcker buk unzählige Madeleines, ein Eisverkäufer erschien aus der Hafenstadt Port Vendres. Max Pechstein, das Skizzenbuch in der Hand, behauptete plötzlich, er hätte auch noch nie eine Oper gesehen, und mimte aufgeregte Bewohnerschaft.

In einer kleinen Bretterbude hockte eine üppige, grell geschminkte Brünette und verkaufte rosa und blaue Papierstücke, auf denen mit der Hand »Schatten-« oder »Sonnenplatz« vermerkt war. Schattenplätze waren etwas teurer. Wir kauften uns Schattenplätze, denn die Vorstellung begann um zwei Uhr. Wir saßen mit Pechsteins, einem jungen Künstlerpaar aus Belgien und der Engländerin zusammen, die in Erwartung der Aufführung schon am Vormittag mehr fine Champagne als sonst getrunken hatte.

Die Arena war dicht besetzt, als der Dirigent seinen Taktstab über dem Miniaturorchester erhob, das seitlich von der Bühne im Schatten hockte, weil die Sonne schon weiter vorgerückt war, als die Künstler berechnet hatten. Kleinkinder spielten unbekümmert im Sand der Arena um die Bühne. Senegalesen, die die Festung und die Strafgefangenen bei Straßenarbeiten beaufsichtigten, hingen als Zaungäste über Bretterwände, die in aller Eile errichtet worden waren.

Die Colliourer wußten nicht so recht, was sie mit den singenden Menschen in ihren Samtkostümen anfangen sollten. Erst als Tosca ihren Wohnwagen hüftknickend verließ, die Arena überquerte und die Bühne auf einer kleinen Leiter bestieg, wurde die Stimmung angeregt, denn Tosca, die auch den Vorverkauf geleitet hatte, trug ein eng anliegendes, grünes Samtkleid und einen enormen Federhut mit Glitzerschmuck auf schwarzer Perücke. Ihre Schleppe wirbelte kleine Staubwolken auf, sie setzte etwas zu spät ein – aber das Orchester wartete geduldig, und dann ging es weiter.

Die Fischer hatten kein Interesse an den Arien und streckten sich schläfrig auf den Brettern aus. Die Kinder auf der Tribüne wurden unruhig, denn es war gouter-Zeit. Den Säuglingen stopften ihre Mütter den Mund mit der Brust. Später begannen die größeren Kinder zu wimmern, zuerst leise, dann immer lauter, und hin und wieder hörte man: »Maman, pipi.« Und so schickte man sie in die Arena, hinter die Bühne, auf der es melodisch zuging.

Das Orchester rückte nach dem ersten Akt etwas weiter seitlich von der Bühne ab, dem Schatten nach; es sah aus, als wollte es sich von den Sängern trennen. Im zweiten Akt erwachte das Interesse der Zuschauer. Scarpias Todeskampf wurde wie die »Rigolade« mit stürmischem Beifall begrüßt. Deshalb tat Tosca noch ein übriges, stocherte an ihm herum und versetzte ihm schließlich einen Tritt, der wohl edle Teile traf, denn man sah deutlich, daß der Tote Cambronnes historisches Wort sprach.

Der dritte Akt war nicht zu verstehen, denn Kinder lärmten, Fischer diskutierten, die Halbwüchsigen schrien und trampelten. Die Mütter hatten ihre Brüste wieder in die Taillen gestopft und blickten schläfrig vor sich hin. Die Truppe tat, was sie konnte. Sie verzögerte die Erschießung durch Mimik, das Orchester spielte ritardando und verstummte, wie im Zirkus beim Todessprung des Akrobaten, als aus der Kulisse Holzprügel ragten, die Gewehrmündungen vorstellen sollten. Die Senegalesen schnatterten wie erregte Affen hinter dem Bretterzaun.

Tosca hüftknickte um ihren Cavaradossi, endlich knallte ein bescheidener Schuß, Cavaradossi wälzte seinen rotsamtenen Bauch im Staub, und Tosca hüpfte über die schwankende Mauerbrüstung in die Tiefe auf die Matratze, die unterhalb der Engelsburg lag. Die Senegalesen brachen den Bretterzaun nieder, rannten in die Arena, umringten die Bühne und lachten schrill, als Cavaradossi und Tosca sich für den stürmischen Beifall bedankten.

Abends saßen die Künstler vor ihren Wagen, von der Jugend begafft, an sorgfältig gedeckten Tischen. Am nächsten Morgen zogen sie weiter, müde Pferde, ausgediente oder nicht arrivierte ältere Sänger, die sich von Schminke und Illusionen nicht zu trennen vermochten, mit Gesichtern, verblaßt wie die fadenscheinigen Leinwandstreifen, die Paläste, Burgen, Parks darstellen sollten.

Einmal machten wir einen Ausflug zu den seltsamen Felsformationen, die aus der Ebene nördlich von Perpignan wachsen. Es war eine Fahrt wie in eine Mondlandschaft: Burgruinen, verlassene, wasserlose Dörfer, aus deren toten Häusern wilde Blumen wucherten, und immer wieder Schloßruinen auf kahlen Hügeln. Die Galamusfelsen, silbergrau und seltsam geformt, sahen aus, als hätte ein Bildhauer aus Spielerei versucht, Riesenkreisel zu meißeln, um sie dann mitten in die Ebene zu stellen. Ein schmaler Weg führte in die Schlucht, an einem steilen, steinigen Fußweg verkündete ein Schild: EREMITAGE, CHAPELLE, GROTTE.

Wir stiegen aus, kletterten den Pfad zwischen Geröll und duftenden Bergkräutern herunter, bis zu einem halb verfallenen Gebäude mit kleinem Glockenturm. Ein Zettel an der Holztür bat, man möge laut klopfen. Wir klopften, und der Einsiedler erschien. Er trug eine braune Mönchskutte und den traditionellen langen Einsiedlerbart im rotglänzenden Gesicht, bat uns, einzutreten, und führte uns in eine Felsenhöhle, die »Wundergrotte«, an deren feuchten Wänden Votivbilder hingen. Er wies auf die Wände: »Die Statue dort ist von einem Bewohner gestiftet worden, der sie der Muttergottes versprochen hatte, wenn Perpignan von der Cholera verschont bliebe. Und dort oben ist der versteinerte Drache zu sehen, in den ein Mann verwandelt wurde, der nicht an Gott glauben wollte.« Er legte zärtlich seinen Arm um unsere hübsche Begleiterin: »Die Touristen hören so etwas gern. Was mich anbelangt –«, und er verscheuchte mit der freien Hand Drachen und Cholera.

Unsere Begleiterin sagte unsicher zu dem sichtlich Betrunkenen: »Sie sind Franziskaner, mon Père?«

»Ich bin nur vom Fremdenverkehr angestellt, um Engländern mittelalterliche Romantik vorzutäuschen – vous savez, les Angliches. Im Oktober gehe ich wieder zu Frau und Kindern nach Perpignan zurück.« Dann forderte er uns auf, die Glocke zu läuten: »Sie erfüllt besondere Wünsche.«

Wir läuteten, Castonier läutete am längsten, verriet mir aber nicht, was er sich gewünscht hatte. Der Talmi-Eremit stand mit wissendem Lächeln daneben, verkaufte uns noch ausgezeichneten Rotwein, und als wir gingen, rief er uns nach: »Amusez-vous bien, Messieurs-Dame, la vie est brève –«

Wir amüsierten uns. Es war ein verzauberter Sommer mit langen, heißen Nächten, Tanz auf der Platanen-placette an Sonntagen, Wanderungen über die Pyrenäen nach Spanien und zurück mit Wein in einer Ziegenhaut, begleitet von unserem Freund, dem französischen Zollwächter, der alle Schleichwege kannte, um Zoll zu vermeiden, mit Gängen nach der kleinen Hafenstadt Port Vendres, um die Ankunft des Afrika-Dampfers zu erwarten.

Und da waren die Badenachmittage in einer abseits gelegenen Bucht, wo märchenhaft große Polypen sich verträumt am Felsen von der Brandung wiegen ließen. Zuweilen wurden die Senegal-Soldaten vom weißen Feldwebel dort zum Baden geführt und warfen ihre heißen roten Uniformen wie ungeduldige Kinder ab. Da Nacktbaden verboten war, mußten sie sich aus einem Taschentuch und Bindfaden einen cache-sexe anfertigen, den sie meist gleich verloren oder abrissen. Sie tauchten wie schwarze Delphine, lachten schrill und waren für kurze Zeit wieder freie Menschen. Die meisten trugen an ihren langen, schmalen Füßen Merkmale unbarmherziger Militärstiefel, einige trugen Heiligenmedaillen um den Hals, der ihre Bekehrung zum Christentum kündete – und den Tausch gegen Elfenbeinringe, die sie als Zeichen der Trauer für verstorbene Verwandte getragen hatten, ehe man sie zwang, Soldaten und Verteidiger eines Landes zu werden, das nicht ihre Heimat war.

Wir befreundeten uns mit einem der jungen Senegalesen. Er besuchte uns in seiner Freizeit, ging mit uns Kaffee trinken und erzählte uns nicht nur von Eltern und Geschwistern, sondern auch von »Monsieur Jesu«, dessen buntes Bild der Missionar ihm gegeben hatte, als er seine Elfenbeinringe ablegte und sich taufen ließ, weil Monsieur Jesu sonst böse wäre.

»Moi pas méchant, moi pas faire rien à Monsieur Jesu connai pas, pourquoi lui méchant pour Boubou?«, denn so nannten wir ihn. Boubou und sein Monsieur Jesu erinnerte mich an meine Kindheit und an Dunchens Drohungen mit »Dein Herr Jesus«.

Diese Senegal-Soldaten waren ebenso Gefangene in der Festung wie die Gefangenen, die sie bewachen mußten; arme Teufel, die in glühender Sonne in schweren Stiefeln und dicken Uniformen Männer beaufsichtigten, die wegen irgendwelcher Vergehen vom Militärdienst ausgeschlossen waren, statt dessen aber mit Straßenbau und Steinklopfen ihre Dienstzeit absolvierten. Man konnte Gefangene mit Erlaubnis des Festungskommandanten in ihrer Freizeit als Arbeiter bekommen. Unser Mann, der das »Appartement« wöchentlich gründlich putzte, war ein liebenswerter junger Mensch, froh, wenn er sich ein paar Francs verdienen konnte. Er hatte seine Frau erschlagen, als er sie in flagranti mit einem anderen überraschte. Weil es ein crime passionel war, hatte man ihn nicht zu Deportation verurteilt, sondern nur mit Gefängnis bestraft. Er berichtete gern in allen Einzelheiten von diesem Mord und schloß jedesmal seinen Bericht mit: »Que voulez-vous que je fasse, Monsieur-Dame?«

Als wir von Collioure abreisten, standen er und Boubou weinend auf dem Bahnsteig. Boubou schenkte uns eine Pflanze, die wir einmal bewundert hatten und die im Volksmund »Sardine de Sable« genannt wurde – ein kaktusähnliches Gewächs, das wie eine lange, grüne Schlange, mit herrlichen roten Blüten, am Boden entlangwuchs und eingetopft Jahre mit uns herumreiste.

Auf der Fahrt nach Wien blieben wir einige Tage in Marseille, dieser erregenden, abenteuerlich bunten Stadt, in der Schiffe aus allen Ländern der Erde nicht nur ihre Fracht, sondern auch undefinierbare Existenzen löschten.

Im Vieux Port durften an Sonntagen Gaukler ihre Künste vorführen. Straßensänger grölten den neuesten Schlager. Wahrsagerinnen lasen hinter einem Sackleinenvorhang aus der Hand. Maskenhaft lächelnde Chinesen boten seltsame Papierblumen an, die sie mit einer Handbewegung in verschiedene Blumen und Blüten verwandelten. Immer wieder versuchten wir, so eine Wunderblume durch Schütteln zu verwandeln, es gelang uns nicht. Matrosen verkauften exotische Vögel und kleine, angstzitternde Affen, Männer flüsterten: »Fotos-cochon, Monsieur-Dame«, und zeigten Probebilder in ihrem Hut. Krüppel stellten ihre Verstümmelungen, von Fliegenklumpen bedeckte Wunden zur Schau. Homosexuelle lächelten älteren Herren mit geschminktem Mund zu. Händler verkauften Teppiche, die niemals Persien gesehen hatten, und eine heisere Drehorgel spielte Schlager aus der guten alten Zeit. Eine Frau sang schrill: »Rosalie, elle est partie, et depuis ce jours – j'ai l'mal d'amour.«

Abseits vom größten Trubel stand ein Mann in der verblichenen Uniform des Ersten Weltkrieges auf einer Kiste. Gesicht und Hände waren dunkelbronzen gefärbt. Er stand völlig regungslos, als wäre er eine uniformierte Statue. Ein leerer Militärstiefel lag neben dem Holzstumpf, der ihm als Bein diente, seine blinden Augen starrten in die Sonne. Neben dem Sammelteller lag ein Zettel, der die Summe angab, die sein Vaterland ihm für Blindheit und Verstümmelung zahlte. Neugierige drängten sich um ihn, legten Kupferstücke auf den Teller. Ein Neger, der nicht wußte, ob der Regungslose ein Mensch oder eine Bronzefigur war, versuchte, ihn zu kitzeln, der Invalide rührte sich nicht. Es war die furchtbarste Anklage gegen den Krieg.

Vom Vieux Port führten enge, schmutzige Gassen in das Quartier Réservé, das Bordell-Viertel. Morgens gingen die Bewohnerinnen mit übernächtigen, grauen Gesichtern, unfrisiert, ungeschminkt, in Pantoffeln einkaufen, feilschten wie andere Hausfrauen mit den fliegenden Händlern, während Madame, wie stets in schwarzem Seidenkleid, vor der Tür ihres Etablissements saß und mit der Konkurrenz schwätzte.

Abends waren die Häuser erleuchtet, Grammophonmusik, Gesang und Geschrei schrillte aus den Fenstern. Die Mädchen zeigten sich an den Fenstern oder auf kleinen Balkons, in dünnen Hemden, schwarzen Hemden, mit Glitzerbändern im hochtoupierten Haar, winkten mit schlaffen Brüsten, lockten und fluchten, und Madame saß wie eine Institutsvorsteherin vor der Tür und bot Vorübergehenden ihren Betrieb an: »Cinéma cochon, Monsieur-Dame? – Allez donc, içi on vous apprendra à faire l'amour, les amoureux –«

Eine Madame bot »Les caprices spéciales, champagne de marque tout compris« an. An einem Eckhaus verkündete ein Plakat den Pauschalpreis: »Une femme, un bock, une chambre, un essuiemain – dix francs.«

Ich fragte Castonier, ob es preiswert wäre, aber er war ungern mit mir gegangen, antwortete nicht und hatte Eile, fortzukommen.

In einer Bretterbude verteilten Beamte an Militärpersonen capotes Anglaises (die in England French Hats heißen). Eine Gasse war für Senegalesen reserviert. Dort gab es keine würdevolle Madame im schwarzen Seidenkleid, keine Lockrufe, keine Musik. Die schwarzen Kunden warteten schwatzend vor dem Vorhang, der als Eingangstür diente, bis ein Kamerad herauskam. Oft bestand der Vorhang nur aus klirrenden Glasperlen. An den Straßenecken, im Schatten, lauerten die Zuhälter. Es war eine unheimliche, faszinierende Atmosphäre.

Eine Gruppe sächsischer Touristen beriet unsicher vor einem Haus, dessen Madame ihnen alle Paradiesesfreuden mit den schönsten Mädchen von Marseille verhieß. Einige Männer machten ein paar Schritte auf die Eingangstür zu, wurden sofort von einer Horde Mädchen in durchsichtigen Hemden umringt, die Krawatten wurden ihnen abgerissen, die Hüte fortgenommen und ins Haus geschleppt. Die Überraschten taten, was sie tun sollten: sie folgten den Mädchen, um ihre Krawatten und Hüte wiederzubekommen, während die anderen Männer sich in die Sicherheit des Quais flüchteten, den die Mädchen nicht betreten durften. Madame, schmuckglitzernd, gelassen, ein verfetteter Schutzengel, lächelte wissend: meine Mädchen sind begabt.

Später sahen wir die verführten Sachsen wieder im Hafencafé, in dem ihre Ehefrauen unruhig warteten, brave, dicke, zu warm gekleidete Hausfrauen. Als die Männer erschienen, erkundigten sie sich, wo sie so lange gewesen wären, sie hätten doch nur ein Viertelstündchen spazierengehen wollen. Die Herren sahen erhitzt aus und erklärten, sie hätten die Kathedrale Notre-Dame auf dem Hügel besichtigt. Der Aufstieg wäre beschwerlich gewesen, die Aussicht aber wirklich lohnend. Ich werde nie Castoniers Lachen vergessen.

Wir kamen in Wien an, ohne zu wissen, wo wir absteigen würden. Ich rief Carl Lahm an, der Sonderkorrespondent der

›Vossischen Zeitung‹ war. Er machte dunkle Anspielungen auf die schwierige Lage der Volksoper, erklärte aber im selben Atem, daß er uns nicht entmutigen wollte, und empfahl eine besonders billige Pension, die von der Frau eines Rechtsanwalts geführt wurde. Sie lag in der Nähe des Allgemeinen Krankenhauses, auf dessen Dach eine weiße Fahne aufgezogen wurde, wenn einmal kein Patient gestorben war. Eine Vinzenzschwester erzählte mir, daß sie dies in zehn Jahren nur zweimal gesehen hätte, »denn der Herrgott nimmt halt jeden Tag so viele Menschen zu sich«.

Die Pension war eine ehemalige Privatwohnung in einem altersgrauen Haus mit vorsintflutlichem Lift, an dem ein Zettel »Außer Betrieb« hing. Die Mahlzeiten wurden gemeinsam eingenommen, und die Rechtsanwaltsfrau legte sich selbst und ihrem Mann zuerst die größten und besten Stücke vor, ehe sie uns bediente. Als sie Castonier einmal ein dürres Gänsebein gab, sagte er: »Ich bin leider kein Knochenfresser«, worauf er etwas mehr erhielt. Die Köchin, die uns besonders gern hatte, legte manchmal abends zwei dicke Stücke der Torte, von der wir mittags nur einen schmalen Streifen bekommen hatten, unter mein Nachthemd.

Während Castonier zu den Proben ging, bummelte ich unter einem südlich klaren blauen Himmel durch die Stadt, die trotz sichtbarer Armut und Verkommenheit noch Spuren des Glanzes einer großen Vergangenheit zeigte. Vor dem wundertätigen Muttergottesbild im Stephansdom knieten stets Scharen von Betern, die mit flehender Gebärde Segen aus dem metallenen Schutznetz zogen. Dies kleine, altersdunkle Bildnis verschwand nach dem Zweiten Weltkrieg von seinem Säulenplatz, wurde von einem anderen größeren, grellbunten Bild ersetzt, von dem nicht jener mystische Zauber ausging.

Der Sarkophag des Herzogs von Reichstadt in der Kapuzinergruft war stets mit frischen Veilchen geschmückt. Als Hitler Frankreich erobert hatte, ließ er den Sohn von Marie-Luise und Napoleon nach Paris überführen. Es war ein vergeblicher Versuch, sich bei den Franzosen beliebt zu machen.

Der schönste Sarkophag, von Kaiserin Maria Theresia, stand in einem Sondergewölbe mit Kuppeldach: ein mächtiges silberbronziertes Lager, auf dem sie neben ihrem Mann, halb aufgerichtet, ruht, als hörten sie, erwachend, den Ton der Auferstehungstrompete, den ein Putto über ihren Häuptern bläst. Da war nichts von Todesfurcht, nur Zuversicht, nur Gewißheit.

Im Stadtpark saß an schönen Tagen die Geliebte des alten Kaisers, Katharina Schratt, mit zwei Altersgenossinnen und spielte im Zeitlupentempo Karten nach dem Kaffee. Die alten Damen trugen noch die Kleider aus der versunkenen Kaiserzeit, Hüte, Rüschen, dünne weiße Glacéhandschuhe, spitzige Schuhe unter langen, weiten Röcken, um die sie jeder Theaterfundus beneiden konnte.

Wir fügten uns bald in den Rhythmus österreichischer Gelassenheit – die vor allem Castonier gefiel, hielten lange Kaffeehaussitzungen bei *einer* Tasse Kapuziner verkehrt, lasen unzählige Zeitungen aller Länder und warteten auf die erste Vorstellung, bei der Castonier, als understudy des ersten Tenors, in Reserve warten mußte.

Die Saison sollte mit Gounods ›Faust‹ eröffnet werden, Michael Bohnen den Mephisto singen, Leo Blech dirigieren. Castonier war voller Hoffnung auf ein Engagement an die Staatsoper, auf eine schöne Wohnung in Wien, damit endlich ein Ende mit dem Leben in möblierten Zimmern wäre, in denen stets der Geruch früherer Mieter hing.

Wir warteten und paukten ›Faust‹ auf dem klapprigen Klavier der Anwaltsgattin, dessen altersgelbe Tasten wie lockere Zähne klapperten, in einem Salon aus dem Wiener Kongreß, mit breiten, verblaßten Samtfauteuils, mit Nippes auf zierlichen Tischen und einer durch Vorlegeschloß gesicherten Vitrine, hinter der Porzellanfigürchen aufbewahrt wurden, mit einer Kunstpalme am Fenster, Wachsblumen unter einem Glasdom, einem Kronleuchter, dessen Kristallzapfen ärgerlich klirrten, wenn die Straßenbahn vorüberdröhnte.

Einige Tage vor der Vorstellung ging ich zum Friseur, dem Herrn Ludwig, einem echten Figaro, zierlich, geziert, etwas aufdringlich in seinem ständigen Anbieten von teuren Parfüms und Seifen, die ich mir nicht leisten konnte. An diesem Tag schlug er mir vor, endlich mein langes Haar abschneiden zu lassen: »Ist ja altmodisch, Gnädigste, Gnädigste wern wiar a jungs Maderl ausschaun, garantiert«, beschwor er mich.

Ich zögerte. Wir berieten lange und ausführlich das Für und Wider, schließlich willigte ich ein. Herr Ludwig und der Inhaber rieten mir ab, meinen Mann zuerst zu fragen. Sie waren für einen fait accompli. Mit ein paar Schnitten fiel das Haar, ich spürte Eiskälte im Nacken – und Angst, denn Castonier war konservativ. Als er erschien, um mich zum Nachmittagskaffee im Café Sacher abzuholen, gab es die böseste Szene unserer Ehe.

Er schrie und brüllte ohne Rücksicht auf seine Stimmbänder, auf die bevorstehende Premiere, ohne Rücksicht auf andere Kundinnen, die mit wissendem Lächeln zuhörten. Er forderte mit herrischer Geste das abgeschnittene Haar, das der erfahrene Herr Ludwig bereits sorgfältig in rosa Seidenpapier gewickelt und verschnürt hatte, um es ihm feierlich, wie einen Kronschatz, zu überreichen. Vergeblich baten er und der Inhaber, der Herr Baron möge sich nicht alterieren, die Frau Baronin wäre doch jetzt so viel schöner, und Herr Ludwig flüsterte mir zu, die meisten Herren benähmen sich alteriert, es würde vorübergehen.

Aber Castonier konnte sich nicht beruhigen. Der Kaffeebesuch war vergessen. Er trieb mich tobend bis zur Haltestelle, zum Erstaunen geruhsam promenierender Bürger. Wie eine Verbrecherin wurde ich in die Trambahn geschoben, während er auf der Plattform weitertobte und Verwünschungen zu mir hereinrief. Ein neben mir sitzender Mann sagte leise: »Gehns, Freilein, lassens den Kerl do laufen, der bringt Eahna noch um – san doch a fesches Maderl, die wo noch an anderen findet, wia an solchenen.«

Die Frau des Anwalts beruhigte schließlich den Wütenden, erklärte, ihr Mann wäre auch wild geworden, als sie sich ihr Haar schneiden ließ, jetzt fände er ihren Bubikopf sehr kleidsam.

»Sie hat sich verstümmeln lassen, ohne mich zu fragen«, knurrte Castonier und verschloß das Haarpaket in seinem Handkoffer.

Wenn wir nicht in der Stadt bummelten oder im Kaffeehaus saßen, schrieb ich weiter an dem Roman ›Angèle Dufour‹, den ich in Collioure angefangen hatte, und nebenbei Kurzgeschichten und Essays für Wiener und Berliner Zeitungen. Die kleinen Honorare halfen, denn die Pensionsrechnungen kamen immer zu früh, wie in der Pension Romana.

Castonier sprach jeden Abend ein unkollegiales Stoßgebet: »Lieber Gott, laß den anderen Faust heiser werden, damit ich singen kann«, und als Nachsatz: »Er braucht nicht gerade zu sterben, er soll nur nicht singen.«

Er hatte sich eine besonders schöne Faustperücke und einen dicken Bart aus echtem Haar für teures Geld gekauft, von dem der Perückenmacher versicherte, er wäre ein Gelegenheitskauf und nur so teuer, weil er garantiert echt sei und keine Wollmischung enthielte. Bart und Perücke störten mich. Wem waren diese Haare abgeschnitten worden? Einem Lustmörder, einem

Selbstmörder? Perücke und Bart beunruhigten mich schließlich derart, daß ich sie nachts in ihrem Karton auf den Balkon stellte. Castonier trug ihn am Abend der Vorstellung wie etwas Zerbrechliches ins Opernhaus. Sein Gebet um Erkrankung des Konkurrenten, eines viel jüngeren Mannes, wurde nicht erhört. Jetzt hoffte er auf eine Absage im letzten Augenblick.

Aber es gab keine Absage, und Castonier mußte die ganze Oper hindurch, im neuen Bart und der neuen Perücke, in einem auf Abzahlung gekauften Faust-Kostüm in der Kulisse warten, ohne gerufen zu werden.

Es gab aber einen Zwischenfall, der ihn nicht betraf. Als der alte Faust flehend sang: »Satan herbei!«, erschien Mephisto-Bohnen nicht, und Faust starrte ängstlich in die Kulissen. Leo Blech klopfte ab, das Orchester verstummte, setzte wieder ein, wieder rief Faust, wieder erschien Mephisto nicht. Schließlich wurde der Vorhang heruntergelassen und Unruhe entstand im Zuschauerraum. Ich dachte natürlich zuerst an Feuer im Bühnenraum, dann erschien der Regisseur, erklärte, ein kleines technisches Hindernis wäre eingetreten, die Vorstellung würde sobald als möglich weitergehen. Der Zuschauerraum wurde hell, die Zuschauer blieben unruhig, einige verließen ihre Plätze, dann wurde es wieder dunkel, Faust rief wieder nach Satan, und diesmal erschien er.

Von Castonier hörte ich, was geschehen war: die Volksoper stand wirklich auf unsicherem finanziellem Boden, und Bohnen hatte sich seine Gage sichern wollen, ehe er auftrat. Um sie zu erzwingen, benützte er das einzige Druckmittel, das er sich als Star leisten konnte – er riegelte sich in »Herren« ein, als die Vorstellung begann, und blieb dort so lange, bis man sich entschloß, Geld für seine Gage der Abendkasse zu entnehmen. Dann konnte die Vorstellung unter großem Beifall fortgesetzt werden.

Wir sahen, daß es keinen Zweck hatte, weiter in Wien zu bleiben. Castonier wurde auf seinen Wunsch aus dem Vertrag entlassen, Bohnen war bereits nach Berlin zurückgereist, auch Leo Blech verschwand. Wieder machten wir die Runde bei den wenigen Wiener Agenten. Aber es war zu spät, um irgendwo anzukommen, überall hatte die Saison begonnen.

Carl Lahm meinte bloß, er hätte das alles vorausgesehen. Kurz vor unserer Abreise gab er eine Gesellschaft, zu der auch Professor Wagner-Jauregg geladen war, Erfinder der Malaria-Behandlung gegen die Syphilis. Er war ein hagerer, etwas finster aussehender Mann, der sich vom armen Bauernjungen zum

Nobelpreisträger für Medizin heraufgearbeitet hatte. Er erzählte mir, daß er jetzt in den Ruhestand versetzt wäre, aber noch jeden Tag in die Nervenklinik ginge. Als ich bemerkte, er sähe nicht alt genug für Ruhestand und Pensionierung aus, erwiderte er mit einem flüchtigen Lächeln in dem seltsam starren, dunklen Gesicht eines alten Bauern: »Leider schon siebzig –«

Weil man damals so viel von Steinachs Verjüngungskur sprach, sagte ich unwillkürlich: »Dann haben Sie sich wohl von Steinach behandeln lassen.« Er lachte, wehrte ab. Jahre später, als ich ihn bei einem Vortrag in Wien traf, entsann er sich meiner Bemerkung und sagte, er wolle lieber auf natürliche Weise altern.

Schwarzschilds ›Tagebuch‹

Es war jetzt zu spät, um noch auf ein Engagement zu hoffen. So beschlossen wir, irgendwo auf dem Land billig zu überwintern, und wählten Kitzbühel. Es war damals noch ein stilles, mittelalterliches Städtchen, in dem die Preise erst zu Saisonbeginn erhöht wurden und Fremde in der »toten« Saison willkommen waren. In einem ländlichen Haus fanden wir zwei bäuerlich möblierte Zimmer mit soliden Betten und großen Kachelöfen, eine Küche und Veranda.

Castonier konnte in der »guten Stube« der Bäuerin üben, ich schrieb an einem Roman ›Die drei Leben des Kai Peterson‹, die Geschichte eines Mannes, der sich drei Pässe von drei Toten verschafft und je nach Bedarf und Laune das eine oder andere Leben nachzuleben versucht. Er erschien als Fortsetzungsroman in vielen Zeitungen.

Kitzbühel im Spätherbst war herrlich. Die Bergspitzen trugen kleine Schneehauben, wir gingen spazieren und saßen im Café Reisch. Dort erschien eines Tages eine Gestalt aus meiner Kindheit: Iza de Comminges, die ich in der Avenue des Acacias so oft reiten sah. Ihr Raubvogelgesicht mit den graugrünen großen Augen war bühnenbunt geschminkt, sie war so schlank wie als junge Frau. Ihr Begleiter, den sie als »beau-frère« vorstellte, war ein gut aussehender ehemaliger Offizier in der Fremdenlegion. Sie kamen aus Marrakesch, was sie nach Kitzbühel verschlagen hatte, erfuhren wir nicht. Sie war vor Jahrzehnten einmal mit Colette über einen jungen Burschen in Streit geraten, den die

Colette später als Modell für ›Chéri‹ nahm. Die beiden Frauen hatten um den Jüngling gekämpft. Wie Iza behauptete, wurden sogar Pistolen in einem Hotel gezogen, aber nicht abgefeuert. Der Hotelier hatte sie schließlich getrennt, und Iza war mit dem Jüngling nach Südfrankreich gereist. Aus ihrer Erzählung hörte ich heraus, wie wunderbar die Wortkünstlerin Colette diesen Burschen porträtiert hatte.

Wir erlebten das Ende von Izas Liebesaffäre mit dem »beau-frère«, der sich in eine jüngere Frau verliebte und Iza im Gasthof zum »Weißen Rößl« sitzen ließ. Zusammen mit dem Maler Alfons Walde versuchten wir, sie zu trösten, aber Iza war untröstlich. Schließlich reiste sie nach Marrakesch zurück, wo ich sie Jahre später wiedertraf.

Die Oberstadt Kitzbühel war völlig auf Fremdenverkehr eingestellt, während die Unterstadt, arm, altmodisch, nichts vom Saisonsegen sah. Wie groß diese Armut war, erfuhren wir zufällig, als ein zum Skelett abgemagertes Kind in der Stadtkapelle aufgebahrt war. Es trug ein weißes Totenhemd und Goldflügel an den Schultern, und unter dem Sarg hing ein gestickter Spruch: »Herr, bleibe bei uns, denn es will Abend werden und die Nacht ist nicht mehr fern.« Es war zu früh Nacht für die Dreijährige geworden, die an Unterernährung gestorben war, ein Kind von zehn Kindern. Das Haus war zu klein, der Verdienst des Mannes als Holzarbeiter zu gering. Der Pfarrer hatte auch dieser Familie verheißen: »Gibt der Herr s'Haserl, gibt er auch s'Graserl.« Aber der Herrgott hatte kein Gras für diesen kleinen Hasen gegeben. Wir sammelten Geld für die Familie und brachten es den Eltern. Die verhärmte Frau in der dumpfigen Küche strahlte, sagte: »Jetzt können mir glei no ans machen –«

Hochwürden war ein liebenswerter alter Mann, der Geburtenbeschränkung aus religiösen Gründen ablehnte, wenn er überhaupt darüber Bescheid wußte. Worüber er jedoch gut informiert schien, waren die Versuchungen, denen seine Schafherde ausgesetzt war, wenn sie Vergnügungen besuchte: »Net der Hinweg ist die Gefahr, liebe Frau, sondern der Heimweg, mit die Heustadeln, die Heustadeln hams in sich.« Beim Brautunterricht befahl er einem Mädchen, ihrem Mann stets zu Willen zu sein, »auch unterm Knödelkochen«.

Eine große Debatte wurde damals am Stammtisch wegen der Kanalisation geführt, denn die Gäste hatten sich über den infernalischen Gestank beschwert. Der Apotheker war dafür, der

Pfarrherr dagegen: »'s geht nix über a Senkgrube, da fallts hinunter und is furt – aber mit so a Wassergspui, das wo net funktioniert, wann mans am nötigsten braucht, na, mei Liaber, dös is nix für mi.«

Jahre später besuchte ich ihn, als er schmerzgequält im Sterben lag, den Rosenkranz in Händen. Er lächelte mühsam, sagte leise: »Je größer der Schmerz, je näher dem Himmelreich, bin krebsig, liebe Frau.«

Ich hätte mich gern in Kitzbühel niedergelassen. Da war ein kleines Bauernhaus, Miniaturausgabe des Bauernhauses meiner Mutter in Übersee, mit Balkon und einem Garten, in dem große bunte Glaskugeln auf hohen Stecken blinkten, mit einem kleinen schiefen Gattertor, über dem eine Kuhglocke hing. Der Mann, der es verkaufen wollte, erklärte, eine Kuh, ein Schlitten und ein kleines, »aber recht braves altes Roß« wären im Preis inbegriffen. Aber wir hatten nur Castoniers bescheidenes Einkommen und das, was ich verdiente – es langte knapp zum Leben, nicht zum Häuserkauf.

Wir mußten versuchen, ein Engagement für die nächste Saison zu bekommen, und schrieben Briefe an Wiener und Berliner Agenten, die erwiderten, Castonier müßte an Ort und Stelle zum Vorsingen sein, wir sollten bis zum Frühjahr warten, wenn die Direktoren neue Kräfte suchten.

Eines Tages las ich im ›Tagebuch‹, das Leopold Schwarzschild nach Stefan Großmanns frühem Tod übernommen hatte, einen Bericht von Franz Kafka über eine schwedische Sekte, die ihren männlichen Mitgliedern das Problem des jus primae noctis durch einen Eingriff erleichterte. Ich fand seine Auffassung lächerlich, verfaßte einen offenen Brief an das ›Tagebuch‹ und überschrieb ihn: ›Tant de bruit pour . . .‹

»Sie beklagen sich, sehr geehrter Herr Kafka, in Ihrem Artikel ›Über ein heikles Thema‹, daß nicht alle Mädchen Ihnen sozusagen vorpräpariert geliefert werden, um Ihnen Seelenschmerzen und Minderwertigkeitskomplexe zu ersparen, für den Fall, daß Sie sie mit Ihrer Liebe zu beglücken wünschen. Sie möchten gern reibungslos lieben?

Gesetzt den Fall, man entspräche Ihrer Anregung. Glauben Sie nicht, daß Sie dann unter der Vorstellung leiden würden, daß der Mann mit dem Messer die Auserwählte früher als Sie berührt hat, so daß Sie auch hier an zweiter Stelle rangieren würden? Und, gesetzt den Fall, daß kein Mann, sondern eine Frauenärztin das Hindernis beseitigt, würden Sie dann nicht an dem Komplex leiden, daß Ihre Geliebte vielleicht Lesbierin sein könnte? Und, wenn es sich um den erwähnten Eingriff im Kindesalter handelt, daß dies Kind vielleicht von einem Mann ›mißbraucht‹ wurde?

Sie werden sich, lieber Herr Kafka, wohl niemals völlig frei von Hintergedanken irgendwelcher Art fühlen, wenn Sie lieben – oder auch nur glauben, dies zu tun, denn das Wesen der Liebe birgt immer ein wenig Eifersucht, etwas Zögern und viele Zweifel in sich. Möchten Sie wirklich nur Mädchen lieben, die durch mechanische Entjungferung Garantie für schmerzlose seelische und körperliche Liebe bieten, wie dies durch den Vereinsstempel schwedischer Sektierer getan wird?

Ich finde es anmaßend, Eingriffe an anderen für persönliche Bequemlichkeit und falsch angebrachten Ehrgeiz zu fordern, und halte es für richtiger, nicht erstes, sondern stärkstes Erlebnis zu sein, ohne Rücksicht auf vorhandene, weit überschätzte Hindernisse, vor deren Überwindung Sie eine gewisse Scheu zu haben scheinen.«

Daraufhin erhielt ich einen Brief von Schwarzschild, der mir für den »geistreichen Brief« dankte, versprach, ihn zu veröffentlichen und zugleich um Zusendung anderer Beiträge bat, ähnlich wie Helmut von Gerlachs ›Welt am Montag‹ sie seit Jahren brachte. Das ›Tagebuch‹ wurde nun für mich zur Plattform, von der ich über Probleme und Geschehnisse schrieb, die andere Zeitschriften nicht zu bringen wagten. Es wurde eine gute, harmonische Zusammenarbeit, ich lernte von Schwarzschild, in konzentriertester Form zu sagen, was ich sagen wollte. Dieser kleine, häßliche Mann war ein strenger, verständnisvoller Lehrmeister.

In der Spalte ›Glossen‹ erschien bald mein Angriff auf den Völkerbund, diese Utopie aus Reden, Diners und Beschlüssen, die in Theorie und Wichtigtuerei erstickten. Der Schlußsatz darin lautete: »Erst wenn der Feuerschein eines Krieges, den Sie nicht verhindert haben, am Horizont aufflammt, erst wenn Sie die Hitze des Brandes spüren, erst wenn Ihnen die ersten Bombensplitter in den Mokka fallen, werden Sie Ihre Zigarren aus der Hand legen, werden Sie aufstehen, sich umsehen und sagen: Wir müssen etwas tun! Aber dann wird es zu spät sein.«

Nur wenige Stimmen wurden laut, als Abessinien überfallen wurde und wehr- und waffenlose Eingeborene in ihren Strohhütten verbrannten, was Mussolinis Sohn begeistert in allen

Einzelheiten beschrieb. Der Kaiser von Abessinien appellierte an den Völkerbund und warnte, daß das, was jetzt in seinem Land geschähe, anderen Ländern zugefügt würde, wenn man es ungesühnt geschehen ließe. Vergeblich versuchte Anthony Eden eine Blockade gegen Italien zu erzwingen, vergeblich warnte Duff Cooper. Vielleicht hätte energisches Eingreifen gegen Italien den kriegslüsternen Hitler von seinen Raubzügen abgehalten. Aber der Völkerbund debattierte und bankettierte weiter, als wäre er ein Club und nicht ein Instrument zur Verhinderung kriegerischer Überfälle.

Nachdem einige Artikel von mir im ›Tagebuch‹ erschienen waren, schrieben mir meine tauben Tanten aus Tegernsee, sie hätten von meinem »zu Recht empörten« Vater einen Ausschnitt erhalten, der sie entsetzte. Wie könnte ich bloß »so etwas« schreiben. Es wäre kein nationales Blatt. Sie wären jetzt natürlich national eingestellt, daher nationalsozialistisch, jedoch mehr national als sozialistisch. Ihre Söhne trügen das »schlichte Braunhemd« zu ihren Lederhosen, was besonders schön wäre, und sie schlossen ihren Brief mit »Heil Hitler«. Ich erwiderte mit einer Liste der von Hitlers Partei Ermordeten, worauf die Korrespondenz aufhörte. Sie waren bezaubernde Originale gewesen, jetzt waren sie fanatische Nazis – und mit Nazis wollte ich nichts zu tun haben.

Ehe wir von Kitzbühel abreisten, waren wir zu Castoniers Freund, Ivar Henning-Peters, dem deutschen und holländischen Konsul, nach Hälsingborg eingeladen worden. Und so reisten wir über Kopenhagen nach Schweden und blieben einige Tage in Castoniers Geburtsstadt. Meine Schwiegermutter hatte gerade ihren achtzigsten Geburtstag gefeiert. Sie war eine Gestalt wie aus Andersens Märchen in ihrem altmodischen Kleid, der biesenbesetzten Taille, einem Spitzenjabot und Kapotthütchen, das sie sonntags trug, wenn sie mit einer schweren Bibel und ihrem Hörrohr im Pompadour zur Kirche ging. Sie war eine Frau von außergewöhnlichem Temperament, wunderbarer Musikalität und Heiterkeit, so gar nicht wie eine Frau im biblischen Alter, eher wie eine lebenslustige Vierzigjährige.

Als wir einmal in ein Kabarett gehen wollten, erklärte sie, mitkommen zu wollen. Wir protestierten, wir sagten, dort würden »sehr freie Chansons« gesungen, wir sagten, vielleicht wird dort auch Gott gelästert, was sie, als fromme Frau, verletzen könnte. Aber Mor erwiderte bloß, sie wäre ja schwerhörig und werde sowieso nicht alles verstehen, und wenn die Damen zu wenig anhätten, würde sie fortsehen. Dann verkürzte sie eilig »das gute Schwarze«, weil man die Röcke kürzer trug.

Ihr Erscheinen im Kabarett wurde zu einer Sensation, die sie selbst nicht bemerkte. Die Zuschauer dachten, sie wäre eine »Nummer«, und klatschten begeistert, als wir an unseren Tisch geführt wurden. Mor sah auch wirklich herrlich aus, in ihrem Sonntags-Kapotthütchen, ihrem Pompadour, aus dem das hölzerne Hörrohr ragte, und einer Mantille, über die eine etwas kahle Federboa drapiert war. Sie besah sich alles, hielt ihr Hörrohr mit offensichtlichem Behagen an ihr Ohr, amüsierte sich köstlich, trank reichlich Sekt mit und war nach der Vorstellung etwas unsicher auf ihren Füßen.

Der Besuch in Hälsingborg war ein Erlebnis. Wir kamen uns wie ein Aschenbrödelpaar vor, das mit einem Mal in eine andere Welt versetzt worden ist: Der Millionär und Erzgrubenbesitzer bewohnte ein Miniaturpalais in einem herrlichen Park. Seine Frau Geten war vor Jahren einmal mit Castonier verheiratet gewesen, eine bezaubernd schöne Frau und wunderbare Wirtin, die rührend um mich besorgt war.

Ich fand in meinem Zimmer kostspieliges Parfüm und ein elegantes trousseau über Tische, Stühle und Bett drapiert. Als wir einmal allein waren, bemerkte Geten, sie hoffe, daß ich bei »Polle« bleiben würde. Er wäre ein guter Mensch, nur etwas leichtsinnig und träge. Sie hätte ihn damals verlassen, weil sie das unsichere Leben mit ihm nicht mehr aushalten konnte. Daß sie den Millionär Ivar dem armen Paul vorgezogen hatte, konnte ich verstehen, als ich das märchenhaft unbeschwerte Leben sah, das sie jetzt führte.

Unser Besuch fiel mit dem Besuch von Prinz Heinrich von Preußen zusammen, der mit seiner Jacht in Hälsingborg vor Anker gegangen war. Ivar gab ihm zu Ehren ein Diner, zu dem er die Honoratioren der Stadt einlud. Er war in hektischer Erregung, betonte immer wieder, daß wir nur sprechen sollten, wenn wir von dem »Hohen Herrn« angeredet würden, und war empört, als Castonier sich erkundigte, ob Nasenbohren erlaubt wäre. Wir mußten uns zu beiden Seiten der Salontür nach Geschlechtern getrennt aufstellen, und als Castonier zur Damenseite herüberwechseln wollte, scheuchte er ihn erregt zurück.

Prinz Heinrich erschien in Begleitung mehrerer Herren, ein unscheinbarer, schmächtiger Mann, der die Reihe knicksender und dienernder Gäste schüchtern abschritt, während Ivar, devot vornüber geneigt, ihre Namen murmelte. Er sah Georg V. und dem Zaren Nikolaus ähnlich. Seine einzige Schönheit waren dunkelblaue Augen.

Mein Tischnachbar, sein Adjutant, sprach empört über die »Demokratie, die bloß Herrschaft des Pöbels« bedeutete. Ich sagte, daß mir Friedrich Ebert durch seinen Mut imponierte, was ihm mißfiel.

Prinz Heinrich antwortete auf Ivars ehrfürchtigen Toast und verkündete nach einigen formellen Dankesworten, »Deutschland ist nur gebeugt, aber nicht gebrochen«, worauf die Gäste begeistert klatschten, obwohl nur wenige deutsch verstanden. Nach dem Diner mußten wir alle stehen, weil der Prinz stand, was einer alten Dame schwer fiel. Als der Prinz endlich gegangen war, wurde es besonders lustig, wohl aus Reaktion auf verstaubte Formalitäten und Zwang. Ein Gast hatte zuviel getrunken und verschwand spurlos, ein anderer wanderte laut singend zum kleinen Goldfischteich, fiel hinein und konnte nur schwer herausgelockt werden. Castonier war übermäßig zärtlich zu Geten, die bezaubernd aussah.

Es war eine schöne Frühlingsnacht, das Tageslicht verlosch nur kurze Zeit, um bald darauf opalfarben flimmernd in einen glühenden Sonnenaufgang überzugehen.

Am nächsten Tag segelten wir mit Prinz Heinrich im Sund. Geten und mir wurde schlecht, und obwohl Prinz Heinrich uns immer wieder als bestes Gegenmittel Sekt einzuflößen versuchte, waren wir froh, wieder an Land zu gehen, bis auf Castonier, der als ehemaliger Seemann in seinem Element war.

Kurz vor unserer Abreise von Hälsingborg geschah etwas, das ich nicht vergessen konnte. Ich wußte nicht, daß Ivar die nationalsozialistische Bewegung unterstützte, und war erstaunt, als er eines Tages auf die schwarzrotgoldene Fahne wies, die zwischen der holländischen und schwedischen Flagge vor den Konsulatsräumen hing, und einen deutschen Jungen fragte, was das für Farben wären. Der Junge erwiderte: »Dreckfarben, schwarzrotmostrich –«

Castonier, der das mit angehört hatte, sagte heftig zu Ivar, daß er das nicht richtig fände. Ivar lachte ihn bloß aus, wiederholte: »Schwarzrotmostrich«.

Nach dem Zweiten Weltkrieg kam er wegen Landesverrat und Amtsmißbrauch vor Gericht. Sein Alter und vorgeschrittene Senilität bewahrten ihn vor der Gefängnisstrafe, wie Geten mir schrieb, als sie mir die Zeitungsausschnitte über die Gerichtsverhandlung sandte.

Unser Aufenthalt in Hälsingborg war nur ein kurzes Zwischenspiel in einer Welt, in der es keine Sorgen und stets alles gab, was ein Mensch haben wollte. Wir mußten wieder in unseren unsicheren Alltag zurück. Ich hatte inzwischen engeren Kontakt mit dem ›Tagebuch‹ bekommen und war von Schwarzschild gebeten worden, ihn in Berlin aufzusuchen, sobald ich dorthin käme. Auch Kurt Korff bat um Beiträge für die ›Dame‹. Und so beschloß ich, diese Beziehungen auszubauen und allein nach Berlin vorauszureisen, während Castonier in Kopenhagen blieb, um etwas am Rundfunk zu verdienen.

Ich reiste mit großen Hoffnungen nach Berlin ab. Aber wie so oft ergab sich ein Unterschied zwischen Hoffnung und Wirklichkeit. Die Honorare vom ›Tagebuch‹ und der ›Welt am Montag‹ waren klein, die Aufträge für Tageszeitungen spärlich.

Eines Tages bekam ich vom Scherlverlag einen Brief, in dem ich gebeten wurde, einen Artikel über den dänischen Silberschmied Jensen zu schreiben. Ich ging auf die Redaktion und wurde von einem jungen Mann empfangen, der wie ein preußischer Offizier aussah, elegant, formell, das Monokel ins Auge geklemmt. Er stellte sich vor: Remarque, damals ein völlig unbekannter Name. Er erzählte mir, daß er augenblicklich an einem Buch arbeitete, während zwei Grammophone spielten. Als ich fragte, warum es ausgerechnet zwei sein müßten, wurde ich herablassend belehrt, weil es ihn in Stimmung versetzte.

Das Buch, an dem er damals schrieb, war ›Im Westen nichts Neues‹ und wurde niemals übertroffen. Er hatte es vergeblich bei Verlegern herumgereicht, die es ablehnten, bis Georg Bernhard es zufällig in die Hände bekam und in der ›Vossischen Zeitung‹ veröffentlichte.

Ich mietete ein hübsches, großes Zimmer mit Kachelofen, Umbausofa und Zimmerlinde bei den drei alten Fräulein Dörre. Diese drei waren wie Gestalten aus einem Roman von Georg Hermann. Als ich ihn einmal mit ihnen bekanntmachte, sah ich an seinen kleinen aufmerksamen Augen, wie sehr ihm diese drei gefielen, die geblieben waren wie alte Jungfern um die Jahrhundertwende, etwas schüchtern, sehr neugierig. Daß sie Jahre später einmal außerordentlich mutig sein würden, ahnte ich nicht.

Ich war oft bei Theodor Wolffs eingeladen und ging mit Änne in Konzerte und Vorträge. Wolff war schon lange der mächtige, gefürchtete politische Chefredakteur. Wenn das Ausland deutsche Zeitungen zitierte, wurde sein Artikel als maßgebend, gemäßigt und wohlinformiert erwähnt. Zu Hause war er ein weiser, gütiger Mann, und mir immer wunderbarer Berater. Ich bekam durch ihn oft Theaterkarten, und Ola Alsens Bruder, Max Alsberg, gab mir einmal eine Karte zu seinem Erstlingsstück ›Voruntersuchung‹, in dem ein häßlicher junger Schauspieler in einer Miniaturrolle als unsicherer Belastungszeuge auffiel. Sein Name war Peter Lorre, er wurde bald darauf nach Hollywood berufen.

Der Komponist Hans Hermann, Freund meiner Eltern aus Dresdner Zeit, besuchte mich zuweilen. Seine schönen Lieder und Balladen sind zu Unrecht längst vergessen. Da war ein Lieblingslied meiner Mutter, das sie wohl besonders berührt hatte, als sie meinen Vater verließ:

»Schenk mir deine Hand, nimm meine dafür an,
Meine Hand kann ich dir nicht geben, steckt ein Ringlein daran.
So schenke mir dein Herz, nimm meines dafür,
Mein Herz kann ich dir nicht geben, denn es gehört nicht mehr mir.
So schenk mir deine Ruh, dann leg ich mich ins Grab,
Meine Ruh kann ich dir nicht geben, weil ich selber keine hab.«

Von ihm, der meinen Vater und Miesche noch zuweilen sah, hörte ich, wie diese Ehe ihn verändert hätte, und als er meinen Vater einmal nach mir fragte, bekam er nur eine abweisende Antwort von Miesche: »Sie treibt sich irgendwo herum, soll verheiratet sein.«

Hermann starb Jahre später, arm, vergessen, einsam. Ich erfuhr es durch Zufall, denn ich hatte bereits Deutschland verlassen, um in Wien eine neue Existenz aufzubauen. Man hörte dann nur selten und oft Ungenaues über Freunde und Bekannte, die hinter dem Braunen Vorhang starben oder ermordet wurden, und das Schicksal, der Wille, diese Zeit irgendwie zu überleben, zwangen zu Egoismus.

Als Castonier nach Berlin kam, begannen wieder die täglichen Runden bei Agenten. Diesmal ahnten wir wohl beide, ohne es auszusprechen, daß seine Aussichten gering waren, daß er zu alt war, daß er sich zu spät entschlossen hatte, Sänger zu werden. Wir mußten uns sehr einschränken, konnten nur ins Theater oder in die Oper gehen, wenn wir Freikarten bekamen, aber Wolffs und Bie waren stets freigiebig, weil sie wußten, daß wir es nicht leicht hatten.

Die Aussicht auf eine eigene Wohnung war geschwunden, es sah aus, als ob wir unser Leben bei den Fräulein Dörre mit dem Umbausofa, der Zimmerlinde und den großen Mahagonibetten zubringen müßten, umgeben vom ständigen Lärm, der aus der Schaperstraße zu uns drang, als einzigen Garten die Blumen auf dem Balkon.

Ein Agent vermittelte Castonier zwei Gesangsschüler, die etwas Geld einbrachten, ich saß am Klavier und begleitete, da Castonier nicht spielen konnte. Wir nahmen das alles nicht sehr ernst, sondern amüsierten uns, so gut es ging. Wenn wir über Winter gespart hatten, fuhren wir dritter Klasse nach Italien oder Südfrankreich, wo man billiger leben und sparen konnte, um dann wieder das alte Leben bei den Fräulein Dörre aufzunehmen.

Es war in diesen ersten Jahren in Berlin, daß ich oft Außenreportagen für die ›Vossische Zeitung‹ schrieb, die recht gut bezahlt wurden und die mir großen Spaß machten: über Ausstellungen, Adoptionsstellen, und Hermann Sinzheimer nahm Kurzgeschichten für das ›Berliner Tageblatt‹ an. Es ging immer irgendwie weiter – vor allem ging es weiter, wenn wir dachten, daß es nicht weiter gehen könnte.

Eines Tages kam Castonier wieder einmal von einem Agenten zurück und erklärte, er hätte ein Angebot für eine kurze Provinztournee bekommen und angenommen, nach dem langen Suchen etwas wie das große Los. Ich erfuhr keine Einzelheiten, sondern packte seine Sachen, hörte aber bald darauf zufällig, daß er nicht auf Tournee gegangen, sondern mit einer Kollegin aufs Land gefahren war. Ich wußte, daß er hin und wieder Seitensprünge machte und hatte ihn gewarnt, es nicht zu oft zu tun. Als er jetzt zurückkam, sehr heiter, sehr angeregt, erklärte ich, daß ich es satt hätte, »cocue« zu sein. Er verteidigte sich damit, daß er eben ein alter Kater wäre, der zuweilen einer Katze folgen müßte.

Vielleicht hätte ich mich damals von ihm trennen sollen. Aber er war so ein heiterer, liebenswerter Gefährte, stets in guter Laune, daß ich noch nicht daran dachte. Es folgten noch einige Jahre, in denen er vergeblich versuchte, ein Engagement zu finden. Aber es gelang nicht. Es war ein ewiges Warten auf das große Los, ein Warten in kahlen Agentenzimmern, ewiges Vertröstetwerden, daß vielleicht noch irgendwo ein Tenor gesucht würde. Zuerst hofften wir auf größere Städte, dann auf ganz kleine Städte. Eine Hoffnung war einmal, vielleicht in Aussig unterzukommen. Castonier, stets Optimist, behauptete, er hätte gehört, Aussig wäre eine gute Provinzbühne – aber auch daraus wurde nichts.

Wir trennten uns eines Tages ohne Bitterkeit, und er reiste zurück nach Dänemark, als ein Freund ihm anbot, Steuermann auf seiner Privatjacht zu sein. Hin und wieder kreuzte er meinen Weg, unverändert sorglos-heiter, stets voller Hoffnungen, obwohl er es nie mehr zu einem Engagement brachte. Alice Berend bemerkte, man hätte eigentlich viel Ärger mit den Kerlen – aber wir waren uns einig, daß sie nun einmal zum Leben gehörten. Meine Freundin Terry von Wartenberg sagte: »Sei froh, daß du den Kerl los bist.« Martha von Zobeltitz meinte: »Endlich, höchste Zeit!« Geten schrieb, sie hätte das alles kommen sehen: »Ich habe es auch mit unserem Polle versucht, aber es geht nicht.«

Eine Epoche geht zu Ende

Ich war froh, wieder allein zu sein, nicht mehr Opern zu pauken, nicht mehr Schüler begleiten zu müssen, sondern ungestört am Schreibtisch zu sitzen. Ich blieb im altmodischen Zimmer bei den Fräulein Dörre, pflegte die Zimmerlinde und die Blumen auf dem Balkon. Man lebte gut in Berlin, Berlin knisterte und leuchtete, war Mittelpunkt einer geistigen Welt, die weit über die deutschen Grenzen strahlte, ehe mittelalterliche Dunkelheit herabsank.

Reinhardt inszenierte im ›Deutschen Theater‹, Heinz Hilpert in der ›Volksbühne‹, Leopold Jessner im ›Schauspielhaus am Gendarmenmarkt‹. Carl Ebert inszenierte alte Opern in neuem Gewand im Deutschen Opernhaus. Es gab Zuckmayer- und Horvath-Premieren, Bruckners ›Elisabeth von England‹ mit Werner Kraus als Philipp II. und der Straub als Elisabeth. Albert Bassermann spielte und die von goldenem Glanz umgebene Lucie Höflich, die Durieux und Helene Thimig, die damals ganz hölzerne Gotik war, Gustaf Gründgens spielte ›Hamlet‹ mit Windstoßfrisur – sie alle waren Schauspieler von so hohem Rang, wie es sie heute nicht mehr in Deutschland gibt. Ich ging zu allen Premieren, wenn ich eine Freikarte bekam, und ein zweites Mal, wenn ich Geld hatte.

Beruflich ging es aufwärts. Ich sprach über ausgefallene Themen im Rundfunk, zu denen ich mir in Theodor Wolffs Bibliothek das Material zusammensuchte, machte Außenreportagen, Buchbesprechungen, vor allem schrieb ich für Schwarzschilds ›Tagebuch‹, das ich besonders gern hatte. Der Traum von einer eigenen Wohnung rückte der Wirklichkeit etwas näher.

Carola Josef war inzwischen nach Berlin umgesiedelt, da ihr Freund Gustaf Kauder an der ›BZ am Mittag‹ Redakteur war. Gustaf war ein ausgezeichneter Journalist, berühmt für seine Schlagzeilen. Als er sein 25jähriges Jubiläum im Ullsteinhaus feierte, druckte der Verlag eine Parodienummer der ›BZ am Mittag‹. Auf der ersten Seite stand fett gedruckt die rot unterstrichene Schlagzeile: »Pyjamaleiche im Panamakanal.«

Unser Kreis, Hermann Sinzheimer, Pechstein, Alice Berend, die Herman Bang-Übersetzerin Julia Koppel, Rudi Kayser vom Fischer-Verlag, Hans Hermann, zuweilen Georg Hermann, traf sich meist am Spätnachmittag im Café Wien oder im Romanischen Café, dem Café »Größenwahn«. Eines Tages erschien dort ein dünnes, blasses Mädchen mit eingesunkenen Augen, das behauptete, Schauspielerin zu sein. Sie sprach sehr gewählt, erzählte, daß sie bald eine größere Rolle spielen würde, antwortete ausweichend, als Sinzheimer sie nach Einzelheiten fragte, und verschwand. Jahre später traf ich sie wieder in Wien. Sie berichtete, sie wäre während des spanischen Bürgerkrieges, dieser Generalprobe für den späteren Krieg, von den Nazis als von »spanischen Kommunisten vergewaltigte Nonne« gefilmt worden. Man hatte sie im zerrissenen Nonnengewand, Kruzifix und Rosenkranz in »verkrampften« Händen, in einen Sarg gelegt, ihr Gesicht mit »Blut« beschmiert. Ich dachte an sie, als Nazi-Zeitungen von vergewaltigten Frauen und Mädchen an der deutsch-polnischen Grenze zeterten, ehe Polen überfallen wurde.

In Berlin traf ich auch Hertha von Lewinski wieder, die zuweilen bei ihrem zum Reichspräsidenten gewählten Onkel Hindenburg in der Wilhelmstraße wohnte. Ich traf ihn einmal dort, als ich sie abholte. Er reichte mir die Pranke und murmelte mit Grabesstimme den bedeutsamen Satz, er freue sich, mich kennenzulernen. Im Ersten Weltkrieg hatte ich einmal einen Silbernagel in den »Hölzernen Hindenburg« geschlagen, als die Regierung Geld zur Kriegsführung brauchte. Wer besonders patriotisch war, hämmerte Goldnägel in seinen Leib. Als ich nun den alten Mann in persona sah, wirkte er genauso hölzern. Vielleicht hätte er einen kleinen Nagel jetzt ebenso wenig gespürt, wie sein damaliges Ebenbild. Daß er schon geistig verholzt war und die

Gefahren barbarischer Renaissance nicht erkennen konnte, zeigte sich bald. Er war es, der erklärt hatte: »Dieser Kerl (Hitler) kommt mir nicht über die Hintertreppe ins Haus.« Aber derselbe Kerl wurde Februar 1932 zum Regierungsrat von Braunschweig ernannt und bald von ihm feierlich-offiziell empfangen.

Daß die Nationalsozialisten eine Gefahr bedeuteten, wurde von Carl von Ossietzky und Kurt Tucholsky in der ›Weltbühne‹, von Leopold Schwarzschild im ›Tagebuch‹, von Hellmut von Gerlach in der ›Welt am Montag‹ immer wieder warnend betont. Aber die Aktionen der Nazis gegen alles, was ihnen nicht paßte, vermehrten sich unter dem Deckmantel, das Schreckgespenst des Bolschewismus nicht nur von Deutschland, sondern von der ganzen Welt zu vertreiben.

Die zukünftige Regierung lebte von ständigen Straßensammlungen und großen Spenden der Großindustriellen, die sich vor dem Bolschewismus fürchteten und glaubten, daß diese namenlosen Männer sie davor schützen würden. Allen wurde alles versprochen, wenn erst der Führer, Erneuerer des Deutschtums, Erfinder des Tausendjährigen Reiches, an die Macht käme.

Der mystische Glaube an »deutsches Blut« wurde systematisch verbreitet, eine pseudowissenschaftliche Narretei, die gebildete Menschen, das Bürgertum, und die breiten Massen begeistert aufnahmen. Die Derwisch-Ekstase wurde geschickt geschürt, SA-Trupps marschierten singend wie Statisten durch die Straßen. Die Hakenkreuzfahne mußte gegrüßt werden, wer sie nicht grüßte, wurde beschimpft oder verprügelt. Sozialistische Reichstagsabgeordnete wiesen immer wieder vergeblich auf Überfälle und Meuchelmorde und die ständige Hetze gegen Andersdenkende hin – aber die Derwisch-Ekstase wuchs ungehindert weiter. Noch wurde über die Absurditäten der Nazis gelacht, noch durfte man lachen. Eine kleine satirische Wochenschrift, ›Die Ente‹, griff die Nazi-Doktrin in Wort und Karikatur an. Mir gefiel das freche kleine Blatt, das den Nazis verhaßt war, weil sie niemandem erlaubten, über sie zu lachen. Ich erfand für die ›Ente‹ die Gestalt einer hysterischen Nazistin, »Die fromme Helene aus Hitlershofen«, zu der die Nazistinnen Modell gestanden hatten. Helene war eine beschränkte ältere Jungfer, die Verkörperung deutschen Spießertums und der von Hitler gepriesenen »echten teutschen Frau«. Helene verehrte Hitler wie einen germanischen Gott, »denn er ist Arier und Gott ist doch ein Jude«. Helene trug nur braune, mit Hakenkreuzen bestickte Kleider, Hakenkreuzbrosche und Hakenkreuzarmbinde und weihte sich dem Germanenkult, indem sie in ihrer Wohnung Füllhörner, Fruchtschalen und Ochsengeweihe auf einem Tisch aufbaute, dessen Mittelpunkt eine kolorierte Hitler-Fotografie war. Brote und Semmeln in Hitlershofen mußten mit Hakenkreuzen verziert sein, alle Türen mit dem Hakenkreuz bemalt werden. Über Hitlershofen leuchtete nachts ein angestrahltes Hakenkreuz, Lakritzenstangen mußten in Hakenkreuzform gekrümmt werden, »weil der innere Mensch das germanische Zeichen einverleibt bekommen muß, das schon im Geiste lodert«. Ich erfand endlose Sätze, Parodien auf das bombastische Nazi-Deutsch des ›Völkischen Beobachters‹ und ›Angriffs‹, und ein Sondergebet, das alle Hitlershofener abends und morgens auf dem Hauptplatz im Chor sprechen mußten: »Wir danken Dir, o unser Führer, unser aller Hort und Stärke, Wahrer des Deutschtums, Vernichter allen zersetzenden Judentums, Erneuerer unserer besten Kräfte, für Deine Fürsorge und geloben, alles zu vernichten, was Du zu vernichten uns befiehlst und alles zu ehren, was Du ehrest, auf daß wir gereinigt von allem Undeutschen das Tausendjährige Reich errichten können, was Wotan walten wolle.«

Die ›Ente‹ wurde von den Naziblättern erbost angegriffen, die fromme Helene als »offensichtlich bolschewistisch-jüdisches Machwerk« bezeichnet. Ich ließ daraufhin die fromme Helene, die sich zuerst gesträubt hatte, sich einem PG zu »ergeben«, ein Kind zur Welt bringen, dessen Arme und Beine in Hakenkreuzform gekrümmt waren. »Mein Sohn, mein fleischgewordenes Symbol«, rief Helene, als sie dies erblickte, in tiefer Dankbarkeit aus. Und ihr Führer gab ihr den »Symbolträgerorden deutscher Frauen«.

Rückblickend erscheint die Gestalt dieser Helene gespenstisch. Vieles von dem, was ich zusammenphantasiert hatte, wurde Wirklichkeit, als »Germanische Feiern« veranstaltet, »Germanische Eheschließungen« mit Füllhorn und Fruchtschale auf einem germanischen Altar geschlossen, den Juden das Halten von Haustieren verboten wurde und als die einmalige Käthe Dorsch zum Spaß ihren Jugendfreund Göring zum Essen einlud, bei dem Lakritzenstangen, die sie in Hakenkreuzform gekrümmt hatte, den Tisch zierten, »weil er die so gerne lutscht«, worüber er sich besonders gefreut haben soll.

Anfang 1932 gab es Menschen, die sich der »Bewegung« mit der fadenscheinigen Entschuldigung anschlossen, es müßten doch »wenigstens ein paar anständige Menschen dabei sein, um die Bewegung in vernünftige, zivilisierte Bahnen zu lenken«. Daß die Bewegung systematisch Zivilisation und Kultur zerstören wollte, sahen sie nicht.

Unbedeutende Künstler, die aber alte Parteimitglieder waren, wurden jetzt von Prominenten umworben, die sich bei der Partei beliebt machen wollten. So kam es auch zur Uraufführung der Oper ›Andromache‹ von Windt, die Erich Kleiber dirigierte.

Ich schrieb darüber im ›Tagebuch‹: »So denke ich mir das Musikleben im Dritten Reich: Trommelwirbel, Bläser und Radau. Diese ›Andromache‹ von Windt, Musiksalat aus Schreker, Pfitzner plus Strauss, führt uns mit Riesenschritten zu *dem* zurück, was Weill beseitigt zu haben schien: die pathetische, weltfremde Oper mit klassischer Handlung. Um Andromache wankt ein Chor, schüttelt Fäuste, murrt, brummt, schreit, rennt die Hörthtreppe auf und ab, während im Hintergrund verdächtig hakenkreuzförmige schwarzweißrote Runen projiziert werden. Der König schwankt auf unbequemem Kothurn herum, mal brüllt ihn Orest, mal brüllt er Orest an. Sandwichmänner erscheinen, deren Gesichter unter Helmen, deren Körper hinter Schilden verborgen sind und die wie Blechpinguine aussehen. Der ganze Lärm wegen Andromaches Sohn, der, zum Schweigen verdammt, im Staatlichen Opernhaus noch dazu eine Hosenrolle für ein fülliges Mädchen ist. Eine Dame hinter mir bemerkte: ›Wenn einer erst mal tot ist, dauert es nicht mehr lange!‹

Das wollen wir nicht mehr haben. Die Musik ist verlogen, blechern, wie die gepanzerten Brüste der Sänger. Hanns Heinz Ewers, als junger Mann ein begabter, skurriler Schriftsteller, jetzt im Alter Romanlieferant der ›Nachtausgabe‹, soll diesen Komponisten protegieren. Reiter in Teutscher Musik!«

Diese Anspielung bezog sich auf den Roman ›Reiter in Deutscher Nacht‹, den Ewers geschrieben hatte, als er sich den Nazis anbiedern wollte. Bald darauf schrieb er einen Roman über den von den Nazis als Helden verehrten Zuhälter Horst Wessel, der in einer Prügelei um ein Straßenmädchen getötet worden war – »natürlich von Bolschewisten«.

Ich hatte meinen in Collioure angefangenen Roman ›Angèle Dufour‹ nirgends anbringen können, auch dann nicht, als er für einen Literaturpreis ausgewählt wurde. Und so legte ich ihn in das »Massengrab«, einen Karton, in dem ich abgelehnte Arbeiten aufbewahrte. Ich weiß nicht, warum ich mit einem Mal auf den Gedanken kam, diesen Roman zu dramatisieren. Vielleicht weil ich so viel ins Theater ging und »auch einmal ein Stück schreiben« wollte. Dann bot ich es verschiedenen Theatern an. Reinhardts Dramaturg, Dr. Horch, erklärte: »Es verrät den kultivierten Schriftsteller, beweist aber nicht eine Begabung für dramatische Arbeit.«

Andere Theater antworteten nicht oder sandten es kommentarlos zurück. Von Leopold Jessner bekam ich ebenfalls keine Antwort. Schließlich nahm es eine junge Dramaturgin, Anni Bernstein, für den Dreimasken-Verlag in Vertrieb, und Hilpert erwarb es zur Uraufführung in der ›Volksbühne‹ für Anfang 1933.

Ich hatte das Stück einmal ängstlich Alfred Kerr vorgelesen – sehr gestört dadurch, daß seine zweite Frau nebenan dröhnend Klavier spielte. Kerr meinte, es wäre eindrucksvoll, besonders die Dialoge im ersten Akt, zwischen den Halbwüchsigen, und fügte hinzu: »Hoffentlich bringt es die Volksbühne nicht zu spät, denn die Kerle kommen an die Macht.«

Hermann Sinzheimer nahm meinen Roman ›Frau, Knecht, Magd‹ für das ›Berliner Tageblatt‹ an. Kurt Korff brachte in der ›Berliner Illustrirten‹ eine Novelle ›Herr Untergrundbahn‹, und Gustaf Kauder schlug Propagandaschaum für mich in der BZ. Als die ersten Notizen über die Annahme des Stückes erschienen waren, schrieb mir Jessner und bat mich zu sich: »Warum haben Sie uns das Stück nicht angeboten?« Ich sagte ihm, daß es seit einem halben Jahr bei ihm läge, daß Änne Wolff ihn vor längerer Zeit gebeten hätte, es zu lesen – und daß es sicher noch irgendwo liege. Er suchte, fand das Exemplar, fragte, ob ich ein neues Stück schriebe. Ich erzählte ihm von meinem Plan, ein Kurpfuscherstück zu schreiben. Er bat, es ihm zuerst vorzulegen.

Dann fuhr ich in die Sommerfrische, nach Wenningstedt, wo Änne Wolff mit ihren Söhnen ein paar Wochen wohnte, während Theo nach Paris gereist war. Für meine Generation war es der letzte sorglose Sommer. Änne sagte zuweilen ängstlich: »Wenn sie bloß nicht kommen. Ich sorge mich so um Theo, die Kerle hassen ihn ja.«

Zuweilen wurden wir von Leopoldine Konstantin in ihre schöne Villa am Meer eingeladen. Dann wieder gab es Nachmittage bei Valeska Gert und Aribert Wäscher in ihrem kleinen Häuschen in Kampen. Wenningstedt war unerfreulich nazistisch. Es gab »deutsche Abende«, auf denen patriotische Lieder gegrölt wurden und »undeutsche Tänze« wie Tango oder Twostep verboten waren. Hakenkreuzfahnen wehten von Sandburgen. Schließlich mieden wir das Kurhaus und gingen nach Kampen, das nicht so spießig war.

Als ich nach Berlin zurückkehrte, hörte ich, daß eine junge Wiener Schauspielerin, Luise Rainer, die Hauptrolle in meinem Stück spielen sollte, das in ›Sardinenfischer‹ umgetauft worden war, was mir nicht gefiel. Die Tochter von Lucie Höflich und Gisela von Collande waren zwei der Sardinenpackerinnen. Paul Dahlke spielte eine Nebenrolle.

Ich hatte gehofft, daß Tony van Eyck die Angèle spielen würde. Sie wäre besonders geeignet gewesen, ein junges, hilfloses Mädchen darzustellen, denn sie sah trotz ihrer zweiundzwanzig Jahre wie eine Halbwüchsige aus. Sie war eine lebendige, unendlich begabte junge Frau. Ihre zarten Gedichte, die sie nur zu selten im Rundfunk sprach, glichen ein wenig denen von Klabund. Da war ein unvergeßlicher Vers über das Firmament: »Und der alte Abendstern hat aus meiner Hand gegessen –«

Als ich sie kennenlernte, war sie engagementlos. Alfred Kerr, der ihre Begabung im ›Käthchen von Heilbronn‹ gepriesen hatte, die sie als Vierzehnjährige bei Reinhardt spielte, schrieb im ›Berliner Tageblatt‹ über ihr langes Warten auf ein Engagement. Was ihr der Regisseur Otto Falckenberg in München vorausgesagt hatte, als sie ans Deutsche Theater berufen wurde, ging in Erfüllung. Ihr Aufstieg war zu rasch. Es war nicht möglich, diesen ersten Triumph zu übertrumpfen. Erst im Winter 1932 spielte sie die Heilige Johanna von Shaw in Köln, und in der zweiten Besetzung die Inken Peters in Hauptmanns ›Vor Sonnenuntergang‹.

Berlin leuchtete auch noch im Spätherbst 1932 unserer versinkenden Epoche. Aber für Hellhörige knisterte es bedenklich, für alle, die die Braune Barbarei näher rücken sahen. Die Partei von »Regierungsrat« Hitler hatte bei der 5. Reichstagswahl eine Mehrheit errungen, 230 Sitze, und diese 230 Abgeordneten sangen das Horst-Wessel-Lied, lärmten und belästigten andere Abgeordnete bei den Sitzungen.

Die bestürzende Mehrheit hatte Schwarzschild derartige Angst eingejagt, daß er nach München floh, weil er glaubte, Bayern hätte die Braune Seuche nach dem mißlungenen Bierkellerputsch überwunden, wie Kinder Masern oder Mumps. Es war ein naiver Entschluß für einen so außergewöhnlich klugen Mann, vielleicht eine Verdrängung von Erkenntnis drohender Gefahr. Eine Karikatur vom »Emigranten Schwarzschild« im

Münchner »Exil« wurde im ›Simplizissimus‹ veröffentlicht. Ich glaube, Olaf Gulbransson hatte sie gezeichnet, der zu den Mitläufern der »Bewegung« gehörte.

Als die nächste Reichstagswahl den Nazis einen Verlust von 34 Sitzen brachte, glaubte Schwarzschild, die Gefahr wäre endgültig vorüber, und kehrte wieder nach Berlin zurück. Alfred Döblin ließ sich durch diese Wahlschwankung nicht täuschen und schrieb mir aus Paris: »Dunkle Wolken ziehen am Himmel auf. Wir werden alle nichts mehr zu lachen haben.«

Der alte Hindenburg, von dem Anthony Eden in seinen Memoiren schreibt, daß er nicht mehr recht wußte, was um ihn herum wirklich vorging, hatte dem neuen »Regierungsrat« inzwischen angeboten, Vizekanzler zu werden, was Hitler verächtlich ablehnte. Er hatte sich mit seinem »Stab«, einer kompletten Nebenregierung, in der alle wichtigen Posten für »alte Kämpfer« reserviert waren, im Hotel »Kaiserhof« eingenistet, und dort herrschte hektisches Treiben. Boten kamen und gingen, motorisierte SS knatterte, Hacken klappten, Heil Hitler wurde geschrien, Arme flogen zum »deutschen Gruß«, Posten präsentierten Gewehr, Passanten blieben stehen, grüßten begeistert jedes Braunhemd mit Heil Hitler, warteten mit andächtigen Gesichtern vor dem Eingang auf »Auserwählte«, die ein und aus gingen.

Die Derwisch-Ekstase wurde geschickt von Goebbels auf Siedehitze gehalten, Streichers pornographisches Hetzblatt ›Der Stürmer‹ hing überall in Glaskästen aus, an Bäumen im Tiergarten, am Kanal, am Kurfürstendamm. Alice Berend bemerkte, es wäre erstaunlich, wie viele gebildete Menschen jetzt im Köchinnen-Jargon sprächen.

Julia Koppel, die mit Otto Flake befreundet gewesen war, erzählte, daß er sie jetzt übersähe, wenn sie ins Romanische Café käme. Und ein Kollege bemerkte ernsthaft eines Tages: »Uns fehlt eben Strammheit und Sauberkeit, vor allem Ordnung«, ein anderer: »Hitler hat recht, es gibt zu viele Juden.« Als ich ihn an Saalschlachten und Überfälle auf harmlose Passanten, an die Mordserie erinnerte, die mit Eisner, Erzberger, Rathenau begonnen hatte, erwiderte er bloß: »Wo gehobelt wird, fallen Späne.« Später erfuhr ich, daß er längst Parteimitglied war und Kollegen mit jüdischen Großeltern denunzierte.

Carl von Ossietzky, der einen sensationellen Bericht über Deutschlands Wehrmachtsbudget in der ›Weltbühne‹ veröffentlicht hatte, war wegen Landesverrat zu achtzehn Monaten Gefängnis verurteilt worden – obwohl diese vom Versailler Vertrag verbotene massive Aufrüstung verboten und in Frankreich und England längst bekannt war. England und Frankreich blieben lethargisch. Ich besinne mich auf einen Bericht über den Abschied, den Ossietzkys Freunde und Mitglieder der Liga für Menschenrechte von ihm vor dem Gefängnistor in Tegel nahmen: »*Wir* konnten uns nach dem letzten Händedruck eine Zigarette anzünden.«

Ich hatte im Spätherbst mein neues Schauspiel ›Katharina‹ beendet und schickte es an Jessner. Er las es unerwartet rasch, bat mich zu sich und erklärte, daß er es in der kommenden Spielzeit bringen würde. Daß es für ihn keine kommende Spielzeit geben würde, ahnten wir nicht.

Rudi Kayser, der das Stück gelesen hatte, wollte es für den Theatervertrieb des Fischer-Verlages haben. Aber ich litt nach der Veröffentlichung von ›Frau, Knecht, Magd‹ an Größenwahn und bildete mir ein, daß ich Forderungen stellen könnte: Ich wollte tausend Mark Vorschuß für ›Katharina‹. Man bot fünfhundert. Ich lehnte hochmütig ab. Rudi sagte: »Überlegs dir noch mal. Es ist ein so schönes Stück, ich wünschte bloß, ich hätte es geschrieben.«

Ich lehnte ab und verdarb mir damit die Beziehung zum größten deutschen Verlag. Als ich Schwarzschild von der Unterredung erzählte, sagte er bloß: »Wie können Sie nur solche Dummheiten machen. So eine Gelegenheit bietet sich nicht wieder – wenn es überhaupt noch Gelegenheiten geben sollte.«

Dann geschah, was man gefürchtet hatte: Hitler wurde am 30. Januar Reichskanzler. Ich saß an dem Abend mit Tony van Eycks erstem Mann, dem Graphologen, im Café Prinzeß am Kurfürstendamm, als draußen brüllende, fahnenschwenkende Menschenmassen und SA-Formationen mit Fackeln zum Reichskanzlerpalais zogen, um dem »Führer« zu huldigen.

Mit einem Mal erschienen SA-Leute und forderten drei Gäste auf, »mitzukommen«. Die Verblüfften wollten wissen, warum. Die SA-Männer sagten bloß »Maul halten, mitkommen« und stießen sie zu einem Lastwagen, der auf dem Kurfürstendamm hielt. Er war seitlich geöffnet. In ihm saßen, dichtgedrängt, verängstigte Männer und eine Frau. Die drei Verhafteten wurden hineingestoßen, die Klappe zugeschlagen, der Lastwagen rollte davon.

»Jetzt können Sie bald verwelken«, sagte der Graphologe und fügte hinzu, er würde mir ein Messer zwischen die Rippen rennen, wenn ich es wagen sollte, jemand vom dunklen Punkt in seiner Vergangenheit zu verraten, nämlich, daß er 1919 als Vertreter der bayerischen Räterepublik auf dem Roten Platz in Moskau neben Lenin gestanden hatte, wovon er früher mit Stolz gesprochen hatte. Schon am nächsten Tag erschien er in seiner neuen braunen SA-Uniform und erklärte frei nach Brecht, er wolle lieber zu denen gehören, die treten, als getreten zu werden, während Tony zwar noch unsicher war, aber schon laut Heil Hitler auf der Straße rief, denn mit einem Mal grüßten sich Unbekannte mit dem neuen Kriegsruf.

In diesen Tagen, als das Unfaßliche Wirklichkeit zu werden schien, sah man immer mehr Hakenkreuze und Broschen bei Menschen, von denen man nicht gedacht hätte, daß sie »sympathisierten«. Menschenströme pilgerten zur Wilhelmstraße, um Hitler zu huldigen. Menschenknäuel ballten sich den ganzen Tag bis spät in die Nacht vor der Reichskanzlei, vor der die braunen Regierungsstatisten mit Fahnen, Musik und Gesang vorüberzogen. Immer wieder erschienen Deputationen, die um »Audienz« baten, dazwischen erschien der »Führer« auf dem Balkon, grüßte mit dem deutschen Gruß, verschwand wieder, und die Menschenmenge skandierte inbrünstig infantile Verse, als ob alle mit einem Mal Kleinkinder geworden wären: »Lieber Führer, sei so nett und zeige dich am Fensterbrett.« Und: »Eins, zwei, drei, vier, fünf, sechs, sieben, weil wir unsern Führer lieben.«

Und der »Führer« ließ sich aus seinem Bau locken, erschien inmitten seiner Kumpane. Es ist gut, Zeuge dieser irren Zeit zu sein. Leider war ich kein Rétif de la Bretonne, der so herrlich die Atmosphäre der Französischen Revolution beschrieben hatte.

Meine Freundin Terry, die zuerst für den Nazismus war, wurde bald durch Erfahrung belehrt, was er bedeutete: ihr Portier, zum »Hauswart« ernannt, erschien mit einer Liste, auf der vermerkt war, wieviel sie für die »Winterhilfe« spenden mußte. Es war eine ungeheure Summe. Als sie sie auf die Hälfte herabsetzen wollte, erklärte der Hauswart schroff, dann müßte er sie melden. Und Terry spendete unfreiwillig, was gefordert wurde.

Julia Koppel mußte aus ihrer Pension ausziehen, in der sie seit Jahren wohnte, denn die Wirtin hatte erklärt, ihr Zimmer wäre an einen anderen Mieter vergeben. »Weil ich Jüdin bin«, stellte sie fest. Nach langem Suchen und Abgewiesenwerden fand sie schließlich ein Zimmer in einer Pension, deren Inhaberin noch nicht an Rassenwahn litt.

Die Fräulein Dörre waren unglücklich: »Man schämt sich, eine Deutsche zu sein, jetzt wo solche Leute dran sind«, erklärten sie. Sie waren besorgt um ihren Mieter, einen Herrn Stern, seitdem ein Mann mit seiner Mutter eingezogen war, dem sie nicht trauten. Ihr Mißtrauen war berechtigt. Einen Tag nach Hitlers Ernennung erschien er in SS-Uniform, schrie sie und alle anderen Mieter mit Heil Hitler an – und erhielt keine Antwort. Herr Stern bot an, auszuziehen, aber die drei Fräulein Dörre erklärten, wenn jemand auszöge, wäre es der schwarze Kerl.

Die Proben zu den ›Sardinenfischern‹ hatten begonnen. Ich wollte erst zur Kostümprobe kommen.

Inzwischen wurde in der ›Volksbühne‹ Molnars herrlicher ›Liliom‹ gespielt. Hilpert rief eines Tages an und sagte, er hätte mir eine Eintrittskarte an der Kasse zurücklegen lassen, es würde eine besondere Aufführung werden. Ich sollte mindestens zwanzig Minuten vor Beginn der Vorstellung kommen, da der Zuschauerraum früher als sonst verdunkelt werden würde. Mehr wollte er nicht sagen.

Ich kam eine halbe Stunde vor Beginn ins Theater. Als der Zuschauerraum verdunkelt wurde, gingen die Rampenlichter nicht an, auch der Vorhang rührte sich nicht. Dann geschah das Unvergeßliche: Die Tür vom Gang zu den ersten Parkettreihen wurde geöffnet. Ein schmaler Lichtstreif fiel in die Dunkelheit, eine kleine, schmächtige Gestalt erschien im Türrahmen, huschte auf ihren Platz.

Der Augenblick hatte genügt, um die Silhouette zu erkennen, die von Millionen geliebt wurde und die eine ganze Welt kannte. Das Publikum erhob sich jubelnd und rief den Namen des kleinen Mannes mit dem weißen Haar: Charlie Chaplin.

Der Tumult steigerte sich, für einen Augenblick wurde der Zuschauerraum wieder hell, Chaplin erhob sich von seinem Sitz, dankte mit der vertrauten kleinen Geste seiner auffallend kleinen Hand, lächelte schüchtern. Dann wurde der Zuschauerraum wieder verdunkelt, der Vorhang schwebte empor. Aber die Erregung war zu groß. Die Zuschauer waren unruhig, flüsterten, eine Stimme rief vom Olymp: »Charlie, spiel du man, du kannst es besser.«

Die Stimme hatte recht. Hans Albers war als Liliom unerträglich, und an diesem Abend besonders unerträglich, denn er spielte wie ein Schmierenschauspieler ins Parkett, rief Chaplin zu: »Kannst det, Charlie?« und: »Jetzt paß mal uff, Charlie.«

Als der erste Akt beendet war und das Licht eingeschaltet

wurde, entstand Tumult, jeder wollte Chaplin sehen, die Pause wurde verkürzt. Aber nach Schluß der Vorstellung brach Chaos aus. Jeder wollte einen Blick auf das schmächtige Männchen mit den dunklen Augen werfen, dieses kleine Männchen, das eine Welt verzaubert hatte. Zuschauer drängten sich an den Ausgängen, Zuschauer rasten aus den oberen Rängen herunter, Zuschauer in seiner Nähe bildeten eine Mauer. Zuletzt ging der Vorhang wieder auf, das gesamte Volksbühnenpersonal, alle Schauspieler standen auf der Bühne und klatschten. Karl-Heinz Martin sprach ein paar Worte der Bewunderung zu Chaplin, der belagert im Parkett stand. Schutzleute erschienen und versuchten, einen Weg für ihn zu bahnen, verschlimmerten aber nur das Durcheinander. Es war der Kampf des kleinen Mannes gegen die Obrigkeit, den Chaplin so oft verkörpert hatte. Schließlich gelang es, ihn auf die Bühne zu bringen, wo er mit seiner typischen, bescheidenen Handbewegung dankte, als wäre dies alles nicht so wichtig.

Rudi Kayser, Schwiegersohn von Albert Einstein, erzählte mir am nächsten Tag, daß Chaplin bei seinem berühmten Schwiegervater Tee getrunken und versucht hätte, etwas von dessen unverständlicher Relativitätstheorie zu erfahren. Einstein hingegen wollte sich mit Chaplin über Sozialprobleme unterhalten, da Chaplin in jeder Stadt zuerst die Armenquartiere besuchte, weil er seine hungrige Jugend im Londoner East-End nicht vergessen konnte. So redeten sie aneinander vorbei, weil jeder versuchte, das Hauptinteresse des anderen zu diskutieren. »Erst als meine Schwiegermutter eine riesige Fürst-Pückler-Bombe auf den Tisch stellte, waren sie sich völlig einig, daß es nichts Besseres für sie in der Welt als Eis gab«, berichtete er, der so kurz vor der Emigration aus Deutschland stand.

Ich erschrak auf der Generalprobe der ›Sardinenfischer‹. Viel war gestrichen, wesentliche Stellen, heitere Szenen ausgelassen. Ich erkannte die dramatischen Mängel, aber es war zu spät. Die Gestalten waren nicht lebendig genug, Luise Rainer ungeeignet für die Rolle eines armen, kleinen, vom Arbeitgeber verführten Mädchens, das ein Kind von ihm bekommt. Sie war zu wienerisch, zu affektiert. Die Bühnenbilder von Rochus Gliese waren besser als mein Stück.

Lucie Mannheim, die Valetti, Hilpert und ein kleiner Chargenschauspieler saßen nachher noch in der Kantine zusammen. Keiner von uns ahnte, daß drei von uns bald darauf ins Exil gehen würden: die Mannheim, die Valetti und ich.

Ich hatte Alfred Kerr wenige Tage vor der Uraufführung getroffen und ihn gebeten, das Stück nicht zu sehr zu zerreißen, das ich ihm ängstlich vorgelesen und über dessen heitere Stellen er gelacht hatte (»Kerr amüsiert sich«, sagten ängstliche Regisseure während Premieren). Er erwiderte bloß: »Ich werde vielleicht nicht mehr hier sein.«

Die ›Sardinenfischer‹ wurden ein Publikumserfolg. Ich mußte immer wieder, zuerst mit allen Schauspielern, dann Hand in Hand mit Luise Rainer, vor dem eisernen Vorhang erscheinen. Die Kritiker waren geteilter Meinung. Die Provinzpresse kopierte, was die großen Zeitungen geschrieben hatten.

Alfred Polgar schrieb zwei Seiten in der ›Weltbühne‹ vom 23. Februar: »Ein Schauspiel der begabten Erzählerin Elisabeth Castonier.« Dann folgte ein Extrakt der Handlung und: »In den ersten zwei Bildern ist das Schauspiel Zustandsschilderung und soziale Anklage. Es wirkt wie ein verspäteter Vorläufer der ›Weber‹. Hernach wird die Linie verlassen und ein absonderliches Einzelschicksal, ohne Ausblick auf Allgemeineres, wickelt sich ab. Die Stärke des Stückes liegt im Episodischen, das, zu keinem anderen Zweck da, im inneren und äußeren Zusammenhang des Geschehens nicht fehlen würde, wenn es fehlte. So machen die ›Sardinenfischer‹ den Eindruck einer Zeichnung, in der Linien, auf die es ankommt, von den Hilfslinien überwuchert werden.«

Julius Bab schrieb: »Es ist anzuerkennen, daß die Dichterin in der Führung des Dialogs, in der Darstellung der Menschen oftmals echte Gestaltungskraft spüren läßt.«

Ihering stellte fest: »Elisabeth Castonier ist keine Dramatikerin.«

Kerr schrieb nicht – er war bereits geflohen.

An diesem Premierenabend sah ich Theodor Wolff und Änne zum letzten Mal. Sie saßen in der ersten Parkettreihe. Als ich allein vor dem eisernen Vorhang erschien, winkte er mir zu. Wenige Tage später floh er in die Schweiz.

Ich war nicht froh, trotz des Beifalls, den alle Kritiker erwähnten, denn ich hatte die Mängel des Stückes zu stark gespürt, ohne sie definieren zu können. Als ich mir die Aufführung wenige Tage später noch einmal ansah, tröstete mich auch nicht das Urteil des Berliner Volksmundes, der Toilettenfrau: »Det Stück is jut.«

Es war ein schwaches Stück. Am liebsten hätte ich Hilpert gebeten, es abzusetzen. Jetzt war es wichtig, die Uraufführung von

›Katharina‹ abzuwarten, für dessen Titelrolle ich Lucie Höflich erhoffte, mit der ich das Stück durchgesprochen hatte.

Als ich am 28. Februar mit einem Kollegen abends aus einem Restaurant kam, schrien Zeitungsverkäufer die Schlagzeilen der ›Nachtausgabe‹: »Der Reichstag brennt!«

Wir dachten, daß wieder einmal irgendein »flammender Aufruf« der Regierung gemeint war, der im Reichstag verkündet werden sollte. Aber der Reichstag brannte wirklich.

Derwisch-Ekstasen

Die offizielle Regierungserklärung zum Reichstagsbrand behauptete, daß Kommunisten den Brand als Signal zur Errichtung einer »Roten Diktatur« angestiftet hätten. In Wirklichkeit war es ein Vorwand für die Nazis, Massenverhaftungen Unerwünschter, Oppositioneller, vorzunehmen und sie nach Dachau zu bringen, dem ersten Konzentrationslager, das zuerst noch »Arbeitslager« genannt wurde, in dem die Gefangenen durch schwere Arbeit »umerzogen« werden sollten. Zugleich wurde das Gesetz »zum Schutz von Volk und Staat« erlassen, das allen illegalen Handlungen den Anschein von Legalität gab und die Aufhebung der Freiheits-Grundrechte bedeutete. Es ermächtigte die Nazis, die Landesregierungen auszuschalten und alle Gewalt in Berlin zu zentralisieren.

Der junge Holländer van der Lubbe, angeblich von Kommunisten zur Brandlegung gezwungen, wurde vor ein Inquisitions-Tribunal gebracht. Göring erschien als Zeuge und schrie seine Aussagen wie ein Besessener, ungehindert vom Vorsitzenden. Als der mitangeklagte Bulgare Dimitroff ihn fragte, ob er wüßte, daß die Kommunistische Partei ein Drittel des Erdballs beherrschte, geriet er in derartige Raserei, daß die direkt übertragene Radiosendung abgeschaltet wurde. Van der Lubbe, von Skopolaminspritzen halb bewußtlos gemacht, hockte teilnahmslos, handgefesselt, auf seinem Stuhl und bejahte hin und wieder stammelnd seine Schuld. Er wurde zum Tode verurteilt und geköpft, Dimitroff durch eine Erklärung der russischen Regierung, daß er russischer Staatsbürger wäre, vor dem Beil gerettet. Man schob ihn nach Rußland ab. Auf dem Flugplatz Tempelhof rief er: »Ich komme wieder!«

Im Ausland wurde immer wieder erklärt, daß es für einen Einzelmenschen unmöglich gewesen wäre, ein steinernes Riesengebäude vom Ausmaß des Reichstags in Brand zu setzen. Gerüchte in Berlin behaupteten, daß ein Geheimgang von der Reichskanzlei zum Reichstag führte, der von SA und SS zur Brandlegung benutzt worden wäre. Meine Waschfrau sagte: »Det hat der Dicke selber anjezunden.« Der Dicke war Göring.

Was in diesen chaotischen Tagen und Wochen so bestürzte, war das abschiedslose Verschwinden von Freunden, Bekannten und Prominenten. Am Telefon meldete sich niemand. Vertraute Stimmen im Radio und auf der Bühne verstummten.

Es war eine gespenstische Atmosphäre von Angst, Denunziationsgefahr, Mißtrauen und Verzweiflung. Gerüchtweise hörte man, der oder jener wäre geflohen. Das ›Tagebuch‹, die ›Ente‹ hatten ihr Erscheinen eingestellt. Leopold Schwarzschild floh nach Paris, Carola Josef und Gustaf Kauder nach Prag, das für viele Flüchtlinge erstes Asyl war. Gustaf, der wegen Carola fliehen mußte, war nur mit zwei kleinen Handkoffern abgereist, denn es war gefährlich, viel Gepäck mitzunehmen, weil die Bahnhöfe von SA in Uniform und Zivil bewacht wurden, um »Verdächtige« festzunehmen. Einerseits wollte man Unerwünschte und Juden loswerden, andererseits sie nicht aus den Fingern lassen, ehe sie ausgeplündert und erpreßt waren.

Es begann die Epoche der »Gleichschaltung« und würdeloser Anpassungsversuche. Redakteure wurden vorsichtig, um die »Gleichschaltung« der Zeitungen zu verhindern, die trotzdem erfolgte. »Leise treten, sie nicht reizen, vielleicht beruhigt sich alles«, war die Parole. Die »Märzgefallenen« mehrten sich.

Ein alter Freund der Familie, Walter Netto, trug mit einem Mal das Parteiabzeichen und bemerkte herablassend: »Du bist noch hier, mit deiner Einstellung, gefährliche Sache«, und ließ mich stehen. Eva-Sofie von Uhde, Tochter des Malers Fritz von Uhde, eine alte Bekannte, starrte mich kühl auf der Straße an, meinte: »Ich dachte, du wärst schon abgereist, wo du doch für das ›Tagebuch‹ geschrieben hast«, und ging grußlos rasch weiter. Sie schrieb für die ›Deutsche Allgemeine Zeitung‹, die sich auch »gleichgeschaltet« hatte.

Es gab kein Widerstandszentrum, nur Nachgeben, Unsicherheit, Duldung und viel »Sympathisieren«. Niemand wagte über die grotesken Ausschreitungen, die sinnlosen Erlasse und Aufrufe zu lachen. Es wurde geflüstert: »Wer lacht, wird erschossen.«

Das Volk der Dichter und Denker hatte sich in ein Volk von Derwischen verwandelt, und die Ekstase dauerte selbst dann noch an, als Terrorakte, Morde, Verschleppungen in Konzentrationslager bekannt waren. So erschien zu Hitlers fünfzigstem Geburtstag, im April 1939, ein Gedicht von Ina Seidel: ›Lichtdom‹. Ich las es unter dem Titel ›Heil Ihm‹ in einer Schweizer Zeitung, die es als Kostprobe neudeutscher Dichtung und Hitler-Vergottung brachte.

»Hier stehn wir alle einig um den Einen,
und dieser Eine ist des Volkes Herz,
das Herz, das wie die Quelle unter Steinen
standhielt dem tödlich starren Winterschmerz.«

Und:

»In Gold und Scharlach, feierlich mit Schweigen,
ziehn die Standarten vor dem Führer auf.
Wer will das Haupt nicht überwältigt neigen?
Wer hebt den Blick nicht voll Vertrauen auf?«

ferner:

»Ist dieser Dom, erbaut aus klarem Feuer,
nicht mehr als eine Burg aus Stahl und Stein,
und muß es nicht, ein Heiligtum, uns teuer,
ewigen Deutschtums neues Sinnbild sein?«

Und schließlich:

»Ach, zahllos sind sie mit uns angetreten,
auf zu den Sternen staffelt sich der Chor,
zu grüßen: Heil ihm – und: Hilf ihm! zu beten –
die Unsichtbaren tragen es empor.«

Ekstasen sind im allgemeinen vorübergehende Erscheinungen. Hier wurde der Beweis erbracht, daß sie chronisch werden können.

Ein Pastor verkündete pathetisch in der Gedächtniskirche: »Und dann kam ER, uns von Gott gesandt, um Deutschland zu schützen und die drohende Gefahr des Antichrist von unserem Volk abzuwenden.« Ich verließ ostentativ laut eine Kirche, die dem Antichristentum diente.

Drohungen, Verordnungen, Versprechungen folgten einander. Hetzreden gegen Juden, Demokraten, Katholiken dröhnten aus dem Radio, bildeten die Schlagzeilen im ›Angriff‹ und ›Völkischen Beobachter‹, zugleich mit den Verheißungen herrlicher Zeiten, sobald Deutschland von »artfremden Elementen« gesäubert wäre.

SA- und SS-Trupps marschierten mit Gesang, Fahnen und Juda-verrecke-, Deutschland-erwache!-Rufen unaufhörlich durch die Straßen und schürten die Ekstase. Eine Gruppe ahnungsloser schwedischer Turner, die keine Notiz von der »Fahne« nahm, wurde verprügelt. Die Wochenschauen zeigten barbarische Zeremonien: Hitler küßte die »Blutfahne«, an der angeblich das Blut »deutscher Helden und Märtyrer« klebte. Meuchelmörder wurden Nationalhelden, Horst Wessels Zimmer zum Nationalschrein erklärt.

Am 21. März 1933 wurde der »Tag von Potsdam« organisiert, bei dem der neue Reichstag in der Garnisonkirche gefeiert werden sollte. Das Offizierskorps und die Feldmarschälle kamen in Gala-Uniform, auch der Kronprinz, der für Hitler während der Wahlen Propaganda gemacht hatte, erschien in der operettenhaften Aufmachung eines Gardehusaren, um dem »Gefreiten aus Braunau«, dem Braunschweiger »Regierungsrat«, dem »Führer« zu huldigen. Die Spitzen von Militär und Beamtentum und solche, die sich einbildeten, Spitzen zu sein, oder hofften, Spitzen zu werden, bemühten sich um die Gunst des Mannes, dem Hindenburg jetzt die Hand schüttelte. Vergaß der Greis, daß er noch vor kurzem erklärt hatte, dieser Kerl dürfe ihm nicht über die Hintertreppe ins Haus kommen? Oder war er so verholzt wie jene Gestalt, in die ich einmal einen Nagel gehämmert hatte? Dachte niemand an den Hauptmann von Köpenick, als Hindenburg dem »Führer« im Bratenrock die Hand schüttelte?

Kinobesucher jubelten, als der »Tag von Potsdam« in Wochenschauen gezeigt wurde, und spendeten in Sammelbüchsen, die von der SA, den »Stützen der Regierung«, von Reihe zu Reihe gereicht wurden. Nur wenige Menschen wagten es, die Büchse weiterzugeben, ohne zu spenden.

Die Judenhetze wurde intensiver. Filme, die von Juden gedreht, von jüdischen Autoren verfaßt waren oder in denen Juden auftraten, mußten abgesetzt werden. Der noch vor wenigen Wochen umjubelte Chaplin war Jude und damit für Deutschland verboten. Die neuen »Kulturschaffenden« suchten eifrig nach einem anderen Komponisten für den ›Sommernachtstraum‹, nachdem entdeckt wurde, daß Mendelssohn Jude war. Mozartopern wurden verboten, weil da Ponte das Textbuch verfaßt hatte.

Mein Stück wurde Mitte März abgesetzt, die siebzehn anderen Theater sagten die zugesagte Aufführung ab. Die ›Volksbühne‹ gab jetzt ein Stück mit Käthe Dorsch und einer jüdischen Schauspielerin.

Als die Aufführung durch »Juden raus« gestört wurde, legte Käthe Dorsch ihren Arm um sie, trat an die Rampe und rief dem Publikum zu, sich anständig zu benehmen, worauf Ruhe eintrat.

Die Premiere eines neuen Bergner-Films wurde offiziell zwar nicht verboten, weil man sich vielleicht doch nicht zu sehr blamieren wollte, eine bekannte Schauspielerin zu boykottieren. Aber ein eben märzgefallener Nazi vertraute mir an, daß er beauftragt wäre, eine Gruppe »Kochende Volksseele« in Moabit zusammenzustellen, die die zweite Vorstellung »spontan« stören und die Absetzung des »artfremden Films« erzwingen sollte, um zu beweisen, daß das deutsche Volk einmütig hinter der Entjudungs-Aktion des Führers stünde. Ich ging deshalb mit Terry in die erste Vorführung. SA-Posten standen am Eingang und vor den Türen zum Parkett. Zuerst kam die Wochenschau mit viel »Führer«, Göring, Heß, Röhm, Goebbels, die mit Heil-Hitler-Rufen der Zuschauer begrüßt wurde.

Als die Bergner auftrat, wie stets hilfloses kleines Mädchen, mit kindhafter Stimme, wurde »Juden raus« gerufen. Es war kein guter Film. Ich fand die Bergner, wie stets, zu wenig wandlungsfähig, ich hatte den Bergnerrummel nie verstanden. Ich glaube, alle Zuschauer hatten Angst vor dem, was die braunen Posten nach der Vorstellung tun würden, aber nichts geschah. Als wir das Kino verließen, war die kochende Volksseele bereits aufmarschiert und verlangte in Sprechchören die Absetzung des »Judenfilms«. Neugierige standen an der Gedächtniskirche und auf der Terrasse vom Romanischen Café. Die Limousinen der englischen und französischen Botschafter fuhren gerade vor, als die kochende Volksseele intonierte: »Nur – Judenschweine – be-suchen – Juden-Filme!«

François-Poncet und Henderson verschwanden lächelnd im Kino. Das Murren wurde lauter. Steine flogen in die Aushängerahmen. Die Eingangstüren wurden geschlossen. Ein Mann neben uns murmelte: »Der Film muß jut sint, weil se so brilln.«

In Schweizer Zeitungen lasen wir, daß die Botschafter unbelästigt die zweite Vorstellung verlassen konnten, ehe der Film abgesetzt wurde. Am anderen Tag waren Aushängefenster und Glastür zertrümmert.

Ein alter Freund aus München besuchte mich und erklärte, er hätte von der Regierung den Auftrag erhalten, den Anschluß an Österreich im Rundfunk zu propagieren.

»Das willst du tun?«

Er sah mich kühl an: »Natürlich, wir wollen doch alle ein Großdeutsches Reich«, und zeigte mir seine neue Parteikarte.

»Dann mußt du mich boykottieren, denn ich habe einen jüdischen Großvater.«

Er erwiderte ohne Zögern: »Das könnte mir schaden, obwohl dein Prozentsatz nur 25% beträgt.« Ich sah ihn nicht wieder.

Theodor Wolff, der in die Schweiz geflohen war, kehrte noch einmal zurück – aus Heimweh, weil er sich von Deutschland nicht trennen konnte. Freunde erwarteten ihn auf dem Bahnsteig, zwangen ihn, sofort zurückzureisen, da sein Leben gefährdet war. Er reiste mit dem nächsten Zug zurück. Änne folgte ihm etwas später, denn ihr ältester Sohn, Richard, wollte nicht abreisen und war in den Tiergarten gelaufen, wo er herumirrte, bis ein Freund ihn zur Flucht überredete. Wir brachten Änne auf die Bahn. Sie nahm nur zwei kleine Handkoffer mit. Wir spielten Wochenendabschied mit: »Also übermorgen um fünf.« Und: »Grüße Tante Luise« – denn überall standen Beobachter. Theodor Wolffs schöne Wohnung, die unersetzliche Bibliothek, wurden konfisziert.

Die drei Fräulein Dörre hatten Schwierigkeiten mit ihrem immer herrischer auftretenden SS-Mieter. Eines Tages hörte ich Lärm auf dem Korridor: der SS-Mann versperrte Herrn Stern die Toilettentür und schrie, er könne seiner arischen Mutter nicht zumuten, dieselbe Toilette zu benützen: »Dieser Jude gehört nach Jerusalem.«

Das älteste Fräulein Dörre, Lieschen, ging auf ihn zu: »Herr Stern wohnt seit Jahren bei uns. Herr Stern war Frontkämpfer und hat für besondere Tapferkeit das Eiserne Kreuz bekommen. Darf ich fragen, ob Sie Frontkämpfer waren?«

Der SS-Mann war fassungslos.

»Es bleibt Ihnen frei, auszuziehen, wenn Ihnen etwas nicht paßt«, fügte die mutige kleine Person hinzu. Der SS-Mann gab die Tür frei und zog am nächsten Tag mit seiner Mutter aus.

Es gab zu wenig mutige Menschen, die meisten schwiegen. Immer mehr Freunde und Bekannte verschwanden, ohne Abschied, ohne Adresse. Hermann Sinzheimer, der sich noch eine Zeitlang an seinen Redakteurposten im ›Berliner Tageblatt‹ geklammert hatte, verlor seine Stellung und schrieb für die ›Jüdische Wochenzeitung‹. Er emigrierte sehr spät, seine Frau blieb in Berlin. Monty Jacobs emigrierte nach London. Julia

Koppel mußte wieder umziehen, weil ihre Wirtin erklärte, ihr Zimmer wäre anderweitig vergeben.

Berliner Volksmund flüsterte, wenn Flugzeuge sichtbar wurden: »Dort oben fliegt meine Spende für Mutter und Kind.«

Wir spielten Buchstaben schütteln. Aus Adolf Hitler wurde Folterhilda, aus Walter Darré Trarawedel. Aus Julius Streicher Irrleiche, aus Hjalmar Schacht Ali Machtarsch, und Göring war, nach dem Reichstagsbrand und weil er sich Löwen hielt, Nero Magenhirn, Goebbels Bob Eifelgosse.

An der Gedächtniskirche stand der SA-Mann August Wilhelm von Hohenzollern, von den Berlinern Auwi genannt, mit der Sammelbüchse, und die Untertanen umdrängten ihn, um ihre Pfennige in die königliche Büchse zu werfen.

An der Gedächtniskirche, Ecke Tauentzienstraße, verkaufte eine junge Heilsarmistin jede Woche den ›Kriegsruf‹. Ich nahm ihn ihr regelmäßig ab. Als ich ihr eines Tages gerade das Geld gegeben hatte, erschien ein SA-Mann mit seiner Sammelbüchse und befahl ihr, Heil Hitler zu rufen. Die Heilsarmistin erwiderte: »Für uns kommt das Heil nur von Christus, Heil Christus!«

»Der – war doch ein Saujude, dumme Gans«, sagte der SA-Mann. Ein alter Herr und ich versuchten, ihn zu überreden, sie in Ruhe zu lassen. Aber der Sammler brüllte uns nur an: »Maul halten, vastanden?« – packte das Mädchen beim Arm, hielt ein hakenkreuzbeflaggtes Auto an und zerrte sie hinein. Sie stand nie mehr an der Gedächtniskirche. Was geschah wohl mit ihr?

Der hektische Eifer, dem neuen Regime zu dienen, steigerte sich, und das neue Regime schürte die Begeisterung durch Umzüge, Versammlungen mit martialischer Musik und einer »Germanenfeier«, bei der biedere Bürger, in Felle gehüllt, Keulen schwangen und germanische Frauen mit aufgelöstem Blondhaar in Brunhildendraperien herumzogen.

Die Regierung lebte in dulci jubilo vom Bettel – überall, in Lokalen und auf der Straße, wurde gesammelt. Goebbels, der vor der Machtergreifung so oft gegen »die Herren im Frack und Zylinder« polemisiert hatte, zeigte sich auf glänzenden Veranstaltungen in tadellosem Frack neben seiner eleganten, juwelenglitzernden Frau, deren ersten Mann er nach Dachau geschickt hatte, wie behauptet wurde.

Als ich meinem Schuster ein Bild von Göring in Phantasieuniform zeigte, sagte er bloß: »Na, und von welchem Jeld?«

Tony van Eycks Masseur, der sie für eine Hosenrolle als jungen Goethe bearbeitete, bemerkte einmal: »Mensch, wern die Schornsteine mal roochen, wenn det Jesindel seine Hemden verbrennt.« Was dann auch zwölf Jahre später eintraf.

Tony war jetzt Anhängerin des Regimes in der Hoffnung, endlich eine große Rolle zu bekommen, und ließ sich mit Hitler und anderen »Kunstschaffenden« fotografieren. Ich erinnerte sie daran, daß sie ausschließlich von Juden, Ullstein, Friedrich Hollaender, Alfred Kerr und Max Reinhardt, gefördert worden war. Aber sie war spielbesessen, wollte Parteimitglied werden, ihr Mann fanatischer SA-Mann.

Max Pechstein saß jetzt oft, von lärmenden, braunbehemdeten Männern umringt, im italienischen Restaurant nahe dem Lützowplatz, rief mir laut Heil Hitler zu und grüßte stramm mit dem »deutschen Gruß«. Vor einiger Zeit schon hatte er mir berichtet, daß er aus der protestantischen Kirche ausgetreten wäre, weil sie »auf jüdischem Glauben« aufgebaut war.

Die raschen Gesinnungsumschwünge, die zuweilen über Nacht erfolgten, waren nicht nur überraschend, sondern unheimlich, weil Menschen, von denen man dergleichen nie erwartet hätte, so eifrig bemüht waren, ihre Segel nach dem braunen Orkan zu richten. Nicht nur Erwachsene, auch Halbwüchsige und Kinder wurden infiziert und plapperten nach, was die Eltern sagten. So hörte ich einmal in der Untergrundbahn, wie ein Schuljunge seine Freunde zu seinem Geburtstag einlud und zu einem Jungen sagte: »Aber du darfst nicht kommen, weil du ein Judenschwein bist.« Der Junge schwieg, senkte den Kopf. »Bin ich froh, daß ich kein Kind habe, dem sowas gesagt wird oder das sowas sagt«, bemerkte ein neben mir sitzender Herr.

In meinem Postamt sagte ein Hitlerjunge zu einem anderen: »Du hast mir zu jrüßen, ick bin dein Vorjesetzter, vastehste, sonst melde ick dir.« Der Angeredete grüßte hastig den höheren Rang.

Im Café Wien erfuhren wir eines Abends, daß der Hellseher Hanussen »abgeholt« worden war. Die Leute, die ihn verhafteten, hatten ihm befohlen, Geld und Uhr zu Hause zu lassen, weil er das nicht mehr brauchen würde. Er wurde in einer stillen Vorortstraße am Stadtrand erschossen. Ein Mann, der die Schüsse hörte und aus seinem Haus lief, wurde ebenfalls ermordet. Die Zeitungen meldeten bloß Hanussens Verschwinden. Der Grund für diesen Mord war angeblich, daß Hanussen Hitler, der ihn oft konsultierte, vor einem gewaltsamen Tod gewarnt hatte – oder auch nur vor drohender Gefahr, worüber

Hitler sich geärgert und den Mord befohlen hatte. Offiziell wurde Hanussens Tod nicht gemeldet. Man las nur über ihn in Auslandszeitungen, die jedoch stets beschlagnahmt wurden, wenn sie etwas berichteten, das man in Deutschland nicht wissen sollte.

Der »Tag des Judenboykotts« am 1. April war, wie alle Veranstaltungen, nicht nur gut organisiert, sondern auch psychologisch vorbereitet. Jüdische Geschäfte waren über Nacht mit Anschlägen beklebt: »Juda verrecke«, »Deutsche, kauft nur bei Deutschen« und: »Jüdisches Geschäft«.

Ich ging am Morgen des 1. April in den Dreimasken-Verlag. Die Dramaturgin Anni Bernstein saß elegant und gelassen wie stets in ihrem Zimmer. »Man hat mir noch nicht gekündigt, aber ich gehe natürlich fort«, sagte sie und sprach von Verwandten in Amerika, zu denen sie reisen wollte. Das Telefon klingelte, sie nahm den Hörer ab, horchte, sagte dann ruhig: »Vielleicht hätte ich mir das denken sollen«, und legte den Hörer auf.

»Gottfried Benn hat mir eben die Freundschaft gekündigt, weil ich Jüdin bin. Wie schnell sich die Menschen wandeln.« Das hatte ich auch erfahren.

Nachmittags ging ich mit Hertha von Lewinski durch die Straßen. Vor den jüdischen Geschäften am Kurfürstendamm standen SA-Posten spreizbeinig, die Hände in die Hüften gestemmt. Parteimitglieder in Zivil, offensichtlich instruiert, standen unter den Neugierigen und riefen hin und wieder: »Rückfahrkarte nach Jerusalem gefällig?« und: »Juda verrecke, Juden raus!«

Der Inhaber der Parfümerie Scherk hatte sich mit seinen Orden vor sein Auslagefenster auf die Straße gesetzt. SA-Leute, junge Burschen, rissen sie ihm ab, befahlen ihm, »in seine Judenbude« zu kriechen.

Vor den gekennzeichneten Läden drängte sich der Pöbel und wartete – auf was wohl? Vor der Apotheke in der Tauentzienstraße verwehrte ein »Posten« einer alten Dame den Eintritt: »Die deutsche Frau kauft nicht bei Juden!« Die Mutige erwiderte: »Ich bin eine deutsche Frau, ich habe immer hier gekauft und kaufe, wo ich will«, damit drängte sie den verdutzten SA-Mann beiseite und ging in die Apotheke, in der der Apotheker mit seinem Gehilfen wie versteinert stand. Als sie wieder herauskam, spuckte der SA-Mann hinter ihr her: »Wenn wir dürften, wie wir wollten«, und berührte seine Pistole.

Wir tranken in einer Konditorei nahe dem Wittenbergplatz

unseren Tee, als mit einem Mal ein Lastwagen erschien, zwei SA-Leute sprangen heraus, gingen auf den Inhaber zu, befahlen ihm, mitzukommen. Er wäre Jude und dürfe kein Geschäft führen. Der Mann erwiderte, die Verordnungen träfen nicht auf ihn zu, er wäre Österreicher. »Maul halten, mitkommen«, sagte der SA-Mann.

Die Kellnerin fing an zu weinen. Seine Frau bat, man möge doch ihren Mann in Ruhe lassen. Der SA-Mann erwiderte, sie könne auch gleich mitkommen, das wäre ein Aufwaschen, und fügte hinzu: »Das Lokal ist geschlossen, verstanden.«

Wir verließen mit den anderen Gästen das Lokal. Als wir auf der Straße standen und die Verhafteten fortgefahren waren, sagte Hertha: »Wir haben ja nicht bezahlt.« Wir gingen zurück, die Tür war verschlossen, die Kellnerin stand weinend hinter dem Ladentisch mit den berühmten Torten. Ich sagte zu Hertha, sie müßte ihrem Onkel Paul von all dem berichten. Sie antwortete, er wäre schon sehr alt.

Abends hörte ich eine Rundfunkreportage über den »erfolgreich durchgeführten Judenboykott«. Das deutsche Volk habe in überwiegender Mehrheit bewiesen, daß es sich vom Judentum befreien wolle. Der Reporter ging dann in ein von Juden bewohntes Haus, klopfte an eine Tür und schrie: »Aufmachen, sonst brechen wir die Tür auf!«

Der Bewohner wurde nach seinem Namen gefragt, nannte ihn leise, fügte sein Alter hinzu: 79 Jahre.

»Du hast zu sagen: ›Ich bin eine Judensau‹, verstanden?«

»Ich bin eine Judensau«, wiederholte die Greisenstimme.

Eine andere Stimme rief unter dröhnendem Gelächter: »Fahrkarte nach Jerusalem gefällig?«

»Kannst in deine Judenbude zurückkriechen«, sagte der Reporter. Dann wurde eine Tür geschlossen, und der Reporter verkündete abschließend im Volksrednerton, Deutschland könne erst gesunden, wenn es von der jüdisch-bolschewistischen Gefahr, dieser Pestbeule, diesem Krebsschaden am Körper der Nation, befreit und arisiert wäre.

Der braune Krebsschaden, die Metastasen des Nazismus verbreiteten sich immer rascher im aufnahmebereiten Volkskörper, und die Neu-Konvertierten wurden noch fanatischer als die »alten Kämpfer«. Die Arbeitslosen waren mit Umzügen, Überfällen, Demonstrationen vollauf beschäftigt, sie waren jetzt »die Stützen der Regierung«, oft gepriesen für ihr mannhaftes Auftreten, als Helden für ihre Kämpfe gegen »Rotmord« gefeiert.

Versuche von Juden und Halbjuden wurden unternommen, sich – irgendwie – der Verfolgung und Verachtung zu entziehen. Etliche versuchten sich durch Taufe in Christen zu verwandeln, um geschützt zu sein. Aber diese, spöttisch »Nottaufe« genannte Taufe war sinnlos, weil das »arische Blut« zum Dogma erklärt wurde. Ein eben Märzgefallener behauptete ernsthaft, man hätte die Unterschiede zwischen jüdischem und arischem Blut wissenschaftlich festgestellt. Auf meine Frage, wie man das angefangen hätte, erwiderte er kurz: »Natürlich mikroskopisch.«

Ola Alsen-Schultz, eine geschickte Journalistin, Witwe des Herausgebers vom ›Acht-Uhr-Abendblatt‹ und Schwester von Max Alsberg, gehörte zu den Notgetauften. »Warum ich diesen Blödsinn gemacht habe, weiß ich nicht. Ich hatte mit einem Mal solche Angst und tat das Nächstbeste. Der Pastor hat mir auch noch eine Riesensumme dafür abgenommen«, erzählte sie.

Manche Versuche, Existenz und Freiheit zu retten, waren tragisch: Menschen, die sich bisher nie um ihre Vorfahren gekümmert hatten, suchten verzweifelt nach Geburts- und Taufscheinen, um den »Ariernachweis« zu erbringen. Bäuerliche Ahnen waren besonders gesucht. Pechstein betonte, er wäre Sohn eines Hufschmieds in Westfalen.

Aber neben diesen Verzweiflungshandlungen, abschiedslosem Abreisen und spurlosem Verschwinden gab es noch andere, die in den Tod flüchteten. Zu ihnen gehörten Max Alsberg, der sich in Zürich erschoß, und Anni Bernstein, diese außergewöhnlich kluge, kultivierte Frau. Sie vergiftete sich in Zürich, als sie von Amerika in die Schweiz zurückkehrte, nachdem sie eingesehen hatte, daß sie nur eine von Abertausenden Flüchtlingen war, die man in der Neuen Welt nicht willkommen hieß und nur mitleidig duldete.

Ich wollte Deutschland verlassen. Vernunft riet dazu, Feigheit verhinderte es. Ratschläge vom schrumpfenden Freundeskreis, abzuwarten, ob sich nicht doch etwas ändern würde, wurden befolgt. Daß mein jüdischer Großvater, dieser alte Berliner, gefährlich für mich werden könnte, wußte ich. Er hatte bereits verhindert, worauf ich lange gehofft hatte: die Verfilmung meines Romans ›Die drei Leben des Kai Peterson‹ von der Ufa, die mir im Fall eines Abschlusses 20000 Mark angeboten hatte. Als ich mich danach erkundigte, erhielt ich von einem Unbekannten, der sich mit Hauptdramaturg bezeichnete, die Antwort, das Projekt käme nicht mehr in Frage.

Die »Grüne Woche« wurde als Triumph nationalsozialistischer Landwirtschaft angekündigt. Sie bewies den Triumph von Massenwahn und würdeloser Servilität. Hakenkreuzfahnen und Spruchbänder mit Goebbelsschem Text hingen überall.

Große Plakate über den Hundezwingern verkündeten: »Mitglied des Verbandes arischer Hundezüchter.« Besonders bezeichnend war ein Plakat über den Schweineboxen: »Verband nationalsozialistischer Schweinezüchter.«

Hitler, Göring, Goebbels, Heß und Röhm, diese grotesken Schießbudengestalten, saßen selbstbewußt in einer hakenkreuzdrapierten Ehrenloge beim Concours Hippique. Als die Reiter den Ring verlassen hatten, erschien als »besondere Einlage« eine motorisierte Abteilung mit dröhnendem Geknatter, saß ab, warf sich auf den Boden, schoß nach einem unter dem Hallendach vorübergezogenen Miniaturflugzeug, saß auf, knatterte hinaus. Das Publikum tobte Beifall, die Schießbudengestalten standen feierlich stramm, grüßten mit dem aus Italien importierten Faschistengruß.

Ein französischer Freund sagte entsetzt: »Ils nous feront encore une fois la guerre, ces gens-là!«

Es dauerte eine Zeitlang, bis die Reiter erscheinen konnten, denn Maschinengewehre, Motorenlärm und der hysterische Beifall des Publikums hatten die Pferde scheu gemacht. Ein Konkurrent, dessen Pferd nicht zu beruhigen war, mußte ausscheiden. Die Sieger wurden von Hitler empfangen. Der erste Preis für einen deutschen Reiter war der traditionelle Silberpokal. Ein Franzose erhielt den zweiten Preis: eine signierte Fotografie von Hitler in breitem Silberrahmen. Er saß am Nebentisch mit seiner Mutter. Ich hörte, wie er zu ihr sagte: »Me donner cette gueule, ça, alors«, als er aus der Ehrenloge zurückkam.

Die Regierung verließ unter stürmischen Heilrufen zwischen einem Meer von ausgestreckten Armen die Ausstellung. Ich erholte mich in der Hundeabteilung. Ein geruhsamer schottischer Schäferhund gab mir seine Pfote. Sein Besitzer erklärte mir ausführlich seine menschlichen Eigenschaften, seine hohe Intelligenz – nach den soeben abgelegten Proben menschlicher Eigenschaften war es eine Beleidigung für jeden anständigen Hund.

Wenige Tage später erzählte mir mein Freund, der Schalterbeamte Nitsche, in seinem kleinen Postamt, daß Else Lasker-Schüler dort erschienen wäre. Sie hätte einen Revolver gezogen, um sich zu erschießen, aber er war über den Schaltertisch gesprungen, hatte ihn ihr entrissen und gut zugeredet. »Denn so ne wunderbare Dichterin muß am Leben bleiben«, erklärte er.

Der Eifer, mit dem manche Menschen ohne Zwang oder persönliche Gefährdung sich beeilten, dem Regime zu dienen, nahm immer groteskere Formen an. Ein Mitglied des Schutzverbandes Deutscher Schriftsteller, der wie andere »geistig Schaffende« seine Einstellung durch SA-Uniform bekundete, führte den neuen Regierungsbefehl durch, daß geistig Schaffende körperlich durch Fußmärsche ertüchtigt werden müßten. An der Spitze einiger Mitglieder marschierte er durch die märkische Heide. Da Abmarsch- und Rückkehrzeiten nach militärischem Muster angegeben waren, sah ich mir den »Rückmarsch« der erschöpften Kollegen an, die Ruhm durch Servilität erhofften.

In einer großen Versammlung – alle Versammlungen waren jetzt groß – verkündete Blunck von der hakenkreuzgeschmückten Tribüne aus, daß die erhöhten Mitgliedsbeiträge auch die »kostenlose Bestattung« einschlössen. Die Verkündung wurde bejubelt. Das Versprechen gehalten, nur anders, als die Mitglieder gedacht hatten: viele Mitglieder wurden später kostenlos vergast, ermordet oder zu Tode gefoltert.

Auf dem Podium neben Blunck stand der neue Sekretär, SS-Mann Lienhard. Er ist mir besonders in Erinnerung geblieben, weil ich gehört hatte, wie er, kurz nach der »Machtergreifung« auf den Sekretärposten gelangt, in der Geschäftsstelle fragte: »Da schreibt uns ein Thomas Mann – wissen Sie, wer das ist?«

Körperliche Ertüchtigung wurde auch den Schauspielern empfohlen. Entschuldigt wurde nur, wer ein ärztliches Attest einreichte, daß er fußleidend oder plattfüßig wäre. Aribert Wäscher brachte mir diese Nachricht und markierte täuschend einen Plattfüßigen: »Nicht zu glauben, wie viele meiner Kollegen jetzt tagsüber lahm sind.«

Die Mitglieder des Schauspielhauses mußten später eine »freiwillige Spende« für ein Geschenk für Emmy Sonnemann geben, die Göring zu heiraten beschlossen hatte. Niemand wagte es, sich zu weigern. Was geschehen wäre, wenn jemand es abgelehnt hätte, wußte niemand, und alle spendeten. Die Sonnemann erhielt eine wertvolle Schmuckkassette. Die Hochzeit wurde so groß gefeiert, wie alle Veranstaltungen jetzt waren. Unvergeßlich ist mir die Wochenschau, in der der »Führer« nach der Trauung dem Bräutigam etwas ins Ohr flüsterte, wie auf einer Bauernhochzeit, wenn jemand einen derben Witz macht, den nicht alle Gäste hören sollen.

Industriellenspenden flossen der Partei zu, Konvertiten stürzten weiterhin in die Partei, die Regierungsmitglieder waren saniert und sehr elegant. Die Autos der Würdenträger wurden von SA-Männern gelenkt, SA-Männer fungierten als Diener, die den Schlag öffnen mußten.

Der erste Mai war in diesem Jahr zum »Nationalsozialistischen Feiertag« erklärt worden. Die Schaffenden hätten sich auf dem Tempelhofer Feld zu versammeln, schrillte es aus dem Radio. Wieder wanderte ein folgsamer Trupp Schriftsteller aus der Nürnberger Straße zum Tempelhofer Feld. Auch das Schauspielhaus stellte eine Deputation – der kleineren Chargen. Später hörte ich von einer Bekannten, die am Rand des Tempelhofer Feldes wohnte, von den chaotischen Zuständen. Die Menschen drängten sich mit ihren Fahnen und Bannern zu Tausenden. Der »Führer« verspätete sich. Die umliegenden Häuser wurden von den Menschen belagert, die flehentlich baten, sie »mal reinzulassen«.

Arbeiterzüge schlichen am Spätnachmittag müde, erschöpft, durch die Schaperstraße. »Berlin ist nationalsozialistisch«, stand auf ihrem Banner. Vor einem Jahr hatte »Berlin ist sozialistisch« auf den Bannern gestanden, und die Fahnen waren schwarzrotgold gewesen.

Was wäre wohl geschehen, wenn niemand auf das Tempelhofer Feld gekommen wäre und man das Feld dem »Führer« und seinen Mannen überlassen hätte?

Meine Waschfrau berichtete, ihr Sohn hätte »in't Jrüne jemacht«. Mein alter Obsthändler, ein Kriegsveteran mit Holzbein, war besonders verärgert über Görings Luxus. Er hatte ihm geschrieben, er solle etwas für die Invalidenpensionen tun, und hätte nicht einmal eine Antwort bekommen: »Und der Mensch, den ick mit ausgefranste Hosen jesehn habe, antwort nich mal, tut nischt für Unsereinen, nur für sich und seine –«, dann folgte das unerlaubte Wort.

Goebbels, der früher Windjacken und Trenchcoat getragen hatte, spielte jetzt eleganten Weltmann. Er hatte eine Affäre mit der Filmschauspielerin Lida Baarova und wurde einmal von deren Liebhaber verprügelt. Ganz Berlin wußte um diese Prügelszene, die als Staatsgeheimnis behandelt und offiziell verschwiegen wurde. Als nun die Baarova bald danach in einem Film bemerken mußte, daß sie Kopfschmerzen hätte, und ihren

Doktor rufen wollte, brach stürmischer Beifall und Lachen aus, und der Satz wurde gelöscht.

Zum alljährlichen Pen-Club-Diner wurde Marinetti eingeladen, da kein prominenter deutscher Schriftsteller erscheinen wollte. Ein Herr von Schmidt-Pauly hielt die Begrüßungsansprache, auf die Marinetti in seinem Stil antwortete. Es war für die neudeutsche Geistesrichtung bezeichnend, daß von Geist fast nichts, von aggressivem Militarismus viel zu bemerken war: während der Reden kamen und gingen neu eingekleidete SA-Boten, die SA-Gästen Meldezettel überreichten, geflüsterte Antworten entgegennahmen und davonstampften. Es war, als ob infantile Erwachsene Soldaten spielten.

Ich saß zwischen Dietzenschmidt und dem italienischen Kulturattaché. Dietzenschmidt erklärte gleich zu Beginn, er schäme sich, dem Kollegen Sinzheimer »seinen Stuhl im ›Berliner Tageblatt‹ genommen zu haben«. Auf meine Frage, warum er etwas getan hätte, dessen er sich schämte, erhielt ich die Standardantwort, ein neuer Zeitgeist fordere Opfer und natürlich auch, daß Späne fallen, wo gehobelt wird.

Der Kulturattaché war anscheinend kein Faschist und amüsierte sich über den Hauptquartierbetrieb während des Diners, und so überließ ich Dietzenschmidt seiner Tischdame zur Linken, einer österreichischen Feuilletonistin, die in Begleitung eines eleganten SS-Mannes erschienen war.

Ich sah fremde Gesichter, hörte fremde Stimmen und entdeckte nur ein vertrautes Gesicht: Martha von Zobeltitz, die am anderen Tisch saß. Ich hörte Dietzenschmidt zu seiner Nachbarin bemerken, es wäre erstaunlich, daß sich diese Jüdin hierher gewagt hätte. Die Antwort der Dame kam rasch: »Die wird sich auch bald verkrümeln müssen.«

Später saß ich mit Martha und Alfred Richard Meyer, der unter dem Pseudonym Munkepunke schrieb, zusammen und beobachtete die neuen geistig Schaffenden, die aus der Anonymität aufgetaucht waren und auf Ruhm hofften – aber auch die verstaubten Familienschriftsteller wie Blunck und Bloem, die jetzt eine Renaissance feierten, weil sie rasserein waren.

»Kinder, Kinder, was werdet ihr mal zu schreiben haben, wenn der Spuk vorüber ist und ich längst tot bin«, bemerkte Martha auf dem Heimweg. Sie erlebte noch das Ende des Spuks, als Emigrantin in Frankreich, und starb arm, einsam, geistesgestört in einem französischen Krankenhaus nach dem Krieg.

Meyer meinte nicht sehr überzeugt, vielleicht würde sich das alles noch in zivilisierteren Bahnen entwickeln, Martha erwiderte: »Nein, diese Leute sind Deutschland.«

Meyer war einer der wenigen mutigen Menschen in dieser Zeit: er half heimlich gefährdeten oder stellungslos gewordenen Kollegen.

Ich hatte vor einiger Zeit einen Fragebogen vom Schutzverband Deutscher Schriftsteller erhalten, als er noch nicht in Schrifttumskammer verwandelt und Goebbels' Mammutunternehmen, der »Reichskulturkammer«, unterstellt worden war, die die »Aufgabe hatte, entartete Kunst aus dem deutschen Volkskörper zu entfernen«. Ich hatte auf dem Zettel vermerkt, daß ich einen halbjüdischen Vater hatte und dänische Staatsbürgerin wäre. Daraufhin erhielt ich eine Mitgliedskarte mit der Nummer 4597, sowie eine Anstecknadel mit meiner Mitgliedsnummer und der Aufforderung, sie stets zu tragen.

Daß Mitglieder, die bereits die erhöhten Beiträge gezahlt hatten und deren Nummer mit 45 begann, als Verbotene auf Listen gesetzt waren, erfuhr ich erst später, als Redaktionen die Angabe meiner Mitgliedsnummer forderten und meine Arbeiten abgelehnt wurden. Ich ahnte ebensowenig wie Martha von Zobeltitz, Alice Berend, Julia Koppel und die anderen 45er, daß wir unseren Berufstod mit dem erhöhten Beitrag selbst bezahlt hatten.

Das neue »Gesetz« zum Schutz vor Schund und Schmutz umfaßte alle Kunstgebiete, alles, was als »zersetzend, entartet, undeutsch, jüdisch-bolschewistisch« bezeichnet wurde und die neuen Machthaber geärgert hatte. Zu »Sachverständigen« ernannte Parteimitglieder und Mitläufer forderten in »flammenden Aufrufen« die Vernichtung undeutscher Literatur und die Säuberung aller Museen von »entarteter bildender Kunst«.

Verleger und Redaktionen mußten nicht nur ihren eigenen Ariernachweis, sondern auch den ihrer Autoren und Angestellten erbringen. Hin und wieder verrieten die neuen Kulturträger ihre Unbildung. So forderte die Reichsschrifttumskammer in einem ihrer Erlasse den Ariernachweis der Gebrüder Grimm und mußte sich belehren lassen, daß diese Autoren seit Jahren gestorben wären.

Goebbels und seine Vasallen verkündeten immer wieder, daß echte deutsche Kunst sich erst »frei entfalten könnte, wenn alles Undeutsche erbarmungslos ausgemerzt« wäre. Aber hier irrte

Goebbels. Nach der Säuberung folgte keine Blütezeit, nur schlechtes Deutsch, Dilettantentum, Kitsch, Propaganda für das braune Dogma.

Gottfried Benn erklärte: »Ich sage ja.« Gerhart Hauptmann vergaß, daß er von Reinhardt und Kerr gefördert worden war, und ließ sich als Dichterfürst des Dritten Reiches feiern. Fritz von Unruh zog es vor, in die Unsicherheit des Exils auszuwandern. Ricarda Huch trat aus der Akademie der Künste, Abteilung Dichtkunst, aus, Stefan George lehnte den Eintritt ab. Thomas und Heinrich Mann, Franz Werfel, Ludwig Fulda, Jakob Wassermann, René Schickele, Alfred Mombert wurden »ausgeschlossen« – und viele andere deutsche Schriftsteller von Weltrang. Zurück blieben die Parteigenossen Blunck, Bloem und Ewers.

Die Vernichtung »undeutscher Autoren« durch Verbrennung wurde groß aufgezogen und psychologisch glänzend vorbereitet. Die Männer, die vor der Renaissance mittelalterlicher Barbarei gewarnt hatten, waren bereits im Exil: Helmut von Gerlach, Schwarzschild, Georg Bernhard, Alfred Kerr und andere in Paris. Tucholsky schwieg in Schweden, Carl von Ossietzky wurde im KZ Oranienburg gequält, der ihm zugesprochene Nobelpreis wurde ihm nicht ausgehändigt, sondern gelangte in die Hände der Nazis.

Diese zweite Brandstiftung wurde unter Mitwirkung von Universitätsstudenten in Couleur und SA-Uniform, unter Leitung von Professor Bäumler, vorgenommen, um der Tat einen kulturellen Anstrich zu geben. Ich ging mit Ines zum Opernplatz, denn dergleichen sieht man nur einmal im Leben – und außerdem war es gut, Zeuge gewesen zu sein.

Menschenmassen strömten die Linden entlang, Musikkapellen spielten, es herrschte Feiertagsstimmung. Fackelzüge marschierten auf, Studenten umstanden den Scheiterhaufen, warfen ihre Fackeln in die Flammen, hochbeladene Lastwagen brachten das Brennmaterial, die deutsche Literatur. Zuerst kamen die Prominenten, später alles, was aus Verlagen und Buchhandlungen an verbotenen Schriftstellern abgeholt worden war.

Ines bemerkte: »Dies ist natürlich der größte Scheiterhaufen aller Zeiten, weil er vom größten Führer aller Zeiten und dem größten Schreier aller Zeiten befohlen worden ist.«

Ein Sprecher schrie den Namen des Autors: »Ich übergebe der Flamme die Werke von ...«, und begründete die Verbrennung mit dem, was Goebbels schon wochenlang über den Autor gezetert hatte – Namen von Dichtern und Schriftstellern, die repräsentativ für das geistige Deutschland waren. Die Menschenmassen heulten Beifall, schrien Deutschland erwache, Juda verrecke, Heil Hitler.

Immer wieder hörte ich die Namen von Freunden oder Bekannten: Alfred Kerr, Theodor Wolff, Remarque, Ossietzky, Tucholsky, umrauscht vom Freudengeschrei des Pöbels.

Ein hochbeladener Lastwagen brachte die Werke von Magnus Hirschfeld, dem Leiter und Begründer des Instituts für Sexualwissenschaft. Obenauf lag die überlebensgroße Gipsstatue des muskelstarken Mannes, der für das hormonale Stärkungsmittel »Okasa« Warenzeichen gewesen war und in der Eingangshalle gestanden hatte. Unter stürmischen Heilrufen und Gesang wurde er auf die Straße geworfen und zersplitterte.

»Bin ich froh, daß ich *das* gesehen habe«, sagte ich zu Ines. Ein SA-Mann wandte sich um: »Ja, war auch höchste Zeit, daß da endlich aufgeräumt wird.«

Der Scheiterhaufen erhielt immer neue Nahrung. Wenn die Flammen kleiner wurden, wurde geschrien: »Was ist denn los, das Feuer geht uns ja aus«, und neues Brennmaterial flog von Lastwagen auf den Scheiterhaufen. Das Flackerlicht erhellte die Gesichter des Volkes der Dichter und Denker, das zum Volk der Dämonen und Derwische geworden war – zum Leben erwachte Gestalten von Goya, Fratzen von Daumier und Hogarth, das Furchtbarste, was es gibt: entfesselte Massen in bösartig-infantilem Zerstörungswahn, die nicht wußten, was sie da zerstörten.

Gegen Mitternacht hielt der Ober-Derwisch Goebbels mit überschnappender Stimme eine Ansprache, die neue Beifallsstürme und Heilrufe provozierte. Dann kamen die Werke der Nichtprominenten an die Reihe, wurden ballenweise in die Flammen geworfen, und immer wieder riefen Stimmen: »Wir brauchen mehr, sonst geht uns das Feuer aus!«

Es kam mehr, in Ballen, in Blättern. Eine ältere Frau zwängte sich an uns vorüber. Sie trug einige Bücher im Einkaufsnetz, um ihrerseits zur Reinigung deutschen Schrifttums beizutragen, kämpfte sich mit lautem Heil Hitler bis zu den Studenten durch, die eine Kette von den Lastwagen zum Scheiterhaufen bildeten. Was brachte sie wohl mit? Bücher von der Marlitt, der Heimburg, vielleicht aus Versehen ein Buch von PG Blunck oder PG Ewers? Der SA-Mann neben uns bemerkte: »Das nenne ich eine deutsche Frau.«

Wir hatten genug gesehen und gingen die Linden entlang zum Brandenburger Tor, blieben dort stehen, blickten zurück. Am Ende der Linden flammte rötlicher Schein tastend in die Sternennacht. Musikkapellen spielten, Menschen sangen und schrien, es klang wie Jahrmarktlärm.

»Wenn jemand so etwas vor ein paar Jahren geschrieben hätte, wäre er für verrückt erklärt worden«, sagte Ines, zu der dieser fremd klingende Name nicht paßte, denn sie war die Witwe eines rheinischen Bürgermeisters, überzeugte Sozialdemokratin, eine solide ältere Frau, von kompromißlosem Haß gegen die Nazis erfüllt.

Es hätte eine schöne Maiennacht sein können. Der Tiergarten war erlösend still. Es roch nach frisch geschnittenem Gras. Wie kommt es, daß dieser Duft nach Jahrzehnten noch in meiner Erinnerung haften geblieben ist, die jähe Stille nach dem Hexentreiben einer Walpurgisnacht des 20. Jahrhunderts?

Am nächsten Tag verkündeten die Zeitungen erfreut die »Selbstreinigung des deutschen Volkes von artfremden Schwären« im schwülstigen Goebbelsstil. Wir fragten uns, wann wird der dritte Brand entzündet?

Als ich an diesem Abend wieder in die Schaperstraße zurückkam, fiel mir mit einem Mal mein Stück ein, das Leopold Jessner in der kommenden Spielzeit bringen wollte. Ich ging am nächsten Tag in das Schauspielhaus, um mich zu erkundigen.

Vor der Reichskanzlei standen Menschen, die auf das Erscheinen des »Führers« hofften und jedesmal Heil Hitler schrien, wenn Männer in offensichtlich neuer Uniform in neuen Limousinen vorfuhren und tiefernst im Portal verschwanden, als hinge das Wohl des Weltalls von ihnen ab. Niemand lachte oder lächelte über dies Soldatenspiel. Man lachte nicht mehr in Deutschland, sondern nahm alles mit dem religiös-fanatischen Ernst auf, den Goebbels bewußt kultivierte. Nur das Ausland lachte, und wenn die Karikaturen zu treffsicher waren, wurden die Zeitungen wegen »Verunglimpfung des Deutschtums« beschlagnahmt.

Im Schauspielhaus herrschte emsige Hauptquartier-Stimmung, mit uniformierten Meldegängern, Hackenschlagen, Heil-Hitler-Rufen. Hanns Johst saß in Jessners schönem Zimmer hinter Jessners Schreibtisch, denn Jessner war geflohen. Er grüßte mit Heil Hitler, ganz Würde und Macht. Ich brachte ihm Grüße von Carola, die er einmal in München unglücklich geliebt und die mir natürlich keine Grüße an ihn aufgetragen hatte. Er dankte unsicher, denn er trug die neue SA-Uniform und durfte keine Jüdin kennen. Ich bat um die Rückgabe meines Stückes: »Aufgeführt wird es ja kaum werden, denn ich habe etliche jüdische Giftprozente, nur weiß ich noch nicht, wie hoch sie mir angerechnet werden.« Er erwiderte nichts darauf, befahl einem SA-Mann, das Textbuch zu suchen. Der meldete stramm, es wäre nicht zu finden, und Johst erklärte mit großer Geste, es wäre wohl »im Zuge der Gesamtsäuberung« den Flammen übergeben worden. Ich sagte, ich hätte mein Eigentum gern wiederbekommen. Er verzog keine Miene, erwiderte, daß Späne fallen, wo gehobelt wird, und rief mir zum Abschied ein klingendes Heil Hitler nach.

Ich sprach ein paar Worte mit dem Dramaturgen Eckart von Naso. »Jetzt sind diese Leute also wirklich ans Ruder gekommen«, sagte ich. Er überhörte meine Bemerkung, erwiderte begeistert, man hätte es doch schon lange gefühlt, daß ihre Zeit gekommen wäre, und verabschiedete sich hastig mit Heil Hitler.

Ich ging zu Rudolf Kayser. Er sagte: »Es hat keinen Zweck, in Deutschland zu bleiben.« Er war noch Lektor im Fischer-Verlag, der vorläufig noch unter Samuel Fischers Schwiegersohn weiterexistierte, wie geflüstert wurde, weil Goebbels mit Rücksicht auf das Ausland nicht wagte, den bedeutendsten deutschen Verlag zu verbieten. »Goebbels braucht einen Renommierjuden«, erzählte man sich.

Von Rudi hörte ich, daß sein Schwiegervater, Professor Einstein, ins Ausland geflohen war. Einsteins kleines Wochenendhäuschen am Müggelsee, auf dem er so oft segelte, war durch Denunziation seines Nachbarn »beschlagnahmt« worden. Man hatte auch den kleinen Garten nach »landesverräterischen Dokumenten« umgegraben, die der berühmte Mann angeblich dort verscharrt hatte. Man fand natürlich nichts, der Nachbar übernahm Häuschen und Grundstück. Einstein hatte seine geliebte Geige und seinen Geist als einziges Gepäck mitgenommen, Amerika empfing den großen Mann mit allen Ehren.

Denunziantentum galt jetzt als Dienst am Vaterland. Und Alice Berends Bemerkung, daß die Menschen mit einem Mal wie Köchinnen redeten, bewahrheitete sich. Man denunzierte jüdische Verwandte, jüdische Ehefrauen oder Ehemänner, um sich bei dem neuen Regime beliebt zu machen. Man boykottierte jüdische Freunde. »Der ist ja auch nicht rassenrein«, wurde oft bemerkt.

Nicht alle Prominenten dienten dem neuen Regime und überschlugen sich in Rassenwahn und der Denunziation ihrer Kollegen. Unter den seltenen Ausnahmen befand sich *ein* Mann, der unbekümmert-mutige Carl Ebert: er behauptete, er wäre auch Jude, als man jüdische Sänger und Orchestermitglieder des Deutschen Opernhauses entließ. Obwohl man versuchte, ihn zu halten, ging er ins Ausland und wurde der berühmte Regisseur-Berater der Glyndebourner Festspiele, zusammen mit Rudolf Bing, dem jetzigen Direktor der Metropolitan-Opera in New York.

Da war Werner Finck, der die Nazis im Kabarett der Komiker so lange verulkte, bis man ihn einsperrte, weil das neue Regime sich so ernst nahm. »Wer lacht, wird erschossen«, hieß es immer wieder.

Geflüsterte Witze zirkulierten: daß Hindenburg jetzt nur noch Murmeln in der Wilhelmstraße spielte, daß Hitler, der seine Hände krampfhaft vor den Unterleib hielt, wenn er nicht deutsch grüßte, sich vor dem letzten Arbeitslosen schützen wollte – denn da Röhm homosexuell war und Heß angeblich homosexuelle Tendenzen hatte, vermutete man, daß Hitler ebenfalls »nicht normal« war. Später erst sagte mir mein alter Freund Martin Zeller: »Er ist weder noch, das ist ja das Gräßliche.«

Ola Alsen rief mich eines Tages an und lud zu einem »Tee der Überlebenden des geistigen Berlin« ein. Ich saß mit Käthe Stresemann, Benvenuto Hauptmann und Dusolina Giannini an einem kleinen Tisch. Die Reichstagsabgeordnete Katharina von Oheim-Kardorff, die wegen ihres Ehrgeizes, einen geistigen »Kreis« zu sammeln, belächelt wurde, gehörte zu den Eingeladenen. Kurt Tucholsky hat sie in einem Gedicht ›An Frau von Oheim‹ herrlich besungen:

»Kathinka, gutes Kind
Du bist so niedlich
Und hältst Dich für den Nagel der Saison.
Geh, hör gut zu – ich sags Dir friedlich:
ne gute Stube ist noch kein Salon –«

Jetzt war Kathinka von Nazi-Ekstase besessen. Sie stürzte auf mich zu, rief: »Sie müssen unbedingt Erbhofstücke schreiben – Blut und Boden, vor allem deutsche Scholle brauchen wir jetzt!«

Blut und Boden, die Scholle waren Schlagwörter, die Goebbels gebrauchte und die in Schlagzeilen eingehämmert wurden. Ich erwiderte, mir läge solches Zeugs nicht. Sie quittierte mit einem kühlen Blick, wandte sich einem anderen Tisch zu, sagte über die Schulter hinweg: »Wir brauchen deutsche Themen, einmal muß reiner Tisch gemacht werden.«

Käthe Stresemann erkundigte sich diskret bei Benvenuto Hauptmann, wie sie am besten ins Ausland fliehen könnte, wenn ihr der Paß entzogen würde oder die Grenze für Auslandsreisen gesperrt werden sollte. »Dann kommen Sie nach Agnetendorf. Ich zeige Ihnen den Weg in die Tschechoslowakei«, erwiderte er.

Die Notgetaufte Ola fühlte sich nicht mehr vom Arierparagraphen bedroht und war wie stets eine brillante Wirtin, geistreich und originell. Nachdem die Gäste gegangen waren, saßen wir mit ihrem Freund und einem älteren Mann noch etwas zusammen, der uns einzureden versuchte, wie wichtig es wäre, täglich einen Liter Wasser zu trinken. Er fand keinen Widerhall. Wir erklärten: lieber kürzer leben, als Wasser trinken. Als er gegangen war, sagte Ola: »Mein Renommier-Goj, Arco-Valley, der Eisner erschossen hat. Man muß jetzt solche Leute an der Hand haben, weil man nie weiß, ob man sie nicht braucht.« Aber weder die Nottaufe noch der Meuchelmörder schützten sie, als sie wenige Monate später nach England fliehen mußte.

Ich konnte mich noch immer nicht zur Abreise von Deutschland entschließen. Ich wußte, daß ich die eigene Wohnung, für die ich so lange gespart hatte, nicht mehr beziehen würde. Ich wußte, daß meine Arbeiten nicht mehr gedruckt würden. Die ›Welt am Montag‹ erschien nicht mehr, die ›Vossische Zeitung‹, das ›Berliner Tageblatt‹ waren gleichgeschaltet, nur einige alte Freunde waren noch hier, die wie ich glauben wollten, das Regime würde sich ändern oder nicht lange dauern.

Dazu kam, daß ein Wochenendbesuch bei Carola Josef und Gustaf Kauder in Prag mich abgeschreckt hatte. Ich sah zum erstenmal, was Emigration, was Exil bedeutete. Das Hotel, in dem die beiden verwöhnten Menschen wohnten, war ein altmodischer, unsauberer Bau. Mein Zimmer trug die Spuren von abertausend Menschen, die hier gewohnt hatten. Der Läufer war durchlöchert, die Tapeten schmutzig, die Bettdecke war unsauber, die Bettwäsche morsch und grau. Schaben huschten schattengleich die Wände entlang und verschwanden, wenn ich das Licht einschaltete.

Carola und Gustafs elegante Wohnung war nur noch Erinnerung. Carola hatte, obwohl die Wachtposten auf dem Bahnhof jedermann festnahmen, der zuviel Gepäck trug, eine kleine

Perserbrücke, in den ›Völkischen Beobachter‹ eingewickelt, mitgenommen – vielleicht war sie deshalb unbelästigt geblieben, denn sie hatte die Schlagzeile: »Die Juden sind unser Unglück« sichtbar nach außen gepackt.

Jetzt wohnten sie in einem engen Zimmer. Er hatte eine kärglich bezahlte Redakteurstellung an der kleinen deutschen Zeitung ›Bohemia‹. Carola versorgte den »Haushalt«. Ihr Herd war ein Spiritusapparat, der zum Kochen in die Waschschüssel gestellt wurde.

Sie konnte nur ein Gericht auf einmal kochen – das andere wurde unter dem Federbett warm gehalten, bis alles fertig war. Emigranten, die schon längere Zeit in Prag im Hotel lebten und noch ärmer waren, liehen sich den Kocher.

Emigrantenkinder spielten in den Korridoren, in der kleinen Halle, mit der Drehtür. Es roch nach Zwiebeln, Feuchtigkeit und Armut. Die Angestellten waren mürrisch, weil die Emigranten keine Trinkgelder geben konnten.

Balder Olden und seine Freundin Violetta kamen abends. Er war in Rußland gewesen, hatte dort im Radio gesprochen – vielleicht in der Hoffnung, eine Stellung zu bekommen, aber man hatte ihm nichts angeboten. Olden war deprimiert. Man sah beiden an, daß sie sich keine neuen Schuhe oder Kleider kaufen konnten. Man sprach nicht von der Zukunft, sondern wo es die billigsten Lebensmittel zu kaufen gab.

Kauder machte mir keine Hoffnung auf ständige Mitarbeit an der ›Bohemia‹: »Ich sitze selbst auf Abruf hier – nicht lange. Wenn die Kerle erst mal das Sudetenland und die Skodawerke gefressen haben, kommen sie auch hierher. Dann nehme ich mir das Leben«, erklärte er sachlich.

Carola sagte nichts, sah ihn bloß an. Nach all diesen Jahren sehe ich noch deutlich ihr Gesicht, den herrlich frischen Teint, das schöne Haar, die dunklen, klugen Augen – was dachte sie? Fünf Jahre später fielen die Deutschen in Prag ein, und Kauder tat, was er damals gesagt hatte: er vergiftete sich am Tag vor dem Einmarsch in Prag.

Carola, die zarte, elegante und verwöhnte Frau, beschloß, diese Zeit zu überleben. Sie überlebte sie, überlebte Theresienstadt, wo sie zuerst hinverschleppt wurde, dann Auschwitz, wo ihre gesamte Familie vergast wurde. Sie war Leichenschlepperin und Krankenpflegerin, sie meldete sich zu Experimenten, die sie überlebte, und gehörte zu den wenigen, die vor dem Einmarsch der Alliierten – in gestreiftem Hemd über dem nackten Körper, in Holzpantinen, mit geschorenem Kopf und eingebrannter KZ-Nummer – in eisiger Kälte ihrem Schicksal überlassen wurden, als die KZ-Wärter flohen, um erst später, unter falschem Namen, in biederen Berufen und pensionsberechtigt, aufzutauchen.

Aber all dies Grauenhafte lag noch in der Zukunft. Ich war zu feige, das kleine Zimmer im Prager Hotel zu beziehen, war zu feige, den entscheidenden Schritt zu tun. Als Carola und Gustaf mich auf die Bahn brachten, wußte ich nicht, daß ich sie nie wiedersehen würde.

Freunde schrieben mir aus Wenningstedt, ich sollte doch kommen. »Bis zum Herbst ist alles vorüber«, schrieb Ruth, die mit Wolffs Tochter Lotte befreundet war. Aribert Wäscher und Valeska Gert waren schon in Kampen in Valeskas kleinem Häuschen. Erich Kleiber hauste, wie jedes Jahr, im runden Bau, der wie ein abgesägter Turm aussah. Wir kannten uns flüchtig von einer Gesellschaft bei Theodor Wolff her. Aber niemand wollte jetzt bei Theodor Wolff zu Gast gewesen sein, deshalb war er, der Windts Oper dirigiert hatte, wohl auch so scheu, grüßte nur flüchtig von weitem, wich aus.

Eines Tages hieß es, daß Göring nach Kampen kommen werde. SA-Leute erschienen am Strand, blickten sich forschend nach unerwünschten Elementen um und ersuchten dann die in der Nähe der Treppe Sitzenden streng, ihre Strandkörbe zusammenzurücken, um Platz für den Herrn Ministerpräsidenten zu machen. Hitlerjungen in Uniform hoben eine besonders tiefe Grube aus, ein neuer Strandkorb mit neuer, großer Hakenkreuzflagge wurde aufgestellt, ein Hakenkreuz aus feuchtem Sand geformt. Dann erschien Göring, vielmehr: er trat auf.

Er trug eine weiße admiralsähnliche Uniform und hob ein Fernrohr ans Auge, um den Horizont nach Feinden abzusuchen – einen herrlich lichtblauen, klaren Sommer-Horizont. Dann kletterte er finster und wichtig in seine Grube, saß eine Zeitlang da. Aber er wagte sich nicht ins Wasser.

»Und dabei hätte ich so gern seinen Akt gesehen«, seufzte Aribert. »Was meinst du, Valeska, soll ich in sein Loch rollen und sagen: Oh, du Großmächtiger, ich liebe eine Jüdin, kannst du mir verzeihen?« Wir rieten ihm ab. Damals lachte man noch hin und wieder in unserem Kreis über das Groteske dieser Zeit.

Als Göring seine Grube nach kurzer Zeit verließ, meinte Valeska: »Und jetzt macht er zu Emmy'n«, denn Emmy Sonnemann, seine spätere Frau, wohnte in Westerland.

Einige Tage später gingen wir nach einem späten Bad in Bademänteln über die Dünen an Görings Haus vorüber, »um den Dicken fressen zu sehn«, wie Aribert erklärte. Ein Fenster des Hauses war erleuchtet. Göring saß im Schein von zwei massiven Kerzenhaltern an seinem Eßtisch. »Und dies hier, o hoher Herr, sollst du zur Nachspeise tun«, sagte Aribert im Heldenvaterton und zitierte Götz von Berlichingen.

Tony van Eyck wohnte ebenfalls mit ihrem Mann in Kampen. Als ich sie einmal dort besuchen wollte, traf ich Doktor Hodann, der mir sagte, sie wäre am frühen Morgen »fortgebracht« worden. Wohin, wußte er nicht. Ihr Mann wäre ebenfalls verschwunden. Gerüchte schwirrten. Einige Leute wollten wissen, sie wäre nachts auf das Dach der Pension geklettert und hätte dort den Monolog der ›Jungfrau von Orleans‹ deklamiert. Andere wieder sagten, sie hätte erzählt, daß sie ein Kind von Goebbels erwarte. Es war bezeichnend für diese Zeit, daß man nur selten Genaues erfahren konnte.

Ich versuchte später in Berlin herauszufinden, wo man sie hingebracht hatte. Aber ihr Mann gab nur unbestimmte Auskunft. Schließlich erreichte ihr Vormund, Hauptmann Frentz, Schwiegersohn von Hermann Sudermann, ihre Entlassung. Sie rief mich nach Wochen aus einem Sanatorium an.

Als ich sie wiedersah, erzählte sie mir, man hätte sie in die Nervenabteilung der Charité geschafft. Wer es veranlaßt hatte, erfuhr ich nie, die ganze Sache blieb unklar. Ich weiß nur, daß sie als Parteimitglied abgelehnt und ihr Mann 1934 während des Röhm-Putsches verhaftet wurde und ins Gefängnis kam. Wie so viele ehemalige Nazis ist er jetzt in einer leitenden Stelle.

In Berlin war nichts verändert, als ich aus Wenningstedt zurückkam. Die braunbehemdeten Statisten des Dritten Reiches marschierten noch immer herum. Die Derwisch-Ekstase war Dauerzustand geworden, die Auswüchse grotesk. Hanns Heinz Ewers ließ sich in seinem Vorgarten mit einem Spaten fotografieren, um seine Zugehörigkeit zur deutschen Scholle zu beweisen.

Die drei Fräulein Dörre versorgten den Arzt Doktor Cohn im Nebenhaus mit allem Notwendigen, denn er durfte seit dem 1. April nicht mehr praktizieren, und seine Frau wagte sich nicht mehr zum Einkaufen auf die Straße, seitdem sie angepöbelt worden war, und als er sich zur Auswanderung entschloß, sandten sie ihm das Notwendigste nach, denn er ging nur mit einer Aktentasche zur Bahn, um nicht aufzufallen. Es gab zu wenige Dörres mit Zivilcourage in dieser Zeit.

Von den wirklichen Vorgängen, von Meuchelmord, von Erpressungen und Enteignungen erfuhr man aus der Auslandspresse, wenn diese Meldungen nicht gleich von der Zensur entdeckt wurden, denn sobald etwas dem Regime Unerwünschtes veröffentlicht wurde, erschienen Männer, die von meinem alten Zeitungsmann »Beschlagkerle« genannt wurden, und konfiszierten diese Blätter. Um seine alten Kunden zu versorgen, legte er deshalb auf alle Fälle einige Nummern beiseite, die er als »leider schon verkauft« bezeichnete, wenn man sie ihm abforderte. »Heute steht wieder die Wahrheit drin«, bemerkte er jedesmal.

Mit einigen Bekannten stand unser Kreis noch in Verbindung. Die Adressen waren Deckadressen, die Mitteilungen so gehalten, daß man zwischen den Zeilen lesen konnte. Da es nicht ratsam war, Bargeld ins Ausland mitzunehmen, weil Devisenkontrollen vorgenommen wurden, sandten wir Geldscheine in harmlosen Büchern, und als dies gefährlich wurde, im ›Angriff‹ oder ›Völkischen Beobachter‹. Mein Vetter Martin hatte in seiner Wohnung, hinter der Badewanne, 10000 Mark in Hundertmarkscheinen von einem Emigranten versteckt. Sie erreichten allmählich den Besitzer. Eine andere Möglichkeit war, das Geld mit in das Zugabteil zu nehmen und in einem anderen Abteil unter dem Sitz zu verstecken, bis man die Grenze hinter sich hatte.

Eine Zeitlang waren die ›Jungfrau von Orleans‹, ›Don Carlos‹ und auch der ›Faust‹ besonders beliebt, um Geld ins Ausland zu schmuggeln. Aber eine kryptische Nachricht aus Paris, auf einer Ansichtspostkarte, meldete, daß die »arme Hanna leider operiert werden mußte« – was bedeutete, daß tausend Mark aus der ›Jungfrau‹ gestohlen worden waren.

Ich zögerte noch immer mit meiner Abreise. Man reist nicht gern allein ins Ungewisse fort.

Ich arbeitete an einem neuen Roman und bot ihn Ullstein an.

Daraufhin erhielt ich eine Anfrage nach meiner Mitgliedsnummer, da es jetzt Vorschrift wäre, diese jedem Angebot beizufügen. Nachdem ich sie dem Lektorat mitgeteilt hatte, erhielt ich einen Brief von Ernst von der Decken, der einmal mit Dorothea Wieck verheiratet gewesen war, daß er bedauere, nichts mehr von mir bringen zu können. Als ich ihn kurze Zeit darauf traf, sagte er mir, wie schwer ihm dieser Brief gefallen wäre. Ich gehöre mit der Zahl 45 zu Beginn meiner Mitgliedsnummer zu den »Verfemten«. Er würde jedoch wieder Arbeiten von mir veröffentlichen, wenn »das alles vorüber wäre« – und er hielt sein Wort. Als er nach dem Krieg Redakteur an der ›Welt am Sonntag‹ wurde, nahm er als erste deutsche Zeitung wieder Beiträge von mir an.

Ich meldete meinen Austritt aus dem Schutzverband und teilte mit, daß es keinen Zweck hätte, ihm anzugehören, da er nicht mehr Schutz, sondern Vernichtung bedeutete.

Beim Rundfunk arbeitete ich längst nicht mehr. Dort waren alle, die ich gekannt hatte, entlassen worden oder geflohen. Zu ihnen gehörte ein Mann, der sich später mit seiner Frau, seinem Bruder und seiner Schwägerin vor Capri mit Steinen beschwert ertränkte. Sie hinterließen einen Brief, in dem sie mitteilten, daß kein Land ihnen Einreisebewilligung erteilt hätte und ihre Aufenthaltsbewilligung in Italien befristet wäre. Sie hofften, daß sie in dem Land, in das sie sich jetzt flüchteten, freundlich aufgenommen würden.

Noch immer rieten mir Freunde, nicht abzureisen, sondern abzuwarten. Eines Tages kam der Telefonanruf einer fremden Männerstimme: »Du hast für Judenblätter geschrieben, verschwinde, sonst hilft dir auch keine künstliche Atmung mehr. Heil Hitler!«

Diesem Anruf folgte eine anonyme Postkarte: »Noch immer in Deutschland, wird aber höchste Zeit, daß Du verschwindest, sonst machen wir Dir Beine. Wer für Judenblätter geschrieben hat, gehört nicht mehr zu Deutschland.«

Auch die Fräulein Dörre wurden angerufen und gefragt, ob die Person Castonier noch bei ihnen wohnte. Die Fräulein Dörre hatten erwidert, sie bliebe auch bei ihnen. Diese drei alten Wesen waren bewundernswert unerschrocken.

Aber es waren nicht die Anrufe, sondern die bedrückende Atmosphäre von Furcht, Feigheit, Mißtrauen, demütigem Untertanengeist und hysterischer Nazivergottung, die mir den Entschluß leichter machte, Deutschland zu verlassen. Ich mußte wieder Geld verdienen, denn meine Ersparnisse waren fast verbraucht.

Noch etwas anderes war ausschlaggebend für meinen Entschluß: wer jetzt in Deutschland blieb, ob freiwillig oder erzwungen schweigend, duldete dies Regime, das Freunde vernichtet und vertrieben hatte.

Ich dachte nicht daran, nach Prag auszuwandern, sondern wollte nach Wien, wo die Presse noch frei war und die Umgebung an Bayern erinnerte. Nur meine alte Freundin Terry von Wartenburg, Julia Koppel und Martha von Zobeltitz wußten um mein Fortgehen. Die drei Fräulein Dörre sagten: »Wenn er verschwunden ist, kommen Sie wieder zu uns.«

Als ich meine Fahrkarte dritter Klasse nach Wien gelöst und mein Gepäck bezahlt hatte, das auf »Wertsachen« durchwühlt worden war, blieben mir noch zwanzig Mark und etliche Pfennige zur Begründung einer neuen Existenz. Ich war wie stets mehr neugierig als ängstlich auf dies neue Leben.

Das erste Exil – Wien

Ich stand am frühen Morgen fröstelnd und übernächtig in Wien auf dem Bahnsteig. Der Gepäckträger fragte mich, ob ich ein Taxi oder einen Fiaker haben wollte: »Die Gummiradler machen schlechte Geschäfte, wenn's der Gnädigen nicht pressiert, nehmen S' halt an Gummiradler.«

Ich dachte an mein letztes Geld, fragte, ob es eine billigere Möglichkeit gäbe, meine Koffer in die Tegetthoffstraße bringen zu lassen. Der Gepäckträger versicherte, sein Kollege, »der Nummer zwölf«, würde dies preiswert besorgen, da er heute noch kein Geschäft gemacht hätte. Nummer zwölf war ein alter Mann mit roter Nase, freundlichen blauen Augen im pergamentfarbenen Gesicht und mumifiziertem Hals, in dem ein diensteifriger Adamsapfel auf und nieder schwebte. Er versprach mit vielen »Küß die Hand«, alles sofort zu erledigen.

Ich hatte beschlossen, in die Pension »Wiezuhause« zu ziehen, die mir als besonders billig einmal empfohlen worden war. Der lächerliche Name war mir wieder eingefallen, als ich schlaflos die Nacht im Zug saß. »Wiezuhause« lag im vierten Stock. Ein altmodischer Aufzug schwebte langsam empor, nachdem ich der Hausmeisterin ein Zehngroschenstück gegeben hatte, das sie in den Automatenschlitz schob.

Eine ältere Frau mit weißer Schürze öffnete die Wohnungstür und murmelte, sie würde die Gnädige rufen: »Sie hat gerade Besuch vom Herrn Doktor«, fügte sie hinzu.

Ich fragte, ob die Gnädige krank wäre.

»Aber nein, das ist doch ihr Freund.«

Die Gnädige, Betty Dworzak, war eine Frau von fünfzig Jahren, zierlich wie eine Meißner Porzellanfigur, mit schönem, klarem Profil unter blondem Haar, hellblauen Augen und klangvoll weicher Stimme. Ich sagte, ich wollte ein billiges Zimmer für zwei Nächte haben, um mir ein möbliertes Zimmer zu suchen. Sie lächelte, sagte im schönsten Wienerisch, ich solle nichts überstürzen. Die »brave Emma Löwy« hätte sicher ein billiges Zimmerl. Ich sollte zuerst einmal frühstücken. Als der Gepäckträger kam, wurde er in die Küche zu einem Glaserl Bier und »noch etwas« eingeladen.

Betty Dworzak erklärte, daß ein Mensch, der aus dem Teufelskessel käme, bei ihr besonders willkommen wäre. Sie empfahl mir eine literarische Agentur. Ich packte nur meine Manuskripte aus und ging nachmittags dorthin.

Der Komponist Bernhard Grün empfing mich mit den Worten: »Sie kommen in diese sterbende Stadt? Wir leben doch alle schon auf dem Sprung zum Bahnhof«, und zeigte mir die Schlagzeilen der Mittagszeitung: »Neue Ausschreitungen der Nazis in der Steiermark.«

Dann erfuhr ich, was ich bereits in Prag von Kauder gehört hatte: zu viele Schriftsteller hätten diese erste Etappe der Emigration erreicht. Einige waren weitergereist nach Italien, nach Frankreich und nach USA, wenn sie ein Visum bekommen konnten.

Er legte meine Manuskripte auf einen Manuskripthaufen, versprach, sie bald zu lesen, und fügte hinzu, ich solle mir keine großen Hoffnungen machen. Als ich in die Tegetthoffstraße zurückkehrte, wartete Betty Dworzak mit einer reichlichen Jause auf mich.

Die Bezeichnung »Wiezuhause« war treffend für den kleinen Betrieb; es ging zu wie in einer Familie, mit der alten Köchin Anna, einem tyrannischen Faktotum, dem Zimmermädchen, das wie eine Operettenfigur aussah, und einigen Gästen, die im Kreis dieser heiter-gütigen Frau eingeschlossen waren.

Nach der Jause sagte Betty: »Und jetzt gehen wir zu den Kapuzinern und beten für Hilfe beim heiligen Antonius.« Wir zündeten jede eine Kerze vor der bäuerlich bunten Antonius-Statue an und beteten. Man betet viel zu wenig – und viel zu oft erst, wenn man in Not ist.

»Und jetzt gehns zu Emma Löwy«, sagte Betty und wies auf ein altes Haus in der Marco d'Avianogasse. Emma Löwy hatte ein Zimmer frei. Es war kein richtiges Zimmer, sondern ein Kabinett. Emma Löwy war eine sehr alte Frau, die früher einmal eine bekannte Schneiderin gewesen war. Jetzt lebte sie in ihrer großen Wohnung vom Vermieten und kleinen Änderungsarbeiten. Unter dem Fenster hing noch ein verblaßtes Schild: »Modesalon.«

Das Kabinett enthielt eine eiserne Bettstelle, Schrank, Stuhl, Tisch und einen Tisch mit kleiner Waschschüssel. Ein schöner brauner Kachelofen stand in der Ecke, das Fenster ging auf den Neuen Markt und den Eingang zur Kapuzinerkirche. Die Mieter durften sich ihr Frühstück in der Küche zubereiten. Es gab auch ein Badezimmer, aber Emma Löwy bemerkte, man könnte leider nicht baden, weil erst etwas gerichtet werden müßte. Dieses Etwas wurde in den Jahren, die ich bei ihr wohnte, niemals gerichtet.

Ich mietete das Kabinett. Daß ich erst das Mietgeld für einen Monat beschaffen müßte, verschwieg ich. Am nächsten Morgen verkaufte ich ein goldenes Armband. Der Juwelier bot mir nur achtzig Schilling, nachdem er es lange kopfschüttelnd betrachtet hatte. Das Kabinett kostete vierzig Schilling im Monat. Ich versuchte, etwas mehr zu bekommen – aber er schob es sofort von sich: »Wanns Ihnen nicht paßt, nehmen Sie es halt wieder mit.«

Ich nahm die achtzig Schilling, zog am nächsten Tag in die Marco d'Avianogasse. Betty Dworzak bat mich, immer sonntags bei ihr zu essen. Ich war beim Auspacken, als Emma Löwy erschien und sagte, ein Dienstmann wäre da mit einem Sessel »für die neue Mieterin«. Er brachte einen Brief von Betty Dworzak: »Mit guten Wünschen zum Einzug.«

Der kleine, niedrige Sessel paßte gerade in die Ecke zwischen Fenster und Bett. Das Kabinett sah jetzt aus wie eine Skihütte, in die sich ein städtisches Möbelstück aus der Kaiserzeit verirrt hatte.

Ich ging in das Café Sacher. Gleich neben dem Eingang in der Ecke stand ein Tisch, der mein Stammtisch wurde. Derselbe Kellner, der Castonier und mich vor Jahren bedient hatte, brachte mir einen »Kapuziner verkehrt« und unzählige Gläser Wasser nebst Zeitungen aus aller Welt. Die Zeitungen der freien Welt berichteten vom Terror in Deutschland. Wie groß dieser Terror schon war, erfuhr ich erst jetzt, als ich die Peripherie der freien Welt erreicht hatte.

Zum erstenmal las ich ›Das Neue Tagebuch‹. Schwarzschild schrieb brillant wie immer über Wirtschaftspolitik im Dritten Reich. Die ›Glossen‹ gab es nicht mehr, die ich früher mit Beiträgen gefüllt hatte. Endlich konnte ich wieder Geneviève Tabouis lesen – die in Deutschland verhaßte, beste französische Journalistin. Wenn sie schrieb, war die Zeitung in Berlin stets beschlagnahmt worden. Hier gab es keine Zeitungsbeschlagnahme, keine marschierenden Braunhemden, kein Singen drohender Lieder. Auf dem Ring promenierten gelassen dürftig gekleidete Menschen – aber sie lächelten, sie hatten keine Angst.

Vom Caféhausfenster aus sah ich uralte Fiaker vorüberfahren. Die Gäule trabten müde, die Kutscher trugen eine Blume im Knopfloch. Im oberen Teil des Cafés wurde getanzt. Der Kellner brachte noch mehr Gläser Wasser, nahm die anderen fort, sagte: »Ich glaube, Gnädige waren schon früher hier.«

Ich war mit einemmal sehr froh, hier zu sein, und bestellte aus Freude eine Sachertorte »mit Schlag«.

Ich war in diesen ersten Tagen in Wien unfähig zu arbeiten, nahm bloß ein paar ältere Feuilletons aus dem »Massengrab«, schob sie in Umschläge und gab sie beim Hausmeister der verschiedenen Redaktionen ab, die früher schon Beiträge von mir gebracht hatten. Ich erhielt alle mit dem gedruckten Zettel zurück, in dem hochachtungsvoll bedauert wurde, daß die Redaktion für längere Zeit mit Beiträgen eingedeckt wäre.

Was ich an Geld übrig hatte, langte für etwa zehn Tage. Ich mußte verdienen und suchte im Caféhaus die Anzeigen nach »offenen Stellen« ab, aber die Spalte mit offenen Stellen war kurz, die Spalte mit Arbeitsuchenden aller Art sehr lang. Man suchte Techniker, Laboranten oder Sekretärinnen, die perfekt stenografieren konnten. Ich hatte einmal in München einen Lehrkursus für Gabelsberger Stenografie absolviert, war aber nie über das Anfängertempo gekommen. Außerdem hatte ich das Diktierte nicht entziffern können.

Die übrigen vierzig Schilling vom Erlös des Armbands schmolzen, obwohl ich mittags in der Geflügelbraterei für sechzig Groschen ein Stück Geflügel mit einer Scheibe Brot im Stehen aß. Abends holte ich aus einem kleinen Geschäft in der Tegetthoffstraße »Fleischloaberl«, Brot und Butter und aß es im Kabinett, auf den zwei Handkoffern, die mit einem bunten Tuch bedeckt mein Eßtisch waren.

Eines Tages sah ich im Café Sacher im ›Neuen Wiener Tagblatt‹ ein Inserat, das mich lockte. Es war etwas, an das ich nicht gedacht hatte und das eine Zeitlang mein Beruf wurde. Hier ist, was ich darüber schrieb. Schwarzschild veröffentlichte es im ›Tagebuch‹: »Als ich Zeitungen verkaufte, sah ich nur auf die Füße der Menschen und auf ihre Hände. Wenn die Füße rasch vorübergingen, war kein Geschäft zu machen. Wenn sie zögerten, wenn sie Zeitlupe machten, damit die Augen rasch die Schlagzeilen überfliegen konnten, waren die Hände schon in den Taschen und suchten nach Kleingeld. Die meisten gaben abgezählt, selbst in Wien haben sie keine Zeit zum Wechselnlassen. Denn da kommt ganz langsam der D-Wagen, der nur alle zehn Minuten fährt, oder der Autobus, oder jemand wartet schon ein paar Schritte weiter.

Die Plätze vor den großen Hotels sind am günstigsten. Aber da steht eine eiserne Garde von alten Weibern und Männern, die einen giftig ansehen oder den Wachthabenden darauf aufmerksam machen, mal den Gewerbeschein nachzusehen, ob *die* denn überhaupt ... Man muß ganz leger vorübergehen, als wollte man gar nicht hier verkaufen. Und wenn dann ein Fuß zögert, ausrufen, daß der furchtbare Börsensturz ... die Aufklärung des Mordes ..., die Groschen rasch packen und schnell davon.

Gut ist es auch am Bahnhof, ganz spät, wenn die großen Schnellzüge einlaufen. Da wird man sogar noch die Morgenblätter los. Aber wenn ein Wachthabender auftaucht, schnell das schwarze Umhangtuch drüberziehen und unauffällig weiter.

Morgens ist alles schön und erträglich. Im Lauf des Tages wachsen die Füße, schwellen an, werden große, schwere Bleisäcke, die Hände sind schwarz wie von einem Grubenarbeiter. Im Kopf ist nur ein Gedanke: schnell alles verkaufen – so, noch eine, da drüben, der will vielleicht dringend lesen, daß soeben die deutsche Reichsbank ... was in den Blättern steht, interessiert nur den Käufer, für den Verkäufer gibt es nur eins: schnell loswerden, so schnell wie möglich, dann die nächste Ausgabe holen.

Wenn man neben einem langsam fahrenden Auto herlaufen kann, wie die camelots in Paris, oder wenn das Haltesignal aufleuchtet und der Wagen stoppen muß, kann man gut verkaufen. Autobesitzer geben auch manchmal etwas mehr, oder winken, wenn das Signal auf Fahrt steht, beim Herausgeben ab: ›Lassen Sie nur, ist schon gut.‹ Das ist dann ein Trinkgeld.

Ich habe einmal einer wirklichen Königin vom Balkan eine Zeitung verkauft. Königinnen werden doch immer seltener, deshalb habe ich es mir gemerkt. Sie wollte, daß ich auf zwei Schillinge herausgebe, aber ich habe das nicht getan, sondern bin weitergegangen, weil ich es selbstverständlich finde, daß eine Königin zwei Schilling für eine Zeitung zahlt. Eine Königin sollte nicht schäbig sein in diesen dreckigen Zeiten, denn es kann ihr jeden Augenblick passieren, daß sie selbst mit Zeitungen handeln muß. Am nächsten Tag kaufte sie bei meiner Todfeindin, der eisernen Garde – für zwanzig genau abgezählte Groschen.

Einmal bemerkte ein Engländer, als er sein Blatt bezahlte, zu seiner Begleiterin: ›Look here, she has lovely hands.‹ Ich sagte: ›Thanks, I love to hear compliments.‹

Ein Franzose mit Kinnbärtchen erkundigte sich stammelnd bei einem Mann nach dem ›Dôme du Saint Stéphane‹. Ich wies ihm den Weg und sagte, er solle nicht vergessen, auf die verzückten Gesichter der Beter vor dem wundertätigen Muttergottesbild zu achten. Er fragte, woher es käme, daß ich wie eine Französin spräche. Ich erwiderte, daß ich in Frankreich aufgewachsen wäre und daß unser Haus noch stünde. Wenn er je durch die Rue Octave Feuillet käme, Nummer 21, ein schönes Haus mit einem Atelier oben, da hätte ich gewohnt. Ich wäre immer mit zwei Bernhardinern und einer langweiligen Miß im Bois de Boulogne spazieren gegangen. Dort, sur le lac, war ein Freund von mir, ein Schwan, den nur ich streicheln durfte. Aber dann wurde ich plötzlich heiser und ging schnell fort und rief sehr laut, daß es durch die Straßen schallte: ›Zeitung! Zeitung gefällig!‹

Leider gab es in Wien nur selten Verbrechen. Wenn ich ausrufen konnte: ›Der blutige Lustmord in Grinzing!‹ oder: ›Furchtbares Verbrechen im Heurigenkeller!‹ konnte ich rasch eine Zeitung nach der anderen vom Arm ›abziehen‹, wie der fachmännische Ausdruck lautete. Ich habe mir nie so sehr Morde, Vergewaltigungen und Einbruchdiebstähle gewünscht wie in dieser Zeit.

Als ich einmal noch zuviel Zeitungen unverkauft auf dem Arm hielt, versuchte ich, eine nicht vorhandene Schlagzeile auszurufen: ›Das Geheimnis im Stadtpark enthüllt!‹ Aber der erste Käufer, der darauf hereinfiel, blätterte nach, gab mir die Zeitung zurück, forderte sein Geld zurück und sagte wütend: ›Sö, do steht nix vom Stadtpark drin!‹«

Nach der Arbeit saß ich stundenlang im Café Sacher über Zeitungen und Zeitschriften. Es war warm, die Sitzbank war bequem, oben spielte die Tanzmusik. Wenn ich ein Feuilleton verkauft hatte, aß ich eine Torte »mit Schlag« und trank zwei Kapuziner verkehrt. Dann sagte der Kellner, der alle seine Gäste kannte und um ihre Sorgen Bescheid wußte: »Aha, gratuliere, etwas hat geklappt.«

Der Winter kam. Meine Überschuhe waren nicht mehr wasserdicht, aber ich konnte mir keine neuen kaufen. Als ich zum erstenmal in meinem Kachelofen Feuer machte, schlug eine Flamme aus der Rückseite und verbrannte die Tapete. Ich rief Emma Löwy, die gelassen sagte: »Ach, Kindel, der müßte halt gerichtet werden, ich hab darauf vergessen.«

Aber Emma Löwy war arm. Sie verdiente wenig mit ihren vermieteten Zimmern. Ihre Mieter waren arm wie sie: die kleine Tänzerin Cikos, eine Sprachlehrerin mit zu wenig Schülern, eine Masseuse mit sporadischen Kunden, eine hübsche junge Bardame, ein Mann, der im Hinterzimmer hauste und morgens verschwand, abends zurückkehrte, sich dann einriegelte und den Emma Löwy gern losgeworden wäre, ein Ehepaar, das sich fortwährend zankte, weil er nicht genügend verdiente.

Geld für Ofenreparaturen war ebenso wenig wie für die in Fetzen herabhängende Tapete im Flur vorhanden oder die schlecht schließende Tür von ihrem »Privathäusel«, das sie jedesmal feierlich auf- und zuschloß. Die Mieter mußten sich das andere Häusel teilen, was nicht angenehm war und morgens oft längeres Warten bedeutete.

Da ich ohne Heizung abends nicht schreiben konnte, fragte ich den Kohlenmann, als er Briketts brachte, ob ich den Spalt im Kachelofen nicht selbst irgendwie reparieren könnte. Er stapelte die vierundzwanzig Briketts sorgfältig unter meinem Waschtisch auf, legte zwei Bündel Holz daneben, besah sich den Schaden, erklärte, eigentlich müßte das ganze Glump abgetragen und neu aufgebaut werden, aber er würde das schon richten. Als ich ihn fragte, was ich ihm für die Arbeit schuldig wäre, winkte er ab: »Die geistigen Arbeiter habens eh schwer genug.«

Zuweilen besuchte ich Betty in ihrem gemütlichen, warmen Zimmer mit dem Nippesschrank, in dem Alt-Wiener Porzellan stand und eine Uhr, deren Stimme silbern und leise war, wie ein Ruf aus versunkener Zeit. Dann ging ich in mein Kabinett, heizte und setzte mich an die Arbeit. Ich wollte so rasch wie möglich einen Thriller schreiben, um endlich etwas mehr als ein paar Schillinge zu verdienen. Die Arbeit fiel mir schwer: ich hatte zwar einen durch Revolverschuß Getöteten, einen jungen Mann und das unvermeidliche junge Mädchen für das unvermeidliche happy end, hatte auch die geheimnisvollen Schüsse, die verhallenden Schritte in der Nacht. Aber wer war der Täter? Wo war das Motiv zur Tat? Der Titel stand fest, er war das einzige, was feststand: ›Schüsse in der Antonigasse‹. Dieser Roman würde mich aus allen Schwierigkeiten erlösen. Da war, nicht weit entfernt von der Karlskirche, ein Baugerüst, dort sollte ein Neubau mit Einzimmerwohnungen entstehen. Die ›Schüsse in der Antonigasse‹ sollten mir so viel einbringen, daß ich mir eine eigene Wohnung mieten konnte, denn ich lebte fast zwei Jahrzehnte in möblierten Zimmern.

Zwischen der Arbeit am Roman schrieb ich Kurzgeschichten für die ›Bühne‹, für ein Boulevardblatt ›Die Stunde‹, aber nur selten für die Zeitung, die ich verkaufte.

Es war nicht schwer, in Wien arm zu sein, weil alle Menschen mehr oder minder arm waren. Als ich einmal zu Emma Löwy sagte, daß ich mir ein billigeres Zimmer suchen müßte, erwiderte sie mit dem unvergessenen Satz: »Aber woher denn, Kindel, bleibens ruhig hier und zahlens, wanns wieder mal bisserl was verdient haben – mir ham alle zu wenig Geld.«

Und so blieb ich bei ihr wohnen. Kurze Zeit darauf hörte ich Lärm im Flur: der Gerichtsvollzieher war gekommen, um Emma Löwy wegen rückständiger Wohnungsmiete zu pfänden. Ich ging mit der Tänzerin und der Sprachlehrerin zum Hausbesitzer und bat um Gnade. Der dicke Mann hörte uns an, erklärte schließlich, er wäre kein Wohltätigkeitsverein. Wir versprachen, die rückständige Wohnungsmiete binnen einer Woche zu zahlen, er willigte ein – und dann trugen wir, was wir noch versetzen konnten, ins Versatzamt. Eine frühere Kundin der Emma Löwy, an die wir geschrieben hatten, erbot sich, zuzuzahlen, was wir nicht aufbringen konnten. Schließlich wurden alle Schulden bezahlt. Nicht nur Emma Löwy hatte wieder ein Dach über dem Kopf, sondern auch ihre Mieter.

Wenn ich durch die Elisabethstraße zur Geflügelbraterei ging, blieb ich zuweilen vor der ausgehängten Speisekarte vom Gösserbräu stehen. Sobald die ›Schüsse in der Antonigasse‹ verkauft wären, würde ich zuerst ins Theater gehen, dann »Tournedos Rossini« essen, den besten Heurigen trinken und Fürst-Pückler-Eis essen. Aber die Schüsse waren nur abgefeuert, der Ermordete gefunden worden, das Liebespaar wartete auf das happy end; das Motiv, die Verwicklungen, fehlten noch, und abends war ich oft zu müde, um zu schreiben.

Wien wurde mit jedem Tag liebenswerter. Ich war für jeden Tag dankbar, den ich hier leben konnte, obwohl es ein etwas einsames, nicht immer leichtes Leben war.

Ich hatte Carl Lahm, den alten Freund meines Vaters, und seine französische Frau besucht. Sie waren beide fanatische Hitlerianer geworden und warteten sehnsüchtig auf den »Anschluß ans großdeutsche Reich«. Ich war nicht nach Wien gekommen, um Goebbels' Echo zu hören, und ließ mich nicht mehr sehen. Daß die Peripherie, in der ich mich glücklich und sicher fühlte, nur eine Illusion war, kam mir zum Bewußtsein, als Hitler am 30. Juni nicht nur seinen besten Freund, Hauptmann Röhm, sondern auch die Mitarbeiter Papens, von Bose und Dr. Edgar Jung, den Leiter der Katholischen Aktion, Dr. Erich Klausener, und den ehemaligen bayerischen Staatskommissar von Kahr ermorden ließ, und drei Wochen später einen Putsch in Wien zu organisierte, mit dem er den österreichischen Nazis zur Macht verhelfen und »die Ostmark« errichten wollte. Bundeskanzler Dollfuß wurde erschossen und verblutete, von spottenden SA-Mördern umgeben. Seine Bitte, einen Priester zu holen, wurde nicht erfüllt.

Ich war bei Bekannten außerhalb von Wien zu Besuch, als der Putsch begann und ebenso rasch beendet wurde. Aber von Betty Dworzaks Neffen, der Offizier war, hörte ich, daß die deutsche Wühlarbeit weiterging und die verbotene Nazipartei, von Deutschland unterstützt, weiterhin aktiv war.

In den Schaufenstern lag Dollfuß' Totenmaske. Die eine Gesichtshälfte trug Spuren der Fußtritte, die dem Sterbenden versetzt worden waren. Kurt von Schuschnigg war jetzt Bundeskanzler.

Gustaf Kauder schrieb mir nach dem niedergeschlagenen Putsch, daß bald ein zweiter Putsch folgen und gelingen werde. Carola schrieb, es wäre nicht leicht, in Prag von dem zu leben, was er verdiente. Ihre Garderobe wäre schäbig, was sie aus Berlin mitgebracht hätten, fadenscheinig, Neues zu kaufen unmöglich. Mir ging es genauso. Den Zeitungsverkauf hatte ich aufgegeben und lebte von Kurzgeschichten und Essays. Das ›Neue Tagebuch‹ in Paris war ausschließlich wirtschaftspolitisch geworden, konnte deshalb selten etwas von mir bringen. Das von Georg Bernhard begründete ›Pariser Tageblatt‹ stand auf schwachen Füßen und veröffentlichte nur hin und wieder kärglich bezahlte Beiträge.

Julia Koppel schrieb, daß sie noch immer Berichterstatterin für dänische Zeitungen über deutsche Filme wäre, und fügte hinzu: »Wer weiß, wie lange.« Sie war inzwischen mehrmals umgezogen und wohnte jetzt in einer jüdischen Pension.

Terry besuchte mich einmal und war entsetzt über mein Zimmer, in dem ich mich sehr wohlfühlte, denn es enthielt alles, was ich brauchte. »Wie kannst du es bloß hier aushalten«, sagte sie, als ich ein buntes Tuch über die zwei Handkoffer breitete, die als Tisch dienten, sie mit Geflügel aus der Braterei, Bier und Kuchen bewirtete. Sie fragte, ob ich Geld brauchte. Ich erwiderte, es ginge mir jetzt besser, sobald der Kriminalroman verkauft wäre, würde ich eine Couch kaufen können – und später in den Neubau ziehen, der langsam nahe der Karlskirche wuchs.

Alice Berend hatte mir vor Jahren einmal gesagt, ein Schriftsteller braucht nichts weiter als Tisch, Stuhl, Bett und Papier. Ich hatte all das, ich war dem braunen Terror entflohen, ich liebte Wien, war glücklich.

»Ich bin sehr glücklich«, sagte ich wahrheitsgemäß.

»Ich verstehe dich nicht mehr, du warst doch einmal so verwöhnt.«

»Das habe ich vergessen.« Es war die Wahrheit.

Sie schüttelte den Kopf. Sie war noch immer sehr schön, trotz ihrem Alter. Ihr Nerzmantel sah deplaciert auf meinem Bett aus. Als ich sie am nächsten Tag auf die Bahn brachte, dachte ich: Sehe ich sie wieder?

Der Kriminalroman war endlich beendet. Das Liebespaar hatte sich nach bewährter Reißer-Tradition auf der letzten Seite über Schüsse, Leichen und manche Hindernisse hinweg endlich gefunden. Ich gab ihn beim Hausmeister der Zeitungsverlage ab, mit ein paar Groschen, sagte eindringlich, es wäre wichtig – und verkaufte ihn schließlich für eine bescheidene Summe an die Grazer Tagespost.

Die Welt, das Leben waren schöner als je. Ich sah unbegrenzte Möglichkeiten vor mir, obwohl Bernhard Grün alle Arbeiten mit freundlichem Bedauern zurückgeschickt hatte. Die Zeit verstrich so rasch, wie sie stets verstreicht, wenn man zufrieden ist. Ich besaß eine kleine Reserve von zweihundert Schilling, nachdem ich meine Miete für drei Monate vorausbezahlt und meine Garderobe etwas aufgefrischt hatte, als eine Postkarte das brachte, was man als »Wendung des Schicksals« bezeichnet. Sie war von meiner Stiefmutter aus Berlin und enthielt nur zwei Zeilen ohne Überschrift: »Teile Dir hierdurch mit, daß Dein lieber Vater in Gott verschieden ist. Wir haben ihn vorige Woche zur ewigen Ruhe bestattet. Miesche.« Am folgenden Tag kam der Brief eines Anwalts aus Berlin, mein Erbteil würde mir überwiesen, sobald alle notwendigen Schritte erledigt wären, mein Vater hätte mich auf Pflichtteil gesetzt, die Auszahlung des Fideikommiß-Anteils, das mein Großvater für seine Enkel hinterlassen hatte, stünde mir zu. Ich hatte nie an den Tod meines Vaters gedacht. Er berührte mich nicht. Es war alles zu lange her. Er war in meiner Erinnerung der elegante, verliebte ältere Herr, der einmal mein sehr geliebter Vater gewesen war, ein geistreicher Mann, von dem ich viel gelernt hatte, ein guter Maler von unendlichem Fleiß, der niemals den großen Erfolg erringen konnte, den er verdient hatte.

Dann kam die zweite Überraschung. Ich wurde in das Hauptgebäude der Kreditanstalt gebeten. Der Direktor empfing mich in seinem eleganten Office und teilte mir mit, daß eine größere Summe aus Berlin überwiesen worden wäre. Er erkundigte sich, wie ich das Geld anzulegen wünsche. Ich war sprachlos über die Riesensumme. Ich hatte noch nie Geld angelegt, weil ich seit Jahren nur das Notwendigste zum Leben hatte. In etwas schäbiger Kleidung, mit einem Kapital von zweihundert Schilling, das ich in einer Bonbonkiste aufbewahrte, saß ich dem eleganten Mann gegenüber, der höflich auf Antwort wartete.

Ich bat ihn, mir zu raten, was ich tun sollte.

Er begann Zahlen zu notieren, erklärte, der englische War-Loan wäre zwar sicher, gäbe aber nur geringe Zinsen. Hingegen wäre Austria-Loan mit acht Prozent eine gute Anlage, und fügte den kryptischen Satz hinzu, daß ich zwar dann ein größeres Einkommen haben würde, aber auch Österreichs Schicksal teilen müßte.

Ich erwiderte, daß ich mich für Austria-Loan entscheiden wollte. Er sah mich prüfend an, meinte: »Und vielleicht nehmen Sie ein paar Donauschiffahrtsaktien, damit Sie nicht alles in einem Korb haben?«

Ich war so überwältigt von dem plötzlichen Reichtum, daß ich bejahte und unsicher fragte, ob ich etwas Bargeld haben könnte.

»Wieviel wollen Sie abheben, Gnädigste, zweitausend, dreitausend?«

Ich bat um tausend Schilling. Auf dem Rückweg zur Marco d'Avianogasse sah ich mich in einem der großen Auslagefenster: eine magere Gestalt im abgeschabten Kostüm und verregneten braunen Filzhut – den besten Kleidern, die ich besaß, ein blasses, fast hageres, nicht mehr junges Gesicht mit vergnügten Augen.

Dann ging ich zu Betty Dworzak, Helferin in mancher Not, und berichtete ihr, was geschehen war. Sie zauberte eine besonders gute Flasche Wein aus ihrem Vorratsschrank und erklärte, daß ich mir endlich neue Kleider und vor allem neue Schuhe kaufen müßte. Dann gingen wir zusammen einkaufen. Als Kleider und Schuhe in meiner Skihütte abgeliefert wurden, sagte Emma Löwy bloß: »Endlich habens einen reichen Freund, Kindel, das hab ich Ihnen schon so lang gewünscht.«

Ich kaufte die Couch, die ich schon lange in einer Auslage gesehen hatte. Der Verkäufer versicherte, die Matratze wäre mit bestem Roßhaar gefüllt. Aber als ich mich abends zum erstenmal bequem auf dem neuen Lager ausstreckte, war ich mit einem Mal von vertrautem Geruch umgeben. Es roch nach Heu. Das Hausmädchen Anna, dem ich erzählte, der Geruch käme von der Couch, öffnete vorsichtig eine Ecke der Matratze: sie war mit Heu gestopft und paßte eigentlich gut in den Skihüttenraum. Aber Anna erklärte, der Mann müsse zur Rechenschaft gezogen werden, und bestellte ihn in die Wohnung. Er kam, ich überließ ihr die Auseinandersetzung, von der ich Bruchstücke vom Korridor her hörte: »Die Gnädige ist keine Kuh nicht – sie ist eine berühmte Schriftstellerin – das muß man anzeigen.« Der fassungslose Mann erklärte ängstlich, es wäre wohl ein Irrtum, er würde selbstverständlich die Roßhaarmatratze liefern, für die ich bezahlt hatte.

Dann kaufte ich eine schöne, handgewobene Couchdecke. Und wurde noch in derselben Nacht von Wanzen überfallen. Emma Löwy sagte gelassen: »Das kommt vor, Kindel – wer weiß, wo das angefertigt worden ist«, und ließ einen alten Mann kommen, der wie Chronos aussah und mein Zimmer ausräucherte.

Ich lebte mein Leben weiter mit dem Unterschied, daß ich endlich in Theater, Konzerte, in die Oper gehen konnte – in der Gewißheit, daß ich in einem Jahr schon ein Einkommen haben würde und nicht mehr auf die kleinen, tropfenweise einlaufenden Einnahmen angewiesen war. Dieser Frühling des Jahres 1936 war so herrlich, wie jeder Frühling in Wien, wenn Kastanienbäume ihre weißen und rosa Kerzen trugen, Blumen im Park blühten und junge Mädchen etwas zu früh zu dünne Sommerkleider anzogen.

Im Winter würde ich verreisen, ich wußte nur noch nicht wohin. Eine dänische Bekannte schrieb mir, daß ein gemeinsamer Freund, ein anglo-amerikanischer Maler namens Purcell, in einem steirischen Sanatorium wäre. Sie bat mich, ihn zu besuchen. Man hätte ihn in einem Innsbrucker Hotel gefunden, wo er seine Tage zuerst mit Gin, später mit Paraldehydtrinken verbrachte. Purcell war ein amüsanter, nicht mehr junger Mann, den ich von Italien her kannte. Durch seine Trunksucht hatte er sich seine Laufbahn als Maler verdorben. Sporadisch hatten wir korrespondiert – er schrieb von Italien, aus Paris, dann wieder von Italien und einmal von Spanien. Er war ein begabter, amüsanter Mann, der Französisch, Deutsch, Englisch und Italienisch gleich fließend sprach. Zufällig hatte er eine Zeitlang in Spanien mit Castoniers späterer Freundin Maggy, einer Engländerin, gelebt. Von Purcell hörte ich, daß Maggy jetzt in England mit Castonier lebte.

Ich schrieb an den Chefarzt des Sanatoriums, ob ich Purcell besuchen dürfte. Er antwortete, es wäre gut, wenn jemand sich etwas um diesen besonders beliebten Patienten kümmern würde, da seine Mutter zu alt wäre, um Reisen zu unternehmen.

Purcell schrieb mir ebenfalls: »Wir sind hier alle mehr oder minder verrückt. Es wird Dir sicher gefallen, Du bist doch so neugierig.« Und er fügte eine Karikatur von sich selbst hinzu, auf Skiern, mit dicker roter Nase und einem seltsamen Vogel auf dem Kopf.

Ich hatte keine Ahnung, was es für ein Sanatorium war. Erst als ich dem Schaffner meine Fahrkarte zeigte, lächelte er bedeutungsvoll, tupfte an seine Stirn, sagte: »Schau, schau, Sie wollen auf d'Höh!«

Purcell empfing mich auf der kleinen Bahnstation. Ein Zweispänner wartete, der uns die etwa zweihundert Meter zum Hauptgebäude brachte: »Ich wollte deine Ankunft wie einen Einzug gestalten«, erklärte er, als ich sagte, ich hätte die paar Schritte auch gehen können.

Eine lispelnde Schwester führte mich in ein schönes Zimmer mit weitem Ausblick über sanfte Hügel. »Der Herr Doktor kommt morgen früh«, sagte sie mechanisch. Ich sagte, ich wäre nur auf Besuch hier. Sie lächelte wissend, sagte beruhigend, ich solle es mir bequem machen. Dann klang der Gong zum Abendessen. Als ich die Patienten sah, wußte ich, daß es eine Nervenheilanstalt war.

Purcell gab mir eine kurze Krankengeschichte jedes Patienten: »Der Mann war früher Arzt, redet jetzt immer von Säuglingen und Mutterbrust. – Das ist die Tochter vom Botschafter von ... sie ist harmlos, aber total verwirrt und behauptet, alle anderen wären verrückt, außerdem ist sie immer im Begriff, zu einem großen Ball abzureisen. – Vorgestern hat sich ein neuer Patient im Eßzimmer erschossen – wir leiden alle an Schlaflosigkeit, aber niemand hat den Schuß gehört. – Die alte Dame dort war früher eine berühmte Schauspielerin, sie glaubt, sie ist noch jung und berühmt und nur zur Erholung hier, aber manchmal verschwindet sie, dann wissen alle, sie ist im ›unruhigen Pavillon‹. – Der junge Mann hat versucht, sich zu erhängen, dann die Pulsadern aufzuschneiden. – Und die sonderbare Frau soll eine Prinzessin sein, ihr Name wird nicht genannt. Manchmal schreit sie nachts, und neulich soll sie versucht haben, den Assistenten ins Bett zu ziehen.«

Später saßen wir in der Halle mit den Süchtigen und den leicht Gestörten. Einige starrten schweigend vor sich hin, andere unterhielten sich erregt. Eine Schwester kam, brachte Purcell Tabletten. »Hier ist Ihr Ruhe-Sanft«, sagte sie.

Er schluckte gierig, bemerkte, es wären die besten Schlaftabletten, die er je eingenommen hätte. Später erfuhr ich vom Anstaltsarzt, daß es Zuckertabletten wären, die genauso geformt waren wie Barbiturtabletten: »Er schläft ja so gut, beklagt sich nur immer über Schlaflosigkeit, das tun fast alle.«

Die berühmte Diva kam zu uns herüber, lud mich zum Tee am nächsten Tag ein. Sie trug ein duftiges weißes Sommerkleid. Ihre Greisenarme waren faltig und gelb, ihre zerknitterten Hände zitterten. Sie nahm keine Notiz von Purcell. Als sie gegangen war, sagte er: »Sie boykottiert mich. Ich habe ihr vor einiger Zeit eine Kette aus Haselnüssen mit einem Liebesbrief geschickt und drei Groschen hineingelegt, jetzt ist sie wütend auf mich.«

Dann erzählte er mit weltumspannenden Gesten von einer geplanten Sonderausstellung seiner Bilder in Paris – Bilder, die er nicht gemalt hatte und nicht mehr malen konnte. Mitten in der Beschreibung eines besonders gelungenen Wandgemäldes hielt er inne: »Ich weiß, ich werde nie mehr etwas schaffen können. Wir leben hier alle in unserer kleinen Scheinwelt und wachen nur hin und wieder auf. We are lost souls, my dear, lost souls«, und er scheuchte die verlorenen Seelen mit weiter Geste ins All zurück.

Als ich später in meinem Zimmer war, hörte ich ein unerklärliches Geräusch, wie leises Flattern. War ich von der Scheinwelt, die mich umgab, schon angesteckt und hörte Stimmen, wie der nette ältere Herr mit dem Franz-Josephs-Bart, der hin und wieder stramm stand, weil »Jemand« ihm ein Kommando zuschrie? Meine Zimmertür war verschlossen, der Ofen knisterte leise. Das Geräusch kam vom Fenster her. Schließlich entdeckte ich, daß ein Schmetterling im Doppelfenster gefangen war, aber ich ließ ihn nicht in die Nachtkühle.

Am nächsten Morgen klopfte es, als ich gerade mein Frühstück beendet hatte. Der Assistenzarzt erschien mit einer Schwester. Er fragte, wie ich geschlafen hätte, ich sagte wie stets, nicht gut, was mir einen prüfenden Blick eintrug, und ich fügte hinzu, daß ich am nächsten Tag schon wieder nach Wien fahren würde. Er nahm keine Notiz von meiner Antwort und bat mich, die Brust freizumachen. Ich sagte: »Ich bin nur zu Besuch hier.« Er nahm keine Notiz.

Ich sagte: »Ein Schmetterling ist zwischen den Fenstern. Es ist noch so kalt, soll ich ihn jetzt oder später herauslassen?«

Er nahm wieder keine Notiz, sagte bloß: »Ja, das wird sich alles bald bessern.« Die Schwester nickte mir beruhigend zu.

Ich packte ihn beim Arm, bat ihn: »Sehen Sie sich den Schmetterling an, sonst glaube ich wirklich, daß ich hier Patientin bin. Ich bin Purcells Gast über das Wochenende.«

Er sah zum Fenster, lachte: »Wir müssen uns soviel Zeugs anhören, daß man schon voreingenommen ist, wenn einer Schmetterlinge sieht.« In dem Augenblick sagte die Schwester devot: »Ich glaube, Herr Doktor, wir haben uns im Zimmer geirrt, die Dame ist wirklich nur zu Besuch hier.«

Ich fragte nach den Aussichten für Purcell.

»Er kam zum Skelett abgemagert her, wog nur fünfzig Pfund. Zuerst mußte er künstlich ernährt werden, jetzt nimmt er zu, ißt normal. Die Aussichten –«, er zögerte, sah mich an. »Es sind da allerhand psychologische Schwierigkeiten.«

»Ich weiß.«

»Sie wissen Bescheid?«

»Ja, ich weiß Bescheid.«

Er zögerte noch, meinte schließlich: »In seinem Alter fürchte ich, daß der geringste Anstoß, irgendein Schock ihn rückfällig werden läßt.«

Er hatte recht. Als Purcell die Anstalt verließ, ging er nach Südfrankreich und wurde bald wieder in eine Anstalt gebracht. Ich erhielt verworrene Briefe, er schrieb, er wäre mit Aldous Huxley und Somerset Maugham zusammen, er schreibe an einem Roman ›Die letzte Aspidistra‹. Dann hörte ich nichts mehr, und der Krieg kam.

Der Assistenzarzt hatte kaum das Zimmer verlassen, als die Tochter des Botschafters, ohne anzuklopfen, meine Tür aufriß: »Wie lange bin ich hier?« fragte sie erregt. Ich wußte nicht, was ich antworten sollte, sagte auf gut Glück, erst einige Tage. »Das Auto wartet, ich muß fort, heute abend ist großer Ball, vorher muß ich noch zum Friseur – ich habe einen Mantel verkauft«, dann schlug sie die Tür zu.

Nachmittags war ich bei der Diva zum Tee. Sie trug ein lichtblaues Chiffonkleid über einem raschelnden Seidenrock. Ihr hellblond gefärbtes Haar umrahmte das sorgfältig geschminkte, müde, verfallene Gesicht. Es erinnerte mich an die Zeichnung einer alten Frau, unter der ein Vers stand:

»O Jugend, dies Antlitz mein
Soll dir ein Spiegel sein.«

Die Diva sprach angeregt von ihren Zukunftsplänen – eine Tournee durch Südamerika, ein kurzes Gastspiel in Wien: »Ich ruhe mich zwischendurch nur etwas aus. Die Stimmbänder –« Wir sprachen lange und ausführlich über Stimmbänder und ihre Tücken. Wie man sie behandeln, verwöhnen mußte: mit rohem Ei, mit Salzwassergurgeln, mit elektrischer Massage. Wie ich das alles aus meiner Tenor-Ehe kannte!

Über ihrem Bett hing ein welker Kranz mit zerschlissener Schleife, die Inschrift war unleserlich. Sie zeigte mir Bilder aus der Vergangenheit. Wußte sie, daß sie Jahrzehnte alt waren – oder wollte sie es nicht wissen? Waren diese gelben Fotos für sie erst gestern aufgenommen, wo sie doch schon seit langen Jahren hier leben mußte?

Sie äußerte sich mißbilligend über Purcell: »Er mag früher einmal als junger Bursche attraktiv gewesen sein. Aber er ist eben doch arg gestört.«

Ein mehrfach versiegelter Brief wurde mir von einem Mädchen gebracht. Purcell schrieb aus dem zweiten Stock, ich müsse sofort kommen, furchtbare Dinge hätten sich ereignet, die er unbedingt mit mir besprechen wollte. Ich verabschiedete mich von der Diva. Sie winkte mir herablassend zu, bat mich, sie bald wieder zu besuchen.

Purcell war sehr erregt: Eine junge Frau wäre soeben gestorben. Die Tochter des Botschafters hätte die Schwester alarmiert – aber die Schwester hätte ihr nicht geglaubt, als sie behauptete, daß ihre Zimmernachbarin röchelte. Später fand man die junge Frau tot in ihrem Bett. Woran sie gestorben war, erfuhr man nicht.

»Es ist gegen die Anstaltsetikette, zuzugeben, daß jemand gestorben ist, aber wir erfahren trotzdem alles«, sagte Purcell. Um ihn abzulenken, schlug ich einen Spaziergang vor. Er willigte eifrig ein. Wir gingen durch den nahegelegenen Wald. Ein großes Kruzifix mit einer lebensgroßen Christusfigur stand auf einer Lichtung, eine Mahnung an die furchtbare Einsamkeit des Sterbenmüssens. Purcell blieb stehen, sagte: »Wir Insassen schleppen alle ein schweres Kreuz mit uns herum. Wenn ich glauben könnte, wäre es vielleicht nicht so schwer.«

Auf einem Abhang, am Waldrand, hing ein Schild: »Zum goldenen Hirschen«. Er blieb stehen, atmete tief: »Ich rieche Malz, wir Trinker riechen Alkohol, selbst wenn er meilenweit entfernt ist.« Und dann berichtete er von seiner Entwöhnungskur, wie man ihn zuerst künstlich mit Fruchtsäften und Glukose ernährt, und daß er seit drei Monaten keinen Tropfen getrunken hätte. Er sprach sachlich-detachiert, als erzähle er mir die Krankengeschichte eines anderen, und wiederholte, was er bereits gesagt hatte: »Unsere Traumwelt ist nichts weiter als Flucht, wir brauchen sie.«

Was er sagte, war eine seltsame Mischung von Phantasie und Wirklichkeit, von tragischer Erkenntnis und Verwirrung. Als wir auf dem Rückweg durch den Park kamen, hörten wir Rufe aus einem der Pavillons. »Dort sind die, die eine Stufe weiter sind als ich«, bemerkte er. Er wandte mir sein Gesicht unter dem rötlichen Haar zu, zögerte, sagte dann: »Sie haben mich einmal in Innsbruck überfallen.«

»Wer?«

»Die weißen Mäuse natürlich, der Anfang vom Delirium tremens – trotz manchen Illusionen weiß ich ja doch Bescheid.«

Ich reiste am nächsten Tag ab. Er tat mir leid, als er mir mit ausdruckslosem Gesicht nachblickte, und ich war froh, diese Scheinwelt zu verlassen.

Marokko und Österreichs Ende

Die österreichische Nazi-Partei war nach dem Mord an Dollfuß verboten. Österreichische Nazis, die nach dem mißlungenen Putsch nach Deutschland geflüchtet waren, wurden dort unterstützt. Fürst Starhemberg stellte zur Abwehr der Braunen Gefahr die »Vaterländische Front« auf, eine alpin gekleidete Heimwehr. In Auslandszeitungen las ich immer wieder, daß die österreichischen Nazis aktiv weiter wühlten, um das Land reif für den »Anschluß« zu machen, der immer wieder in hysterischen Ansprachen von Goebbels und Hitler und in der Nazi-

Presse gefordert wurde. Inzwischen war es bekannt geworden, daß sogenannte deutsche Freiwilligen-Verbände in Spanien für Franco und gegen die als Kommunisten bezeichneten Republikaner kämpften. Ich glaube, es war die brillante Geneviève Tabouis, die prophetisch schrieb, daß deutsche Soldaten und deutsche Waffen jetzt in Spanien die Generalprobe für den geplanten deutschen Eroberungskrieg abhielten. In einer englischen Zeitschrift sah ich Aufnahmen von gefallenen Spaniern, die gegen Franco gekämpft hatten. Der Text erklärte: »Die Blüte junger Spanier starb für die Freiheit.«

In Österreich ging man subtiler vor. Nach einem sogenannten Kulturabkommen wurde in der Kärntnerstraße ein »Deutsches Reisebüro« eröffnet, das nichts weiter als eine getarnte Propagandastelle war, in der Broschüren und Flugzettel verteilt wurden. Ein lebensgroßes Ölporträt vom »Führer« hing, von der Straße sichtbar angestrahlt, an der Wand, darunter ein kostspieliges Blumenarrangement. Die Wirkung war unerwartet: Menschen drängten sich vor dem Riesenfenster, starrten andächtig auf das häßlichste und böseste Gesicht dieser Zeit, andere gingen hinein, um sich ein Paket verlockender Schriften zu holen, die die Segnungen des Dritten Reiches verkündeten.

Kleine Trupps weißbestrumpfter Burschen mit schwarzer Einheitskrawatte marschierten jetzt öfters durch die Straßen, ohne den Passanten auszuweichen. »Die Fahne hoch, die Reihen dicht geschlossen, SA marschiert mit ruhig festem Schritt«, wurde gepfiffen.

»A paar Randalierer hats immer gegeben«, hieß es, wenn die Fensterscheiben jüdischer Geschäfte nachts eingeworfen oder Hakenkreuze an Häuserwände gemalt wurden.

»Bei uns kann sowas wie drüben nie passieren«, meinten meine Freunde, zu denen auch Lisl Reichenbach gehörte, mit der ich oft zusammen war. Ich glaube, ich wollte nicht wahrhaben, daß die Peripherie, von der aus ich über meinem »Kapuziner verkehrt« und einer Sachertorte mit Schlag die Intensivierung der Anschluß-Propaganda in deutschen Zeitungen verfolgte, schon nicht mehr Peripherie, sondern einbezogener Raum war. Es lebte sich gut und heiter in Wien, in dieser einmalig beschwingten Atmosphäre, die nichts völlig ernst nehmen wollte.

Ich hatte mein Geld, wie ich glaubte, gut angelegt, verdiente weiterhin, und wenn ich Geld brauchte, tat ich, was ich zwei

Jahrzehnte lang nicht getan hatte: ich ging auf die Bank und holte mir Geld. Der Neubau, in den ich einziehen wollte, wuchs nur langsam. Es hieß immer wieder, daß er »demnächst« fertig würde, und so wohnte ich weiterhin bei Emma Löwy, umsorgt vom treuen Mädchen Anna.

Hin und wieder wanderte ich mit Betty Dworzak und einigen Freunden zum Heurigen nach Grinzing, das damals noch echtes Grinzing und von englischen und amerikanischen Touristen noch nicht entdeckt war, saß in ländlichen Gärten, in dem Hühner hinter einem Verschlag gackerten und Bauern Heu machten oder einfuhren. Spät abends kehrten wir mit einer holprigen, stockenden Straßenbahn gemächlich in die Stadt zurück, beschwingt vom Wein, der sich so leicht trank und das Leben noch schöner erscheinen ließ.

Kurz vor Beginn des Winters entschloß ich mich, nach Französisch-Marokko zu reisen. Der ›Pester Lloyd‹, Kauders ›Bohemia‹, das ›Neue Wiener Tageblatt‹ wollten Sonderberichte bringen. Die Compagnie de Navigation Paquet in Marseille hatte mir eine Kabine erster Klasse zur Verfügung gestellt als Gegenleistung für Propaganda, die den Touristenverkehr fördern sollte. In allen Hotels der Compagnie wurden mir Journalistenpreise zugesichert.

Emma Löwy schneiderte mir ein paar hübsche Sommerkleider. Die alte Frau war froh, endlich wieder Neues anzufertigen, statt ewige Änderungen vorzunehmen, wurde aktiv, wie sie vor Jahren gewesen sein mußte. »Wenn ich nicht so alt wär, würd ich Sie bitten, nehmens mich mit, Kindel. Ich fürcht mich vor den Nazis. Ich weiß, sie kommen nach Wien. Ich denk manchmal, vielleicht wär's besser, ich ging jetzt schon in die Donau, eh sie kommen.«

Ich beruhigte sie, unüberzeugt, mit der österreichischen Standardphrase, daß der Nazismus in Österreich niemals aufkommen könnte, weil Kurt von Schuschnigg es nicht zulassen würde. Sie sagte bloß: »Ach, Kindel, was kann das arme Manderl gegen *die* Leut schon machen?«

Als ich vor meiner Abreise bei Skifreunden Kaffee trank und meine Besorgnis über die eben wieder gemeldeten Terrorakte der österreichischen Nazis äußerte, wurde ich »preußische Defaitistin« genannt.

Kurz vor meiner Abreise hörten die Zeitungsberichte über deutsche Terrorakte, über Konzentrationslager und Judenverfolgungen und österreichische Ausschreitungen auf. Es gab andere Schlagzeilen: Edward VIII. verkündete seine Abdankung. Seine nächtliche Abreise von England nach Österreich wurde rasch und diskret wie eine Deportation organisiert, um den Übergang zum nächsten König ohne allzu große Erschütterungen für die britische Monarchie zu gestalten. Die Wiener Zeitungen überschlugen sich in sentimentalen Berichten über die große Liebe des Herzogs von Windsor zu der zweimal geschiedenen Wallis Simpson, die so gern Königin geworden wäre. Eine Zeitung behauptete, daß Engländer, die zum Skifahren in Österreich waren, sich an den Bahngleisen aufgestellt und ›God save the King‹ gesungen hätten, als sein Zug österreichischen Boden erreichte.

Ich ging auf die Bahn, um mir seine Ankunft anzusehen. Der ehemalige König sah alt, blaß, zerknittert aus – und seltsam scheu, als wäre nicht sein Adjutant mit seinem kleinen Hund hinter ihm, sondern zweibeinige Verfolger. »Na, so herzig«, seufzte eine Frau neben mir, als der auffallend kleine, schmächtige Mann mit dem hellblonden Haar, von devoten Beamten umgeben, zu seinem Wagen hastete. Ein stämmiger bäuerlicher Mann in Lodenjoppe meinte: »Soll König von Österreich werden, i hätt nix dagegen.«

Ich reiste mit dem Gefühl eines Menschen ab, der alle Erdenschwere hinter sich läßt, um ein Paradies zu erreichen, und blieb zwei Tage in Venedig. Es war schon sehr kalt. Dichte Nebel wehten über den fremdenleeren Markusplatz und von den Brücken. Venedig gehörte den Venezianern. Es war soviel schöner als in jenem Sommer, als ich mit meinen tauben Tanten hier gewesen war. Das Hotel war leer, der Portier begrüßte mich eifrig, mein Zimmer war eiskalt, aber man versicherte mir, die Heizung wäre bereits angestellt. Das Zimmer blieb eiskalt, und ich reiste weiter nach Marseille. Dort wurde mir von der Schiffahrtsgesellschaft mein Billett überreicht, dazu ein schönes Portemonnaie aus marokkanischem Leder.

Auch Marseille gehörte den Marseillern, man konnte nicht wie im Sommer vor den Cafés sitzen, sondern auf den langen roten Plüschbänken an den Wänden. Und überall roch es nach Fisch, Teer, Schiffen.

Ich saß den letzten Abend in einem kleinen Café nahe dem Quartier Réservé und kam mit Fischern ins Gespräch. Sie waren erstaunt, daß »une dame toute seule« es wagte, nach Marokko zu reisen, und warnten mich vor Taschendieben und Verschlepptwerden in das Atlasgebirge. Dann luden sie mich zu

Anisette ein. Und als ich am anderen Morgen den Kai erreichte, an dem das Schiff ›Koutoubia‹ lag, standen die drei Fischer da, um mir noch einmal Gute Fahrt zu wünschen. Ein Angestellter der Schiffsgesellschaft überreichte mir einen Fresiastrauß und ein Telegramm von Emma Löwy, dem Mädchen Anna, der Tänzerin Cikos und ihrem Hund Bobby – sie wünschten mir gute Reise.

Es war eine geruhsame Fahrt, das Schiff konnte nicht wie sonst in Sichtweite der spanischen Küste gesteuert werden, denn dort kämpften noch immer mutige Männer gegen den Faschisten Franco und seine deutschen Helfer. Nachts sahen wir das Aufschlagen der Bomben wie Blinkfeuer von bequemen Deckstühlen aus. Es hatte etwas Gespenstisches.

Ich saß am Tisch des Kapitäns, mit dem französischen Professor Hartmann, der zum kranken Sultan gerufen worden war, und einer kunstvoll in Trauerschleiern drapierten jungen Witwe, einer auffallend schönen Frau mit unwahrscheinlich blondem Haar und melancholischem Augenaufschlag. Aber schon vor der Meeresenge von Gibraltar legte sie ihre Trauerkleidung ab, erschien in einem zartrosa Chiffonkleid, und ein Likörfabrikant half ihr, allen Kummer zu vergessen. Wie meine weise alte Stewardess bemerkte, wäre nichts so heilsam als faire l'amour: »Ça vous fait oublier votre chagrin pour un certain temps.«

Wir kamen aus kühlem, grauem Winterwetter in warmen Sommer. Ein leichter Gewitterregen ging nieder, als wir im Hafen von Casablanca anlegten. Ein Araber, der an der Kaimauer hockte, zog in fatalistischer Gelassenheit die Kapuze seines Burnus über das Gesicht, senkte den Kopf, wurde zum weißwollenen Kleiderbündel.

An der Stelle, an der Marschall Lyautey 1908 landete, war damals Wüste. Jetzt erhob sich dort in strahlender Weiße die Stadt, die ihren Namen zu Recht trug. Lyautey war als Eroberer gekommen, hatte es jedoch verstanden, sich in die Mentalität der Eingeborenen einzuleben. Aus dem kriegerischen Marschall wurde der »Père Lyautey«, zu dem, wenige Jahre später, ein Häuptling aus dem Atlasgebirge in einer Mondnacht sagen konnte: »Was für eine schöne Nacht zum Kamelstehlen.« Und Lyautey antwortete: »Eh oui, mon ami.«

Als er starb, trauerten die Eingeborenen um ihn, und die Stämme aus dem fernen Atlasgebirge kamen zu seinem Begräbnis im Park seiner Residenz in Rabat, das er zu einer der schönsten Städte gemacht hatte.

Wir Frauen, die in Schals und dicken Wintermänteln an Bord gegangen waren, erschienen mit einemmal wie bunte Schmetterlinge, die ihr Raupengewand abgelegt hatten, um uns zu sonnen. Die getröstete Witwe bestieg mit dem Likörfabrikanten ein blaues Auto, Professor Hartmann wurde von zwei martialisch aussehenden Leibwachen des Sultans abgeholt und warnte mich noch einmal davor, Wasser zu trinken, eine überflüssige Ermahnung, denn ich trank Wasser nur im Notfall. Der wortkarge Engländer, mit dem ich kurze Gespräche mit langen Pausen geführt hatte, entschwand grußlos. Der Kapitän erklärte, es gefiele ihm nicht, »une dame toute seule« in Marokko zu wissen. Ich beruhigte ihn damit, daß ich ein Empfehlungsschreiben an einen Kollegen vom ›Petit Marocain‹ hatte.

Der Kutscher, der mich zum Hotel brachte, bot sich an, mich am anderen Tag durch die Stadt zu fahren, nur er könnte mir die Sehenswürdigkeiten von Casablanca zeigen. Als wir vor dem kleinen Hotel »Marhaba« hielten, tauchte eine Bettlerschar auf, zerlumpte Kinder und ein fezbedeckter Mann umringten mich schnatternd. Ich bestellte den Kutscher für den nächsten Tag und ging in ein Café am Rand der hohen Mauer, hinter der das Eingeborenenviertel, die Kasbah, war.

Ich konnte meinen Café crème nicht ungestört trinken: zerlumpte Kinder tauchten wieder auf, boten Füllfederhalter, Bleistifte, sogar einen Kodak an: »Ti veux, pas cher«, flüsterten sie. Es hatte keinen Zweck, sie fortzuscheuchen, sie kehrten wieder, wie die klebrig-aufdringlichen Fliegen, warteten ein paar Schritte abseits, kamen wieder. Nur ich wurde belästigt, weil sie mir die Fremde ansahen.

Der Kellner, mit dem ich mich unterhielt, warnte mich, allein in die Kasbah zu gehen, die Eingeborenen wären »pas méchant«, aber – une dame toute seule. Ich hatte die dame toute seule satt, ging durch das hohe Tor in die Kasbah, die enge Gasse entlang zwischen Verkaufsbuden, schnatternden, feilschenden, kreischenden Händlern, heulenden Kindern, vollbeladenen Eseln und verschleierten Frauen, von denen man nur die herrlich dunklen Augen sehen konnte. Eine kindhaft zarte Frau hielt ein Bündel im Arm, das sich leise bewegte. Ich fragte auf französisch, ob es ihr bébé wäre. Sie murmelte Unverständliches. Ich machte eine Geste, daß ich es ansehen möchte. Sie umklammerte es ängstlich, aber als ich ein paar Kupferstücke auf das Bündel legte, zog sie das Tuch zurück: ein neugeborenes, kaffeebraunes Kind ballte seine Fäuste mit kläglicher Grimasse. Ich markierte Bewunderungsekstase, ich glaube, sie lächelte, sehen konnte ich nur ihre Augen, dann huschte sie davon.

Es roch nach Kaffee, den die Händler überall in kupfernen Gefäßen brauten, nach Zwiebeln, nach Knoblauch, nach Gewürzen und Menschen. Ein uralter, weißbärtiger Marokkaner, eine Gestalt aus Tausendundeiner Nacht, hockte neben seiner Auslage: Lederkissen aus Kamelleder, Taschen aus Kamelleder, herrlich bunt bestickt, kleine Kästen aus Kamelleder – und von all den Waren ging ein unerträglicher Geruch aus, der aufdringliche Geruch von Kamelleder, das in Kameldung gegerbt wird.

Er bot mir nichts an, dieser Märchengeselle, der auf seinem Teppich wie in Trance hockte. Ich hätte mich nicht gewundert, wenn der Teppich plötzlich emporgeschwebt wäre. Erst als ich ihn nach dem Preis von Kameltaschen fragte, kam Leben in ihn, er nannte den Preis, ich sagte auf alle Fälle »trop cher«. Er forderte weniger. Ich schüttelte den Kopf, machte ein paar Schritte zur nächsten Bude – er folgte mir. Nach langem, wollüstigem Feilschen kaufte ich schließlich beide übelriechenden Taschen, die mir das Hotelzimmer verpesteten, bis ich sie vor das Fenster hängte, und eine kleine Metallschale.

Im Hotel entdeckte ich auf der Rückseite eingraviert: »Made in Germany«. Daß Carolas geschiedener Mann in Pforzheim Andenken für Export fabriziert hatte, fiel mir erst dann ein. Ich schrieb ihr, daß ihr seliger Josef sogar hier Geschäfte machte.

Dann ging ich zum Gebäude der Compagnie Paquet. Der Direktor erzählte mir, daß der Gründer der Schiffahrtsgesellschaft, Nicolas Paquet, vor zwanzig Jahren an dieser Stelle einen Tiger geschossen hätte – und wies auf das Renommierstück, das zähnefletschend an der Wand hing. Paquet war es, der den Export von Obst und Gemüse nach Frankreich organisierte, nachdem Lyautey den Eingeborenen gezeigt hatte, wie fruchtbar ihr Boden war, wenn man ihn richtig bearbeitet. Aber mit dem Export kam *das* ins Land, was bisher unbekannt gewesen war – Geld, wo früher nur Tausch gewesen war. Vielleicht waren die Eingeborenen in aller Armut früher glücklicher, ehe Hygiene, westliche Waren und die zweifelhaften Verlockungen europäischer Zivilisation sie erreichten.

Als ich aus dem Gebäude der Compagnie Paquet kam, folgte mir ein Mann in westlicher Kleidung, einem etwas *zu* blauen Anzug, etwas *zu* roter Krawatte. Ich dachte erst, er wäre ein Bettler. Er drängte sich an mich, blieb neben mir, flüsterte eindringlich, in einer seltsamen Mischung von französischen, englischen und einigen unverständlichen Worten, wiederholte immer wieder denselben Satz. Schließlich verstand ich ihn – er bot mir einen jungen Mann an: »Lui sait très bien faire l'amour, Madame, he makes love, Madame, he makes très bien, Madame, lui très beau, très jeune – Madame, come with me – schöne junges Mann, Frau.«

Ich scheuchte ihn fort, wurde ihn aber nicht los. Er verschwand erst, als ich mich dem Hotel näherte. Der Hausdiener lächelte verständnisvoll: »Une dame toute seule, vous savez, Madame –«

Es gab auserlesene Gerichte, eisgekühlte Früchte und schweren, dunkelroten Wein zum Diner. Die Hotelbesitzerin, eine elegante Französin, warnte mich, abends allein auszugehen.

Ich ging wieder in das schon vertraute Café am Platz vor der Kasbah. Der Kellner begrüßte mich, als ob ich furchtbarer Gefahr entronnen wäre. Er hatte mich durch das Tor in die Kasbah gehen sehen und war entsetzt, behauptete sogar, er hätte einen Polizisten in Zivil zu meinem Schutz nachgeschickt – und blieb wartend stehen, bis er sein Trinkgeld bekam.

Ein kleiner, zerlumpter, hungrig aussehender Junge tauchte auf, sah begehrlich auf meine Torte. Ich bestellte ein Stück für ihn und kam mir dann sehr dumm vor – er lief zum Nebentisch, bot sie einem Gast zum Kauf an: »Ti veux beau gâteau.« Man soll ihnen niemals etwas geben, meinte der Kellner, sie wollen hungern und »des sous« haben, mit denen sie kaufen, was sie wieder verkaufen können: »L'argent, Madame, vous savez.«

Als ich meinem französischen Kollegen vom Angebot eines Gigolos erzählte, lachte er bloß und sagte, es geschähe mir recht, une dame toute seule wäre gefundenes Fressen für die unmöglichsten Angebote: »Eine Frau allein in Marokko ist etwas Seltenes. Ältliche Amerikanerinnen, des Anglaises nymphomanes et un peu moches, sind froh, wenn sie sich heimlich einen hübschen Burschen mit ins Hotel nehmen können.«

Als ich erzählte, daß ich mir einen Wagen gemietet hätte, um durch die Straßen zu fahren und etwas von der Stadt zu sehen, vor allem von dem neuen Eingeborenenviertel, das Lyautey zu seinen Lebzeiten hatte bauen lassen, bemerkte er bloß, das Schönste wäre das Klima – wenn nicht immer irgendwo Typhus ausbrechen würde, wie gerade jetzt in Marrakesch.

Zwei Tage lang fuhr mich der halb spanische, halb arabische Kutscher durch die sommerlich warme Stadt. Wenn ich halten ließ, um Kaffee zu trinken, setzte er sich bescheiden an einen entfernten Tisch oder blieb auf dem Bock. Aber als wir am ersten Tag auf den großen Marktplatz kamen, erklärte er, mich begleiten zu müssen, weil es sicherer wäre. Er befahl einem Jungen, auf seine Pferde zu achten, schob den verblichenen Homburg unternehmungslustig ins Genick und ging neben mir her, ein wenig hochmütig, denn er war erhaben über die Eingeborenen, obwohl er selbst wie ein halber Marokkaner aussah. »Ces gens-là sont des sauvages«, sagte er hin und wieder, wenn wir rücksichtslos gestoßen oder geschoben wurden.

Das Gedränge und der Lärm waren unbeschreiblich. Von der Sonne halbtote Hähne krächzten leise, Ziegen meckerten, Esel schrien, und die Kamele, die ihre Lasten gebracht hatten und im Schatten standen, stießen seufzerähnliche Schreie aus. Zuschauer drängten sich in engem Kreis um einen alten Mann, der neben dolchartigen Messern und Scheren hockte. Zwischen seinen Knien hielt er den Kopf eines Mannes, dem er rasch, unaufhörlich schnatternd, ein grauenhaftes Geschwür öffnete. Dann drückte er dem fatalistischen Dulder ein unsauberes Tuch auf die blutige Wunde, bestrich sie mit einer Paste, schob ihn fort, packte den nächsten Patienten, einen Jungen, dem er mit affenartiger Geschwindigkeit einen Zahn ausriß. Der andere Operierte wanderte fliegenumschwärmt davon.

Nebenan lockte ein Schlangenbeschwörer sein Reptil aus dem Korb und hob bittend eine verstümmelte Hand empor. Mein Kavalier packte mich plötzlich am Arm, riß mich zur Seite, als ein burnusumhüllter Mann durch die Menge schritt und eine Klingel schwang: ein Lepra-Bettler mit halbzerfressenem Gesicht.

In einer Bude wurden die unverkäuflichen Dinge des Abendlandes bewundert: geblümte Stoffe, nicht mehr ganz sauber, jettbestickte Glitzerschals, wie sie unsere Großmütter getragen hatten, ein Paar blauseidene Spangenschuhe, die von einer Verschleierten kichernd betastet wurden. Der Verkäufer scheuchte sie wie lästige Fliegen fort, aber sie kamen immer wieder. Wie schön war für sie die Glaskugel, in der Schnee wirbelte, wenn man sie schüttelte, wie schön die Seidenbänder mit Goldmotiven, wie unfaßbar schön ein kleiner Kasten, der, allerdings nur stockend, mit fehlenden Tönen ›Sur le pont d'Avignon‹ spielte. Ich fragte den Kavalier, wer dergleichen kaufe.

»Die Reichen, Sheiks, die vom Atlas kommen.«

Ich erkundigte mich, ob man das Quartier Réservé, das Prostituiertenviertel, besichtigen könnte. Mein Kollege hatte sich geweigert, mich zu begleiten, weil seine Frau mitkommen, er sie aber nicht mitnehmen wollte. Mein Kavalier erklärte, er würde mich morgen vormittag hinfahren, »seulement pour voir«. Am nächsten Morgen kam er, wie stets zu früh, damit kein Konkurrent ihm zuvorkommen könnte. Er trug einen neuen Anzug, eine Rose im Knopfloch und sah hochmütiger denn je aus.

Das Quartier Réservé von Casablanca war ein moderner Stadtteil, mit den typischen domartig geformten Dächern, umgeben von einer hohen Mauer. Ein herrliches, buntes Mosaikportal war der Eingang. Hinter dem offenen Tor standen ein paar Frauen – sehr alte und junge, die wie Kinder aussahen. Sie kreischten schrill, als der Wagen hielt – und rannten davon. Nur ein kleines Mädchen mit herrlichen Rehaugen blieb stehen und bot mir den Bauchtanz an, »toute nue, Madame, venez –«

Mein Kavalier scheuchte sie wie ein spanischer Grande fort: »Madame will nur promenieren, Madame will nur sehen –«

Es war eine seltsame Stadt. Schneeweiße Häuser und in den Türen, vor denen Perlvorhänge klirrten, Frauen, die uns anstarrten und Verwünschungen zuriefen.

Ein paar schwer betrunkene Legionäre taumelten in ein Haus, zerrten die Mädchen mit sich, die vorgaben, sich zu sträuben. Die Szene erinnerte mich an ein Erlebnis, das Gustaf Kauder als junger Mann in Paris gehabt hatte: er war einem Straßenmädchen gefolgt, die mit einemmal, im Zimmer angelangt, die keusche Susanne spielte, und dann erst, nach Sichlosreißen und um den Tisch Laufen, ihr Gewerbe ausübte. Kauder hatte sie gefragt, warum sie das Theater aufführte. Sie wies auf Löcher in der Wand: »Pour les voyeurs, chéri –«

Grammophonmusik schrillte aus einem Haus, und eine ältere Frau rief mir zu, ich solle doch Monsieur erlauben, etwas Nettes zu sehen: »Cinéma cochon, Madame, à prix réduits, cela vous fera plaisir!«

Einige Frauen sahen uralt im Tageslicht aus, waren wohl Unverkäufliche aus dem Abendland, Überreste, wie die westliche Schundware in den Bazars. Ein Trupp von Legionären schlenderte die Hauptstraße entlang – und plötzlich strömten Mädchen aus den Häusern, hängten sich ein, zerrten die Männer mit sich in ihre Behausungen.

»Pas belles, les filles«, bemerkte mein Kavalier. Ich fragte ihn nach den Preisen, erhielt die kryptische Antwort, das käme darauf an, vous savez, und fragte nicht weiter. Wir gingen wieder zurück. Das Quartier Réservé war schöner als das Quartier

Réservé in Marseille mit seinen uralten, schmutzigen Häusern. Hier war alles weiß und neu, nur die Ware war alt, bis auf einige kindhafte Mädchen, die uns wie junge Hunde folgten. »Waisenkinder«, sagte mein Kavalier.

Trotz der leuchtend weißen Häuser und des strahlend blauen Himmels, trotz schriller Grammophone und verstimmter Leierkastenmusik, die ein uralter Mann auf der Hauptstraße drehte, war es ein trauriger Weg. Zuviel menschliches Strandgut, von Europa hier angespült, zu sichtbar letzte Station und zuviel kindhafte Mädchen, die schon im selben Tonfall wie die alten Weiber lockten, lachten, alle Variationen des faire l'amour anboten, und dazwischen diese uralten Frauen, grell geschminkt, getünchte Ruinen, andere graugelb, verfallen, mit eingesunkenen Augen, faltigem Mund und Hals.

Für die Legionäre, die wochenlang im »bled«, in der Wüste, lebten, waren auch diese Ruinen noch verlockend – und besser als keine Frau. Mein Kavalier berichtete, daß an Sonnabenden und Sonntagen das Geschäft besonders rege wäre, vor allem, wenn Schiffe anlegten. Manche Frauen bedienten bis zu dreißig Männer in einer Nacht. Und er fügte hinzu, daß diese Frauen nicht erst von ihrem Lager aufstünden, sondern bis zum nächsten Kunden liegen blieben. Er sprach sehr gewählt, sehr würdevoll, ein Herr, der einer Dame Sehenswürdigkeiten erklärt.

Vor einem Haus, das genau wie alle anderen aussah, blieb er stehen, bemerkte, daß hier eine berühmte Frau wohnte. Sie hätte früher in Paris gearbeitet, ihr eigenes Haus, viel Dienerschaft gehabt – und dann wäre mit einemmal alles vorbei gewesen: »Que voulez-vous, c'est la vie.« Während er sprach, klirrten die bunten Glasperlenvorhänge und die berühmte Frau erschien. Sie war früher einmal schön gewesen, sie war noch schlank, aber ihr Gesicht unter dem grellrot gefärbten Haar war verwittert, die dunklen Augen lagen tief in mit Blaustift umrandeten Höhlen. Sie lächelte mechanisch mit gelben Zähnen: »Entrez – Monsieur – Dame, on vous fera voir du nouveau.« Mein Kavalier machte wieder die herrische Geste, als wäre sie eine lästige Fliege, und die berühmte Frau aus Paris verschwand zeternd in ihrer Behausung.

Wir hatten das Ausgangstor fast erreicht, als ein Mann an uns vorüberhastete. Es war der wortkarge Engländer von der ›Koutoubia‹. Ein Mädchen rief ihm »Au revoir, chéri!« nach. Er hielt seinen Kopf gesenkt, verkörperte schlechtes Gewissen, ein Puritaner auf Abwegen, der wohl jetzt bereute, gesündigt zu haben. Er sah bestürzend englisch in seinem viel zu warmen braunen Tweedanzug aus. Obwohl er mich erkannt hatte, war er vorübergegangen, als wäre ich eine Fremde.

Am nächsten Tag nahm ich den Autobus nach Marrakesch, meinem eigentlichen Ziel. Mein Kavalier brachte mich zur Haltestelle. Dort wartete seine Frau mit drei kleinen, herausgeputzten Kindern, um mir Adieu zu sagen. Er bat mich, ihn wieder zu bestellen, wenn ich aus Marrakesch zurückkäme. Er würde mir Ausnahmepreise machen, weil ich eine gentille Madame wäre.

Der luxuriöse Autobus mit bequemen Pullmansesseln war heiß und luftlos. Ich setzte mich neben den Fahrer. Wir verließen die Stadt, unübersehbare Äcker dehnten sich zu beiden Seiten der breiten Autostraße. Bauern wanderten geruhsam hinter dem Pflug her, der von ebenso geruhsamen Kamelen und Eseln gezogen wurde – immer ein Esel mit einem Kamel zusammengespannt.

Die Erde war von sattroter Farbe, Erde, von der Artischokken, die zarten, kleinen Kartoffeln, Tomaten, Bohnen Wochen früher als von Algerien und Tunis nach Europa exportiert wurden – von derselben Compagnie Paquet, der die Passagierboote und auch die »Marhaba«-Hotels gehörten.

Mit einemmal begann die Wüste, bestickt von riesenhaften Kakteen. Hin und wieder tauchte eine Eingeborenensiedlung auf, von dichten, hohen Kaktushecken wie von Festungsmauern umgeben.

Ein mächtiges, verfallenes Steintor, auf dem ein Storchenpaar sein Nest gebaut hatte, wuchs unvermittelt aus dem Sand. Ich fragte den Fahrer, was es wäre. Er zuckte die Achseln, erwiderte, so viel stünde herum, wies auf die andere Seite, auf halbversunkene Grabsteine: dort lägen Männer, die gefallen waren, als Lyautey seinen Feldzug gegen Marrakesch begann, das erst 1913, nach schweren Kämpfen, durch die Schlacht bei Sidi-Bou-Othmane erobert wurde.

Ein seltsam grünblauer Himmel wölbte sich über der Wüste, von der mir Iza de Comminges »beau-frère« in Kitzbühel so oft erzählt hatte.

Der Fahrer hielt vor einer Holzbaracke, an der ein Schild verkündete: »Café de la Plage«. Die Reisenden quollen aus dem Autobus. Ich erkundigte mich nach »les cabinets« und wurde von einer dicken, schmutzigen Frau hinter der Theke auf einen schmalen Weg gewiesen, an dessen Ende zwei Holztüren waren. Ich öffnete die Tür, auf der »Femmes« stand – und stand in der

Wüste. Es war keine Hütte, nur eine Tür, hinter der ein Sitzbrett stand, von »Hommes« durch eine Holzwand getrennt. Die Wüste zog sich unendlich weit bis zum Horizont. Sanfter, warmer Wüstenwind wehte Sand über das Irdischste der Menschen. Ich stutzte, zögerte, schämte mich – vor der Wüste.

Die Abfahrt vom Autobus verzögerte sich, der Fahrer wartete geduldig auf die zwei Mohammedaner, die ihre Teppiche ausgebreitet hatten, um ihre Gebete zu verrichten. »Faut les respecter, c'est leur pays« sagte er. Diese Bemerkung gab mir Aufschluß über die Einstellung Eingeborenen gegenüber, die Lyautey geprägt hatte.

Wir fuhren weiter auf der schönen Straße durch die Wüste. Hier und da lag ein toter Esel, ein totes Kamel am Rand. Geier erhoben sich von Kadavern, die noch nicht vertrocknet waren. Dann tauchte Marrakesch la Rouge auf, die hohen, roten Mauern dieser Stadt, die sich so lange gegen Eroberer gewehrt hatte und jetzt von allen Städten die unberührteste war – eine orientalische Wüstenstadt, zu der die Stämme aus dem Atlasgebirge kamen, um Handel zu treiben.

Es gab schon das Luxushotel »Mammounia« im tropischen Park, aber ich stieg im kleinen Hotel »Marhaba« vor der Mauer ab. Eine dicke, in schwarze Seide eingenähte Besitzerin empfing mich nicht sehr freundlich und forderte meinen Paß.

Hinter der hohen Mauer lag der Marktplatz, das Minarett Koutoubia. Da war wieder dies Markttreiben, dies Durcheinander, wie in Casablanca, die sonnenmatten armseligen Hühner, die kopfabwärts von Stangen hingen und schon nicht mehr gackern konnten, magere Ziegen, die gemolken wurden, Verkäufer von herrlich geformten Tongefäßen, Lederwaren und dazwischen westlicher Schund.

Auf einem kleinen Podium tanzten lasziv, eng umschlungen, herrlich schlanke, effeminierte Sleugh-Burschen. Der wortkarge Engländer von der ›Koutoubia‹, der mich im Quartier Réservé geschnitten hatte, stand dort und blickte verzückt zu ihnen empor. War er, was meine Berliner Waschfrau mit »Ooch so Eener« bezeichnet hatte, als sie vom SA-Führer Graf Helldorf sprach – diese herrliche Berlinerin, die mich einmal gefragt hatte: »Und wat wern die Leute rufn, wenn Hitlern dot is?«

Am Ende des Marktplatzes führte ein Torbogen in einen anderen Stadtteil. Hier war es still bis auf die vorüberhuschenden Verschleierten und ein paar armselige Kinder. Und da war ein kleiner, übelriechender Platz zwischen verfallenen Häusern, fensterlos wie alle Häuser nach der Außenseite. Ein Kamel wiederkaute geruhsam im Liegen neben einem Schild, das arabisch und darunter französisch verkündete: »Un lit une femme un chameau trois Francs.« Wie in Marseille, wo ein Bier, eine Frau, ein Handtuch im Preis inbegriffen waren, bekam der Kunde hier Bett, Frau und Parkplatz für sein Kamel für inklusive drei Francs.

Ein schmutziger Säugling lag auf den Knien einer alten Frau, die mir Unverständliches zurief und die Faust ballte. Ich ging wieder zum Marktplatz Djenah-el-Fna zurück, um Iza zu suchen, die in der Nähe der Koutoubia wohnen sollte, von der der Muezzin eben Allah pries. Ich fragte Budenbesitzer, einen Mann, der eine Uniform trug, und den Postbeamten im neuen Gebäude. Niemand wußte Bescheid, obwohl sie schon wieder seit einem Jahrzehnt innerhalb der roten Mauern wohnte.

Mit einemmal tauchte ein kleiner Junge neben mir auf, schob seine kleine braune Hand in meine Hand und sagte: »Madame, je sais où la dame demeure«, und trabte neben mir her, an der Koutoubia vorüber, die wie ein gigantischer Bleistift in den wolkenlosen Himmel stach, zerrte mich eine holprige, staubige Straße entlang und blieb vor einer Ruine stehen, in die ein dunkler, von Steinen blockierter Gang führte, rief »voilà«, hielt seine Hand bettelnd hin und lief davon, als ich ihm ein paar Kupferstücke gegeben hatte. Der Gang mündete zwischen hohen Mauern verfallener Häuser, dahinter lag ein Patio mit Mosaikboden, auf dem Tauben und eine magere Katze friedlich nebeneinander schliefen.

Ich kletterte über Geröll, rief »Iza«, aber niemand antwortete, niemand ließ sich sehen. Es war, als ginge ich allein durch Pompeji. Durch einen Mauerspalt sah ich schließlich einen zweiten Patio, in dem zwei Liegestühle im Schatten einer Palme standen. Wie in einem schweren Traum, in dem man jemand sucht und nicht finden kann, rief ich immer wieder »Iza« – und hörte nur das Echo meiner Stimme.

Dann kam von irgendwoher Geräusch, eine Fenstertür wurde aufgestoßen, und Iza erschien in der Öffnung, weiß gekleidet, mit rotem Haar, das Gesicht wie damals, vor langen Jahren in Kitzbühel, bühnenbunt geschminkt. An ihr sah ich, wie alt ich selbst geworden war, denn man glaubt ja immer, daß nur die anderen altern und man selbst unverändert bleibt. »Sie kommen gerade zur rechten Zeit, um über die Typhusepidemie zu berichten«, sagte sie und führte mich in den teppichbelegten Raum, der sein Licht von der offenen Tür und einer Öllampe erhielt, deren Schirm ein Panamahut war. Ein Diener brachte Getränke und Iza erzählte. Sie konnte wunderbar lebendig erzählen. Ich glaube nicht, daß ich ohne sie so viel von Marokko gehört und gesehen hätte.

Sie erklärte, es hätte keinen Zweck, mich impfen zu lassen, denn wenn ich Pech hätte und das Schicksal es wollte, hätte ich mich im Autobus angesteckt, der Brutofen für Bazillen, Flöhe und Läuse war.

Die Epidemie hatte ihren Höhepunkt erreicht, wie ein Freund von ihr, Arzt am hiesigen Hospital, erzählte. Von ihm hörte ich auch, daß die Eingeborenen sich gegen die Impfung gesträubt hätten. Dann setzte mit einemmal ein Sturm von Impfsuchenden ein, worauf zahlreiche unerklärliche Todesfälle folgten. Die Ursache wurde erst nach einiger Zeit entdeckt: die wohlhabenden Sheiks, die sich nicht impfen lassen wollten, hatten die ärmeren Eingeborenen bezahlt, damit sie sich an ihrer Stelle impfen ließen. Auf diese Weise erhielten derselbe Mann und dieselbe Frau mehrere Spritzen und starben an der Überdosis. Nun stempelte man die Arme der Leute mit unabwaschbarer Farbe, da die Impfzettel bisher von Hand zu Hand an den Meistbietenden verkauft worden waren. Die Siedlungen hinter den dichten Kaktushecken wurden schließlich abgesperrt, bis alle Bewohner geimpft und gestempelt worden waren. Es gab aber auch Bewohner, die ihre Angehörigen in der ersten Zeit der Epidemie hatten sterben sehen und sich noch rasch immunisieren lassen wollten. Weil sie es eilig hatten, zum »Medizinmann« zu kommen, zerschlugen sie die Fensterscheiben im Krankenhaus und kletterten hinein.

Es schien mir, als ob der Impfstoff nicht sehr gute Resultate gäbe, denn der Arzt war vorsichtig mit seinen Antworten, als ich ihn intensiv befragte. Ich habe mich nie in meinem Leben vor Ansteckung gefürchtet und fürchtete mich auch damals nicht. Es gab Schöneres zu tun, als sich mit Bazillenfurcht zu beschäftigen – und Flöhe wurden wollüstig ermordet. »Les petits porte-danger« wurden sie von Iza genannt.

Das Hospital war ein schöner, moderner Bau. Aber immer wieder war es der Djenah-el-Fna-Platz, der mich lockte. Dort saß ein Märchenerzähler und schnatterte, von Zuhörern umgeben, bis spät in die Nacht. Und was sang der Bettler, dem beide Hände und ein Auge fehlten? Was bot mir der geheimnisvolle Mann mit beschwörender Stimme unter einem Stück Zeitungspapier verborgen an? Und wie konnte ich den Verkäufer mit dem Baby-Kamel loswerden, das ich bewundernd gestreichelt hatte – dies wollige Riesenspielzeug, das er mir durchaus verkaufen wollte? Tagelang lauerte er mir vor dem Hotel auf, bot es als Gelegenheitskauf an. Von Tag zu Tag wurde es billiger, und die Hotelbesitzerin wurde von Tag zu Tag ärgerlicher, weil so viel Kameldung von Mutter und Kind vor dem Eingang lag. Das seidig-braune Geschöpf mit den großen, dunklen, schläfrigen Augen lockte mich, sehr zu Izas Vergnügen. Sie riet mir, es mitzunehmen und es – irgendwo – an einen Zirkus zu verkaufen. Schließlich sah ich eines Morgens vom Fenster aus Mutter- und Baby-Kamel in einer Karawane vorüberziehen. Der Händler blickte auf, fragte: »Ti veux jolie bête, Madame?«, und als ich den Kopf schüttelte, zog er weiter dem Atlas zu.

Das Schönste war, mit Iza in die Wüste, den »bled«, zu reiten, von dessen Melancholie so viel geschrieben worden ist – und vom Heimweh der Fremdenlegionäre, dieser Männer, die aus irgendeinem Grund untertauchen wollen oder müssen und die unter dem Namen geführt werden, den sie angeben, ohne daß man ihrem wirklichen Namen nachforscht. Ich lernte einige von ihnen kennen, kräftige, abenteuerlustige Burschen, die nie von ihrer Vergangenheit sprachen. Unter ihnen war ein europäischer Prinz, dem sein Prinzentum zu langweilig gewesen war und der jetzt tun konnte, was ihm in seinem Prinzenleben verboten war: kämpfen, raufen, saufen. Am besten gefiel mir ein junger Franzose mit vollendeten Manieren, der etwas von seinen wilden Kumpanen abstach. Er erwähnte einmal, daß er Ingenieur gewesen wäre, bis *das* passierte. Aber was passiert war, erzählte er nicht. Ich fragte auch nicht danach.

In dieser Atmosphäre von Orient, Abenteuer, Lärm und Buntheit, mit dem abendlichen Ruf des Muezzin von der Koutoubia, mit dem fern schimmernden Atlasgebirge, rückte Europa, rückte Deutschland in weite Ferne. Ich spürte, erfaßte immer mehr von dem Land, das mein Vater sein Leben lang sehen wollte und das für ihn Orplid geblieben war.

Konnte man aber Europa völlig vergessen? Und wenn man es vergessen hatte, warum dann immer dies Warten auf Zeitungen, die meistens eine Woche alt oder noch älter waren? Warum zuerst die politischen Nachrichten lesen, statt Witzblätter und Magazine? Warum las ich im Café, beim abendlichen Apéritif, über Politik, über die Lage in Spanien, deutschen Terror, Konzentrationslager, Meuchelmorde und Selbstmorde? In Marrakesch erreichte mich auch die Nachricht von einem Selbstmord, der mir sehr nahe ging: Julia Koppel hatte sich vor ihrer, wohl notwendig gewordenen Abreise von Berlin das Leben genommen – man fand sie tot am Tag der Abreise nach Dänemark neben ihrem Gepäck. Es berührte mich tief, sie war eine außergewöhnlich kluge Frau gewesen, die mit allen Fasern an Deutschland, an Berlin hing, obwohl sie halbe Dänin war. Martha von Zobeltitz, die bald selbst ins Ausland fliehen mußte, sandte mir die kleine Todesanzeige.

Tagsüber sah ich mich um – es gab so viel zu sehen, vor allem immer wieder den Marktplatz und das Märchentreiben. In den heißen Mittagsstunden hielt ich Siesta oder arbeitete. Ich hatte für die drei Blätter einen Serienbericht geschrieben, auch das ›Pariser Tageblatt‹ nahm einige Feuilletons. Abends traf ich mich mit Iza und Bekannten im Café, saß dort unter einem tief herabhängenden, sternbesäten Himmel, während ein heiseres Grammophon krächzte: »Rosalie, elle est partie, et depuis ce jour, j'ai l'mal d'amour«, denn dieser Schlager, den ich vor Jahren zum erstenmal in Marseille hörte, hatte Marrakesch endlich erreicht.

Ein Zufall riß mich aus der geruhsamen Atmosphäre von langen Gesprächen, Arbeit, Ritten, Wanderungen, Entdeckungen in die Gegenwart. Ich saß mit Iza in unserem kleinen Stammcafé. Ein würdevoller Häuptling, schneeweiß gewandet, mit herrlich bestickten Lederpantoffeln, hatte einen kleinen Radioapparat neben seiner Mokkatasse stehen und lauschte andächtig auf die gutturalen Bauchredner-Töne, die aus ihm quollen. Mit einemmal verstummte die Stimme und ein Marsch erklang. Ich horchte auf – es war »Die Fahne hoch, die Reihen dicht geschlossen«, das Horst-Wessel-Lied. Iza sah mein Erschrecken und sagte, es wären Volksempfänger, die den Stammeshäuptlingen und wichtigen marokkanischen Oberhäuptern von der deutschen Regierung geschenkt würden, um in allen Dialekten für den Nationalsozialismus Propaganda zu machen: »Den Marokkanern werden alle Schätze der Erde versprochen, wenn Hitler in Marokko einzieht. Er läßt sich wie ein Prophet ankündigen, und die Marokkaner freuen sich kindisch über das geschenkte Radio.«

Als der alte Mann zu uns herübersah, sagte Iza ein paar Worte zu ihm und wir kamen ins Gespräch, denn er kannte den Arzt, der bei uns saß. Er sprach fließend französisch, und ich erfuhr von ihm, daß da »un grand homme« wäre, der besonderes Verständnis für Marokko hätte und den Marokkanern helfen wollte.

»Un homme plus grand que Lyautey«, fügte er hinzu. Dann bestieg er sein Kamel, das im Schatten wiederkauend wartete, den kleinen Kasten mit der Bauchrednerstimme an seinen Burnus gepreßt. Das Radio vor sich am Sattel befestigt, ritt er in die Wüste, nachdem er noch einmal gesagt hatte, daß »le grand homme« alle unterdrückten Völker befreien würde.

Da war wieder diese seltsame Analogie: der Kaiser hatte auch einmal Marokko erobern wollen, jetzt wollte Hitler Marokko erobern. Die unterdrückten Völker, die er befreien wollte, schwätzten unterdessen in völliger Freiheit auf dem Marktplatz, tanzten, handelten, feilschten, fingen ihre Flöhe geschickt ab, sangen, zauberten, erzählten Märchen und ahnten nichts von Blut, Boden und Rassenhaß.

»Der Kerl kommt einem überallhin nach«, sagte ich zu Iza.

»Und außerdem ist er totalement impotent«, meinte sie, die junge, kräftige Männer gern hatte.

Ich dachte, viele Kamele hören auf diese Weise Goebbels' Verheißungen – und seine Drohungen gegen die degenerierten Franzosen. Wie lange würde es dauern, bis »Juda verrecke«, »Marokko erwache!« von braunen »Erlösern« geschrien würde?

Bald darauf las ich im ›Manchester Guardian‹ einen Bericht über die Lage in Österreich. Da war ein Satz, der mich trotz der sommerlichen Wärme frösteln ließ: »The shadow of the Swastika is falling over Austria.«

Europa packte mich wieder, das so fern gerückt war. Ich wurde unruhig, hatte mit einemmal Sehnsucht nach Wien, nach den Gegenständen, die ich schon für meine neue Wohnung gekauft hatte und die auf Emma Löwys Dachboden verstaubten. Ich wollte die Stadt, die ich liebte, noch einmal sehen, ehe ihre Heiterkeit ausgelöscht, ihr geruhsamer Rhythmus martialisch überdröhnt wurde.

Als Iza mich am nächsten Tag zum Reiten abholte, fragte sie mich, was mit mir los wäre. Ich hatte die Nacht nicht geschlafen, war müde und übernächtig und erwiderte bloß, ich hätte keine Ruhe mehr, seitdem ich diesen Satz in der Zeitung gelesen hätte. »Wollen Sie den Anschluß aufhalten?« fragte sie, die Österreich liebte. »Nein, aber ich muß nach Wien.« Sie lachte nicht, weil sie mich verstand.

Ich fuhr am nächsten Tag im Autobus nach Casablanca zurück und von dort nach dem herrlichen Rabat, über das ich noch schreiben wollte. Aber weder die Zaubergärten um Lyauteys

Residenz, noch der Sultanspalast, noch die jungen Störche, die ihre ersten Flugversuche auf dem Stadttor machten, noch die Märchenatmosphäre im Bazar machten mir Freude, noch tat es mir leid, afrikanische Wärme mit europäischem Winter zu vertauschen. Ich schrieb abends noch einige Berichte, sandte sie ab. Und ging an Bord des kleinen Dampfers, als wären Hitler und seine Gangster schon hinter mir her.

Flucht aus der Hölle (1938)

Ich ging im Sommerkleid an Bord, zog meine Winterkleider im Mittelmeer an und stand fröstelnd eine Woche später auf dem Südbahnhof. Wien war völlig eingeschneit. Es gab keine Taxis, der Gepäckträger riet, mit der Trambahn zu fahren und mein Gepäck am nächsten Tag holen zu lassen. Während ich noch mit ihm sprach, tauchte eine dunkle Gestalt, ein Fiaker-Kutscher im Pelerinenmantel auf, lüpfte den Zylinder, bat devot: »Fahrens halt mit an Gummiradler, Gnädigste, meine Rösser brauchen an Hafer, 's Geschäft is schlecht für Unsereinen, die Benziner nehmen alle Kundschaft, weils keinem rasch gnug gehn kann.«

Als ich vor fünf Jahren in Wien angekommen war, wurde mir auch ein Gummiradler angeboten, den ich mir nicht leisten konnte. Jetzt nahm ich den Gummiradler, der Kutscher breitete eine Decke mit eingesticktem Monogramm über meine Knie, die Schimmel trabten gemächlich die Prinz-Eugen-Straße hinunter, am Rothschild-Palais mit dem schönen Tor vorüber. Das Gefährt roch nach Leder, Pferden und einem Putzmittel. Es hatte bessere Tage gesehen, eine geruhsamere Zeit, die Schnitzler beschrieb und über der ein langsamer Walzer schwebte. Die Kärntnerstraße war ein Schneefeld und menschenleer. Nur ein paar vermummte Gestalten drängten sich bei der Auslage des »Deutschen Reisebüros«, starrten auf das Hitlerbild, das grell angestrahlt war.

Ich war wieder im vertrauten Raum, mit der Aussicht auf Kapuzinerkirche, Neuen Markt auf der einen Seite und einem Eck der Kärntnerstraße auf der anderen, in der drei Leuchtschilder hingen: BÜSTENHALTER BANK TANZBAR.

Freunde und Bekannte waren erstaunt, daß ich einen Monat früher als geplant zurückkam, bloß weil ein Artikel in einer englischen Zeitung mich erschreckt hatte. Ich wurde wieder einmal preußische Defaitistin genannt, ausgelacht, das Arztpaar Weinmann behandelte mich wie eine Patientin und redete mir gut zu: Auslandszeitungen übertrieben, Starhemberg und Schuschnigg würden schon alles richten. Aber ich sah immer mehr bekannte Symptome: größere Trupps weißbestrumpfter Burschen, hörte das Horst-Wessel-Lied, sah Hakenkreuze und »Juda verrecke« an Mauern und Zäunen aufgemalt. Der Kellner im Café Sacher erklärte mit einemmal, daß er mit den »Nationalen« sympathisiere. Der Hausmeister, der bisher behauptet hatte, die »ausg'schamten Braunhemdler« kämen ihm nicht über die Schwelle, trug das Hakenkreuz im Knopfloch und erklärte, er wäre schon seit Jahren »bei der Partei« und es gäbe zu viele Juden.

Dann hieß es, Hitler hätte Schuschnigg zu sich nach Berchtesgaden eingeladen. Die Auslandszeitungen schrieben, er wäre unter Drohungen dorthin befohlen worden, und Papen, der in Wien verhaßte deutsche Botschafter, hätte ihn dorthin begleitet. Das Kommuniqué über den Besuch war allgemein gehalten. In Wirklichkeit hatte Hitler, von martialischen Generalen umringt, gefordert, daß Doktor Seyß-Inquart zum Minister für Sicherheit ernannt werden müßte, daß den Nazis Sitze im Parlament gegeben und die anläßlich des Dollfuß-Mordes entlassenen Beamten wieder eingestellt werden sollten. Schuschnigg kehrte am 12. Februar nach Wien zurück.

Am Benehmen der Weißbestrumpften sah man, daß sie sich sicher fühlten. Mit einemmal erschienen auch unverkennbar deutsche Gestalten mit kurzgeschnittenem Haar, herrischem Benehmen und norddeutschen Stimmen – der Vorschub, die Wühlmäuse für die geplante Invasion. Daß Schuschnigg mit dem Einmarsch deutscher Truppen in Österreich gedroht worden war, falls er die »unterdrückten deutschen Brüder« nicht in Freiheit setzte, erfuhr man durch die Auslandspresse, die noch ungehindert verkauft wurde. Hitler hatte auch verlangt, daß Nazis auf Wunsch in Starhembergs Vaterländische Front eingereiht werden sollten, um dort »ihre legale Aktivität zu entwickeln«. Die Vaterländische Front war aber für ein unabhängiges Österreich – und Hitler hatte sich 1936 »feierlich verpflichtet«, diese Unabhängigkeit zu achten, was ein Widersinn war, da er diese Unabhängigkeit vernichten wollte. Ferner hatte er gefordert, daß hundert Reichswehroffiziere in die österreichische Armee aufgenommen werden müßten. Schuschnigg hatte erwidert, er müßte die deutschen Forderungen mit dem Präsidenten besprechen.

Die Nazis krochen jetzt lärmend aus ihren Schlupflöchern, beherrschten die Straßen, marschierten mit Gesang herum, belästigten Passanten, drängten sie nachts von den Gehsteigen, ballten sich in andächtigen Knäueln vor dem »Deutschen Reisebüro« und starrten auf das Hitlerbild.

Die alte Emma Löwy sagte immer wieder: »Wäre es nicht doch besser, wenn ich in die Donau ginge, Kindel? Die Nazis kommen, was werdens mit mir anfangen?« Ich versuchte wieder, sie mit den Phrasen zu beruhigen, die meine unbekümmerten Freunde echoten: in Österreich würde alles nicht so schlimm werden, alles würde im Sand verlaufen, wenn die erste Begeisterung sich gelegt hätte, schließlich wären die Deutschen nicht *so* beliebt.

Kauder schrieb aus Prag: »Packen Sie Ihre Koffer, ehe es zu spät ist.« Ola schrieb: »Die Nazis wühlen in Prag.« Ich packte meine Koffer aber nicht und blieb, obwohl keine wichtige persönliche Bindung mich hielt, nur Liebe zu Wien, zur Umgebung, zum kleinen Freundeskreis – und weil ich nicht wußte, wohin ich gehen sollte.

Die Erregung in der Stadt wuchs. Schuschnigg erkannte, daß Klarheit geschaffen werden mußte, ob das österreichische Volk den Anschluß an Deutschland wollte oder nicht. Und so verkündete er am 9. März, daß eine Volksabstimmung am 13. März bestimmen sollte, ob Österreich selbständig bleiben oder »Ostmark« werden sollte.

Lastwagen fuhren geschmückt mit der österreichischen Fahne und mit Musik und Gesang durch die Straßen, Vaterländler riefen in Sprechchören: »Rotweißrot bis in den Tod« und »Für ein freies, unabhängiges Österreich!« Die Österreicher sind labile Menschen – sie jubelten den »Vaterländischen« zu, riefen aber auch: »Ein Volk, ein Reich, ein Führer!«

Hitler wurde durch die Ankündigung des Plebiszits in Raserei versetzt. Wie Schuschnigg später in seinem Buch ›Österreichisches Requiem‹ berichtet, fürchtete Hitler, daß die Abstimmung seine Absichten auf Machtergreifung in Österreich verhindern und die Schwäche der österreichischen Nazis offenbaren würde – die zwar randalierten, aber vielleicht nur eine Minderheit waren.

Auf ein zwischen Seyß-Inquart und Göring verabredetes Telegramm hin, in dem Seyß-Inquart als »Minister für Sicherheit«

Göring um Hilfe gegen die drohende »rote Gefahr« bat, gab Hitler den Befehl zur Mobilisierung der längst an der Grenze einmarschbereit stationierten deutschen Truppen. Die von Deutschland eingeschleusten Störungstrupps deutscher Nazis und die seit dem Dollfuß-Mord dort im Exil lebenden österreichischen Parteimitglieder sorgten dafür, daß lärmende Pöbelhaufen Tag und Nacht herumzogen, meistens über den Opernring zur Kärntnerstraße.

Ich ging am Nachmittag des 11. März zu meinen Freunden Weinmann, die beim Kaffee saßen und ein Mozartkonzert aus Salzburg anhörten. Sie waren noch immer unbesorgt und erklärten, ich solle erst einmal »ein Schalerl Kaffee« trinken. Von ihnen erfuhr ich, daß Schuschnigg am Abend sprechen würde. Der Kaffee schmeckte mir nicht. Ich war unruhig.

Als ich in der Dämmerung des Märznachmittags vom Votivplatz aus den Ring erreichte, wurde ich in einen schreienden, singenden, hysterischen Pöbelhaufen gerissen und zum Opernplatz geschwemmt. Hakenkreuzfahnen wurden geschwenkt, Hakenkreuzfahnen hingen von den Bäumen, Lastwagen der Vaterländischen Front, die den Ring überqueren wollten, wurden angehalten und ausgepfiffen. Ihr verzweifelter Ruf »Rotweißrot bis in den Tod« wurde vom Gebrüll »Ein Volk, ein Reich, ein Führer« übertönt, wurde ausgelöscht, wie das Land selbst ausgelöscht und in das Dritte Reich aufgesogen wurde.

Auf dem Opernplatz war der Verkehr stillgelegt. Dichte Menschenmassen drängten sich dort, kreisten ziellos schreiend herum. Eine Trambahn ohne Fahrer und ohne Fahrgäste stand verlassen inmitten des Durcheinanders. Und mit einemmal erschienen stramm marschierende Trupps von Braunhemden, mit riesenhaften Hakenkreuzfahnen und Musik, eine komplette Komparserie gut gedrillter deutscher Nazis, die stürmisch begrüßt wurden, hinter ihnen eine Truppe Hitlerjugend, neu eingekleidet.

Es gelang mir, an die Außenseite des Menschenstromes zu gelangen und die Tegetthoffstraße zu erreichen, in der Betty Dworzak wohnte. Sie saß mit einer Verwandten, der alten Köchin, den Mädchen und einem jungen Offizier im Wohnzimmer und hörte die Schuschniggrede an. Ich hörte bloß die letzten, mit verzweifelter Stimme gesprochenen Sätze, daß er der Gewalt weichen müsse, da er Blutvergießen zwischen Deutschen verhindern wollte, dann: »Gott schütze Österreich« – und gleich darauf sein empörtes: »Aber, meine Herren!«, als die Gestapo ihn packte und verhaftete. Für ihn begann in diesem Augenblick eine jahrelange Haft in Gefängnissen und Konzentrationslagern, die er ebenfalls im ›Österreichischen Requiem‹ schildert.

Von der Kärntnerstraße her ertönten wie aus einer Theaterkulisse das Toben des Pöbels, Gesang und Musik zu uns in den 4. Stock. Aus dem Radio kamen scharfe deutsche Stimmen, dann Militärmärsche. Betty stellte es ab, wiederholte fassungslos: »Er hat gesagt, dem allenfallsigen Einmarsch der deutschen Truppen ist kein Widerstand entgegenzusetzen.« Der Offizier sagte: »Wir haben heute früh unsere Waffen abgegeben und unsere Soldaten entwaffnen müssen. Das muß sich ein anständiger Österreicher gefallen lassen, nicht mal wehren darf man sich gegen diese Lumpen.«

Vom Balkon aus konnten wir einen Teil der Kärntnerstraße überblicken – ein endloser Fackelzug zog mit Musik vorüber. Ich kannte diese Derwisch-Ekstase nur zu gut und sagte zu Betty: »Ich reise ab.« Sie fragte, wohin. Ich antwortete wahrheitsgemäß, daß ich es noch nicht wüßte.

Der junge Offizier sagte, die Grenzen im Norden wären bereits gesperrt, damit die Truppenzüge anrollen könnten. Nur die südliche Grenze wäre noch offen.

Ich sagte: »Dann fahre ich nach Italien«, und nahm Abschied von Betty. Sie bat mich, ihr bald meine Adresse zu schreiben, und zwar so, als wäre ich ihre im Ausland lebende Verwandte. Die Furcht, die ich in Berlin erlebt hatte, war schon da.

Die alte Köchin sagte plötzlich: »Der ganze Kaffee ist ausverkauft. Wie die Heuschrecken sinds von Deutschland gekommen, um zu plündern, und Butter gabs heute auch keine mehr.«

Ich ging in die Marco d'Avianogasse. Der Hausmeister stand vor der Tür, neben einem SA-Mann, und blickte zur Kärntnerstraße, auf den heulenden, singenden Menschenstrom, der über die Fahrbahn floß, auf die riesenhaften Hakenkreuzfahnen, die überall wehten. Er grüßte mit scharfem Heil Hitler, der SA-Mann musterte mich, fragte: »Haben Sie nichts vom deutschen Gruß gehört, Sie?«

Ich antwortete, ich wäre keine Deutsche. Er versperrte mir die Haustür, wollte meinen Ausweis sehen. Ich zeigte meinen dänischen Paß, den ich in den letzten Tagen bei mir trug.

»So – Ausländerin?« sagte er wegwerfend.

»Wohnt bei der Jüdin Löwy«, fügte der Hausmeister hinzu.

Ich ging an ihnen vorüber. Emma Löwy begrüßte mich fassungslos: »Ich habe geglaubt, der Mussolini wird verhindern, daß der Hitler kommt, aber der läßt uns auch im Stich.«

Mussolini hatte 1934 seine Truppen an den Brenner gesandt, als Dollfuß ermordet wurde, und Österreich seinen Schutz gegen jede Bedrohung seiner Unabhängigkeit versprochen, was den Anschluß damals verhinderte.

»Niemand hilft uns. Ich möchte fort, Kindel, aber ich trau mich nicht aus dem Haus, der Hausmeister ist seit heute Hauswart und spekuliert schon lang auf meine Wohnung für einen Bekannten. Ich hätt doch lieber in die Donau gehen sollen, die Juden sollen aus ihren Wohnungen vertrieben werden.«

Das Mädchen Anna half mir beim Packen. Ich schenkte ihr alles, was ich für meine geplante Wohnung gekauft hatte, Wäsche und Decken und einen kleinen Teppich, Stehlampen, Geschirr, die Couch, Vorhänge. Sie nahm es unter der Bedingung an, daß sie es für mich aufheben dürfte, bis ich wiederkäme.

»Ich komme nicht wieder, Anna.«

»Wartens halt noch, es wird schon nicht so schlimm werden. Die meinens net so, sind halt junge Burschen, mein Hansl sagt, jetzt wird Ordnung gemacht.«

»Ich kann unter den Nazis nicht leben – und will nicht unter ihnen sterben.«

Am liebsten wäre ich schon mit dem Nachtzug nach Italien abgereist. Aber ich mußte erst Geld von der Bank abheben, wollte Honorare für die letzten Marokko-Artikel abholen, mußte mich um das kümmern, was ich stolz mein »Kapital« nannte. Vielleicht war es schon beschlagnahmt.

Als ich fertig gepackt hatte, rief ich Weinmanns an. Er war am Telefon, sagte bloß: »Wir packen.« Ich rief einen anderen guten Bekannten an, einen Ingenieur. Er sagte: »Wir sind gerade beim Packen, es hat keinen Zweck, hier zu bleiben.« Sowohl er wie Weinmanns gingen nach Amerika. Weinmann wurde dort ein berühmter Kieferspezialist und Professor am Chicagoer Institut, seine Frau Spezialistin für Kinderlähmung.

Ich hatte zwar fertig gepackt, ging aber nicht zu Bett, sondern saß die Nacht hindurch auf dem bunten Sessel, den Betty mir zum Einzug in Emma Löwys Kabinett geschenkt hatte. Ich liebte das kleine Zimmer mit der zu großen Couch, der Eichenlampe, den bunten Decken und dem bescheidenen Waschtisch, unter dem mein kleiner Brikettvorrat und Kleinholz hinter buntem Vorhang aufgestapelt waren – dieser Skihüttenbetrieb, mit dem Wassertopf in der Öffnung vom braunen Kachelofen, der leise vor sich hinsang, kleine Heimat, die jetzt vom Toben des Pöbels gestört und zerstört wurde.

Ich schlief keinen Augenblick. Rauchen wäre gut gewesen, aber ich rauchte nicht. Noch besser wäre, jemand um sich zu haben – aber es war niemand da. Das so oft »gebrochene Herz« trug nur noch alte Narben, die längst verheilt waren, keine neuen Narben.

Da es noch zu früh war, auf die Bank zu gehen, ging ich in das Café Sacher. Ich war der einzige Gast, der Kellner begrüßte mich mit überlautem Heil Hitler, das seltsam im leeren Lokal klang, und brachte die neuesten Zeitungen. »Ausländische sind doch nicht gekommen, werden wohl auch kaum mehr kommen, bringen ja nur Lügen«, meinte er.

Die Zeitungen veröffentlichten Schuschniggs Rede und fett gedruckt die Mahnung, den deutschen Truppen bei ihrem »allenfallsigen Einmarsch« keinen Widerstand entgegenzusetzen. Es wurde ferner verkündet, daß der Führer am kommenden Sonntag seinen Einzug halten und das Orchester der Staatsoper vor dem Opernhaus festliche Musik spielen würde. Wie ein übereifriger Journalist prophetisch voraussagte: »Des Führers Lieblingsmusik, der Badenweiler Marsch und der ›Einzug der Gäste in die Wartburg‹, dürfte erklingen.«

Später las ich in Italien, daß die Musiker tatsächlich im Märzenwind vor der Oper gesessen, den Einzug der Gäste auf der Wartburg und den Badenweiler Marsch für den Mann gespielt hatten, der vor Jahren, als Obdachloser, durch die Straßen dieser Stadt gewandert war – die jetzt so dicht für ihn beflaggt waren, daß man die Bäume am Ring, die Häuser kaum sehen konnte. Von Schuschniggs Verhaftung war kein Wort zu lesen. Er war verschwunden, wurde nicht mehr erwähnt, war bereits in Einzelhaft.

Ich trank zum letztenmal in der kleinen Nische meinen Kapuziner verkehrt, dann ging ich zu einem Privatbankier, an den mich Freunde einmal empfohlen hatten. Er wies mit der Hand auf einen Stuhl, während er angestrengt am Telefon horchte, sagte dann auf englisch: »Ihr könnt uns doch nicht im Stich lassen. Ihr habt doch versprochen. Nein, Mussolini rührt sich nicht. Ja, die Truppen sollen gegen Abend hier einmarschieren – so tut doch etwas.« Er sprach sehr wienerisches Englisch, versprach sich, verbesserte sich, sagte schließlich: »Also von aller Welt verlassen und *dem* Mann ausgeliefert« – und hängte ab.

»Ich habe eben mit einem englischen Bankier gesprochen. Die City bedauert uns, sie ist very sorry, ganz England ist very sorry – das ist alles.«

Ich fragte ihn, was ich mit meinem Geld tun sollte.

»Sie haben Austria Loan, Gnädigste. Hätten Sie längst verkaufen sollen und das Geld loco London überweisen lassen. So viel Bargeld wie möglich in Devisen abheben, wenn es noch geht. Hätten Sie mich damals gefragt, wie Sie es anlegen sollen, hätte ich gesagt: War Loan – England ist sicher, das Pfund ist sicher. Wenn England zugrunde geht, geht ganz Europa zugrunde. Österreich stirbt.« Er verabschiedete mich zerstreut, griff zuerst nach einem, dann nach dem anderen Telefon, meldete ein Gespräch nach Paris, ein anderes nach London an. »Solange man noch mit dem Ausland telefonieren kann«, sagte er mehr zu sich selbst als zu mir.

Ich stand auf der Straße. Ein Trupp Hitlerjugend mit einer riesenhaften Fahne marschierte vorüber. Der Anführer stürzte auf mich zu, brüllte mich an: »Grüßen Sie – oder sind Sie ein Judenschwein?« Ich stellte mich taub, besah mir eine Auslage. Er schlug auf meine Schulter, ich wandte mich um, sagte auf dänisch: »Was wollen Sie?« Er zuckte die Achseln, lief seiner Truppe nach.

Meine Bank war in der Kärntnerstraße, die mit denselben tobenden, singenden, siegheilrufenden Menschen wie am Vortag erfüllt war. Ein Musikzug nach dem anderen marschierte vorüber – oder waren es immer dieselben Komparsen, in neuen SA-Uniformen mit Riesenfahnen, die die Kärntnerstraße immer wieder von Seitenstraßen, vom Opernring aus erreichten, um den Eindruck zu erwecken, daß »Abertausende« sich solidarisch mit dem Führer erklärten?

»Vergessen Sie nicht, es gibt kein Österreich mehr, nur eine Ostmark«, hatte der Bankier gesagt. Vor der Bank stand eine Menschenschlange und wartete auf das Öffnen der Eingangstür. Ich hatte das alles schon einmal erlebt: 1923 in München, dann 1933 in Berlin. Alles war ein flashback in die Vergangenheit.

Der rundliche Bankbeamte Riegerl war mein Freund. Er nahm mich beiseite, sagte, nein, die letzten Honorare für meine Marokko-Serie wären noch nicht überwiesen, fügte leise hinzu, wer weiß, wann sie überwiesen würden. Man wüßte nichts Genaues, denn das ›Neue Wiener Tageblatt‹ – er vollendete den Satz nicht. Ich wußte, was er meinte: das ›Neue Wiener Tageblatt‹

würde gleichgeschaltet, jüdische Redakteure entlassen werden, auch dieser liebenswerte Doktor Steyerer, der sich bald darauf das Leben nahm.

Ich sagte, was mir der Bankier geraten hatte: ich müßte geschäftlich nach London reisen, brauchte unbedingt dort Geld und wollte deshalb meinen Austria Loan verkaufen, das Geld sollte loco London überwiesen werden. Er sah mich bloß an: »Wenns noch geht, die Kurse sinken rapid, wir wissen nichts.«

Ich sagte: »Verkaufen Sie alles, bitte.« Und ließ mir an Bargeld auszahlen, was noch auf meinem Konto stand. Er versprach, den Erlös der Papiere loco London gutschreiben zu lassen. Riegerl schüttelte mir die Hand, sagte betont laut, damit die Nachdrängenden es hören konnten: »Also, auf Wiedersehn, nächste Woche, Gnädigste, werde alles besorgen.«

Als ich auf der lärmenden Kärntnerstraße stand, dachte ich, ob es wohl richtig war, Geld nach London überweisen zu lassen, wo ich doch vorläufig nicht dorthin, sondern nach Italien fahren wollte, denn ich hatte nicht die Absicht, nach England zu reisen. Aber ich wollte mich nicht wieder in die Menschenschlange einreihen, die vor der Bank nachgewachsen war und sich bescheiden an die Hauswand drückte, um die Demonstranten nicht zu behindern.

Deutsche Polizisten standen an den Straßenkreuzungen und versuchten, den Verkehr zu regeln. Da man in Österreich links fuhr, die Polizisten den Verkehr aber rechts zu leiten versuchten, war das Chaos noch größer, und die Hüter der reichsdeutschen Ordnung signalisierten wie Ertrinkende im Menschenstrom.

Ich dachte an die Fotografie einer schönen österreichischen Landschaft, unter der Verse standen, die ungefähr lauteten:

»Und immer wieder, wenn der Zeiger der Geschichte
Mit seinem Finger warnend aufwärts wies,
Stand dieses Volk der Tänzer und der Dichter
Wie Gottes Engel vor dem Paradies.«

Aber das Volk der Dichter und Tänzer war, genau wie das Volk der Dichter, Denker und Komponisten nur eine bösartige Masse entfesselter Teufel, die erregt und aggressiv auf- und abmarschierte, Siegheil und Heil Hitler schrie, als gäbe es nur diese Rufe; eine Masse, die das Horst-Wessel-Lied brüllte, als gäbe es nur noch dieses Lied, eine Masse, aus der verzerrte Gesichter wie Masken beim Haberfeldtreiben auftauchten. Und da war jene unvergeßliche Frau im grünen Mantel, die ihre Brust mit unzähligen kleinen Hakenkreuzbroschen gepanzert hatte, ein paar Schritte vorwärts ging, dann kehrt machte, wieder marschierte, wieder kehrt machte, in der einen Hand eine Hakenkreuzfahne, den anderen Arm im »deutschen Gruß«, wie einen Pumpenschwengel auf- und abbewegend. Sie war heiser vom Heil-Hitler-Schreien.

Ich bog in den Neuen Markt ein. An der Ecke stand eine kleine Gruppe von SA-Leuten um ein altes Ehepaar, das mit Putzlumpen bewaffnet den Gehsteig wusch, den die Uniformierten besudelt hatten. »Na, vorwärts, Judenschwein, sonst . . . wir noch mal«, riefen sie ihnen zu. Die alte Frau, mit wirrem grauem Haar, blickte nicht auf, scheuerte weiter, ihr Mann tauchte seinen Putzlumpen in den Eimer, der zwischen den gespreizten Beinen des einen SA-Mannes stand. Es waren die Inhaber eines kleinen Ladens, vor dessen schöner Auslage ich oft gestanden hatte. Ich weiß nicht, ob ich etwas sagte, der eine SA-Mann wandte sich um, schwang eine Reitgerte, schrie mich an: »Weitergehen oder –«

Ich wollte zum letztenmal in die Kapuzinerkirche gehen, um dem bunten Antonius mit dem lächelnden Christuskind Adieu zu sagen. Aber die Pforte war verschlossen. In der Nebengasse traf ich den Pater Gruftmeister mit verschwollenem Gesicht: »Die armen Kinder haben gedacht, ich bin ein Jud, weil ich einen Bart trag, und wollten ihn ausreißen«, flüsterte er und huschte in die Klosterpforte, ehe ich mich verabschieden konnte.

An der Tür des Geschäfts, in dem ich mir immer Abendessen kaufte, stand der Besitzer. Seine Auslage, der Verkaufstisch waren leer, die Heerschar von Würsten, die stets von der Decke herabhing, verschwunden: »Ausverkauft, Gnädigste, deutsche Touristen haben eingekauft, Heil Hitler«, sagte er und drehte den Schlüssel um.

Der Hausmeister stand wieder mit zwei SA-Leuten vor der Eingangstür und beobachtete das alte Ehepaar, das den Gehsteig scheuern mußte. »Die da wohnt bei der Jüdin Löwy«, sagte der Hausmeister wieder.

»Ausweis vorzeigen«, sagte der SA-Mann.

»Sie haben ihn gestern gesehen.«

»Maul halten, Ausweis zeigen«, brüllte er. Ich zeigte wieder meinen dänischen Paß, er blätterte herum, stutzte, fragte: »Sie waren in Frankreich, zu welchem Zweck?«

»Beruflich.«

Er war unsicher, trat schließlich zur Seite, ließ mich hinein, rief mir nach: »Eine anständige Frau wohnt nicht bei Juden.«

Emma Löwy stand zitternd im alten Schlafrock auf dem Hausflur. Sie war in den letzten Stunden ein kleines, graues Gespenst geworden: »Ich hätt doch lieber gestern in die Donau gehen sollen, Kindel, wär besser gewesen.« Ich versuchte, sie zu beruhigen, gab ihr die Miete für April und Mai. Sie sagte: »Wenn ich bloß mitfahren könnt. Was nützt mir das Geld, wenns mich holen.« Sie wollte es mir zurückgeben, ich bat sie, es zu behalten, als Dank dafür, daß ich so gern bei ihr gewohnt hatte. Sie brach in Tränen aus, steckte zögernd die Geldscheine in die Tasche ihres alten, schäbigen Schlafrocks, der einmal grüner Samt gewesen war und jetzt, verblaßt, abgeschabt, wie ein Baumwollfetzen um sie hing.

Das Mädchen Anna meldete, »ein Herr« hätte nach mir gefragt. Nein, er hätte keinen Namen hinterlassen, würde später anrufen. »Gfallen hat er mir nicht, war ein Deutscher«, fügte sie hinzu.

Ich erschrak, denn meine Bekannten hinterließen immer ihren Namen oder die Telefonnummer, und sagte: »Ich schaffe mein Gepäck jetzt schon auf die Bahn.« Sie fing an zu weinen, bat: »Bleibens noch ein bisserl, wenigstens bis der Zug geht, ich mach einen guten Kaffee für Sie und Frau Löwy.«

»Es ist besser, ich gehe fort.«

Die italienische Sprachlehrerin erschien, drückte mir einen Umschlag in die Hand, sagte verlegen: »Es sind nur zwanzig Schilling – bitte, nehmen Sie sie, ich weiß, Sie brauchen Geld.« Ich sagte: »Ich habe genug für die Fahrkarte und für die erste Zeit.« Sie zwang mich, das Geld zu nehmen, fragte, wohin ich in Italien fahren wollte, gab mir die Adresse einer Kusine. Ich dachte an Alice Berend, an Alfred Neumann in Florenz, an die alte Freundin Ines in Positano und antwortete, zunächst nach Florenz.

Die Wohnungsklingel schrillte, zugleich wurde gegen die Tür gehämmert und »Aufmachen!« gerufen. Anna öffnete, der Hausmeister stand mit den zwei SA-Männern da. »Wohnt hier die Jüdin Löwy?« fragte der eine SA-Mann. Die anderen Mieter erschienen, standen regungslos wie Wachsfiguren in ihren offenen Türen. »Frau Löwy wohnt hier«, sagte Anna.

Aus der offenen Tür, die früher einmal zum Modesalon geführt hatte, kam die kleine, gebückte Gestalt im verblaßten Schlafrock. »Ich bin Emma Löwy«, sagte sie.

»Mitkommen, zum Judenspaziergang!« sagte der SA-Mann.

»Ich hätt doch in die Donau gehen sollen, Kindel, ich habs gewußt«, sagte sie leise.

Sie wandte sich zu den drei Männern, sagte höflich: »Ich zieh mich nur rasch an.«

»Dazu ist keine Zeit, die Leute sollen sehen, wie das Judengesindel aussieht«, sagte der eine SA-Mann.

Ich wandte mich an ihn: »Die alte Frau hat doch nichts getan, lassen Sie sie doch hier.«

Er antwortete: »Halts Maul, oder komm selbst mit, bist wohl auch eine Judensau.«

»Lassens doch meine Gnädigste, sie wohnt seit fünfzig Jahren hier«, bat Anna.

»Ist eh zu lang«, meinte der Hausmeister.

»Wenn sie gezeigt worden ist, kann sie wiederkommen«, sagte der SA-Mann.

Emma Löwy sah mich an, ehe sie aus der Wohnungstür ging: »Danke, Kindel.«

»Derschießen sollt man die Lumpen, und hat nix zum Schießen«, sagte Anna. »Wenn mein Hansl das gewußt hätt, wär er nicht in die Partei gegangen.«

Von meinem Fenster aus sahen wir Emma Löwy in ihrem Schlafrock zwischen den SA-Männern über den Neuen Markt wandern. »Ja, der Hausmeister ist schon lang scharf auf die Wohnung für seinen Spezi vom Kolonialgeschäft«, sagte Anna.

Das Geheul von der Kärntnerstraße schwoll an, wurde leiser, brach dann wieder dröhnend aus, dazwischen ertönten Musik und Gesang. Ich mußte warten, bis endlich ein Taxi auf dem Neuen Markt erschien. »So, so, zum Bahnhof wollens. I tu nix wie Leut zum Bahnhof bringen«, bemerkte der Chauffeur und fügte hinzu, daß der Südbahnhof das einzige Schlupfloch wäre. Wir mußten einen Umweg machen, denn am Ring zwischen Helden- und Schwarzenbergplatz konnte man nicht durchkommen.

Der Bahnhof glich einem Flüchtlingslager. Gepäckstücke türmten sich, SA und Hitlerjugend musterten die Reisenden feindlich, Billettschalter waren belagert von erregten Menschen. Eine Männerstimme schrie: »Fahrkarte nach Jerusalem gefällig? Juda verrecke!«

Ich stand bei meinem Gepäck und hatte Angst – Angst, den Zug nicht mehr zu erreichen, Angst vor dieser Flucht.

Eine Zeitungsverkäuferin rief das Boulevard-Blatt ›Der Abend‹ aus – jetzt hieß es ›NS am Abend‹. Im Feuilleton-Teil, der noch nicht gleichgeschaltet war, lief noch ein Fortsetzungsroman eines jüdischen Autors.

Endlich kam ein Träger, der mein Gepäck zur Aufgabe brachte. Er sagte leise: »Einen Kollegen von mir habens heut früh verhaftet, die Bazi-Nazi, weil *er* ein Sozi ist.«

Ich stellte mich an den Schwanz der Menschenschlange, der hinter mir rasch wuchs. Als die Reihe an mich kam, bat ich um eine Karte nach Mailand. Ich wollte nach Florenz durchfahren, in der Aufregung fiel mir nur Mailand ein. Der Schalterbeamte hatte meinen Blick in die Handtasche gesehen, als ich das Geld aufzählte, meinte: »Nehmens Erster, Gnädigste, vielleicht kommens noch mit. Die Leut stehn ja schon draußen vor der Sperre an. Es soll der letzte Zug sein – wann wieder einer geht –« Und er fügte hinzu: »Kommens mindestens zwei Stunden vor Abfahrtszeit, es wird an Sturm auf die Wägen geben.«

Ich hatte noch sechs Stunden Zeit bis zur Abfahrt und ging wieder zur Inneren Stadt zurück, die sanfte Neigung der Prinz-Eugen-Straße hinunter, am Park vorüber, zum Schwarzenbergplatz, auf dem ein Menschenmeer zum Opernplatz drängte. Vielleicht war es gut, daß ich mitgeschwemmt wurde und etwas sah, das mir den schweren Abschied trotz aller Grauenhaftigkeit leichter machte: Aus der Kärntnerstraße kam ein Zug von Juden, flankiert von SA und Hitlerjugend in neuen Uniformen. Die Juden trugen Plakate auf der Brust: »Ich bin ein Judenschwein«, »Ich habe ein deutsches Mädchen geschändet«, »Ich habe mich beschwert und werde mich nicht mehr beschweren«. Einige Männer trugen noch Schlafanzüge unter Mänteln, etliche Frauen ihre Schürzen. Ein Mann ging in Unterhosen, bloßfüßig. Der Pöbel heulte vor Freude, schrie: »Juda verrecke!«

Ich hatte Angst, Emma Löwy zwischen den Nazis zu sehen, die den Zug umgaben, wandte mich um, drängte mich an Hausmauern entlang, an den dämonischen Fratzen, diesen lebendig gewordenen Chimären von Notre-Dame vorüber, fand ein Haustor spaltweit geöffnet, zwängte mich hinein, setzte mich auf die Treppenstufen.

Eine Stimme sagte leise aus dem Halbdunkel: »Resurgam.« Ich wandte mich um, ein sehr alter Herr mit Bartkoteletten der Kaiserzeit stand einige Stufen über mir. »Resurgam«, wiederholte er. Dieses tröstliche kleine Wort stand Jahre später auf dem Abzeichen, das die Landesfarben der freien Welt trug und von all denen getragen wurde, die an die Wiederauferstehung der Freiheit und Befreiung unterdrückter Menschen glaubten.

»Kann man die Höllengestalten denn wieder zurückjagen«, sagte ich zum Unbekannten. Er rührte sich nicht, sagte mit derselben ruhigen Stimme: »Sie werden dorthin zurückkehren, wo sie hergekommen sind.«

Das Ehepaar Knige wohnte auf dem Weg zum Bahnhof. Er war der Modeschneider von Wien. Ich klingelte, sie waren zu Hause und seltsam unbekümmert. Ich erwähnte nicht, daß ich den »Judenspaziergang« gesehen hatte. Als Frau Knige einen exquisiten Tee servieren ließ, spürte ich, daß ich seit vierundzwanzig Stunden nichts gegessen hatte. Das Lärmen der Horden des Dschingis-Khan des 20. Jahrhunderts drang von der Straße herein, dazwischen Marschschritte, Militärmusik und Gesang. Es war erstaunlich, wie viele das Horst-Wessel-Lied sangen.

»Die ziehen jetzt schon zum Heldenplatz, für die Einzugsfeier vom Herrn Regierungsrat aus Braunau«, sagte Knige. Sie planten, für kurze Zeit nach Berlin zu reisen, »bis sich hier alles wieder beruhigt hat«. Ich erschrak, als ich das Echo vergangener Tage hörte: auch Leopold Schwarzschild hatte mir 1932 gesagt, daß er für kurze Zeit nach München fahren wollte, bis sich alles in Berlin beruhigt hatte, weil München damals optimistisch »Die Stadt der Gegenbewegung« genannt wurde, obwohl sich dort die Urzelle der »Bewegung«, das Braune Haus, befand, das die herrliche Annette Kolb einmal das »Brünette Haus« genannt hatte. Aber ich sagte bloß: »Ich würde ins Ausland fahren.«

»Das ist unmöglich, ich kann mein Geschäft nicht im Stich lassen.«

Als ich ein Jahrzehnt später in Wien in seinem ehemaligen Geschäft fragte, wo er wäre, wußte niemand etwas über ihn, auch sein Name war unbekannt.

Ich blieb nicht lange, rief noch bei Emma Löwy an, nachdem Knige mich gewarnt hatte, daß Telefongespräche seit Tagen schon von den Nazis überwacht würden. Ich sagte ungeduldig, daß ich das wüßte, ich hätte das alles schon einmal erlebt. Anna war am Telefon, ich fragte, wie es Tante Emma ginge. Sie antwortete, sie wäre eben vom Ausgang zurückgekommen, sehr müde, und hätte sich niedergelegt. »Kommens halt wieder, die Tant würd sich freuen«, bat sie. Ich sagte, daß es heute unmöglich wäre. Sie versicherte noch einmal, daß sie gut auf »mein Sach« achtgeben würde.

Wir wünschten uns gegenseitig das Beste, dann ging ich durch die Prinz-Eugen-Straße zurück zum Bahnhof. Die Straßenbahn fuhr nicht mehr. Die Breite der Fahrbahn war von marschierenden Bauerngruppen mit Fahnen, Transparenten und Musikkapellen eingenommen. Die benagelten Stiefel schlugen wie abertausend Pferdehufe auf das Pflaster. Auf einem Transparent stand: »Ein Volk, ein Reich, ein Führer.« Auf einem anderen: »Führer, wir grüßen Dich!« Auf den Bannern »Gruppe Steiermark«. Ein Trupp in Lederhosen, Braunhemden und Schaftstiefeln trug ein Spruchband: »Die Ostmark grüßt den Führer.« Zu beiden Seiten rannten Mitläufer, schrien und sangen. Eine atemlose, erregte Frau rief mir zu: »Grüßens die Fahne, Sö!«

Vor dem Bahnhof und in der Halle drängten sich noch mehr Menschen. Ich mußte warten, bis ich einen Träger bekam, mußte dann wieder vor der Handgepäck-Aufbewahrung warten. Dort standen zwei Burschen in SS-Uniform und musterten jeden Reisenden. »Sieh dir bloß das Judenpack an. Ein Glück, daß wir sie loswerden«, sagte der eine in reinstem Hochdeutsch. Zwei alten Herren, die vor mir anstanden, wurde befohlen, ihr Gepäck zu öffnen. Sie protestierten, daß es in Wien doch keine Gepäckkontrolle gäbe. »Maul halten, aufmachen, Judenschweine«, wurden sie angeschrien.

Der eine alte Herr sagte: »Wir sind beide Priester.«

»Noch schlimmer, dann seid ihr schwarze Schweine.« Sie mußten ihre Rucksäcke öffnen, einen kleinen Handkoffer, dann wurde ihnen gesagt, sie könnten ihre Lumpen zum Papst tragen.

»Wir fahren in unsere Pfarrgemeinden zurück«, sagte der eine Priester.

»Ausweis zeigen!«

Sie blätterten in den Pässen, der eine fragte: »Franzosen?«

»Ja.«

»Na, wenn schon, weitergehn.«

Vor der Sperre mußte ich wieder anstehen. Der Zug ging in zwei Stunden, das Gittertor war noch geschlossen. Der Gepäckträger gab mir meinen Handkoffer, meine Schreibmaschine, erklärte, er könnte nicht mit anstehen, und verschwand.

Eine Stunde vor Zugabgang erschien der Kontrolleur, öffnete das Gatter. Gestoßen, gezwängt quollen wir auf den Bahnsteig, kämpften uns in den ersten besten Waggon – mit einemmal war alles besetzt. Geruhsame Engländer beobachteten aus Schlafwagenfenstern das Treiben.

In einem Erste-Klasse-Abteil war noch ein schmaler Spalt frei. Ich wollte mich setzen, aber ein Herr sagte: »Ich halte ihn für meine Frau frei«, legte die Hand schützend auf die leere Stelle. Ein Herr am Fenster rückte zur Seite, sagte: »Wenn Ihnen das genügt, ist besser als nichts.«

Ich zwängte mich auf die Bank. Es war seltsam still im Abteil, seltsam still auf dem Bahnsteig, als wollten alle so unbemerkt wie möglich fliehen. Wir saßen wie in Charons Nachen und warteten auf die Überfahrt zu unbekannten Ufern. Der Herr am Fenster sagte leise: »Der letzte Zug, wenn er überhaupt abfährt.«

»Meine Frau müßte längst hier sein, man hat sie an der Kontrolle festgehalten, ich mußte weiter«, sagte der Herr, der auf seine Frau wartete.

Eine ältere Dame weinte lautlos vor sich hin. Ein SA-Mann stampfte durch den Gang, sah herein, sagte: »Einbahnstraße nach Jerusalem, dös ist recht, nur fort mit euch.«

Im Nebenabteil saßen Engländer, die höflich fragten, was er meinte, als er ihnen etwas von Jerusalem zurief. Die Antwort war das Zitat von Götz von Berlichingen. Der Herr, der auf seine Frau wartete, sagte mit einemmal, und es klang wie ein Aufschrei: »Endlich«, als eine sehr schöne, blonde Frau in der Tür erschien. Sie erwiderte kein Wort, setzte sich schweigend, antwortete nicht, als er leise auf sie einsprach. »Nicht jetzt, später«, sagte sie und schloß die Augen. Dann ruckte der Zug zögernd an, fuhr langsam aus der Halle.

Ich weiß nicht mehr, wie lange wir gefahren waren, schweigend zusammengedrängt, wie eine verängstigte Herde, der Gang gefüllt mit schweigend aneinandergedrängten Menschen, als der Zug auf freier Strecke hielt. Der Herr am Fenster sagte: »Ich wußte es ja, wir kommen nicht mehr durch.«

Eine Männerstimme schrie: »Kontrolle, Ausweise vorzeigen, Heil Hitler! Devisenabgabe.« Drei schwerbewaffnete junge Burschen in neuen Uniformen, neuen Stiefeln, mit breiten Hakenkreuzarmbinden, umgehängten Gewehren und Pistolen in neuen breiten Ledergürteln erschienen im Gang.

Der Herr am Fenster begann zu zittern, die alte Dame mir gegenüber hielt ihre Hände vor das Gesicht. Der Herr, der auf seine Frau gewartet hatte, legte seinen Arm um sie. Ein junges Paar, das kein Wort gesprochen hatte, krampfte die Hände.

Die drei Burschen musterten jeden Reisenden, fragten nach dem Reiseziel. Die Pässe wurden kontrolliert, betont langsam durchgeblättert.

»Rosenstein?« sagte der eine, als der Herr am Fenster seinen Paß vorzeigte. »Wieviel ausländische Währung haben Sie?«

Der Herr am Fenster antwortete mit versagender Stimme: »Zweihundert Lire, drei englische Pfund, hundert Schilling.«

»Fremde Valuta muß abgegeben werden.«

Der Herr am Fenster händigte seine Valuta aus, erhielt seinen Paß zurück, die österreichischen Schillinge wies der Bursche zurück: »Die hundert Schilling können Sie sich in den Arsch stekken, jetzt gilt nur noch die deutsche Mark, Heil Hitler!«

Dann nahm er die Pässe des Ehepaares, fragte: »Sind wohl auch ein Judenschwein, was?«

»Nein.«

»Sieh mal, hübsches Mädel, könnten wir eigentlich mitnehmen, was?«

Es war totenstill im Abteil. Der Bursche zögerte, sagte schließlich »Heil Hitler« und wandte sich ab, ohne mich nach Devisen zu fragen.

Im Abteil der Engländer gab es Aufruhr, als ihnen ihr englisches Geld abgenommen wurde. Sie protestierten, beriefen sich auf das englische Konsulat, drohten mit Beschwerde und wurden ausgelacht: »Wenn Sie Ihre Valuta nicht aushändigen, müssen Sie mitkommen«, schrie eine Stimme.

Der junge Mann sah auf den Gang und sagte leise: »Sie geben ihr Geld her.« Der Zug fuhr langsam an. »Auf freier Strecke Züge anhalten – wie im Wilden Westen«, sagte der Herr, der auf seine Frau gewartet hatte und sich nach der Grenze als sozialdemokratischer Abgeordneter vorstellte, die von österreichischen Nazis besonders gehaßt wurden.

Ich weiß nicht, wie lange wir unheimlich langsam gefahren waren, als der Zug wieder mit jähem Ruck an einer kleinen Station hielt. Erregte Stimmen schwirrten aus allen Abteilen. Dann schrie eine Stimme: »Alles aussteigen!«

Der Herr am Fenster sagte: »Ich kann das nicht mehr aushalten«, riß die Scheibe herunter und sprang mit dem gewandten Hechtsprung eines Gymnasten hinaus in die Dunkelheit, verschwand. »Da rennt einer«, rief jemand. Ein Schuß krachte, dann war alles wieder still.

Ein Schaffner erschien, sagte: »Die Achsen sind heißgelaufen, bitte alles aussteigen, ein anderer Waggon wird angehängt.« Es war vier Uhr morgens und sehr kalt. Eine breite Hakenkreuzfahne verdeckte den Namen der Station. Wir standen frierend auf dem Bahnsteig, die schöne Frau sagte leise: »Ob wir wohl die Grenze erreichen?«

Was wurde aus dem Herrn, der am Fenster gesessen hatte?

Die Engländer standen mit entrüsteten Gesichtern neben ihren Skiern. Es dauerte eine Ewigkeit, bis ein uralter Waggon mit Holzsitzen angehängt wurde. Die Engländer erklärten, sie hätten für Erste Klasse gezahlt. Der Abgeordnete meinte: »Haben *die* Sorgen, unsereiner ist froh, überhaupt fortzukommen.«

Der Zug hielt erst wieder in Graz, der Bahnsteig war von SA besetzt, von jedem Pfeiler hing eine breite Hakenkreuzfahne. Wieder wurde kontrolliert und nach Valuta gefragt. »Ihre Kameraden haben sie bereits abgenommen«, sagte der Abgeordnete.

Erst als die Grenze hinter uns lag, erfuhr ich, warum die schöne Frau so spät gekommen war: zwei Burschen hatten sie auf der Suche nach Juwelen leibesvisitiert. »Ich mußte mich splitternackt ausziehen, in einem Raum hinter dem Büfett, mehr brauche ich nicht zu sagen.« Ein Herr, der in Graz eingestiegen war, stellte sich als Arzt vor, gab ihr ein Beruhigungsmittel.

Nach der Grenze begann jeder mit jedem zu sprechen. Wir hatten alle ein Ziel – fortzukommen. Als wir übernächtig in Mailand ankamen, wurden wir von Reportern umringt, die uns fragten, was in Österreich wirklich vorging, die telefonische Verbindung wäre unterbrochen.

Am Zeitungsstand hing der ›Figaro‹ mit einer Zeichnung auf der ersten Seite: ein Spinnennetz aus Hakenkreuzen hielt eine zarte, hilflos verstrickte Austria umgarnt.

Das zweite Exil – Italien

Es war sommerlich warm in Florenz, die billige Pension zu teuer, ich mußte so rasch wie möglich weiter. Irene de Guttry, alte Bekannte aus meiner Münchner Lektorenzeit, lud mich zu »ermäßigten Preisen« in ihre Pension in Poveromo ein. Aber die Pension war zu teuer, es mußte eine billige Wohngelegenheit sein, wo ich selbst kochen konnte – obwohl ich nicht kochen konnte.

Alfred Neumann wohnte in einer schönen, gartenumgebenen Villa in Fiesole, wo alles blühte und duftete. Ich muß sehr verstört gewesen sein, denn der alte Freund behandelte mich wie eine Kranke. Auf seine Frage nach meinen Plänen konnte ich nur antworten, daß ich keine Pläne hätte, sondern irgendwo billig unterkommen mußte. Er meinte, Capri wäre um diese Zeit nicht nur billig, sondern auch schön. Ich bekäme sicher dort für wenig Geld ein kleines Haus.

Ich wollte nicht fragen: Wovon soll ich in dem kleinen Haus leben? Da sagte Alfred, er wäre im Komitee der ›League for German Cultural Freedom‹ in Amerika und würde sich bemühen, für mich finanzielle Hilfe zu bekommen. Ich hatte keine Ahnung von dieser Liga, wußte nicht, daß Bruno Frank, die Brüder Mann, Feuchtwanger und viele prominente Schriftsteller, die in den USA lebten, sich unter dem Vorsitz von Prinz Hubertus Löwenstein als Hilfsorganisation für verfolgte Schriftsteller zusammengeschlossen hatten.

Alfred erzählte, wie viele Flüchtlinge in den letzten Tagen zu ihm gekommen wären: »Sie erscheinen gleich mit Handköfferchen, aber wir haben nur das eine Zimmer, und da wohnt schon jemand.« Ich beneidete ihn um die Stille, den Garten, die weite Aussicht über sanfte Hügel und Olivenhaine, die illusorische Geborgenheit, die er ahnungslos genoß – denn ein Jahr später mußte er fliehen.

Franz Blei kam zum Kaffee, noch magerer, noch blasser als sonst, wie damals in klerikalem, schwarzem, schon etwas abgenütztem Anzug und brüchigen Schuhen. Wir sprachen von früher, von München – kein Wort über Österreich. Er hatte vor, nach Südfrankreich zu gehen: »Wenigstens vorläufig, für uns ist alles ein großes Vorläufig.« Er sah greisenhaft aus, der österreichische Humor war erloschen, die Stimme leise, zögernd.

Abends versuchte ich, Alice Berend zu erreichen. Eine Stimme am Telefon sagte, sie wäre längst fortgezogen, und gab mir eine andere Telefonnummer. Dort wohnte sie nicht mehr. Aber schließlich erfuhr ich die neue Adresse und rief an. Ihre Tochter Carlotta, die ich zuerst als Kind in Bayern gesehen hatte, sagte, daß Ali schon seit einiger Zeit krank wäre. Ich fragte, ob ich etwas mitbringen sollte, sie zögerte zuerst, sagte schließlich: »Ja, vielleicht etwas Rotwein.« Etwas im Ton ihrer Stimme fiel mir auf; ich versprach, am folgenden Tag zu kommen.

Zufällig kam ich nach dem Telefongespräch mit einer Engländerin ins Gespräch und erzählte ihr von Ali und ihrem Schicksal. Sie hörte interessiert zu, erklärte dann, es würde ihr Freude machen, der Unbekannten ein paar Leckerbissen zu schicken – und gab mir einen Fünfziglireschein: »Nehmen Sie sich einen Wagen dorthin, es ist zu weit, um zu Fuß zu gehn, wenn man ein Paket tragen muß.« Sie mußte bemerkt haben, daß ich verstört war, sagte: »Die Nachrichten aus Österreich sind furchtbar.«

»Sie haben keine Ahnung, wie furchtbar es dort war.«

Sie sah mich an, fragte, ob sie irgendwie helfen könnte. Ich dankte, ging auf mein Zimmer, las dort Schweizer Zeitungen. Erst spät nachts bemerkte ich, daß ich vergessen hatte, zu Abend zu essen. Ich besinne mich deutlich auf den Traum jener Nacht: ein riesenhafter Wurm wuchs neben mir auf dem Kopfkissen, ich spürte seine eisige Kälte und erwachte von meinem Aufschrei.

Am nächsten Morgen kaufte ich für Ali einen Vorratskorb mit Leckerbissen, nahm einen Wagen und fuhr über den Arno, in den ländlichen Teil der Stadt. Es war ein herrlicher, warmer Sommertag, aber die jähe Stille, dies Befreitsein vom Heulen entfesselten Pöbels und Furcht hatte noch immer etwas Unwahrscheinliches, als müßten jeden Augenblick wieder Musik, Heilrufe und Marschtritte erklingen.

Der Kutscher hielt nach einiger Zeit an, deutete mit der Peitsche auf einen zypressenumsäumten Weg und sagte, das wäre die Straße. Ich nahm meinen Korb und ging bergan. Als ich, die Hausnummer suchend, weiterschritt, sah ich, für einen Augenblick nur, wie ein Sarg aus einem Haus mir entgegengetragen wurde, und erschrak. Dann war nichts zu sehen als wolkenloser Himmel, Zypressen, nichts zu hören als eine Kinderstimme. Das Haus, aus dem der Sarg getragen worden und verschwunden war, war das Haus, in dem Ali wohnte. Carlotta erwartete mich im Garten: »Sie sind der einzige Mensch, der uns in all dieser Zeit besucht.«

Ich fragte, ob ich Ali sehen dürfte.

»Sie will niemand mehr sehn, sie ist sehr krank.«

»Kann ich nicht für einen Augenblick zu ihr?«

Sie ging ins Haus, kam zurück, schüttelte den Kopf: »Sie ist zu müde, sie läßt Sie grüßen, läßt danken.«

Ich fragte, ob sie einen guten Arzt hätten.

»Alles ist *so* teuer.«

Als ich Mrs. Lynn von meinem Besuch berichtete, sagte sie, sie würde veranlassen, daß ein englischer Arzt sich um Ali kümmert, und die Kosten tragen.

In einer Schweizer Zeitung las ich vom Kurssturz österreichischer Papiere – vor allem vom Austria Loan, auch die Donauschiffahrt war in die Lawine gerissen worden. Wie wenig von meinem »Kapital« übrigbleiben würde, ahnte ich nicht.

Um die Übernachtung in Neapel zu sparen, fuhr ich mit dem Nachtzug zwischen schnatternden Bauern mit Riesenkörben und Weinflaschen. Mrs. Lynn hatte mir ein Proviantpaket mitgegeben: »To cheer you up«, und ihre Adresse, falls ich nach England kommen sollte. »Es ist ein freundliches, kleines Land, in dem man ruhig leben kann«, hatte sie hinzugefügt.

Ein Gepäckträger rollte meine Habseligkeiten in Neapel zum Hafencafé nahe der Landestelle des Dampfers, der mich nach Capri bringen sollte – und versuchte, von mir mehr als den vereinbarten Preis zu bekommen. Wir feilschten eine Zeitlang, dann ging er murrend fort. Das kleine Café war leer. Meer und Himmel postkartenblau, der Vesuv stieß geruhsam kleine Wolken in die Luft, es sah aus, als rauchte dort jemand eine überdimensionale Zigarette.

Ich hatte mir auf dem Bahnhof die neuesten Schweizer Zeitungen gekauft. Hitlers Einzug wurde beschrieben, der Jubel der Österreicher, mit dem sie den Mann begrüßten, der als »Befreier« mit einer messianischen Mission wiederkehrte. Genau wie in Berlin rührte sich auch in Österreich kein Widerstand, kein Schuß wurde abgefeuert, keine Gegendemonstration organisiert.

Eine kleine Notiz in derselben Zeitung berichtete, daß der Literaturhistoriker Egon Friedell aus dem Fenster gesprungen und tot liegengeblieben war, als seine Wohnungsklingel schrillte. Er hatte geglaubt, Nazis kämen, um ihn abzuholen. Aber es war nur ein Nachbar, der ihn besuchen wollte.

Und da war noch eine andere Notiz, die meldete, daß sämtliche in Deutschland verbotenen Schriftsteller in der »Ostmark« verboten wären.

Es war eine ruhige Überfahrt auf glasglattem, blauem Meer. Capri schwebte auf ihm wie eine Trauminsel, Musikanten spielten an Bord Gitarre und sangen Tostis ›Vorrei morire‹.

Nach langem Feilschen fand ich einen Dienstmann, der mein Gepäck zunächst zur Piazza schaffen sollte. Ich fragte ihn im Herausgehen, ob er ein billiges Zimmer wüßte. Er antwortete, es gäbe dort – vage Handbewegung nach oben – eine ausländische Signora, die Zimmer vermietete. Ich sagte ihm, er solle mich zu der Signora bringen.

Dann standen wir auf der Piazza. Es wimmelte von bunt gekleideten Touristen, die in den verschiedenen Cafés und auf den Stufen der Kirche saßen. Gläserklirren, Stimmengewirr, heiseres Grammophongeplärr und absolute Unbekümmertheit waren wie Theaterkulissen, zwischen die ich mit einemmal geraten war – in eine andere, sorglose Welt von sonnengebräunten Menschen, unter denen ich mir greisenhaft und verbraucht vorkam.

Eine dunkelhäutige Frau, groß und schlank, in hellblauer Hose und gelbrot gestreiftem Hemd kam auf mich zu, sagte: »Ich habe in den letzten Tagen an Sie gedacht, als ich von Österreich las. Jürgen hat mir erzählt, daß Sie in Wien leben.« Ich erkannte sie zuerst nicht – es war Jürgen Fehlings Freundin, Irma Maria Sachs, seine »IMS«. Wir verabredeten uns für später.

Die Besitzerin der Villa war eine ältere Schottin. Das Zimmer war mit viktorianischen Möbeln angefüllt, einem Büfett, einem Mahagonibett, zwei Ohrenstühlen und einem Tisch, auf dem ein verblaßtes, staubiges Kunstblumenbukett stand. Es gab weder Nachttisch noch Bettlampe. Aber Mrs. McIreny war liebenswürdig und bot mir Tee an, nachdem sie sich energisch für mich mit dem Dienstmann gestritten hatte.

Ich sagte ihr, daß ich eine billige Wohnung oder ein sehr billiges Haus suche. Sie verschwand, kam mit einem Riesenschlüssel wieder: »Sehen Sie sich das Haus an, ich glaube, es wird Ihnen gefallen«, und beschrieb mir ausführlich den Weg.

Ich hätte lieber geschlafen, machte mich aber doch auf die Suche, denn ich wollte so rasch wie möglich irgendwo unterkommen. Es war ein glühend heißer Nachmittag, der Weg führte über kahle Felder, auf denen magere Ziegen grasten. Das Haus lag an einem Olivenhain, mit weitem Blick über die Felder, auf denen Schafe grasten. Ein Schäfer schlief neben seinem Hund. Es war sehr still, sehr schön, sehr verlockend, genau das, was ich suchte.

Ich schloß die grüne Holztür auf, die unmittelbar in einen dürftig möblierten Raum führte: ein Tisch, zwei Strohstühle. Nebenan eine kleine Kammer mit schmalem Eisenbett und Stuhl. Ich stieß die Fensterläden auf, das grelle Sonnenlicht fiel glühend herein – und der Duft von Kräutern. Mit einemmal wurde ich von einem so furchtbaren Angstgefühl gepackt, als stünde jemand hinter mir im Raum. Ich stürzte aus der Tür, lief den steinigen Weg entlang, zurück in die Villa Rosa.

Mrs. McIreny sah mich prüfend an, als ich ihr den Schlüssel zurückgab und sagte, daß ich das Haus nicht nehmen könnte. Sie sagte, es wäre doch so billig, das billigste Häuschen auf ganz Capri, nur durch Zufall frei. Ich könnte es für ein Jahr mieten. Ich erzählte ihr von meiner seltsamen Angst.

»Dann ist also doch noch etwas da«, sagte sie und erzählte, daß eine deutsche Emigrantin dort gewohnt hätte – in unbeschreiblicher Armut, halb verhungert, verzweifelt, ohne Hoffnung. Eines Tages hätte sie Schlaftabletten genommen – der Apotheker wäre sehr liberal mit Schlaftabletten. Sie wäre wohl gestorben, wenn der Schäfer nicht bemerkt hätte, daß die Läden seit zwei Tagen geschlossen waren. Er benachrichtigte die Polizei, man fand die Bewußtlose, schaffte sie ins Krankenhaus. Der Selbstmordversuch wurde bekannt, eine Gruppe von Ausländern tat sich zusammen, der Bürgermeister übernahm es, zusammen mit Mrs. McIreny, die Verzweifelte zu besuchen. Man erklärte ihr, daß in einer der vielen Pensionen eine Haushälterin gesucht würde, ob sie den Posten annehmen wollte, sie würde damit dem Hausbesitzer einen großen Dienst erweisen. »Jetzt verdient sie, hat einen Beruf, ein Zuhause – es ist ein happy end. Aber etwas von ihrer Verzweiflung und ihrer Todesfurcht ist wohl im Haus zurückgeblieben, und Sie haben es gespürt.« Sie versprach mir, sich nach einer anderen Wohnmöglichkeit umzusehen.

Aber ich hatte mit einemmal die Lust verloren, auf Capri zu bleiben. Ich war unruhig, konnte nicht schlafen, jeder Tag kostete mehr Geld, als ich ausgeben durfte – und so beschloß ich, nach Positano weiterzureisen, das ich von einem Sommeraufenthalt her gut kannte und wo nicht nur eine dänische Bekannte, Fru Jürgens, wohnte, sondern auch Ines, meine alte Freundin aus Berliner Tagen. Ich schrieb an Carlotta Berend, an das Mädchen Anna und Neumann und bat, mir postlagernd nach Positano zu schreiben.

Den letzten Abend saß ich mit IMS auf der Piazza. Es hätte eine herrliche warme Nacht sein können – aber IMS, die nicht mehr nach Deutschland zurückkonnte, und ich, die ich nicht wußte, wie alles werden, wovon ich leben würde, wir waren Außenseiter im heiteren Stimmengewirr und Grammophongeplärr. Mit einemmal sagte IMS: »Sehn Sie mal, dort –« und wies auf einen Tisch, um den eine Gruppe laut sprechender Deutscher saß: jeder trug ein Hakenkreuz im Knopfloch. »Es sollen eine ganze Menge Nazi-Spione hier sein, um Emigranten aufzuspüren, zu welchem Zweck, weiß man nicht.«

Am anderen Morgen reiste ich mit der uralten Schreibmaschine und den Handkoffern auf dem kleinen Dampfer nach Positano. Ines wohnte in einem palastähnlichen Gebäude mit herrlichen Mosaikböden und spartanischer Einrichtung. Von ihrer

Terrasse aus sah man die goldene Kuppel des Domes, die kleine Bucht, die »Sireneninsel«. Odysseus war angeblich seinerzeit dort von den Sirenen angelockt worden und hatte seine Weiterreise vergessen.

Positano war letzte Station für Emigranten, und für maskuline Frauen und effeminierte Jünglinge. Es nahm das von Capri angeschwemmte Strandgut menschlicher Existenzen auf, die wie ich nicht genau wußten, was aus ihnen werden sollte. Es war eine herrliche phönizische Stadt mit runden Häuserkuppeln, fensterlosen Zimmern, die ihr Licht nur durch die Tür erhielten, wie ich es in Marokko gesehen hatte. Es gab ein Postamt und einen Laden in der unteren, einen anderen Laden in der oberen Stadt und einen armseligen Raum, der sich stolz Bar nannte.

Ich fand ein winziges Haus zu unwahrscheinlich billigem Preis mit einer Terrasse, auf der das Häuschen stand, das Diana Cooper in ihren Memoiren diskret »Lu« nennt und in dessen Wärme Geccos an den Wänden, regungslos, wie aus Stein gemeißelt, ihren Mittagsschlaf hielten. Von meiner Haustür führten drei Stufen in den Wohnraum, der zwei Stühle, eine uralte Kommode, ein Bettgestell mit einer Matratze enthielt, die einen Diwan darstellen sollte. Nebenan war ein winziger Schlafraum mit Bett und Tisch und auf der Terrasse die kleine Küche mit Holzkohlenherd.

Ich war mit einemmal wieder glücklich. Dazu kam, daß Alfred Neumann mich wissen ließ, daß die Liga mir eine monatliche Hilfe von dreißig Dollar geben würde.

Carlotta schrieb: »Die Welt hat Alice Berend, ich habe meine Mutter verloren.« Alice Berend war sechzig Jahre alt, als sie sehr arm, krank und vergessen starb, unvergessen von mir und dankbar erinnert, auch heute noch.

Ines' Heiterkeit war so ansteckend, daß ich mich rasch erholte. Sie sagte immer wieder: »Sehen Sie aufs Meer, zählen Sie die Delphine – es ist unser letzter Friedenssommer. Denken Sie nicht an den Kerl.«

Ines hatte sich trotz ihres Alters, sie mochte jetzt etwa fünfzig Jahre alt sein, in einen feisten Kutscher namens Valentino verliebt, der wie Caruso aussah. Wenn er mit seinem mageren Pferd unten auf der Straße vorüberfuhr und mit der Peitsche knallte, stürzte sie an die Brüstung und winkte ihm zu. Es war grotesk und pathetisch.

Die Schriftstellerin Joe Lederer, klein, schmal, stets etwas besorgt aussehend, wohnte in einem schönen Haus. Die Sekretärin eines ehemaligen Ministers wohnte unterhalb des Friedhofs, der auf dem Berg über Positano angelegt war – einmal rutschte ein Stück Felsen ab und ein Sarg fiel in ihren kleinen Terrassengarten. »Niemand wollte die Knochen ohne Bezahlung abholen – und ich habe doch kein Geld«, sagte sie. Schließlich überredete sie den Pfarrer, die Gebeine vom Mesner auflesen und wieder begraben zu lassen.

Fru Jürgens, eine schöne, nicht mehr junge, sehr nordische Frau, hatte eine kleine Pension, in der ich Sonntagabend zum Essen eingeladen war. Dort traf ich, nach zwei Jahrzehnten, Hermann Kasack wieder – unverändert blaß, lyrisch und in panischer Furcht vor spionierenden Nazis, die er hinter jedem Felsen lauernd vermutete: »Sie sind überall, horchen überall mit.« Er war sichtlich befangen mir gegenüber, vielleicht fürchtete er, von den imaginären Spionen mit einer verbotenen Schriftstellerin überrascht zu werden – und reiste früher ab, als er ursprünglich geplant hatte.

Der Juni war unerträglich heiß, die Nächte hingegen lauwarm mit einer kühlen Brise vom Meer nach Mitternacht. Wir waren alle arm, aber wir feierten bescheidene Feste mit Kerzen auf der Terrassenbalustrade, mit billigem Rotwein und Sardinenbroten. Die vollbusige Engländerin Henshaw kam mit ihrem italienischen Gigolo, eine ältere deutsche Dame saß etwas verloren herum, bis sie, zum allgemeinen Erstaunen, eine weibliche Partnerin in strengem rotem Smoking fand. Ein Russo-Türke namens Essed Bey erschien von irgendwoher mit einer alten, unordentlichen Frau, die nur russisch sprach und von der er behauptete, sie wäre einmal seine Amme gewesen. Er war ein geheimnisvoller Mann, der als einzigen Ausweis eine Schiffskarte vom Norddeutschen Lloyd besaß, die von den Gendarmen ehrfurchtsvoll als Diplomatenpaß angesehen wurde.

Es gab viele Liebesaffären, Eifersuchtsszenen und kleine Kidnappereien von einem Haus zum anderen – alles endlose Tagesgespräche mit viel Gelächter, sehr viel Jugend, unter der ich zuweilen flüchtig das Alter spürte.

Positano war eine Gespensterstadt. Im alten, fast unbewohnten, hoch gelegenen Teil wurde man angeblich von Geistern mit Steinen aus dem Hinterhalt beworfen, und weiße, durchsichtige Gestalten sollten auf verfallenen Terrassenbrüstungen tanzen. Nicht nur Eingeborene, selbst ansässige Fremde waren davon überzeugt, daß sich der Grünwarenhändler, der auch das Postamt versorgte, in Vollmondnächten in einen Werwolf verwandelte und heulend umherschlich – natürlich mehr in der »Toten Stadt« als auf unserer Seite. Ines riet mir, seine Augen anzusehen. Ich sah nur, daß der Mann schielte und ein aufdringlicher Positanese war, der beim Mortadellakauf zärtlich flüsterte.

Der Briefträger hingegen war Analphabet und trug die Briefe so aus, wie sie ihm eingeschärft und geordnet übergeben wurden, und niemals kam ein Brief an die falsche Adresse.

Es gab da eine herrliche Geschichte von La Maria, die beim Walderdbeersuchen ein totes Kind zur Welt gebracht und an Ort und Stelle verscharrt hatte, weil sie die Begräbniskosten sparen wollte. Aber als sie abends im Bett lag, klopfte es an die Haustür und eine Kinderstimme bat, man möge es doch in geweihter Erde begraben. Es klopfte jede Nacht, bis La Maria es wieder ausgrub, in einen Karton packte und zum Mesner trug. Der wollte es aber ohne eine Bescheinigung des Arztes nicht begraben. Der Totenschein kostete Geld, deshalb bat La Maria die Hebamme, ihr »etwas aufzuschreiben«. Die tat ihr den Gefallen, der Mesner nahm den Zettel, warf ihn fort, weil er nicht lesen konnte, und sorgte dafür, daß der Pfarrer das Grab segnete, worauf La Maria nie mehr durch nächtliches Klopfen gestört wurde.

Meine liebste Positano-Geschichte war die von der Menschenspinne. Sie handelte von zwei Frauen, die sich gestritten hatten. Die eine Frau hatte die andere, eine Schwangere, verflucht, und die Verfluchte hatte statt eines Kindes eine große rote Spinne geboren, die der Hebamme eine schwarze Zunge entgegenbleckte. Ich fragte, wo die Spinne wäre. Das Mädchen zuckte die Achseln, sie wüßte es nicht. Ihre Mutter wäre aber bei der Geburt dabei gewesen. Ich fragte die Mutter, die mit vielen Dio mio und Augenverdrehen bestätigte, das Ungeheuer gesehen zu haben – was aus ihm geworden wäre, wußte sie nicht. Die junge Frau, die die Spinne zur Welt gebracht hatte, war inzwischen mit Mann und Kindern ausgewandert.

Und dann war da noch der uralte zerlumpte Bettler Antonio, der sich nicht von Fru Jürgens' Pensions-Eingang vertreiben und sein Wasser unbekümmert unter sich die Steinstufen herunterlaufen ließ – dieser Antonio, der vorgab, geträumt zu haben, Fru Jürgens hätte ihm die neue Hose gekauft, die er so dringend brauchte, und außerdem Geld gegeben. Antonio, der in einer Ruine hauste, erhielt die neue Hose, ließ sich aber nicht vom Pensions-Eingang vertreiben.

Ich verarbeitete diese Geschichten zu einer Serie ›Italienische

Bilderbogen‹ für Schweizer Zeitungen, die meine einzige Einnahme waren, denn die ›Pariser Tageszeitung‹ und die ›Bohemia‹ brachten kaum etwas, weil es zuviel emigrierte Schriftsteller und zu wenig deutsche Zeitungen gab.

Die Dollars von der Liga für deutsche kulturelle Freiheit langten, um bescheiden zu leben und etwas zurückzulegen, wenn ich meine Miete und Dora bezahlt hatte, die täglich Quellwasser von der Madonnina und Waschwasser vom Brunnen holte. Es langte stets für Rotwein, Kaffee, für Brot und Maccaroni, Tomaten und Walderdbeeren. Auch für Sahne, die ich selbst dann weiter holte, als die Milchhändlerin erwähnte, daß ihr nebenan krank liegendes Kind Typhus hätte.

Von Deutschland und der neuen Ostmark las ich jetzt, wie ich früher im Café Sacher über Deutschland gelesen hatte – von der Peripherie aus, aber nicht mit jenem Gefühl der Geborgenheit wie nach meiner ersten Flucht aus Berlin. Der »Führer« war noch aggressiver geworden, denn die freie Welt hatte nichts getan, um seinen Eroberungswahn zu bändigen. Sein »unerschütterlicher Wille« wurde immer wieder erwähnt, sein »unaufhaltsamer Entschluß, die armen, unterdrückten sudetendeutschen Brüder zu befreien«. Die noch freie europäische Welt gab diese bedrohlichen Meldungen lethargisch weiter, ohne einzugreifen, und der Völkerbund tat, was er stets getan hatte: er tagte, bankettierte und debattierte.

Wir, die wir keine Zukunftspläne machen konnten, weil wir nicht wußten, wohin uns die Weltgeschichte treiben würde, lasen von der neuen Freundschaft zwischen Hitler und Mussolini, der vergessen hatte, wie er vor vier Jahren, nach dem Nazi-Mord an Dollfuß, seine Truppen an die Brennergrenze gesandt hatte, um den »Anschluß« zu verhindern – der vergessen hatte, wie er selbst der Witwe seines Freundes Dollfuß die Nachricht vom Mord gebracht und die Kinder auf eine Seereise gesandt hatte, um ihnen das Staatsbegräbnis des ermordeten Vaters zu ersparen. Jetzt huldigten die zwei Diktatoren einander.

Carola und Gustaf Kauder schrieben, daß die Hetze gegen die Tschechoslowakei intensiviert, die traditionellen Greuelmärchen von vergewaltigten sudetendeutschen Frauen und Mädchen aufgetischt würden. Was man aus englischen und Schweizer Zeitungen erfuhr, war beunruhigend. Es gab etliche Menschen, die nach Amerika auswandern wollten. Aber das menschliche Strandgut in Positano war zu arm, um eine Überfahrt zu bezahlen – und ein Visum zu bekommen, war unmöglich. Und so feierten wir kleine, bescheidene Feste, mit billigem Rotwein und Sandwiches, die mit Sardellen, Sardinen und Tomaten belegt waren – oder wenn ein besonderes Fest gefeiert werden mußte, Sandwiches mit einer grauen Paste, die auf der Büchse mit pâte de foie bezeichnet wurde. Man feierte die seltsamsten Ereignisse: ein Honorar, die Ankunft eines Emigranten, einmal sogar den nachgeschickten Frack des Russo-Türken aus Wien.

Ich hatte inzwischen aus London gehört, daß mir der Rest meiner verkauften Papiere dort gutgeschrieben wäre. Ein tauber alter Engländer, den ich fragte, wie lang diese Summe zum Leben langen würde, sagte bloß: »Not long.«

Im Hochsommer gingen Gerüchte um, daß in Italien lebende Emigranten von den Deutschen aufgestöbert und denunziert würden. Zu welchem Zwecke, wußte niemand. Dann hieß es, daß ein uniformierter Nazi in der oberen Stadt sein Hauptquartier aufgeschlagen hätte, um in Positano wohnende Deutsche zu registrieren.

Bei mir erschien eines Tages dieser Mann mit einem Polizeihund, donnerte gebieterisch an meine sonnenmorsche Haustür und erklärte, er wollte »Ordnung halber« eine Liste der Auslandsdeutschen aufsetzen. Ich erklärte ihm, daß ich keine deutsche Staatsbürgerin wäre, er solle sich zum Teufel scheren. Er war betroffen, entschuldigte sich kleinlaut, zog mit seinem Hund ab. Andere Emigranten, denen er ihre Pässe »zur Einsicht« abforderte und die bereits ein »J« auf der ersten Paß-Seite eingestempelt hatten, reisten in panischer Furcht ziellos ab.

Ende August erwähnten die Auslandszeitungen, daß die politische Lage kritisch wäre. Sie meldeten Hitlers mit manischem Fanatismus wiederholte Drohung, seine gefährdeten sudetendeutschen Brüder ins Reich heimführen zu wollen, obwohl er erst vor wenigen Monaten, beim »Anschluß«, feierlich auf alle weiteren territorialen Ansprüche verzichtet hatte.

»Wenn es Krieg gibt, sitzen wir in einer Falle«, meinte Ines. Aber sie wollte nicht abreisen, wollte sich nicht von ihrem Valentino trennen und blieb den Krieg hindurch in Positano. Zuletzt mußte sie, völlig verarmt, bei ihm wohnen, da man ihre Witwenpension gesperrt hatte. Sie blieb dort bis Kriegsende.

Ich zögerte abzureisen, wußte auch nicht recht, wohin. Das kleine Haus gefiel mir, ich hatte mich eingenistet. Ich liebte das geruhsame Leben, die Stille, den weiten Ausblick über die Bucht und den goldenen Dom. Er war leicht, in diesem Klima arm zu sein – wir waren alle arm, aber relativ zufrieden.

Im September machte sich die von der Presse geschickt eingeleitete fremdenfeindliche Atmosphäre bemerkbar. Unsere beiden sonst so freundlichen Gendarmen ließen sich wiederholt unsere Pässe zeigen. Die Geschäftsleute bedienten mürrisch, und Ines behauptete, daß der Postbeamte, der sich in einen Werwolf verwandeln konnte, sie beschimpft hätte. Die Zeitungen meldeten, daß Hitler das Sudetenland annektieren wollte, sowie Mobilmachungspläne der Franzosen und Engländer.

Ich entschloß mich, nach England zu reisen. Ein kleines Abschiedsfest wurde für mich bei Karen Jürgens gegeben, mit Kerzen auf der Terrassenbrüstung, sehr viel Rotwein und echt dänischem Smörbröd. Der kleine Freundeskreis kam, und nach Mitternacht einige nichteingeladene weibische Engländer – in dürftigen Strandmänteln, knappen cache-sexes und Büstenhaltern –, die der grämliche alte Herr Jürgens fortjagte. Wir tanzten zu den Klängen eines Grammophons, das ein Gast als Pfand für eine unbezahlte Rechnung dagelassen hatte. Es spielte: »Da kommt die Lou, lila, sie trägt die Schuh lila –« und andere Schlager der Vergangenheit. Wir saßen zusammen, bis die Fischerboote mit ihren Laternen wie die verklärten Seelen verstorbener Positanesen über das stille Wasser schwebten.

Ich reiste an einem glühend heißen Septembermorgen über Rom nach Paris. Es war eine anstrengende Fahrt, im überfüllten Abteil, aufrecht sitzend, eingezwängt zwischen anderen überstürzt Abreisenden. Es war wieder wie meine Flucht vor sechs Monaten. Der Bahnhof in Paris wimmelte von Reisenden, Gepäckträgern und erregten Zeitungsverkäufern, die die Schlagzeilen ausriefen: »Krise! Kriegsgefahr!«

Der Taxichauffeur, der mich zum anderen Bahnhof brachte, sagte über seine Schulter hinweg: »On les aura, les sales boches, si on laisse cet homme-là faire ce qu'il veut, il nous dévorera.« Ich fand keinen Sitzplatz bis Boulogne. Jedes Abteil war überfüllt. Menschentrauben schwankten, an die Gepäcknetze geklammert, hockten auf Koffern im Gang. Ein alter Engländer vertraute mir an, daß er sich morgen bei seinem Regiment melden müßte.

In Boulogne herrschte Chaos. Die große Halle war bereits dicht von Reisenden besetzt. Es hieß, englische Truppen wären gelandet, wir dürften erst an Bord gehen, wenn sie abtransportiert wären. Es war drückend heiß. Eine Engländerin, Frau eines Admirals, mit der ich von Rom gereist war, sagte: »Es gibt

Krieg, deshalb hat mich mein Mann nach Hause geschickt.« Ich hatte das Gefühl, als ob meine Füße doppelt so groß wären und meine Schuhe jeden Augenblick platzen würden. Ich glaube, ich habe nie so lange in meinem Leben gestanden.

Nach stundenlangem Warten durften wir uns einschiffen. Der kleine altmodische Dampfer mit den plüschbezogenen Mahagonimöbeln war ebenso überfüllt wie der Zug. Der Lautsprecher gurgelte, alle Ausländer müßten sich bei der Fremdenkontrolle melden, die an Bord stattfinde. Erst als ich vor der Kabinentür stand, an der ein Plakat »Aliens« hing, sah ich, wie viele Emigranten nach England flüchten wollten. Wir waren eine schweigend-verängstigte Gruppe, an der die Engländer vorüberschlenderten, als sähen sie uns nicht.

In der Kabine saßen zwei dürre, blasse Beamte hinter einem Tisch. Sie fragten, wie lange ich in England bleiben wollte, und ob ich genügend Geld hätte, um hier zu leben. Ich gab ihnen das Schreiben der Westminster Bank, die mir mein Guthaben vom Verkauf meiner Papiere meldete. »Davon können Sie nicht lange leben«, meinte der Beamte und stempelte meinen Paß mit Aufenthaltserlaubnis für drei Monate und dem Verbot ab, bezahlte Arbeit anzunehmen.

Als ich die Kabine verließ, wurde ich von den draußen Wartenden besorgt gefragt, wie es gewesen wäre.

»Sie waren sehr höflich.«

Ein kleiner, dicker Franzose in schlecht sitzendem Anzug, Baskenmütze und dem roten Bändchen der Légion d'Honneur im Knopfloch, zwängte sich erregt zwischen den Passagieren durch, planlos, verwirrt, und murmelte: »Ah, cette guerre, quelle tragédie.« Niemand nahm von ihm Notiz. Er war die Verkörperung unserer Furcht, die wir in die Ungewißheit eines fremden Landes flüchteten.

Erst als ich mit der Admiralsfrau im Speisewagen in Dover saß und ein Kellner gelassen fragte, was wir zum Tee wünschten, als leuchtend grüne Felder mit friedlich grasenden Kühen vorüberzogen und kleine, rote Backsteinhäuser in tropisch bunten Herbstgärten, fiel mit einemmal alle Unruhe von mir – und der kleine, aufgeregte Franzose lächelte mir grüßend zu, als wäre das Schlimmste überstanden. Es roch nach englischem Tabak, nach Toast und Tee. Die großen Zeitungen berichteten über Pferderennen und Fußballspiel und verstimmt über Hitler, der die Welt stören wollte. Die Admiralsfrau bemerkte, der Kontinent wäre immer so hysterisch.

Auf dem Victoria-Bahnhof herrschte Gedränge, Gepäck türmte sich auf, irgend jemand bemerkte, daß die Kinder evakuiert würden. Die Admiralsfrau fragte, ob sie mir irgendwie behilflich sein könnte – aber ich wußte, daß ich in einer kleinen Pension in der Nähe vom Hyde Park absteigen konnte. Das Taxi fuhr in den Bahnhof, hielt gegenüber vom Zug, dann fuhr ich durch fremde Straßen.

Die Pensionsbesitzerin war eine Berlinerin, die einen Engländer geheiratet hatte, um englische Staatsbürgerin zu werden. Viele Emigrantinnen gingen diese Paß-Ehen ein, für die sie den betreffenden Mann bezahlten. Die Preise wechselten zwischen fünfzig und hundert Pfund. Man ging aufs Standesamt, wurde getraut, bezahlte den Mann, trennte sich auf Nimmerwiedersehen. Eine Deutsche, die ich in den ersten Tagen kennenlernte, hatte Pech mit ihrer Ehe gehabt. Sie hatte nicht nur fünfzig Pfund bezahlt, sondern dem Mann auch noch einen eleganten Anzug gekauft. Er war vom Standesamt aus in seine Stammbar gegangen, das gute Geschäft zu feiern. In seiner Trunkenheit brüstete er sich mit seinem mühelosen Verdienst. Ein Bekannter horchte ihn aus und benachrichtigte seine Frau, von der er seit Jahren getrennt lebte. Die Frau forderte die Hälfte des Geldes für ihren Unterhalt. Er weigerte sich, sie zeigte ihn wegen Bigamie an. Die ältere, elegante Dame erzählte mir die Geschichte so fließend, als hätte sie sie schon oft erzählt: »Und ich bin als Zeugin geladen. Aber was bin ich jetzt – staatenlos oder wieder Deutsche mit dem ›J‹ im Paß?«

Ich konnte diese erste Nacht nicht schlafen, denn unaufhörlich, leise summend, ohne zu hupen, fuhr ein Auto nach dem anderen vorüber. Die Menschen flüchteten aus London, sie fürchteten, daß der Krieg jeden Augenblick mit schweren Bombenangriffen beginnen könnte.

Um sieben Uhr klopfte es, ein Stubenmädchen stellte eine Tasse dampfenden Tee neben mein Bett, the early cup of tea, zog die Vorhänge auf, sagte mechanisch: »Ein schöner Tag heute, Madam«, obwohl der Morgenhimmel grau und düster war. Die Autos, die die Stadt verließen, zogen noch immer wie am laufenden Band die Straße entlang, in dieselbe Richtung. Durch das Fenster drang feuchtkühle Luft.

Eine Stunde später servierte ein feierlich-gemessener Butler mein erstes englisches Frühstück, eine Riesenmahlzeit, gebratene Würstchen, Tomaten, ham and eggs, Käse, Orangensaft, Toast, Butter, Marmelade. Und nachdem er all dies mit den

Gesten eines zelebrierenden Priesters auf dem Tisch geordnet hatte, stellte er einen Pappkarton neben die Teekanne und sagte mit gedämpfter Stimme, als sagte er etwas, das man eigentlich nicht erwähnen durfte: »And here is your gasmask, Madam«, die Wirtin würde sie mir später anpassen, denn sie wäre Luftschutzwart.

Die Pension war billig, aber zu teuer für mich. Wieder mußte ich so rasch wie möglich eine billige Unterkunft finden. Das kleine positanesische Haus mit der Sonnenterrasse, den Geranien, die in bunt bemalten Konservendosen glühten, die Lampe mit dem schiefen Strohhut, der als Schirm diente, das flimmernde Meer hinter der goldenen Kuppel des Domes waren nur eine Atempause, ein kurzes Ausruhen gewesen.

Die Schlagzeilen verkündeten Hitlers Ultimatum an die Tschechoslowakei.

Ich suchte meinen Weg zur Westminster Bank in der City. Dort drängten sich die Menschen schweigend, mit gespannten Gesichtern, vor den Schaltern, alle ließen sich Geld auszahlen. Ein Herr neben mir sagte, man müßte etwas Bargeld im Haus haben, denn die Banken würden bei Kriegsausbruch für ein paar Tage geschlossen. Ich bat den Schalterbeamten, mir mein Guthaben auszuzahlen, und fragte, ob er mir meine restlichen Lirescheine wechseln könnte. Er erwiderte mit schmalen Lippen: »Nach dem Krieg, Madam«, und gab mir den kleinen Rest meiner Erbschaft, die ich nur zwei kurze Jahre besessen hatte.

Die Mittagszeitungen berichteten ausführlich über die von Duff Cooper befohlene Mobilisierung der Flotte. Er war einer der wenigen Männer, die vor Hitlers kriegerischen Absichten gewarnt hatten.

Mein nächster Gang war zum dänischen Konsul. Er war erstaunt, daß ich nach England statt nach Dänemark gereist war, wo ich dem Paß nach hingehörte. Ich erklärte ihm, daß ich hier Bekannte und Kollegen hätte, in Kopenhagen nur meinen Schwager. Er riet mir dringend, England zu verlassen: »Wenn Krieg ausbricht, ist die Insel von der Außenwelt abgeschlossen, wird blockiert. In Dänemark haben Sie Bürgerrechte, hier sind Sie eine Fremde. Das letzte Passagierschiff geht heute abend nach Esbjerg, soll ich Ihnen einen Platz reservieren?« Ich sagte, daß ich in England bleiben wollte.

Die Abendzeitungen waren bereits erschienen und wurden den Verkäufern aus der Hand gerissen. Fette Schlagzeilen verkündeten Krieg mit einem Fragezeichen, Hitlers Erpressungsversuche, seine erneuten Drohungen, daß er die sudetendeutschen Brüder wenn nötig mit Gewalt vom tschechischen Terror befreien und »heim ins Reich« führen wollte.

Ich fuhr mit der Untergrundbahn zurück, wanderte die Bakerstreet entlang nach Hause, die Überreste meiner Erbschaft in einem Umschlag in der Handtasche. Im Bakerstreet-Kino lief René Clairs Film ›Sous les Toits de Paris‹. Da ich den Krieg ebensowenig verhindern konnte wie Berufsdiplomaten und Völkerbundsschwätzer, wollte ich vorher noch etwas Schönes sehen. Für eine kurze Stunde wurde ich aller Ungewißheit entrückt, war wieder ein Kind, in Frankreich, in dessen Straßen Sänger neue Schlager mit heiseren Stimmen sangen und den Text an die Umstehenden verkauften.

Als ich den Zuschauerraum verlassen wollte, bemerkte ich, daß der Umschlag mit meiner Erbschaft aus der Handtasche gefallen war. Ich ging in die Reihe zurück, ein Herr kam mir mit dem Umschlag entgegen, sagte: »Here is your letter, Madam.« Er ahnte nicht, daß er meinen Notgroschen in der Hand hielt.

Mein Diner wurde formell serviert. Es war auserlesen von einer Wiener Köchin zubereitet. Der Butler richtete mit gedämpfter Stimme beim Nachtisch aus, es würde gebeten, die Gasmasken stets mitzunehmen, wenn man das Haus verließe: »Der Krieg kann jeden Augenblick ausbrechen, Madam.«

Englischer Sommer

Der Krieg brach jedoch nicht im September 1938 aus. Chamberlain ließ sich von Hitlers Drohungen einschüchtern, vielleicht glaubte er seinen ehrenwörtlichen Beteuerungen, daß er keine territorialen Ansprüche mehr stellen würde, wenn man ihm das »Sudetenland und die deutschen Brüder« überließe. Der hagere Premierminister mit dem senilen Lächeln, einem uralten, gerupften Adler ähnlich, hielt bei seiner Rückkehr aus Deutschland einen Papierfetzen empor, von dem er behauptete, er bedeute »Peace in our time«. Er wurde stürmisch begrüßt, umjubelt, als wäre der alte Adler eine Friedenstaube. Nur Churchill, Eden und Duff Cooper ließen sich nicht täuschen, sondern zählten Hitlers gebrochene Ehrenworte auf. In den Schaufenstern hingen gedruckte Anklebezettel: »Well done, Mr. Prime Minister.«

Die öffentliche Meinung war für Frieden um jeden Preis. Man wollte keinen Krieg für ein Land führen, von dem im Parlament erklärt wurde, man wüßte nicht einmal genau, wo es läge. Die tschechische Regierung mußte hilf- und wehrlos zulassen, wie ihre Grenzbefestigungen und ihre Waffenfabriken, die Skoda-Werke, dem Feind überlassen wurden.

Mussolini, der Abessinien erobert, und Hitler, der Österreich »angeschlossen« hatte, waren die zwei ausschlaggebenden Männer auf der Münchener Konferenz. Der Völkerbund ließ auch dies Unrecht zu. Kaiser Haile Selassie von Abessinien hatte seinerzeit in Genf erklärt, die ganze Welt würde in einen Krieg verstrickt werden, wenn man Mussolinis Raubzug in seinem unbewaffneten, wehrlosen Land ungestraft zuließe. Jetzt sah es aus, als ob Europa von zwei Gangstern regiert würde, während die noch freien Länder ängstlich zusahen und nur hin und wieder bescheidene Proteste überreichten, die von dem hysterischen Lärm der Achsenfreunde übertönt wurden.

Bald nach der kampflosen Eroberung des Sudetenlandes, die in großem Stil gefeiert wurde, setzte Goebbels' Propagandamaschine gegen die Tschechoslowakei und Polen ein, die angeblich das Dritte Reich gefährdeten.

Rudolf Olden, der die zwei besten Bücher über Hitler veröffentlicht hatte und in der Nähe von Oxford, auf Boars Hill, im Pförtnerhaus eines wohlhabenden Mannes Asyl gefunden hatte, sagte verzweifelt zu mir: »Erkennen diese Leute noch immer nicht, daß sie Hitler und Mussolini mit ihrer demütigen Nachgiebigkeit, ihren Gentleman-Allüren nur zu neuen risikolosen Raubzügen ermutigen? Daß sie den Krieg durch Nachgeben niemals verhindern werden, weil er geplant ist? Wie können sie bloß Hitlers Ehrenworten glauben, die er ebenso oft gebrochen hat?«

Es war ein herrlicher, warmer Oktobertag, als ich ihn besuchte. Wir gingen bis zur Kaffeestunde im Wald spazieren. Weißgekleidete Männer spielten mit gemessenen Gebärden und ernsthaften Gesichtern auf einer Lichtung mit Holzschlägern und einem Ball. »Cricket, Nationalsport, viel wichtiger als Politik, etwas wie eine religiöse Handlung«, erklärte Olden.

Später saßen wir im Pförtnerhäuschen und tranken Kaffee. Eine Bekannte von Olden, Henriette von Cleve, die am Tag vorher aus Wien geflohen war, hatte ihren Sohn rechtzeitig retten können und war noch erfüllt von dem, was sie gesehen und erlebt hatte: Verschleppung von Juden in Konzentrationslager (»es gibt bald so viele Lager wie Städte«), Verhaftungen und Ermordungen von Sozialdemokraten und Kommunisten oder bequemlichkeitshalber als »Kommunisten« bezeichneten, bei den Nazis unbeliebten Menschen, Plünderungen von jüdischen Geschäften, Überfällen auf Passanten. Von ihr hörte ich auch, daß Carl Roessler, Verfasser der ›Fünf Frankfurter‹, den mein Vater als junger Mann gekannt hatte, jetzt in Maida Vale wohnte. Man hatte ihn, mit dem sie seit Jahren befreundet war, aus seinem Wiener Altersheim verjagt.

Ich hatte gehofft, daß Olden mir irgendwelche Winke geben oder eine Verbindung zu Verlegern verschaffen könnte. Er erwähnte Vernon Bartlett vom ›News Chronicle‹, der emigrantenfreundlich wäre, fügte aber hinzu, was man mir schon in Wien gesagt hatte: es gäbe zu viele Emigrantenschriftsteller.

Dann brachte er mich nach Oxford, zeigte mir die schöne Stadt, die leuchtenden, kurzgeschorenen Rasenflächen in den Höfen der Universitätsgebäude, die breite Margrets-Bridge, unter der die Themse geruhsam grau schillernd Ruderboote entlangtrug. In einem Antiquitätenladen lag ein gläserner Briefbeschwerer aus der viktorianischen Zeit, in den ein Vergißmeinnicht-Strauß gezaubert war. Er kostete zwei Pfund, so viel, wie ich in zwei Wochen ausgeben durfte, wenn die Dollars langen sollten.

Ich hatte ein billiges Zimmer in Maida Vale gefunden, einen ausgebauten Dachbodenraum mit schrägen, holzgetäfelten Wänden. Er war mit allem möbliert, was ein Mensch braucht, schmaler Couch, Stuhl, Tisch und bescheidenem Waschständer. Ein kleiner Gaskamin war die einzige Heizmöglichkeit, und daneben ragte etliche Zentimeter hoch ein kleiner Gasring aus dem Fußboden. Wenn ich meinen Wasserkessel aufsetzen oder kochen wollte, mußte ich knien oder flach auf dem Boden liegen, um diesen Kochherd zu bedienen, den ich Bauchküche nannte. Das Schönste an der Kammer war ein breites Fenster, das auf einen Vorsprung, eine Miniaturterrasse, führte, die in das schräge Dach eingelassen war. Blumenstöcke schufen die Illusion des eigenen Gartens.

Meine Wirtinnen waren zwei ältere Damen, die vom Vermieten lebten. In ihrem Wohnzimmer standen eng gedrängt Möbel, Nippes und Tische aus ihrer Jugendzeit, und wenn sie mich an

Sonntagnachmittagen zum Tee einluden, wurde er so zeremoniell serviert wie früher zu Lebzeiten meiner Mutter.

Im dritten Stock wohnte eine deutsche Emigrantin, die einmal, vor einem halben Jahrhundert, Carl Roesslers Freundin gewesen war. Als ich die beiden alten Leute, die sich Jahrzehnte nicht gesehen hatten, zum Tee einlud, nahm er sie in seine Arme, sagte zärtlich: »Weißt du noch, damals im Mai, in der Zimmerstraße, du Teufelsmädel?« Und die alte Dame errötete.

Roessler war ein Fels an Gelassenheit und Humor in dieser Zeit, stets philosophisch, ohne je resigniert zu sein. Er war eine herrliche Erscheinung, ein nordischer Recke, sehr groß, mit hoher Seherstirn unter weißem Haar und knabenhaft verliebt in Henriette. Bei ihm traf ich Hermann Sinzheimer wieder, gealtert, von Neuritis geplagt, nicht mehr elegant wie früher, als er am ›Berliner Tageblatt‹ war.

Roessler war der Wohlhabende in diesem Kreis. Man erzählte sich, daß er fünf Pfund wöchentlich von der Rothschild-Familie erhielte, weil er das Stück ›Die fünf Frankfurter‹ geschrieben hatte – für jeden Frankfurter ein Pfund. Außerdem bekam er die abgelegten Rothschild-Hemden, die er freigiebig an seine weiblichen Bekannten verschenkte. Wir trugen alle herrliche reinseidene Blusen, als unsere Kostüme längst fadenscheinig geworden waren.

Ich wanderte mit meinen Manuskripten von einer literarischen Agentur zur anderen und wurde überall abgewiesen. Auch Kurt Wolffs früherer Mitarbeiter, Mohrenwitz, schlug sich nur kümmerlich mit Vermittlungen englischer Bücher an die Schweiz durch. Das kleine deutschsprachige Wochenblatt ›Die Zeitung‹ brachte nur selten einen Artikel für ein Miniatur-Honorar. Die ›Pariser Tageszeitung‹ schickte mehr zurück, als sie annahm. Die ›Basler Nachrichten‹ hatten einen Roman ›Die Wutzlingerin‹ veröffentlicht, aber das Honorar dafür war von der Fahrkarte nach England verschlungen worden. Die Dollars, die in Positano ausreichend gewesen waren, reichten hier nur für Miete und Frühstück.

Durch die Schriftstellerin Nancy Ford-Inman lernte ich Sir Stafford Cripps' Sekretärin kennen, die mir eine Empfehlung an den Chefredakteur des ›New Statesman‹, Kingsley Martin, gab. Martin empfing mich liebenswürdig-unverbindlich, ließ sich aus Deutschland und Österreich berichten und sagte schließlich, ich sollte ihm gelegentlich eine Arbeit einreichen.

Martin Zeller schrieb aus München, riet mir, die Schwester

eines Patienten zu besuchen, Audrey Mildmay, die Frau vom Orgelbauer John Christie, dem Begründer der Glyndebourner Opernfestspiele: »Vielleicht kann sie Dir behilflich sein, eine Stellung als Sekretärin oder so zu bekommen.« Aber selbst wenn sie mir eine Stelle angeboten hätte, durfte ich sie nicht annehmen, weil ich Arbeitsverbot hatte. Ich schrieb an Audrey Mildmay, und sie lud mich umgehend in das kleine Hotel in Chelsea ein, in dem sie monatelang im Winter wohnte. Sie war bezaubernd liebenswürdig, etwas melancholisch, und bemerkte einmal flüchtig, es wäre nicht leicht, die Frau von Christie zu sein, denn die anderen Sängerinnen beneideten sie, glaubten, weil sie die Frau eines Millionärs wäre, bekäme sie alle Partien, die sie singen wollte. Sie lud mich ein, zu den Proben im Frühjahr zu kommen. Ich dachte, was wird bis zum Frühjahr aus mir geworden sein – und sagte auf alle Fälle zu. Ich wagte nicht, diese sorglose, elegante Frau zu fragen, ob sie irgendwelche Verdienstmöglichkeit für mich wüßte, die keine feste Anstellung wäre, sondern verabschiedete mich mit einem au revoir auf die kommende Saison.

Zwischen Arbeit, Verschicken von Arbeiten, Wanderungen in der Umgebung entdeckte ich Land und Leute, vor allem aber die Landschaft, in die ich mich immer mehr verliebte. Aus dieser Zeit der Entdeckungen stammt ein Essay, der in der ›Pariser Tageszeitung‹ erschien:

»Sie besteht aus gedämpften, verschleierten Bildern, die deutlich zu erkennen und zu genießen man sich nur allmählich gewöhnen kann. Die Farben sind ruhig, zart abgetönt, die Sonne nie grellgelb, sondern mattfarben. Vor vielen Jahren gab es in Paris einen Maler namens Raffaeli, dessen Hobby darin bestand, ›verbesserte Pastellfarben‹ zu erfinden. Sie waren wunderschön, diese Raffaelifarben, von verlockender, durchsichtiger Zartheit, wie eine Fata Morgana. Viele Maler, auch mein Vater, versuchten sie und waren begeistert. Aber sie waren auch eine Fata Morgana, weil sie schnell verblaßten. Daher kehrten die Maler wohl oder übel nach einiger Zeit und einigen peinlichen Erfahrungen wieder zum alten Pastell zurück.

Die englische Landschaft erinnert an Raffaelifarben, mit dem Unterschied, daß jene verfielen, diese aber haften bleiben, zugleich mit den insular stillen Gesichtern der Bewohner und der Tiere, der stets kühlfeuchten Luft, den Nebelschleiern, den sanften Hügeln und dunklen Wäldern, den schmalen Landstraßen zwischen hohen Hecken.

Man muß Geduld haben, um das Gesicht dieser Landschaft zu erkennen, dann schweben die opalfarbenen Vorhänge, die sie verhüllen, empor, die weißen und gelben Schleier lichten sich, enthüllen die eigenartige, zurückhaltende Schönheit. Viele Menschen glauben, daß die durchsichtige Zartheit dieser Farben, das kühl-zurückhaltende Wesen der Inselbewohner Kälte bedeutet. Dabei gibt es auf dieser Insel Wärme, wenn auch schwach dosiert, Herbsttage von glühend-tropischer Buntheit im kleinsten Garten, Wärme, Freundlichkeit, vor allem Hilfsbereitschaft bei den Menschen, ohne viele Worte.

Wesen und Gestalt von Mensch und Tier sind vom Klima beeinflußt, in Rhythmus und Reaktion abwartend, gelassen, genau so, wie die Landschaft friedlich-geruhsam ist. Die Zartheit der Farben, die kühlfeuchte Luft, die stets ein wenig verschleierte Sonne, die zurückhaltenden Menschen stehen in völligem Einklang mit dieser Insel, auf der jeder Engländer sein eigener Gärtner ist. Selbst Amateure haben die Gartenkunst zu höchster Vollendung gebracht mit Liebe, Zähigkeit, Geduld, einem Sich-Erfreuen, ›doch ohne Lärmen‹. Ruhe ist jedoch nicht gleichbedeutend mit Gleichgültigkeit, sondern Gelassenheit der Haltung, vor allem die Eigenschaft des Alleinsein-Könnens, einem in sich Abgeschlossensein.

Dies Volk ist eine Seefahrernation, eine Nation seefahrender Gärtner ältester Tradition, fest auf einer Insel verwurzelt, seit tausend Jahren niemals von einem ›bösen Nachbarn‹ gestört, die Landschaft wurde nicht von fremden Horden verwüstet, Dörfer und Städte nicht zerstört, die Bewohner nicht gezwungen, andere Sitten anzunehmen. Von Generation zu Generation durch die Jahrhunderte entwickelte sich ungestört althergebrachte Tradition, an der zäh festgehalten wird. Wir, die Kontinental-Hastigen, können uns nur schwer an die Gelassenheit von Landschaft und Mensch gewöhnen ...«

In Carl Roesslers Zimmer traf sich, was aus Deutschland und Österreich geflüchtet war. Martin Beradt, zuweilen Rudolf Olden, später der kleine, lustige Rechtsanwalt Ferdinand Kahn aus München, der in Dachau gesessen hatte. Es dauerte lange Zeit, bis Ferdl erzählte, was dort vorging. Es klang unfaßlich: alte Leute wurden in Baracken nachts eingesperrt, durften nicht einmal die Latrinen aufsuchen. Ein alter Justizrat, der seinen Strohsack beschmutzt hatte, weil er weder aufstehen noch herausgehen durfte, mußte im Hemd stundenlang im Schnee stehen, bis er umfiel – und schließlich an Lungenentzündung starb. Ein anderer Mann, Sozialdemokrat, bekam »Spezialbehandlung«, die darin bestand, ihn an seinen auf dem Rücken zusammengebundenen Händen an einem Baum hochzuziehen und dort hängen zu lassen, bis er, bewußtlos, abgeschnitten wurde. »Aber die Dampfnudeln waren sehr gut«, berichtete Ferdl. Er hatte bei seiner Entlassung unterschreiben müssen, nichts von dem zu erzählen, was er erlebt hatte. Die Furcht dieser letzten Jahre war so tief verwurzelt, daß er all dies – auch von dem angeblichen Selbstmord von Erich Mühsam, den man in der Latrine erhängte – nur im Flüsterton berichtete.

Kahn und Beradt warteten ungeduldig auf ihr amerikanisches Visum. Aber als sie schließlich im Land der unbegrenzten Möglichkeiten landeten, nahm man auch sie nicht mit offenen Armen auf, denn der Strom der Emigranten war zu groß. Man mußte sich auch dort irgendwie durchschlagen. Ferdl arbeitete zuerst auf einer Hühnerfarm, später mit anderen Emigranten in einer Keramik-Fabrik. Ehe sie abreisten, erlebten sie noch, wie England, aufgerüttelt durch Hitlers brutalen Überfall auf die Tschechoslowakei, zu spät und überstürzt zu rüsten begann.

Da war eine Luftschutzübung mit Scheinwerfern über London. Die Civil Defence sollte zeigen, was sie gelernt hatte. In unserem Stadtteil fuhren Ambulanzen und Feuerwehr auf. »Tote« und »Schwerverletzte«, naturalistisch angestrichen, lagen nach einem angeblichen Luftangriff auf den Straßen. Die Helfer, die Luftschutzwarte waren so eifrig, daß sie zuerst die »Toten« fortschafften und die Verwundeten liegen ließen. Einem »Verwundeten« wurde beim Einladen in die Ambulanz der Arm gebrochen.

»Ich bin froh, von hier fortzukommen«, meinte Ferdl. Es gab viele unter uns, die ihn und Beradt um dies Visum beneideten, auf das sie über ein Jahr warten mußten, denn deutsche, österreichische und später tschechische Flüchtlinge drängten sich zu Hunderten vor dem amerikanischen Konsulat. Der Historiker Professor Veit Valentin, nach Harvard berufen, stand vor der Abreise.

Im Frühjahr 1939 begannen die Proben in Glyndebourne. Ich konnte mir nicht leisten, jeden Tag nach Lewes zu reisen, und schrieb an Audrey Mildmay, daß ich gern zur Aufführung von ›Figaros Hochzeit‹ und ›Cosi fan tutte‹ kommen würde.

Während Europa ängstlich nach Deutschland blickte und die Tschechoslowakei deutsches »Protektorat« wurde, genoß England einen herrlichen Sommer mit Pferderennen, Fußballkämpfen und Cricket. Sommerlich gekleidete Menschen lagerten im Hyde Park mit ihren Picknickkörbchen oder ruderten auf dem kleinen See. Der kontinentale Lärm schien auf einem anderen Weltteil zu toben, und Veit Valentin sagte: »Wahrscheinlich ist es der letzte schöne Sommer für unsere Generation.«

Ich fuhr im Sonderzug »Glyndebourne Festival« nach Lewes. Von dort wurden die Zuschauer in Sonderbussen nach Glyndebourne gebracht, einem Landsitz inmitten eines Parks mit Irrgarten, blühenden Büschen, Blumenrabatten und einem angebauten Opernhaus. Es war ein ungewohnter Anblick, auf dem schmutziggrauen Victoria-Bahnhof festlich gekleidete Menschen am Frühnachmittag zu sehen: Damen in Abendtoiletten, Inderinnen in bunten Saris, juwelenglitzernd, die Herren im Smoking.

Der Wiener Rudolf Bing, als Emigrant nach England geflüchtet und heute Direktor der Metropolitan-Opera in New York, war nach einem kurzen Zwischenspiel als Verkäufer in einem Londoner Warenhaus Impresario geworden und Berater von John Christie. Fritz Busch dirigierte, mein alter Freund Carl Ebert war Regisseur. Die Vorstellung war so angesetzt, daß die große Pause noch bei Tageslicht stattfand und Zuschauer, die ihr Diner nicht mit der Eintrittskarte bezahlt hatten, im Park bei Tageslicht picknicken konnten.

Es war eine leuchtende Vorstellung von ›Cosi fan tutte‹ auf der kleinen Bühne im reitstallähnlichen Raum. Audrey Mildmay hatte keine sehr große, aber eine schöne, kultivierte Stimme, die für Mozart besonders geeignet war, und spielte mit eindrucksvoller Grazie. Ich saß mit John Christie, seinen zwei Kindern und einigen Christie-Freunden in der Christie-Loge neben dem Bürgermeister von Brighton, der seine Amtskette angelegt hatte und durchaus wissen wollte, worum es sich in diesem Opernwirrwarr handelte. Christie erwiderte summarisch: »Alles ist ein Traum«, worauf der Bürgermeister wissen wollte, wer der Träumer wäre. Christie erwiderte geduldig: »Alle.«

Ich saß beim Diner zwischen Christie und John Lewis, dem Warenhausbesitzer, der Christie an diesem Tag ein Flamingo-Paar geschenkt hatte. Später sah ich im Park die zwei rosa Riesenvögel. Sie standen betroffen im Teich, der an eine Wiese grenzte, über deren Zaun erstaunte Kühe auf die unbekannten Geschöpfe starrten. Dieses seltsame Geschenk eines Millionärs an einen anderen Millionär paßte in den Rahmen von Luxus, von glitzernden Diamanten, paßte in die Atmosphäre absoluter

Sorglosigkeit einer Insel, die so weit ab, so isoliert vom Weltgeschehen war.

Der Speisesaal war ein riesiger Raum, durch dessen Glasdach der Stamm einer Kastanie wuchs und den Eindruck eines überdimensionalen Gewächshauses gab, in dem blumengeschmückte Tische standen. Ich hatte noch nie zwischen Millionären gesessen, und die Millionäre ahnten nicht, daß zwischen ihnen jemand saß, der nur noch fünf Silberstücke und ein paar Pennies besaß. John Christie, der Musik-Mäzen, berichtete von den Schwierigkeiten, Oper und Diners zu organisieren – und ihren Kosten. John Lewis auf der anderen Seite vertraute mir an, daß er eigentlich nichts von Opern verstünde und Ebert bitten würde, ihn zu belehren. »Natürlich werde ich ihn dafür bezahlen«, fügte er hinzu.

Später saß ich mit Carl Ebert, seiner Frau und Fritz Busch zusammen, und wir sprachen von vergangenen Zeiten, als lägen sie Jahrhunderte zurück. Und dann ging die Oper weiter, beschwingt, festlich-glänzend. Politik, Kriegsgefahr, Hitlers heiseres Geschrei, Goebbels' pathetische Ansprachen wurden von Musik ausgelöscht. Ich sah noch Audrey Mildmay in ihrer Garderobe vor Abfahrt des Sonderbusses. Sie lud mich zu ›Figaros Hochzeit‹ in der folgenden Woche ein, die ich für die ›Pariser Tageszeitung‹ besprechen wollte. Über ihrem Toilettenspiegel hingen die winzigen »Galoschen des Glücks«, die ich ihr geschenkt hatte und über die sie sich kindlich freute. Als ich lange nach Mitternacht in meine Dachkammer zurückkehrte, trug ich noch den Glanz dieses Sommertages in mir.

›Figaros Hochzeit‹ war die letzte Oper, die ich vor dem Krieg sah. Dieser Tag bekam eine besondere Bedeutung in späteren Jahren. Audrey Mildmay machte mich mit einer kleinen, altjüngferlich verschrumpften Person, Kathleen Merritt, einer Dirigentin, bekannt, die mir erzählte, daß sie noch am selben Abend nach der Vorstellung nach Hampshire fahren würde, wo ihre Freundin, Jane Napier, eine Farm bewirtschaftete: »Es geht immer etwas drunter und drüber dort zu, aber die uralte Mühle, die Hampshire-Landschaft, sind so schön.«

Ich vergaß Kathleen Merritt, ihr Orchester, die unbekannte Farmerin. Wichtig war, sich durchzubringen, denn die monatlichen fünf Pfund aus Amerika hatten nach einem Jahr aufgehört. Deshalb konnte ich auch nicht mehr die Reise nach Glyndebourne bezahlen, obwohl Audrey Mildmay mich immer wieder zu einer Vorstellung einlud.

Statt dessen ging ich zu einer Freilichtaufführung von Shakespeares ›Sommernachtstraum‹ im Regent's Park. Sie begann nachmittags und endete vor Sonnenuntergang. Es ist das Schönste, was ich gesehen habe. Mein Vater hatte mich zu Reinhardts berühmter Sommernachts-Inszenierung im Deutschen Theater genommen, mit dem echten Wald aus echten jungen Birken, die langsam auf der Drehbühne vorüberzogen. Im Regent's Park traten die Schauspieler aus einem echten Wald auf, nicht zwischen armen, erdentrissenen, entwurzelten Bäumen. Die Liebespaare lagerten nicht auf Kunstmoos, sondern auf tiefgrünem, kurzem Rasen, und aus dem Hintergrund, zwischen den Bäumen, ertönte leise Mendelssohns unsterbliche, in Deutschland verbotene Musik. Man saß auf langen Holzbänken. Als Neuling hatte ich nicht wie die Inselbewohner vorgesorgt, die Wolldecken und Picknickkörbe für den Zwischenakt mitgenommen hatten. Eine ältere Dame hielt eine Wärmflasche auf den Knien, um die ich sie später beneidete, als es kühler wurde. In späteren Jahren, wenn ich zu einer Vorstellung ging, trug ich in meiner Einkaufstasche Wärmflasche, Teeflasche, Sandwiches und eine Wolldecke.

Ich hatte mein restliches Kapital auf der Bank deponiert und nicht angerührt, aber jetzt mußte ich abheben und rationierte mich auf 25 Shilling die Woche, trank mittags eine Tasse Kaffee, aß eine Semmel und ging abends in den Austrian Centre, wo man für wenige Pennies gut, reichlich und österreichisch essen konnte.

Dort traf ich eines Abends eine Frau wieder, die ich in der Wiener Kapuzinerkirche an hohen Festtagen gesehen hatte. Sie kniete damals, stets in Tränen, vor der dörflich bunten, freundlichen Statue des Heiligen Antonius, mit flehend erhobenen Händen, und fromme Beter gaben ihr beim Verlassen der Kirche ein Almosen. Jetzt saß sie zufällig an meinem Tisch, schlug seelenvoll-traurige Augen auf und erklärte: »Sie schaun so glücklich aus, wenn unsereiner bloß a bisserl Glück hätte«, und berichtete unaufgefordert, daß sie zwar »eine kleine Unterstützung« erhielte, die aber nicht ausreichte. Wie diese Berufsbettlerin es fertiggebracht hatte, sich nach England durchzuschlagen, weiß ich nicht, denn sie war keine Verfolgte.

Ich konnte gut in der Dachkammer arbeiten, mit dem weiten Blick über Dächer und alte Bäume. Morgens erschien der rote Kater Sammy, der den Damen Parker gehörte, und bettelte um Milch. Er nahm seine verschiedenen Imbisse bei allen Mietern ein, erschien an der jeweiligen Tür, hinter der ein Kessel summte. Seinen Mittagsschlaf hielt er auf meiner Couch, zur Teestunde erschien er im Zimmer unter mir. Nachts hörte ich ihn oft im kleinen Garten Liebes-Serenaden weinen.

Ich bot dem Zeichner Walter Trier eine Geschichte ›Tony, der Esel‹ an. Es war ihm gelungen, mit seiner kompletten wunderbaren Spielsoldatensammlung nach England zu fliehen und für ein neues Magazin den bunten Umschlag zu zeichnen. Er war der einzige in unserem Kreis, der seinen alten Beruf ausübte. Er las meine Geschichte von Gott, der im Traum einen bunten Esel erschuf, schmunzelte und erklärte, es hätte keinen Zweck, deutsch zu schreiben, da niemand es lesen würde. So übertrug ich ›Tony, the Donkey‹ ins Englische, und der Verlag Collins brachte die Geschichte, von Trier illustriert, in seinem Almanach. Es war mein erster englischer Verdienst. Ich besaß mit einemmal so viel Geld, wie ich für die nächsten drei Monate brauchte, wenn ich sparsam lebte.

Von Hermann Sinzheimer hörte ich, daß Alfred Kerr aus Paris gekommen war und im selben Hotel wie er wohnte. Es war ein alter, düsterer Bau, nicht weit entfernt vom British Museum. Die enge Eintrittshalle mit den schäbigen Sesseln war dunkel, kalt, armselig, Sinnbild der Emigration, wie ich es schon in Prag gesehen hatte.

Der Freund und Berater aus besseren Tagen sah müde und krank aus. Wir sprachen von der Zeit vor dem Ersten Weltkrieg, vom Glanz, der Berlin überstrahlt hatte, von Premieren und von der Berliner Premiere von Lautensacks ›Pfarrhauskomödie‹, die wir zusammen sahen. Ich hatte dies herrliche Stück schon in einer geschlossenen Vorstellung bei seiner Uraufführung im Münchener Steinicke-Saal gesehen. Jeder Zuschauer hatte damals beim Billettkauf schriftlich versichern müssen, nicht zu demonstrieren. Man befürchtete Störungen durch katholische Kreise, denn das Stück begann damit, daß der Cooperator die Magd absolviert, die er geschwängert hatte. In Berlin spielte Lucie Höflich die Magd, drall, blond, saftig. All dies lag Jahrzehnte zurück – es war unser Gestern, und wir mußten mit dem Heute fertig werden.

Es war ein herrlicher Sommer, als sollte der Welt noch einmal gezeigt werden, wie schön der Friede wäre.

Durch Castoniers erste Frau Geten hatte ich gehört, daß »unser Polle« mit der Engländerin Maggy auf dem Land lebte. Er besuchte mich eines Tages, fuhr in einem kleinen Auto vor, das der Freundin gehörte, heiter, elegant, sehr soigniert, noch immer voll unbestimmter Pläne und Hoffnungen für seine Karriere. Der bald Sechzigjährige schien sich nicht bewußt zu sein, daß er alle Chancen verpaßt hatte. Er war entsetzt über meine Behausung, die im Hóchsommer ein Brutofen war. »Du mußt zu uns auf ein weekend herauskommen und frische Luft schöpfen, meine Olle«, erklärte er und erzählte sachlich, daß Maggy etwas zu alt für seinen Geschmack, aber ein guter Mensch wäre. Er hätte aber außer zwei männlichen Gesangschülern eine junge Schülerin, sehr hübsch, sehr begabt. Ich kannte dies Lächeln. Er hatte sich nicht verändert.

Wenige Tage später bekam ich einen Brief seiner Freundin mit einer Einladung. Der alte Roessler meinte kopfschüttelnd: »Du hast nicht genug zu essen und lebst wie eine reiche Frau, mein Kind: Festspiele, Sommerreisen. Amüsier dich, solang es möglich ist. Der Friede wackelt.«

Die Zeitungen in diesen Augustwochen des Jahres 1939 meldeten, daß Hitler sich vom kleinen Polen bedroht fühlte, daß sich mysteriöse Grenzzwischenfälle auf »deutsche Brüder« wiederholten. Das von ihm begründete Tausendjährige Reich könnte dies nicht länger dulden, seine Geduld wäre erschöpft.

An einem schönen Sonnentag saßen der große katholische Verleger Jakob Hegner, Sinzheimer, Ferdl Kahn, der noch auf sein USA-Visum wartete, im Hintergarten von Roesslers Logierhaus in Maida Vale mit Henriette von Cleve. Hegner meinte: »Hitler will Krieg führen, er will die Welt erobern.« Roessler wiederholte nur: »Der Friede wackelt.« Sinzheimer war von Neuritis so geplagt, daß er nur wenig sprach. Henriette war hysterisch erregt: »Wenn Krieg kommt, werden wir alle interniert, und was wird aus meinem Buben?«

»Hier in England geschieht uns nichts«, beruhigte Roessler. Wir sprachen vom Krieg, als wäre er schon ausgebrochen, aber distanziert, als könnte er uns nicht erreichen, denn wir hatten ein Gefühl des Geschütztseins in dieser Atmosphäre des gelassenen »wait and see«.

Maggy und Castonier holten mich am letzten Augusttag für ein Wochenende in Bourne-End ab. Ich besinne mich so deutlich auf diesen Tag, weil ich aus der Brutofenhitze meiner Behausung erlöst wurde und endlich wieder Landluft atmen konnte. Überall standen Autos vor den Häusern, wurden vollgepackt mit Koffern, Kindern, Vogelkäfigen und Hunden, fuhren in derselben Richtung fort, zur Great Western Road, aus der

Stadt heraus, denn die Zeitungen erwähnten drohende Kriegsgefahr.

Maggy erklärte, wir müßten erst noch zu einer Bekannten fahren, um eine Schildkröte nach Bourne-End zu evakuieren, weil ihre Besitzerin fürchtete, daß der erste Kriegstag mit einem Bombenangriff auf London beginnen würde. Die Schildkröte Emily war unauffindbar. Wir suchten den Garten ab, riefen rechts und links in die Nachbargärten, ob sie dort wäre – Emily war nicht zu finden. Ihre Herrin blieb in London, »um noch etwas im Garten zu besorgen«. Sie hatte nur »poor dear Emily« in Sicherheit bringen wollen, damit sie ungestört und ungefährdet ihren Winterschlaf verbringen könnte.

Ein dichter Autostrom rollte über die Great Western Road. Polizisten versuchten, die wenigen stadteinwärts fahrenden Autos durch dies Gewirr zu leiten. Auf dem Flugfeld, nahe der Straße, standen vier Maschinen. Die Besatzung spielte Fußball. »Hoffentlich haben wir mehr Flugzeuge als die paar da«, meinte Maggy. Castonier, der schläfrig hinter uns saß, sagte: »Die Rolls-Royce-Maschinen werden den Krieg gewinnen.«

In der kleinen Villenkolonie Bourne-End war alles still, friedlich und sommerlich. Ein Mann im Nebengarten strich seinen Zaun. Maggy und Castonier gingen in den Gemüsegarten, ich mußte Beete umgraben. Es war gut, wieder einmal auf weicher, duftender Erde zu stehen, umgeben von Blumen und Büschen – ohne das ferne Atmen der Stadt zu hören, wenn man aus dem Fenster sah.

Abends kamen Nachbarn zu einem Drink, unter ihnen ein bekannter Londoner Verteidiger. Sie waren betroffen, als Castonier mich, zum Entsetzen von Maggy, als sein »Ex-Wife« vorstellte. Maggy überbrückte geschickt die Befangenheit. Man sprach von Blumensamen, Unkraut, vom Wetter und der Fenster-Verdunklung, falls Krieg ausbräche. Irgend jemand sagte: »Ich glaube, wir sind wie gewöhnlich nicht so recht vorbereitet.« Der Verteidiger meinte: »Wir verlieren immer die ersten Schlachten und gewinnen die letzte.« Hitlers Überfall auf Polen wurde flüchtig erwähnt.

Wir saßen vor dem Haus, es war feuchtkalt und entspannend still. Sterne zwinkerten um den verschleierten Mond. Als die Gäste gegangen waren und ich mit Castonier über vergangene Zeiten sprach – dies: »Weißt du noch, damals –«, sagte Maggy plötzlich, ohne Bitterkeit, ob ich »Polle« wiederhaben wollte. Ich winkte ab. Castonier erkundigte sich gekränkt, ob sie ihn wohl loswerden wollte. In ihrer sachlichen Art, die ich gern mochte, erwiderte sie: »Nein«, und wir tranken daraufhin noch mehr Whisky.

Das Radio meldete am nächsten Morgen zerbombte, in Brand gesetzte polnische Städte und Dörfer und viele Todesopfer. Die englische und französische Regierung sandten Protestnoten.

Der Milchmann mit dem kleinen roten Wagen und dem struppigen Pferd, das automatisch stehenblieb, wartete und weiterging, meinte: »Wir waren selbst einmal Piraten. Aber jetzt sind wir aus der Barbarei heraus – und die Deutschen sind wieder Barbaren. Der Mann muß endlich geschlagen werden.«

Die Inhaberin des kleinen Tabakgeschäfts machte Riesengeschäfte mit ihren Zeitungen, sie wurden ihr aus den Händen gerissen und im Stehen auf der Straße gelesen. Die Schlagzeilen hatten noch ein Fragezeichen hinter dem Wort »Krieg«.

Spät abends, als Maggy und Castonier zu Bett gegangen waren und ich allein im Wohnzimmer saß, schaltete ich Berlin ein. Zuerst kamen Fanfarenstöße, dann erklärte eine heisere Stimme, daß den unerhörten Provokationen der Polen ein Ende bereitet würde. Deutsche Brüder wären bestialisch niedergemetzelt worden, ihr Tod fände jetzt Vergeltung. Es war der übliche Goebbelsstil. Ich entsann mich an das, was Göring einmal verkündet hatte: »Meine Maßnahmen werden nicht angekränkelt werden durch irgendwelche juristischen Bedenken. Ich habe keine Gerechtigkeit zu üben, sondern zu vernichten und auszurotten.«

Jetzt sollten die Polen ausgerottet werden. Ich dachte an das Mädchen, das im spanischen Bürgerkrieg eine geschändete Nonne für die Nazis darstellen mußte. Ob sie wohl jetzt als von Polen ermordete deutsche Frau gefilmt wurde?

Duff Cooper, der genau wie Churchill vor Jahren erkannt hatte, daß man Hitler nicht nachgeben dürfte, weil dadurch der Krieg nicht verhindert, nur etwas aufgeschoben würde, hat in seinen Memoiren ›Old Men Forget‹ diese letzten Tage verzweifelter Hoffnungslosigkeit plastisch beschrieben, und wie er ein Gefühl der Erleichterung spürte, daß nun endlich, endlich etwas Positives unternommen würde – jener Krieg, der unvermeidlich war.

Der Briefträger brachte mir zwei von den Misses Parker nachgesandte Briefe aus Berlin. Der eine war von meiner Freundin Terry, der andere von den Fräulein Dörre. Er schloß mit den Worten: »*Wir* haben es nicht gewollt.«

Ich schrieb an sie und an Terry, sie könnten mich stets über die Filiale der Westminster Bank erreichen, und fügte hinzu: »Vielleicht finden wir uns unter Trümmern wieder.«

Berlin verkündete den »unaufhaltsamen Vormarsch deutscher Truppen« in Polen. Ich hatte ähnliches schon einmal gehört, 1914, als deutsche Truppen durch das neutrale Belgien in Frankreich einfielen.

Die Zeitungen am 2. September meldeten, daß Hitler ein auf Sonntag, den 3. September, befristetes Ultimatum vom englischen Botschafter Henderson überreicht worden wäre. Die Frist lief Sonntag um elf Uhr morgens ab, wenn Hitler seine Truppen bis dahin nicht aus Polen zurückbeordert hätte.

Wir gingen nachmittags zu einer Gardenparty, deren Ertrag für das Rote Kreuz bestimmt war. Eine Dame in geblümtem Sommerkleid und breitrandigem Strohhut mußte ihre Erklärung wiederholen, daß sie sich freue, den Bazar zu eröffnen, denn das Mikrophon war nicht eingeschaltet. Auf der Wiese waren Zelte errichtet, in denen man Zielschießen, Ballwerfen und Geschicklichkeitsspiele spielen konnte – jeder Wurf, jeder Schuß kostete einen Penny. Kinder ritten einige Meter für einen Penny. Ich gewann eine Flasche Limonade beim Ballwerfen, Castonier versuchte sich immer wieder beim Zielschießen und verlor. Maggy bemerkte in ihrer trockenen Art: »Wir amüsieren uns stets ernsthaft – niemals laut.« Das stimmte, es ging gedämpftheiter zu. Ein Kind lachte, ein Pony wieherte, das Grammophon spielte irgendwo – die Insel war unberührt von Krieg und Tod, und nur wenige Stunden entfernt vom Massensterben.

Nach dem Abendessen fuhren wir in das Nachbardorf, in den Gasthof »Zur Blinzelnden Eule«. Holzbänke standen vor dem uralten Haus, in dem in früheren Zeiten die Postkutschen haltgemacht und ihre Pferde gewechselt hatten. Zwei Wagenlaternen zu beiden Seiten der Eingangstür warfen einen zitternden, goldenen Schein auf den kurzgeschorenen Rasen, auf dem junge Leute zum Klang einer Ziehharmonika einen dem Rheinländer ähnlichen Tanz tanzten. Bodennebel stiegen empor und verhüllten ihre Beine mit Opalschleiern, so daß es aussah, als bewegten sich nur gespenstische Oberkörper. Ein junges Mädchen hatte zuviel getrunken und lächelte euphorisch vor sich hin.

Ich tanzte mit Castonier einen Walzer auf dem feuchten Gras. Wie gut ist es, daß man nie weiß, wann etwas zum letztenmal geschieht. Er fragte mich, ob ich mich vor dem Krieg fürchtete. Ich überlegte, sagte dann: »Nein.« Er sagte: »Ich möchte dich lieber hier auf dem Land wissen als in London, wenn es losgeht – aber ich bin ja selber nur ein Gast bei Maggy, und so ein armer Hund.«

Sonntagmorgen wurde ich ausgeschickt, die Zeitungen zu holen. Der schmale Weg führte zwischen mannshohen Hecken in das kleine Dorf. Die Kirchenglocken läuteten, eine alte Dame stand an ihrem Zaun, nickte mir zu, sagte: »Es gibt Krieg, ich bekomme heute zwei evakuierte East-End-Kinder – hoffentlich sind sie nicht verlaust.«

Die Zeitungsverkäuferin sagte: »Mein Mann hat im Ersten Weltkrieg gegen die Deutschen gekämpft. Jetzt hat er sich wieder gemeldet.« Ihr Mann fügte hinzu: »Der Kerl muß endlich geschlagen werden.«

Ich sagte: »Ich bin in Deutschland geboren.«

Er sah mich an, meinte ernst: »Wenn Sie bei uns sind, sind Sie allright, Madam«, und gab mir die Hand.

Ich sagte: »Hoffentlich bringt man ihn bald im Käfig herüber.«

Seine Antwort kam rasch: »Das ist nicht nötig. Das Böse zerstört sich zuletzt selbst.«

Ein kleiner, zitternder, blasser Mann, der englisch mit österreichischem Akzent sprach, sagte: »Ich bin aus Wien geflohen, jetzt aus London hierher geflohen.«

Der Zeitungsverkäufer antwortete langsam und deutlich: »Helfen Sie den Farmern bei der Ernte, das bringt Sie auf andere Gedanken. Angst haben führt zu nichts, Sir.«

Der kleine Mann sagte fassungslos: »Ich habe noch nie –« und stockte.

»Wir müssen oft im Leben etwas tun, was wir noch nie getan haben, Sir«, sagte der Zeitungsmann.

Die Schlagzeilen meldeten, daß das Ultimatum um elf Uhr abliefe, und daß Hitler bisher keine Antwort erteilt hätte. Als ich den schmalen Heckenweg einschlug, der zu Maggys Bungalow führte, sah ich Castonier und den Verteidiger an der Hecke lehnen. Sie blickten mir entgegen, ohne zu lächeln. Als ich sie erreicht hatte, sagte Castonier vorsichtig: »Es ist Krieg, mein Kind.«

Ich war froh, daß es mir gelang, ruhig zu sagen: »Wie gut, daß wir die Verdunklung fertig haben.«

In diesem Augenblick heulte die Luftwarnung in die herbstliche Stille. »Hoffentlich wirft der Kerl keinen Dreck in unseren Garten«, sagte Castonier.

Der Verteidiger blickte auf die Uhr: »Fünf nach elf, die Leute fangen pünktlich an.«

Gleich darauf ertönte die Entwarnung. Ob der Alarm zur Probe oder, wie viele meinten, aus Versehen gegeben war, erfuhr man nicht. Der Nachbar zur Linken strich seinen Gartenzaun. Der Nachbar zur Rechten mähte seinen Rasen. Maggy kniete im Gemüsegarten. Castonier sagte zu mir: »Du mußt uns beim Jäten helfen –«

Es war ein sommerlich warmer Tag, an dem unsere Welt versank.

London unter Feuer

Die Achtmillionenstadt hatte etwas Gespenstisches in ihrer Stille und Dunkelheit. Kleine blaue Kreise der Taschenlampen irrlichterten durch die Straßen, abgeblendete Autos und Autobusse krochen im Schritt-Tempo an den geweißten Rändern der Gehsteige entlang. Als Nachtblinde hatte ich es zuerst nicht leicht, mich zurechtzufinden, stolperte, stieß an, ging in falsche Türen.

Die Bevölkerung warf mit sportlichem Eifer im Hyde Park Gräben auf. Die zierliche Eros-Statue im Piccadilly Circus verschwand hinter einer Schutzmauer aus Sandsäcken, die auch um Ministerien wuchsen. An der ländlichen Kirche in meiner Nähe erschien das Plakat eines knienden Soldaten mit der Überschrift: »We kneel only to Thee.«

Die sonst so wortkargen, zurückhaltenden Menschen sprachen jetzt miteinander, ohne einander vorgestellt zu sein. Sie taten dies sechs Kriegsjahre hindurch, in den Autobussen, der Untergrundbahn, auf der Straße, um nach Friedensschluß wieder in ihre wortkarge Zurückhaltung zu versinken.

Chamberlain hatte in seiner Rede zu Beginn des Krieges erklärt, daß es gelte, böse Dinge zu bekämpfen. Die Menschen waren entschlossen, diese Dinge zu bekämpfen, ohne Haßgeschrei, ohne Hysterie, mit verbissener Zähigkeit. Wir, die Emigranten, waren froh, daß die Zeit des sinnlosen Nachgebens dem Barbarentum gegenüber endlich vorüber war.

Polen war im Blitzkrieg erobert, niedergeschlagen, Abertausende von Zivilisten ermordet, Städte und Dörfer verwüstet worden, ehe die Alliierten zur Besinnung kommen konnten. Der Bolschewismus, von dem Hitler jahrelang, die freie Welt täuschend, verkündet hatte, er sei die »Rote Gefahr« und nur der Nationalsozialismus ein Bollwerk gegen ihn, diese Russen, so oft drohend an die Wand gemalt, waren plötzlich Verbündete der Nazis, die sich mit ihnen die polnische Beute teilten. Die gutgläubigen Alliierten standen dieser Wandlung fassungslos gegenüber.

An einem der ersten Kriegstage erschien in der Abendzeitung ein unvergeßlicher Schnappschuß: vor dem Eingang zu Madame Tussauds Wachsfigurenmuseum stand ein Möbelwagen, in den Hitlers wächsernes Ebenbild vorsichtig von zwei Männern gehoben wurde, während andere Größen bescheiden, furchterstarrt auf dem Gehsteig warten mußten. Man evakuierte Hitler! Später kam die Gestalt in die Abteilung: The Infamous.

Unser kleiner Kreis war schon vor dem Kriegsausbruch zusammengeschmolzen. Ferdl Kahn und Martin Beradt waren in die USA gereist, Veit Valentin kurz nach Kriegsausbruch ebenfalls. Wir trafen uns öfters bei Carl Roessler und Henriette von Cleve, in deren Logierhaus auch der Zeichner Starka mit seiner Frau wohnte. Ein alter Berliner Freund, Professor Fleischmann, lud zuweilen in seine schöne Wohnung ein. Ich werde nie eine Bombennacht dort im Frühjahr 1940 vergessen, als Frau Fleischmann Frankfurter Würstchen und Bier gelassen servierte, während es besonders laut krachte und der gut aussehende Professor Fleischmann seinen Luftschutzhelm aufsetzte, um zu seinem Revier zu gehen.

Ich meldete mich zu Kriegsbeginn als Übersetzerin, Dolmetscherin und bekam ein würdevolles Schreiben vom Foreign Office, daß man davon Kenntnis genommen hätte und mir später Bescheid geben würde. Der ›Evening Standard‹ und der ›News Chronicle‹ brachten öfters Artikel von mir über das Hitler-Regime in Deutschland und Österreich, und Collins nahm ein kleines Tierbuch an, dem vier weitere bald folgten.

Dieser erste Kriegswinter war besonders kalt, die Wasserleitungen froren ein, was sie stets in England tun, und man hörte immer wieder die Bemerkung: »Ja, bei mir ist auch alles eingefroren.« Schneewehen häuften sich vor meinem Fenster, der Sturm pfiff durch die Kammer, Nebel schlängelte sich durch alle Ritzen. Meine Gasmaske, Flanellslacks, der Handkoffer lagen auf dem Stuhl, nahe der Tür. Ehe ich mich niederlegte, vermummt wie ein Eskimo, mit Kopftuch und Wollhandschuhen und meinem Pelzmantel über der Bettdecke, schob ich meine Schreibmaschine unter die Couch, bis ein Kollege mir sagte: Wenn die Couch getroffen würde, könnte ich auch nicht mehr tippen. Der kleine Petroleumofen wärmte nicht genügend, der Gaskamin war zu gefräßig, er verschlang Pennies, Sixpences und Shillings mit unheimlicher Geschwindigkeit, die kleine blaue Flamme wärmte nicht und hauchte immer wieder zischend ihren letzten Seufzer aus, wenn man die Münzen nicht rechtzeitig in den Blechkasten schob.

Es war ein stiller Winter. Die erwarteten Angriffe blieben aus, die Verbündeten lagen in der als uneinnehmbar erklärten Maginot-Linie, die im Frühjahr 1940 durch den Überfall auf Holland und Belgien umgangen wurde. Die Tommies erfanden um diese Zeit ein Lied, das überall gesungen und gepfiffen wurde: »We'll hang out our washing on the Siegfried Line, if the Siegfried Linie is still there«, und das nostalgische: »When the lights of London shine again« – was erst in sechs Jahren geschah.

Aus Deutschland gellte es: »Denn wir fahren gegen Engeland.« Aber der Weltkrieg begann erst im Frühjahr, bis dahin war es ein »Phoney War« gewesen, etwas, das man nicht ganz ernst nahm. Er begann mit einer Niederlage der Engländer und Franzosen. Die Verbündeten, schlecht ausgerüstet und nicht genügend vorbereitet für die Expedition, wurden aus Norwegen verjagt, als deutsche Truppen das Land besetzten. Holland, Belgien, Frankreich brachen zusammen, Dänemark wurde eingenommen. Die größte Niederlage war Dünkirchen. Aber diese verlorene Schlacht, in der die Verbündeten vom Kontinent verjagt wurden, hatte eine unerwartete Wirkung, die sie zur Legende werden ließ: die Regierung rief »alle seetüchtigen Fahrzeuge« auf, sich zur Evakuierung der bedrängten Truppen zur Verfügung zu stellen. Und dieser Aufruf wurde zum sportlichen Ereignis. Jeder Bürger war bemüht, Soldaten zu retten. Die »Armada der kleinen Schiffe«, diese Armada des 20. Jahrhunderts, strömte aus allen Richtungen, aus Buchten, Kanälen, Flüssen dem Meer zu. Segel- und Ruderboote, Fischerboote erwiesen sich als Retter in der Not. Sie leisteten Zutragedienst zwischen den Kriegsschiffen, die nicht so nahe an den Strand heran konnten, fischten die bis zum Hals im Wasser stehenden Soldaten heraus. Unzählige kleine Schiffe wurden versenkt. Selbst kleinen Segel- und Ruderbooten gelang es, einige Männer über den Kanal zu bringen, der an diesen Tagen so still wie ein Binnensee war.

Von der Waterloo-Brücke aus sah ich diese unbewaffnete Armada stromabwärts gleiten an einem wolkenlos klaren, windstillen Tag. Was wurde aus dem weißhaarigen alten Mann im Segelboot mit dem roten Segel? Was wurde aus den zwei Jugendlichen im asthmatisch puckernden Motorboot? Gelang es der schlanken Frau im Matrosenanzug, mit ihrem Boot ein paar Männer zu retten? Die Themse, geruhsam-altmodische Lady, in zartgrauem Gewand, trug sie alle dem Meer zu.

Churchill hatte bestenfalls mit der Evakuierung von etwa 35000 Mann gerechnet. Mit Hilfe der kleinen Schiffe wurden 360000 Mann gerettet. Alles Kriegsmaterial war verloren. In der Wochenschau wurde der Film von dieser legendären Rettung gezeigt. Aber nicht nur englische und französische Soldaten, auch Zivilisten, die auf der Flucht in den Strom der Geschlagenen geschwemmt wurden, landeten auf der Insel – und etliche Haustiere: ein riesenhafter Bernhardiner, ein Kind mit Vogelkäfig, eine Frau mit ihrer Katze im Arm, elternlose Kinder, alte Leute. Am eindrucksvollsten war der Offizier eines Garderegiments in zerschlissener Jacke und zerfetzten Hosen mit nur einem Stiefel. Er schritt gelassen seine Kompanie ab. Etwa zwei Dutzend Männer war alles, was er da »abschreiten« konnte – er tat es würdevoll, gemessen, wie auf dem Paradefeld.

Frankreich kapitulierte vor dem Blitzkrieg und wurde besetzt. Eine Zeitung schrieb: »Das Licht der Welt ist von Barbaren ausgelöscht worden.« Ein deutscher Filmstreifen, der herübergeschmuggelt worden war, zeigte Hitler, wie er im hysterischen Siegestaumel groteske Tanzschritte in Compiègne ausführte und sich auf die Schenkel schlug. Die Zuschauer im Kino lachten. Sie lachten auch, wie stets, als seine Truppen im Gänsemarsch an ihm vorüberstampften. Sie lachten nicht, als etwas später ein anderer Filmstreifen die Einnahme von Paris zeigte: Hitler die Champs Elysées entlangfahrend. Hitler, die Hände vor den Unterleib gekrallt, in der Madeleine-Kirche, auf den Hauptaltar zumarschierend, die Mütze ins Gesicht gezogen, gefolgt von seinen Gangstern. Einen Augenblick glitt die deutsche Kamera zum Kruzifix und dem Antlitz des Erlösers.

Wir, die wir vor diesem Mann geflohen waren, fürchteten uns. Wir waren, ringsum vom Meer umgeben, in einer Rattenfalle. Die Luftangriffe auf England begannen zuerst vereinzelt, steigerten sich. Die silbernen Abwehrballons wurden vom Feind abgeknallt, in den ersten Blitztagen gab es keine Flugabwehr, denn London war offene Stadt.

Castonier wurde durch die Besetzung Dänemarks am 10. April zum armen Mann, weil sein Geld nicht mehr überwiesen werden konnte. Seine zwei Schüler waren einberufen, nur die Schülerin nahm noch Unterricht. Er hatte allen Ernstes erwogen, Straßensänger zu werden, um etwas Geld zu verdienen: »Ich würde ganz gern in London herumziehen und besonders laut singen, wenn ein hübsches Mädchen vorübergeht.« Aber Maggy hatte es verboten. Er war jetzt völlig von ihr abhängig, hatte in letzter Zeit abgenommen, war stiller geworden und schob die Schuld für seine Gewichtsabnahme auf den Mangel an Butter, die rationiert war.

Er war besorgt, als ich mich operieren lassen mußte, und riet mir, es nach dem Krieg zu tun. Aber der Chirurg im University-Hospital, dem ich dies vorschlug, hatte es abgelehnt, und ich wartete seit Wochen auf ein freies Bett. »Es paßt mir nicht, daß du mit einem Haufen anderer Weiber zusammenliegen mußt. Wenn ich Geld hätte, würde ich dir ein Privatzimmer bezahlen.« Und dann sagte dieser seltsam veränderte Mann etwas Sonderbares, das wie ein unbewußtes Abschiednehmen war: »Ich habe mich nie mit dir gelangweilt und nie auf dich warten müssen, meine Olle.« Es waren die letzten Worte, die ich von ihm hörte.

Ich war am 15. September nachmittags in Hampstead zum Vortrag eines Graphologen über die Veränderungen in Van Goghs Handschrift eingeladen worden und ging mit der Witwe des Physikers Haber und dem Psychiater Schindler dorthin. Mit einemmal ertönte die Warnung, das Haus zitterte, schwere Aufschläge kamen näher, die Fenster klirrten, und Schindler sagte: »Können die Leute nicht warten, bis der Vortrag zu Ende ist?« Nach einiger Zeit hörte der Lärm auf, wir tranken Tee. Doktor Schindler begleitete mich zur Untergrundbahn, als die Entwarnung aufheulte. »Die Sonne geht heute an zwei Stellen unter, oder bin ich schon so verrückt wie meine Patienten?« bemerkte er, denn im Westen und Osten glühten rote Streifen, der östliche Streifen stach mit zitternden, spitzigen Zacken in den Himmel, Ambulanzen rasten durch die Straßen, der City zu. Wir fragten einen Luftwart, was passiert wäre.

»Die Docks brennen.«

Als ich in Maida Vale aus der Untergrundbahn kam, drängten sich Menschen vor den Häusern, starrten nach Osten. Es war dunkel geworden, neben dem Eingang zur Station stand das

Straßenmädchen, das dort stets seinen Platz einnahm, blinkte mit ihrer Taschenlampe auf ihre schlanken Beine, als ein Mann vorüberkam, lockte: »Come along, dear.« Der Mann lüpfte den Hut: »No, thank you, not to-day.« Sie rief ihm Häßliches nach.

Abends begann ein zweiter Großangriff. Wir Mieter wurden in das Souterrain gerufen, lagen auf Decken und alten Matratzen in bedenklicher Nähe vom Heißwasserofen und Hauptgashahn und tranken viele Tassen Tee, denn niemand konnte schlafen. Die Routine des Schlafenkönnens kam erst später, denn London wurde acht Monate lang pünktlich zur Verdunklungszeit bombardiert.

Vater Roessler ließ sich widerstrebend jede Nacht in den stählernen Verschlag im Garten bringen, lag dort, beim Schein einer Kerze, wie aufgebahrt, von Henriette betreut, und murmelte, wenn es zu sehr krachte: »Mir tut der arme junge König leid, so ein liebenswerter Mann.«

Fleischmanns wurden ausgebombt und konnten sich nur mit Mühe aus ihren Trümmern retten. Walter Trier war mehr um seine Spielzeugsammlung als um sich selbst besorgt.

In einer besonders lauten Oktobernacht erschienen zwei Polizisten, fragten nach mir und erklärten, sie hätten eine Botschaft für mich: mein Mann wäre schwer erkrankt, ich möchte sofort nach Maidenhead ins Hospital kommen. Die Meldung trüge die Nummer 99. Ich hatte von Mitternacht bis acht Uhr morgens Sperrstunde. Ausländer mußten jede Ortsveränderung der Polizei melden. Ich verließ um acht Uhr das Haus, ging zum Revier. Dort sagte mir der Inspektor, daß ich sofort nach Erhalt der Meldung mit jedem beliebigen Fahrzeug, selbst auf einer Lokomotive, nach Maidenhead hätte fahren können. Die Polizisten hätten mir dies klarmachen sollen. Ich fuhr vom Revier zum Bahnhof und nach Maidenhead, traf Maggy vor dem Spital: »Er ist vor zehn Minuten gestorben. Vor seinem Tod hat er gefragt: ›Was wird aus Kuky?‹« Er war mit heftigen Schmerzen erkrankt, man hatte ihn operiert, aber er konnte nicht mehr gerettet werden. Ich war bestürzt. In der Emigration ist jeder Freund, jeder Bekannte wertvoller Besitz, ein Stück Vergangenheit.

Maggy forderte mich auf, bis zum Begräbnis bei ihr zu bleiben. Wir fuhren nach Bourne-End zurück. Das Begräbnis sollte am nächsten Tag auf dem nahe gelegenen kleinen Friedhof stattfinden. Da ich Castoniers Tod melden und seine Lebensmittelkarten in Maidenhead abgeben mußte, ging ich ins Krankenhaus und bat, ihn sehen zu dürfen. Eine junge, stärkeknisternde Schwester führte mich durch den herbstlich bunten Garten, in dem Bienen und Hummeln summend Wintervorrat sammelten, zum Totenhaus. Die Steinschragen im Vorraum waren leer bis auf einen. Sie sagte: »Er ist nebenan, im post-mortem-Raum«, und öffnete eine Tür. Es war ein weißgetünchtes Zimmer, in dem es nach Desinfektion und Feuchtigkeit roch. Wasserschläuche lagen am Boden neben einem großen Becken. An der einen Wand hing ein greller Buntdruck von der Kreuzigung. In der Mitte stand der Seziertisch mit einer verhüllten Gestalt. Die Schwester hob das Laken, sagte: »Ja, das ist er«, und ließ mich allein.

Castoniers eingesunkenes, elfenbeinfarbenes Gesicht war traurig, verzweifelt. Er hatte das Leben geliebt und bejaht. Aus der Narkose erwachend, hatte er gesagt: »Ich muß sterben und möchte so gern leben.« Man sah ihm an, wie ungern er gestorben war. Ich dankte dem alten Freund. Die Schwester wartete leise singend auf mich vor dem Totenhaus in der Sonne.

Nach Bourne-End zurückgekehrt, sagte ich zu Maggy: »Er sieht so verlassen aus.« Sie erwiderte, wenn man ihn von Maidenhead nach Bourne-End, dann von hier zum Friedhof brächte, würde es fünf Pfund mehr kosten. Ich sagte, ich würde ihr die fünf Pfund aus London schicken. Gegen Abend trugen zwei Männer den Sarg ins Haus, stellten ihn im Eßzimmer auf, nahmen den Deckel ab. Castoniers Gesicht war noch kleiner, noch trauriger geworden. Ich blieb eine Zeitlang bei ihm. Dann kam Maggy herein, nach ihr die Männer, die auf dem Gang gewartet hatten, um den Sarg zu schließen.

Eine Verwandte von Maggy brachte mir am nächsten Morgen ein schwarzes Kostüm, einen etwas müde aussehenden schwarzen Hut, schwarze, schmale, sehr lange Spangenschuhe, in die ich mich mühsam zwängte. Einige Nachbarn erschienen und seine Schüler in Uniform, zwei vergnügte junge Männer, die über Castonier sprachen, als wäre er noch am Leben.

Der Geschäftsführer vom Begräbnisinstitut, im Gehrock, Zylinder und mit silberbeschlagenem Stock, ordnete unsere Reihenfolge hinter dem Sarg vom Haustor durch den Garten zum Leichenwagen: »Mrs. Castonier goes first«, dann kam Maggy mit ihrer Kusine, nach ihnen die Schüler und die Nachbarn. Er selbst ging mir gemessen zwei Schritt voraus.

Der Pastor erwartete uns, anglikanischer Sitte gemäß, am Eingang zum Friedhof unter dem kleinen, strohgedeckten Portal mit den Worten: »Ich bin die Auferstehung und das Leben.« In der Kapelle sprach er ein paar konventionelle Worte über den ihm Unbekannten und las den 90. Psalm. Zu Füßen des Sarges lag ein Herbstblumenstrauß mit einem Zettel: »To a kind neighbour.«

Dann sorgte der Geschäftsführer wieder dafür, daß die Reihenfolge von der Kapelle zum Grab eingehalten wurde. Die aufgeworfene Erde war von einem künstlichen Grasteppich verdeckt, obwohl Erde doch etwas Schönes ist. Die im Tageslicht grellgrüne Decke erinnerte mich an Bamberg, an Operndekorationen, an früher, und ich begann würdelos zu weinen. Als ich mich niederbeugte, um ein paar Erdbrocken auf den Sarg zu werfen, da keine Schaufel vorhanden war, hielt mich Maggy zurück, sagte leise, dies täte man nicht in England. Der Totengräber stand wartend abseits, auf seinen Spaten gestützt.

Maggys Kusine servierte Sandwiches mit mysteriösem Aufstrich im Wohnzimmer und schenkte Wasser in kleine, dickbauchige Gläser. Sie bot Aspirin an, und da alle Tabletten nahmen und Wasser nachtranken, wollte ich mich nicht ausschließen und spülte die Tablette hinunter. Zu spät merkte ich, daß es nicht Wasser, sondern purer Gin war. Wollte man die Trauergäste mit dem englischen Allheilmittel Aspirin beruhigen oder den Gintrunk durch vorheriges Einnehmen von Tabletten rechtfertigen?

Jedenfalls wurde die Konversation sehr angeregt, die Schüler ließen sich nachschenken, priesen heiter ihren Lehrer.

Nachmittags ging ich zum Friedhof. Die Ziege Meckerine, der Castonier oft Leckerbissen gebracht hatte, stand hinter dem Nachbarzaun und starrte mich aus goldenen Augen an. Ich gab ihr Brot, sagte: »Dein Freund ist gestorben.« Die Erde war sorgsam über dem Grab gehäufelt. Der Totengräber tauchte lautlos auf, lüpfte seine Kappe, fragte, ob Madam zufrieden wäre.

Am Spätnachmittag fuhr ich aus der Stille wieder in die zur Front gewordene Stadt. Alarm heulte auf, als ich die Untergrundbahn verließ, die Plattform war besetzt von Kindern, Eltern, alten Leuten, Handkoffern, Thermosflaschen, Decken. Eine Frau legte ihr Gebiß in den Gasmaskenkasten. Die Heilsarmeekapelle spielte: »Onward, Christian Soldier, marching as to war«, und die Schutzsuchenden sangen begeistert mit. An entgegengesetzten Enden der Plattform standen Kübel, diskret abgeschirmt, für »Ladies« und »Gentlemen« beschriftet. Notbetten waren an den Kachelwänden aufgereiht, ein junges Mädchen beschäftigte sich damit, an ihrem Oberlager Chintzvorhänge anzubringen. Auf der stillgelegten Rolltreppe hockten Liebespaare eng umschlungen im Halbdunkel. Vor dem Ausgang stand ein Polizist mit einem Schutzwart, der Teewagen und das auf Kundschaft wartende Straßenmädchen.

Es war ein seltsames Gefühl, wieder in die Frontstadt zurückzukehren. Ich wäre lieber in Bourne-End geblieben, aber Maggy hatte mich nicht aufgefordert, und ich mußte Geld verdienen.

Hitler führte jetzt seine Drohung aus, englische Städte in alphabetischer Ordnung zu zerstören. Die Kathedralenstadt Coventry wurde am schwersten beschädigt. Aber John Bull war nicht eingeschüchtert, sondern wütend, und Churchill formulierte in herrlicher Prosa, wie eine Bulldogge knurrend, die Entschlossenheit einer Nation, weiterzukämpfen. Man erwartete seine Reden wie ein Tonikum. Das Land lauschte, wenn er sprach, und das heisere Gekläff von Joyce aus Deutschland, der wegen seiner Staccato-Stimme »Lord Haw-Haw« genannt wurde, verhallte wirkungslos, wurde belacht, nie ernst genommen. Man betrachtete seine Drohungen, die vom BBC mit trockenen Zwischenrufen begleitet wurden, als eine Art Varieté-Vorstellung. Es war zur Zeit der schwersten Angriffe, als die Möglichkeit einer Invasion von der Presse erwähnt wurde, daß Churchill eine seiner berühmtesten Reden hielt, die mit dem Satz schloß: »We shall never surrender.« Eine Bekannte berichtete mir, daß der großartige alte Mann in seiner Erregung nach Abschalten des Radios noch geknurrt haben sollte: »– and we shall fight the bloody beggars with broken bottles.«

Einige Tage nach Castoniers Begräbnis wurde ich von Maggy angerufen. Sie bat mich, mit ihr und einem jungen Mädchen im Cumberland-Hotel zu frühstücken, fügte in ihrer gelassenen Art hinzu: »Ich hatte natürlich keine Ahnung, daß Paul sich mit seiner Schülerin verlobt und mich als seine Tante ausgegeben hatte.« Castoniers Braut hatte nichts von seinem Tod gewußt. Als er nun nicht, wie sonst, zu seiner »Braut« gekommen war, hatte sie ihm geschrieben, und Maggy hatte den Brief geöffnet.

Jetzt saßen wir drei Frauen, die Geschiedene, die unjunge und die hübsche junge Geliebte um einen Tisch, aßen Curry, tranken viel Wein und sprachen von dem Mann, den wir einmal geliebt hatten. Castonier war der unsichtbare Vierte in dieser Tafelrunde.

Das University-Hospital sandte mir eine gedruckte Karte, daß ich mit zwei Handtüchern, Seife, Waschlappen, zwei Nachthemden kommen sollte. Ich packte die vorgeschriebenen Dinge in einen Handkoffer, zusammen mit einer Dose Schweinegrieben und einer Kölnischwasserflasche, die Henriette und Roessler mir zum Abschied gaben, und fuhr in die City.

Ich wurde in das zwei Treppen tiefe Souterrain gewiesen, in dem eine elektrisch erleuchtete Unterwelt organisiert war mit fahrbarer Bücherei, Teewagen, Entbindungssaal und einer Abteilung, in der die verschütteten und verbrannten Kinder lagen.

Die Oberschwester führte mich in einen langen, schmalen, weißgetünchten Raum, der von zwei grellen Deckenlampen erhellt war. Sieben Betten standen an jeder Wand, dicht nebeneinander, mit einem schmalen Gang zwischen den Fußenden. Sie wies auf ein leeres Bett, stellte mich den dreizehn Frauen zeremoniell vor, sagte: »Ziehen Sie sich aus, ich bringe Ihnen eine Tasse Tee.«

Meine Bettnachbarin, eine ältere Frau, sagte: »Sie wollen mich operieren, ich will mich aber nicht operieren lassen. Seit Tagen reden sie auf mich ein.« Meine Bettnachbarin auf der anderen Seite sagte: »Ich muß noch einmal operiert werden.«

Gegen Abend kam der Chirurg mit den Studenten. Das Bett der älteren Frau wurde von einer übereifrigen Hilfsschwester, die mich an meine kurze Dienstzeit erinnerte, mit einem Schirm umstellt. »Sie haben einen kleinen Krebs, er muß operiert werden«, sagte eine Stimme. »Sie wollen doch ganz gesund sein, wenn Ihr Sohn auf Urlaub kommt.« Sie wehrte sich, wiederholte, sie wüßte, daß sie dann sterben würde. Immer wieder wurde der »little cancer« erwähnt. Schließlich erklärte sie sich einverstanden.

Dann erschien der Chirurg, Professor Brown, an meinem Fußende, murmelte zu seinen weißgekleideten Satelliten und sagte zu mir: »Sie kommen übermorgen dran, bis dahin haben Sie sich eingewöhnt.«

Als er seine Runde beendet hatte, rief mir eine junge Cockney-Frau vom Saalende her zu: »Sie sind eine verdammte Deutsche, ich kenne die verdammten Deutschen, wir haben einen bei uns gehabt, er hat meinem Mann seine Sonntagshose gestohlen und ist damit verschwunden!« Die Oberschwester erschien aus dem Nebenraum, sagte scharf: »Schämen Sie sich. Hier sind alle Menschen Patienten, ganz gleich, woher sie kommen und was sie sind.«

Die ältere Frau mit dem kleinen Krebs gab mir über den schmalen Raum hinweg die Hand, meinte: »Wir haben viele Ausländer in unserem pub und mögen sie.«

Die Cockney-Frau war schwer krank. Man holte sie abends zur Operation. Als sie an meinem Bett vorübergeschoben wurde, sagte sie: »Es tut mir leid, verzeihen Sie mir.« Ich wünschte ihr alles Gute.

Wir bekamen alle Schlafmittel, denn der nächtliche Großangriff begann wie stets pünktlich mit der Verdunklung. Die Frauen schnarchten, zwei Frischoperierte stöhnten, riefen nach der Schwester, erbrachen sich, baten um Wasser. Um halb fünf Uhr wurden wir geweckt. Die Bomben krachten noch immer, hin und wieder ertönte ein scharfer Schuß in der Nähe. »*Das* ist unser Abwehrgeschütz«, bemerkte eine Frau.

Das Frühstück bestand aus Speck, kaltem Toast, Margarine und starkem Tee, der aus großen Blechkannen ausgeschenkt wurde. Am nächsten Morgen wurde ich operiert.

Als ich aus der Narkose erwachte, rieselte Kalk auf mein Gesicht, mein Bett zitterte und ruckte leise, als wollte es davonrollen. Ich war zu benommen, um mich zu fürchten. Das Dröhnen im Kopf verschmolz mit dem Krachen von draußen, mit Wundschmerz, Übelkeit. Eine freundliche Stimme sagte: »Alles vorüber, alles allright.« Professor Brown stand neben meinem Bett, strich mir über das Gesicht. Als er den Saal verließ, sah ich durch die Schwingtüren auf dem breiten Gang Bahre an Bahre mit Verwundeten, Schwestern und Träger im Stahlhelm. Während ich noch bewußtlos war, hatte eine Bombe Tottenham Court Road und den Eingang zur Untergrundbahn getroffen.

Ich döste weiter, erwachte von einem Geräusch und erschrak: zwei uralte Damen in altmodischen Kleidern mit Rüschen, Spitzenjabot, Federboa und Samthüten standen an meinem Bett. Die eine sagte mit dünner Spieluhrstimme: »Gute Besserung, God bless you, my dear«, und legte mir einen kleinen, blumenbestickten Lavendelbeutel mit handgeschriebenem Bibelspruch auf die Brust, ehe sie mit ihrer Gefährtin zum nächsten Bett wanderte. Später sagte mir eine Schwester, daß die beiden jede Woche einen anderen Krankensaal besuchten. Es war die »gute Tat«, die sie sich noch leisten konnten, nachdem sie ihr großes Vermögen verloren hatten.

Meine Bettnachbarin wurde am folgenden Tag in den Operationssaal gerollt. Als ihr Bett nachmittags frisch bezogen, ihre Handtasche, ein Blumenstrauß fortgebracht wurden, erkundigte ich mich nach ihr. Die Schwester erwiderte, sie wäre in einen ruhigeren Saal gebracht worden. Abends ertönte auf dem Gang eine wütende Männerstimme: »Wenn man sie nicht operiert hätte, wäre sie noch am Leben, hätte vielleicht länger gelebt.«

Ich gewöhnte mich an Termitendasein, an Spitalroutine, an dies Warten mit dem Blick auf die Uhr an der gegenüberliegenden Wand, an das Fortgebrachtwerden einer stillen Gestalt mit verhülltem Gesicht, gewöhnte mich an den Kalk, der auf unsere Gesichter fiel, wenn die Einschläge in der Nähe erfolgten. An besonders lauten Nächten wurde um Mitternacht Tee gereicht – und einmal brachte die Hebamme strahlend ein Neugeborenes und fragte, wie es heißen sollte. Man schlug »Blitzy« vor.

Als ich nach einem Monat zum erstenmal in frische Luft und ans Tageslicht kam, wurde mir schwindlig. Aber Nancy, die mich zur Rekonvaleszenz in ihr Haus eingeladen hatte, hielt mich fest am Arm. Wenn Marion und Nancy Nachtdienst in ihrem Luftwart-Posten hatten, blieb ich mit den zwei Hunden und der Katze allein. Alle kletterten auf mein Bett. Die Katze hörte das Kommen der Flugzeuge stets Sekunden eher und legte ängstlich die Ohren zurück. Ich erholte mich rasch.

Es war nicht leicht, tagsüber zu arbeiten, wenn man nachts im Keller unruhig auf einer Matratze geschlafen hatte. Aber meine neuen Wirtinnen bestanden darauf, daß alle Mieter in den kümmerlich abgestützten Gang im Souterrain kamen, wenn die Warnung heulte.

Im Frühjahr 1941 schrieb Lord Vansittart im ›New Statesman‹, daß das gesamte deutsche Volk an Massenmorden, Plünderungen und Konzentrationslagern schuldig wäre. Ich antwortete darauf mit einem Leserbrief, den Kingsley Martin veröffentlichte und in dem ich eine Totalverdammung ablehnte. Ich erklärte, daß es allerdings nur eine winzige Minorität gäbe, die gegen Hitler und sein barbarisches Dogma vom »Untermenschentum« kämpfte: »Sie ist wehrlos, waffenlos, sie kämpft nur mit den Waffen des Geistes.« Und ich gab einige Beispiele dieses Widerstandes.

Wenige Tage nach dem Erscheinen des Briefes bat mich der Verleger James Clarke zu sich und fragte, ob ich ein Buch über diese Widerständler schreiben wollte – und zwar über den religiösen Widerstand in Deutschland und den besetzten Ländern. So entstand das Buch ›Eternal Front‹, das eine hohe Auflage erreichte. Die Arbeit war interessant, ich bekam Spezialerlaubnis vom Ministry of Information, den Saal zu benützen, in dem die Zeitungen aus den besetzten Ländern, Anti-Hitler-Aufrufe und Flugblätter der Résistance auflagen, und übersetzte aus dem

Deutschen, Französischen, Holländischen, Dänischen und Norwegischen. Die polnischen Widerstandsmeldungen wurden mir von der polnischen Abteilung des BBC übergeben.

Französische Berichte, herübergeschmuggelt, bekam ich vom französischen Hauptquartier in London. Außerdem gaben der in einem Fischerboot entkommene Mendès-France und eine Französin wertvolle Auskunft, die auf abenteuerliche Weise aus dem besetzten Paris entkommen war. Von ihr hörte ich, daß Colettes jüdischer Mann, Maurice Goudeket, verhaftet und ins Konzentrationslager gebracht worden war. In seinem schönen Erinnerungsbuch ›Près de Colette‹ berichtet Goudeket über seinen Aufenthalt, wie er plötzlich entlassen wurde und total verlaust die Treppe zu seiner Wohnung emporsteigend sich nackt ausgezogen und seine Lumpen fortgeworfen hatte, um das Ungeziefer nicht in seine Wohnung einzuschleppen.

Der Vorschuß auf das Buch wurde in der monatelangen Arbeit verbraucht, den Rest der Summe, einhundert Pfund, erhielt ich bei Ablieferung, ich suchte und fand eine Wohnung in der Nähe der Bakerstreet. Sie bestand aus zwei Räumen und einer in das größere Zimmer eingebauten kitchenette. Das Badezimmer im Erdgeschoß mußte ich mit einer anderen Mieterin teilen. Es war eine Leerwohnung, und so kaufte ich zunächst ein Notbett, einen Stuhl, etwas Geschirr, eine glasierte Vase, die ich als Bettlampe zusammenbastelte. Eine Orangenkiste mit grünem Papier verkleidet wurde der Nachttisch, das mittlere Brett Bücherregal. Nancy und Marion schenkten einen Spiegel für das Kaminsims, und Joe Lederer lieh mir eine Bettdecke. Was mir noch fehlte, war ein Tisch, aber der Gemüsehändler, der die Umwandlung der Orangenkiste in einen Nachttisch erstaunt vermerkt hatte und wußte, daß ich mich nicht nur einrichten, sondern sparen mußte, wies mich an eine Frau, die einen Tisch billig abgeben wollte. So kam ich in den Besitz eines schönen Mahagonitisches, der einmal den Dolly Sisters gehört hatte, die ihn ihrer alten Garderobenfrau vermachten. Mein Zimmer enthielt jetzt alles, was ich brauchte, das andere Zimmer blieb unmöbliert.

Ich gab ein Einweihungsfest, bei dem die Gäste auf dem Bett und Boden saßen. Die berühmte Volksliedersängerin Engel Lund, Henriette und Jakob Hegner durften abwechselnd mit Roessler auf dem einzigen Stuhl sitzen. Walter Trier brachte eine Zimmerpflanze, Henriette etwas, das ich vergessen hatte, eine Waschschüssel. Ich hatte einen großen Topf Tomatensuppe mit Reis gekocht und Käsestangen gebacken, als süße Speise gab es Apfelsalat. Die Suppe langte nur für einen Teller für jeden Gast, und Roessler bemerkte: »Es ist gut, aber knapp.« Doktor Schindler hatte den Wein gestiftet, und nach englischer Sitte wurde das erste Glas im Gedenken an »abwesende Freunde« getrunken, auf Rudolf Olden, der mit dem von den Deutschen torpedierten Passagierschiff ›City of Benares‹ untergegangen war, und auf seine Frau, die sich geweigert hatte, das Rettungsboot für Frauen und Kinder zu besteigen, und mit ihm ertrunken war.

Begleitmusik waren Bombeneinschläge und das scharfe Knattern der Abwehrgeschütze vom nahen Regent's Park. Es war trotz allem ein heiterer Abend. Als ich meine Gäste um elf zur Haustür brachte, weil alle zur Sperrstunde zu Hause sein mußten, standen zwei amerikanische Soldaten im unteren Flur, vor der Küchentür der blonden Mieterin. Sie musterten uns, dann sagte der eine: »Lauter alte dicke Ziegen.« Als ich die Treppe wieder hinaufging, riefen sie mir etwas Unverständliches nach.

Daß im Erdgeschoß etwas Seltsames vorging, hatte ich bald bemerkt. Tagsüber war alles still, nachts Lärm, Singen, Schreien, Grammophonmusik, Türenschlagen. Als ich einmal ins Badezimmer ging, stand die Tür zum Schlafzimmer der hübschen Blondine offen: sie lag zwischen zwei nackten Männern im Bett. Es wurde immer unheimlicher, besonders, nachdem mir ein schwer betrunkener amerikanischer Soldat einmal den Weg verstellte. Schließlich fragte ich den Hausmeister, der sagte bloß: »Die da holt sich ihre Kunden aus der City, ich habe es schon dem Hausbesitzer gemeldet, aber er reagiert nicht.«

Schließlich ging ich aufs Polizeirevier, wo man mich geduldig anhörte. Der Inspektor erklärte, sie müßten Beweise haben, ob die Frau wirklich Prostitution betreibt. Ich erzählte, was ich bemerkt hatte.

»Läßt sie sich bezahlen?«

»Ich weiß nicht.«

Er versprach, sich der Sache anzunehmen, und Wochen vergingen. Am Weihnachtsabend ging es besonders laut zu. ›Stille Nacht‹ wurde gegrölt und ›Adeste, fideles‹ – der Lärm dauerte bis zum Morgengrauen. Ich ging wieder aufs Revier. Der Inspektor war wieder sehr freundlich, versprach, sich der Sache anzunehmen, und Nancy meinte, nichts würde geschehen, Roessler, dem ich alles erzählte, bemerkte, jetzt wüßte er wenigstens, wo ein Bordell zu finden wäre, wenn er eins besuchen wollte.

Ich fürchtete mich wirklich vor der Blondine und ihren Kunden. Einmal rief sie mir nach: ich solle ausziehen, sie wollte die obere Wohnung mieten.

Als ich eines Tages in der Bakerstreet einkaufen ging, sprach mich ein Herr an: »Ich bin Detektiv-Inspektor, Mrs. Castonier«, und fügte hinzu, daß heute abend eine Razzia stattfinden würde. Man hätte das Haus wochenlang beobachtet und könnte jetzt zupacken. Ob ein Beamter zu mir in die Wohnung kommen und bleiben sollte, bis alles vorüber wäre, ob ich mich allein fürchtete. Ich sagte bloß, Hauptsache sei, sie komme aus dem Haus, ich würde meine Tür zuriegeln, und bot mich als Zeugin an. Er dankte, meinte, es wäre vielleicht gut, wenn ich aufs Gericht käme.

Zum erstenmal war ich froh, daß an diesem Abend Hochbetrieb im Erdgeschoß tobte. Ich verschloß und verriegelte meine Tür, ging aber nicht zu Bett. Das Knattern der Abwehrgeschütze und die Bombeneinschläge synkopierten Grölen, Gesang, Geschrei, Grammophonmusik. Mit einemmal wurde es still. Dann schrie eine Frau: »Was fällt Ihnen ein!« Stimmen riefen durcheinander, Männerstimmen schimpften, jemand rief laut: »Come on.« Dann klappte die Haustür, Autos fuhren fort, und alles war still.

Am nächsten Tag wurde die Blondine zu Gefängnis verurteilt, weil sie ein liederliches Haus geführt hatte, die Möbel wurden fortgebracht, und der Detektiv-Inspektor sagte mir nach der Verhandlung: »Sobald die frei ist, fängt sie ihren Beruf in einem anderen Stadtteil an.«

Das Leben in der Frontstadt hatte sich dem Krieg assimiliert. Kinos und Theater spielten, und das einzige Theater, das niemals schloß, war das kleine »Windmill-Theatre«, in dem freche Revuen aufgeführt wurden. Im tiefen Schutzkeller des Selfridge-Warenhauses gab es Vorstellungen, Zauberer und Komiker traten auf. Als die berühmte Sybil Thorndike im Globe Theatre in ›Alice im Wunderland‹ aus den Soffitten herabgelassen wurde und gerade in der Nähe eine Bombe einschlug, jubelte das Publikum.

Im Frühling lagerten Liebespaare im Hyde Park zwischen Flakgeschützen, die Redner-Ecke war stets von Sonderlingen und Zuschauern überfüllt, im unbenützten Schutzgraben spielten Kinder, und hübsche Mädchen verkauften an die Soldaten Tee und klebrige buns.

Krieg in diesem Land war nicht so schwer wie in anderen

Ländern – kein Feind landete, wie man befürchtet hatte, und immer wieder war es gut, inmitten dieser lächelnden, durch nichts zu erschütternden Gelassenheit zu leben. Selbst als Rudolf Heß mit seiner apokryphen Friedensmission im Mai 1941 landete und den Herzog von Hamilton sprechen wollte, um ihm ein »für England vorteilhaftes Friedensangebot« zu bringen, wurde er nur festgenommen, niemand nahm Notiz von seiner Mission. Die Zeitungen beschrieben diesen so ungermanisch aussehenden Menschen ahnungslos als »Hitlers blauäugigen, blondlockigen Liebling«. Ich verdiente einige Pfund mit einer berichtigenden Beschreibung. Als Heß einen erfolglosen Selbstmordversuch unternahm und Krankenkost bekam, meinte Roessler, das wäre ungerecht. Hitlers Opfer, nicht aber Hitlers Schergen sollten Sonderkost erhalten.

Ich hatte noch immer nichts vom Auswärtigen Amt gehört, dem ich mich als Dolmetscherin angeboten hatte, und schrieb noch einmal dorthin. Die Antwort war dieselbe: man würde mein Angebot im Auge behalten, dankte und war »Ihr gehorsamer Diener« mit unleserlicher Unterschrift.

Und dann kam eine jener seltsamen Wendungen in meinem Leben, die ich längst nicht mehr als Zufall, sondern als gültige Vorsehung ansah. Beim Verlassen einer Matinee, in der Audrey Mildmay in ›The Beggar's Opera‹ auftrat, stieß ich im verdunkelten Foyer mit der Dirigentin Kathleen Merritt zusammen. Sie begleitete mich nach Hause, blickte sich erstaunt in meinem kärglich möblierten Zimmer um, trank Tee und erklärte beim Abschied, ich müßte wieder einmal frische Luft atmen. Sie würde ihre Farmer-Freundin Jane Napier bitten, mich nach Froyle Mill einzuladen.

Wenige Tage später erhielt ich einen Brief von Jane, in dem sie mich bat, auf ein langes Wochenende zu kommen. Mit diesem Wochenende begann, in meinem fünfzigsten Jahr, eine neue Episode meines Lebens.

Drittes Exil – Neue Heimat

Kathleen Merritt holte mich vom Bahnhof ab, der aus einer Holzhütte, einer schiefen Bank und einem leuchtenden Blumenbeet bestand.

»Jane kommt vielleicht nach, sie hat augenblicklich nur einen alten Mann als einzige Hilfe und ihre Kinderfrau für Hausarbeit«, sagte Kathleen. Wir gingen die Landstraße zwischen grünen Mauern blühender Hecken entlang. Es war ein herrlicher Frühlingstag. Der Himmel war zartblau, die Sonne leicht verschleiert. Es roch nach Gras und Erde, nicht mehr nach Trümmerstaub und ausströmendem Gas. Die jähe Stille nach dem lärmenden Atem der Achtmillionenstadt, dem Krachen einschlagender Bomben und dem scharfen Peitschenknall der Abwehrgeschütze war bedrückend. Kühe starrten wiederkäuend über einen Zaun, eine goldbraune Stute galoppierte wiehernd mit ihrem Fohlen über die Weide. Die Straße führte in engen Windungen abwärts, zartgrüne Hügel trugen blühende Bäume. Ich hatte vergessen, daß es so etwas noch gab.

Von irgendwoher ertönte eine Hupe und metallisches Rasseln. Ein kleiner, zerbeulter Lieferwagen bog um die Kurve, hielt mit kreischenden Bremsen vor uns.

»Das ist Jane. Hoffentlich hat sie sich umgezogen, sie ist leider gar nicht eitel«, sagten Kathleen halblaut.

Lange Beine in erdüberkrusteten Gummistiefeln zwängten sich aus dem niedrigen Gefährt, eng anliegende, an den Knien durchlöcherte jodhpurs folgten, ein zerfetzter Pullover wurde sichtbar, und zuletzt erschien ein geruhsames, sonnverbranntes Gesicht mit sehr weit offenen blauen Augen und blondem Haar unter einer verblichenen Baskenmütze.

Jane grüßte kurz, wies auf den zusammengerollten Sack neben dem Fahrersitz, erklärte, der Sack wäre sauber, der andere Sitz irgendwo verloren, und befahl Kathleen, in den Lieferraum zu steigen, in dem ein Schwein grunzte.

»Kratz Susy den Bauch, das hat sie gern, ich hatte noch keine Zeit, sie auszuladen, sie war heute beim Eber –«

Infernalischer Gestank drang über meine Schulter aus dem Spalt in der Leinenplane. Der Kopf einer schwarzen Sau erschien, atmete heiß in meinen Nacken. Kathleen schrie, Susy stünde auf ihrem Fuß, aber Jane nahm keine Notiz, stieg mit besorgtem Gesicht aus, ging um den Wagen, denn der Motor wollte nicht anspringen. Er schnarrte nur kurz, stand dann wieder mit einem Ruck still. »Sie ist eine alte Person, gebraucht gekauft«, sagte Jane und starrte unter die Haube, nahm schließlich ein Stück Draht aus der Hosentasche und bastelte an den Eingeweiden herum. Die Sau Susy schob wieder ihren schwarzen Kopf durch den Spalt und grunzte in mein Ohr.

»Ich möchte lieber zu Fuß gehen«, sagte Kathleen schüchtern aus dem Hintergrund, aber Jane überhörte ihre Bemerkung, stieg ein, gab mit einem harten Fußtritt Gas, der Motor sprang krachend an, begann stockend, blechern zu ticken. Wir rollten zwischen den Hecken weiter, einer sanften Mulde zu, in der ein blaßrosa Farmhaus mit hohem, steilem Dach an einem Teich stand. Kühe zogen durch den Fluß, ein Schwan hockte auf seinem Neste am Ufer, und eine Gänseschar versuchte, uns die gewölbte Steinbrücke mit erbostem Schnattern zu versperren.

»Das ist Froyle Mill«, sagte Jane und hielt vor einer sonnenmorschen, weinfarbenen Haustür. Zwei Bulldoggen und ein kleines schwarzes Ferkel schliefen eng nebeneinander auf den Eingangsstufen.

Ohne sich weiter um uns zu kümmern, lockte Jane Susy mit zärtlichen Lauten aus dem Wagen und verschwand mit ihr im Hof. »Sie hat Schweine und überhaupt Tiere lieber als Menschen«, erklärte Kathleen.

Wir stiegen über Hunde und Ferkel hinweg in den roten Fliesengang, der zu einem halbdunklen, vorhanglosen Raum führte. Unter dem Fenster stand eine Badewanne, in der ein Körper in brauner Flüssigkeit lag, der wie die Kehrseite einer nackten Frau aussah – ein halbes Schwein, gespalten vom Kopf bis zum Ringelschwanz.

»Jane legt sie immer in eine besondere Lauge nach einem alten Rezept«, erklärte Kathleen.

Die Farmküche war groß und hell mit einem riesigen Kamin. Der Tisch war gedeckt, eine alte Frau empfing uns mürrisch – die frühere Kinderfrau, die Nanny von Jane, unentbehrliches Faktotum und Mitglied jeder alten englischen Familie.

Einige Hühner erschienen in der Küchentür, pickten nach unsichtbaren Insekten und flohen gackernd, als die Bulldoggen und das schwarze Ferkel hereinstürmten, bellend und quieksend um den Tisch jagten und verschwanden.

»Our darling Blacky«, sagte die alte Nanny zärtlich, »ich habe ihn mit der Flasche aufgezogen.«

Jane kam herein, nahm die Gummistiefel von ihren nackten Füßen, betrachtete ihre Zehen, setzte sich dann an den Tisch und teilte schweigend Vorkriegsportionen aus. Ich war mit einemmal in ein Breughelsches Schlaraffenland versetzt. Es gab von allem überreichlich und zum Schluß einen Pudding mit Schlagsahne, die ich seit Jahren nicht gesehen hatte, denn die Insel war streng, aber ausreichend rationiert, und Farmer durften behalten, was sie für ihren Haushalt brauchten.

Nach Tisch, schläfrig von zuviel Essen, fragte ich pro forma, ob ich irgendwie helfen könnte, und bekam einen unverständlichen Fußtritt von Kathleen. Jane erwiderte bereitwillig, ein Weizenfeld wäre zu rollen, worauf Kathleen erklärte, ich hätte sicher niemals solche Arbeit verrichtet. Aber Jane sagte bloß, sie würde es mir zeigen, jeder Dummkopf könnte es tun. Dann gingen wir in den Hof. Der Traktor stand neben dem Misthaufen, ein weißes Huhn schlief auf dem Fahrersitz, und Gänse, die im Schatten geruht hatten, erhoben sich und kamen uns feindselig schnatternd entgegen. Ich mußte mich hinter die Lenkstange setzen, und Jane kurbelte den Motor an, der ebenso widerspenstig war wie der Motor vom Auto, befahl mir, das ziegelfarbene Ungeheuer durch den Mühlteich auf die Marschweide zu lenken, und befahl Kathleen, voraus in das andere Feld zu gehen. Ich fuhr ängstlich im Zickzack durch das seichte Wasser, in dem kleine Silberfische verspielt umherhuschten. Ich hatte früher nur Pferde gelenkt, dies hier war neu und machte Spaß. Ich mußte Kreise fahren, halten, anfahren, wenden, und nach einiger Zeit erklärte Jane, ich wüßte genug, um das Feld zu rollen. Dann lenkte ich das Ungeheuer wieder durch den Teich, einen Wiesenpfad entlang. Der harte Sitz warf mich bei jedem Stein und jedem Erdklumpen in die Höhe, Rücken und Hände schmerzten, die Sonne brannte in mein Gesicht, aber es schien, als führe ich in ein anderes Leben. Das Weizenfeld war von dichtem Wald umrahmt, Kathleen lag im Schatten und winkte mir lässig zu. Jane hakte einen schweren Steinroller an den alten Ford, der grollend vibrierte. Dann schärfte sie mir ein, wie ich zu fahren hatte, warnte mich vor dem tiefen Graben, blieb noch eine Zeitlang beobachtend stehen und ging dann mit langen Schritten zum Farmhaus.

Ich fuhr auf dem Feld auf und nieder. Die Luft war herrlich klar, ein wenig feucht, es roch nach Wald und Kräutern. Nur der Traktor lärmte, aber die Erde zitterte nicht unter Bombeneinschlägen, kein deutscher Flieger schwebte im flimmernd blauen Himmel, nur Möwen und Krähen flatterten hinter mir her, stürzten sich gierig auf unsichtbare Delikatessen. Der Krieg, Lärm, Verdunklung, Armut und Hunger, Hitler und seine häßliche, haßverzerrte Fratze waren vergessen – es war wie ein Erwachen aus einem schweren Traum. Ich war seit langer Zeit wieder einmal glücklich, und Zeit spielte keine Rolle. Ich rollte das Feld, wie lange weiß ich nicht mehr, aber mit einem Male stand Jane in blauen Melkhosen da und sagte kurz: »Nicht schlecht für den Anfang, morgen muß ein anderes Feld gerollt werden«, hakte den Roller ab, befahl Kathleen, sich neben mich zu stellen, und mir, zum Hof zurückzufahren.

»Wenn ihr mir beim Stallputzen helft, können wir etwas früher essen.« Während wir Stroh und Kuhfladen mit Eimergüssen und überdimensionalen Besen auskehrten, flüsterte Kathleen mir zu, man dürfe Jane niemals Hilfe anbieten, sie nähme sie immer an – besonders jetzt, wo sie nur Old Hand als Hilfe hätte. Und sie betrachtete besorgt ihre zarten, manikürten Dirigentenhände.

»Ich fahre morgen früh nach Hause, aber Sie bleiben ja bis abends«, fügte sie hinzu. Ich erschrak, dachte an das Ende dieses Wochenendes, an die Frontstadt, an meine Kammer, verdrängte diese Gedanken, genoß das Heute, wie man es immer tun soll. Nach der zweiten Schlaraffenmahlzeit war ich so erschöpft, daß ich noch in der Dämmerung zu Bett ging. Im Einschlafen hörte ich das leise Rauschen des Mühlbaches unter meinem Fenster, der mir das Verrinnen der kurzen Frist menschlicher Erdentage kündete, sah als Letztes den Abglanz des roten Flackerscheins am Horizont, Menetekel, daß London wieder angegriffen wurde und Menschen kämpften und starben.

Ich wachte erst auf, als die alte Nanny mir eine Tasse heißen Tee brachte. Die zwei asthmatischen Bulldoggen trabten hinter ihr her, sprangen auf mein Bett, rollten sich auf meinen Füßen zusammen und schliefen schnarchend ein. Jane gab mir eine Khakihose, die sie unten abgeschnitten hatte, um sie mir anzupassen. Dann mußte ich das andere Feld rollen. Ich fühlte mich schon etwas sicherer auf dem Gefährt, das nicht einmal eine Bremse besaß. Wieder ratterte ich über Schollen, aus denen die kommende Ernte kleine grüne Häupter zum Himmel reckte. Wildtauben grasten am Feldrand, die Sonne brannte, die Welt war noch schöner, noch leuchtender als am gestrigen Tag. Jane erschien gegen Mittag mit einem Eßkorb, gab mir eine Flasche bitteres, lauwarmes Bier und bemerkte, sie selbst rühre solches Zeugs nicht an, nur Wasser oder Milch.

Die Bulldoggen mit ihrem Freund, dem Ferkel Blacky, waren ihr gefolgt und bettelten aufdringlich um Leckerbissen. Eine Lerche stieg steil empor, stand eine Zeitlang, wie an unsichtbarem Faden hängend, in der flimmernden Mittagsglut. Einige Schritte entfernt hockte eine Fasanenhenne auf ihrem Neste, das kupferfarbene Gefieder schimmerte mit kleinen grünen Lichtern. Die Kühe zogen in der Mulde über die Marschweide, wateten gemächlich durch den Teich.

»Sie kommen immer pünktlicher als ich zum Melken, meistens zu früh«, sagte Jane, kurbelte den Traktor für mich an und ging fort, gefolgt von Hunden, Ferkel und einer wehmütig miauenden Katze.

Ich rollte das Feld, als hätte ich in meinem Leben nichts anderes getan. Ich hatte auch kein Bedürfnis, anderes zu tun, als klare Luft zu atmen, lichtgrüne Felder, Wiesen und braune Äcker zu sehen und in der Ferne den Wald, hinter dem spielzeugwinzig der Zug entlangkroch, der mich abends wieder in die Stadt bringen würde.

Wie freundlich, wie gut war diese Welt abseits vom Krieg.

Ich nahm den letzten Zug nach London. Der Motor vom Lieferwagen wollte diesmal überhaupt nicht anspringen, so fuhren wir auf dem Traktor zur Bahn, ratterten unter einem sternbestickten Himmel zwischen Hecken entlang, die kleine, blau verhängte Laterne warf einen zitternden Schein auf den Weg. Am Horizont stachen flackernde, rote Zacken in die samtene Dunkelheit des Firmaments, über den Mond zog eine zarte, durchsichtige Wolke, als wolle sie seinen Silberglanz vertiefen.

Ich mußte aus dem Frieden wieder in den Krieg zurückkehren. Der Zug hatte Verspätung, und Jane wurde ungeduldig, weil ihre Sau Margret angefangen hatte zu werfen: »Ihre Entbindungen sind immer schwierig, ich muß heute nacht bei ihr im Stall schlafen –«, und als der Zug schließlich einfuhr, sagte sie beiläufig: »Wenn es mit Ihrem Dolmetscherjob nichts wird, können Sie bei mir Landarbeiterin werden. Zwei Pfund die Woche, alles frei, die Arbeitshosen passen Ihnen, Gummistiefel gebe ich Ihnen auch –«, und ohne meine Antwort abzuwarten, verschwand sie in der Dunkelheit. Ich kam kurz vor Mitternacht in der Untergrundstation an. Der Bahnsteig war schon dicht besetzt, die meisten Leute schliefen hinter ihren Chintzvorhängen. Es roch nach Schweiß, Desinfektion, Latrinen und kaltem Tee. Einem Kind wurde der Hals im Erste-Hilfe-Verschlag gepinselt. Der Luftwart bemerkte, es ginge heute wieder etwas laut zu. Scheinwerfer tasteten mit ihren Leuchtfingern den Himmel ab, packten kleine, dunkle Insekten, die entschwanden oder zerfielen. »Poor German boys«, sagte eine Frau am Ausgang. Ein kleines, keuchendes Pekinesenhündchen erschien und entschwand in der Dunkelheit. Seine Besitzerin rief flehend:

»Come back, my darling.« Das Straßenmädchen wanderte mit einem Kunden vor mir her. Sie trug neuerdings kleine Phosphortupfen an den Absätzen, es sah aus, als hüpften Irrlichter das Pflaster entlang.

Ein Abwehrgeschütz stand an der Straßenecke, zwei uniformierte Mädchen mit Stahlhelmen kurbelten gerade das Rohr zum Himmel. Ich sagte: »Bitte, warten Sie, bis ich vorüber bin –«, sie lachten, erwiderten: »Hurry up –«, und der harte Peitschenknall ihres Geschützes erreichte mich erst, als ich die Haustür aufschloß.

Ich hatte einige Tage vor diesem Wochenende einen Brief erhalten, in dem man mich bat, zur Dolmetscher-Prüfung zu kommen. Es war eine Stellung, um die ich mich vor Jahren vergeblich bemüht hatte. Eine Stellung als Dolmetscherin mit dem sehr hohen Gehalt war so etwas wie das große Los. Trotzdem ging ich ziemlich lustlos zu der Prüfung – vielleicht, weil ich zu lange darauf gewartet hatte.

Die Aufgaben waren überraschend leicht. Sie bestanden aus absichtlich verschachtelten, endlosen Sätzen, die ich in kleine Sätze einteilte, um sie verständlich zu machen. Bei der Übersetzung der einen Aufgabe, vom Englischen ins Französische, fiel mir das Wort »Wetterhahn« nicht ein. Ich ließ eine Lücke mit einem Fragezeichen. Da ich warten mußte, übertrug ich die englische Aufgabe sehr frei in bayerischen Dialekt. Dann sammelte der Beamte, der uns Prüflinge überwacht hatte, die Arbeiten ein, und schließlich wurde ich in einen Raum geführt, in dem vier Männer mit einer Frau hinter einem langen Tisch saßen. Man fragte mich in höflichem Konversationston nach Familie, Erziehung, meiner Arbeit in Deutschland und England. Mein Buch ›Eternal Front‹ lag auf dem Tisch, ich ärgerte mich wieder über das grellbunte Umschlagbild, das sinnlose Lothringerkreuz und den Priester vor flammend rotem Hintergrund. Ich erwähnte meine Radiosendungen nach Nordamerika und Frankreich nach dem Fall von Paris. Sehr höflich wurde mir gesagt, das Material läge ihnen vor. Dann wurde ich gefragt, warum ich auf meinem Bewerbungsformular gebeten hatte, nach München oder Berlin versetzt zu werden, falls ich bei Kriegsende zum Kontinent hinübergeschickt würde. Ich erwiderte, weil ich meine Freunde wiederfinden wolle. Die Frau sagte, es sei unmöglich, mir diese oder jene Stadt zu garantieren, da ich der Militärbehörde unterstünde und Uniform tragen müßte. Dann kam ich vor einen Offizier, der inzwischen meine Übersetzungen geprüft hatte. Er sagte: »You are a brilliant linguist«, und fügte hinzu, daß er noch nie von einem Prüfling eine Dialektübertragung erhalten hätte. Leider könne er die bayerische Aufgabe nicht lesen. Dann verabschiedete er mich mit der Bemerkung, daß ich demnächst von ihnen hören würde. »Demnächst« wurde mir vor Jahren geschrieben, als ich mich meldete. Demnächst konnte in England morgen, in einigen Monaten, in einem Jahr bedeuten. Als ich kurze Zeit darauf den Bescheid erhielt, daß ich als Dolmetscherin angenommen sei und mich zur endgültigen Besprechung einfinden solle, hatte ich bereits einen anderen Entschluß gefaßt. Freie Uniform, Unterkunft, Verpflegung und ein für meine Armut unvorstellbar hohes Gehalt – all dies hätte ich noch vor kurzer Zeit begeistert angenommen. Aber jetzt lockte mich das Neue, vor allem das Land, das ich so entbehrt hatte.

Ich war fünfzig Jahre alt, als ich Landarbeiterin wurde, für einen Wochenlohn von zwei Pfund, ein Paar abgeschnittener Hosen und ein Paar Gummistiefel statt einer neuen Khakiuniform und fünfzehn Pfund Gehalt. Ich verhandelte, dolmetschte nicht mit Zivilisten, Kriegsgefangenen und dunklen Elementen im zerstörten Europa, sondern für Jane, mit ihrem deutschen und italienischen Arbeiter, dem ewig Ave Maria singenden Ersiglio und dem ewig in irgendein Dorfmädchen verliebten blonden Franz.

Es war eine totale physische und psychische Umstellung. Sie verscheuchte die böse Zeit, lange, dunkle Nächte, Einsamkeit, Hunger, Furcht vor den tödlichen Leuchtkugeln, die auf London herabsanken, Furcht vor dem Aufheulen der Warnung, vor dem Einschlag der Bomben. Ich verließ meine Wohnung, nahm zur Erinnerung nur den braunglasierten Krug mit, der mir als Lampe gedient hatte. Es war keine Flucht, sondern der Beginn eines neuen Lebens, als wäre ich in geheimnisvoller Wandlung neugeboren. Ich vergaß, daß ich Schriftstellerin war, und weiß heute, daß diese Pause gut gewesen ist: sie gab neue Aufgaben, andere Sorgen: ob eine Saat gut aufkommen würde, ob das Heu rechtzeitig eingefahren werden könnte, ob dies oder jenes junge Tier am Leben blieb, ob ein krankes Tier gesundete. Es gab immer zuviel Arbeit und nur kurze Zeit zum Ausruhen, und immer wieder hieß es: »Morgen müssen wir unbedingt –« Jede Jahreszeit brachte Neues, Ungewisses, Überraschungen und Schwierigkeiten, die überwunden werden mußten. Vor allem wußte ich, daß jeder Tag uns den Frieden näher brachte, für den so viele Menschen noch immer sterben mußten. Alice Berend hatte einmal in ihrem schönen Bauernroman ›Die zu Kittelsrode‹ geschrieben, daß »Waffen rosten, die Erde aber immer neue Früchte trägt«. Es war gut zu erleben, wie abseits von Tod und Zerstörung der ewig junge Frühling die alte Erde jedes Jahr verjüngte, daß die Erde im Winter nur ruhte, aber niemals starb.

Es war ein immerwährendes Planen für neue Saat, für den Nachwuchs junger Tiere. Der alte, launenhafte Traktor wurde ein vertrauter Freund. Das uralte Farmhaus, das längst stillgelegte, spinnwebumschlungene Mühlrad, der Bach mit seinem leisen Rauschen: Komponenten meines neuen Lebens. Sie schufen einen anderen Menschen aus mir. Hier wurde nicht nach Tagen oder Wochen gerechnet, sondern nach Jahreszeiten und nach dem, was geschaffen werden mußte, mit allem was dazu gehörte: alljährliche Überschwemmung, Krankheit, Tod von Tieren, Geburt junger Geschöpfe, gute und schlechte Ernten, von Moorhennen zerstörte Wasserkresse und immer wieder tiefe Freude an der Schöpfung.

Dann ging der Krieg in jenen Frieden über, den wir auf der Farm all diese Jahre gehabt hatten. Die zuckenden Feuerstreifen am nächtlichen Horizont, die wie ein flashback an die Vergangenheit am Horizont leuchteten, erloschen. Ich forschte nach alten Freunden, aber es war nicht leicht, sie unter den Trümmerhaufen jenseits des Kanals aufzuspüren. Die drei mutigen Fräulein Dörre überlebten den Krieg nur kurze Zeit. Meine Freundin Terry starb als Flüchtling in Österreich, ehe ich ihr helfen konnte. Carola Kauder schrieb mir: »Ich habe es geschafft!« Ihr Mann hatte sich beim Überfall der deutschen Truppen auf die Tschechoslowakei das Leben genommen. Aber Carola, diese zarte, verwöhnte Frau, überlebte sieben Jahre Konzentrationslager, Theresienstadt, Auschwitz, Groß-Rosen, Mißhandlungen und grauenhafte Experimente. In ihren eigenen Worten: »In Groß-Rosen mußten wir Straßenarbeiten leisten. Als die Russen näher rückten, wurden wir nach Westen getrieben und erreichten nach drei Wochen Fußmarsch Dresden am Tag des großen Luftangriffs, wo wir ›befreit‹ wurden, denn unsere Wärter waren davongelaufen. Ich wanderte weiter nach Chemnitz, kam in ein Lager für Ostarbeiter. Mein Gesundheitszustand war durch Hunger und Mißhandlungen so schlecht, daß ich in ein Krankenhaus nach Glauchau gebracht wurde, wo man mich operieren wollte. Ich wehrte mich, weil ich fürchtete, die SS-Ärzte würden meine eintätowierte KZ-Nummer sehen und mich umbringen. Man gab mir eine Spritze. Das Letzte, was ich sah, ehe ich das Bewußtsein verlor, war ein Hitlerbild an der Wand. Als ich zu mir kam, war das Hitlerbild von der Wand verschwunden, und die Ärzte hatten ihre Parteiuniform abgelegt, denn die Amerikaner waren gekommen.«

Nach und nach hörte ich von anderen alten Freunden: Georg Hermann war 1943 im KZ Auschwitz vergast worden. Theodor Wolff wurde aus Südfrankreich nach Deutschland zurück in das KZ Oranienburg verschleppt. Mißhandelt und entkräftet starb der Fünfundsiebzigjährige nicht weit entfernt von der Stätte seines Ruhmes als politischer Publizist von Weltruf. Seine Frau, Änne, wartete in einem Heuschober verborgen vergeblich auf seine Rückkehr, als einzigen Gefährten einen kleinen Hund, während ihre Tochter Lotte, um nicht von der Gestapo erwischt zu werden, nachts in der Leichenhalle des Dorfes schlafen mußte. Änne starb vor wenigen Jahren, arm, erblindet und vergessen in einem New Yorker Krankenhaus. Der Schriftsteller Arthur Ernst Rutra, den ich vom Georg Müller Verlag her gut kannte, war im Zuchthaus verschollen, der Dichter Franz Hessel floh nach Paris, das er so liebte, wurde interniert und starb nach langer Haft.

Auch einige Freunde aus der Londoner Zeit waren gestorben: Karl Roessler in einem Altersheim, und seine Freundin Henriette, die mir einmal gesagt hatte, sie wäre nur vom Tod beurlaubt, als sie aus einem Krankenhaus entlassen wurde.

Alfred Kerr wohnte in einem Londoner Vorort. Während des Krieges sandte ich ihm hin und wieder ein Brathuhn, eine in der Stadt schwer erhältliche Delikatesse. Er antwortete mit der Fotografie seiner Büste von Milly Steiger und ein paar Strophen, deren letzte Verse lauteten:

»So geht ein Dank, herzinnig, warm
Zu Kuky's lovely chickenfarm.«

Ich wollte der nächsten Huhnsendung ein Bild von mir beilegen, tat es aber nicht, sondern schrieb ihm: »Ich bin alt geworden. Behalten Sie mich jung in Erinnerung, der Zahn der Zeit hat mich zu sehr benagt.« Postwendend kam seine Antwort:

»Du, Kuky, schreibst, mein Bild lag schon bereit,
Da kriegt ich Angst.
Warum denn so verzagt?
Zwei Mandelaugen hat der Zahn der Zeit
Gewiß nicht angenagt.«

Er litt an Heimweh nach Deutschland und starb zuletzt in dem Land, aus dem er verjagt worden war.

Meine langen Arbeitsjahre auf der Farm waren im biblischen Sinn köstlich. Sie endeten so unerwartet, wie sie begonnen hatten, als ich zwei schwere Eierkörbe zum Packraum schleppte. Ein scharfer Schmerz warf mich zu Boden, die Eier rollten den Hang hinunter. Jane, die gerade ihre Schimmel auf das Feld führte, rief herauf, was los wäre. Ich sagte: »Ich glaube, ich habe mein Rückgrat gebrochen.« Sie kam zu mir, die Hühner umstanden mich, mein Schäferhund leckte mir das regennasse Gesicht, Maria aus Niederbayern stürmte mit lautem: »Jessas na, sowas« aus der Küche, Old Hand erschien, betrachtete mich kopfschüttelnd, wie er hoffnungslos kranke Kühe anzusehen pflegte. Dann brachten sie mich in mein Zimmer. Der Dorfarzt kam, gab mir eine Spritze und bestellte die Ambulanz, die mich in derselben Nacht nach London brachte. Meine Schmerzen waren stärker als meine Furcht vor der Operation, deren Risiko mir der berühmte Chirurg, Dickson-Wright, sachlich auseinandersetzte. Ich lag monatelang in einem Gipspanzer. Zuweilen kam Dickson-Wright, der wie ich an Schlaflosigkeit litt und nachts durch seine Klinik wanderte, und wir unterhielten uns über Archäologie. Als ich wieder aufstehen und im Stuhl sitzen durfte, erschien der berühmte Mann mit seinem Satellitengefolge von Assistenten, Studenten und stärkeknisternden Schwestern und rekapitulierte meine Krankengeschichte: »Sechzig Jahre alt, drei gebrochene Bandscheiben entfernt, kein eigenes Zuhause. Am besten wäre, sie in ein Erholungsheim zu schicken.«

Jane, die zu Besuch gekommen war, unterbrach ihn: »Sie ist bei mir zu Hause. Wenn sie Pflege braucht, werde ich sie pflegen. Ich habe so viel kranke Tiere gepflegt und kann auch Spritzen geben –«, und sie setzte der erstaunten Prominenz mit allen Einzelheiten auseinander, wie sie kranke Kühe, den Stier Sammy, Kälber und Schweine behandelt hatte.

Dickson-Wright wandte bescheiden ein: »Sie wird über ein Jahr im Gipsverband bleiben müssen, sie ist ein Invalide.«

Jane entgegnete, eines ihrer Jagdpferde hätte sich die Hinterhand verletzt, sollte erschossen werden, sie hätte es wieder gesund gepflegt: »Und so viel Unterschied zwischen Vier- und Zweibeinern besteht nicht. Was alle brauchen, ist Beobachtung, Fürsorge, Liebe.«

Dickson-Wright sagte: »Sie braucht eine Krankenschwester.«

Jane sagte gelassen: »Ach so. Ich habe so viele Kuhställe in meinem Leben ausgemistet, mir graust vor nichts mehr.« Er sah sie an: »You win –«, und wünschte mir alles Gute. Eine Ambulanz holte mich ab. Das Krankenhaus gab mir zum Abschied ein Paar Krücken und zwei Stöcke »für später« mit. Die junge Schwester, die mich gepflegt hatte, eine Nichte des Penicillin-Entdeckers Professor Fleming, ermahnte mich, von jetzt ab eine »nice old lady« zu sein, viel zu liegen, still im Stuhl zu sitzen, sonst würde ich mich verletzen und müßte ins Hospital gebracht werden, ehe es Zeit wäre, den Gipspanzer abzunehmen. Die Ambulanzschwester war beschwipst und in euphorischer Stimmung. Immer wieder versicherte sie mir, daß der Mensch ein zähes Geschöpf wäre, das nicht so leicht stürbe. Das wußte ich bereits, denn ich hatte einiges überlebt.

Ich hielt feierlichen Einzug in Mill Farm. Die Haustür war bekränzt, Jane hatte ein buntes »Welcome-Home«-Schild gemalt. Der deutsche und der italienische Kriegsgefangene trugen mich in die Farmküche. Maria aus Niederbayern hatte meinen sechzehn Katzen seidene Halsschleifen umgebunden, die sie tobsüchtig machten. Dampfnudeln erschienen zur Feier des Tages auf dem Küchentisch. Die Gänse, angeführt vom Gänserich Polonius, marschierten herein und zupften an meiner Pyjamahose. Zwei neugeborene Ferkel, von ihrer Mutter verlassen, quieksten im Korb neben dem Kamin. Die Kühe schlurrten gemächlich den Weg zum Stall herunter, wie Hausfrauen in Pantoffeln, mit Eutern so voll wie Einkaufstaschen, und Jane sagte – wie oft hatte ich es in all diesen Jahren gehört –: »Zeit zum Melken.«

Ich war zu Hause. Der Rhythmus meines Lebens wurde jetzt zum Zeitlupentempo, jede Bewegung mußte überlegt werden. Ich bewegte mich ungeschickt, wie Paul Wegener, als er den zum Leben erwachten »Golem« in einem Stummfilm spielte. Die Welt, in deren Ablauf ich eingeschaltet gewesen war, zog jetzt an mir vorüber. Aber ich war entschlossen, mein Dasein nicht kontemplativ, sondern aktiv zu Ende zu leben. Eines Tages nahm ich den Deckel von meiner Schreibmaschine und begann wieder zu schreiben – und habe seitdem nicht mehr aufgehört zu schreiben. Die lange Pause, ausgefüllt mit Arbeit anderer Art, hatte einen anderen Menschen aus mir geformt. Sie gab mir einen gelassenen Rückblick über Geschehnisse und Entschlüsse, die das Mosaikbild vollenden, aus dem sich ein Menschenleben zusammenfügt.

Ich hatte gewaltige Wandlungen miterlebt, als Augenzeuge, als Mitwirkende, als Opfer. Da war nicht nur, um die Jahrhundertwende, der Übergang vom Gaslicht zur elektrischen Birne, vom Plüsch zum Stahl, vom Behütetsein zur persönlichen Freiheit, vom »Anstandsrock« im Ersten Weltkrieg zum Bikini nach dem Zweiten, vom Telefon zu Radio und Fernsehen, sondern auch, zwischen Kriegen, Flucht, Armut und Neubeginn, die Erfüllung einer Jugendsehnsucht: der Weg in jene Kirche, in die einzutreten mir das alte Dunchen einmal verboten hatte. Da war das Emporschießen von wabenähnlichen Einheitsbauten aus Glas und Zement für menschliche Ameisenhaufen, die den Städten ihr individuelles Gepräge nahmen, der Übergang vom Walzer zu atavistischen Ritualtänzen des schwarzen Kontinents, die aus der Neuen Welt in die Alte gellten und die Jungen in Ekstase versetzten. Da war mein Geburtsland und jenes andere Land, in dem ich aufwuchs und dem ich viel verdanke. Vor allem aber war da eine schicksalhafte Wiederholung historischer Ereignisse; zwei Männer, die einander trotz verschiedener Herkunft in ihrer Mentalität ähnelten. Beide hielten prahlerische Reden, beide liebten militärische Aufzüge, beide verhießen Utopien. Der eine Mann verhieß: »Ich führe euch herrlichen Zeiten entgegen« – und führte seine gläubigen Untertanen in einen sinnlosen Krieg. Der andere Mann, den ich am Anfang seiner Laufbahn sah, verhieß dem jubelnden Volk sein paradiesisches Drittes Reich, um es dann in einen Krieg zu jagen, dessen Pfade nicht nur mit Millionen williger Soldaten und unschuldiger Zivilisten gepflastert waren, sondern mit sechs Millionen unschuldiger, gequälter, vergaster Menschen. Beide Männer entzogen sich ihrer Verantwortung nach verlorenen Kriegen. Der eine floh ins komfortable Exil. Der millionenfache Mörder beendete seine Laufbahn in der Tiefe, aus der er emporgestiegen war – nicht ohne vorher im sicheren Unterstand pathetisch Hochzeit zu feiern, während das ungeschützte Volk über der Erde starb. Er hinterließ Chaos und verdrängtes Schuldbewußtsein, das in den Mythos »innere Emigration« verwandelt wurde, und Menschen, die von »Zeiten der Verfolgung« sprachen, obwohl sie willige Mitläufer gewesen waren. Sie erinnern mich an den prophetischen Ausspruch einer alten Berlinerin: »Und denn wills keener nich jewesen sin –«

Ein englisches Sprichwort besagt: »History repeats itself« – Geschichte ist Wiederholung. Schon wartet in der Kulisse der Weltgeschichte eine derbe Gestalt mit überheblich lauter Stimme – ist es das Schicksal dieses Landes, daß immer wieder der Feldwebelton bejubelt wird?

Die Menschen in meinem Geburtsland haben sich verändert,

eine geistige Schicht ist vernichtet worden – vielleicht war sie zu dünn, ihre Exponenten zu labil. Der tschechische Dichter Karel Čapek schrieb 1935: »Ein ganzes Volk, ein ganzes Reich hat sich zum Glauben an die Rasse und ähnlichem Blödsinn bekehrt, ein ganzes Volk samt Universitätsprofessoren, Pfarrern, Literaten, Ärzten, Juristen ...« Wie war das möglich?

Etwas jedoch ist in meiner früheren Heimat unverändert geblieben: die einmalige deutsche Landschaft, Luft, Wälder und Berge, unberührt von apokalyptischen Geschehnissen einer Renaissance des Barbarentums. Unverändert ein kleiner, rasch schmelzender Freundeskreis, von dem sich einer nach dem anderen abschiedslos davonschleicht und mir vorangeht. Unverändert geblieben ist auch heute noch die nie endende Qual des Schreibens, der Versuch, eine Brücke zwischen Hirn und Hand herzustellen, zwischen Gedanken und Formulierung, weil zuviel auf diesem kurzen Weg verlorengeht. Unverändert ist die Freude an der Arbeit, Neugier auf das Morgen, auf neue Eindrücke, neue Forderungen.

Seit jenem Wochenende, da ich mich entschloß, meine Schreibmaschine fortzustellen, um Landarbeiterin zu werden, sind zwei Jahrzehnte verstrichen. Seit einem Jahrzehnt bin ich wieder Schriftstellerin.

»Je ne regrette rien«, sang die wunderbare Edith Piaf. Das trifft auf mich zu. Ich bereue nichts – vielleicht nur, diese oder jene Torheit nicht begangen zu haben, denn Torheiten und Irrtümer sind die Würze des Lebens.

In der pastellfarbenen englischen Landschaft und einem nicht allzu stillen Lebensabend, umgeben von Blumen, Getier und Menschen, die genau wie ich gern lachen, kann ich meine Odyssee überblicken: sie war trotz allem herrlich, erregend, bunt.

Ihr Glanz verscheucht die abendlichen Schatten.

Bitte beachten Sie
die folgenden Seiten

Elisabeth Castonier

Mill Farm

Menschen und Tiere
unter einem Dach

Ullstein Buch 20848

ein Ullstein Buch

»Eine sehr positive Einstellung zu allen Lebewesen spricht aus den humorvollen Erzählungen über Fledermäuse und Schweine, über zwei unzertrennliche Schimmel, über das Schaf Suzy, über eine kapriziöse Perserkatze und immer wieder über den treuen Hund Bimbo. Hintergrund für das kurzweilige Geschehen sind das beschauliche englische Landleben, Jagden, Tierauktionen und alte Bräuche.«

(Die Neue Bücherei)

Hilde Spiel

Rückkehr nach Wien

Ein Tagebuch

Ullstein Buch 22076

ein Ullstein Buch

Nach zehn Jahren, die sie als Emigrantin in England verbracht hat, feiert Hilde Spiel im Jahr 1946 Wiedersehen mit ihrer Heimatstadt Wien, die neun Monate nach Kriegsende noch immer im Chaos liegt. Ihr Aufenthalt als britische Korrespondentin wird zu einer Reise in die Vergangenheit . . .

»In Hilde Spiels Buch scheint mir keine einzige Seite überflüssig zu sein: Diese Prosa ist so prägnant wie anmutig, so souverän wie temperamentvoll.«

Marcel Reich-Ranicki

Friedrich Torberg

Der letzte Ritt des Jockeys Matteo
Ullstein Buch 20751

Auch das war Wien
Ullstein Buch 20785

Die zweite Begegnung
Ullstein Buch 20827

Auch Nichtraucher müssen sterben
Ullstein Buch 20864

Apropos
Ullstein Buch 20909

In diesem Sinne . . .
Ullstein Buch 20946

Liebste Freundin und Alma
Ullstein Buch 22293

Süßkind von Trimberg
Ullstein Buch 22370

Pegasus im Joch
Ullstein Buch 22532

ein Ullstein Buch